# UNTER BESCHUSS
## U.S.S. Seawolf

PATRICK ROBINSON

# UNTER BESCHUSS
U.S.S. Seawolf

Roman

Aus dem Englischen
von
Heinz-W. Hermes

WILHELM HEYNE VERLAG
MÜNCHEN

Die Originalausgabe erschien unter dem Titel U.S.S. SEAWOLF
bei HarperCollins Publishers, Inc., New York

*Umwelthinweis:*
Dieses Buch wurde auf chlor- und säurefreiem Papier gedruckt.

Copyright © 2000 by Patrick Robinson
Copyright © 2001 der deutschen Ausgabe
by Wilhelm Heyne Verlag GmbH & Co. KG, München
Satz: Leingärtner, Nabburg
Druck und Bindung: GGP Media, Pößneck
Printed in Germany

ISBN 3-453-17865-3

*Das Buch USS* Seawolf *widme ich mit allem schuldigen Respekt den Männern der U. S. Navy SEALs, der Kampftruppe, die stets unter großen Gefahren operiert und bei der die Tapferkeit zu den ganz normalen Tugenden gezählt wird.*

# PERSONEN DER HANDLUNG

**Oberste Militärführung**
Der Präsident der Vereinigten Staaten von Amerika (Oberster
Befehlshaber der US-Streitkräfte)
Vice-Admiral Arnold Morgan (Nationaler Sicherheitsberater)
General Tim Scannell (Vorsitzender der Vereinigten Stabschefs)
General Cale Carter (Oberbefehlshaber der U.S. Air Force)
Harcourt Travis (Außenminister)
Bob MacPherson (Verteidigungsminister)
Rear Admiral George R. Morris (Direktor der National Security
Agency)

**Oberkommando der U.S. Navy**
Admiral Joseph Mulligan (Chef der Marineoperationen [CNO])
Rear Admiral John Bergstrom (Oberbefehlshaber des Special War
Command [SPECWARCOM])
Admiral Archie Cameron (Oberbefehlshaber der Pazifikflotte
[CINCPAC])
Rear Admiral Freddie Curran (Oberkommandierender der Unter-
seebootflotte Pazifik [COMSUBPAC])

**USS *Seawolf***
Captain Judd Crocker (Kommandant)
Lt. Commander Linus Clarke (Erster Offizier)
Lt. Commander Cy Rothstein (Waffensystemoffizier)
Lt. Commander Mike Schulz (Leitender Ingenieur)
Lt. Commander Rich Thompson (Leitender Ingenieur Marine-
systeme)
Lieutenant Kyle Frank (Sonaroffizier)
Lieutenant Shawn Pearson (Navigationsoffizier)
Lieutenant Andy Warren (Offizier der Wache)

Master Chief Petty Officer Brad Stockton (Seemännische Nummer eins)
Chief Petty Officer Jeff Cardozo
Petty Officer Chase Utley (Funker)
Petty Officer Third Class Jason Colson (Schreiber des Kommandanten)
Petty Officer Third Class Andy Cannizaro
Seaman Engineer Tony Fontana
Seaman Kirk Sarloos

**Weiteres Personal der U.S. Navy**
Commander Tom Wheaton (Kommandant der USS *Grenville*)
Captain Chuck Freeburg (Kommandant der USS *Vela Gulf*)
Lt. Commander Joe Farrell (Pilot eines Bombers vom Typ *Hornet*)

**U.S. Navy SEALs**
Colonel Frank Hart (Stabsoffizier bei den SEALs, Einsatzoffizier auf der USS *Ronald Reagan*)
Lt. Commander Rick Hunter (taktischer Einsatzoffizier)
Lt. Commander Russell »Rusty« Bennett (Kommandeur des Spähtrupps, der Strandevakuierungseinsätze und des Stoßtrupps A)
Chief Petty Officer John McCarthy (Stoßtrupp A)
Lieutenant Dan Conway (Führer des Stoßtrupps B)
Lieutenant Paul Merloni (Stoßtrupp B)
Lt. Commander Olaf Davidson (Kommandeur der vorgeschobenen Landungsgruppe und des Stoßtrupps C)
Lt. Ray Schaeffer (Stoßtrupp C)
Lt. Bobby Allensworth (persönlicher Leibwächter von Lt. Commander Hunter)
Petty Officer Catfish Hunter
Petty Officer Rocky Lamb
SEAL Riff »Rattlesnake« Davies
SEAL Buster Townsend (Funker des Kommandos)
Chief Petty Officer Steve Whipple (Sprengstoffexperte und Maschinengewehrschütze)

**Britisches SAS-Personal**
Colonel Mike Andrews (Kommandeur der Bradbury Lines)
Sergeant Fred Jones (vorübergehend versetzt zum Stoßtrupp B der SEALs)
Corporal Syd Thomas (vorübergehend versetzt zum Stoßtrupp B der SEALs)
Sergeant Charlie Murphy (vorübergehend versetzt zum Stoßtrupp B der SEALs)

**Leiter und Feldoffiziere der CIA**
Jack Raeburn (Abteilungsleiter Fernost)
Rick White (California Bank in Hongkong)
Honghai Shan (Internationaler chinesischer Reisedienst)
Quinley Dong (Marinestützpunkt Guangzhou)
Quinley Zhao (Händler auf dem Perlfluss)
Kexion Gao (Händler auf dem Perlfluss)

**Marine der Volksbefreiungsarmee**
Admiral Zhang Yushu (Oberbefehlshaber)
Vizeadmiral Sang-Ye (Chef des Marinestabes)
Admiral Zu Jicai (Oberbefehlshaber der Südflotte)
Admiral Yibo Yunsheng (Oberbefehlshaber der Ostflotte)
Oberst Lee Peng (Kommandant des Zerstörers *Xiangtan*)
Fregattenkapitän Li Zemin (Sicherheitschef des Marinestützpunkts Guangzhou)

**Stab des Weißen Hauses**
Kathy O'Brien (Privatsekretärin von Admiral Morgan)

**Anwälte des Kriegsgerichts**
Lt. Commander Edward Kirk (Marinejurist des Pentagons)
Rechtsanwalt Philip Myerscough (Lt. Commander Clarkes Anwalt)
Rechtsanwalt Art Mangone (Captain Crockers Anwalt)

# PROLOG

27. April 2006, 1330 (Ortszeit)
Luftraum-Überwachungsstation der U.S. Navy
Westlich von Hsinchu im Norden der Insel Taiwan

Schon seit dem ersten Morgengrauen hatten sie beobachten
können, wie die Hochseeflotte der Volksbefreiungsarmee auf
einem klassischen »Rennstrecken«-Kurs 50 Seemeilen vor der
Küste in bedrohlicher Weise auf und ab fuhr. Insgesamt handelte
es sich um 22 Kriegsschiffe, einschließlich des neuen 80 000-Ton-
nen-Flugzeugträgers aus Russland. Und der war so neu, dass er
noch nicht einmal einen Namen trug.

Die Taiwaner hatten auch mit steigender Nervosität den Kurs
der Zerstörer verfolgt, die, vom chinesischen Festland kommend,
angelaufen waren. Dabei handelte es sich sowohl um Schiffe
der Luhu-Klasse als auch alte Ludas und neue Luhais. Bei dieser
Gelegenheit registrierten sie auch den Start von Boden-Boden-
Marschflugkörpern, die kurz hintereinander in Feuerbällen von
den Fregatten der Jiangwei-Klasse aufstiegen. Damit schien es
sich wieder einmal um dasselbe Spiel zu handeln, das die Rotchinesen in den vergangenen 18 Monaten schon drei Mal veranstaltet hatten.

Sie konnten jetzt beobachten, wie die Flotte immer näher kam
und schließlich die unsichtbare, mitten durch die Meerenge verlaufende Grenze überschritt, um in die Hoheitsgewässer Taiwans
einzulaufen. Sofort gaben die Schichtleiter die Meldung nach
Tsoying durch, wo ihr wichtigster Marinestützpunkt lag. Von
dort aus wurde via Satellit umgehend der automatische Alarm
für die amerikanische Pazifikflotte in Pearl Harbor ausgelöst.

Als Reaktion befahl der amerikanische Admiral an Bord des
gigantischen Nimitz-Klasse-Flugzeugträgers *John C. Stennis*, der

sich gerade zweihundert Meilen weiter im Osten von Taiwan befand, die ihm unterstellten Kriegsschiffe nach Westen. Zusätzlich lief eine schwer bewaffnete, zwölf Einheiten zählende Flotte lenkwaffenbestückter Schiffe aus San Diego aus, um dann finsteren Sinnes ihre Buge herumzuschwenken und Kurs in Richtung ihrer Freunde auf dem unabhängigen Inselstaat zu nehmen, die gerade den heißen Atem des chinesischen Drachen zu spüren bekamen.

Aber um genau 1357 an diesem kühlen, klaren Tag im April wurde gleich welcher jemals von einer der Überwachungsstationen Taiwans ausgelöster Alarm praktisch zur Bedeutungslosigkeit herabgestuft. In dieser Minute fand nämlich der Start eines Kurzstrecken-Landziel-Marschflugkörpers auf dem chinesischen Festland statt. Und dieser Flugkörper nahm direkten Kurs auf Taipeh, die Hauptstadt Nationalchinas.

Die militärischen Kursverfolgungsradare einer Küstenstation Taiwans im Westen von Hsinchu erfassten den aus der Provinz Fujian kommenden Flugköper 45 Meilen vor der Küste, als dieser mit einer Geschwindigkeit von über 500 Knoten im Tiefstflug, kaum mehr als 60 Meter über der Oberfläche, die Meerenge überquerte und dabei einen geschätzten Kurs von null-acht-null beibehielt. Zuerst hatten sie in der Station noch gedacht, es handele sich um ein Flugzeug, das die chinesische Flotte überflog, doch schon bald war ihnen klar, dass dieses Objekt dafür zu tief und mit einer Geschwindigkeit von 15 Kilometern pro Minute auch einfach zu schnell flog.

Es war zu spät, es jetzt noch mit Aussicht auf Erfolg abschießen zu können, und Störmittel gegen diese Art vorprogrammierten und mit einem Trägheitsnavigationssystem ausgerüsteten Marschflugkörper, bei dem es sich aller Wahrscheinlichkeit nach um ein M-11 Cruisemissile aus russischer Produktion handelte, einsetzen zu wollen, schied von vornherein aus. Die Militärs hatten kaum noch die Zeit, die von dem Marschflugkörper ausgehende Bedrohung richtig einzuschätzen, als dieser auch schon über die Küstenlinie hinwegjaulte und dabei von jedem Zivilisten mit bloßem Auge hätte wahrgenommen werden können, sollte dieser rein zufällig den Blick nach oben gerichtet haben.

Zu diesem Zeitpunkt herrschte auf der Westküstenautobahn um Taipeh gerade außerordentlich dichter Verkehr. Der Fahrer eines Militärlasters erspähte die Lenkwaffe, wollte seinen Augen nicht trauen, steuerte sein Fahrzeug ungebremst in einen Touristenbus und drückte diesen durch die Leitplanke, welche die beiden gegenläufigen Fahrbahnen voneinander trennte. Dadurch geriet der Bus in den entgegenkommenden Verkehr und löste eine Massenkarambolage aus, in die 59 Fahrzeuge verwickelt waren, einen Unfall, bei dem schließlich 14 Menschen ums Leben kamen.

Gleichzeitig liefen die Notfallmaßnahmen im Radio an, in deren Rahmen die Menschen aufgefordert wurden, so schnell wie möglich ihre Häuser aufzusuchen, diese nicht mehr zu verlassen und wenn möglich in Kellerräumen Schutz zu suchen. Als Begründung wurde ein unmittelbar bevorstehender Raketenangriff gemeldet. Niemand konnte sagen, ob das Cruisemissile nun einen Atomsprengkopf trug oder nicht, doch geisterte die Vorstellung einer möglichen radioaktiven Verstrahlung des Einschlagsgebietes in den Köpfen der Befehlshaber herum.

Jeder Einzelne im Luftraumüberwachungszentrum des internationalen Flughafens, der nur knapp sieben Kilometer vom Ort der Massenkarambolage entfernt lag, konnte beobachten, wie der Flugkörper durch den Luftraum Taiwans zischte, und das nicht nur auf den Bildschirmen, sondern bei einem Blick durch die riesigen Panoramascheiben auch mit bloßem Auge. Die Lenkwaffe schien jetzt eine leichte Kursänderung vorzunehmen und jagte anschließend unmittelbar über das Stadtzentrum von Taoyuan. Ihre Geschwindigkeit lag immer noch deutlich über 500 Knoten und auch die Flughöhe hatte sich nicht geändert, als sie den Hauptbahnhof passierte und geradewegs über das neue McDonald's-Restaurant an der Fuhsing-Straße raste.

Jetzt war der Flugkörper nur noch 120 Sekunden von der Hauptstadt Taiwans entfernt und alles, was das Militär noch auszurichten vermochte, war, die Bevölkerung zu warnen und aufzufordern, so schnell wie möglich in Deckung zu gehen. Man informierte die Hauptquartiere der Vereinigten Staaten und der Vereinten Nationen darüber, dass man gerade von Rotchina mit Raketen angegriffen wurde. Um genau 1406 war es dann schließlich so weit, dass der Marschflugkörper zum ersten Mal über Taipeh gesichtet wurde.

Doch zur völligen Verblüffung des gesamten Militärs flog das Cruisemissile anschließend genau über das Stadtzentrum und den Fluss Tanshui hinweg weiter und hielt auf Chlung an der Nordküste der Insel zu, den zweitgrößten Container-Umschlaghafen des Landes. Doch auch hier beendete es seinen Flug keineswegs, sondern röhrte weiter hinaus über den Pazifik, wo es schließlich aufschlug und 30 Meilen vor der Küste Taiwans explodierte.

Das Militär Nationalchinas protestierte in Peking aufs Schärfste und verlangte die Zusicherung, dass sich keine weiteren Lenkwaffen in Richtung ihres Landes befanden. Der Premierminister nahm persönlich direkten Kontakt mit Peking auf, um die oberste Führung Chinas eisig davon in Kenntnis zu setzen, dass seine Streitkräfte bereit seien, den Boden seines Landes bis zum letzten Zentimeter zu verteidigen, und die Soldaten seien darauf vorbereitet, für die Aufrechterhaltung der Freiheit des Landes ihr Leben zu lassen. Und, so fügte er hinzu, Taiwan werde andernfalls mit in Amerika hergestellten Lenkwaffen gegen China zurückschlagen, und diese Waffen seien allem weit überlegen, was Rotchina auch in seinen Arsenalen haben mochte.

»Kann sein«, schloss der Premier, »dass wir dabei draufgehen, aber dann werden wir Peking mitnehmen. Das kann ich versprechen.«

Die Rotchinesen fanden sich jedoch weder zu einer Entschuldigung noch zu einer Zusicherung bereit, dass sich ein solches Vorkommnis nicht wiederholen würde.


27. April, 0900 (Ortszeit)
Büro des Nationalen Sicherheitsberaters (NSA)
Weißes Haus, Washington, D. C.


Admiral Arnold Morgan hörte sich gerade mit wachsender Wut die Begründung an, weshalb der Botschafter der Volksrepublik China in Washington angeblich nicht in der Lage war, der Einbestellung ins Weiße Haus innerhalb der nächsten 20 Minuten Folge zu leisten.

»Man hat mir gesagt, er befindet sich zur Zeit in einer Konferenz«, sagte Morgans Sekretärin. »Man hat mich noch nicht einmal zu seinem Assistenten durchgestellt. Das Einzige, was man mir zusagen konnte, war, dass man ihm eine Nachricht zukommen lassen wird und er dich innerhalb der nächsten halben Stunde zurückrufen wird. Augenblicklich spricht er wohl persönlich mit dem Generalsekretär der Kommunistischen Partei, und der diniert heute Abend, wie du weißt, mit dem Präsidenten.«

»Kathy O'Brien«, sagte der Nationale Sicherheitsberater grollend, »du weißt, dass ich der Mann bin, der den Luftraum zwischen den Schritten anbetet, die du tust. Aber ich möchte, dass du mir jetzt ganz genau zuhörst. Es ist mir so etwas von egal, ob sich der ehrenwerte Genosse Ling Scheiß Guofeng, der bei uns akkreditierte Botschafter, vielleicht gerade in spiritueller Vereinigung mit Tschiang Kai-schek befindet, mit dem geistesgestörten Gespenst von Mao Tse-tung konferiert oder sich mit sonst irgendwelchen Kulis unterhält, die da drüben an die Macht gekommen sind. Ich wünsche ihn genau hier zu sehen, und zwar innerhalb der nächsten zwanzig Minuten, sonst wird dieser Ling Scheiß Guofeng der *ehemalige* chinesische Botschafter in unserem Land sein. Ich will, dass man ihn bis spätestens 1700 hier anschleppt.«

»Ich werde deine Wünsche an die höchstmögliche Stelle weiterleiten, Arnold.«

Genau siebzehn Minuten später wurde Botschafter Ling in Arnold Morgans Büro geleitet.

»Nehmen Sie Platz. Es geht um eine ernste Angelegenheit. Also hören Sie zu.« Der Admiral war offensichtlich nicht gerade in verträglichster Laune.

Der Botschafter setzte sich. »Wäre es meinerseits ungebührlich, Admiral«, sagte er dann mit ausgesuchter Höflichkeit, »wenn ich Ihnen zunächst einmal einen guten Tag wünsche?«

»Jetzt, wo Sie es ansprechen, ja, das wäre es allerdings. Ich mache mir nämlich ganz erhebliche Sorgen über eine Tatsache, die sich vor wenigen Stunden herausgestellt hat, nämlich dass Ihr gottverdammtes Land, das ich etwa so mag wie ein Geschwür am Arsch, beinahe einen beschissenen Krieg vom Zaun gebrochen hat.«

»Admiral, Sie wollen damit doch ganz sicher nicht auf diesen belanglosen Vorfall in der Formosastraße anspielen?«

»Belanglos, hä? Ihr verrückten Hurensöhne feuert ein Cruise-missile vom Typ M-11 quer über die Meerenge direkt auf das Stadtzentrum von Taipeh, und das nennen Sie belanglos?«

»Admiral, ich verfüge über ein äußerst zuverlässiges Kommuniqué, dass es sich dabei lediglich um einen Unfall gehandelt hat. Irgendwie ist der Flugkörper außer Kontrolle geraten. Auf jeden Fall verlief die Fehlfunktion jedoch glimpflich, und die Waffe ist in den Pazifik geflogen, ohne Schaden anzurichten. Also, wie gesagt, völlig belanglos.«

»Ling, ich glaube Ihnen kein Wort. Ich bin vielmehr der Ansicht, dass ihr Typen mit einem neuen Sport des 21. Jahrhunderts begonnen habt, der ›Wie jagt man den Taiwanern eine Todesangst ein‹ heißt. Was ich damit sagen will: Ihr habt schließlich genau zu dem Zeitpunkt, als die Lenkwaffe anflog, bereits eine ganze Flotte von Kriegsschiffen in den Hoheitsgewässern Taiwans stehen gehabt. Was zum Teufel hätten die denn sonst denken sollen?«

»Na ja, in gewisser Hinsicht kann ich deren Angst schon verstehen.«

»Jetzt sagen Sie mir mal eines, Ling. Was hätten Sie denn gemacht, wenn die Taiwaner auch nur ein ganz klein wenig mehr Zeit gehabt und unser Flugzeugträger-Gefechtsverband sich nur ein ganz klein wenig näher am Ort des Geschehens befunden hätte? Oder wie wäre die Sache wohl weitergegangen, wenn die Taiwaner ihrerseits Marschflugkörper in eure Richtung gestartet hätten? Oder wenn wir uns entschlossen hätten, einige eurer Marinestützpunkte auszuschalten und bei dieser Gelegenheit auch noch gleich ein paar von euren Raketenstellungen dazu? Was dann?«

»Das, Admiral, wäre meiner Ansicht nach weder seitens der Taiwaner noch Ihrerseits besonders klug gewesen. Wir hinken technologisch schon lange nicht mehr hinter dem Rest der Welt her und sind auch nicht mehr die militärische Hausmannskost, für die Sie uns immer noch zu halten scheinen. Heute verfügen wir über Lenkwaffen, die es durchaus mit den Ihren aufnehmen können, und das gilt sowohl für deren Reichweite wie auch deren Sprengkraft. Ich spreche hier von etwas, was man in Ihrer Sprache als Inter-Continental Ballistic Missiles oder kurz ICBMs bezeichnet, also durchaus ernst zu nehmende Interkontinentalraketen mit Atomsprengköpfen. Made in China, Admiral. Sie täten gut daran, dies nicht außer Acht zu lassen.«

»Ling, das Äußerste, was ihr Typen je zuwege gebracht habt, ist, eine Reihe von hinterhältigen kleinen Spionen und diebischen Fieslingen zu engagieren und ihnen den Auftrag zu geben, uns alles zu stehlen, was nicht niet- und nagelfest ist. Aber sobald ihr das Zeug dann in Händen hattet, war es stets viel zu fortschrittlich, als dass ihr es wirklich hättet übernehmen können. Ihr habt doch mehr Fehlschläge bei Raketentests gehabt, als ich zählen kann. Ihr habt immer nur *gedacht*, dass ihr im Bereich militärischer Hardware und Technik mit uns auf gleicher Höhe seid. Aber das werdet ihr niemals sein. Genauso wenig wie wir es jemals schaffen werden, mit euch in der Bereitung von *Hühnchen süß-sauer* gleichzuziehen.«

Der Botschafter ignorierte diese Beleidigung geflissentlich. »Admiral«, sagte er, »Ihre Einschätzung der Fähigkeiten Ihres Landes mag sicherlich für etliche der vergangenen Jahre zutreffend gewesen sein. Doch heute gilt dies nicht mehr. Wir verfügen inzwischen über außerordentlich wirkungsvolle Langstreckenraketen. Was das Bedrohungspotential angeht, sind wir für Sie inzwischen genau das, was Sie immer für uns gewesen sind.«

»Mag sein. Aber wir laufen deswegen noch lange nicht herum und schleudern Cruisemissiles auf die Hauptstädte anderer Länder, erschrecken deren Bevölkerung damit zu Tode und treiben ganze Nationen in den Krieg. Nehmen Sie bitte Folgendes zur Kenntnis: Hiermit warne ich Sie als Stellvertreter für Ihre gesamte Regierung genau an dieser Stelle und genau in diesem Augenblick, nachdrücklich. Wenn Sie scharf darauf sind, mit den Vereinigten Staaten von Amerika um die Nation Taiwan mit harten Bandagen zu kämpfen, sollten Sie, verdammt noch mal, zuerst einmal einen Blick auf die Spielregeln werfen. Denn wenn wir uns erst einmal entschieden haben, in ein Spiel einzusteigen, spielen wir, um zu gewinnen.«

Botschafter Ling antwortete nicht sofort. Stattdessen blickte er gedankenverloren und irgendwie gelehrt vor sich hin, eben ganz wie ein Professor, der er schließlich auch einmal gewesen war. Als er wieder zu sprechen anhob, geschah dies ruhig und auf eine Weise, als hätte er sich jedes einzelne Wort genau überlegt.

»Wie dem auch immer sein mag, Admiral«, sagte er. »Sollte es zwischen unseren Ländern zu einem Schlagabtausch mit ICBMs kommen, frage ich mich allen Ernstes, ob Sie wirklich bereit wären, die Ausradierung von Los Angeles für die Erhaltung Taiwans aufs Spiel zu setzen.«

# KAPITEL EINS

Freitag, 7. Oktober 2005
Pazifischer Ozean
120 Seemeilen west-südwestlich von San Diego, Kalifornien

Immer weiter kroch die Dunkelheit über den leicht bedeckten Himmel in Richtung Westen und der böige Nordwest peitschte weißen Gischt von den Kämmen der Wellen. In jener zwielichtigen Zeit des Abends, also etwa den zwanzig Minuten, in denen die Sonne gerade untergegangen ist und die Nacht über dem unendlich weiten Ozean ihren Einzug hält, wirft sich der Pazifik seinen zutiefst boshaften Umhang über. Dann glitzern seine eindrucksvollen dunklen Wellentäler und Wogen noch ein letztes Mal im schwindenden Licht des Tages. In solch bodenlosen Gewässern, dort weit draußen auf dem Ozean, wird man vergeblich auf das Auftauchen heller, freundlicher Phosphoreszenz auf der Oberfläche warten. Der Blick hinab auf das dunkle Panorama des Meeres gleicht selbst dann noch dem in einen tiefen Abgrund, wenn er von der beruhigenden Höhe des Decks eines Kriegsschiffs erfolgt. *O Gott, Dein Ozean ist so unermesslich, und mein Schiff ist so klein.*

250 Meter unter dieser zwielichtigen Melancholie der Oberfläche donnerte die USS *Seawolf* mit einer Geschwindigkeit von 40 Knoten über die Murray Fracture Zone. Das 9000 Tonnen verdrängende taktische Unterseeboot der U.S. Navy durchlief gerade die wichtigste Phase seiner monatelangen Probefahrten. Solche wurden grundsätzlich fällig, wenn die übliche alle drei Jahre stattfindende Grundüberholung abgeschlossen war. Obwohl sich die *Seawolf* also keineswegs im Gefechtseinsatz befand, sollte man jedoch einem eventuell vorbeischwimmenden Wal verzeihen, wenn dieser sehr wohl einen solchen Eindruck gewonnen

haben mochte. Aber schließlich sind 40 Knoten auch eine höllische Geschwindigkeit für ein immerhin 350 Fuß langes Unterseeboot. Die *Seawolf* war nun einmal für das Erreichen hoher Geschwindigkeiten optimiert und gebaut worden. Schließlich hatte man ja speziell sie dazu auserkoren, die Unterwasser-Kavallerie der United States Navy anzuführen – und zwar immer und überall. Und gerade jetzt befand sie sich in der Phase der Tieftauch-Testfahrten, in der sämtliche Systeme überprüft werden sollten, in der sie hier in der abgelegenen Wildnis des Ozeans vor dem amerikanischen Westen einmal richtig ihre Muskeln spielen lassen konnte.

Von zwei 45000 PS starken Turbinen angetrieben, die ihren Dampf von einem Westinghouse-Atomreaktor bezogen, der sich auf dem neusten Stand der Technik befand, war die *Seawolf* das teuerste sämtlicher jemals für die Navy gebauten Unterseeboote. Genau genommen hatte sie sich letzten Endes sogar als zu teuer erwiesen. Das war dann auch der Grund, weshalb man der Navy schließlich gerade noch gestattet hatte, den Bauauftrag für insgesamt drei Muster dieser Klasse – die USS *Connecticut* und USS *Jimmy Carter* waren die beiden anderen – zu erteilen, bevor dann Haushaltskürzungen für den Bau noch weiterer dieser pechschwarzen Herrscher der Tiefe das endgültige Aus bedeuteten. Als die *Seawolf* im Jahre 1997 endlich in Dienst gestellt wurde, waren bereits mehr als eine Milliarde US-Dollar allein schon für die Forschung und Entwicklung ausgegeben worden.

Jetzt, nach einer mehrere Millionen Dollar teuren Überholung, war das Unterseeboot ohne Frage das beste Unterwasser-Kriegsschiff der Welt und gleichzeitig das schnellste und dabei auch leiseste jemals gebaute Atom-Unterseeboot. Bei einer Geschwindigkeit von etwa 20 Knoten war von ihr nicht mehr zu hören als das Geräusch des an ihrem Druckkörper entlanggleitenden Wassers. Über ihre Lautlosigkeit hinaus verfügte sie auch noch über eine geradezu furchterregende Schlagkraft. Die *Seawolf* nannte eine ganze Phalanx von *Tomahawk*-Landziel-Angriffsflugkörpern ihr eigen, die bei einer Geschwindigkeit von mehr als 1500 Kilometern pro Stunde eine Reichweite von 2250 Kilometern erzielten. Außerdem konnte sie Flugkörper von der Leine lassen, die mit einem 454 Kilogramm schweren Gefechtskopf ausgerüstet waren, und damit ein Schiff noch in einer Entfernung von über 400 Kilometern sicher treffen. Die *Seawolf* war mit insgesamt acht 26-Zoll-

Torpedorohren gespickt, die als Startrampen für die gewaltigen drahtgelenkten, zielsuchenden Gould Mk 48er dienten. Diese Torpedos schafften ohne weiteres Reichweiten von 50 Kilometern. Mit einer Trefferwahrscheinlichkeit von 50 Prozent waren diese Waffen äußerst effektiv. Wahrscheinlich war der britische *Spearfish*-Torpedo die einzige ähnliche Waffe, die überhaupt mit solchen Werten mithalten konnte.

Die *Seawolf* hatte Sonargeräte an Bord, die schätzungsweise dreimal so wirkungsvoll waren wie selbst die modernsten Geräte an Bord der weiterentwickelten Boote der Los-Angeles-Klasse. Sie verfügte sowohl über die TB16- als auch die TB29-Überwachungs- und Schleppsonareinrichtungen, und für die Zielerfassung über kurze Entfernungen befand sich auch noch das BQS24-System an Bord. Aber auch ihre ESM-Garnitur, die der Unterstützung und Verknüpfung an Bord befindlicher Elektroniksysteme diente, war keinen Deut weniger sensationell. Jedes Schiff, das sich in einem Umkreis von 80 Kilometern befand, konnte sich nicht bewegen, keinen Funkverkehr führen oder auch nur sein Radar oder Sonar einschalten, ohne dass die *Seawolf* davon alles bis ins kleinste Detail mitbekommen hätte. Damit war sie fast so etwas wie ein Elektronik-Staubsauger, der zusätzlich mit allem ausgerüstet war, was Amerika durch geheime und kommerzielle Forschung aufzubieten hatte.

Captain Judd Crocker hatte also jeden erdenklichen Grund, verdammt stolz auf sein Schiff zu sein. »Noch nie hat es ein Unterseeboot gegeben, das es mit diesem hier hätte aufnehmen können«, pflegte er zu sagen. »Und ich bezweifle auch stark, dass es jemals ein solches geben wird. Zumindest nicht, solange ich lebe.«

Ein wirklich ernst zu nehmendes Lob aus berufenem Munde. Er war der Sohn eines Admirals bei den Oberflächeneinheiten und auch schon sein Großvater war Admiral gewesen. Judd war in eine Familie von Regatta-Jachtseglern aus Cape Cod geboren worden und hatte dadurch, kaum dass er laufen konnte, schon mit Schiffen zu tun gehabt. Er hatte zwar nicht das einzigartige Steuermannstalent seines Vater geerbt, aber er war dennoch gut, zumindest besser als die meisten anderen. Was ihn allerdings keineswegs davor bewahrte, immer wieder vom scharfäugigen Admiral Nathaniel Crocker deklassiert zu werden.

Judd war jetzt 40 Jahre alt. Zeit seines militärischen Lebens schon ein Unterseebootfahrer, hatte er seit 1997 auf der *Seawolf* zunächst als Erster Offizier gedient, bevor er fünf Jahre später selbst das Kommando über das Boot übernahm. Unmittelbar bevor sie zur Überholung eingelaufen waren, war er zum Captain befördert worden und setzte dieses Kommando jetzt, im Hochsommer des Jahres 2005, fort.

Kommandant der *Seawolf* sein zu dürfen war nicht nur die Erfüllung all seiner Jugendträume, sondern zugleich auch die Umsetzung eines Plans, den er schon als Fünfzehnjähriger geschmiedet hatte, als ihn sein Vater zur jährlich stattfindenden Regatta von Newport nach Block Island und zurück mitgenommen hatte. Damals fuhr der Admiral die Regatta nicht selbst mit, sondern befand sich lediglich als geladener Gast zusammen mit seinem Sohn an Bord eines Boots des New Yorker Jachtclubs, von dem aus die Überwachung des Rennens geleitet wurde. An jenem Tag zogen immer wieder Nebelbänke durch die Bucht, wodurch etliche der Teilnehmer in navigatorische Schwierigkeiten gerieten.

Selbst die Jacht, auf der sich Judd befand, lag am frühen Nachmittag leicht ab vom Kurs und lief etwas zu weit im Südwesten der Insel. Dadurch geriet sie kaum eine halbe Meile entfernt an den Ansteuerungspunkt eines 7000 Tonnen verdrängenden Unterseeboots der Los-Angeles-Klasse, das dort an die Oberfläche kam, um den Rest seines Wegs zum Marinestützpunkt New London in Überwasserfahrt zurückzulegen. Als das mächtige Unterseeboot die Wasseroberfläche durchbrach, hatte sich die Sonne gerade wieder einmal durch den Nebel gekämpft und verschaffte Judd damit die Gelegenheit, eines der großen schwarzen Schlachtrösser der U. S. Navy durch sein Fernglas ganz aus der Nähe und unter Fahrt zu erleben. Obwohl von diesem Anblick wie gebannt, erkannte er dennoch die auf dem Turm angebrachte taktische Nummer *690*, und als er sah, dass einige der Offiziere auf der Brücke des Boots über das Wasser hinweg zur Jacht herüberwinkten, glaubte er vor Aufregung fast sterben zu müssen. Noch lange nachdem die nach Hause zurückkehrende USS *Philadelphia* hinter dem Horizont außer Sicht verschwunden war, starrte er ihr noch nach.

Nicht selten üben Unterseeboote selbst auf solche Menschen, die nicht das Geringste mit dem Militär zu tun haben, eine derartige Wirkung aus. Kriegsschiffe dieser Art haben etwas an sich, was zutiefst unheilverkündend zu sein scheint und dem Betrachter eine gewisse Gänsehaut verschaffen kann. Judd hatte damals gerade einen Blick auf die ultimative eiserne Faust der amerikanischen Seemacht geworfen und etwas wie Ehrfurcht verspürt. In seinem Bauch hatte sich buchstäblich ein Knoten gebildet, doch gleichzeitig wusste er irgendwie, dass dieses Gefühl nichts mit Angst zu tun hatte. Nein, es war wirklich Ehrfurcht. Und zwar eine Art von Ehrfurcht, die wohl auch derjenige verspürt, vor dem ein 200 Stundenkilometer schneller D-Zug in einem ländlichen Bahnhof kreischend zum Stehen kommt: das Erleben einer alles erzittern lassenden, ohrenbetäubend heulenden Dokumentation gewaltiger Kraft mit dem Potential, den gesamten Bahnhof und gleich noch die Hälfte des ganzen Ortes dem Erdboden gleichzumachen, sollte sie einmal außer Kontrolle geraten. Der grundlegende Unterschied zu einem Unterseeboot besteht allerdings darin, dass es die gleichen Gefühle in fast völliger Lautlosigkeit auszulösen vermag, die aber deswegen nicht weniger bedrohlich erscheint.

Judd hatte vor diesem Unterseeboot also nicht die geringste Furcht verspürt. Er war ganz einfach fasziniert. Fasziniert von einer Maschine, die problemlos eine Stadt wie Boston in Schutt und Asche legen könnte, wenn ihr einmal der Sinn danach stehen sollte. Als er sich schließlich wieder den ungleich weniger großen Aufregungen der Regatta zuwandte, wurde sein Verstand nur noch von einer einzigen Sache beherrscht. Ihm war nämlich auf einmal klar geworden, was er wirklich mehr als andere wollte: eines Tages selbst die USS *Philadelphia* zu kommandieren. Das allerdings bedeutete für ihn, dass er sich drei Jahre später auf der United States Naval Academy in Annapolis würde einschreiben müssen. Für einen Jungen seines Alters eine scheinbar endlose Zeit. Aber Judd verlor in den auf dieses Erlebnis folgenden Jahren nie sein Ziel aus den Augen. Und diese Beharrlichkeit dürfte letztlich ein Grund dafür gewesen sein, weshalb er jetzt, rund ein Vierteljahrhundert später, als Kommandant in der Zentrale des eindrucksvollsten Unterseeboots stand, das jemals eine Werft verlassen hatte.

»Zentrale. Hier spricht der Captain. Fahrtstufe auf zwanzig Knoten herabsetzen. Vorn unten fünf, auf fünfhundert Fuß gehen. Standardmodus. Neuer Kurs zwo-zwo-null.«

Judds Befehle kamen stets in ruhigem Tonfall, aber es lag ein unmissverständlicher Nachdruck ihn seiner Stimme, die keinen Raum für Zweifel ließ und jedem eindeutig klarmachte, dass er jedes Wort wohl durchdacht hatte, bevor er es aussprach.

»Zentrale. Aye, Sir.«

Judd drehte sich zu seinem Ersten Offizier, Lt. Commander Linus Clarke, um, der gerade von einer kurzen Besprechung mit den Maschinisten aus dem Achterschiff zurückgekehrt war.

»Alles klar da hinten, Linus?«

»Ein kleineres Problem mit einem klemmenden Schieber, Sir. Chief Barrett hat ihn wieder gängig gemacht. Meint, es würde jetzt nicht wieder vorkommen. Wir gehen tiefer?«

»Für den Augenblick nur ein wenig, aber in ein paar Stunden will ich sie auf tausend Fuß haben.«

Die beiden bildeten im Kommando über ein Unterseeboot ein mehr als ungewöhnliches Team. Der Captain, ein athletischer Mann mit einem fassartigen Brustkorb, war knapp eins achtzig groß und hatte pechschwarzes Haar, ein Erbteil seiner Mutter Jane Kiernan, deren Vorfahren aus Irland stammten. Von ihr hatte er auch die haselnussbraunen Augen und von den männlichen Vertretern dieser Familie die Bullenkräfte geerbt. Judds Ahnen hatten nämlich als Farmer und Fischer an den sturmumtobten Westküsten Irlands in der Nähe des Ortes Connaught gelebt.

Judd war ein Fels von einem Marineoffizier: zuverlässig, erfahren und ein Mann, der selbst unter Druck einen kühlen Kopf behielt und in der Kunst der Panikunterdrückung im Feuer eigener Erfahrung gestählt worden war. Captain Crocker war bei seiner mehr als 100 Mann starken Crew sehr beliebt, wozu nicht nur sein ausgezeichneter Ruf, sondern auch seine glänzende Karriere beigetragen hatte, was ihm einen gehörigen Respekt verschaffte. Dazu kam noch sein ganzes Auftreten, eine gelungene Mischung aus gelassenem Selbstvertrauen, Professionalismus und einem reichen Erfahrungsschatz – alles wiederum gemischt mit einem ausgeprägten Sinn für Humor. Das alles hatte dazu geführt, dass die Männer ihr völliges Vertrauen in ihn setzten.

Er verfügte mindestens über das gleiche Wissen wie jeder andere aus der Mannschaft, die sich fast ausschließlich aus Experten zusammensetzte, und manches Mal war er diesen sogar noch

voraus. Trotzdem achtete er stets darauf, seinen Männern das
Gefühl zu vermitteln, dass er ihre Arbeit zu schätzten wusste und
dass er auf ihre Meinung Wert legte. Nur wenn es wirklich unumgänglich war, wurde er – wenn auch sehr milde – etwas nachdrücklicher, und selbst das geschah meist nur durch eine offensichtlich einfach zu beantwortende und scheinbar harmlose Frage,
die den Entsprechenden dazu veranlasste, alles noch einmal zu
durchdenken, um dann selbst auf die richtige Lösung zu kommen. Es gab wohl niemanden, für den er nicht der Inbegriff des
perfekten Kommandanten gewesen wäre.

Judd verfügte über die höchste Qualifikation in Sachen Hydro-
dynamik, Elektronik, Antriebssysteme und Atomphysik. Der Vorschlag, ihn zum Kommandanten der *Seawolf* zu machen, war von
ganz oben gekommen, und zwar von Admiral Joe Mulligan, dem
Chief of Naval Operations (CNO) höchstpersönlich, und der war
früher schließlich selbst einmal Kommandant eines Atom-Unterseeboots gewesen.

Die Gründe jedoch, die hinter der Kommandierung von Linus
Clarke als Captain Crockers Erster Offizier standen, schienen
dagegen weit weniger nachvollziehbar. Der Lt. Commander
war gerade einmal 34 Jahre alt, und es war allgemein bekannt,
dass er etliche Monate ans Hauptquartier der CIA in Langley, Virginia, abgestellt worden war. Niemand stellte irgendwelche Fragen, was er dort genau getrieben hatte. Allerdings wurden aktive Marineoffiziere, die über einen Geheimdiensthintergrund in
ihrer Karriere verfügten, eigentlich eher selten als stellvertre-
tende Kommandanten auf taktischen Atom-Unterseebooten verwendet.

Linus, ein hoch gewachsener, schlanker Mann aus Oklahoma
mit rötlichen Schnittlauchhaaren, genoss es durchaus, in einem
etwas mysteriösen Ruf zu stehen. Er trug das Haar etwas länger,
als es im eher konservativ eingestellten Offizierskorps der amerikanischen Marine für angemessen gehalten wurde. Seine Laufbahn war offensichtlich recht beständig gewesen. An der Marineakademie von Annapolis war er im oberen Viertel unter den
Absolventen gewesen. Damals hatte sich aber noch niemand besonders für ihn interessiert, weshalb er auch, ohne großes Aufsehen zu erregen, für ein paar Jahre recht erfolgreich von der Bildfläche verschwinden konnte, um anschließend mit einer eher

fragwürdigen CIA-Reputation wieder ins normale Marineleben zurückzukehren.

Insgesamt saßen 14 Offiziere um den Tisch in der Offiziersmesse der *Seawolf*, aber obwohl jeder irgendetwas über Lt. Commander Clarke wusste, fehlte ihnen allen doch der vollständige Durchblick – mit Ausnahme von Captain Crocker, der jedoch dem Thema tunlichst aus dem Weg ging. Natürlich gab es auch unter den Unteroffizieren und Mannschaften jede Menge Gerüchte, die in erster Linie aber alle von einem Seemann in der Schiffswäscherei in die Welt gesetzt worden waren. Dieser Matrose hatte unter anderem behauptet, dass auf den Wäschezeichen des Ersten Offiziers ein Name stand, der ganz gewiss nicht Linus Clarke lautete. Er konnte sich allerdings nie erinnern, welcher Name das denn nun tatsächlich war, was zur Folge hatte, dass man seiner Behauptung auch nicht so recht Glauben schenken wollte. Trotzdem hielt sich das Gerücht.

Hinzu kam, dass sich auch Linus Clarke selbst äußerst geheimnisvoll gab und den Gesamteindruck auch noch durch ein gewisses Maß an Ironie verstärkte, die er in seine Gespräche einfließen ließ. Solche Gespräche würzte er gern mit einem dünnen, wissenden Lächeln, das er von Fall zu Fall über seine offenen, sommersprossigen Gesichtszüge huschen ließ. Außerdem hatte er sich die leicht arrogante Haltung eines Mannes zugelegt, der sich eigentlich für ein wenig zu kühn und abenteuerlich hält, um sich längere Zeit in der Gesellschaft von harten, realistisch eingestellten Männern aufhalten zu können, die an der vordersten Front der U. S. Navy standen. Ohne Zweifel sah er sich selbst gern mehr als in der Figur eines Hornblower, in der eines Rickover (der als Vater der atomgetriebenen Unterseeboote gilt).

Ein typischer Auftritt Clarkes in der Messe spielte sich etwa nach dem Muster ab: »Okay, Männer, gibt es irgendein wirklich schwieriges Problem, das ich für euch lösen kann?« Er grinste zwar jedesmal, wenn er etwas in dieser Art von sich gab, aber die meisten der Anwesenden waren sich völlig sicher, dass er jedes einzelne seiner Worte auch genau so meinte, wie er es sagte.

Etwa eine Woche nach seiner Kommandierung auf die *Seawolf*, als das Boot noch längsseits festgemacht am Pier von San Diego lag, gab es eine kleine Cocktailparty an Land. Nach drei zweifelsfrei recht anstrengenden Gläsern Bourbon on the rocks, hatte sich

Lt. Commander Clarke dann mit der Absicht zu seinem neuen Captain gesellt, ihm etwas anzuvertrauen. »Sir, wissen Sie eigentlich den wahren Grund, weshalb ich auf Ihr Schiff abkommandiert worden bin?«

»Nein, da müsste ich schon lügen«, sagte Judd.

»Nun, Sir, wir treten eine höchst geheime Mission an, was für mich ja nichts Neues ist. Wie Sie wissen, habe ich so was schon häufiger gemacht. Im Grunde bin ich also eigentlich nur hier, um sicherzustellen, dass Sie die Sache nicht versauen. Sie wissen schon, aus Mangel an Erfahrung.«

Captain Judd Crocker blickte ihn auf diese Bemerkung hin lediglich, ohne mit der Wimper zu zucken, an. Auf diese Weise versuchte er seine Verblüffung darüber zu verbergen, dass *irgendein* dahergelaufener Zweieinhalbstreifer, selbst wenn es sich dabei um einen wie diesen hier handelte, die Stirn haben könnte, so mit ihm zu reden. Aber eigentlich stand er über solchen Dingen. Daher lächelte er sardonisch und hätte sich gewiss eher die Zunge abgebissen, als das zu antworten, wonach ihm wirklich der Sinn stand. »Ach, tatsächlich? Na, dann bin ich aber zutiefst beruhigt, dass ich jetzt eine so außergewöhnliche Erscheinung wie Sie zu meiner Mannschaft zählen darf.«

Linus Clarke machte sich eine gedankliche Notiz, die besagte, dass er in Zukunft im Umgang mit diesem Kommandanten wohl lieber besonders vorsichtig sein sollte. »Das ist vielleicht ein eiskalter Pinkel«, dachte er. »Meine kleine Rede war doch dazu gedacht, ihn an die Wand zu drücken, aber der Kerl hat noch nicht einmal geblinzelt.«

Was Linus Clarke nicht ins Kalkül gezogen hatte, war die Tatsache, dass Judd Crocker praktisch sein ganzes Leben lang im Kreise hochrangiger Admiräle und damit in Gesellschaft von Männern enormer Intelligenz verbracht hatte. Außerdem war er an der Ostküste im New Yorker Jachtclub mit den Spitzenleuten der Finanzwelt gesegelt, wo er zu deren Crews gehört hatte, wenn diese Jahr für Jahr den Törn die Küste Neuenglands in Richtung Norden unternahmen. Bei solchen Gelegenheiten hatte er mehr als einmal bis hinauf zu den Inseln vor Maine als Navigator fungiert. Schon als kleiner Junge und erst recht später, als er ein junger Seekadett war, hatte er in den teuersten Salons einiger der größten Hochseejachten der Vereinigten Staaten von Amerika gesessen und Unterhaltungen von enormer Tragweite lauschen dürfen. Also brauchte es für Judd schon einiges mehr als lediglich eine anmaßend klugscheißerische Bemerkung seitens eines leicht angesäuselten Lt. Commander, ihn aus der Ruhe zu bringen. Aber es war ihm dennoch nicht entgangen, dass auch der junge Clarke wohl über einige Kontakte zu den Hohen und Mächtigen verfügte.

Gleichwohl bildeten die beiden nicht gerade das, was man bei der Navy gern als natürlich gewachsene vertrauensvolle Partnerschaft in der Führung eines Schiffs sah, das fast den Wert der gesamten Staatsverschuldung repräsentierte.

Außer mit dem Silent Service, wie die Unterseebootflotte der Vereinigten Staaten gern bezeichnet wird, war Judd Crocker auch noch mit der zehn Jahre jüngeren Nicole, einer geborenen Vanderwolk, verheiratet. Sie war die Tochter des mächtigen Bankiers und Finanziers Harrison Vanderwolk, der über seine geschäftlichen Aktivitäten in Florida hinaus auch noch mindestens drei einflussreiche Holding-Gesellschaften in anderen Bundesstaaten kontrollierte. Wie die Crockers hatten auch die Vanderwolks auf der vornehmen Sea View Avenue in Osterville ein Sommerhaus mit Seeblick. Ihre Villen lagen in unmittelbarer Nachbarschaft der ehemaligen Residenz des jüngsten Generals aller Zeiten in der U.S. Army. Dieser »Jumping« Jim Gavin von der 82nd Airborne war während des Zweiten Weltkriegs bei der alliierten Fallschirmjägerinvasion in der Normandie zu einer lebenden Legende geworden.

Die Vanderwolks, Gavins und Crockers waren schon ein Leben lang miteinander befreundet. Als Judd seine Nicole heiratete, war es also kein Wunder, dass dieses Ereignis an der sonnenbeschienen Küste des Nantucket Sound in einer Art Massenfeierlichkeit unter dem Dach eines gelb-weiß gestreiften Zeltes stattfand, das etwa die Größe des Pentagons hatte.

Unglücklicherweise blieben den beiden eigene Kinder versagt. Deshalb hatte das Paar 1997, unmittelbar nachdem Judd das Kommando auf der *Seawolf* übernommen hatte, zwei vietnamesische Mädchen im Alter von drei und vier Jahren adoptiert, die sie Jane und Kate tauften. Zur Jahrtausendwende verlegte Judds Familie ihren Wohnsitz hinaus nach Point Loma in San Diego. Dazu hatten Eltern und Schwiegereltern zusammengelegt und für die Zeit, in der Judd an der Westküste unter dem Oberbefehl des COMSUBPAC stand, ein rund zwei Millionen teures Anwesen quasi als Investitionsobjekt gekauft. Der damit verbundene Handel war für alle Beteiligten ebenso einfach wie einträglich. Wenn einmal der Zeitpunkt gekommen war, das Haus wieder zu verkaufen, würden der Admiral und Harrison jeweils 1,1 Millionen Dollar zurückerhalten, und was anschließend vom Verkaufspreis noch übrig blieb, sollte dann Judd und Nicole gehören. Die Art und Weise, wie sich der Immobilienmarkt für exklusive Objekte in Kalifornien entwickelte, ließ durchaus den Schluss zu, dass Judd und Nicole letzten Endes die eigentlichen Gewinner sein würden. Und das, ohne einen Finger dafür krumm gemacht zu haben.

Das Privatleben des Linus Clarke stellte sich dagegen um einiges geheimnisvoller dar. Fest stand, dass er unverheiratet war, obwohl sich die Gerüchte hartnäckig hielten, dass er in der Nähe des Stammsitzes seiner Familie in Oklahoma eine feste Freundin hatte. Dorthin zog es Linus nämlich bei jeder sich bietenden Gelegenheit. Bei solchen Urlauben bestieg er grundsätzlich den Jet einer zivilen Fluglinie, der ihn nach Amarillo in Texas brachte, wo er zum letzten, nach Norden führenden Abschnitt seiner Reise in eine kleine einmotorige Beechcraft-Privatmaschine umstieg, die seinem Vater gehörte.

War er aber erst einmal auf der Rinderranch der Familie tief im Panhandle Oklahomas angekommen, verschwand Linus für gewöhnlich spurlos. Berücksichtigte man die Verbindungen, über die seine Familie verfügte, grenzte es eigentlich schon an ein Wunder, dass bei solchen Gelegenheiten nicht ein einziges Wort über ihn in den Lokalzeitungen erschien. Aber eigentlich noch ungewöhnlicher erschien einem dabei die Tatsache, dass er den Medien offenbar ganz bewusst aus dem Wege ging, und das galt nicht nur während seiner Dienstzeit in Washington, sondern sogar noch jetzt, seit er auf dem Marinestützpunkt von Norfolk in Virginia stationiert war.

Judd Crocker hielt das alles schon für eine enorme Leistung des jungen Lt. Commander. Aber auf der anderen Seite hatte es schließlich auch die britische Königsfamilie jahrzehntelang geschafft, Prinz Charles und Prinz Andrew sehr wirkungsvoll »abzuschirmen«, während diese, genau wie die meisten männlichen

Verwandten vor ihnen, zu denen auch König George V. und Prinz Philip zählten, ihre Dienstzeit bei der Royal Navy ableisteten. Im Grunde war es kaum zu glauben, dass es tatsächlich ein Foto von Prinz Andrew gab, auf dem zu sehen war, wie er während des Falkland-Kriegs gerade mit seinem Hubschrauber vom Deck der HMS *Invincible* abhob. Nicht anders war es bei Linus Clarke und so schien es auch bleiben zu sollen.

Folglich umgab Linus auch hier die Aura des Mystischen. Bei den Mannschaften wusste man nur, wie er hieß und dass er über Verbindungen zur CIA verfügte. Aber man hängte Letzteres nicht an die große Glocke. In der Messe begegnete man ihm mit Vorsicht und es war eine unausgesprochene Tatsache, dass sich niemand wünschte, dass ihm ein Fehler unterlief.

»Schätze«, bemerkte der Waffensystemoffizier Lt. Commander Cy Rothstein einmal, »wir sollten nicht vergessen, wer er ist.«

»Das ist nun mal eine Sache, die wir lieber doch vergessen sollten«, sagte der Captain. »Und hoffen wir, dass er das auch tut. Clarke hat nun einmal eine sehr wichtige Position auf diesem Schiff, ganz gleich, wer und was er auch immer sein mag.«

Im Augenblick kreuzte die *Seawolf* unverändert mit einer Geschwindigkeit von rund 20 Knoten durch die pechschwarze Finsternis des Pazifiks, und Judd Crocker traf alle notwendigen Vorbereitungen, das Boot tiefer gehen zu lassen. 1000 Fuß waren für die Testläufe der Torpedorohre vorgegeben und damit eine weitere Bewährungsprobe, die für ihren Fronteinsatz unabdingbar war.

Hinter Judd Crockers Mannschaft lagen Wochen, in denen sie alles immer und immer wieder überprüft hatte und in denen jedes einzelne primäre, sekundäre und tertiäre System des Boots durchgetestet worden war. Sie hatten auch schon ihren »Leinen-Törn« hinter sich – bei dem sämtliche Systeme bis an ihre Grenzen belastet wurden, während die *Seawolf* noch längsseits festgemacht an der Pier lag. Auch die »Feuer, Flut und Hungersnot«-Übungen, wie man bei der Navy alle möglichen sich anbahnenden Katastrophen nannte, lagen schon hinter ihnen. Sie hatten sämtliche Drills über sich ergehen lassen, alle Feineinstellungen vorgenommen und jede bekannte Routine durchlaufen. Das Wasser war analysiert und ausgewechselt worden, die Luft im Boot hatte man komplett ausgetauscht, der Reaktor wurde hochgefahren, die Sehrohre wurden überprüft und schließlich waren sogar die Masten auf das Vorhandensein von Fehlern abgesucht worden.

Natürlich hatten sie dabei Defekte gefunden, und Ingenieure aus New London von der General-Dynamics-Werft, auf der die *Seawolf* gebaut worden war, hatten sich wochenlang an Bord herumgetrieben und dabei Dutzende von Teilen instand gesetzt, ganz ausgetauscht oder neu justiert. All diese Aktivitäten waren ebenso umfassend wie pedantisch über die Bühne gegangen, denn eines durfte nie vergessen werden: Sollte ein Unterseeboot einmal in Schwierigkeiten geraten, können die sich ergebenden Probleme, die an Bord eines Oberflächenschiffs vielleicht im Handumdrehen zu bewältigen sind, für die Unterwasserkrieger sehr leicht deren Ende bedeuten. So arbeitsintensiv und zeitraubend diese Probefahrten auf See auch sein mögen, es steht für jedes einzelne Mitglied der Besatzung eines Unterseeboots außer Frage, dass es sein hundertprozentiges persönliches Engagement bei diesen gemeinsamen Anstrengungen einbringen muss und wird. Seitenlange Berichte waren geschrieben worden, die dann gegengezeichnet und immer wieder bei erneuten Tests zu Vergleichen herangezogen wurden.

Jetzt durchliefen sie hier draußen im Pazifik noch einmal dieselben Testserien wie bei ihrem »Leinen-Törn«. Doch diesmal befanden sie sich in See, wodurch die Sache eine erheblich andere Dimension erhielt. Diese Testserien wurden nämlich nicht nur an der Oberfläche, sondern auch in Tauchfahrt durchgeführt.

»Zentrale. Hier spricht der Captain. Vorn unten zehn. Auf tausend Fuß gehen. Umdrehungen für fünfzehn Knoten. Standardmodus. Neuer Kurs drei-sechs-null.«

Judd Crockers Kommandos kamen wie üblich knapp und klar, und kurz darauf nahm ein jeder an Bord die leichte Klangveränderung des Turbinengeräuschs wahr, als die *Seawolf* mit der Fahrt herunterging, auf Kurs Nord eindrehte und sich auf den Weg in die eisigen Tiefen machte.

Dann wandte sich der Captain an seinen Ersten Offizier. »Ich habe jetzt vor, die Torpedorohrtests laufen zu lassen. Vielleicht machen Sie sich in ein paar Minuten auf den Weg ins Vorschiff und behalten dort die Dinge einmal etwas im Auge. Ich bin nämlich immer noch der Ansicht, dass da bei den Schaltern nicht alles astrein ist.«

Eine Viertelstunde später befand sich Linus auf dem Weg durch die Abteilungen im vorderen Teil des Boots, in denen sich die Abschussmechaniken für die wichtigste Waffe der *Seawolf* befanden. Zum Zeitpunkt von Clarkes Eintreffen, hatte Chief Petty Officer Jeff Cardozo schon das Laden und Einführen der Torpedos durch die massiven runden, an ihren mächtigen Scharnieren nach innen schwingenden Luks in ihre Rohre beaufsichtigt. Natürlich waren bei diesem Vorgang die seeseitigen, aber sonst identischen Mündungsklappen am anderen Ende der Rohre dicht verschlossen geblieben, und das nicht nur durch den hydraulischen, sondern auch durch den gigantischen Wasserdruck bedingt, der hier in 1000 Fuß Tiefe herrschte.

Der eigentlich schwierige Teil der Arbeit sollte jedoch erst noch in Angriff genommen werden. Jetzt hieß es nämlich, die Luft aus den Rohren abzulassen. Dazu musste das Flutungsventil des jeweiligen Torpedorohrs geöffnet werden, damit Seewasser von außen einströmen und so ein Ausgleich zwischen dem Druck im Torpedorohr und dem der außen liegenden See stattfinden konnte. Ohne eine solche Maßnahme würde sich die äußere Mündungsklappe gar nicht erst öffnen lassen. Wenn Chief Cardozo Dienst hatte, konnte man davon ausgehen, dass er seine Rohrmannschaft mit Argusaugen beobachtete.

Der gerade einmal 19 Jahre alte Rekrut Kirk Sarloos aus Long Beach befand sich auf seiner Station vor der Konsole, auf der die Schalter für die Steuerung der Torpedorohre angeordnet waren. Sobald die Rohre geflutet waren und der Druck innerhalb der Rohre dem der umgebenden See entsprach, sollten die äußeren Mündungsklappen geöffnet werden, damit das Luftturbinensystem die Torpedos mit geradezu brutaler Gewalt hinaus in den Ozean pressen konnte, ohne dass dabei an der Wasseroberfläche mehr als nur ein paar Luftblasen zu sehen sein würden. Wenn sich Flugkörper mit scharfen Gefechtsköpfen in den Rohren befanden – was heute allerdings nicht der Fall war –, bedeutete diese Prozedur für einen Gegner das Nahen seines Todes.

»Rohr eins und Rohr zwei fertig zum Fluten.«

»Rohr eins fluten!«

Kirk drückte auf die beiden Schalter für Rohr eins und lauschte dann dem typischen Zischen, das darauf hinwies, dass jetzt die

Luft mit enormem Druck durch die Öffnung im Ventil gepresst wurde, während gleichzeitig, und mit absolut identischem Druck, Seewasser von außen ins Rohr nachströmte. Als aus dem Zischen ein gurgelndes Geräusch wurde, war dies das Anzeichen dafür, dass auch die letzten Reste Luft im Rohr durch Wasser ersetzt worden waren und für Kirk der Zeitpunkt erreicht war, die beiden Ventile wieder zu schließen. Dann betätigte er einen dritten Schalter, der eine automatische Angleichung der Druckverhältnisse herbeiführte, sobald die Tauchtiefe verändert wurde.

»Druckausgleich in Rohr eins erfolgt«, meldete er. »Rohr geflutet und Ventile geschlossen.«

»Mündungsklappe Rohr eins öffnen!«

Erneut betätigte Kirk einen Schalter. »Mündungsklappe Rohr eins offen.«

Damit war Rohr eins abschussbereit.

»Rohr zwei fluten.«

Kirk huschte mit den Augen über die Schalttafel und wollte die beiden notwendigen Schaltungen durchführen. Irrtümlich betätigte er jedoch erneut die Flutungs- und Entlüftungsschalter für Rohr eins, weshalb in der gleichen Sekunde ein stahlharter Wasserstrahl ungehindert durch das nun offene Ventil von Rohr eins schoss, ihn hart in Höhe des Brustbeins traf und mit kolossaler Gewalt fast drei Meter weit nach hinten durch die ganze Abteilung wirbelte, um ihn schließlich gegen die Maschinen zu schleudern. In der Tiefe, auf der sich das Boot zur Zeit befand, betrug der hinter diesem Wasserstrahl stehende Druck beinahe 30 Bar.

Jetzt donnerte also eine mehrere Zentimeter starke Säule des Ozeans ungehindert in die Abteilung und traf dort auf das Torpedo-Ladegeschirr, wo sie in einen alles verhüllenden Nebel feinster Wasserpartikel zerstäubte. Kirk lag bewegungslos und mit dem Gesicht nach unten im ohrenbetäubenden Donnern des heinströmenden Ozeans. Es hörte sich an, als käme das Röhren direkt aus dem Mittelpunkt der Erde. Das Zischen veränderte sich zum Kreischen, während der einzelne Strahl weiter durch den Raum peitschte und diesen immer mehr mit undurchsichtigem Nebel füllte. In diesem Fegefeuer der Hölle konnten die drei Männer weder etwas sehen noch etwas hören, geschweige denn selbst gehört werden.

Chief Cardozo wusste zumindest grob, wo sich Kirk befinden musste. Also bedeckte er die Augen mit den Händen, um jene vor dem stechenden Gischt zu schützen, und kämpfte sich mit gesenktem Kopf durch das steigende Wasser. Es waren letzten Endes kaum fünf Meter, die er zurücklegen musste, aber als er sich jetzt durch die blendenden Fluten vorwärts kämpfte, kamen sie ihm vor wie fünf Kilometer. Dann hatte er endlich den jungen Matrosen gepackt und zerrte ihn aus dem donnernden Strahl des Seewassers. Gott sei Dank war Kirk nur angeschlagen und noch nicht ertrunken.

Lt. Commander Clarke, der es bislang noch nie mit der ungebändigten Kraft des Ozeans in einer solchen Tiefe zu tun gehabt hatte, schnappte sich das nächstliegende Mikrofon der Bordsprechanlage und brüllte los: »Wir haben ein massives Leck im Vorschiff. Hauptzellen anblasen… Captain, auftauchen… Um Gottes willen…« Damit stürzte er aus dem Torpedoraum und rannte in Richtung Zentrale los.

Captain Crocker, zwar einigermaßen erstaunt über das ziemlich unkonventionelle Eingreifen seines Ersten Offiziers, aber durchaus der Tatsache bewusst, sich mit einem Problem konfrontiert zu sehen, widerrief dennoch die eben erteilten Befehle seines Stellvertreters. »Alles hört auf mein Kommando… Rudergänger… belege den letzten Befehl des Ersten… alle oben zehn… auf zweihundert Fuß Tauchtiefe gehen…«

Inzwischen in der Zentrale angekommen, glaubte Lt. Commander Clarke seinen Ohren nicht zu trauen. Völlig erschüttert und noch halb taub vom schmetternden Donnern des Lecks, wandte er sich an den Master Chief Petty Officer Brad Stockton aus Georgia, den ranghöchsten Unteroffizier an Bord des Unterseeboots und damit die seemännische Nummer eins, der sich inzwischen auch in der Zentrale eingefunden hatte. »Ist der denn total verrückt geworden? Das Boot sinkt! Wir haben ein unglaubliches Leck im Torpedoraum. Herr im Himmel! Wir müssen auftauchen!«

»Nur die Ruhe, Sir«, entgegnete der erfahrene Master Chief. »Der Boss weiß schon, was er tut.«

Linus Clarke starrte Brad Stockton ungläubig an. »Das einbrechende Wasser wird uns versenken. Der weiß doch gar nicht, was da vorn abgeht. Aber ich, ich war schließlich vor Ort.« Damit wandte er sich um, als wollte er sich weiter mit dem Captain anlegen, aber der Master Chief packte ihn nur mit stählernem Griff am Arm und zischte: »Ganz ruhig, Sir.«

In diesem Augenblick drehte sich Judd Crocker auch schon selbst zu seinem Ersten Offizier um. »Haben Sie hinter sich das Schott wieder dicht gereibert?« fragte er ganz ruhig.

Linus Clarke stutze, um dann nach kurzem Zögern einzugestehen: »Äh, nein, Sir.«

»Na gut«, sagte der Kommandant nur. »Dann sehen Sie mal nach, ob es eventuell immer noch offen steht.«

Linus fragte sich allmählich, ob er am heutigen Tag auch nur irgendetwas richtig machen würde, weshalb er es vorzog, sich lieber schnellstens auf den Wege zu machen, um nach dem Luk zu sehen.

Judd dagegen wandte sich zu seinem Waffensystemoffizier um, der inzwischen neben ihn getreten war. Diese Funktion hatte an Bord der *Seawolf* der ruhige, stets gefasst wirkende Intellektuelle des Schiffs inne, Lt. Commander Cy Rothstein, dem man nicht von ungefähr den bordinternen Spitznamen »Einstein« verliehen hatte.

»Wahrscheinlich nur eine Bagatelle, Cy«, sagte Judd. »Ich will, dass sich erst mal die Gemüter wieder abkühlen. Klar, ich weiß, dass einem ein Leck während der Tauchfahrt ganz schön auf die Nerven gehen kann, aber ich spüre keineswegs, dass der Druck auf meine Ohren zunimmt. Werfen Sie doch mal einen Blick aufs Barometer. Keine Veränderung. Der Trimm des Boots hat sich kaum verändert. Selbst wenn wir noch weiter Wasser schöpfen, ist der Grad des Wassereinbruchs vergleichsweise gering. Das Leck muss also ziemlich klein sein. Ich glaube, dass diese Leckage uns nicht versenken wird, auf keinen Fall aber innerhalb der nächsten zwanzig Minuten. Setzen Sie sich doch bitte mal in Bewegung und kümmern Sie sich um das Problem, Cy. Sehen wir einmal von dem Krach und dem einbrechenden Wasser ab – damit müssen wir im Augenblick halt leben –, scheint sich eigentlich nichts besonders Verhängnisvolles abzuspielen … zumindest nicht im Moment … Also gibt es auch keinen Grund, weshalb wir uns so verhalten sollten, als ob dieser Fall bereits eingetreten ist. Das wäre nämlich mit Sicherheit der beste Weg, auf dem wir alles nur noch schlimmer machen würden.«

»Aye, Sir.«

Beide Männer wussten nur zu gut, dass lediglich die unglaublich gute mentale Vorbereitung des Kommandanten auf sämtliche nur denkbaren Eventualitäten das Überleben der Mannschaft letzten Endes sicherstellen würde. Angst ist ein furchtbarer Feind, wenn die Dinge einmal angefangen haben, in die falsche Richtung zu laufen. Denn der Angst folgt die Panik, und Verwirrung ist dann das nächste Stadium, dem die Katastrophe auf dem Fuße folgt. Judd Crocker kannte die Regeln. Und ganz besonders beherrschte er diejenigen, die nirgendwo geschrieben standen.

In diesem Augenblick kamen Linus Clarke und Master Chief Stockton zurück in die Zentrale.

»Na, Brad. Wie steht's um uns?«

»Ist nur ein Ventil am Torpedorohr, Sir. Kein Loch im Rumpf oder etwas, was dem auch nur nahe käme. Eigentlich brauchen wir es nur zu schaffen, das verdammte Ding wieder zuzudrehen, um anschließend das ganze Wasser außenbords zu pumpen.«

»Hat wohl jemand den falschen Schalter erwischt, was?«

»Denk ich mal.«

»Hat Schulz die Sache im Griff?«

»Kann ich noch nicht mit Bestimmtheit sagen, Sir. Aber er ist dran.«

Währenddessen donnerte weiterhin Seewasser durch das Ventil in den Torpedoraum und sammelte sich langsam steigend in den Bilgen. Die Techniker arbeiteten daran, das Ventil zu schließen, aber da sämtliche elektrischen Systeme im Torpedoraum einen Kurzschluss hatten, musste die Arbeit von Hand erledigt werden. Das war alles andere als einfach, weil sich die Bedienungselemente ausgerechnet in der unmittelbaren Nähe eines stahlharten Wasserstrahls befanden, der stark genug war, ausgewachsene Männer wie Puppen quer durch den Raum zu schleudern.

Aber ganz gleich, ob ein Leck in einem Unterseeboot nun groß oder klein sein mochte, auf jeden Fall löste es bei den Männern an Bord Ängste aus. Offensichtlich dachten einige von ihnen bereits an die *Thresher*, SSN 593, einmal das modernste und kompliziertestes taktische Atom-Unterseeboot der Navy, die am 10. April 1963 200 Meilen vor Cape Cod mit Mann und Maus gesunken war.

Es gab wohl keinen Unterseebootfahrer, der diese Geschichte nicht kannte, und jetzt geisterten bestimmt schon die ersten alarmierenden Gemeinsamkeiten zwischen ihrer Situation und dem Schicksal der *Thresher* durch die Köpfe einiger Männer. Dieses Boot war nämlich damals, weniger als zehn Minuten nach der Feststellung eines größeren, nicht abzudichtenden Lecks in der schiffstechnischen Abteilung, gesunken. Die Besatzung der *Seawolf* arbeitete jetzt bereits seit sieben Minuten, und die bislang verstrichene Zeit mochte mehr als ausreichen, Gedanken an die größte Katastrophe aufkommen zu lassen, von der die U.S. Navy jemals heimgesucht worden war. Gedanken über den Verlust des Spitzen-Unterseeboots der Vereinigten Staaten von Amerika, der vor rund 45 Jahren durch ein Leck eingetreten war. Ein Leck, das während der See-Probefahrten und ausgerechnet in der Tieftauchphase, auftrat. *Himmel noch mal, wenn das nicht unheimlich war, was war es dann?*

Der Abschlussbericht, den die U.S. Navy über diese Katastrophe veröffentlichte, wurde sämtlichen Offizieren zum Studium empfohlen, und bei den Besatzungen hatte er fast den Status einer Pflichtlektüre. Dieser Bericht war damals zu dem Schluss gekommen, dass die Hauptursache für den Verlust der *Thresher* in erster Linie auf eine katastrophal schlecht ausgeführte Schweißnaht an einem der Rumpfdurchbrüche für eines der Hauptventile im Druckkörper zurückzuführen gewesen sei. Dadurch war binnen Sekunden das Seewasser durch ein Loch mit einem Durchmesser von fast 30 Zentimetern gleich tonnenweise in den Druckkörper geströmt. Es hatte keine Möglichkeit gegeben, dieses Ventil wieder wirkungsvoll zu verschließen, weil es einfach kein Ventil mehr gab, das man hätte schließen können.

An jenem schicksalhaften Frühlingsmorgen des Jahres 1963 ging das Unterseeboot auf Grund und brach, nur wenige Minuten nach der ersten Meldung an die begleitende Oberflächeneinheit USS *Skylark*, dass es ein Problem gebe, auseinander. Die *Thresher* nahm 16 Offiziere, 96 Mannschaften und 17 zivile Ingenieure mit in ihr nasses Grab. Und genau wie heute die *Seawolf* war damals die *Thresher* zweifellos das beste Unterseeboot der U.S. Navy.

Auch Captain Crocker hatte es kurz zugelassen, dass ihm Gedanken an die sinkende *Thresher* durch den Kopf schossen, doch hatte er es geschaffte, diese fast im gleichen Augenblick wieder auszuschalten. Nicht so Lt. Commander Linus Clarke. »Mein Gott, Sir«, stieß dieser hervor. »Ich bitte Sie inständig, das Schiff an die Oberfläche zu bringen!«

Der Kommandant starrte seinen Ersten nur an. »Übernehmen Sie hier in der Zentrale. Fahrtstufe auf zehn Knoten verringern. Als Nächstes überprüfen Sie die Umgebung an der Oberfläche und bringen das Boot dazu auf Sehrohrtiefe. Dann machen Sie alles klar, damit wir auftauchen können, sobald ich den Befehl dazu gebe. Ich geh jetzt mal ins Vorschiff, um mir selbst ein Bild vom Schaden zu machen. Das Boot gehört Ihnen.«

»Aye, Sir. Ich übernehme.«

Judd Crocker bemerkte, dass sein Stellvertreter offensichtlich eine sehr trockene Kehle hatte, denn Linus Clarkes Stimme klang irgendwie belegt, als dieser jetzt seine Befehle erteilte. »Rudergänger – hier spricht der Erste Offizier. Umdrehungen für zehn Knoten. Standardmodus. Neuer Kurs eins-zwo-null. Sonar, Zentrale. Situation an der Oberfläche feststellen, bevor Boot auf Sehrohrtiefe auftaucht.«

Judd hatte auch nicht einen einzigen Gedanken daran verschwendet, ob er vielleicht vorher noch seine Seestiefel anziehen sollte, sondern eilte ohne Verzögerung ins Vorschiff. Währenddessen machte er sich, wie es jeder Kommandant in einer solchen Situation getan hätte, seine eigenen Gedanken darüber, weshalb wohl damals die *Thresher* implodiert war und sich mit einer solch alarmierenden Geschwindigkeit in den Grund gebohrt hatte. Das erste Anzeichen dafür, dass es ein Problem gab, tauchte damals um 0913 auf und schon um 0918 rammte sich der Druckkörper in fast zweieinhalbtausend Metern Tiefe in den Meeresboden.

Der Kommandant der *Seawolf* hatte schon immer seine ureigenen Hypothesen darüber gehabt, weshalb das Unheil mit einer derart erschreckenden Geschwindigkeit über das Boot hereingebrochen war. Zunächst war da die Tatsache, dass er die althergebrachte Methode, Alarmsysteme miteinander zu verbinden, für eine absolut lausige Idee gehalten hatte. Erwiesenermaßen löste bei dieser Systematik gewöhnlich ein Alarm sofort den nächsten aus, der seinerseits den nächsten reagieren ließ, der seinerseits sofort den nachfolgenden auslöste, was letztlich zum »Scrammen«, dem automatischen und erzwungenen Herunterfahren des Reaktors, führen musste. Und damit war dann auch sofort jedwede Energieversorgung unterbrochen.

Aber der vielleicht wichtigste aller Gründe war für Judd, dass die *Thresher* einfach mit zu geringer Fahrt lief. Sie schlich praktisch mit gerade einmal vier Knoten Geschwindigkeit auf einer Tiefe von 1000 Fuß unter der Oberfläche herum. Als dann die Schweißnaht des Ventils brach und der Reaktor »gescrammt« wurde, hatte sie nur noch für ganz wenige Minuten Energie zur Verfügung, aber da hatte sie schon keinen Schwung mehr, wo sie doch alle verfügbare Energie brauchte, um die Umdrehungen der Turbinen zu erhöhen. Nur so hätte sie noch eine Chance gehabt, sozusagen aus dem Stand Fahrt aufzumachen, um steigen zu können. Offensichtlich blieb dann diese Antriebskraft genau in dem Augenblick völlig weg, als sie sich vielleicht noch gerade einmal 150 Fuß unter der Oberfläche befunden hatte. Es stand einfach von einer Sekunde zur anderen nicht mehr genügend Schub zur Verfügung, sie den ganzen restlichen Weg nach oben zu treiben. Also rutschte sie wieder ab und wurde auf dem Weg zurück nach unten immer schneller, bis sie sich schließlich mit fast 80 Knoten Geschwindigkeit in den Grund bohrte.

Als er jetzt am Ort der Überflutung ankam, wurde er vom dort herrschenden Krach und der Menge des einbrechenden Seewassers fast zurückgeworfen, und das Röhren des Wassers nahm ihm beinahe den Atem. Aber Lt. Commander Schulz schien die Situation im Griff zu haben. Ihm standen zwei stämmige Techniker zur Seite, die gerade mit einem gewaltigen Schraubenschlüssel versuchten, zum Sockelflansch des Ventils vorzudringen. Völlig durchnässt arbeiteten sie hier in der nebligen Dunkelheit und kämpften darum, im Labyrinth aus Rohren und Ventilen den Anschluss zu fassen zu bekommen.

Während er dort stand, selbst inzwischen vom eisigen Sprühnebel bis auf die Haut durchnässt und wegen des herrschenden Getöses nicht in der Lage, sich verständlich zu machen, fühlte er plötzlich, dass der neben ihn getretene Mike Schulz ihm auf die Schulter tippte und grinsend den Daumen nach oben gereckt hielt.

Als dann das Ventil tatsächlich wieder geschlossen war und der ohrenbetäubende Lärm einer plötzlich eintretenden Stille wich, patschte Judd zurück in die Zentrale, um dort zu verkünden, dass die Torpedorohrtests nur so lange verschoben seien, bis das Wasser wieder aus dem Druckkörper gepumpt, die Elektronik repariert und da vorn alles wieder aufgeräumt worden sei. Schließlich habe er nicht die Absicht, zu weit hinter den vorgegebenen Zeitplan zurückzufallen. Der Abschluss der Probeläufe war für den Mittag des kommenden Tages vorgesehen.

Erneut befahl er einen Wechsel der Fahrtstufe, zurück auf 20 Knoten, lautlose Fahrt, Ruhe an Bord und keine Hysterie. Alles sollte so sein, wie er es am liebsten mochte.

»Machen Sie weiter, Erster«, sagte er. »Zurück auf achthundert Fuß bei zwanzig Knoten. Ich verschwinde mal kurz, um mir trockene Sachen anzuziehen. Bin in fünf Minuten zurück. Seien Sie doch so nett und sehen Sie zu, dass mir in der Zwischenzeit jemand eine Tasse Kaffee verschafft. Die werd ich mir genehmigen, während Sie dann Ihrerseits die Unterhosen wechseln können.«

Linus Clarke war klug genug, über diese Bemerkung zu lachen.


Donnerstag, 15. Juni 2006, abends
Pineapple Bar
Pearl City, Hawaii


»Also, Jungs, wie es aussieht, haben wir unseren hoch geschätzten Ersten Offizier wieder, was?«

Master Chief Brad Stockton bezog sich damit auf die heutige Bekanntgabe, über die eigentlich schon *jeder* Bescheid wusste. Lt. Commander Linus Clarke war gerade mit dem Flugzeug von einer erneuten, diesmal sechsmonatigen Kommandierung zum Hauptquartier der CIA zurückgekehrt, um seinen Dienst an Bord der *Seawolf* wieder aufzunehmen. Der Kommandant hatte keinerlei öffentliche Kommentare zu der Ehre abgegeben, die mit dieser Verfügung von oben verbunden war. Nach Brads Ansicht hatte Judd aber schon die ganze Zeit über gewusst, dass Linus auf der anstehenden speziellen Mission wieder dessen Erster Offizier sein würde.

In ein paar Tagen würden sie auslaufen, nachdem die *Seawolf* mittlerweile endgültig ihre letzten Probefahrten absolviert hatte. Die näheren Umstände der Mission waren bislang ein wohl gehütetes Geheimnis geblieben. Nach Brads Ansicht würden sie eine gewaltige Strecke mit Ziel Indischer Ozean in Richtung Süden laufen und von dort aus weiter ins Arabische Meer, wo die gewohnte Unruhe entlang der Tankerrouten herrschte. Der Iran pochte dort nach wie vor, nur recht unzulänglich verschleiert, auf seine historischen Besitzansprüche am Persischen Golf.

Beim Rest der fröhlichen Gesellschaft, die sich in dieser warmen Tropennacht hier im Norden von Pearl Harbor zusammengefunden hatte, waren die Meinungen allerdings recht geteilt. Petty Officer Chase Utley, der Funker, vertrat beispielsweise die Auffassung, dass sie wohl eher Kurs Nordwest nehmen und durch den Pazifik in Richtung der Halbinsel Kamtschatka laufen würden, wo die Russen dem Vernehmen nach vorhatten, vor ihrem Stützpunkt Petropawlowsk Raketentests durchzuführen.

»Himmel, das will ich doch verdammt noch mal nicht hoffen«, platzte es aus dem altgedienten Matrosen Tony Fontana heraus. »Dann wären wir ja an der gottverlassenen Küste von Sibirien und damit gleich am verdammten Ende der Welt. Da ist die nächste Bar doch zehntausend Meilen weit weg.«

»Na und, was macht das denn zum Teufel schon aus?« sagte Utley. »Wir kommen doch sowieso nie von Bord, wenn wir auf Patrouille sind.«

»Darum geht's doch gar nicht«, sagte Fontana. »Es geht mir doch nur um das Gefühl, wenigstens ein bisschen näher an der Zivilisation zu sein.«

»Na klar. Schließlich buchstabierst du Zivilisation ja auch wie Budweiser«, warf Stockton mit breitem Grinsen ein.

Fontana schüttelte den Kopf. »Nein. Jetzt mal im Ernst. Ihr Jungs versteht das einfach nicht. Es ist immer ein beschissenes Gefühl, wenn man vor der Küste Sibiriens, und damit am absoluten Arsch der Welt, operieren muss. Du weißt dann nur, dass es da oben nichts gibt. Nichts auf See und nichts an Land, sieht man mal von ein paar Felsen, einigen Bäumen und jeder Menge Scheiße ab. Passiert andererseits aber was, ist man schnell ein verdammt toter Hurensohn und außerdem Tausende von Kilometern weit weg von zu Haus.«

»Warst du denn schon mal vor Kamtschatka?«

»Also … nee. Aber ich hab mal einen Kerl getroffen, dem sein Vetter war da.«

Alles brach in brüllendes Gelächter aus. Fontana war wirklich ein lustiger Vogel, der vielleicht besser eine Karriere auf den Brettern, die angeblich die Welt bedeuten, begonnen hätte. Zumindest hätte er es aber, nach einhelliger Meinung seiner Kameraden, beim Fernsehen versuchen sollen. In der Navy hatte er es nie so weit gebracht, wie er es eigentlich hätte schaffen können, was wahrscheinlich mit darauf zurückzuführen war, dass es seine Bestimmung zu sein schien, immer der Letzte sein zu müssen, der eine Party verließ. Aus diesem Grund hatte er bereits zweimal sein Schiff verpasst, was ihm von den Leuten, die etwas zu sagen hatten, als Charakterschwäche angekreidet wurde. Aber dieser hoch gewachsene, harte Techniker aus Ohio war ein As in seinem Aufgabenbereich, weshalb es nicht wenige Kommandanten gab, die es immer wieder geschafft hatten, dass ihm seine Ausrutscher verziehen wurden. Und das war nach Brad Stocktons Ansicht auch nur recht und billig. Schließlich war es eben dieser Tony Fontana gewesen, der es im vergangenen Oktober letzten Endes geschafft hatte, das leidige Ventil im Torpedoraum zu schließen.

In diesem Augenblick traf der erst kürzlich zum Petty Officer Third Class beförderte Andy Cannizaro aus Mandeville, Louisiana, mit einem Arm voll Bierdosen ein, stellte sie auf dem Tisch ab und gab sofort seine Überlegungen zum Besten, welchen Kurs sie in zwei Tagen steuern würden.

»Scheiße, für absolut jeden, der kein Volltrottel ist, sollte es doch völlig klar sein«, vertraute er allen an, »dass die *Seawolf* Kurs China nehmen wird.«

»China? Scheiß was drauf«, sagte Tony. »Die verrückten Bastarde werden doch nichts anderes im Sinn haben, als uns zu versenken. Ist doch Babykacke, so was.«

»Warst du denn schon mal da?« fragte Andy.

»Klar. Mein Onkel hatte 'ne Wäscherei in Schanghai. Ging aber den Bach runter – durch einen Kerl namens Zah Lung Futsch.«

Matrose Fontana verfügte über eine so beeindruckende Sammlung von Pointen, dass es kaum noch jemanden gab, der sich genau entsinnen konnte, ob er eine davon schon einmal gehört hatte oder nicht. Einerlei, stets lösten seine Sprüche brüllendes Gelächter aus, nicht nur weil sie sehr witzig waren, sondern auch, weil jeder Tony einfach gut leiden mochte.

»Gott, das ist einfach unglaublich«, sagte Andy. »Hier geht's ja zu, als wollte man in einem Hurenhaus eine ernsthafte Unterhaltung führen. Aber sei's drum, wenn wir auslaufen, so weiß ich zufälligerweise, dass wir dann Kurs zwo-sieben-null, also rechtweisend West, steuern werden. Und nur für den Fall, dass einer von euch Typen ein Problem damit haben sollte, darf ich ihn dahingehend aufklären, dass dies der direkte Kurs nach Taiwan ist. Ich denke, jeder weiß, was das bedeutet.«

»Ich bin mir nicht sicher, ob du damit richtig liegst, Andy«, wandte Jason Colson ein, der andere Petty Officer Third Class der Gruppe. »Ich glaube eigentlich nicht, dass ich damit ein großes Geheimnis ausplaudere, aber ich kann euch mit Sicherheit sagen, dass ich in der letzten Zeit niemanden das Wort ›Taiwan‹ habe in den Mund nehmen hören.«

Jason war, genau wie Andy, 24 Jahre alt. Während Andy jedoch mit seiner Tätigkeit aktiv in die Fortbewegung des Unterseeboots eingebunden war und zu diesem Behufe Tiefenruder und Druckwassersysteme überwachte, war Jason der Schreiber des Captains, was ihn sozusagen zum reinen Schreibstubenhengst machte. Allerdings hatte er dadurch Zugang zu vertraulichen Informationen und verfügte über eine erheblich höhere Geheimnisträgerstufe als die anderen. Die war auch unumgänglich, weil es zu seinem Aufgabenbereich gehörte, sämtliche Vorhaben und Pläne des Kommandanten der *Seawolf* schriftlich festzuhalten.

Wenn also irgendjemand auch nur die leiseste Ahnung haben konnte, wohin sie die nächste Mission führen würde, so war es der junge Petty Officer Jason Colson – und der hatte ganz offensichtlich keinen Schimmer.

»Also«, sagte Andy, »ich hab gehört, dass wir rechtweisend West fahren werden und nicht Südwest. Wenn wir diesen Kurs beibehalten, landen wir genau an einem der Strände im Osten von Taiwan.«

»Herr im Himmel, das wäre ja viertausend Meilen weit weg.«

»Yeah. Aber wir schaffen bei Zweidrittelfahrt locker ein Etmal von siebenhundert Meilen«, sagte Fontana. »Bei voller Pulle kommen wir sogar auf fast tausend. Damit hätten wir diesen Strand in kaum einer Woche erreicht und wären anschließend von lauter taiwanischen Muschis und schlitzäugigen Schönheiten umgeben, die nichts anderes im Kopf hätten, als sich um mich zu prügeln… Her mit 'nem Bier, Andy, sonst kann mich nichts mehr zurückhalten.«

Erneut schallendes Gelächter. Aber dann stellte Chase Utley in ganz ernstem Ton eine Frage. »Glaubt ihr Jungs denn wirklich, dass es nach China gehen könnte? Wenn das tatsächlich der Fall ist, jagt es mir eine ganz schöne Gänsehaut übers Kreuz. Das ist nämlich genau eine der Gegenden, in der man es mit der Angst zu tun bekommen kann. Das heißt, habt ihr mal an all den Scheiß gedacht, der erst kürzlich durch die Presse gegangen ist?«

Brad Stockton, der ranghöchste Unteroffizier und damit Brennpunkt der Disziplin aller Abteilungen an Bord der *Seawolf*, schaltete sich in die Diskussion ein, als deren Ton eindeutig ernst und nachdenklich wurde.

»Da hat sich nur ein rotchinesischer Flottenverband den Küsten Taiwans zu sehr genähert und einen Marschflugkörper gestartet, der geradewegs über die Landmassen der Insel geflogen ist. Wenn auch für meinen Geschmack ein bisschen zu knapp.«

»Schon, aber ist nicht auch die *Ronald Reagan* dann aufgetaucht und hat sie wieder verscheucht?«

»Aufgetaucht ist die schon. Aber wirklich vertrieben hat sie die nicht. Die sind aus freien Stücken verschwunden. Ganz so wie auch in der Vergangenheit. Sind einfach in nordwestlicher Richtung und damit weg von Taiwan die Meerenge hinaufgedampft und haben sich wieder der eigenen Küstenlinie genähert.«

»Hat der Flugzeugträger ihnen denn überhaupt keine Warnung zugehen lassen?«

»Nein. Im Grunde nicht. Aber allein das Auftauchen eines solchen Schiffs dürfte wen auch immer ins Grübeln bringen. Allem Anschein nach hatten sich die Chinesen ohnehin schon auf die Socken gemacht, bevor wir uns ihnen auf weniger als zwei Seemeilen nähern konnten.«

»Und ich hab immer gedacht, dass wir seit den neunziger Jahren mit den Chinesen dick befreundet wären.«

»Nun, das waren wir vielleicht auch. Aber es ist eben alles andere als einfach, mit denen befreundet zu sein. Schließlich haben die völlig andere Vorstellungen und eine gänzlich andere Mentalität als wir. Die gleichen viel mehr den Japanern mit ihrer unersättlichen Raffgier. Der lassen sie dann so lange freien Lauf, bis man sie stoppt.«

»Glaubst du denn wirklich, dass wir uns mit denen einmal in einem wirklichen Krieg wiederfinden könnten? Also, in so einem richtigen, in dem scharf geschossen wird.«

»Das bezweifle ich eher. Die stellen nämlich ihre ureigenen Interessen über alles und dazu gehört auch, dass sie weit mehr am Geldmachen als am Führen von Kriegen interessiert sind. Bislang haben sie noch immer den Schwanz eingezogen und sich verkrümelt, wenn es auch nur so aussah, als ob wir sie anknurren wollten. Aber was ist heutzutage eigentlich noch wirklich sicher? Schließlich haben sie die vergangenen Jahre überwiegend dazu verwendet, ihre verdammten Seestreitkräfte kontinuierlich weiter aufzurüsten. Im Klartext heißt das: rund dreihunderttausend Mann, neue Schiffe, russische Unterseeboote, ein neuer Flugzeugträger und weiß der Teufel was sonst noch alles.«

»Weißt du was?« sagte Jason. »Ich habe nach dem Vorfall mal einen Blick ins *Wall Street Journal* geworfen. Die hatten da auf der ersten Seite einen Artikel über China, in dem ein Minister oder so was Ähnliches zitiert wurde, was mir einen ziemlichen Schrecken eingejagt hat. Im Zusammenhang mit dem Auftauchen unseres Trägers meinte der nämlich wörtlich: ›Glauben Sie wirklich allen Ernstes, dass die USA bereit wären, Los Angeles für Taiwan aufs Spiel zu setzen?‹ Also, wenn ihr mich fragt, ist das eine ganz böse Scheiße, die der Kerl da verzapft.«

»Das wäre es allerdings, wenn sie wirklich eine Interkontinentalrakete mit Atomsprengkopf mal eben quer über den Pazifik schleudern könnten.«

»Und? Was ist damit? Können sie es denn?«

»Wer weiß«, meinte Master Chief Brad Stockton. »Wer in drei Teufels Namen kann das schon wissen?«

»Möchte wetten, dass unser Erster es weiß«, sagte Andy. »Das ist schon ein merkwürdiger Vogel. Immerhin hat er die Hälfte seines Lebens bei der CIA verbracht und irgendjemand hat mir gesteckt, dass er auch auf irgendeine Weise mit dem Nachrichtendienst der Navy verbandelt ist.«

»Wenn's nach mir ginge, sollte er auch dort bleiben«, bemerkte Jason ziemlich taktlos. »Also wirklich, habt ihr Jungs denn schon den Scheiß vergessen, der im letzten Oktober abgegangen ist?«

»Du meinst, als wir das Leck im Torpedoraum hatten?«

45

»Allerdings. Und der Typ hatte damals die Hosen gestrichen voll.«

»Yeah, Angst hatte er schon«, sagte Master Chief Stockton. »Ich aber auch.«

»Jeder von uns.«

»Der Alte aber nicht.«

»Jede Wette, der auch, bloß hat der's nicht gezeigt.«

»Hör mal, wenn also jedem die Hosen gekillt haben, dann erklär mir doch mal, wie es der Alte geschafft hat, dass alle Mann sich wieder zusammengerissen haben, als er das Kommando übernommen und den Ausbruch einer Panik unterbunden hat?«

»Weil er eben der verdammte Kommandant von dem Kahn ist. Darum. Dafür werden die schließlich ausgebildet«, sagte Brad. »Nur für den Fall, dass du es noch nicht mitbekommen haben solltest: Von den Abertausenden, die sich zur Navy melden, machen die noch längst nicht jeden zum Kommandanten eines Atom-Unterseeboots.«

»Aber auch nicht alle zu Ersten Offizieren. Und unserer hat sich nun mal als Schisslappen herausgestellt.«

»Mag sein. Aber schließlich war das auch der erste ernsthafte Vorfall auf einer Tieftauch-Probefahrt. Vergiss nicht, dass der Typ nicht den Schimmer einer Ahnung hatte, was da auf ihn zukam. Der hat wirklich gedacht, dass er binnen der nächsten fünf Minuten tot sein würde. So was kann einem ganz schön das Hirn vernageln. Menschen reagieren nun einmal völlig unterschiedlich. Er wird's schon noch lernen. Glaub ich wenigstens.«

»Kann schon sein. Aber ich würde trotzdem lieber auf dessen Kommando verzichten.«


Freitag, 16. Juni, 1625
Büro des Nationalen Sicherheitsberaters
Weißes Haus, Washington, D. C.


Admiral Arnold Morgan war sauer, also in einer bei ihm keineswegs ungewöhnlichen Laune. Er saß hinter seinem gewaltigen Schreibtisch und starrte finster in die Weltgeschichte. An der gegenüberliegenden Wand hingen drei außergewöhnlich schön gerahmte Ölbilder. Porträts. Eines von General Douglas MacArthur, eines von General George Patton und eines von Admiral Chester Nimitz – »Typen, die wenigsten den Schimmer einer Ahnung davon hatten, was anlag«. Das war jedenfalls Morgans ganz persönliche Meinung.

Aber der Admiral blieb jetzt selbst beim Blick auf diese Bilder immer noch verärgert, obwohl die drei amerikanischen Militärtitanen des 20. Jahrhunderts, wie er dachte, keineswegs missbilligend auf ihn hinabblickten.

»Kathy!« brüllte er los und überging dabei einmal mehr das sich immerhin auf dem neuesten Stand der Technik befindende Kommunikationssystem des Weißen Hauses. »Kaffee für eine Person. Der unpünktliche Bastard aus dem Pentagon kriegt keinen. Aber da wir gerade schon dabei sind. Wo zum Teufel bleibt der eigentlich?«

Das filigrane, in Pastellgrün gehaltene Telefon auf seinem Schreibtisch klingelte wie ein kleines Silberglöckchen, was ihn ebenfalls ärgerte – »gottverdammtes Schwulentelefon«. Er grabschte danach wie ein Wildschwein nach dem Trüffel.

»Morgan!« schnarrte er. »Was gibt's?«

»Oh, welch eine Erleichterung, Sie in einem solch seltenen Augenblick blendender Laune anzutreffen, Admiral«, kam die Stimme von Kathy O'Brien, seiner sehr privaten Privatsekretärin, die man wohl besser als seine Freundin bezeichnen konnte, aus der Hörmuschel. Diese Kathy O'Brien war mit Abstand die bestaussehende Frau im ganzen Weißen Haus und mit Sicherheit die schönste Rothaarige in ganz Washington. »Ich hoffe doch inständig, dass Sie nichts dagegen einzuwenden haben, wenn ich lieber das Telefon benutze, als mich ins Vorzimmer zu stellen und wie Sie den Versuch zu starten, einem brunftigen Elch gleich durch eine dicke Eichentür zu grölen.«

Der Admiral brach in schallendes Gelächter aus, was meist geschah, wenn die Frau, die er liebte, auf diese Art und Weise mit ihm redete. Wieder in seinen normalen Tonfall zurückfallend, fragte er: »Also, wo zum Teufel steckt er denn?«

»Sie meinen Admiral Mulligan, Sir?«

»Wen denkst du denn sonst, dass ich meine? Vielleicht Johannes den Täufer?«

»Oh. Ich wusste noch gar nicht, dass auch Johannes der Täufer eine Stellung im Pentagon hat.«

»Um Gottes willen, Kathy! Wo bleibt er denn zum Henker noch mal?«

Jetzt änderte sich Kathys Tonfall. »Arnold Morgan«, zischte sie durch die Zähne, »ich habe dir jetzt schon mindestens fünf Mal gesagt, dass ich mit dem Büro des CNO gesprochen habe, man mich aber jedes Mal davon in Kenntnis gesetzt hat, dass Admiral Joseph Mulligan sein Büro bereits verlassen hat und sich auf dem Weg hierher befindet. Nichts anderes habe ich dir auch immer wieder weitergegeben. Ich bin schließlich weder ein Verkehrspolizist noch sein Chauffeur, noch bin ich Admiral Mulligans Kindermädchen. Ich habe nicht die geringste Ahnung, wo er sich gerade befindet. Aber ich werde dich darüber informieren, sobald er hier eintrifft.« Bevor Kathy endgültig auflegte, flüsterte sie noch rasch: »Auf Wiederhören, mein Liebling, du unhöfliches Borstenschwein.« Rumms.

»*Kathy!!*«

Telefonklingeln. »Was denn jetzt schon wieder?«

»Also, wo zum Teufel steckt er?«

»Er tritt gerade durch die Tür. Soll ich ihn gleich reinschicken?«

»Grundgütiger Himmel!«

Admiral Joseph Mulligan, der über eins neunzig große ehemalige Kommandant eines Atom-Unterseeboots der Trident-Klasse, ehemaliger COMSUBLANT und Tight-End im Football-Spiel Navy gegen Army im Jahre 1966, betrat den Raum.

»Hi, Arnie. Tut mir Leid wegen der Verspätung. Hab die letzten zwanzig Minuten im Auto gesessen und mit Norfolk telefoniert. Dieser verfluchte neue Kreuzer macht mehr Ärger, als er je wert sein kann. Hast du Kaffee?«

»Yeah, aber ich bin mir noch nicht sicher, ob ich dir auch welchen abgeben soll. Es gehört nämlich nicht gerade zu meinen Stärken, geduldig herumzusitzen und auf chaotische Matrosen warten zu müssen.«

»Ha, ha.« Der große Ire aus Boston, der die höchste Position in der United States Navy bekleidete, lachte leise vor sich hin. Diese beiden Männer kannten einander schon seit langer, langer Zeit. Beide hatten auch jeweils das Kommando über ein Polaris-Atom-Unterseeboot innegehabt und sich gemeinsam durch etliche Schwulitäten gekämpft. Solange Admiral Morgan die rechte Hand des Präsidenten in allen Angelegenheiten der nationalen und militärischen Sicherheit war, würde sich die Navy auch nicht nach einem neuen CNO umzusehen brauchen.

Kathy O'Brien betrat den Raum und brachte frischen Kaffee. Admiral Mulligan bedankte sich liebenswürdig dafür, während ihr Boss nur bemerkte: »Wurde auch Zeit. Als ich noch ein einfacher Kadett war, hat man sich schon besser um mich gekümmert.«

»Scheint nicht so, als hätte er sich in der letzten Zeit wesentlich gebessert, oder irre ich mich da vielleicht?« sagte Joe Mulligan zu Kathy. »Eigentlich gar kein so großes Wunder, dass ihn bislang all seine Frauen verlassen haben.«

»Eigentlich überhaupt gar kein Wunder.« Kathy lächelte, als sie durch die Tür wischte.

»Herrgott, ist diese Frau eine Schönheit, Arnie. Du solltest sie lieber schnell heiraten, solange du noch die Gelegenheit dazu hast.«

»Geht nicht. Sie weigert sich, meinen Antrag anzunehmen, bis ich endgültig in den Ruhestand getreten bin.«

»Na, dann habt ihr beiden aber noch eine lange Wartezeit vor euch.«

»Fürchte ich auch. Aber ich lass nicht locker.«

»Sei's drum, alter Junge. Jetzt würde ich aber gern erfahren, was dir solche Kopfschmerzen bereitet.«

»China. Und was fehlt dir?«

»Plätzchen. Hast du keine da?«

»Herr im Himmel. Geben sie dir in dem Höllenloch, wo du arbeitest, etwa nicht genug zu futtern?«

»Reicht mal gerade.«

»Kathy!!! Plätzchen für den Häuptling!«

»Okay, Arnie, jetzt erklär mir, was dich bedrückt, und tu ganz einfach so, als hätte ich keine Ahnung. Es ist dieser chinesische Marschflugkörper, oder?«

»Treffer, Joe. Und ob es nun irgendjemandem passt oder nicht, wir müssen uns letztlich damit auseinandersetzen. Wir dürfen es einfach nicht zulassen, dass ein Haufen von Scheißkulis mit Marschflugkörpern herumhantiert, die L. A. dem Erdboden gleichmachen können.«

»Da bin ich ganz deiner Meinung. Dazu darf es auch nicht nur ansatzweise kommen. Aber du weißt genau so gut wie ich, dass es nicht die geringsten Anzeichen dafür gibt, dass sie a) einen Flugkörper dieser Größenordnung überhaupt bauen und b) mit dem dann ausreichend genau zielen können, um c) sichergehen zu können, dass er wirklich mitten in Beverly Hills knallt.«

»Joe, das weiß ich alles. Was dir aber sicherlich auch bekannt sein dürfte, ist die Tatsache, dass sie eben ein brandneues ICBM-Unterseeboot der Xia-Klasse vom Stapel gelassen haben. Wir haben's gerade erst auf den neuesten Fotos der Satellitenaufklärung zu sehen bekommen. Das verdammte Ding ist dabei, seine Oberflächen-Probefahrten im Gelben Meer zu absolvieren. In Fort Meade haben sie die Bilder schon zur Auswertung vorliegen. Aber wie man die Sache auch immer sehen will, eins dürfte mal klar sein: Die haben das Ding nicht ohne einen Hintergedanken gebaut. Und der dürfte mit ziemlicher Wahrscheinlichkeit der sein, dass dieses Boot sie in die Lage versetzt, einen Marschflugkörper zu transportieren, der es durchaus schaffen könnte, falls erforderlich, auch die Vereinigten Staaten von Amerika zu bedrohen.«

»Da will ich dir nicht widersprechen, Arnie. Aber sie sind auf jeden Fall immer noch weit davon entfernt, ein Cruisemissile geradewegs über den Pazifischen Ozean zu schießen.«

»So? Sind sie das wirklich nicht? Und darf ich dich bei dieser Gelegenheit gleich fragen, was dich da so sicher macht?«

»In erster Linie, alter Junge, weil sie bislang niemals irgendetwas in dieser Art getestet haben, und zweitens, weil jedes Fetzchen an Aufklärungserkenntnissen, über die wir verfügen, ganz eindeutig in die Richtung weist, dass sie das schlicht technisch noch nicht draufhaben.«

»Wenn dieses verdammte Boot aus der Xia-Klasse nur ein bisschen was taugt, brauchen sie auch noch gar nicht so weit zu sein. Dann brauchen sie diesen Hurensohn doch einfach nur quer über den Ozean zu schicken, um eins von den Dingern ein paar Tausend Meilen vor unserer Westküste abzischen zu lassen.«

»Ja ... das wäre gut möglich. Vorausgesetzt, sie verfügen tatsächlich über einen passenden Marschflugkörper.«

Arnold Morgan stand auf und zog dann eine Zigarre aus einem auf Hochglanz polierten Holzkästchen. Er schritt gemächlich durch den Raum und nickte feierlich dem Porträt von Admiral Nimitz zu. Anschließend knipste er das Ende der Zigarre ab und setzte sie mit einem goldenen Dunhill-Feuerzeug in Brand. Das Feuerzeug war das Geschenk eines saudi-arabischen Prinzen, der fälschlicherweise geglaubt hatte, dass er nur in den USA zu studieren brauchte, um Unterseebootfahrer zu werden.

»Dann will ich dir mal die Fakten darlegen, Joe. Du kannst dir meinetwegen auch eine von den Zigarren nehmen, aber dann halt die Klappe und hör mir erst mal zu. So um das Jahr 2000 ist uns bekannt geworden, dass uns die Chinesen höchster Geheimhaltung unterliegende Konstruktionsunterlagen für unsere modernsten thermonuklearen Bomben geklaut haben und die Technik für ballistische Raketen, Marschflugkörper mit Atomsprengköpfen, unter anderem an den Iran und nach Libyen transferiert haben. Ist doch nett, oder?«

»Wirklich nett.«

»Außerdem haben sie uns auch unsere Spitzentechnik im Bereich der Flugkörperlenkung gestohlen ... Wir haben mehr als dreitausend Militärfirmen in den Vereinigten Staaten von Amerika, von denen schätzungsweise mehr als die Hälfte direkt oder indirekt mit dem militärischen Geheimdienst der Chinesen in Verbindung gebracht werden kann. Und unseren Politikern kannst du keinen verdammten Zentimeter weit trauen, je das Richtige zu tun. Himmel noch mal, Joe, Clintons General-Bundesanwalt hat doch tatsächlich dem FBI die Zulassung *verweigert*, die Scheißtelefone der chinesischen Spione abzuhören. Und dann tritt dieser Präsident auch noch höchstpersönlich vor die Kameras und verbreitet kaltlächelnd die Lüge, dass er von irgendwelchen Lecks in der Geheimhaltung nicht die geringste Ahnung gehabt hat. Anschließend haben sie den halben Cox-Report vertuscht, nur um ihm den Arsch zu retten.

Clinton war es doch, der erst die Voraussetzungen dafür geschaffen hat, dass die gottverdammten Chinesen ihre Drecksfinger genau in die Teile der US-Technologie stecken konnten, die *niemand* zu Gesicht bekommen sollte. Und was alles noch schlimmer macht: Auch heute noch haben die ihre Finger da drin stecken und stehlen und lügen ununterbrochen weiter.

Joe, die Volksbefreiungsarmee wird bald aus rund dreieinhalb Millionen Menschen bestehen. Die machen sich schon lange keine Gedanken mehr um irgendwelche speziellen Richtlinien für einen am Boden geführten Krieg. Zum ersten Mal seit bald mehr als fünfhundert Jahren werden sie wieder zu Expansionisten, und sie haben offensichtlich erkannt, dass ihre mächtige Marine dabei zur wichtigsten Teilstreitkraft geworden ist.

Gerade dieser Tage fließt mehr als ein Drittel des gesamten chinesischen Militärhaushalts in die Abteilung Forschung, Entwicklung und Produktion bei der Marine. Sie haben es trotz all meiner Anstrengungen doch noch geschafft, vier russische Unterseeboote der Kilo-Klasse zu beschaffen. Sie verfügen bereits über eins dieser brandneuen SSBNs der Xia-Klasse und haben eine neue Produktionslinie für weitere SSKs der Song-Klasse aufgemacht. Hinzu kommen zwei neue Zerstörer der Luhai-Klasse, die immerhin eine Verdrängung von sechstausend Tonnen aufweisen kann. Des Weiteren ziehen sie ein Programm für Cruisemissiles zum Landzieleinsatz durch und haben zweifellos vor, innerhalb der nächsten acht Jahre zwei mächtige Flugzeugträger-Gefechtsverbände aus dem Boden zu stampfen – einen für den Pazifik und einen für den Indischen Ozean.

Und was soll die ganze Scheiße mit Birma? Die Chinesen haben militärische Hardware im Gegenwert von mehr als zwei Milliarden US-Dollar in dieses Land gepumpt und bei dieser Gelegenheit gleich die birmanischen Marinestützpunkte mit modernisiert, an denen sie sich selbstverständlich als Gegenleistung ein Nutzungsrecht ausbedungen haben. Unter dem Strich summiert sich das alles auf eine permanente chinesische Präsenz im Indischen Ozean. Himmel noch mal, Joe! Die Kerle sind in Bewegung, die machen mobil, sag ich dir. Und ich kann nicht das geringste Anzeichen dafür feststellen, dass wir irgendetwas unternehmen, sie daran zu hindern oder aufzuhalten. Zumindest nicht im Augenblick. Aber ich hätte doch ein verdammt ernsthaftes Interesse daran herauszubekommen, ob diese Wichser tatsächlich L.A. mit einer Atomwaffe treffen könnten, die vom Südchinesischen Meer aus gestartet wird. Ist das denn wirklich zu viel verlangt, um Himmels willen?«

Der Nationale Sicherheitsberater des amerikanischen Präsidenten starrte der Chef der U.S. Navy an, und für eine Weile schwiegen die beiden Männer. Admiral Mulligan nahm einen tiefen Schluck aus seiner Kaffeetasse, während Admiral Morgan einen vergleichbar tiefen Zug aus seiner Zigarre nahm, bevor er weitersprach.

»Joe, in China leben zweiundzwanzig Prozent der Weltbevölkerung auf gerade einmal sieben Prozent seiner landwirtschaftlich nutzbaren Fläche. Durch geradezu groteske Fehlplanungen im Bereich der Landwirtschaft, verlieren die Jahr für Jahr Millionen von Hektar fruchtbaren Boden. Innerhalb der nächsten fünfzehn Jahre werden die Chinesen einen Bevölkerungszuwachs auf anderthalb Milliarden Menschen erleben, wobei sie im Laufe der kommenden fünf Jahre jährlich rund zweihundertachtzig Millionen Tonnen Getreide zu wenig haben werden. Da könnte man einen Haufen Plätzchen draus machen, mein Lieber.«

»Yeah, das Gefühl kenne ich nur zu gut – hier gibt es inzwischen auch immer weniger davon.«

Admiral Morgan musste grinsen, ging aber nicht auf diese Bemerkung ein. »Joe, wir haben hier ein Land vor Augen, dem früher oder später nichts anderes mehr übrig bleiben wird, als gigantische Summen pro Jahr aufzuwenden, um auf dem freien Markt Korn und Reis für seine Bevölkerung einzukaufen. Entweder das, oder sie müssen es sich stehlen. Zumindest ist nicht auszuschließen, dass sie irgendjemandem eine solche Angst einzujagen beginnen, dass er ihnen alles zu einem Schleuderpreis überlässt. Und denk doch nur mal daran, dass ihr täglicher Rohölbedarf im Moment schon fast die Marke von sechs Millionen Barrel erreicht hat – das ist mehr als bei uns, zum Teufel noch mal. Aus meiner Sicht stellen sie eine wirklich ernst zu nehmende Gefahr dar. Wir müssen die Situation in den Griff bekommen.«

»Arnie, ich stimme dir voll und ganz zu. Hast du etwa vor, irgendeine Art neuer Offensive vorzuschlagen?«

»Nein. Aber mir schwebt vor, dass wir den alten Zustand wieder auf festen Boden stellen. Jeden Tag flattern mir hier neue Berichte darüber auf den Schreibtisch, dass man deren Flugkörper, Typ Dong Feng 31, mit einem Atomsprengkopf ausgerüstet hat, der auf der Grundlage von Konstruktionen gebaut wurde, die sie aus den Laboratorien von Los Alamos in New Mexico gestohlen haben. Jeder Bericht, der durch meine Hände geht, besagt immer wieder, dass sie es tatsächlich durchgezogen haben und ihr neuer Gefechtskopf unserem ultrakompakten W-88er entspricht – der es, wie du weißt, in seiner komprimierten Ausführung auf eine Sprengkraft bringt, die zehnmal stärker ist als die gottverdammte Hiroshima-Bombe. Dabei ist der kleine Scheißkerl noch nicht einmal einen Meter lang. Wenn es die Chinesen tatsächlich geschafft haben sollten, auch diese Technik zu stehlen, und jetzt wissen, wie man einen solchen Gefechtskopf herstellt, dann können sie ihn auch in rund zehn Minuten in einen Marschflugkörper einbauen.

Und gerade uns beiden dürfte doch sonnenklar sein, dass sie den problemlos in einem Unterseeboot unterbringen können. Ganz besonders dann, wenn es sich bei diesem Boot um ein nagelneues handelt, das wie maßgeschneidert für eine solche Aufgabe zu sein scheint. Meine Jungs hier sind zu der Ansicht gelangt, dass der DF-31 unter Umständen über eine Reichweite von achttausend Kilometern verfügt. Das würde zwar nicht reichen, die Waffe über den Pazifik zu schicken, aber von einem Unterseeboot aus gestartet, könnte sie verdammt noch mal fast überallhin gelangen …«

»Also, so viel steht mal fest: Wir können in diesem Zusammenhang so lange keine verbindlichen Aussagen machen, wie wir nicht wissen, wo sie das Ding haben. Und folglich können wir auch nicht mal eben feststellen, wie es mit deren Treibstoffkapazitäten aussieht.«

»Nein, Joe, das wohl nicht. Aber was wir sehr wohl tun können, ist, uns die Abmessungen ihres Unterseeboots zu verschaffen.«

Diesmal war es Admiral Mulligan, der aufstand. Er schritt zum Fenster hinüber und sagte dann: »Arnie, Ende letzten Jahres haben wir ein ähnliches Gespräch geführt, und ich habe dir damals gesagt, dass es in unserer ganzen Flotte nur ein einziges Unterseeboot gibt, das ich überhaupt dem Risiko aussetzen würde, in chinesische Hoheitsgewässer einzudringen, um dort eine derartige Mission durchzuführen. Und das war die *Seawolf*. Sie ist schnell. Sie ist leise und sie kann sich im Falle einer Entdeckung jederzeit aus dem Staub machen. Vorausgesetzt, das Wasser ist nicht zu flach. Außerdem verfügt sie über die notwendigen Möglichkeiten, gegebenenfalls jeden Gegner zu eliminieren, wobei ich mir völlig darüber im Klaren bin, dass so etwas kaum in unserem Sinne wäre.

Ich habe dir schon vor Weihnachten versprochen, dass ich dieses Vorhaben in die Tat umsetzen würde, sobald die *Seawolf* ihre Überholung hinter sich und sämtliche Probefahrten abgeschlossen hätte. Aber seitdem sind wir mit einem anderen großen Problem konfrontiert worden. Wie du weißt, sind den Chinesen die Unterlagen aus den Lawrence-Livermore-Laboratorien in die Hände gefallen, bei denen es sich um unsere modernste Unterseeboot-Erfassungstechnik dreht. Dieser kleine Scheißer Yung Li, oder wie auch immer sein beschissener Name gewesen sein mag, hat sie geklaut.

Wenn man den Jungs aus Livermore Glauben schenken darf, handelte es sich bei diesen Daten tatsächlich um das letzte Wort, das zur Zeit in dieser speziellen Technik gesprochen worden ist: spitzwinklig polarimetrisch und interferometrisch arbeitende Satellitenradare, die in der Lage sind, selbst die geringfügigsten strukturellen Veränderungen in der Oberfläche der Ozeane zu registrieren. Das ganze System arbeitet selbst durch die dichtesten Wolkendecken hindurch einwandfrei und schafft es, auch noch feinste Veränderungen zu erfassen, die durch die Schiffsschrauben eines Unterseeboots hervorgerufen werden. Darüber hinaus behaupten die Livermore-Typen sogar, sie könnten damit selbst den Schraubentyp eindeutig identifizieren.«

»Scheiße. Haben wir diesen Winzling Hung Ling denn wenigstens gefasst?«

»Das schon... aber egal, alles in mir wehrt sich dagegen, das beste Unterseeboot der U.S. Navy tief in chinesische Hoheitsgewässer zu schicken. Denn jetzt weiß ich, dass es möglicherweise erfasst und, noch schlimmer sogar, mit Mann und Maus eliminiert werden könnte. Gütiger Himmel, du weißt so gut wie ich, dass jedes Unterseeboot machtlos ist, wenn es in untiefen Gewässern erfasst wird, in denen sich die Kriegsschiffe des Gegners an der Oberfläche herumtreiben. Eins kannst du mir glauben: Wenn die verdammten Chinesen unser Spitzenunterseeboot dabei erwischen, wie es sich gerade genau in den nördlichen Bereichen des Gelben Meeres herumtreibt, dort, wo die ihre Probefahrten durchführen, dann sind die schneller genau der Feind, von dem du eben gesprochen hast, als du glaubst.«

»Joe, ich bin mir der Risiken voll und ganz bewusst. Wo genau steht die *Seawolf* im Augenblick?«

»Sie liegt in 48-Stunden-Bereitschaft in Pearl, um gegebenenfalls sofort mit Kurs West in Richtung Gelbes Meer auslaufen zu können. Aber eins kann ich dir sagen – ich mag es gar nicht, ihr den Befehl für einen solchen Einsatz zu geben.«

»Joe, mir geht's nicht anders. Aber die müssen da hin.«

Samstag, 17. Juni, 1200
Büro des CNO
Pentagon, Washington, D. C.

Admiral Mulligan telefonierte gerade mit seinem alten Bekannten Sam Langer, der bei General Dynamics Chefingenieur für Nuklearsysteme gewesen und erst kürzlich in den Ruhestand getreten war. Langers ehemaliger Arbeitgeber hatte die *Seawolf* gebaut und auch die tiefgreifenden Überholungsarbeiten auf der Werft von Electric Boat in Groton, Connecticut, durchgeführt.

»Sam, nur eine kleine Sache, auf die ich dich gern kurz ansprechen wollte – erinnerst du dich noch, dass wir vor etwa einem Jahr über ein kleines Gerät gesprochen haben, das in den Not-Kühlkreis der *Seawolf* eingebaut werden sollte?«

»Klar doch, Joe. Dazu war doch nur diese geringfügige Anpassung am Isolationsventil im ›kalten Schenkel‹ erforderlich, oder?«

»Yeah, das genau meine ich. Ich hab mich zwar noch daran erinnert, dass wir darüber gesprochen haben, aber ich war mir nicht mehr ganz sicher, ob ihr's auch tatsächlich gemacht habt.«

»Also, die Angelegenheit sollte doch, ähem, nicht öffentlich über die Bühne gehen, oder?«

»Richtig. Das war auch der Grund, weshalb die Sache weder in die Pläne noch in die Aufstellung der Beschaffungskosten Eingang gefunden hat. Aber jetzt mal im Ernst – habt ihr es denn nun gemacht oder nicht?«

»Klar, haben wir.«

»Jetzt fällt mir's auch wieder ein.«

»War kein großer Akt, wirklich. Nur eine kleine Anpassung am Ventil. Für den Fall einer elektrischen Fehlfunktion oder dass der Reaktor gescrammt werden muss, wird das Ventil in die geöffnete Position gehen – und das sollte meiner Ansicht nach dann reichen, das Not-Kühlsystem lahm zu legen. Aber es wird nirgendwo einen Hinweis darauf geben, dass es genau diese Manipulation war, die das Ganze verursacht hat.«

»Würde es auch vollautomatisch reagieren? Sagen wir mal für den Fall, dass wir es mit so was wie einem nicht vorhersehbaren Reaktorscram oder etwas Vergleichbarem zu tun hätten?«

»Um Gottes willen, nein, Joe. Der Kapitän und sein Nuklearingenieur müssten alles entsprechend justieren. Wenn ich mich recht entsinne, war die ganze Angelegenheit ausschließlich für den Fall gedacht, dass das Unterseeboot einmal in feindliche Hände gerät, oder?«

»So ist's, Sam. So ist's. Hast du irgendjemandem etwas davon erzählt?«

»Natürlich wissen die Jungs davon, die es installiert haben. Aber die hatten keine Ahnung, welchen Sinn und Zweck diese Angelegenheit hatte. Ich selbst habe den Kommandanten vor ein paar Monaten äußerst vorsichtig darüber informiert, als er auf der Werft war, um nach seinem Boot zu sehen. Das war doch Judd Crocker, oder irre ich mich da? Er und sein Leitender Ingenieur, dieser lange, blonde Kerl. Schulz hieß er, glaub ich.«

»Also ist Captain Crocker umfassend über alles informiert?«

»Mehr als nur informiert. Er hat da unten über eine Stunde damit verbracht, sich ausschließlich mit dem Not-Kühlsystem zu befassen. Am Ende wusste er mehr über die Sache als ich selbst.«

»Dank dir, Sam. Herzlichen Dank. Komm doch bei Gelegenheit einfach mal rüber, oder wir heben einen zusammen, wenn ich das nächste Mal in New London bin.«

Nachdem er aufgelegt hatte, nahm Admiral Mulligan den Hörer seines Telefons mit der abgesicherten Leitung auf und wählte Kathy O'Briens Nummer in Maryland. Aber es war der Admiral persönlich, der auf der anderen Seite abhob und sich auf dieselbe Art und Weise meldete wie immer: »Morgan. Was gibt's?«

»Herrgott noch mal, Arnie. Das wär vielleicht 'ne tolle Nummer, wenn jetzt nicht ich, sondern Kathys Mutter oder sonst jemand angerufen hätte. Stell dir doch bloß mal vor, da ruft jemand seine Tochter an und irgend so ein Gorilla röhrt einem ›Morgan, was gibt's‹ ins Ohr.«

»Ha, ha. Tach, Joe. Ich schätze mich glücklich, behaupten zu dürfen, dass sich Kathys Mutter, wie übrigens auch der Präsident höchstpersönlich an die meisten meiner kleinen Eigenheiten gewöhnt hat. Also was hast du auf der Pfanne?«

»Ich wollte dich nur kurz etwas wissen lassen. Erinnerst du dich noch an unsere Unterhaltung von vor etwa einem Jahr, bei der es um den Einbau eines kleinen Geräts auf allen großen Atom-Unterseebooten ging, welches diese zu einer Selbstzerstörung veranlassen kann? Ich wollte dich nur kurz davon in Kenntnis setzen, dass die *Seawolf* so ein Ding an Bord hat.«

»Du redest doch jetzt von diesem Auslöser am Absperrventil im Not-Kühlsystem, oder?«

»Genau. Captain Crocker weiß darüber Bescheid. Wie du dich bestimmt erinnern kannst, ist dieses Ding von allein nicht dazu in der Lage, das Boot zu zerstören, sollte es einmal in feindliche Hände fallen. Aber es verschafft uns sehr wohl die Möglichkeit, das Boot wenigstens so weit zu demolieren, dass es sich selbst zerstören wird, sobald der Reaktor heruntergefahren wird.«

»Offen gestanden, das ist eine etwas bedrückende Vorstellung, Joe. Aber immerhin, das zu wissen ist wichtig. Ich bin dir für diese Information sehr dankbar, aber ich will zum Teufel noch mal hoffen, dass wir es nie einzusetzen brauchen. Ach übrigens, da wir gerade davon sprechen, wie viele dieser verdammten politischen Atomausschüsse musstest du eigentlich durchlaufen, bevor du die Genehmigung für den Einbau in der Tasche hattest?«

»Keinen.«

»Wie hast'n das geschafft?«

»Ganz einfach. Ich hab's keinem erzählt. Aber die Dinger sind eingebaut.«

»Du bist ein ganz schön ausgefuchster Mensch, Joe Mulligan.«


Sonntag, 18. Juni, 0100
Unterseeboot-Landungsbrücke
Stützpunkt der U.S. Navy, Pearl Harbor, Hawaii

Die Nacht war drückend heiß und nicht der Hauch einer Brise strich über die ruhige See. Die USS *Seawolf* war bereit zum Auslaufen. Im Augenblick lag sie allerdings noch wie ein gefangenes schwarzes Monster der Unterwasserwelt an ihren Festmachern längsseits der Pier. Und sie war im Grunde auch genau das, wonach sie aussah. Vielleicht mit der Ausnahme, dass sie größer, schneller, leiser und sich ihrer Fähigkeiten und Tödlichkeit weit mehr bewusst war als jedes andere Ding in den Ozeanen unserer Erde.

Schon seit dem Spätnachmittag zogen der Leitende Ingenieur Lt. Commander Rich Thompson und seine Männer tief unten im Reaktorraum die Sicherheitsplatten zwischen den Brennstäben des Reaktors hoch. Eine ebenso langwierige wie mühsame Arbeit, die aber mit äußerster Sorgfalt durchgeführt werden musste, um den Atomreaktor auf die Temperatur und den Druck hochzufahren, die erforderlich waren, um jedes Quäntchen Energie freizusetzen, das von der *Seawolf* auf ihrer langen Reise möglicherweise einmal gebraucht werden würde. Mit Rich Thompsons Kernreaktor hier an Bord hätte man problemlos ganz Honolulu mit Energie versorgen können.

Der Auslaufbefehl war kurz vor dem Mittagessen, direkt vom COMSUBPAC kommend, eingegangen. »*An Kommandant USS Seawolf: Sofortiges Auslaufen ins Gelbe Meer gemäß Befehlen vom 170900JUN06. Einsatz hat den ausschließlichen Zweck der Beobachtung. Ortung Ihres Boots ist auf jeden Fall, wiederhole: auf jeden Fall, auszuschließen.*«

Petty Officer Jason Colson, Judd Crockers Schreiber, hatte bereits den kompletten Satz an Befehlen in das persönliche Logbuch des Kommandanten eingeheftet und war jetzt neben dem Kommandanten, dem Ersten Offizier, dem Navigationsoffizier Lieutenant Shawn Pearson, Cy Rothstein und Rich Thompson der einzige Mann an Bord, der in die haarsträubende Natur ihres Einsatzes eingeweiht war. Die Mission war zwar nicht ausdrücklich als »schwarz« gekennzeichnet worden, da sie keine Angriffsbefehle oder Freigaben zu möglichen Kampfhandlungen enthielt, doch war sie auf jeden Fall geheim und unterlag ähnlich hoch angesiedelten Geheimhaltungsstufen wie ein inoffizieller Einsatz – und war nicht minder gefährlich.

Unten in der schiffstechnischen Abteilung waren Lt. Commander Schulz und Tony Fontana im Augenblick sehr beschäftigt, tappten aber, was den bevorstehenden Einsatz anging, auch noch völlig im Dunkeln. Auch Lieutenant Kyle Frank, der junge Sonaroffizier aus New Hampshire, war bislang noch nicht eingeweiht worden. Petty Officer Andy Cannizaro vertrat nach wie vor beharrlich die Ansicht, dass es Richtung Taiwan gehen würde, wogegen Master Chief Brad Stockton schon viel zu lange dabei war, um jetzt noch eine weitere Mutmaßung von sich zu geben. Er würde den Kommandanten später im Laufe des Morgens sprechen, und er wusste, dass dieser ihn dann über alles ins Bild setzen würde.

Für ein Uhr morgens ging es auf der Landungsbrücke ganz schön her. Das Auslaufen eines Atom-Unterseeboots gehört nun einmal zu den größeren Ereignissen auf jedem Marinestützpunkt, der über eine gewisse Bedeutung verfügt, und Pearl Harbor bildete da keine Ausnahme. Viele der Ingenieure und sogar einige ihrer Frauen hatten den Weg hierher gefunden, um das Ablegen der *Seawolf* mitzuerleben. Auch der Flottillenchef, der Offizier vom Dienst und die Festmachergang waren anwesend. Eigentlich gab es keinen Grund dafür, irgendwelche Spannung zu empfinden, aber dennoch knisterte die Atmosphäre, während tief unten im Boot die Männer ihre letzten Eintragungen in die Next-of-Kin-Liste (NOK) tätigten, in der jedes Besatzungsmitglied detailliert niederschrieb, mit wem die U.S. Navy Kontakt aufnehmen sollte, falls das Boot es nicht schaffen würde, in die Heimat zurückzukehren. Nicole Crockers Name und Anschrift auf Point Loma stand ganz oben auf dieser Liste. Neben Lt. Commander Clarkes Name waren dagegen nur sehr spärliche Informationen zu finden. Und selbst das wenige, was da stand, war ganz sicher nichts, was Rückschlüsse auf seine direkten Familienangehörigen zugelassen hätte.

Genau um 0115 betrat Captain Crocker die hoch über die Pier hinausragende Brücke seines Boots. Neben ihm tauchten kurz darauf der Offizier der Wache, Lieutenant Andy Warren, und der Navigator Lieutenant Pearson auf. Alle drei Männer trugen wegen der herrschenden Hitze ihre Sommeruniformen. Der »Maschine, Achtung«-Befehl erging um 0125 und ein Schauer der Erwartung ging durchs Schiff. Nach all den Monaten der Vorbereitungen bedeuteten diese beiden Worte nur noch eines: *Es geht endlich los. Und zwar genau jetzt.*

Linus Clarke gab den »Alle Leinen los!«-Befehl und Andy Warren lehnte sich über das Mikrofon des Befehlsübermittlers: »Alle ein Drittel zurück.« Daraufhin begannen sich sofort tief im Inneren des Schiffs mächtige Turbinen zu drehen. Die gigantische Schraube nahm ihre Umdrehung für Fahrt achteraus auf und löste eine kleine Brandung aus, die übers Heck wusch, als die *Seawolf* von der Landungsbrücke wegschor und leise in Rückwärtsfahrt in die breite Schifffahrtsstraße vor Pearl Harbor einlief. 15 Sekunden später wurde der Antrieb umgesteuert und das Boot kam im Wasser zum Stillstand, bevor Judd Crocker »Voraus ein Drittel!« befahl. Daraufhin legte sein 9000 Tonnen verdrängendes Atom-Unterseeboot die ersten Meter seiner mehr als 7500 Kilometer langen Reise in die verbotenen Gewässer des Gelben Meeres zurück.

Die Schaulustigen, die unter den Laternen an der Landungsbrücke standen, winkten, als die *Seawolf,* sich vor der mondbeschienenen See abzeichnend, geradewegs in den südlichen Hauptkanal einlief.

»Standardumdrehungen für volle Kraft voraus«, befahl Lieutenant Warren, und jeder an Bord spürte das sonore Brummen bei der größeren Fahrt, die das Boot daraufhin machte. Ein Blick achteraus zeigte, dass hinter dem Heck das Kielwasser weiß aufschäumend zurückblieb.

»Kurs eins-sieben-fünf«, sagte Shawn Pearson.

Die *Seawolf* fand wie von selbst in ihren Rhythmus, und das glatte Wasser hob sich über ihren Bug und teilte sich erst am eindrucksvoll nach oben aufragenden Turm, um dann von dort aus wie ungebrochen zu beiden Seiten hinter der Brücke abzufließen. Ein Bild, das einem immer wieder von allen großen Atom-Unterseebooten geboten wird.

»Wir sollten diesen südlichen Kurs auch noch weitere drei Meilen beibehalten, nachdem wir die Hafenbefeuerung passiert haben, Sir«, sagte der Navigator. »Erst dann, möchte ich vorschlagen, sollten wir für die nächsten paar Tausend Meilen nach Westen auf Kurs zwo-sieben-null eindrehen.«

Judd Crocker lächelte in die Dunkelheit und antwortete leise: »Danke, Shawn«, um dann noch fragend hinzuzufügen: »Also etwa fünfundzwanzig Meilen an der Oberfläche?«

»Meiner Meinung nach ja, Sir. Direkt hinter dem Leuchtfeuer auf Barber's Point haben wir an Steuerbord gerade mal hundertzwanzig Fuß Tiefe. Erst zwanzig Meilen später wird's dann richtig tief. Tja, in diesen flachen Gewässern, habe ich mir gedacht, dass wir da lieber an der Oberfläche bleiben sollten.«

»Könnte sein, dass Sie es hinter Barber's Point gar nicht mehr so flach finden werden, Lieutenant.«

»Kann schon sein, Sir. Ich möchte ungern widersprechen, aber schließlich besteht meine Hauptaufgabe darin, das Leben von Unschuldigen zu schützen.«

Judd Crocker schmunzelte. Er mochte diesen jungen Navigator, doch musste er gleichzeitig auch daran denken, wie wenige der Kunden dieses jungen Mannes hier an Bord dieses Schiffs wohl tatsächlich noch den Anspruch auf Unschuld anmelden konnten. Etwas später tauchte die *Seawolf* dann genau in dem Gebiet, das Lieutenant Pearson vorgeschlagen hatte. Innerhalb der nächsten 15 Meilen hatte sie bereits rund 12 000 Fuß Wasser unter dem Kiel. Der Kommandant befahl Umdrehungen für 30 Knoten, und das Boot lief sanft in einer Tiefe von 800 Fuß unter der Oberfläche dem Tiefseegebirge des Marcus-Necker-Rückens und dann den geschwungenen Zügen des unterseeischen Mittelpazifik-Gebirges entgegen, die beide den Wendekreis des Krebses sozusagen in zwei Teile teilen. Bei dieser Fahrtstufe würde die *Seawolf* voraussichtlich ein Etmal von 700 Meilen schaffen, was sie in weniger als einer Woche ans Tor zum Gelben Meer bringen würde. Gott allein wusste jedoch, wie lange es dann noch dauern würde, bis sie ihre Beute gefunden hatte.

Die Crew hatte, von wenigen Ausnahmen einmal abgesehen, immer noch keine Ahnung, was das eigentliche Ziel ihrer Mission war. Bei Einsätzen wie diesem galt das eherne Gesetz, nur das Notwendigste wissen zu müssen. So hatte sich Tony Fontana inzwischen Brad Stocktons Ansicht angeschlossen und dachte nun ebenfalls, dass das Boot in Kürze einen Kurswechsel in Richtung Süden, und damit auf das alte Ostindien zu, vornehmen würde. Dabei würde es die stark befahrenen und außerdem auch noch recht untiefen Gewässer der Malakkastrasse umgehen, um anschließend in Richtung Norden auf den Golf zuzulaufen.

Die allgemeine Meinung dagegen lief darauf hinaus, dass man ihren Kurs auf einen Punkt abgesetzt hatten, der irgendwo auf der fernöstlichen Seeseite des asiatischen Kontinents lag, also entweder China oder Russland das Ziel sein mussten. Taiwan genoss nach wie vor eine Favoritenstellung, allein schon deshalb, weil den meisten Männern bekannt war, dass es dort im Augenblick immer wieder Konflikte gab. Auch hatten noch längst nicht alle die Möglichkeit ausgeschlossen, dass doch die über 2000 Kilometer lange Halbinsel Kamtschatka das Ziel sein konnte, weil momentan einer der größten russischen Marinestützpunkte in diesen ebenso einsamen wie eisigen Gewässern angesiedelt war. Einer Sache waren sich allerdings alle sicher: Im Augenblick steuerte die *Seawolf* ziemlich genau Kurs West. Daran gab es keinen Zweifel.

Die bloße Tatsache, dass man ihnen nichts über ihren Bestimmungsort mitgeteilt hatte, ließ nirgendwo mehr Zweifel aufkommen, dass es sich hier um alles andere als eine gewöhnliche Mission handelte. Die *Seawolf* befand sich auf dem Weg in ziemlich ernst zu nehmende Gewässer, daran gab es einfach nichts zu deuteln.

Samstag, 17. Juni, 1930
Kathy O'Briens Haus
Chevy Chase, Maryland

Admiral Morgan war gerade damit beschäftigt, den Gartengrill in Gang zu setzen. Er verwendete dazu einen dieser »Kamine«, mit denen man angeblich nur sehr wenig Papier benötigt, um die Holzkohle zu entfachen. Tatsächlich hatte er aber bislang bald vier mal so viel Papier wie normal verbraucht, was schließlich dazu führte, dass er auf die bewährte »Streichholzkohle« zurückgegriffen hatte, bei der man überhaupt kein Papier zum Anfeuern brauchte. Das Resultat bestand dann aus einer Art kontrolliertem Inferno, auf dem selbst Dante sich ein paar Würstchen hätte braten können.

Ja, Inferno, das war genau der richtige Begriff. Der Admiral betrachtete sein Werk mit einiger Befriedigung. »Da haben wir aber mal richtig Power reingebracht, was?« sagte er zu Kathys Labrador. »Das ist doch erst richtige Hitze. Wenn man ein Lamm braten will, braucht man doch eine gescheite Glut, oder etwa nicht?«

Im gleichen Augenblick trat Kathy auch schon aus dem Haus. Sie trug eine große Platte mit mariniertem Lammfleisch, das aus der Keule gelöst war. Sie hatte sich inzwischen schon an Arnolds eigenwillige Ansichten darüber gewöhnt, wie man ein Grillfeuer entfachte. Ein kurzer Blick auf das Feuer veranlasste sie zu einem längeren ergebenen Blick gen Himmel. »Nur für den Fall, dass es sich noch nicht bis zu dir herumgesprochen haben sollte – heute gibt's Lamm und nicht Brontosaurier«, sagte sie. »Nur eine ganz normale Lammkeule, und die braucht lediglich eine nette kleine Glut, über der sie etwa eine Stunde lang unter dem Deckel garen muss. Flammen von einem halben Meter Höhe sind ebenso wenig erforderlich, wie es dem Geschmack zuträglich ist, wenn man sie auf deiner persönlichen Vorstellung von Hiroshima röstet.«

»Ich bin ja schon auf dem besten Weg, es in den Griff zu bekommen«, brummelte er grinsend. »Warte nur, bis die erste Hitze ein bisschen abgeklungen ist.«

»Tja, ich schätze, dass dieser Zeitpunkt etwa im Laufe des kommenden Donnerstags erreicht sein dürfte. Wie wär's denn in der Zwischenzeit mit einem Drink?«

Der Admiral nahm ihr die schwere Platte ab und stellte diese auf einen Tisch, der in der Nähe des Inferno-Grills stand. Dann legte er Kathy den Arm um die Schulter und gestand ihr, wie sehr er sie liebe, etwas, was er vor jedem Abendessen tat. Natürlich vergaß er auch nicht, sie zu fragen, ob sie ihn nicht heiraten wolle, aber wie jeden Abend lautete ihre Antwort nein. Danach machte er sich auf den Weg zum Kühlschrank, holte eine Flasche ihres Lieblingsweins, 1997er Meursault, heraus und goss zwei Gläser ein.

Das alles gehörte gewissermaßen zu einer Art von Ritual, das ihnen beiden immer wieder Spaß machte, ein Ritual, bei dem sie stets erneut bekräftigte, nicht die Absicht zu haben, die dritte Mrs. Arnold Morgan zu werden, bevor dieser nicht in den Ruhestand träte. Im gegenwärtigen Status habe sie nämlich nicht die geringste Lust, allein zu Haus in Chevy Chase zu hocken, während er um die halbe Welt jage. Langsam versank die Sonne hinter den blauen Bergen Virginias, während sie beide draußen saßen und die langsam sterbenden Flammen – sowohl die der Sonne als auch des Grills – vor dem klaren Abendhimmel beobachteten.

Der hellgoldene, trockene Burgunder sorgte dafür, dass sie beide sich entspannten. Sie unterhielten sich über die Möglichkeiten eines gemeinsamen Urlaubs. Vielleicht sollten sie wieder einmal nach Europa zu reisen, um dort vielleicht auf das Angebot ihres alten Freundes Admiral Sir Iain MacLean zurückzukommen, jederzeit in Schottland bei ihm willkommen zu sein.

Kathy machte sich im Grunde keine allzu großen Hoffnungen, dass dieser Traum je in Erfüllung gehen würde. »In den letzten Wochen hast du einen ziemlich besorgten Eindruck auf mich gemacht«, sagte sie. »Ist es wegen China?«

»Mhm«, machte er. »Dieses Land ist eine einzige verdammte PAA.«

»Eine was?«

»Eine PAA.«

»Was soll das denn nun wieder sein? Immer hast du irgendwelche Abkürzungen für irgendetwas – SUBLANT, SUBPAC, SPECWARCOM. Die kenne ich ja inzwischen, aber PAA kenne ich noch nicht. Sag schon, was bedeutet das?«

»Pestbeule am Arsch natürlich, du Dummchen.«

Der Drang loszulachen überfiel Kathy völlig überraschend, und sie hatte gehörige Schwierigkeiten zu verhindern, dass sie den ausgezeichneten Meursault durch die Nase prustete. Nachdem sie sich wieder gefangen hatte, sagte sie: »Du bist ordinär bis an die Grenze zum Absurden, und ich habe langsam das Gefühl, dass ich mich in einen zweiten Mao Tse-tung verliebt habe. China hin und China her ... Das Land liegt eine Million Kilometer von hier entfernt. Also, wen interessiert's?«

»Na, zum Beispiel wären da an erster Stelle meine Verleger zu nennen. Sie bereiten gerade die Herausgabe des Buches *Gedanken des Großen Vorsitzenden Arnold* vor.«

Kathy schüttelte den Kopf und lächelte dem ehemaligen Unterseeboot-Kommandanten zu, an den sie ihr Herz verloren hatte. Sie hatte sich damals auf den ersten Blick in ihn verliebt, ein Ereignis, das jetzt drei Jahre zurücklag. Damals war er knurrend ins Büro gestürmt. »Rankow anrufen«, hatte er sie angewiesen. »Und sagen Sie ihm, dass er schon immer ein Hurensohn war, ist und wohl auch ewig bleiben wird. Ein *verlogener* Hurensohn, sollten Sie nicht vergessen zu ergänzen.«

Von dieser Anweisung wie betäubt, hatte sie gerade noch ziemlich lahm die Frage: »Und wer ist dieser Rankow?« hervorgebracht.

»Der Oberbefehlshaber der sowjetischen Seestreitkräfte. Er sitzt im Kreml. Sollte aber besser in einer von deren Salzminen sitzen.«

Verblüfft, dass der Admiral es bislang immer noch nicht für nötig befunden hatte, seinen Blick von den Papieren zu heben, hatte sie gesagt: »Aber, Sir. Ich kann den Mann doch nicht einfach in seinem Büro anrufen und ihn als Hurensohn bezeichnen.«

»Einen verlogenen Hurensohne, bitte schön.«

»'tschuldigung, Sir. Wollte natürlich verlogener Hurensohn sagen.«

Da hatte Admiral Morgan schließlich doch aufgeblickt, und ein dünnes Lächeln war über seine zerfurchten, harten Züge gehuscht. »Na gut, wenn Ihnen schon die Nerven durchgehen, bevor Sie hier die ersten zehn Minuten überstanden haben, wird mir wohl nichts anderes übrig bleiben, als Sie erst mal richtig in Form zu peitschen. Wie steht's mit einer Tasse Kaffee? Aber schaffen Sie mir vorher, wenn's recht ist, den Kreml ans Rohr. Fragen Sie nach Admiral Witali Rankow – ich will mit ihm sprechen.«

Kathy war dann hinausgegangen, um den Kaffee für den Admiral zu holen. Noch bevor sie wieder im Zimmer war, konnte sie ihn schon brüllen hören. »Rankow, Sie Bastard. *Sie sind ein ganz verlogener Hurensohn.*«

Was sie allerdings nicht hören konnte, war das schallende Gelächter, in das Arnolds alter Freund und Sparringspartner bei der russischen Marine auf die Eruption des Admirals hin ausbrach. Kathy O'Brien konnte einfach nur dastehen und staunen. Nach all den Jahren, die sie bereits im Weißen Haus arbeitete, hatte sie geglaubt, dass sie nichts mehr überraschen könnte. Doch einem Mann wie diesem hier war sie noch nicht begegnet. Natürlich hatte sie auch schon für andere selbstbewusste Männer gearbeitet. Aber noch für keinen mit einem *derartigen* Selbstbewusstsein.

Das Verhältnis zwischen dem zweifach geschiedenen Admiral und seiner Aufsehen erregend schönen Privatsekretärin brauchte Monate, um sich zu entwickeln, was nicht zuletzt darauf zurückzuführen war, dass es weit jenseits von Admiral Morgans Vorstellungskraft lag, eine Frau von solcher Attraktivität und Eleganz, die darüber hinaus auch noch über ein eigenes Vermögen verfügte, könne sich überhaupt für ihn interessieren.

Letzten Endes war es dann auch Kathy, die den ersten Schritt tat, indem sie ihn zu sich zum Abendessen einlud. Nach jenem Abend waren die beiden unzertrennlich, und es gab im ganzen Weißen Haus niemanden mehr, der nicht über ihre Beziehung Bescheid gewusst hätte. Keiner wäre jedoch so weit gegangen, ein Wort darüber zu verlieren – wohl in erster Linie aus Angst davor, dass ihn dann der Zorn des Admirals mit geballter Kraft ereilen würde.

Selbst dem Präsidenten war diese Romanze durchaus bekannt, und er wusste auch, dass die künftige Mrs. Arnold Morgan dem Admiral nicht das Jawort geben würde – zumindest im Moment nicht. Er hatte Kathy einmal persönlich darauf angesprochen, und sie hatte ihm ganz locker geantwortet:»Seine anderen beiden Ehen sind zerbrochen, weil er bereits verheiratet war, nämlich mit den Vereinigten Staaten von Amerika. Was seine Exfrauen einfach nicht begriffen haben, war, wie wichtig dieser Mann tatsächlich für die Staaten ist. Für sie hat nur gezählt, dass er sich im Büro und nicht bei ihnen zu Hause befand. Ich bin da allerdings etwas anders geartet. Ich weiß, warum er im Büro ist. Aber ich habe nicht die geringste Lust, zu Hause zu sitzen und darauf zu warten, dass er heimkommt. Folglich werde ich ihn erst heiraten, wenn er in den Ruhestand tritt.«

Und das war schließlich auch der Grund dafür, weshalb die beiden fast ihre ganze freie Zeit zusammen in Kathys Haus in Chevy Chase verbrachten. Auch fanden sie immer einen Weg, regelmäßig gemeinsam zu Abend zu essen. Und mit jeder Woche, die ins Land ging, liebte Kathy O'Brien ihren Admiral ein wenig mehr. Nicht so sehr wegen der Macht, durch die er militärische Befehlshaber auf der ganzen Welt terrorisieren konnte, sondern viel mehr wegen seines Intellekts, seines Wissens und seines stets wachen, unter der rauen Schale lauernden Humors.

Bald kam Kathy dahinter, dass Arnold Morgan die Rolle als knurrender, sarkastischer Löwe des Weißen Hauses selbst ein enormes Vergnügen bereitete. Besonders dann, wenn er wieder einmal mit der Opposition seine Spielchen treiben oder sie mit seinen alles niedermähenden, brillanten Boshaftigkeiten blendete – wobei er sich selbst als Ziel nicht selten ausschloss.

Das Telefon klingelte.»Geh lieber du ran, Schatz«, sagte Kathy. »Das ist deine abgesicherte Leitung.«

Der Admiral schlenderte zum Apparat hinüber. Als er abhob, meldete sich eine tiefe, etwas blecherne Stimme.

»He, Arnie. Joe hier. Nur ganz kurz: Sie sind unterwegs. Haben Pearl am Sonntagmorgen Ortszeit verlassen.«

»Danke, Joe. Tut gut, das zu hören. Wünsch ihnen alles Gute von mir, wenn du mal Gelegenheit hast, Kontakt aufzunehmen.«

»Ich fürchte, die können auch sämtliche guten Wünsche brauchen, die sie nur kriegen können. Ist nämlich ein ganz schön gefährlicher Flecken Wasser, zu dem sie jetzt unterwegs sind.«

»Weiß ich. Aber sie haben schließlich auch ein teuflisch gutes Boot. Zumindest so lange, wie sie sich nicht von diesen chinesischen Wichsern im flachen Gewässer erwischen lassen.«

# KAPITEL ZWEI

Montag, 19. Juni, 2100
USS *Seawolf*

Judd Crocker runzelte die Stirn. Und wenn Judd Crocker die Stirn runzelte, erinnerte er sehr stark an den Piraten King. Seine Erscheinung war die eines klassischen »Schwarzen Iren«. Die dunkle Hauttönung eines Mittelmeerbewohners wies darauf hin, dass er aus einer Linie der irischen Bevölkerung abstammte, deren Vorfahre wohl einer der vielen Hundert spanischen Seeleute gewesen sein musste, die 1588, nach der Niederlage der spanischen Armada, an Irlands Küsten gespült worden waren. Allerdings hätte man sich sehr getäuscht, wenn man ihn deshalb für einen Torero gehalten hätte. Er war eher der Stier in der Arena.

Judd war ein unglaublich energiegeladener und körperlich sehr starker Mann. In Newport hätte man ihn sofort an die Winsch einer Mega-Regattajacht gestellt, in Kanada hätte sich bestimmt jeder gewundert, weshalb er kein kariertes Baumfällerhemd trug und eine zweischneidige Axt schwang, und vor dem Stadion im Madison Square Garden hätte ihm bestimmt jemand aus dem Stand einen Vertrag als Spieler angeboten.

An Bord eines Unterseeboots war Judd die alles überragende Persönlichkeit. Ihm schien nichts, was hier vor sich ging, zu entgehen, und doch war er schnell mit einem schiefen Grinsen oder einer witzigen Bemerkung bei der Hand, um jemanden auf den Arm zu nehmen. Manche mochten ihn sogar für sarkastisch halten, aber dieser Eindruck war falsch, denn er war gleichzeitig außerordentlich rücksichtsvoll, auch wenn er anderen doch fast immer ein paar Schritte voraus war.

Im Moment beugte er sich also mit gerunzelter Stirn über eine weiß, blau und gelb eingefärbte Seekarte der nördlichen Hälfte des Gelben Meeres – und versuchte diesmal den Chinesen diese paar Schritte voraus zu sein. Dieses Vorhaben hatte sich als nicht gerade leichte Sache herausgestellt. Er saß ganz allein in seiner Kajüte und studierte konzentriert die Wassertiefen in einem noch sehr weit entfernten Seegebiet, welches er noch nie befahren hatte.

Die Luft in dem winzigen Raum war mit gemurmelten Satzfetzen gefüllt: »Verdammt, da darf ich nicht rein ... zu flach ... Das ist doch kein Meer, das ist ein ganz beschissenes Schlammloch ... Warum zum Teufel haben die denn ausgerechnet hier einen Unterseebootstützpunkt eingerichtet ... Herrgott, im Umkreis von fünfhundert Meilen um die Werften gibt es nirgendwo eine Stelle, wo man tauchen kann, ohne gleich auf Grund zu brummen ... Wer weiß schon, ob die mit ihrem Boot nun an der Ost- oder an der Westküste entlanglaufen ... da muss ich mich irgendwie geschlagen geben.«

Der Gegenstand seiner Überlegungen war Chinas neues Unterseeboot der Xia-Klasse, das man als Typ 094 klassifiziert hatte. Eine 6500 Tonnen verdrängende, von Grund auf verbesserte Version des alten Typs 406, der als der »große weiße Elefant« der chinesischen Marine galt. Diesen Spitzamen hatte das Boot sich eingehandelt, weil es ebenso langsam wie träge war (20 Knoten bei äußerster Kraft voraus im Abtauchen). Außerdem war es im Großen und Ganzen mit wertlosen Raketen bewaffnet, die in den meisten Fällen nicht funktionierten. Es war laut wie ein Güterzug und verbrachte den größten Teil seines Einsatzlebens im Trockendock. Das 406 sorgte bei den Briten und Amerikanern für Gelächter, und der Witz machte die Runde, dass dieses Boot so laut war, dass es eigentlich gar nicht mehr zu tauchen brauchte.

Aber das war alles noch in einer Zeit gewesen, bevor Mr. Lee und seine Spießgesellen die gesamte neue Technik aus Kalifornien und New Mexico gestohlen hatten, bevor Präsident Clinton den roten Teppich für China ausgerollt und diesem Land das Angebot gemacht hatte, praktisch alles in Amerika zu lernen, was es wollte. Darüber freuten sich die Chinesen ebenso sehr, wie es die amerikanischen Generalstabschefs in Wut versetzte, ganz zu schweigen von einer ganzen Generation Admiräle bei der U. S. Navy.

Jetzt sah es so aus, als wäre die neue *Xia III*, wollte man den chinesischen Angaben Glauben schenken, darauf konstruiert worden war, schnell und leise zu sein. Außerdem sollten die ICBMs, die sie an Bord hatte, angeblich auch über erheblich größere Reichweiten verfügen als die vorangegangenen Versionen. Darüber hinaus hatte die *Xia III* auch noch die modernsten Sonargeräte an Bord. *Würden die USA wirklich Los Angeles für Taiwan aufs Spiel setzen?*

Der Grund, weshalb Judd Crocker ins Spiel kam: Das neue Boot der Xia-Klasse war inzwischen bereit, mit den Probefahrten zu beginnen. Die amerikanischen Spionagesatelliten hatten das chinesische Unterseeboot monatelang überwacht und dabei auf zahllosen Fotos dokumentiert, wie dieses sich auf den entlegenen Werften von Huludao, an der trostlosen Ostseite der Liaodong-Bucht im oberen Teil des Gelben Meeres, Schritt für Schritt seiner Fertigstellung näherte. Vor allem wegen dieses Boots war die *Seawolf* nach Pearl Harbor verlegt worden. Am vergangenen Samstagnachmittag war es dann endlich so weit gewesen. Die alles durchdringenden Linsen des Satelliten hatten die markante Infrarot-»Blume« erfasst, die als sicheres Indiz für die Entwicklung von Hitze im Boot gewertet werden konnte. Also hatten die Chinesen damit begonnen, den Kernreaktor des Xia in den kritischen Bereich hochzufahren. Damit wiederum erklärte sich auch die Hast, mitten in der Nacht mit der *Seawolf* auszulaufen.

An Bord war über all diese Dinge einzig Captain Crocker im Bilde. Er befahl, alle zwölf Stunden auf Sehrohrtiefe zu gehen, um eine Raffermeldung vom Satelliten herunterzuladen, aus der er ablesen konnte, ob das Xia nach wie vor längsseits am Kai von Huludao lag und seine Systeme testete oder ob es bereits mit Kurs Süd ausgelaufen war, um in tieferes Wasser zu gelangen.

Im Augenblick befanden sich Judd Crocker und seine Mannschaft rund 2000 Kilometer von Pearl Harbor entfernt, und das Xia lag immer noch festgemacht an der Landungsbrücke. Judd hoffte inständig, dass dieser Zustand auch weiterhin unverändert bleiben würde, wenigstens so lange, bis er die nächsten 5000 Kilometer hinter sich gebracht und die östlichen Gewässer des Gelben Meeres erreicht hatte. Dort wollte er das chinesische Boot auf dessen Weg nach Süden, wenn möglich in Oberflächenfahrt, abfangen. Andernfalls würde die ganze Sache zu einem ziemlichen Glücksspiel ausarten.

Der Kommandant hatte vor, seine leitenden Offiziere in Kürze über die genauen Hintergründe des Einsatzes zu informieren. Doch zunächst musste er sich selbst erst einmal mit den weiten, aber ziemlich untiefen Gewässern vor dem Produktionsgebiet der chinesischen Unterseeboote vertraut machen. Das einzig verfügbare Kartenmaterial war japanischen Ursprungs, und deren Vermessungen waren nach Judds Ansicht, was die Tiefenangaben anging, alles andere als zuverlässig. Doch wie hätte es auch anders sein können, da die nördlichen Bereiche des Gelben Meeres schon seit Jahrhunderten praktisch jedweder ausländischen Schifffahrt beraubt waren. Um als ausländisches Schiff in dieses Seegebiet einlaufen zu dürfen, bedurfte es einer besonderen Erlaubnis der chinesischen Regierung.

Da es sich andererseits bei diesem Gebiet sozusagen um eine Art geografischen Blinddarm handelt, gab es andererseits auch keinen Grund, weshalb eine solche Erlaubnis überhaupt eingefordert werden sollte. Das Gelbe Meer öffnet sich in seinem Verlauf von Schanghai aus in Richtung Norden sehr schnell auf etwa 500 Kilometer Breite. Schon nach 300 Kilometern Fahrt ist man auf Höhe des im Osten liegenden Südkoreas. Weitere 450 Kilometer weiter nördlich erreicht man dann eine lediglich 100 Kilometer breite Meerenge. Sie bildet den Eingang zu einer Bucht, die sich fast 500 Kilometer weit von Nordosten nach Südwesten ausdehnt. Aus diesem Sack gibt es kein Entkommen – außer dem Weg zurück durch jene flaschenhalsähnliche Meerenge.

Etwas weiter im Norden dieser Bucht, schon fast an der Grenze zur alten Provinz Mandschurei, liegt dann auf der Nordseite einer vorspringenden Halbinsel, geschützt hinter einer gigantischen Mole, der riesige Werftkomplex von Huludao. Hier produziert China seine Kampfunterseeboote. Alle fünf der 4500 Tonnen verdrängenden Lenkwaffen-Boote, welche die Han-Klasse (Typ 091) bilden, sind hier in Huludao entstanden. Und hier war es auch, wo das erste Boot der Xia-Klasse vom Stapel lief.

Die von großen Salzseen gesäumte Liaodong-Bucht ist nirgendwo tiefer als 30 Meter, weshalb ein SSN, wollte es hier wieder heraus, nicht nur den ganzen Weg bis zur Meerenge an der Oberfläche laufen muss, sondern darüber hinaus auch die nächsten 650 Kilometer, bis es schließlich *irgendwelche* tiefen Gewässer erreicht hat. Der nördliche Teil des Gelben Meeres ist eigentlich ein schon recht merkwürdiger Ort, um Unterseeboote zu bauen. Die Witterungsbedingungen im Winter sind nur noch als fürchterlich zu bezeichnen, denn die Grenze zu den von Schneestürmen gepeitschten Ebenen der inneren Mongolei liegt kaum 150 Kilometer entfernt. Die einzigen Vorteile, die Huludao zu bieten hat, sind die enorme Abgeschiedenheit und die damit verbundenen Möglichkeiten zur Geheimhaltung.

Interessanterweise befindet sich noch eine weitere bedeutende Werftanlage der Chinesen dort in diesen nördlichen Gewässern. Dabei handelt es sich um den auf der anderen Seite der Meerenge gelegene Werftkomplex von Dalian auf der nördlichen Halbinsel, wo der überwiegende Teil der Arbeitspferde der chinesischen Marine gebaut wird: die Zerstörer der Luda-Klasse.

Judd starrte auf die Karte und versuchte sich in die Gedanken eines chinesischen Kommandanten zu versetzen: *Was würde ich tun, wenn ich ein brandneues ICBM-Boot kommandieren müsste, während ich mit großer Wahrscheinlichkeit von einem amerikanischen Atom-Unterseeboot beobachtet würde?*

*Tja, das Gelbe Meer ist auf seiner Ostseite, also hier entlang der koreanischen Küste, auf jeden Fall etwas tiefer. Folglich würde ich mich zuerst einmal auf den Weg zur Meerenge machen und anschließend weitere, sagen wir mal, 600 Kilometer mit Kurs Südwest ablaufen. Ich müsste auf jeden Fall an der Oberfläche bleiben, bis ich hier unten wäre ... Wo bin ich den da? ... Aha, auf 34 Grad Nord ... Dann würde ich die Insel Cheju im Süden liegen lassen ... und schnurstracks Kurs auf die tieferen Gewässer und damit auf die Nagasaki vorgelagerten Inseln nehmen. Ja, das würde ich tun. Aber tut er's auch? Ich geh mal davon aus. Also werde ich dort auf ihn warten.*

Judd befahl sein Schlüsselpersonal zu einer Besprechung in die Zentrale. Dazu gehörten Lt. Commander Clarke, Lt. Commander Cy Rothstein, der Navigationsoffizier Lieutenant Shawn Pearson, der Sonaroffizier Lieutenant Kyle Frank, der Leitende Ingenieur Lt. Commander Rich Thompson, Master Chief Petty Officer Brad Stockton und der Offizier der Wache, Lieutenant Andy Warren.

»Meine Herren«, sagte der Kommandant, während er die Tür hinter sich ins Schloss zog. »Ich habe Sie zu dieser Besprechung zusammengerufen, um mit Ihnen die wesentlichen Inhalte unserer Mission zu besprechen. In Kürze werden wir China erreicht haben und in die östlichen Gewässer des Gelben Meeres einlaufen. Dort wird unsere Aufgabe darin bestehen, das fabrikneue Interkontinentalraketen-Unterseeboot der Chinesen aufzuspüren. Wir werden dieses Xia dann auf seinem Weg in Richtung Süden verfolgen und dabei sicherstellen, dass wir mit größtmöglicher Präzision seine Abmessungen vom Kiel bis zum Oberdeck erfassen.«

»Was habe ich bitte genau unter größtmöglicher Präzision zu verstehen, Sir?« fragte Lt. Commander Rothstein. »Die werden uns ja wohl kaum einladen, mit dem Bandmaß in der Hand an Bord zu kommen, oder?«

»Das wohl nicht, Cy. Nein, wir werden direkt unter den Kiel des Boots fahren müssen und dann ein nach oben gerichtetes Sonar verwenden, um ein komplettes Bild des Unterwasserschiffs und des Tiefgangs zu erhalten. Und zwar von unten bis zur Wasserlinie. Anschließend tasten wir das Boot dann von der Wasserlinie bis zu den Oberkanten der Aufbauten ab und erhalten auf diese Weise absolut genaue Angaben über seine Gesamthöhe.«

»Verstanden, Sir. Aber was genau meinen Sie, wenn Sie davon sprechen, dass wir dem Boot direkt unter den Kiel fahren – Sie meinen doch sicher ein paar hundert Meter darunter, oder?«

»Cy, es werden verdammt viel weniger Meter sein.«

»Besteht denn die Möglichkeit, Sir, dass wir erfahren, warum wir das tun sollen?«

»Nun, Brad, im Inneren dieses chinesischen Unterseeboots werden sich die modernsten Interkontinentalraketen Rotchinas befinden, und zwar genau die, welche die Chinesen möglicherweise auf L. A. starten werden, sollten sie sich jemals zu einer solchen Handlung entscheiden. Aus ersichtlichen Gründen *müssen* wir die genaue Reichweite dieses Flugkörpertyps kennen, *müssen* wir wissen, wie weit er tatsächlich fliegen, ob er wirklich von der anderen Seite des Pazifiks aus unsere Westküste treffen kann. Wir befinden uns auf einem Einsatz, der als topsecret eingestuft wurde: *Wir dürfen uns auf keinen Fall erwischen lassen.*«

»Kann ich davon ausgehen, Sir, dass wir hier über Technologie sprechen, die uns gegen Ende der neunziger Jahre gestohlen wurde?«

»Ja, und auch noch die aus Zeiten davor, Cy. Über die theoretischen Abläufe bei unserem Vorgehen brauche ich Ihnen allen wohl keine Vorträge mehr zu halten. Wir haben natürlich keinerlei Möglichkeit, den Flugkörper selbst zu vermessen. Wenn wir jedoch die Maße des Unterseeboots bekommen, kennen wir auch seine Gesamthöhe zwischen Kielschwein und Oberdeck. Meiner Schätzung nach dürfte die so bei dreizehn bis fünfzehn Meter liegen. Die Höhe der Antriebseinheit sollte so um die drei Meter betragen und dazu kommen noch mal rund eins zwanzig für den Gefechtskopf. Der Rest ist dann Treibstoff. Unsere Jungs können aus diesen Daten auf rund dreißig Meter genau berechnen, wie weit dieses Baby fliegen kann.«

»Wie sieht's denn mit dem Durchmesser aus, Sir?«

»Der ist bekannt. Den hat man aus dem Durchmesser der Verschlussklappen errechnet, die auf den Satellitenfotos klar zu erkennen waren.«

»Sir, ich kenne Sie jetzt schon ziemlich lange«, sagte Brad Stockton, »und irgendwie werde ich das dumpfe Gefühl nicht los, dass Sie uns das dicke Ende noch vorenthalten haben …«

Alles lachte, und der Kommandant fuhr fort:

»Ehrlich gesagt, ist dieses Ende tatsächlich so dick, dass ich im Grunde gar nicht so recht weiß, wo ich eigentlich anfangen soll!

Also, zuerst müssen wir mal das Unterseeboot finden. Solange es sich in Oberflächenfahrt befindet, können wir mit reichlich Unterstützung seitens unserer Augen im Weltall rechnen. Zweitens, die Chinesen werden davon ausgehen, dass Amerika sie beobachtet, weshalb sie ihrerseits wie die Schießhunde nach uns Ausschau halten werden. Drittens, in Fort Meade befürchtet man, dass die Chinesen uns auch noch unser modernstes U-Jagd-System geklaut haben. Mit diesem Unterseeboot-Abwehrsystem wären sie praktisch in der Lage, uns mit ihren Satelliten aus dem All heraus zu orten, selbst wenn wir auf Tauchfahrt sind. Es würde uns zu einer überaus leichten Beute machen, da das Wasser überall nicht besonders tief ist. Im Handumdrehen könnten wir deren Schiffe auf den Fersen haben.«

»Um Himmels willen, wissen wir denn, ob die das ganze Zeug auch einsatzfähig haben?«

»Nein. Als Einziges steht fest, dass sie es haben. Aber sei's drum. Solange wir uns in ausreichender Tiefe aufhalten, sind wir eigentlich ziemlich sicher. Auf jeden Fall haben sie nichts, mit dem sie uns letzten Endes schnappen könnten, also nichts, was dafür auch nur annähernd schnell genug wäre.«

»Andere Frage, Sir. Dürften wir sie denn, wenn uns nichts anderes übrig bleibt, aus dem Wasser blasen?«

»Das würde, vorsichtig formuliert, ein ziemliches Stirnrunzeln auslösen, Andy. Sollten die uns angreifen, werden sie aller Wahrscheinlichkeit nach damit sogar durchkommen. Nach dem Motto: ein marodierendes amerikanisches Atom-Unterseeboot, das in chinesischen Hoheitsgewässern herumschleicht und so weiter. Wenn allerdings wir es wären, die sie angreifen, fürchte ich, dass dies als kriegerischer Akt eingestuft wird, weil es für uns wirklich keinen vertretbaren Grund gibt, weshalb wir uns überhaupt dort herumtreiben sollten. Schließlich sind wir ja über dreitausend Seemeilen von unserem Heimatstützpunkt entfernt.«

»Wollen Sie damit allen Ernstes andeuten, dass Sie es zulassen werden, von denen zerstört zu werden?«

»Natürlich nicht, Andy. Wenn die Situation so weit eskalieren sollte, dass sich die Frage ›die oder wir‹ stellt, kann es nur eine einzige Antwort darauf geben.«

»Nicht wir. Hab ich recht, Sir?«

»Nicht wir. Das ist richtig, Andy. Offiziell besitzen wir aber keinerlei Erlaubnis dazu. Unsere Befehle besagen ganz eindeutig, dass wir gar nicht erst geortet werden dürfen.«

»Das ist, wie wir alle wissen«, sagte Cy Rothstein leise, »wesentlich leichter gesagt als getan.«

»Stimmt. Aber wir müssen's halt versuchen. Und wir müssen auf jeden Fall einen klaren Kopf behalten. Wir befinden uns an Bord eines Unterseeboots mit einem geradezu unglaublichen Zerstörungspotential. Wir könnten locker die halbe chinesische Flotte ausradieren, wenn's hart auf hart kommt. Aber das ist nicht unsere Aufgabe. Der Dank der Nation ist uns bei unserer Rückkehr nur dann gewiss, wenn diese Rückkehr in aller Stille und mit den gewünschten Informationen erfolgt. Mit Fotos, die unzweideutig Aufschluss darüber geben, auf welchem Stand sich die gottverdammten Chinesen tatsächlich befinden – und wie viel von unserem Zeug sie wirklich gestohlen haben und auch zu verwenden in der Lage sind.«

»Ist das wirklich der einzige Bestandteil unseres Einsatzes, Sir?«

»Na ja, nicht ganz. Die Chinesen haben erst kürzlich ihren dritten und damit modernsten Zerstörer der Luhai-Klasse in Dienst gestellt – ein ziemlicher Brocken mit einer Verdrängung von sechstausend Tonnen, einem Aktionsradius von zwölftausend Seemeilen und Lenkwaffen an Bord, die eine Reichweite von rund hundert Kilometern haben. Im Pentagon fürchtet man, dass das verdammte Ding auch mit einer U-Jagd-Lenkwaffe ausgerüstet sein könnte, die über Atomsprengköpfe verfügt. Die Waffe läuft bei uns unter der Typenbezeichnung CY-1. Wir haben die Aufgabe, diesen Zerstörer ausfindig zu machen und ihn uns einmal näher anzusehen. Aber auch hierbei müssen wir sehr vorsichtig zu Werke gehen. Der CNO vertritt nämlich die Ansicht, dass der Pott mit Chinas erstem wirklich ernst zu nehmenden Schleppsonar ausgerüstet ist, das mit Hilfe dessen entwickelt wurde, was sie uns geklaut haben.«

»Da sollten wir lieber auf der Hut sein«, meinte Lieutenant Pearson. »Vor allem, wenn sie es doch irgendwie geschafft haben, die olle CY-1 in Betrieb zu nehmen.«


230700JUN06
Im Norden der Riukiu-Inseln, 29.10 N, 129.30 E
Fahrt 30, Tiefe 300, Kurs 305


Fünf Tage nachdem sie Pearl Harbor verlassen hatte, lief die *Seawolf* heute, am Freitagmorgen, mit großer Fahrt in die Zufahrt zum Ostchinesischen Meer ein. Die Reise durch die Wasserwildnis des riesigen Pazifiks war bislang ohne den geringsten Zwischenfall verlaufen. Kein einziges Mal hatten sie ein anderes Schiff geortet. Im Laufe dieser Zeit war der Periskopmast der *Seawolf* insgesamt neunmal durch die Wasseroberfläche gestoßen, aber das Ein-Sekunden-Signal vom Satelliten hatte stets das Gleiche erbracht: Das neue Xia lag immer noch sicher festgemacht längsseits der Landungsbrücke in Huludao und der Reaktor war immer noch in Betrieb.

Judd Crocker hatte während der Zeit, in der sie sich ihren Weg durch die kleinen japanischen Inseln gesucht hatten, die Fahrtstufe auf 20 Knoten reduziert und dabei ständig 1500 Fuß Wasser unter dem Kiel gehabt. Über ihnen verlief der Japanstrom wie

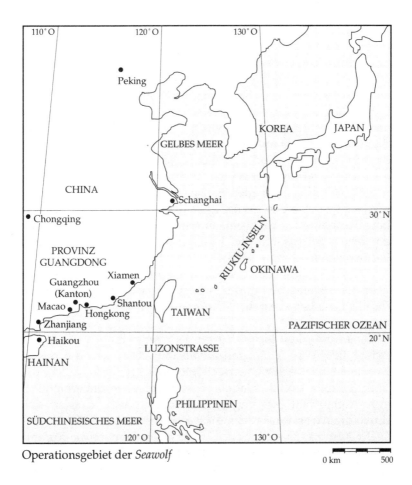
Operationsgebiet der *Seawolf*

eine unsichtbare, in südlicher Richtung verlaufende Linie, die praktisch die seeseitige Begrenzung des Ostchinesischen Meeres bildete.

Doch so weit wollte die *Seawolf* gar nicht, und als Lieutenant Pearson ihre Position auf 129 Grad östlicher Länge aussang, befahl der Kommandant: »Standardmodus. Neuer Kurs drei-sechs-null. Umdrehungen für zwanzig Knoten. Tauchtiefe zweihundert Fuß.«

An Lt. Commander Clarke gewandt, setzte er noch eine kurze Erklärung hinzu: »Wir werden unser Patrouillengebiet unmittelbar an den Eingang der Koreastraße legen. Dort ist das Wasser tief und gehört außerdem zu Japans Hoheitsgebiet. Da können wir uns rumtreiben, bis sich etwas tut, um erst dann zur Hundert-Meter-Linie zu schleichen, wo wir dem Chinesen auflauern können – vorausgesetzt, ich liege mit meiner Vermutung richtig, dass er hier durchkommt, um dann auf Kurs Ost zu gehen. Nimmt er aber die andere Seite, dürften wir ein Problem haben, weil wir ihn dann nämlich nicht unter Wasser verfolgen können. Andererseits dürfte er sich, wenn er tatsächlich da lang kommen sollte, ohnehin an der Oberfläche befinden. Dann können wir ihn durch die Satelliten erfassen, nur eben erst später abfangen.«

Also glitten sie jetzt am östlichen Ende des Gelben Meeres entlang und blieben dabei in einiger Entfernung vor der 200 Kilometer langen Küstenlinie von Kiuschu. Diese am weitesten nach Osten ragende japanische Provinz ist das letzte große Stück Landmasse der aufgehenden Sonne, deren Flagge danach nur noch über den abgelegenen und winzigen Eilanden einer pazifischen Inselkette flattert, die sich 900 Kilometer weit bis fast nach Taiwan erstreckt.

Genau um diese Inseln herum befindet sich auch das einzig richtig tiefe Wasser der ganzen Region, bevor sich die riesige Kontinentalplatte den Unterseebooten entgegenreckt, welche die Volksrepublik China anlaufen. Hier werden sie unvermeidlich zum Auftauchen gezwungen, zumindest so weit, dass sie sich durch die Wirbel ihres Kielwassers verraten.

Der Kommandant der *Seawolf* hatte nichts dergleichen vor, und so blieb er mit seinem Boot auf 350 Fuß Tiefe und patrouillierte mit gerade einmal zehn Knoten Fahrt lautlos unter der Wasseroberfläche, wobei alle höheren Offiziere inständig hofften, dass die Chinesen es noch nicht geschafft hatten, die aus Kalifornien gestohlene Unterseeboot-Ortungstechnik in den Griff zu bekommen.

Das Wochenende ging vorbei, ohne dass sich etwas an der Situation geändert hätte. Viermal gingen sie an die Oberfläche, um Informationen vom Satelliten abzurufen, aber jedes Mal kam nur die Bestätigung, dass sich das Xia immer noch nicht bewegt hatte. Doch endlich, am Montag, dem 26. Juni, um 0900 meinte einer der Sonarmänner aus Lieutenant Kyle Franks Team irgendetwas in westlicher Richtung zu haben. »Schwer zu beschreiben… Eigentlich nur eine kaum nennenswerte Veränderung der

Hintergrundgeräusche ... Hört sich andererseits aber auch nicht an, als würden das nur witterungsbedingte Einflüsse sein ...«

Der Kommandant trat zum hinter dem Sonarmann stehenden Lieutenant Frank, und es vergingen etliche Minuten, bevor sie irgendetwas Neues hörten oder sahen. »Da ist es wieder, Sir. Genau da. Jetzt entwickeln sich ganz schwache Antriebskennlinien. Seitenpeilung eins-zwo-fünf ...«

»Rudergänger. Aufkommen auf Kurs eins-drei-fünf. Wir wollen die Nebeneffekte ausschließen.«

Die *Seawolf* schwang herum, während die Sonarmänner versuchten, die Peilung zu fixieren. Dazu brauchte es über zehn Minuten, weil die Kennlinien nach wie vor außerordentlich schwach waren. Aber um 0922 war Kyle Frank seiner Sache sicher: »Peilung zwo-acht-null.«

In der »Wasserfall«-Grafik auf dem Display waren nun wesentlich eindeutigere Antriebskennlinien zu sehen. Der Computer tastete sie mit höchster Rechengeschwindigkeit ab, um Vergleichswerte zu finden. Nur so war es möglich, den genauen Schiffstyp zu definieren, den sie da erfasst hatten.

»Es handelt sich um ein Unterseeboot, Sir. Daran besteht kein Zweifel«, sagte Lieutenant Frank, während er mit den Augen von einem Bildschirm zum nächsten flog. Einen kurzen Moment lang verharrte er in nachdenklichem Schweigen, doch dann brach es aus ihm heraus: »Gütiger Himmel, Sir. Das ist ein Russe. Ausgerechnet hier treffen wir auf einen ausgewachsenen, lebendigen Russki. Sieh mal einer an! Es ist ein Boot der Kilo-Klasse. Schätze mal: weniger als sechs Seemeilen Steuerbord querab. Was zum Teufel treibt der denn hier?«

»Wahrscheinlich das Gleiche wie wir – der wartet bestimmt auch auf das Xia, oder?« sagte Lt. Commander Rothstein.

»Ich glaube nicht, dass es ein Russe ist«, antwortete Judd. »Das verfluchte Ding steckt aber sicher trotzdem bis zur Mastspitze voll mit russischer Technik. Würde mich schwer wundern, wenn dem nicht so wäre. Heute sind die ja die dicksten Freunde. Die Chinesen brauchen noch nicht einmal mehr Spione einzusetzen. Ich würde sagen, dass das ein chinesisches Kilo ist – wenn ich richtig informiert bin, haben die inzwischen fünf davon. Und eins befindet sich offensichtlich gerade hier draußen, um zu üben.«

»Sollen wir uns etwas näher heranschleichen, Sir? Vielleicht können wir dabei etwas herausbekommen.«

»Ich denke, das sollten wir tun, Linus. Aber ich will denen auf keinen Fall zu dicht auf die Pelle rücken. Wir bleiben sicherheitshalber mal auf zweieinhalb Meilen Abstand ... Neuer Kurs zwei-fünf-null ... Umdrehungen für sechs Knoten.«

Die *Seawolf* schloss dichter auf, und während das geschah, schnappte Kyle Franks Sonarmann ein neues Geräusch auf: »Maschinengeräusche. Isoliert. Peilung eins-vier-null. Das ist wahrscheinlich eine Oberflächeneinheit, Sir. Macht kaum Fahrt oder liegt sogar gestoppt, hat aber den Diesel laufen. Wir kommen genau zwischen das Kilo und den Dampfer.«

»Gut, Sonar. Ich werde mal einen Blick in die Peilrichtung werfen.«

Der Kommandant der *Seawolf* fuhr das Sehrohr für eine Zeitspanne von gerade einmal sieben Sekunden aus und identifizierte dabei den Kontakt sofort als 5000-Tonnen-Tender der Dazhi-Klasse. Der Computer konnte detaillierte Daten liefern. Das fragliche Schiff war rund vierzig Jahre alt, mit vier elektrohydraulischen Kränen ausgerüstet und führte eine Menge Torpedos zur Wiederbewaffnung von Unterseebooten mit sich.

»Wollen Sie wissen, was ich glaube ...?« sagte der Captain.

Noch bevor ihm irgendjemand eine Antwort auf diese Frage geben konnte, meldete sich erneut Kyle Franks Sonarmann zu Wort, weil er einen neuen passiven Kontakt ganz nah am Kilo erfasst hatte.

»*Gott steh uns bei!*« murmelte der Mann vor sich hin. »Die Bastarde haben das Feuer auf uns eröffnet.« Dann wurde er wieder ganz der Profi: »Torpedos ... anlaufend ... schätzungsweise zwei Stück ... Peilung zwei-acht-drei ... Peilung steht ...«

»Mein Gott, Sir.« Lt. Commander Clarke hörte sich alles andere als ruhig an. »Was, wenn die scharfe Gefechtsköpfe tragen? *Alle Störmittel bereit zur Aktivierung* ... Vielleicht müssen wir zurückschießen ... Diese Bastarde schießen auf uns, um uns zu versenken, Sir.«

»Negativ, Erster«, antwortete Captain Crocker ruhig.

»*Was meinen Sie mit: negativ!*« Clarkes Stimme überschlug sich bereits. »*Ich seh hier zwei Torpedos auf uns zurasen, die von einem chinesischen Unterseeboot aus abgefeuert worden sind!*«

»Ist ja auch richtig, Linus. Aber jetzt seien Sie doch bitte so gut, und halten mal einen Moment die Klappe. Ich werde die Dinger passieren lassen... Ruder nach Steuerbord... Neuer Kurs zwo-acht-drei.«

»Woher zum Teufel wollen Sie wissen, Sir, dass die an uns vorbeilaufen werden?«

»Also, erstens sind sie noch nicht scharf geschaltet. Zweitens stehen die Chancen, dass sich die Torpedos auf der gleichen Tiefe wie wir befinden etwa hundert zu eins. Und fünfhundert zu eins, dass sie den richtigen Kurs haben, um uns zu treffen. Also, ein durchaus annehmbares Risiko.«

»*Bestätige zwei Torpedos im Wasser mit Kurs zwo-acht-drei... Peilung steht nach wie vor, Sir*«, meldete der Sonarmann.

»Hab ich's nicht gesagt«, sagte der Kommandant. »Scheint glatt so, als wären wir genau in ein Torpedo-Übungsgebiet gelaufen. Dieser alte Dazhi-Kasten dient zu nichts anderem, als anschließend die verschossenen Torpedos wieder einzusammeln. Kein einziger Chinese auf den Schiffen da draußen hat auch nur den blassesten Schimmer, dass wir hier sind. Andernfalls wären wir ganz sicher die Ersten, das zu erfahren.«

Zum wiederholten Male stellte sich in dieser Situation heraus, wie verschieden die Denkungsart von Kommandant und Erstem Offizier war.

Und die ganze Zeit über, während die quälenden Gedanken auf den Verstand des Ersten Offiziers einhämmerten, pflügten die beiden TEST-96-Waffen durchs Wasser, ohne die Geschwindigkeit über 30 Knoten hinaus zu erhöhen und ohne scharf zu schalten. Dennoch war es nervtötend, wie nahe sie dabei der Position der *Seawolf* kamen.

»Peilung nach wie vor praktisch unverändert, Sir... Inzwischen habe ich zwei separate Waffenspuren, die uns aber zu beiden Seiten passieren werden... Die erste verläuft an Steuerbord und die zweite in etwas größerer Entfernung an Backbord vorbei. Keine Gefahr, Sir, zumindest so lange sie nicht auf aktiven Zielsuchmodus umschalten...«

Es gab wohl niemanden in der Zentrale, der nicht gespannt den anschließenden Meldungen des Sonarmannes lauschte.

»*Waffe eins läuft auf zwo-neun-fünf... wird lauter... kommt näher... Keine Steuersignale auf dieser Peilung.*

*Waffe zwo bewegt sich nach links auf zwo-sechs-null ... wird ebenfalls lauter ... Auch auf dieser Peilung keine Steuersignale.«*

Und eine Minute später: *»Waffe eins wandert schnell nach rechts in Richtung null-eins-fünf ...«*

Die Anspannung in seiner Stimme schwand, und langsam kehrte in der Zentrale Erleichterung ein.

»Waffe zwo wandert schnell nach links aus. Peilung zwo-null-fünf ...«

Dann noch: »Waffe eins läuft weiterhin nach rechts ab, null-sechs-fünf ... wird immer leiser ... Dopplereffekt ... Waffe zwo läuft nach links, eins-sechs-drei, schwächer werdend. Dopplereffekt.«

»Scheint so, als hätten Sie richtig gelegen, Sir. Die sind an uns vorbeigezischt, als wären wir bloß ein olles Loch im Wasser«, bemerkte Lt. Commander Rothstein lächelnd und dachte dabei über die Komplexität des menschlichen Verstandes nach, was er übrigens des Öfteren tat. Das ganze Szenario hatte keine fünf, ja letzten Endes in der entscheidenden Phase noch nicht einmal eine volle Minute gedauert, und doch hatte es ausgereicht, dass zwei bestens ausgebildete Menschen eine identische Situation gleichzeitig aus völlig gegenläufigen Blickwinkeln erfassten. Wenn sie in einem Gerichtssaal ihre Beweggründe hätten darlegen müssen, wären die Geschworenen anschließend äußerst verwirrt gewesen. Und das völlig zu Recht. »Wie fast alles, was offensichtlich erscheint«, sagte Cy, an niemanden speziell gerichtet, »wird alles doch durch die Meinungen und Ansichten des Einzelnen gefärbt. Deshalb sollte das Offensichtliche so weit wie möglich ignoriert werden, weil diese Wahrnehmung unzuverlässig bis ins Extrem sein kann.«

»Also, was mich angeht«, sagte der Kommandant, »so waren meine Beweggründe nicht ganz so kompliziert, wie es vielleicht den Anschein haben mag. Für mich stand von vornherein fest, dass die Chinesen keine Gefechtsköpfe montiert haben, sonst hätte der Tender nämlich nicht genau in der Richtung gelegen, in der die Torpedos unterwegs waren. Die haben nur die Funktion der Torpedorohre getestet, vielleicht auch etwas Komplizierteres. Vielleicht war das irgendeine taktische Probefahrt. Ich glaube nicht, dass irgendjemand schon mal was von einer Angriffsübung gehört hat, die mit scharfen Waffen gefahren worden wäre. Ganz bestimmt nicht, wenn so ein Tender zum Einsammeln in der Gegend herumliegt.

Außerdem war da nicht das geringste Anzeichen für das Vorhandensein eines Ziels. Wenn's eins gegeben hätte, wären massenhaft Schiffe an der Oberfläche gewesen, die alles beobachtet und aufgezeichnet hätten. Der Schluss, dass es sich nur um einen Probelauf mit Übungswaffen handelt, war also zwangsläufig. Wir werden uns jetzt trotzdem etwas mehr vom Kurs entfernen. Ich möchte, dass wir hinter diesem Kilo herumschleichen, aber jederzeit darauf gefasst sind, dass es noch einmal feuert. Ich hätte nämlich nur zu gern eine komplette Aufzeichnung der Geräuschsignatur, wenn die Rohre vorbereitet werden und die Abschusssequenz läuft. Und Linus, alter Kumpel, ein bisschen mehr Vertrauen zu Ihrem Alten, wenn ich bitten darf.«

270100JUN05
32.10 N, 128.00 E
Fahrt 9, Tiefe 150, Kurs 360

Judd Crocker war gerade dabei, ein paar Stunden Schlaf in seiner kleinen, aber eigenen Kajüte nachzuholen, als jemand dreimal scharf an die Tür klopfte, um dann, ohne eine Antwort abzuwarten, sofort einzutreten, wobei das Licht aus dem Niedergang auf den schlafenden Kommandanten fiel.

»Aufwachen, Sir«, rief Lieutenant Kyle Frank. »Da ist was, das sollten Sie sich ansehen! Das Xia hat abgelegt und Huludao gestern Abend um 1930 verlassen. Es rauscht gerade mit fünfundzwanzig Knoten an der Oberfläche durch das Gelbe Meer und steuert dabei mit Kurs Südwest genau auf die Meerenge zu.«

Dem Captain schwirrte der Kopf. »Wie spät ist es, Kyle?«

»Um die 0120, Sir.«

»Heißt also, dass es jetzt seit sechs Stunden unterwegs ist. Also, hundertfünfzig Meilen. Müsste demnach auf Höhe von Dalian stehen. Was bedeutet, dass es sich – vierhundertfünfzig Meilen nördlich von uns befindet. Wir sollten demnach in rund achtzehn Stunden anfangen, nach ihm Ausschau zu halten, richtig? Also, ab heute Abend 1930 erhöhte Wachsamkeit.«

»Jawohl, Sir. Das Gleiche steht hier auf meinem Notizzettel, allerdings habe ich zehn Minuten gebraucht, um zum selben Ergebnis zu kommen.«

»Macht ja nichts. Der nächste Satellitenkontakt um 0600 sollte uns die Kurs- und Geschwindigkeitsdaten der *Xia III* liefern. Purren Sie mich um 0555.«

»Aye, Sir.«

Gegen Mittag stand fest, dass sich das Xia am Ostrand des Gelben Meeres entlangbewegte und an der Küste Südkoreas herunterkam, um tiefere Gewässer zu erreichen. Und genau dort wurde es bereits von Judd Crocker und seinen Männern erwartet.

Dienstag, 27. Juni, 1400
Marinestützpunkt der chinesischen Ostflotte, Schanghai

600 Kilometer im Westen der auf der Lauer liegenden *Seawolf* hatte Admiral Zhang Yushu, der Oberbefehlshaber der Marine der Volksbefreiungsarmee die gesamte Ostflotte wegen eines herumstreifenden amerikanischen Atom-Unterseeboots in höchste Alarmbereitschaft versetzt. Die Aufklärungssatelliten hatten fotografiert, wie die *Seawolf* Pearl Harbor verließ, sie aber seitdem nicht mehr zu Gesicht bekommen. Nicht gerade ein Ruhmesblatt für die Fähigkeiten seiner Leute, mit den satellitengestützten Unterseeboot-Ortungsgeräten umzugehen, die China sich bei den Amerikanern »beschafft« hatte.

Jetzt saß er im Dienstzimmer des Befehlshabers über die Ostflotte, Admiral Yibo Yunsheng, der früher selbst einmal Kommandant des ersten – so katastrophalen – Xia gewesen war. Immer wieder kauten sie bei unzähligen Tassen wohlriechenden chinesischen Tees das Problem durch, wie es wohl am besten zu schaffen wäre, die brandneue 13 000 Tonnen verdrängende *Xia III* sicher unter die Wasseroberfläche zu bekommen, ohne dabei von den misstrauischen Augen und Sonaren der U.S. Navy entdeckt zu werden.

»Man weiß also nur, dass sie irgendwo da draußen sein müssen«, sagte Admiral Zhang verdrießlich. Seine harten, dunklen Augen blickten verwirrt durch die Gläser der schweren Hornbrille. Mit seinen 59 Jahren gehörte er ganz sicher zu den am fortschrittlichsten denkenden Oberbefehlshabern, die jemals der Marine der Volksbefreiungsarmee vorgestanden hatten. Zhang war ein temperamentvoller Mann von eins achtzig, der seinen pechschwarzen Haarschopf länger wachsen ließ als beim chinesischen Militär üblich.

Doch er besaß das Ohr und Vertrauen des Obersten Vorsitzenden der Volksrepublik. Der Admiral verfügte über eine enorme Machtbefugnis, und wenn ihm danach war, eine ganze Flotte mobil zu machen, um sie auf die Suche nach einem amerikanischen Eindringling zu schicken, ihr die Aufgabe zu stellen, diesen zu zerstören, sobald er gefunden war, so konnte er sich darauf verlassen, dass sein Befehl auch buchstabengetreu ausgeführt werden würde. Als ehemaliger Kommandant eines Lenkwaffenzerstörers der Luda-Klasse war Zhang nicht nur ein würdiger Gegner für Captain Judd Crocker, sondern auch für die Admiräle Arnold Morgan und Joe Mulligan. Obwohl die halbe Welt voneinander entfernt und im Grunde gegensätzlicher, als man sich vorstellen kann, verband diese Männer verstandesmäßig jedoch absolut das gleiche Objekt gedanklicher Anstrengungen: Chinas neues Unterseeboot mit seiner bedrohlichen Fracht aus Interkontinentalraketen, die Atomsprengköpfe trugen.

»Wo, denken Sie, dass sie sich auf die Lauer legen werden?« fragte Admiral Yibo.

»Nun, wir sollten davon ausgehen, dass sie sich in den ersten verfügbaren tiefen Gewässern befinden, also draußen vor der japanischen Ostküste... ein unglaublich großes Seegebiet. Wenn sie tatsächlich die *Seawolf* geschickt haben, dürfte es ein äußerst hartes Stück Arbeit werden, diese zu orten. Das Boot ist sehr, sehr leise. Wenn man den Verlautbarungen glauben darf, soll es unter zwanzig Knoten sogar absolut lautlos sein.«

»Hm«, machte Admiral Yibo.»Klingt nicht gut.«

Ein uniformierter Schreiber betrat mit einem einzelnen Blatt Papier den Raum und übergab dies dem Oberbefehlshaber der Ostflotte.»Für Sie, Herr Admiral. Ich nehme an, dass es sehr wichtig ist, weil es direkt vom Marine-Nachrichtendienst in Ningbo hierher weitergeleitet wurde. Von Kapitän Zhao.«

Das Memorandum war kurz gefasst: *Folgende Meldung von Kilo 366. Erstellt gestern, am 26. Juni um 1700.* »*Verdächtiger Kurzkontakt von zehn Sekunden Dauer mit einem Atom-Unterseeboot während Verfolgung einer Torpedoabschussübung.*« *Wir verfügen über keinerlei Information, die darauf hinweisen würde, dass sich zu diesem Zeitpunkt ein Unterseeboot der Volksrepublik in diesem Seegebiet befand. Habe sämtliche Oberflächeneinheiten im Ostchinesischen Meer in Alarmbereitschaft versetzt.*

Admiral Yibo las die Meldung laut vor. Admiral Zhangs Miene verdüsterte sich noch weiter, wenn dies überhaupt möglich war. »Da haben wir's«, zischte er durch die Zähne. »Das war die *Seawolf*. Jetzt besteht nur noch die Frage nach dem Wo.«

»Was macht Sie so sicher, dass es ausgerechnet dieses Boot war?«

»Oh, ich bin mir da keineswegs ganz sicher. Aber die Indizien sprechen eindeutig dafür. Wir haben den Reaktor der *Xia III* in den kritischen Bereich hochgefahren, und kaum 24 Stunden später verlässt das beste amerikanische Atom-Unterseeboot mitten in der Nacht Pearl Harbor. Und das, nach Auskünften unserer Quellen auf der Insel, mit unbekanntem Ziel. Sie ist da draußen, Yibo. Glauben Sie mir. Sie ist da draußen.«

»Kann sie uns überhaupt schaden?«

»Unmittelbar vielleicht nicht, sieht man einmal davon ab, dass sie die Tauglichkeit unserer *Xia* in allen Aspekten herausbekommen könnte, um daraus wiederum die Stärke und Wirksamkeit der Marschflugkörper abzuleiten. Es ist allerdings durchaus möglich, dass die *Xia* einfach so in den Tiefen des Meeres verschwinden wird. Sie kennen diese Teufel im Pentagon nicht so gut wie ich. Die haben uns schon einmal empfindlich getroffen. Sie werden sich durch nichts davon abhalten lassen, ihre Position als alles bestimmende Weltmacht zu bewahren.«

Mit Zhang, der im gesamten Oberkommando des chinesischen Militärs als Größter aller Pragmatiker bekannt war, ging jetzt, da er sich mit einem zu erwartenden Konflikt mit dem amerikanischen Pentagon konfrontiert sah, tatsächlich eine körperliche Veränderung vor. Seine ernste, jedoch unbeteiligte Miene wurde in zunehmendem Maße düster und rachelüstern, so als würde jemand seine engste Familie bedrohen.

Das lag weniger daran, dass ein Gegner aufgetaucht war, sondern vielmehr am Gegner selbst: die allmächtigen Vereinigten Staaten von Amerika. Es schien so, als hätte China bislang jedes Mal, wenn es zu einer Konfrontation gekommen war, den Kürzeren gezogen, besonders in Belangen der Marine. Die großen Flugzeugträger-Gefechtsverbände, die ununterbrochen in der Nähe Taiwans, Japans und der Philippinen patrouillierten, waren schon jetzt der sprichwörtliche Nagel zu seinem Sarg. Immer waren sie zu stark, zu schnell und zu bedrohlich. Und wer könnte je die furchtbaren Wochen vor zwei Jahren vergessen, als die U.S. Navy sich entschlossen hatte, gleich *sieben* seiner neuen in Russland vom Stapel gelaufenen Unterseeboote, die schwer zu ortenden, dieselelektrischen Boote der Kilo-Klasse, zu vernichten? Allein die kolossalen Kosten, die man zu ihrem Schutz verschwendet hatte, und die pure Hilflosigkeit, die er empfunden hatte, als die gnadenlosen Marodeure vom Pentagon unter Wasser zugeschlagen hatten – nein, Zhang würde diese Zeit für den Rest seines Lebens nicht vergessen.

Nie würde er auch die letztlich damit verbundene Demütigung für ihn persönlich und die Rücksichtslosigkeit, mit der die U.S. Navy vorgegangen war, aus seinen Gedanken tilgen können. Und vergeben würde er das alles schon gar nicht, nicht die gigantischen finanziellen Verluste, die durch die Zerstörung der Boote entstanden waren, und auch nicht die Tatsache, dass durch diese Tat viele der besten Unterseebootfahrer Chinas verloren gingen. O ja, er würde es den Amerikanern *niemals* vergeben und verzeihen, dass er einen Gesichtsverlust hatte hinnehmen müssen, nicht nur vor seinen Kameraden, sondern auch vor sich selbst und seiner Kriegerseele.

»Zhang, würden Sie die *Seawolf* versenken, wenn Sie könnten?«

»Wahrscheinlich. Sehr wahrscheinlich würde ich das tun. Meiner Ansicht nach sollten zwei Kilos völlig ausreichend sein, diese Aufgabe zufrieden stellend zu lösen. Vorausgesetzt, wir schaffen es, das Boot noch einmal zu orten.«


271801JUN06
33.00 N, 128.10 E
Fahrt 5, Tiefe 150, Kurs 315


»Die Satelliten haben das Boot, Sir. Der Chinese steuert null-neun-null und passiert gerade die Insel Cheju im Norden ... das wären demnach etwa sechzig Seemeilen west-nordwestlich von unserer gegenwärtigen Position. Das Boot läuft unverändert weiter in die bisherige Richtung. Wir brauchen also nur hier herumzuhängen, und es wird uns direkt in die Arme laufen.«

Lieutenant Pearson sprach mit dem sicheren Tonfall eines Navigators, der das Schicksal der *Xia III* in Händen hält. Judd Crocker hatte Verständnis dafür. Sie hatten einen langen Weg zurückgelegt, um hierher zu kommen, und die Beute würde gleich am Horizont erscheinen.

Judd war irgendwie von sich selbst beeindruckt, wie genau er schon Tage zuvor den Kurs des anderen Boots vorhergesagt hatte. Ganz allein und nur durch intensive Kartenarbeit. Doch sofort drosselte er die Selbstbeweihräucherung, indem er sich vor Augen hielt, dass jeder Unterseebootfahrer auf der ganzen Welt allzeit das nasse Grab zu gewärtigen hatte, ob er nun aus Massachusetts kommt oder aus der Mandschurei.

Jetzt hieß es warten, getaucht und lautlos bleiben und ein wachsames Auge auf eventuell Geleitschutz fahrende Oberflächeneinheiten haben. In einem Punkt ließen ihm seine Befehle nicht den geringsten Spielraum: *Auf keinen Fall geortet werden.* Er musste also eigentlich nur dafür sorgen, dass der Sonarraum ständig in höchster Alarmbereitschaft war, auf jede Veränderung des Umfeldes achtete und darauf lauschte, wann das charakteristische Pochen der Schiffsschrauben der *Xia III* auftauchte. Dann mussten ihre Antriebskennlinien auf den Bildschirmen aufgezeichnet werden, während sich die *Seawolf* in sicherer Entfernung hielt, um sich dann lautlos hinter das chinesische Boot zu setzen und es zu verfolgen, bis es tauchte. Von da an galt es, am Xia kleben zu bleiben wie eine Napfschnecke.

Waren die Chinesen erst einmal getaucht, gab es keine Hilfe mehr von oben, denn der nächste Satellitenüberflug würde erst in zwei Stunden erfolgen. Zu diesem Zeitpunkt wäre die *Xia III* längst vorbeigerauscht, zumindest konnte man davon ausgehen. Judd warf wieder einen Blick auf die Uhr – es war jetzt 1900 – und ähnelte, ohne es zu wissen, ziemlich seinem obersten Boss, als er dabei »Wo steckt die denn zum Teufel noch mal?« vor sich hin murmelte.

Die Antwort war: ganz in der Nähe. Um 1900 lief die *Xia III* noch an der Oberfläche, rundete gerade die nordöstliche Landspitze der Insel Cheju und ging auf einen mehr südöstlichen Kurs, welcher sie gegen 2010 bis auf fünf Meilen an die wartende *Seawolf* heranbringen würde. Sie hatte sich damit noch unmittelbarer auf das tiefe Wasser gestürzt, als Judd Crocker erwartet

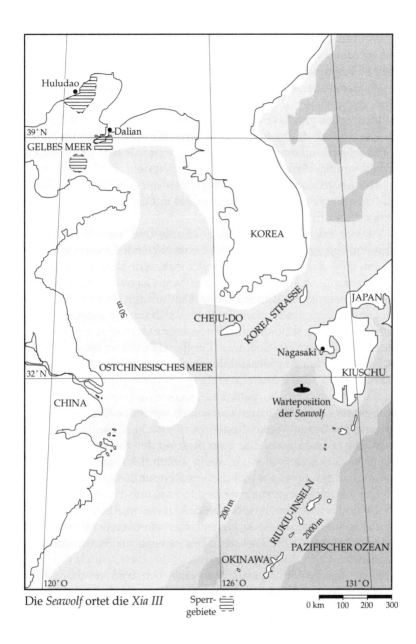

Die *Seawolf* ortet die *Xia III*

hatte. Ein leises Lächeln huschte über dessen Gesichtszüge, als seine Sonare sie erfassten und die Geschwindigkeit des Kontakts mit 25 Knoten angaben.

»Sonar an Zentrale. Ich hab hier was, Sir. Nur eine ganz schwache Markierung auf der Spur ...«

»Ruder hart Backbord ... Fehlerechos ausschließen ...«

Die *Seawolf* drehte nach Backbord und ermöglichte es ihrem Schleppsonar dadurch, genau zu erkennen, ob sich das fragliche Schiff von Backbord oder Steuerbord näherte.

»Backbord voraus, Sir. Peilung drei-vier-fünf. Bezeichne Kontakt als Sierra zwo-null. Beginne jetzt mit der Überprüfung der Antriebsprofile.«

Es war mäuschenstill in der Zentrale und jeder wartete auf die endgültige Beurteilung des Sonaroffiziers. Lieutenant Kyle Frank ließ die Finger über die Computertastatur fliegen und schien damit das einzig wahrnehmbare Geräusch im gesamten Boot zu erzeugen. Dann war er endlich so weit.

»Sonar an Zentrale. Hier handelt es sich um ein zweischraubiges Schiff mit Nuklearantrieb. Fast lautlose Schiffsschrauben. Antrieb russischer Herkunft. Große GT3A-Turbinen ... Profil stimmt mit den Antriebskennlinien eines russischen ICBM-Boots der Typhoon-Klasse überein.«

»So haben sie's also gemacht«, murmelte Judd Crocker. »Sie haben die Größe des alten Xia einfach verdoppelt, um mit ihren neuen, geklauten Marschflugkörpern gleichauf bleiben zu können. Die müssen ja zur Zeit ganz dick mit den Russen befreundet sein. Ich kenne da einen gewissen Admiral Morgan, dem diese Neuigkeit ganz und gar nicht schmecken wird.«

Das *Xia III* lief weiter auf sie zu und passierte die *Seawolf*, immer noch in Oberflächenfahrt, schließlich in einem Abstand von gut sechs Kilometern. Leise setzte sich das amerikanische Unterseeboot dahinter und hielt während der von jetzt an gemeinsam verlaufenden Fahrt durch den tiefen Trog, den der Ozean im Westen des japanischen Archipels bildet, einen Abstand von rund vier Kilometern zum Heck des chinesischen Boots bei.

Zweimal ließ Captain Crocker die *Seawolf* für eine Viertelstunde auf Sehrohrtiefe gehen, um das große ICBM-Boot aus Huludao in Augenschein zu nehmen und dabei vielleicht schon Einzelheiten registrieren zu können. Er hatte nicht lange Glück, denn genau auf dem 32. Breitengrad tauchte die *Xia III* und ging auf eine Tiefe von 200 Fuß, wobei sie gleich zu Beginn der ersten Tauchfahrt ihres Lebens die Fahrtstufe auf 12 Knoten herabsetzte. Die *Seawolf* blieb ihr auf den Fersen und passte die eigene Geschwindigkeit und Tiefe dem verfolgten Boot an, wobei sie die *Xia III* hin und wieder mit dem modernsten ihrer abgeschirmten Aktivsonare anpingte. Diese neuen Sonargeräte waren auch im Aktivmodus selbst von britischer und amerikanischer Technik fast nicht mehr zu erfassen. Der Ärger bestand nur darin, dass niemand an Bord des amerikanischen Spionageboots sich sicher sein konnte, ob die Chinesen nicht inzwischen ebenfalls auf solch ein System zurückgreifen konnten, das sie sich womöglich unter merkwürdigen Umständen verschafft hatten. Diese Unsicherheit über die Fähigkeiten Chinas und der Mangel an Informationen darüber, inwieweit die Chinesen bereits in der Lage waren, die ausspionierte und entwendete Technik auch zu nutzen, bereitete sämtlichen Offizieren an Bord der *Seawolf* einiges an Unruhe und Kopfzerbrechen. Hatte man sie vielleicht längst durch lautlose Satelliten erfasst, die aus dem All heraus die Gewässer der Welt sondierten? Wurden sie vielleicht sogar genau in diesem Augenblick von einem abgeschirmten Aktivsonar des Xia angepingt, so wie sie die Chinesen angepingt hatten?

»Im Allgemeinen, Linus, lasse ich meine Vorgehensweise von dem Gesetz leiten, dass keine Nachricht eine gute Nachricht ist. Ich bin felsenfest davon überzeugt, dass die Chinesen, wenn sie uns wirklich hätten orten können, dies längst getan und dann auch genügend Zeit gehabt hätten, entsprechend zu reagieren, um uns aus dem Seegebiet hier zu verjagen. Es zumindest aber versucht hätten. Bislang hat aber niemand irgendetwas in diese Richtung unternommen. Was mich wiederum schließen lässt, dass wir höchstwahrscheinlich nicht geortet worden sind.«

»Dem kann ich nicht widersprechen, Sir«, sagte Lt. Commander Clarke.

Doch genau in dieser Sekunde war es mit dem Frieden in der Zentrale der *Seawolf* vorbei.

»Zentrale, Sonar. Das Xia wendet ...«

Lieutenant Franks Sonarmann hatte den Generatoranzeiger beobachtet und festgestellt, dass dieser auf eine Frequenz von

63 Hertz wechselte, nachdem er zuvor konstant 60 Hz angezeigt hatte. Das bedeutete nichts anderes, als dass man auf der *Xia III* die Fahrtstufe erhöht hatte und inzwischen auf eine Geschwindigkeit von fast 18 Knoten beschleunigte.

»*Um Gottes willen!* Die kommt ja direkt auf uns zu… Umdrehungen für sechs Knoten.«

»Ruder hart Backbord«, bellte Judd Crocker. »Neuer Kurs null-neun-null. Wir werden ihr nach Osten hin ausweichen. Fahrt von sechs Knoten beibehalten.«

Die *Seawolf* schwang zur Seite und lief in Richtung der japanischen Küstenlinie.

»Sind wir geortet worden, Sir?«

»Wissen die denn, dass wir hier sind, oder was?«

»Herrgott noch mal. Ich wette, das ist das Satellitensystem, das sie uns geklaut haben. Sind die Typen denn wirklich in der Lage, jede unserer Bewegungen zu erfassen?«

»Nun mal ruhig, meine Herren«, sagte Judd. »Mit großer Wahrscheinlichkeit will sie nur klären, ob sich jemand in ihrer Umgebung aufhält, und vor allen Dingen, ob ihr jemand am Heck hängt. Sie will nur ganz einfach sicher gehen, dass ihr *niemand* folgt. Versetzen Sie sich doch einmal selbst in deren Lage: Sie befinden sich auf der Jungfernfahrt an Bord des letzten Wortes in Sachen chinesischer Unterseeboot-Technik. Sie fahren auf diesem einsamen Meer in Richtung Süden, um in tiefere Gewässer zu gelangen, wo Sie die unumgänglichen Tauchprobefahrten durchführen wollen. Dabei haben Sie möglicherweise, sogar höchstwahrscheinlich, Marschflugkörper an Bord, die interkontinentale Reichweite haben und Atomsprengköpfe tragen, die stark genug sind, eine größere amerikanische Stadt in Schutt und Asche zu legen.

Des Weiteren *wissen* Sie, dass die Vereinigten Staaten mehr als nur interessiert daran sind zu erfahren, was hier vor sich geht. Sie *wissen* ebenfalls, dass es sich die Amerikaner nicht nehmen lassen werden, zumindest einen Blick zu riskieren. Genauso gut *wissen* Sie auch, dass die USA ihnen in der Unterseeboot-Technik um Lichtjahre voraus sind. Würden Sie da nicht auch hin und wieder einen Blick über die Schulter werfen wollen? Ganz sicher würden Sie das wollen, und sei es nur, um sich selbst zu vergewissern und zu beruhigen.«

»Sonar an Zentrale… Entfernungswerte steigend… Anscheinend geht das Xia zurück auf den alten Kurs, Sir. Peilt jetzt in eins-acht-null. Geschwindigkeit wieder bei zwölf Knoten…«

»Ausgezeichnet«, sagte der Kommandant. »Also hat sie sich wirklich nur einmal umgesehen. Ich gehe davon aus, dass sich das noch einige Male wiederholen wird, bevor wir wesentlich älter geworden sind. Seien Sie auf der Hut, Kyle, das kann jederzeit passieren.«

Sie legten dann aber doch noch weitere 100 Seemeilen zurück, bis die *Xia III* erneut kehrtmachte. Auch diesmal entschied sich der Captain zu einem Ausweichmanöver in Richtung Osten, bis der chinesische Kapitän auf den alten Kurs zurückging.

Dieses Verhaltensmuster änderte sich, als sie den 26. Breitengrad fast erreicht hatten. Das Xia, inzwischen auf Kurs Südsüdwest und damit parallel zu den Inseln laufend, machte Anstalten, erneut einen Suchkreis zu fahren, ging dann jedoch auf einen weiter nach Westen führenden Kurs, nur um kurz darauf ziemlich plötzlich und ganz eindeutig Kurs auf die nördlichen Gewässer der Formosastraße zu nehmen.

Judd entschied sich dranzubleiben, zumindest aber dem Xia so lange zu folgen, bis es den Verlauf des Japanstroms erreicht hatte, wo das Wasser an manchen Stellen noch über 900 Meter tief war. Ab dann würde sich die Kontinentalplatte sehr schnell auf Wassertiefen von gerade noch 45 Metern anheben. Die *Seawolf* konnte also unmöglich in die Straße einlaufen, ohne sofort entdeckt zu werden, da in so geringer Tauchtiefe die Wirbel ihres Schraubenwassers an der Oberfläche zu sehen sein würden.

Keineswegs überraschend tauchte die *Xia III* 50 Kilometer vor der Nordwestküste Taiwans auf, um anschließend an der Oberfläche weiter durch den heiß umstrittenen Seeweg zu fahren, der das chinesische Festland von seinen unabhängigen und wohlhabenden Nachbarn trennte. Die *Seawolf* steckte jetzt in der Zwickmühle. Captain Crocker gab mit sehr gemischten Gefühlen den Befehl, umzukehren und wieder Kurs auf die im Osten der Insel liegenden tieferen Gewässer zu nehmen.

»Meine Herren«, sagte er, »wir gehen jetzt zu Plan B über. Meiner Einschätzung nach befindet sich das Xia auf dem Marsch zu einer der chinesischen Marinebasen, weil die auf dem Boot da möglicherweise ein, zwei – oder zehn – Probleme haben, die sie glauben, mit Bordmitteln nicht beheben zu können. Ich gehe davon aus, dass sie Xiamen anlaufen werden. Von dort wird sich das Boot meiner Meinung nach, wenn es anschließend mit dem vorgesehenen Programm weitermacht, wieder in Richtung Süden bewegen und die Meerenge am gegenüberliegenden Ende verlassen. In der Zwischenzeit werden wir einen Spurt einlegen, Taiwan auf der Seeseite, dort, wo das Wasser ausreichend tief ist, umfahren und dann an der Südküste entlangschleichen, um dort auf die *Xia III* zu warten.«

Mittwochabend, 28. Juni
Xiamen, auf der Insel Gulangyu

Admiral Zhangs Sommerhaus mit dem geschwungenen roten Dach stand inmitten eines Gartens zwischen grünen Bäumen und farbenfroh blühenden Blumen. Das Anwesen lag auf der gegenüberliegenden Seite des flachen Lujiang-Kanals auf der »Insel der donnernden Wogen«. Am heutigen Abend genoss er zusammen mit seiner Frau Lan die milde Seebrise, während sie mit ihrem besten Freund, Admiral Zu Jicai, dem kommandierenden Admiral der Südflotte, bei einem Glas Wein zusammensaßen.

Beide Männer waren heute Morgen an Bord von Marineflugzeugen in Xiamen gelandet, Zhang aus Schanghai und Admiral Zu von seinem Flottenstab im etwas weiter südlich gelegenen Zhanjiang kommend.

»Wenn ich Sie recht verstehe, mein Freund Zhang, glauben Sie also wirklich, dass sich da draußen im Chinesischen Meer ein amerikanisches Unterseeboot herumtreibt, das das neue Xia verfolgt.«

»Ja, davon bin ich felsenfest überzeugt, und ich zerbreche mir unentwegt den Kopf darüber, was ich dagegen unternehmen kann. Aber mir fällt einfach nichts ein. Ich weiß, dass die Amerikaner da draußen sind, doch der Himmel allein weiß, wo genau.«

»Ist nun mal ein mächtiger Ozean, und wir wissen im Grunde nicht, wo wir anfangen sollen, nach ihnen zu suchen, oder?«

»So ist es. Das wissen wir wirklich nicht. Aber ich frage mich inzwischen, ob uns dieses kaum erwähnenswerte Problem mit dem defekten Ventil, das unser Unterseeboot veranlasst hat, heute gegen Abend in Xiamen einzulaufen, nicht einen gewissen Vorteil verschafft hat.«

»Wie soll ich das denn nun wieder verstehen?«

»Nun, stellen Sie sich einmal vor, Sie sind der amerikanische Kommandant. Sie folgen dem Xia lautlos durch das Gelbe Meer, und plötzlich bricht jenes aus, nimmt Kurs auf die untiefen Gewässer der Formosastraße und taucht auf. Was würden Sie tun?«

»Keine Ahnung. Wirklich. Aber mit einem so großen Boot, wie die *Seawolf* eines ist, liegt klar auf der Hand, dass ich unserem Unterseeboot keinesfalls weiter folgen kann.«

»Richtig. Denken Sie einfach weiter. Was könnten Sie tun? Also, ich sag's Ihnen. Zunächst würden Sie zu dem Schluss kommen, dass es an Bord unseres Boots ein technisches Problem gegeben hat, weshalb es einen unserer Stützpunkte an der Küste anlaufen muss, richtig? Und Sie, mein Freund Zu, der am Ruder dieses enorm schnellen amerikanischen Jagd-Unterseeboots steht, würden doch sicherlich mit Brassfahrt um die Außenseite Taiwans herum rasen und dann versuchen, das Boot wieder abzufangen, sobald es die Straße an ihrem südlichen Ende verlässt, oder?«

»Also«, sagte der Kommandeur der Südflotte nachdenklich, »könnten Sie das Xia zurück nach Norden schicken und die Amerikaner fünfhundert Kilometer weiter im Süden praktisch verhungern lassen.«

»Von wegen. Die amerikanischen Satelliten würden die *Xia III* binnen kürzester Zeit finden und die *Seawolf* einfach darüber informieren, wo sich jene gerade befindet.«

»Sie gehen doch nicht etwa davon aus, dass die Amerikaner die Absicht hegen, das Xia anzugreifen, oder etwa doch?«

»Zu, ich weiß es wirklich nicht. Der Ärger mit Unterseebooten ist nun mal, dass sie nicht angegriffen werden. Zumindest nicht für die Öffentlichkeit. Die verschwinden einfach von der Bildfläche, und das für gewöhnlich auch noch immer dann, wenn sie mindestens tausend Fuß Wasser unter dem Kiel haben. Sollte die *Seawolf* unser neues Unterseeboot angreifen und versenken, hätten wir keinen Schimmer, wo das hätte passiert sein können. Es könnte Jahre dauern, bis wir es wieder finden. Wir verfügen einfach nicht über die notwendige Technik – und einmal davon abgesehen, selbst wenn wir es gefunden hätten, bestünde kaum eine Chance, dass wir es auch wieder an die Oberfläche bekommen. Damit wäre alles letzten Endes nur ein weiteres der vielen ungelösten Unterseebooträtsel. Aus verständlichen Gründen würde es sich erübrigen, im Pentagon Erkundigungen einholen zu wollen. Die würden uns auf den Kopf zu sagen, dass sie keine Ahnung hätten, wovon wir eigentlich redeten.«

»Und deshalb zerbrechen Sie sich den Kopf, wie man sie aus unseren Gewässern vertreiben könnte, nicht wahr?«

»So ist es, denn eines weiß ich ganz sicher: Die sind da draußen. Ich fühle es. Ich habe nicht den geringsten Zweifel daran. Dafür kenne ich die Amerikaner einfach zu genau.«

Am folgenden Morgen stand Admiral Zhang schon sehr früh auf, um einen langen Spaziergang zu machen, bevor die erste Hitze des Morgens einsetzte. Anschließend nahm er mit Admiral Zu ein leichtes Frühstück, bestehend aus Tee und Gebäck, zu sich, bevor die beiden Männer gemeinsam den kurzen Weg hinunter zum Strand gingen. Dort bestiegen sie ein Verkehrsboot der Marine, das sie hinüber zum Stützpunkt brachte.

Obwohl genau genommen Admiral Zhang den Oberbefehl über die gesamte chinesische Marine hatte, lag es jetzt an Admiral Zu, der sich hier ja auf einem Stützpunkt der ihm unterstellten Südflotte befand, sofort eine Stabsbesprechung mit den sechs Kommandanten einzuberufen, deren Schiffe augenblicklich hier vor Anker lagen, also Zerstörer- und Fregattenkommandanten.

Minutiös legte er die Befürchtungen des Oberbefehlshabers dar, der ohne die geringste Regung neben ihm saß. Er vergaß auch nicht die Ortungsmeldung eines der Kilos drei Tage zuvor zu erwähnen und darauf hinzuweisen, dass es sich bei diesem Kontakt möglicherweise um ein amerikanisches Atom-Unterseeboot gehandelt hatte. Dann umriss er noch das Einsatzgebiet vor der Südwestküste Taiwans, wo das amerikanische Boot voraussichtlich morgen um die Mittagszeit auf das Xia lauern würde. Er legte die Position mit 22.45 nördlicher Breite, 119.50 östlicher Länge fest und definierte damit den Bereich eindeutig auf die südliche Zufahrt zur Formosastraße. Das war der Bereich 30 Kilometer im Westen der Taiwan-Bänke, wo der Ozean ziemlich abrupt von 300 auf 1000 Fuß Tiefe und mehr abfällt.

»Und das, meine Herren«, sagte er, »sind die richtigen Unterseeboot-Gefilde, wie Sie wissen. Morgen wird das Xia in aller

Frühe aus Xiamen auslaufen und wieder Kurs zurück in tieferes Wasser nehmen, um dort seine Probefahrten fortzusetzen. Zweifellos wird das auch den amerikanischen Satelliten nicht entgehen. Deshalb sind wir zu der Auffassung gelangt, dass die Amerikaner irgendwo in dem Gebiet, das ich ihnen eben umrissen habe, in Stellung gegangen sind. Unser Oberbefehlshaber wünscht, dass Sie dort ein Sperrfeuer aus Wasserbomben und Mörsergranaten legen. Wir haben die Absicht, dort genug Lärm zu veranstalten, dass man glauben könnte, ein Krieg sei ausgebrochen.

Sinn und Zweck dieser Übung ist aber einzig und allein, die Amerikaner so weit zu erschrecken, dass sie die Flucht ergreifen – am besten gleich bis zurück nach Pearl Harbor. Sollte es aber einer von Ihnen schaffen, den Druckkörper des amerikanischen Boots in Stücke zu blasen und die *Seawolf* zu versenken, wird ihm der unausgesprochene, aber nichtsdestoweniger herzliche Dank des Vaterlandes gewiss sein.«

Alle sechs anwesenden Kommandanten lächelten, und nun erhob sich auch Admiral Zhang, um das Wort an sie zu richten. »Meine Herren. Ich bin mir sicher, dass Sie verstanden haben, worum es hier geht. Das Ganze wäre dann doch wirklich eine furchtbare Blamage für die Amerikaner. Da ist ihr bestes Unterseeboot in unsere Gewässer eingedrungen, ohne uns zuvor darüber zu informieren, und dann auch noch geradewegs in eine unserer häufig mit der ganzen Flotte stattfindenden Unterseeboot-Abwehrübungen hineingeraten. Wirklich schade für sie, ausgerechnet ein so großartiges Boot wie dieses zu verlieren – aber was sollen wir dazu sagen? Wie hatten ja keinen blassen Schimmer, dass sie überhaupt da waren. Wirklich sehr bedauerlich. Ganz außerordentlich bedauerlich sogar.«

Admiral Zhangs Rede löste mächtiges Gelächter aus. Die Kommandanten nickten zustimmend, während sie sich auf den Weg zurück zu ihren Kriegsschiffen machten. Zu der Flottille würden auch zwei schwer bewaffnete Lenkwaffenzerstörer der Luda-Klasse, die *Zhanjiang* und die *Nanchang,* gehören. Beide Schiffe waren mit je zwei FQF-Unterseebootabwehr-Mörsern bewaffnet, die über eine Reichweite von 1,2 Kilometern verfügten, und außerdem mit je vier BMB-Wasserbombenwerfern ausgerüstet. Die erst kürzlich auf den neuesten Stand der Technik gebrachte

*Zhuhai* gehörte zur Luda-III- Klasse und war der Schnellste der drei Zerstörer. Er war auch der Einzige, der schon die neue Unterseebootabwehrwaffe CY-1 besaß.

Bei den drei leichten Fregatten handelte es sich um Schiffe der Jianghu-Klasse (Typenklassifizierung 053). Die *Shanton*, *Kangding* und *Jishou* verdrängten jeweils 1500 Tonnen, waren alle mit Unterseebootabwehr-Mörsern ausgerüstet und hatten jede Menge Wasserbomben an Bord. Hinzu kam, dass sie mit Sonargeräten des Typs Echo 5 ausgerüstet waren. Am Rumpf montiert, konnte dieses im Such- und Angriffsmodus betrieben werden. Es arbeitete auf dem mittleren Frequenzband.

»Ich danke Ihnen, meine Herren«, sagte der Oberbefehlshaber, »ich weiß, dass Sie mich nicht enttäuschen werden.«


300700JUN06
22.00 N, 120.10 E
Fahrt 12, Tiefe 300, Kurs 020

Die USS *Seawolf* schlich lautlos mit Kurs Nord-Nordost und 18 Meilen Abstand an der Südwestküste Taiwans entlang. Sie befand sich damit sowohl in internationalen als auch für sie mehr als ausreichend tiefen Gewässern. Lieutenant Shawn Pearson hockte zusammengekauert über seiner Karte und plottete Zentimeter für Zentimeter den Kurs des Boots entlang der Küste. »Wir können noch eine ganze Weile auf diesem Kurs bleiben, Sir«, sagte er. »Vorausgesetzt wir nehmen keine Kursänderung vor, werden wir für die nächsten siebzig Meilen fast überall fünfhundert Fuß Wasser unterm Kiel haben. Dabei lassen wir die beiden Sandbänke gut fünfundzwanzig Meilen an Backbord voraus liegen. Von denen abgesehen, läuft alles bestens.«

»Unser größtes Problem ist im Augenblick, dass wir nicht wissen, wann genau das Xia ausläuft«, sagte der Kommandant. »Es sind kaum siebzig Meilen vom Stützpunkt Xiamen bis zum Flaschenhals der Formosastraße. Damit könnte das Boot in Oberflächenfahrt in etwa drei Stunden hier sein, und zwar genau im Süden von unserer Position. Will ich zumindest hoffen. Wenn die Satellitenmeldungen nicht mit unserem Programm übereinstimmen, wird uns allerdings nichts anderes übrig bleiben, als weiter unter Land zu gehen, um dort darauf zu warten, dass es die Bühne betritt.«

»Groß genug, um es nicht zu übersehen, ist es ja, Sir«, meinte Lieutenant Frank.»Fast um die Hälfte größer als wir. Und ausreichend laut ist es auch. Wenn die *Xia III* diesen Weg nimmt, werden wie sie finden, davon bin ich überzeugt.«

Und so kam es dann auch. Die *Seawolf* erfasste das chinesische Boot genau um 1130. Die Entfernung betrug 18 Seemeilen. Trotz allem war es für die Sonartechniker des amerikanischen Unterseeboots ein hartes Stück Arbeit gewesen. In der vergangenen Stunde hatten sie nämlich reichlich damit zu tun gehabt, jede Menge Fahrzeuge an der Oberfläche auszufiltern, die alle chinesischer Herkunft und von der Marine waren und mit erheblichem Rabatz aus Xiamen ausliefen. Wahrscheinlich waren diese auf dem Weg zu einer Übung.

Genau um die Zeit, als das Xia auf der Bildfläche erschien, hatte Judd Crocker sein Boot auf 23.25 N, 119.55 E mit dem Bug in Richtung offener See stehen, wobei die Insel Taiwan rund 20 Meilen hinter dem Heck lag. Sie patrouillierten langsam im Süden der Pescadoresinseln mit deren atemberaubenden kilometerlangen Sandstränden entlang.

Im Sonarraum wurde auch noch eine andere Aktivität geortet, die 30 Meilen weiter im Südwesten stattfand. Dieser wurde aber keine Priorität eingeräumt, denn das ganze Augenmerk galt jetzt der *Xia III*, die mit all ihren 13 000 Tonnen in einer Geschwindigkeit von 25 Knoten auf einen Punkt zu lief, der etwa 20 Seemeilen im Südwesten ihrer augenblicklichen Position lag. Judd Crocker befahl daher:»Standardmodus... Neuer Kurs zwo-eins-null... Umdrehungen für 15 Knoten.« Er wollte sich direkt hinter die *Xia III* setzen, und dabei hoffte er inständig, das chinesische Boot auch weiterhin auf dessen Weg in tiefe Gewässer verfolgen zu können. Kaum eine Stunde später änderte sich die Situation jedoch schlagartig. Die Sonarmänner fingen eine Folge donnernder Explosionen im Wasser auf, die den unverwechselbaren Klang von Wasserbomben hatten.

*Was zum Teufel geht hier vor?*

Das war die allseits unausgesprochene Frage. Aber es gab noch eine weitere, ähnlich gelagerte und vielleicht noch wichtigere Frage, die allen Anwesenden durch die Köpfe schoss: *Haben die uns geortet?*

*Sollte das tatsächlich der Fall sein, liegen sie aber ziemlich weit ab vom Ziel,* dachte der Kommandant. *Die bewegen sich zwar auf uns zu, aber sie werfen die Wasserbomben genau zehn Meilen südlich unserer tatsächlichen Position. Eins von diesen Eiern müsste allerdings fünf Meter neben unserem Druckkörper hochgehen, damit es uns ernsthaften Schaden zufügen kann ... Also, momentan noch keine lebensbedrohliche Situation.*

In der für ihn typischen Art wandte sich Judd daraufhin an seinen Ersten: »Na, Linus, was halten Sie davon?«

»Im Augenblick kein Problem, Sir«, sagte Lt. Commander Clarke. »Aber wenn die da oben auf dieser Linie weiterlaufen und dabei nicht aufhören, so verschwenderisch mit ihrer Hardware um sich zu schmeißen, haben sie uns quasi in der Falle. Nach Norden können wir nicht ausweichen, da ist das Wasser einfach zu flach, und im Süden befinden die sich. Wir können nur zwischen denen durch. Die haben uns ganz schön im Sack, Sir ...«

»Noch nicht ganz, Linus«, sagte der Captain. Er gab immer noch keinen Befehl zur Kurs- oder Fahrtstufenänderung, obwohl die Lautstärke der Explosionen langsam, aber sicher zunahm. Judd war sich durchaus darüber im Klaren, dass sich ihre Lage verschlechterte. Auf weniger als drei Kilometer Entfernung hört sich eine hochgehende Wasserbombe unter Wasser wie die Detonation einer Atombombe an. Vor allem, wenn man Angst hat.

»Sonar an Zentrale ... Im Augenblick ist da oben ziemlich schweres Gefechtsmaterial versammelt, Sir. Immer noch Wasserbomben, aber auch irgendwelches leichteres Zeugs.«

»Schockladungen, vielleicht sogar Handgranaten«, murmelte der Kommandant. »Die haben noch nicht einmal ansatzweise eine Ahnung, ob wir nun tatsächlich hier sind oder nicht. Gebt mir mal die augenblicklichen Daten über das Xia ...«

»Geschwindigkeit nach wie vor noch fünfundzwanzig Knoten. Immer noch an der Oberfläche, Sir. Kurs unverändert eins-drei-fünf. Wird uns in etwa viertausend Metern Abstand im Südwesten passieren. Das ist auch die Richtung, in der sich der chinesische Gefechtsverband bewegt. Das Boot wird sich etwa drei Meilen nördlich davon befinden, wenn wir uns dranhängen.«

»Danke, Kyle.«

Die *Seawolf* bewegte sich in aller Heimlichkeit weiter voran und setzte die eigene Fahrtstufe noch weiter herab, um auf jeden Fall ihre genaue Position hinter dem Xia einnehmen zu können, wenn es erst einmal so weit war. Das alles erinnerte sehr stark an die Manöver, die von Jachten gefahren werden, bevor der Startschuss zu einer Regatta fällt. Jeder zählt dann die Sekunden, jedem brennt die Zeit auf den Nägeln und jeder versucht, sich in die beste Ausgangsposition für den Start zu bringen. Judd Crocker, der persönlich das Kommando in der Zentrale übernommen hatte, war aber gerade in dieser Disziplin äußerst bewandert. Vielleicht nicht ganz so gut wie sein Vater, auf jeden Fall aber um Klassen besser als die Chinesen.

»Wir schließen näher auf«, sagte er gerade, als eine donnernde Wasserbombensalve fiel. »So knapp wie möglich hinter das Xia ... Vielleicht sogar weniger als eine Meile ... Linus, behalten Sie das für mich im Auge, und nehmen Sie sich Kyle und Shawn dabei zur Unterstützung. Die Nummer wird verdammt knifflig ... Und denken Sie daran, dass wir jetzt nicht richtig tief tauchen können, sollten wir geortet werden ... Halten Sie unsere Geschwindigkeit so niedrig wie möglich ... aber sorgen Sie dafür, dass wir uns präzise hinter dem Heck von deren verdammtem Unterseeboot befinden.

Die Fregatten werden so sicher, wie es eine Hölle gibt, sofort damit aufhören, Wasserbomben zu werfen und mit ihren Mörsern herumzuballern, sobald sich ihr Boot in unmittelbarer Nähe befindet. Ich weiß zwar nicht, wie gut deren Artillerieoffizier auf dem führenden Schiff ist, aber ich bin mir absolut sicher, dass er nicht das Risiko eingehen wird, versehentlich das modernste Unterseeboot Chinas zu treffen. Dass er dafür an die Wand gestellt würde, wäre noch die mildeste aller Strafen – folglich werden sie höchstwahrscheinlich sofort mit dem ganzen Zauber aufhören, wenn das Xia durchfährt.

Anschließend werden sie weitermachen wie bisher, doch zu diesem Zeitpunkt werden wir ebenfalls schon durch sein. Das alles kann aber nur dann funktionieren, wenn wir wirklich nahe herangehen, und damit meine ich, direkt ans Heck des Xia. So, jetzt aber erst mal rauf auf Sehrohrtiefe. Ich will mich mal kurz umschauen. Wie stets mit dem Trimm, Andy?«

Der mächtige Druckkörper der *Seawolf* stieg in steilem Winkel nach oben, um unmittelbar unter der Oberfläche abgefangen zu werden. Weich und lautlos glitt das Gefechtsperiskop aus der

Spitze des Turms und stieß durch die unbewegte, türkisfarbene See.

»Die *Xia III* ist genau da, wo sie sein sollte ... Schätze, dass sie uns innerhalb der nächsten fünf Minuten vor dem Bug vorbeiläuft ... Hält immer noch genau Kurs Südost.«

»Sehrohr einfahren ... vorn unten fünf ... dreihundert.«

»Ich habe keine Lust, länger als unbedingt nötig an der Oberfläche herumzuhängen«, murmelte der Captain vor sich hin, »obwohl wir weit genug von jeder Radarstation an der Küste weg sind und die Kriegsschiffe da oben einen derartigen Radau veranstalten, dass sie uns wahrscheinlich nicht einmal erfassen würden, wenn wir mit Signalflaggen winken würden. Aber wir dürfen wirklich nichts dem Zufall überlassen – nicht in diesem Spiel. Gehen wir also lieber davon aus, dass jeder Mann da oben die Faust gegen uns erhoben hat.«

Sanft pflügte die *Seawolf* mit zehn Knoten Fahrt voran, während man im Sonarraum die Annäherung des Xia mit dem Passivsonar verfolgte. »Okay, Sir ... Zeit zum Eindrehen ...«

»Ruder nach Backbord ... neuer Kurs eins-drei-fünf. Tauchtiefe dreihundert ... Fahrtstufe erhöhen ... Umdrehungen für fünfundzwanzig Knoten. Wir gehen ran.«

Lt. Commander Clarke hatte das Kommando übernommen und steuerte den Schnüffler Amerikas fast genau ins Kielwasser der *Xia III*. Es lagen weniger als 800 Meter zwischen den beiden Booten, doch würden aus der Tiefe, auf der sich die *Seawolf* befand, keine verräterischen Schraubenwirbel an die Oberfläche steigen. Außerdem machte sie ihre hervorragende akustische Abschirmung praktisch nicht erfassbar.

Seit sich der Abstand des Boots zu den Wasserbombendetonationen auf weniger als zwei Meilen verkürzt hatte, nahm der damit verbundene Lärmpegel nun ständig zu. In den letzten paar Minuten hatte man fast zu der Ansicht gelangen können, man befände sich auf dem direkten Weg zu einem größeren Kriegsschauplatz, da inzwischen auch die Mörser mit alles erschütternder Resonanz aufbrüllten und ihre Granaten tief in die von der Sommersonne beschienenen Gewässer der Formosastraße warfen.

»Das reicht ja, um Tote aufzuwecken«, sagte Brad Stockton.

»Schlimmer als das«, fügte der Kommandant hinzu, »das reicht, um die nationalchinesische Marine auf den Plan zu rufen. Die werden sich sowieso schon längst fragen, was in drei Teufels Namen hier eigentlich abgeht. Ich setze harte Dollars gegen ein paar Donuts, dass die gerade sogar das Pentagon am Rohr haben, um dort von ihrem Eindruck zu berichten, China hätte ihnen den Krieg erklärt.«

Bei einer Geschwindigkeit von 25 Knoten legten die *Xia III* und ihr Beschatter jetzt alle zweieinhalb Minuten eine Seemeile zurück. Dann verstummte das Unterwasserbombardement von einer Sekunde zur anderen, als das gigantische chinesische ICBM-Boot in Reichweite der Oberflächeneinheiten kam. Die drei Zerstörer der Luda-Klasse formieren sich in Kiellinie, um einen Blick auf dieses eindrucksvolle Symbol chinesischer Seemacht zu werfen, welches da in Überwasserfahrt an ihnen vorbeirauschte. Die Kapitäne zur See werden in der Marine der Volksbefreiungsarmee auch als Oberst bezeichnet, und alle drei standen jetzt mit ihren Besatzungen unter der Marineflagge Rotchinas, dem roten Tuch mit seinem einzelnen gelben Stern, der oberhalb der unverwechselbaren blauen und weißen Streifen prangt. Die drei Jianghu-Fregatten nahmen im Osten eine identische Formation ein, weshalb jetzt die gesamte aus sechs Schiffen bestehende Flottille salutierte, während das Xia an ihnen vorbeizog. Die Mannschaften klatschten Beifall.

Die Hochrufe hatte immer noch kein Ende gefunden, als sich das Boot schon weit entfernt hatte und schließlich fast eine Meile – was natürlich für Judd Crocker und seine Männer fast eine Meile zu viel bedeutete – abgelaufen war. Judd hatte es tatsächlich geschafft. Er war den Chinesen in wahrsten Sinne des Wortes unter den Augen durchgeschlüpft. Jetzt konnte die *Seawolf* sicher und unbehelligt weiter in Richtung Südosten laufen, denn die Sperre lag nun hinter ihr. Als die Wasserbomben erneut, diesmal in nördlicher Peilung, zu detonieren begannen und Löcher in das ruhige Wasser stanzten, war es bereits viel zu spät, um dem amerikanischen Eindringling noch irgendwelchen Schaden zufügen zu können. Schon bald wurden die Geräusche immer leiser und erstarben schließlich ganz, als Lt. Commander Clarke die *Seawolf* in die Tiefen des unermesslichen Pazifiks und damit immer weiter weg von Admiral Zhangs Falle zischen ließ.

Während das Boot an der lieblichen Südküste Taiwans entlanglief, wo die saftigen Weiden der Tiefebene langsam ansteigen, um sich mit den atemberaubenden Ausläufern des Chungyang-Gebirges zu vereinigen, die dann in einem Bogen nach Süden bis hinunter zum Ozean verlaufen, herrschte außerhalb des Druckkörpers des amerikanischen Unterseeboots völliger Frieden.

»Sie taucht, Sir! Das Xia geht gleich ziemlich tief... behält aber Kurs und Geschwindigkeit bei... Entfernung eine Meile...«

»Dann wollen wir uns mal ein bisschen weiter zurückfallen lassen. Wir können ihm auch noch problemlos in einem Abstand von zwei Meilen folgen«, sagte der Captain. »Ich will auf der sicheren Seite bleiben. Es ist jetzt nicht mehr nötig, ihm so dicht auf den Pelz zu rücken. Die nächsten sechs Minuten Umdrehungen für fünfzehn Knoten, dann wieder Fahrtstufe auf fünfundzwanzig Knoten erhöhen... zumindest so lange, wie der Chinese seine Geschwindigkeit beibehält... Behalten Sie ihn im Auge, Kyle.«

Jetzt fuhren die beiden Unterseeboote im Tandem. Auf Höhe des 22. Breitengrades vollführte das Xia eine Kursänderung in Richtung Südwesten und lief dann mit großer Fahrt die Festlandsküste der Provinz Guangdong hinab. Dabei hielt es sich immer in einem Abstand von rund 100 Kilometern zum Land und blieb dabei in Gewässern, die in diesem Gebiet schon fast 1000 Fuß tief sind. Aus Judd Crockers Sicht hatte das Boot jetzt Kurs auf ein ihm unbekanntes Operationsgebiet genommen, in dem es wahrscheinlich seine See-Probefahrten durchführen wollte. Gegen 1830 befanden sie sich 500 Kilometer vor der Mündungsbucht von Kanton, auf deren Wasserwegen seit Jahrhunderten jegliche Schifffahrt mit Ausnahme der chinesischen verboten war. Selbstverständlich setzten sich die Briten über diese Regel hinweg und fuhren auch hier unbekümmert entlang. Aus ihrer Einstellung heraus, die ganze Welt gehöre ihnen, scherten sie sich einen Teufel darum, ob man sie dazu eingeladen hatte oder nicht.

Lieutenant Pearson schätzte, dass sie mit dem ersten Licht des 1. Juli unmittelbar vor der Küste von Kanton (oder Guangzhou, wie es heutzutage genannt wurde) eintreffen würden. Doch bis dahin preschten sie, angetrieben vom Dampf, der von Lt. Commander Rich Thompsons wie ein Urwerk arbeitendem PWR geliefert wurde, zusammen mit der *Xia III* durch die Nacht.

Es gab in dieser Nacht noch jemanden, der reichlich Dampf ablassen musste, und das war auf der chinesischen Seite ein überkochender Admiral Zhang, der finster zu den träge dahingleitenden Dschunken mit ihren typischen Riggs hinüberblickte, während er die kurze Fahrt zu seinem Wohnsitz mit der Fähre zurücklegte. Nicht ein einziges Wrackstück war gefunden worden und niemand hatte etwas über einen Treffer oder einen Ölfleck auf dem Wasser zu berichten gehabt. Das wiederum hatte die Kommandanten zu der Schlussfolgerung verleitet, dass eben zur gegebenen Zeit kein amerikanisches Unterseeboot dort gewesen war, um das neue Xia zu verfolgen. Die Überwassereinheiten hatten insgesamt zwei Stunden lang eine Sperre um das neue chinesische Unterseeboot gelegt und dabei jeweils an die 200 Wasserbomben und fast die gleiche Menge U-Jagd-Mörsergranaten hochgejagt. Das Resultat: eine dicke, fette Null.

Zhang glaubte seinen Kommandanten kein Wort. Zumindest war er nicht bereit, sich deren Schlussfolgerung anzuschließen. Für ihn stand fest, dass sie es zwar versucht haben mochten, das amerikanische Boot zu schnappen, es aber eben nicht geschafft hatten. Und das wiederum empfand er als persönliche Schlappe. Tief in seinem Inneren hatte er nämlich gehofft, dass eine dieser Wasserbomben ein mächtiges Loch in den Druckkörper der USS *Seawolf* blasen würde. Dass es nicht dazu gekommen war, bedeutete für ihn keineswegs, dass die *Seawolf* nicht dort gewesen war. Für ihn besagte es lediglich, dass keine der Wasserbomben und Mörsergranaten nahe genug am Boot hochgegangen waren. Was wiederum bedeutete, dass es von jetzt an geradezu teuflisch schwer werden würde, die *Seawolf* überhaupt noch zu finden. Für ihn stand jetzt zweifelsfrei fest, dass dieses Boot von einem Könner geführt wurde und eine überragend kompetente Mannschaft haben musste.

Freitag, 30. Juni, 0900
Büro des Nationalen Sicherheitsberaters
Weißes Haus, Washington, D.C.

Genau eine Minute nach der vollen Stunde bellte Admiral Morgan: »*Kaffee!*«, wobei er wie üblich die auf dem letzten Stand der Technik befindliche Telefonanlage des Weißen Hauses ignorierte.

Genau eine Minute und acht Sekunden nach der vollen Stunde flog die Tür zu seinem Büro auf und Kathy O'Brien betrat den Raum.

»Sehr gut. Ordentlich und schnell. So mag ich's. Jetzt noch ein bisschen mehr üben und du hast's geschafft.«

Der Admiral hob bei diesen Worten nicht den Blick.

»Ich fürchte allerdings, dass selbst ich, und das bei größtmöglicher Unterwürfigkeit, es wohl kaum schaffen werde, den Kaffee in einer Zeit von unter zehn Sekunden so zuzubereiten, wie du ihn magst.«

»Richtig«, antwortete er, immer noch den Blick gesenkt. »Drei Schrotkugeln und fertig umgerührt, *s'il vous plaît.*«

Der Admiral hatte es sich seit ihrem gemeinsam in Paris verbrachten Wochenende zur Gewohnheit gemacht, hin und wieder französische Redewendungen in seine Sätze einfließen zu lassen. Allerdings hoffte Kathy, dass ein weiterer Besuch in Frankreich ihn endlich davon überzeugen würde, dass man das t in *plaît* nicht mit aussprach.

»O Erhabenheit«, sagte sie, »dessen Geist ausschließlich auf Ebenen arbeitet, die so hoch sind, dass wir Normalsterblichen sie nie erreichen werden, ich bringe Euch Nachrichten vom Militär.«

Sie kämpfte sich durch die überall herumliegenden Papierstapel und sagte ihm, dass sie ihn liebe, obwohl er sie, kaum dass sie im Büro sei, schon anschnauze. Was könne sie dafür, dass er schon seit sechs Uhr hier sei?

»Und wo ist mein Kaffee?« sagte er, völlige geistige Abwesenheit vorspiegelnd.

»Mein Gott, du bist wirklich unmöglich«, entfuhr es Kathy. »Jetzt hör mir mal einen Augenblick aufmerksam zu: Willst du nun, dass ich dir Admiral Mulligan ans Telefon hole, oder nicht? Sein Flaggleutnant hat nämlich vor zwei Minuten angerufen und mitgeteilt, dass du ihn bitte über eine abgesicherte Leitung zurückrufen möchtest.«

»Natürlich will ich mit ihm sprechen, und zwar ein bisschen plötzlich, wenn's beliebt. Diese verdammten Weiber bringen einen mit ihren Diskussionen über Kaffee doch immer wieder völlig durcheinander, und das, während in Fernost die Flotte unseres Landes vielleicht schon auf der Schwelle zur Vernichtung steht.«

»Falsch«, gab Kathy zurück, während sie sich auf dem Weg zur Tür befand, »du bist es, der auf der Schwelle zur Vernichtung steht, weil ich dich nämlich eines Tages kalt lächelnd um die Ecke bringen werde.«

»Was zum Teufel habe ich denn jetzt schon wieder verbrochen?« sagte der Admiral, den Blick auf das Porträt von General Patton gerichtet. »Und wo steckt der verdammte CNO, wenn es denn so dringend ist?«

Leise zwitschernd meldete sich das pastellgrüne Telefon und stand damit in einem geradezu grotesken Gegensatz zu den üblichen Äußerungsformen seines Benutzers. Dieser blickte es mit eindeutigem Missvergnügen an, hob den Hörer dann aber doch ab.

»He, Joe. Wo brennt's?«

Arnold Morgan wurde auf einmal sehr still, als ihn der oberste Chef der Navy im Pentagon über den neusten Tumult in der Formosastraße in Kenntnis setzte.

»Kaum dass es da losging, hatte ich Taipeh auch schon in der Leitung. Das war etwa um die Mittagszeit. Man hat mir mitgeteilt, dass sich in Höhe des Marinestützpunkts Kaohsiung rund dreißig Kilometer vor der Südwestküste Taiwans eine kleine chinesische Kampfgruppe herumgetrieben hat, die wie die Wilden Hardware jeglicher Art ins Wasser geschmissen hat.

Die Taiwaner haben da unten bei Pingtung auch einen ziemlich großen Stützpunkt ihrer Luftstreitkräfte. Von dort aus haben sie dann ein paar von ihren Grumman S2E Turbo-Trackern hochgeschickt… Die haben das ganze Gebiet aus über siebeneinhalb Kilometern Höhe überwacht und jede Menge Action und herumfliegendes Gefechtsmaterial in Form von Wasserbomben und Mörsergranaten gemeldet. Man hat allerdings erwähnt, dass das Land diesmal nicht von Marschflugkörpern überflogen wurde und dass man auch nicht selbst unter Beschuss genommen worden sei.

Das einzig Überraschende sei ein großes ICBM-Boot gewesen, das, wahrscheinlich aus Xiamen kommend, an der Oberfläche in Richtung Südosten lief und die Flagge der Marine der Volksbefreiungsstreitkräfte gesetzt hatte. Von irgendwelchen anderen Unterseebooten, die sich in der Gegend entweder an der Oberfläche oder unter Wasser befunden hätten, wurde nichts erwähnt. Was ich persönlich allerdings für ziemlich erstaunlich halte, weil die Taiwaner diese Grummans zu wirklich ausgezeichneten U-Jagd-Flugzeugen gemacht haben. Dazu haben sie ihnen neue Sensoren, das neue APS 504 Suchradar, Sonarbojen, Mark 24 Torpedos, Wasserbomben, Tiefenbomben – und das alles gleich haufenweise – spendiert. Wenn sich tatsächlich ein anderes als das chinesische Unterseeboot im Gebiet befunden hätte, also die hätten's dann ganz bestimmt geortet. Himmel, schließlich sind wir es doch gewesen, die sie mit unserem neusten Kram ausgerüstet haben. Die haben doch inzwischen fast die gleichen Geräte wie die Chinesen, bloß mit dem Unterschied, dass die Kulis uns alles geklaut haben ...«

»Und was schließt du daraus, CNO?«

»Ich hab keine Ahnung, wo unser Mann steckt.«

»Also, damit ist auf jeden Fall schon mal sicher, dass sie ihn nicht getroffen haben. Sonst wüsste jetzt nämlich schon die halbe Welt darüber Bescheid.«

»Richtig. Laut Taipeh wurde das Bombardement gegen 1430 beendet.«

»Also gehe ich einmal davon aus, dass er immer noch da auf der Lauer liegt.«

»Nun, es dürfte ihm kaum gelungen sein, dem Chinesen in getauchtem Zustand in die Formosastraße zu folgen, Arnie. Ist viel zu flach da. Wahrscheinlich hat er sich im Süden herumgetrieben und die *Xia III* dann auf ihrem Weg ins Operationsgebiet wieder abgefangen. Ich denke mir nämlich, dass die Chinesen sich mit ziemlicher Sicherheit auf dem Marsch zu den üblichen See-Probefahrten befunden haben.«

»Joe, unsere Leute hier vertreten die Ansicht, dass die *Xia III* anschließend dem Hauptquartier der Südflotte in Zhanjiang unterstellt werden soll. Das könnte also bedeuten, dass sich das Boot ebenso gut nur auf dem Weg zu seinem neuen Stützpunkt im Süden befindet.«

»Auf jeden Fall bin ich der Meinung, dass wir sehr dankbar sein können, dass wir nicht geortet wurden. Wie auch immer, ich halte den Finger weiter am Puls des Geschehens. Ich hab mir gedacht, dass du, was den Informationsstand angeht, auf gleicher Höhe mit uns sein wolltest.«

»Allerdings, Joe, vielen Dank. Ach, da wir gerade dabei sind, willst du meine letzten Folgerungen hören? Die Chinesen *glauben,* dass wir sie da draußen beobachten. Und wenn sie auch nur den Hauch einer Chance sehen, werden sie versuchen, unser Boot zu versenken. Allerdings werden sie uns, sollten sie es schaffen, natürlich postwendend mitteilen, wie gottverdammt Leid es ihnen doch tut. Aber schließlich hätten wir sie doch nun wirklich darüber informieren sollen, dass wir die Absicht hatten, uns an ihren Küsten herumzutreiben.«

»Das sähe denen ähnlich, den Schlitzaugen.«

»Oder Schlitzohren – ich sag's ja. Mach's gut, Joe.«

Admiral Mulligan hatte das versteckte Kompliment sehr wohl bemerkt. Sonst verabschiedete sich der Nationale Sicherheitsberater nämlich nie von jemandem am Telefon, sondern hängte einfach nur ein. Morgan war einfach immer zu sprunghaft oder zu gedankenverloren, um sich mit solchen Formalitäten aufzuhalten. Selbst der Präsident hielt hin und wieder einen toten Hörer in der Hand, während sein oberster Militärberater sich bereits wieder in null Komma nichts anderen Dingen zugewendet hatte, ohne auch nur eine Sekunde für die Höflichkeiten zu verschwenden, die üblicherweise dem Inhaber dieses hohen Amtes entgegengebracht werden.

»Es kommt ihm überhaupt nicht in den Sinn, dass sich irgendjemand daran stören könnte«, beurteilte sein permanent eingeschüchterter Chauffeur Charlie einmal dieses Verhalten. »Der hat einfach keine Zeit für so was, Mann ... absolut null Zeit.«


020130JUL06
Südchinesisches Meer, 20.50 N, 116.40 E
Fahrt 25, Tiefe 200, Kurs 250

Während sie jetzt durchs tiefe Wasser 290 Kilometer südlich des chinesischen Marinestützpunkts Shantou fuhren, hatte Lt. Commander Clarke gerade Wache. Das Xia machte zur Zeit keine Anstalten, zu stoppen, zu wenden oder mit der Fahrtstufe herunterzugehen. Es blieb einfach entschlossen auf seinem nach Südwesten und damit parallel zur Küste verlaufenden Kurs.

Judd Crockers Team schätzte, dass sich das angesteuerte Operationsgebiet irgendwo um die Position 20.25 N und 111.46 E, also im Südosten des südlichen Flottenhauptquartiers von Zhanjiang,

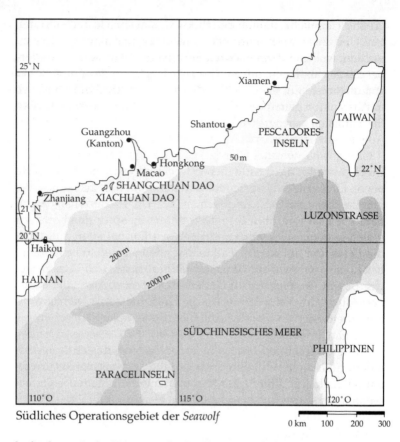

Südliches Operationsgebiet der *Seawolf*

befinden würde. Dort würde das Boot zweifellos wieder tauchen, bevor es endgültig mit seinen Tieftauch-Probefahrten begann. Ebenso wenig hatten die Männer jedoch die geringsten Zweifel daran, dass es von Zeit zu Zeit auch wieder einmal an die Oberfläche kommen würde, um Kontakt mit seinem Satelliten aufzunehmen. Schließlich mussten ja Defekte gemeldet oder Mitteilungen über irgendwelche Situationen an Bord gemacht werden, die unter Umständen einer dringenden Lösung bedurften, oder es musste der Termin für ein Rendezvous mit einer Eskorte an der Oberfläche abgesprochen werden.

Judd Crocker hatte sich fest vorgenommen, gleich beim ersten Mal, wenn diese Situation eintreten würde, einerlei, ob am helllichten Tag oder in finsterer Nacht, die *Seawolf* tiefer zu bringen, um mit größter Heimlichkeit unter den Kiel des chinesischen Boots zu gleiten. Und zwar *genau* darunter. Ungesehen und ohne geortet zu werden, wollte er dann mit seinem Sonar den gesamten Druckkörper des Xia abpingen, um aus der Tiefe ein zentimetergenaues Bild aufzunehmen. Ein Bild, das den Experten der U.S. Navy zu Hause in Washington genau zeigen würde, ob China nun tatsächlich über die Fähigkeit verfügte, mit einem großen Marschflugkörper Los Angeles anzugreifen und es zu zerstören, oder nicht.

Gleich aus welcher Perspektive betrachtet, Captain Judd Crocker stand die Lösung einer außergewöhnlichen Aufgabe bevor. Ein fremdes Unterseeboot zu beobachten, es zu belauschen und zu überwachen ist eine Sache. Einen Blick aus nächster Nähe darauf zu werfen, ihm also sprichwörtlich unter den Rock zu sehen, ist aber etwas völlig anderes, vor allem, wenn man sich bei dieser Aktion auf keinen Fall erwischen lassen darf. Was nicht heißt, dass so etwas nicht schon vorher durchgezogen worden wäre, zum Beispiel von den Briten. Die hatten das damals auf dem Gipfel des Kalten Kriegs auch schon mal getan, und zwar in der Barentssee.

Die ganze Angelegenheit war zwar damals in einen Mantel des Schweigens gehüllt worden. Dennoch hatte Judd zumindest so viel darüber gehört, um zu wissen, dass der britische Kommandant ganz knapp unter ein 10 000 Tonnen verdrängendes Unterseeboot der sowjetischen Delta-Klasse getaucht war. Diese Bootsklasse war damals dafür gebaut worden, sogenannte Submarine Launched Ballistic Missiles (SLBM) zu tragen, von Unterseebooten aus zu startende Marschflugkörper mit Atomsprengköpfen. Der britische Kommandant war mit nach oben gerichtetem Sonar unter dem Delta her gefahren und hatte den gesamten Druckkörper elektronisch abgetastet und vermessen. Er wäre damit sogar durchgekommen, wenn nicht … Um nämlich die Vermessung komplettieren zu können, musste er das Sehrohr ausfahren. Anders als aus einer Entfernung von 90 Metern, Backbord querab vom Delta wäre er sonst nicht an die Aufnahmen gekommen, aus denen man die Höhe der Abschussrohre für die SLBMs über der Wasserlinie des Unterseeboots hätte ableiten können.

Also fuhr er das Sehrohr aus, wobei dessen Spitze kaum einen halben Meter aus der glatten, ruhigen Wasseroberfläche herausstand. Er hatte vor, eine gerade einmal sieben Sekunden dauernde

Serie von Schnappschüssen aus drei verschiedenen Blickwinkeln zu machen. Ein Ölfilm machte schließlich alles zunichte. Als er durch die Periskopoptik blickte, sah er zu seinem Erschrecken ein Bild, das bei weitem zu verschwommen war, um für verwertbare Kameraaufnahmen zu taugen. Und das wiederum bedeutete eine Verzögerung von mindestens 30 Sekunden, während deren das Periskop ausgefahren bleiben musste, damit die Linsen in der feindlichen Luft Russlands abtrocknen konnten. Wie um sein Entsetzen noch weiter zu steigern, musste er, als sich das Bild endlich klärte, dann auch noch entdecken, dass sich auf der Brücke des Delta eine kleine Gruppe von Männern eingefunden hatte, die direkt auf sein Sehrohr und damit auf die laufende Kamera deuteten. Sie hatten das Auge des Westens entdeckt, das des schlimmsten aller Eindringlinge.

Am Ende wurde daraus eine ziemlich umfangreiche Unterseebootjagd, die sich über drei volle Tage hinzog und an der fast die gesamte sowjetische Nordmeerflotte teilnahm. Der britische Kommandant spielte jedoch mit den Sowjets Ringelreihen und entkam ungeschoren mit dem dringend benötigten Material.

Es gab nur recht wenige Unterseeboot-Kommandanten in der U.S. Navy, denen diese Geschichte bekannt war, und kein einziger wusste, wie der Mann hieß, der dieses Bravourstück vollbracht hatte. Allerdings war auch nicht vielen amerikanischen Kommandanten eine solche Aufgabe übertragen worden, wie sie nun Judd Crocker zu lösen hatte.

Glücklicherweise verfügte Judd über einen gesunden Schlaf, und er nutzte die Zeit dazu, während Linus Clarke das Boot in Richtung Südwesten immer hinter der *Xia III* her jagte, wobei sie 25 Seemeilen pro Stunde zurücklegten.

Um 0400 war Wachwechsel, und pünktlich erschien Captain Crocker wieder in der Zentrale, wo ihm Lt. Commander Clarke das Boot übergab.

»Übergebe das Kommando, Sir.«

»Danke, Kommando übernommen.«

Beide Männer waren erstaunt darüber, welchen Lärm das chinesische Boot verursachte. Bei 25 Knoten Fahrt war es selbst über eine ganz erhebliche Entfernung noch zu orten. Allerdings musste man dabei zugute halten, dass diese Geschwindigkeit für das Xia schon sehr nahe an dessen Höchstgeschwindigkeit lag. Für die *Seawolf* hingegen bedeutete diese Fahrtstufe gerade einmal etwas mehr als halbe Fahrt voraus. Außerdem befand sich das amerikanische Boot auch noch im akustisch toten Bereich des Hecks des verfolgten Chinesen.

Noch am Morgen hatte Admiral Zhang gestöhnt:»Wenn wir doch nur einen Weg finden würden, wie wir die amerikanische Satellitentechnik nutzen können, die wir uns von ihnen beschafft haben! Aber leider sind wir offenbar dazu verdammt, damit nicht weiterzukommen. Wie wir auch dazu verdammt zu sein scheinen, immer wieder vergeblich Versuche zu unternehmen, den amerikanischen Schnüffler ›aus Versehen‹ zu versenken. Aber auf den Arm nehmen will ich mich von denen dann doch nicht lassen. Ich weiß einfach, dass die da draußen sind und immer noch meine neue, wunderschöne *Xia III* verfolgen.«

Es war jetzt vier Uhr morgens und der Oberbefehlshaber konnte keinen Schlaf finden. Er war ganz allein in seinem Arbeitszimmer und blickte hinaus übers Wasser. Die Schuhe hatte er zwar ausgezogen, war aber sonst noch in voller Uniform. Draußen regnete es heftig, wie immer zu Beginn der Monsunzeit. Morgen würde dichter Nebel über dem Wasser liegen.

Dann drehte er sich um und beugte sich wieder über die Karte. Es war eine Spezialkarte, die ihm Aufschluss über sämtliche Tiefen gab, die ab der Hundert-Meter-Linie südlich von Zhanjiang zu finden waren, und auf der klar umrissen das Operationsgebiet der *Xia III* eingezeichnet war.

Um 0430 jagte er eine Nachricht an Zu Jicai, den kommandierenden Admiral Süd, hinaus, die den Befehl enthielt, alle vierzehn ihm unterstellten einsatzbereiten Zerstörer und Fregatten binnen einer Stunde seeklar machen zu lassen und ins Operationsgebiet der *Xia III* zu detachieren. Jedes Schiff, so lautete der Befehl weiter, solle die ganze Zeit über in voller U-Jagd-Alarmbereitschaft bleiben und bis ans Schandeck mit Wasserbomben, Tiefenbomben, Torpedos und – das galt natürlich nur für die entsprechend ausgerüsteten Schiffe – auch mit U-Jagd-Mörsergranaten beladen werden.

Außerdem gab er den Befehl, den Kommandanten des Xia via Satellit darüber zu informieren, dass er sofort aufzutauchen habe, sollte sich auch nur der Hauch eines Verdachtes ergeben, dass er ein amerikanisches Unterseeboot geortet haben könnte. Eine solche Meldung sei dann unverzüglich an den Stab abzusetzen. Auf diese Weise würde Zhang wenigstens die Möglichkeit haben, seine U-Jagd-Gruppe schnellstmöglich vor Ort führen zu können. Damit wäre das Xia zumindest abgesichert. Selbst diese amerikanischen Gangster würden sich denn doch nicht trauen, das Boot anzugreifen, während es an der Oberfläche und damit im Sichtbereich sämtlicher Satelliten marschierte.

Mit raschen Schritten wanderte er in seinem Zimmer auf und ab, wobei er sich immer wieder mit einem Lineal auf den linken Handteller schlug oder durchs Haar fuhr.»Das Problem besteht jetzt nur darin, dass ich gezwungenermaßen darauf warten muss, dass der amerikanische Kommandant einen Fehler macht. Da er das derzeit beste Unterseeboot der amerikanischen Seestreitkräfte führt, dürfte er allerdings ein Mann sein, der sich eher selten einen Fehler erlaubt. Aber wenn ihm einer unterläuft, werde ich ihn kriegen! Ganz gleich zu welchem Zeitpunkt das auch geschehen mag.« In Gedanken stellte er sich schon den Augenblick vor, in dem er mit dem Oberbefehlshaber des amerikanischen Militärs sprach, um diesem sein Mitgefühl über den fürchterlichen Verlust der *Seawolf* auszusprechen:

*Aber Mister President, das alles tut uns wirklich furchtbar Leid. Gleichwohl können, wenn Sie ein großes Unterseeboot irgendwo ins Südchinesische Meer schicken, nun einmal hin und wieder Unfälle passieren. Das gilt natürlich ganz besonders dann, wenn es sich dabei so nahe an der Küstenlinie befindet, um unsere völlig legalen Operationen auszuspionieren. Was soll ich noch dazu sagen? Wenn Sie uns doch nur informiert hätten, dass Sie die Absicht hatten, hierher zu kommen, dann hätten wir doch um ein Vielfaches vorsichtiger sein können.*

*Aber das werden Sie sich ja jetzt bestimmt für die Zukunft gemerkt haben. Also, noch einmal: Unsere zutiefst empfundene Anteilnahme, die ich Sie auch bitten möchte, an die betroffenen Familien der tapferen Männer weiterzuleiten, die hier den Tod gefunden haben.*

Zum ersten Mal in dieser längsten aller Nächte flackerte ein dünnes Lächeln über die breiten Gesichtszüge des Oberbefehlshabers über die Marine der Volksbefreiungsarmee.

# KAPITEL DREI

Das Beuteobjekt der *Seawolf* hatte die Fahrtstufe herabgesetzt und war tiefer gegangen, was Linus Clarke die Gelegenheit verschaffte, einen kurzen Blick aufs Bild an der Oberfläche zu werfen. Dazu befahl er das amerikanische Unterseeboot auf Sehrohrtiefe, doch nachdem er sich schließlich, die Augen an den Okularen, einmal um die eigene Achse gedreht hatte, musste er feststellen, dass es nicht viel zu entdecken gab. Ein talgfarbener Nebel hing tief über dem Südchinesischen Meer, die Sichtweite betrug vielleicht gerade einmal 35 Meter. Selbst nachdem er in der Optik den alles durchdringenden Nachtsichtmodus aktiviert hatte, war nicht viel mehr zu erkennen. Die See schien verlassen zu sein, sah man einmal von der *Seawolf* und Admirals Zhangs *Xia III* ab. Diese befand sich zur Zeit aber zwei Meilen entfernt und 500 Fuß tief unter der Oberfläche.

Diese dichten Nebelbänke sind im Juli um die fast 300 Kilometer lange tropische Insel Hainan keineswegs ungewöhnlich. Im Norden der Insel liegt die Stadt Haikou, wo sich ein weiterer großer Marinestützpunkt der Chinesen befand. Mit dem Einsetzen des Monsuns aus Südwesten hatte jetzt die Regenzeit begonnen und die Hitze an den Aufsehen erregenden Stränden war bei einer Luftfeuchtigkeit von 90 Prozent und mehr einfach grauenvoll.

Das Operationsgebiet des *Xia* lag ziemlich genau dort, wo es die klugen Köpfe an Bord der *Seawolf* vermutet hatten, rund 150 Kilometer östlich des Marinestützpunkts Haikou und 280 Kilometer südöstlich des Flottenhauptquartiers. Damit befand es sich für eventuelle Unterstützungs- und Rettungsmaßnahmen in gut und schnell erreichbarer Entfernung. In kurzer Reichweite zu bleiben war eine Maßnahme, die bei der chinesischen Marine auch nicht weiter verwunderte, bedachte man all deren bisherige Versuche, den Betrieb von Atom-Unterseebooten aufzunehmen.

Linus Clarke gab den Befehl, wieder zu tauchen. Das Sonar blieb still und auf den unteren Decks spielten die Männer auf Freiwache eine Runde Poker nach der anderen. Zum Mittagessen futterten sie ihre Steaks, denn nach wie vor hatte die schöne Tradition der Navy Bestand, dass das beste Essen, das man beim amerikanischen Militär bekommen konnte, den Männern serviert werden sollte, die unter Wasser in überfüllten fensterlosen Schiffen ihren Dienst versahen und dabei auf ihren Patrouillen permanenten Gefahren ausgesetzt waren. Im Bordkino wurde die Aufzeichnung eines alten Football-Spiels zwischen den Giants und den Redskins gezeigt, die aus der ansehnlichen Bord-Videothek von Sportvideos stammte. Wie üblich wurden Wetten mit Einsätzen von fünf Dollar veranstaltet, bei denen man den ganzen Pott gewann, wenn man dem Datum, an dem das entsprechende Spiel stattgefunden hatte, am nächsten kam. Diese Wetten beim Montagabend-Football waren schwerlich aus der Gewohnheit zu verdrängen, selbst wenn man sich gerade 300 Fuß tief unter der Oberfläche des Südchinesischen Meeres befand.

Der Abend verlief also ganz viel versprechend, sah man vielleicht einmal von dem kleinen Wermutstropfen ab, dass »Einstein« die Wetten bereits in der Tasche zu haben schien. Er hatte nämlich gleich zu Anfang an einer bestimmten Szene erkannt, dass er an seinem Geburtstag zusammen mit seinem Vater dieses Spiel besucht hatte, und nichts Besseres zu tun gehabt, als dies lauthals in der Messe zu verkünden. Jetzt brauchte er sich nur noch ans richtige Jahr zu erinnern, und schon hatte er gewonnen. Wieder einmal war klar, dass man »Einstein«, diesem Hundesohn mit dem goldenen Händchen, nichts vormachen konnte.

Sollte es einmal zum Gefecht kommen, würde Lt. Commander Rothstein, der Waffensystemoffizier, sowieso ihr Mann mit dem goldenen Händchen sein. Alle wussten, dass sie nirgends besser aufgehoben sein konnten. Niemand dachte schneller als dieser lange, coole, große Magier der Flugkörper. Das war auch der Grund, weshalb Captain Crocker gerade ihn für die Vervollständigung seiner Offizierscrew angefordert hatte. Aber im Moment plagten die Männer andere Sorgen. Es war und blieb eine Sauerei, dass »Einstein« die Wette schon in der Tasche zu haben schien, bevor das Spiel auch nur richtig begonnen hatte.

Obwohl er selbst die Figur eines Quarterbacks hatte, würde Judd Crocker heute Abend das Spiel auslassen, denn er hoffte, statt dessen eine Mütze voll Schlaf abzubekommen, nachdem er seine Wache beendet hatte. Linus Clarke dagegen war heiß darauf, dieses Spiel zu sehen, und hatte deshalb freiwillig die Mitternachtswache danach übernommen, die er zusammen mit Master Chief Brad Stockton und Lieutenant Kyle Frank gehen würde, die dann beide ihren normalen Dienst hatten.

Die Nacht verlief in vorhersehbarer Ereignislosigkeit. Sie blieben weiterhin in Kontakt mit dem Xia und hielten konsequent einen Abstand von drei Meilen zu ihm bei. Die Redskins besiegten die Giants, und Rothstein strich den Pott ein, weil er sich tatsächlich an das richtige Jahr erinnert hatte. Tony Fontana, dessen Angabe mit drei Wochen Abstand dem Datum des Spiels am nächsten von allen anderen gekommen war, lief brummelnd den Niedergang hinunter. »Verdammter Hurensohn ... der hat sich sogar daran erinnert, dass das Spiel an einem Nachmittag stattgefunden hat und damals strahlender Sonnenschein herrschte. Selbst wenn wir das gleiche Datum genannt hätten, wäre er immer noch der Gewinner gewesen, weil er die richtige Tageszeit hatte. Hurensohn, verdammter! Himmel noch mal, warum mussten wir denn auch ausgerechnet ein Spiel raussuchen, das an Einsteins beschissenem sechzehntem Geburtstag stattgefunden hat?«

Jeder in Hörweite des Technikers aus Ohio kugelte sich vor Lachen über dessen Entrüstung, und Lt. Commander Rothstein bot ihm generös an, dass er seine fünf Dollar zurückhaben könne, weil er ihm gegenüber ja von Anfang an praktisch durch eine »Insider-Information« im Vorteil gewesen sei. Fontana griff zu. Ohne lange zu zögern.

In der Zwischenzeit hatte sich die Spur der *Xia III* etwas nach Südwesten verlagert und führte nun an der chinesischen Küstenlinie entlang. Sie fuhr immer noch getaucht und relativ leise, zumindest für ihre Verhältnisse. Auch gegen 2300 schien sie es mit gerade einmal sieben Knoten Fahrt nicht besonders eilig zu haben. Judd Crocker ließ sich weiter zurückfallen, bis er fast vier Meilen hinter dem chinesischen Boot lag, und drehte dann erst auf den neuen Kurs zwo-sieben-null ein, um ihm langsam und vorsichtig mit gleicher Geschwindigkeit weiter zu folgen.

Um die Zeit, als Linus zurück in die Zentrale kam, hatte Judd Crocker die *Seawolf* bereits wieder leise durch die warmen und ruhigen Wasserschichten hinter das Heck des Xia gesetzt und den Abstand, wie gehabt, auf drei Meilen verkürzt. An der Wasseroberfläche über ihnen prasselte jetzt heftiger Regen auf die See. Die hohe Lufttemperatur führte dazu, dass sich die durch den Regen hochgeschleuderten Wasserpartikel direkt über der Oberfläche zu einem vom Mondlicht beschienenen hellen Dunstschleier vereinten. Jedem, der sich jetzt gerade dort oben befunden hätte, wäre die Szene bestimmt ziemlich gespenstisch vorgekommen. Aber das ganze Gebiet um die beiden Raubfische der Meere, die sich hier in der Tiefe herumtrieben, war leer und still. Es gab niemanden, der dieses Bild hätte in sich aufnehmen können.

Die Wache des Ersten Offiziers war ereignislos verlaufen. Er war rund zwölf Stunden lang ununterbrochen auf den Beinen gewesen, weshalb ihn jetzt um 0400 eine bleierne Müdigkeit überfiel. Dass heute, am 4. Juli, der Unabhängigkeitstag war, spielte im Grunde weder für ihn noch für irgendjemand sonst hier draußen an Bord eine Rolle. Mochten die Leute zu Hause den Feiertag nur recht ordentlich begehen. Zum Wachwechsel kam Judd in die Zentrale, wünschte Linus einen »fröhlichen Vierten« und empfahl ihm, sich zu verziehen und an der Matratze zu horchen.

Einmal mehr hatte die neue Wache das Boot zwei Stunden vor der Morgendämmerung über dem Südchinesischen Meer übernommen. Lieutenant Kyle hatte sich schon davon überzeugt, dass kein Schiffsverkehr im Gebiet stattfand und die *Xia III* sich immer noch drei Meilen vor ihnen langsam in Richtung West-Südwest bewegte. Dabei stellte der Navigator auch fest, dass sie im Laufe der Nacht gerade einmal 28 Meilen zurückgelegt hatten.

Es war nicht ganz einfach, sich mental in ständiger Alarmbereitschaft zu halten, während man hier durch die Stille einer ereignislosen Nacht fuhr, in der alles seinen geregelten Gang ging, aber Judd Crocker setzte alles daran, konzentriert zu bleiben. Sein Auftrag war klar und der erste Teil des Einsatzes bedeutete, die Länge der Senkrecht-Startrohre für die Marschflugkörper an Bord des chinesischen ICBM-Unterseeboots zu vermessen. Irgendwann würde sich die Gelegenheit dazu bieten, das war sicher, nur wann und wo das der Fall sein würde, das konnte er nicht voraussagen. Vielleicht war es sogar schon heute bei Einbruch der Morgendämmerung, sollte die *Xia III* dann auftauchen. Dann wäre der Zeitpunkt gekommen, sofort mit dem gefährlichsten Projekt zu beginnen, an dem er je beteiligt war. Wenn er es versaute und vom chinesischen Boot gehört wurde, würde dieses sich auf seine Spur setzen und dabei die gesamte orientalische Kavallerie anfordern. Im Klartext hieße das, er würde es mit chinesischen Flugzeugen, schnellen Kampfschiffen, Zerstörern, Fregatten, Hubschraubern und was sonst noch allem zu tun bekommen. Und alle würden nur ein einziges Ziel haben, nämlich ihn und sein Boot zu versenken. Außerdem befanden sie sich gerade jetzt jeweils kaum 300 Kilometer von zwei namhaften Stützpunkten der chinesischen Marine entfernt – ein gutes Patrouillenflugzeug oder sogar ein Hubschrauber, die mit Sonarbojen russischer Herkunft beladen waren, würden kaum mehr als eine Flugstunde benötigen, um am Ort des Geschehens einzutreffen.

Judd Crocker spielte um erheblich höhere Einsätze als Rothstein und Fontana. Vor diesem Hintergrund war es eigentlich kein großes Wunder, dass er derzeit keine besondere Begeisterung für den Montagnacht-Football aufbringen konnte.

Gegen 0540 begann sich die Morgendämmerung langsam über die nebelverhangenen Gewässer des östlichen Pazifiks auszubreiten. Der Regen hatte aufgehört. Die Männer im Sonarraum bekamen immer noch ein starkes Signal des Xia herein. Inzwischen war die *Seawolf* auf Sehrohrtiefe hochgekommen und fuhr einen verdeckten Anlauf auf den Chinesen, um für den Fall vorbereitet zu sein, dass das Boot auftauchte. Judd hatte das Gefühl, dass das jeden Augenblick stattfinden konnte, und hielt sich bereit, jederzeit entsprechend schnell reagieren zu können. Schließlich befand sich der Chinese auf einer Übungs- und Probefahrt, und es bestand daher keine zwingende Notwendigkeit, über Gebühr lange getaucht zu fahren.

Judd hatte die gesamte Aufklärungsausrüstung der *Seawolf* hochgefahren. Die ELINT-Abteilung, zuständig für die elektronische Aufklärung, und die Abteilung für COMINT, die sich mit dem Abhören des Funkverkehrs befasste, befanden sich in höchster Alarmbereitschaft. Der ESM-Mast war zusammen mit dem Sehrohr längst durch die Wasseroberfläche gestoßen. Judd Crocker bot sich beim Blick durchs Periskop das Bild eines wunderschönen, ruhigen Morgens auf See, der allerdings mit außerordentlich schlechter Fernsicht aufwartete, während sie sich hier durch das Operationsgebiet des Xia bewegten.

Der Sonarraum meldete, dass das Xia damit begann, ungewöhnliche Geräusche zu produzieren, die darauf hinweisen könnten, dass sich der Chinese aufs Auftauchen vorbereitete. Judd konnte durch den sonnendurchfluteten Nebel nicht weit genug sehen, um diese Meldung auch optisch bestätigt zu bekommen. Sein Sonarmeister war der Ansicht, dass das Xia auf Schleichfahrt gegangen war, um zwischen den einzelnen Abschnitten der Probefahrten irgendwelche anderen Dinge zu testen, was immer das auch sein mochte. Plötzlich empfing die Funküberwachung etwas.

»Funküberwachung an Captain... Geräusche in zwo-sieben-null, Stärke vier-zwo... X-Band... nähern sich Gefahrengrenze.«

»Captain, aye... *alle Masten einfahren!*«

Immer noch auf Sehrohrtiefe, lief das amerikanische Boot rund vier Kilometer weiter, auf denen der Kommandant von Zeit zu Zeit immer wieder das Sehrohr in der Hoffnung ausfahren ließ, zumindest einen flüchtigen Schatten erkennen zu können. Und dann, siehe da, lag das chinesische Boot auf einmal vor ihm. Eine schwach zu erkennende Kontur im Dunst, genau recht voraus.

»Mein Gott«, entfuhr es Judd Crocker. »Da ist sie: unsere oberste Priorität. Ist das schon so was wie ein Durchbruch, oder was?«

»Funküberwachung an Captain – wir empfangen mit unserem Periskop-Warnempfänger ein extrem lautes Signal...«

»Captain, aye.«

Die *Seawolf* hatte ihr Ziel bereits im Fadenkreuz. Linus Clarke kehrte in die Zentrale zurück, weil er über die Buschtrommeln des Boots mitbekommen hatte, dass sich offenbar etwas Großes anzubahnen schien.

»Haben wir sie, Sir?«

»Ja, Linus, wir haben sie. Sie war auf einmal einfach da, tut reinweg nichts und läuft Kurs zwo-sieben-null mit fünf Knoten an der Oberfläche. Ich glaube nicht, dass die auch nur einen blassen Schimmer davon haben, dass wir in der Nähe sind. Die glauben bestimmt, weil die Sperrschiffe hinter Taiwan nichts getroffen haben, auch tatsächlich nichts da war...«

»Nun, Sir, es ist jetzt 0600. Die sind bestimmt der Ansicht, dass sich die gesamte United States Navy wegen des Nationalfeiertags freigenommen hat, weshalb sie sich hier absolut sicher fühlen können, um ein nettes kleines Frühstück einzunehmen. Cornflakes süß-sauer zum Beispiel. Mit Stäbchen, versteht sich.«

Der Kommandant lachte. Trotz ihrer offensichtlichen Differenzen mochte der Kommandant die Gesellschaft von Linus Clarke. Dann sagte er ganz ruhig: »Wir werden denen direkt unter dem Hintern durchfahren, um sie von achtern nach vorn zu vermessen.«

»Aye, Sir ...«

Die *Seawolf* beschleunigte und kam dabei, während sie weiter auf das Festland zulief, in einen tektonischen Bereich, wo sich der Meeresboden bereits zu heben begann. Da es der erste Tag in diesem Gebiet war, hatte man an Bord der *Seawolf* noch nicht das richtige Gefühl dafür entwickelt, wer vielleicht gerade in der Gegend herumspionieren könnte, ebenso wenig wie man eine Vorstellung davon hatte, wo man sich gegebenenfalls verstecken könnte, sollte man entdeckt werden. Die Patrouille gestaltete sich äußerst schwierig. Lt. Commander Clarke war angesichts dessen, was die nächsten Stunden bringen mochten, ziemlich aufgeregt. In rasender Geschwindigkeit ließ er sich alle denkbaren Möglichkeiten durch den Kopf gehen. »Sollen wir schnell unter ihr hindurchfahren und sehen, dass wir unseren Job so rasch wie möglich erledigt haben? Oder sollten wir es lieber langsam und still angehen lassen? Ich persönlich würde die schnelle Lösung vorziehen. Packen wir's an ... Also, wir wollen doch schließlich nicht unmittelbar hinter ihrem Heck mit heruntergelassenen Hosen erwischt werden, oder?«

Und damit hatte er endlich einmal Recht – zumindest im Groben.

»Ich wünschte bloß«, sagte der Captain, »dass wir etwas mehr Zeit zur Verfügung hätten, um das ganze Gebiet sorgfältig aufklären zu können. Leider steht uns die Zeit nicht zur Verfügung ... Linus, wir fahren direkt drunter durch.«

Die *Seawolf* lief jetzt sechs Knoten, eine Geschwindigkeit, bei der keine Verwirbelung vom Kielwasser an die Oberfläche drang. In 300 Metern Entfernung zum Chinesen warf der Captain einen letzten Rundblick durchs Periskop, um die präzise Peilung und Entfernung zum Xia bestätigt zu bekommen. »Vorn unten fünf… auf hundertzehn Fuß gehen. Umdrehungen für acht Knoten. Legen Sie mir den Sonarraum auf die Bordsprechanlage, Linus!«

»Achtzig Fuß gehen durch, Sir.«

»Sehrohr ausfahren.«

Auf diese kurze Entfernung zählte jeder einzelne Meter. Zum ersten Mal, seit er das Boot kommandierte, kam ihm die *Seawolf* träge vor. Sie schien nicht schnell genug tauchen zu wollen, und er hatte fast den Eindruck, als wäre sie im Wasser hängen geblieben, liefe sturheil geradeaus und das alles mit einem Schwung, der scheinbar kein Ende nehmen wollte.

»*Herrgott*«, schrie Linus auf einmal, »die ist aber wirklich nah!«

»Ist ja schon gut. Sprechen Sie mich weiter ein… Komm schon, *Seawolf*, geh um Gottes willen runter und pendle dich ein.«

»Da sind ihre Schrauben. Peilung. Markieren.«

»Peilung recht voraus, Sir. Wahre Peilung zwo-sieben-null.«

»Lies mal einer den Luft-Suchwinkel ab.«

»Drei Grad unter waagerecht, Captain!« Linus' Stimme hob sich.

»Gut…«

»Blasen mittschiffs, Sir. Tiefe hundertzehn Fuß, Kurs zwo-sieben-null.« Andy Cannizaros Stimme verriet zwar Anspannung, war aber fest und klar.

»Captain, aye… Der Winkel ist gar nicht mal so schlecht. Das ist die Refraktion, Linus. Das Sehrohr wird genau unter dem Xia durchgehen… Vermessung beginnen.«

»Nach oben gerichtetes Echolot beginnt mit der Aufzeichnung, Sir. Abstand zur Oberfläche steht. Siebzehn Meter über der Spitze unseres Turms, Sir.«

»Recht so.«

Judd Crocker vollbrachte den schwierigsten Balanceakt seines bisherigen Lebens, als er die *Seawolf* exakt auf die gleiche Geschwindigkeit wie das größere chinesische Boot brachte, das jetzt genau über ihnen an der Oberfläche entlangrumpelte und seinen gigantischen schwarzen Schatten über sie warf. Die mächtigen Schiffsschrauben der *Xia III* peitschten durch das Wasser unmittelbar über ihnen und verhießen eine sofortige Enthauptung des amerikanischen Unterseeboots, sollte sich der Turm mehr als viereinhalb Meter nach oben bewegen. Der stämmige Jachtsegler aus Cape Cod wusste nur zu gut, was passierte, wenn sich die Schiffsschrauben eines großen atomgetriebenen Schiffs in den Rumpf eines anderen bohrten: Jede Menge Stahl und nicht selten auch viele Menschen würden dann als Müll auf dem Meeresgrund enden.

Judd hielt die *Seawolf* stetig auf sechs Knoten und führte das Boot exakt unter der Mittellinie des Kiels der *Xia III* hindurch. Jetzt konnte er keinen Gedanken mehr daran verschwenden, dass sich der Sonarraum des Chinesen vielleicht gerade unmittelbar über ihm befand.

»Die *Xia III* hält Kurs und Geschwindigkeit, Sir...«

Und dann rief der Sonartechniker endlich. »*Markiert!* Nach oben gerichtetes Echolot zeigt sechs Meter über der Spitze unseres Turms, Sir. Ich habe jetzt ein senkrechtes Echo nach oben, genau entlang der Mittschiffslinie.«

»Wunderbar«, flüsterte Judd, bemüht, leise zu sprechen, weil er sich ebenso wenig wie seine Männer gegen das Gefühl wehren konnte, sich allein durch das Geräusch seines Herzschlags zu verraten.

Er stand immer noch am Sehrohr und hatte das Bild scharf vor Augen. »Markieren! Große Gräting auf der Kiellinie... ganz leicht nach Steuerbord versetzt. Ruder ein Grad aufkommen. Wiederhole, ein Grad.«

Dann befahl der Kommandant, die Fahrtstufe der *Seawolf* schrittweise zu erhöhen, während sie weiter geradeaus vom Heck zum Bug unter dem Xia herfuhr. »Markieren! Einlassöffnungen direkt über uns, sowohl an Backbord als auch an Steuerbord... Markieren! Eine weitere Gräting...«

Die ganze Zeit über rasten die Stifte der Echolotschreiber über das Endlospapier und zeichneten ein haargenaues Abbild des Kiels der *Xia III*. Gleichzeitig nahmen sie deren genaue Abmessungen auf, angefangen von der Wasserlinie an abwärts. Mit quälender Langsamkeit bewegten sie sich voran. Niemand sprach ein Wort. Das einzige Geräusch kam aus dem Sonarraum und war das Kratzen der Stifte.

Schließlich war es der Mann am Echolot, der das Schweigen brach. »*Markieren!* Wir haben die Spur des Druckkörpers verloren. Wir sind durch... Bekomme nur noch Echos von der Oberfläche.«

Die Mannschaft der *Seawolf* hatte es geschafft. Die erste Hälfte der Aufnahmen war im Kasten, doch nun stand dem Kommandanten ein weiteres gefährliches Manöver bevor. Jetzt musste er das Heck des Xia präzise runden und dabei alles für eine zweite und nicht minder entscheidende Serie von Fotos über die Sehrohrkamera aufs Spiel setzen. Unmittelbar hinter dem Heck des Chinesen, aus nächster Nähe und höchstpersönlich. Erst mit den Maßen der Startrohre oberhalb der Wasserlinie wären alle Voraussetzungen geschaffen, die genaue Gesamtlänge des Abschusssystems zu errechnen.

»Ruderlage Steuerbord voll... auf zweiundsechzig Fuß gehen... alle oben drei... Neuer Kurs eins-acht-null.«

Die *Seawolf* drehte vor dem Bug unterhalb des Kiels des Xia hart nach Steuerbord ab und begann mit einem weiten, raschen Dreiviertelbogen, der sie um das chinesische Boot herum wieder hinter dessen Heck bringen würde, während jenes weiter langsam an der Oberfläche entlangpflügte.

»Umdrehungen für fünf Knoten... *Sehrohr ausfahren!*«

Damit befanden sie sich auch schon mitten im Aufnahmeablauf. Die Objektentfernung betrug 90 Meter.

Judd ließ das chinesische Unterseeboot keine Sekunde aus den Augen, während das Kamerasystem der *Seawolf* automatisch ein Bild nach dem anderen aufnahm. Das Ganze schien ihm eine Ewigkeit zu dauern. Plötzlich sah Judd, dass zwei Personen auf der Brücke des *Xia* auftauchten. Er war sich ziemlich sicher, dass diese noch nicht da gewesen waren, als er kurz zuvor dorthin gesehen hatte.

All seine Befürchtungen wurden auf äußerst dramatische Weise Wirklichkeit. Einer der Männer auf der Brücke des Xia streckte den Finger aus, als wollte er ihm damit in die Augen stechen, und wies auf das Sehrohr der *Seawolf*.

Trotzdem behielt er die Nerven und wartete auf die Meldung, dass die Aufnahmen im Kasten seien. Als das acht Sekunden später geschah, waren es schon drei Chinesen die auf die *Seawolf* deuteten.

Merkwürdigerweise gab Judd jetzt nicht den Befehl zu tauchen. Der Mast ragte für eine weitere volle Minute über dem Wasser und verschaffte damit den Chinesen den spektakulären Blick auf ein amerikanisches Periskop, das sich auf dem Weg nach Süden befand.

Linus hatte schon während des ganzen Aufnahmeablaufs gedacht, dass dieser ihnen zum Verhängnis werden würde. Zu guter Letzt hatte das Sehrohr dann auch noch gut anderthalb Minuten lang ausgezeichnet sichtbar aus dem Wasser geragt, nachdem der Durchlauf längst abgeschlossen war. Nicht zum ersten Mal kam Linus Clarke der Gedanke, dass seinem Kapitän so langsam alles aus den Händen zu gleiten schien.

»Captain, Sir. Sie haben das Periskop jetzt schon neunzig Sekunden draußen... Die haben uns ganz sicher gesehen«, sagte er behutsam.

»Da könnten Sie Recht haben, Linus. Und warum, glauben Sie wohl, dass mich das nicht die Bohne interessiert?«

»Keine Ahnung, Captain.«

»Sehrohr einfahren.« Judd Crocker gab den Befehl im allerletzten Augenblick. Die Chinesen auf der Brücke hatten dadurch möglicherweise ein paar Sekunden länger Zeit, die *Seawolf* verschwinden zu sehen, und zwar genau in Richtung Süden.

Die Möglichkeiten des Kommandanten, was das Entkommen anging, schmolzen rapide zusammen. *Falls* sie entdeckt worden waren, musste er vom Ort des Geschehens verschwinden. Es würde schon an ein kleines Wunder grenzen, wenn die Chinesen das Periskop übersehen hätten. Jetzt noch nach Westen abzulaufen machte wenig Sinn, denn dieser Kurs führte zwangsläufig zu den untiefen Gewässern um die Insel Hainan und zum chinesischen Marinestützpunkt. Im Norden dagegen waren die Gewässer, in denen die Einsatzgebiete für die Verbände von Admiral Zu Jicais umtriebiger Südflotte lagen. Außerdem erschien es Judd mehr als nur wahrscheinlich, dass das Xia jetzt auf Heimatkurs gehen würde, nachdem nun feststand, dass sich ganz offensichtlich und eindeutig in seinem Übungsgebiet ein Eindringling herumtrieb.

Zunächst einmal hieß es, sich schleunigst von dem Xia zu entfernen, denn das chinesische Boot war sicherlich gerade dabei, die halbe chinesische Marine herbeizurufen, um die *Seawolf* aufzustöbern und zu jagen. Ob dem so war, ließe sich feststellen, wenn man die Feindmeldung an den Stützpunkt abhörte. Eine solche würde allerdings kaum innerhalb der nächsten 20 Minuten erfolgen, denn die Meldung musste zunächst einmal entworfen, ausformuliert, abgezeichnet, verschlüsselt und, nachdem das Funkgerät auf die aktuelle Frequenz eingestellt war, erst noch übermittelt werden – alles Schritte, die bei der Sendung einer streng geheimen militärischen Nachricht unumgänglich waren.

Er dankte Gott dafür, dass er zwei Chinesisch sprechende »Spione« vom Nachrichtendienst der Navy an Bord hatte, die in der Lage sein würden, den Funkspruch wesentlich schneller herauszufiltern, als es gedauert hatte, ihn zu erstellen. Jetzt war er so weit, den Kurs auf drei-sechs-null zu ändern.

»Standardmodus... neuer Kurs Nord... Umdrehungen für zehn Knoten.«

Eine Viertelstunde lang hielten sie diesen Kurs und die Fahrtstufe bei. Dabei entfernten sie sich, von der Backbordseite des Xia kommend, an dessen Heck vorbei zwei Meilen in Richtung Küste. Der Navigationsplot ließ den Schluss zu, dass das chinesische Boot unverändert weiter in Richtung Westen lief.

Soweit Linus das beurteilen konnte, war die Situation bereits prekär genug, ohne dass sie jetzt auch noch geradewegs auf das Hauptquartier der chinesischen Südflotte zuliefen.

Er begab sich auf die Suche nach Rückendeckung durch den Captain. Natürlich nicht direkt, denn die Angst in seiner Stimme war nicht zu überhören, als er seinen Vorstoß wagte: »Wir haben sie doch jetzt wahrscheinlich abgehängt, oder, Sir? Sieht doch so aus, als ob wir noch mal Glück gehabt hätten, stimmt's? Wäre es jetzt nicht an der Zeit, Kurs auf tiefes Wasser zu nehmen?«

Judd Crocker war im Augenblick nicht nur tief in Gedanken versunken, sondern inzwischen auch felsenfest davon überzeugt, dass sie entdeckt worden waren. »Fahrtstufe auf acht Knoten verringern... Sehrohr ausfahren... Captain an Funküberwachung, seien Sie darauf vorbereitet, eine Kontaktmeldung von der *Xia III* aufzunehmen... kann jede Sekunde erfolgen. Lasst es mich sofort wissen, wenn ihr sie aufgefangen habt.«

»Funküberwachung, aye.«

Weitere fünf Minuten verstrichen, während deren die *Seawolf* weiter in Richtung Norden lief.

»Funküberwachung an Captain. Kontaktmeldung läuft ein... wird übersetzt.«

»Captain, aye.«

»Funküberwachung an Captain. Empfang abgeschlossen.«

»Captain... verstanden. Sehrohr einfahren. Bringt die Meldung direkt in die Zentrale.«

»Aye, Sir.«

Petty Officer Chase Utley brachte die Meldung persönlich und übergab sie dem Kommandanten, der sie kurz überflog.

»Gut. Sie haben uns mit zwölf Knoten in Richtung Süden von der Position 20.00 Nord, 111.30 Ost ablaufend gemeldet. Alles klarmachen für Schleichfahrt. Umdrehungen für sieben Knoten, Kurs beibehalten.«

»Aber Captain«, sagte Linus Clarke, »Sie wollen uns denen doch nicht ausliefern? Wir fahren mitten in die Höhle des chinesischen Löwen. Direkt auf den größten Stützpunkt der Südflotte zu. Das ist ja hirnrissig.«

»In keinster Weise, Linus. Das ist ein taktisches Manöver. Denn der letzte Ort, an dem die uns selbst in ihren kühnsten Träumen suchen würden, ist genau in deren eigenem Arsch.«

0705, Dienstag, 4. Juli
Dienstzimmer des kommandierenden Admirals der Südflotte
Zhanjiang

Admiral Zu Jicai starrte auf die ausführliche Meldung der *Xia III.* Darin hieß es: *4. Juli, 0655. Positiver visueller Kontakt mit Sehrohr in kurzem Abstand zum Boot. Amerikanisches Atom-Unterseeboot auf Position 20 Nord, 112.46 Ost. Letzter bekannter Feindkurs Süd. Geschwindigkeit 12 Knoten. Laufen selbst nach Westen ab.*

Admiral Zu drückte auf die entsprechenden Knöpfe, um seine Einsatzverbände in Marsch zu setzen. »U-Jagd-Eventualplan Nr. 7. Suchgebiet 20 Nord, 111.30 Ost... Suchpeilung eins-acht-null. Fortbewegungsgeschwindigkeit 12.«

Die Südflotte hatte sich bereits in den letzten 24 Stunden in höchster Alarmbereitschaft befunden. Die Schiffe waren darauf vorbereitet, sofort zum Einsatz auszulaufen. Die Aufgabe war klar definiert: Sucht und findet den amerikanischen Marodeur, und sprengt ihn in Stücke!

Schon um 0742 gingen die ersten vier Zerstörer in Kiellinie –

drei davon, die *Changsha*, die *Nanning* und die *Guilin*, waren fast baugleich mit der *Nanchang*, die an der Unterwassersperre vor Taiwan teilgenommen hatte. Alle 3500-Tonner waren schwer bewaffnete Lenkwaffenzerstörer und hatten Unterseebootabwehr-Mörser und Wasserbomben an Bord. Mag sein, dass sie ein bisschen langsam waren, aber erst einmal am Ort des Geschehens eingetroffen, waren sie dafür um so gefährlicher. Der Schnellste der vier war ein modernisierter Zerstörer der Luda-III-Klasse, die *Zhuhai*, die über modernste Sonargeräte und die neue Unterseebootabwehrwaffe CY-1 verfügte.

Admiral Zhang hatte die *Zhuhai* höchstpersönlich von der fehlgeschlagenen Falle bei Taiwan direkt nach Zhanjiang beordert und dort für die Aufgabe, die Admiral Zus Flotte nun in Angriff zu nehmen hatte, in Bereitschaft gehalten.

Außerdem waren bereits fünf Fregatten der Jianghu-Klasse unterwegs. Bei ihnen handelte es sich um kleinere U-Jagd-Spezialisten, die in Ausrüstung und Größe etwa der *Shanton* entsprachen, die am Tag zuvor bei der Aktion vor Taiwan dabei gewesen war. Die *Zigong, Dongguan, Anshun, Yibin* und *Maoming* mit ihren Echo-5-Geräten bereiteten schon die Beschickung der Wasserbombenwerfer vor, bevor sie auch nur die Hafenmole passiert hatten.

Zwei schnelle Haiqing-Patrouillenboote vom Typ 037 mit 500 Tonnen Verdrängung wurden vorausgeschickt, weil sie mit Chinas stärksten U-Jagd-Mörsern ausgerüstet waren. Schiffe dieses Typs gehörten zur derzeit mit den größten Stückzahlen produzierten Klasse der ganzen chinesischen Marine. Die Haiqings waren mit sehr leistungsfähigen Sonaren ausgerüstet, die am Rumpf montiert wurden, jedoch nur bei langsamer Fahrt im Such- und Angriffsmodus betrieben werden konnten.

Auf dem Flugplatz der Marineflieger warteten auch noch zwei für den Fronteinsatz mit starken Tiefenbomben und modernsten Sonarbojen aus russischer Produktion bestückte Harbin SH-5 Kampfflugzeuge mit jaulenden Triebwerken auf die Startfreigabe.

Zwei in Frankreich gebaute Aerospatiale Super Frelon U-Jagd-Hubschrauber waren schon vorher gestartet und befanden sich längst auf dem Weg nach Süden. Und diese Chopper waren nun wirklich gefährlich. Sie flogen mit stetigen 140 Knoten Geschwindigkeit übers Wasser und hatten HS-12-Tauchsonare und die hervorragenden französischen Suchradare an Bord. Ihre Spezialbewaffnung bestand aus Unterseebootabwehr-Torpedos, womit diese Helikopter über alle Voraussetzungen verfügten, ihre Beute zu erlegen. Sie würden kaum mehr als eine Stunde brauchen, um im Suchgebiet einzutreffen.

Auch zwei Haitun-Hubschrauber waren losgeschickt worden. Bei diesen Maschinen handelte es sich um französische Dauphin-2, die von den Chinesen verbessert und seit einiger Zeit im eigenen Land in Lizenz gebaut wurden. Auch sie schafften 140 Knoten Dauergeschwindigkeit bei einem Einsatzradius von 800 Kilometern. Sie würden die Suchaktion sehr effektiv unterstützen und waren mit radargelenkten Anti-Schiff-Lenkwaffen mittlerer Reichweite ausgerüstet, die für die *Seawolf* tödlich sein würden, sollte man sie zum Auftauchen zwingen.

Admiral Zu griff zum Telefon und berichtete seinem Oberbefehlshaber über die bisherigen Aktionen. Admiral Zhang hörte ihm aufmerksam und ohne Unterbrechung zu. »Ich hab es Ihnen ja gesagt, dass die da draußen sind«, stellte er fest, als Zu fertig war. »Und das schon seit Tagen.«

»Aber wie haben sie es geschafft, die Unterwassersperre zu umgehen?«

»Weil dieser amerikanische Kommandant ganz genau weiß, was er tut, deswegen. Bedenken Sie, dass er nicht nur schneller, sondern auch leiser ist als wir. Er kommandiert ein Unterseeboot, das den derzeit letzten Stand der Technik repräsentiert. Diese *Seawolf* ist absolut tödlich. Ihr Waffensystemoffizier dürfte nach dem Kommandanten der gescheiteste Mann der ganzen amerikanischen Marine sein. Ich habe keine Ahnung, welche Waffen das Boot trägt, aber wenn die *Seawolf* meint, sie müsste eines oder gar alle unserer Schiffe versenken, wird sie dies höchstwahrscheinlich auch schaffen.

Ich bezweifle allerdings, dass sie es auch tatsächlich tun würde. Die Amerikaner sind eigentlich genauso wenig wie wir an einem heißen Krieg interessiert – man sollte sie aber auch nicht provozieren. Wir wollen deren Unterseeboot nur einen dicken Brocken aus dem Druckkörper sprengen, während es getaucht fährt, um es dann elegant auf den Boden des Meeres sinken zu lassen. Wäre es denn nicht wirklich traurig, Zu, wenn man ein so schönes Boot unter so unglücklichen und zufällig eingetretenen Umständen verlieren muss? Wenn wir bloß wüssten, wo es jetzt gerade ist.«


040845JUL06
20.20 N, 111.30 E
Fahrt 6, Sehrohrtiefe, Kurs 360

Die *Seawolf* kroch nach Norden in Richtung Zhanjiang. Sie fuhr absolut lautlos und hinterließ kein Schraubenwasser an der Oberfläche. Um zehn vor zehn befahl Judd Crocker, das Sehrohr für wenige Sekunden auszufahren, und sofort kam die Meldung der Funküberwachung. »Mehrfachgeräusche im Gefahrenbereich auf dem X-Band. *Chaos* ist die einzig treffende Bezeichnung dafür.«

Was Judd nicht wissen konnte, war, dass der Himmel bereits vom Knattern der Marinehubschrauber erfüllt war, die sich nur wenige Kilometer südlich von ihnen befanden. Und zwei Patrouillenflugzeuge zogen inzwischen auch schon ihre Kreise über dem Zentrum des Einsatzgebiets. Er warf einen raschen Blick rundum und entdeckte in der sich langsam bessernden Sicht das Xia etwa sechs Kilometer entfernt im Westen. Es lief inzwischen einen nördlichen Kurs.

Nachdem er das Sehrohr hatte einfahren lassen, riskierte Judd es noch, den ESM-Mast für 45 Sekunden durch die Wasseroberfläche zu stoßen. Und sofort empfingen sie Signale in rauen Mengen. Im Funkraum übersetzten die »Spione« diese, so schnell sie konnten, aus dem Chinesischen. Jetzt gab es keinen Zweifel mehr: Die Südflotte der Volksbefreiungsarmee hatte mit einer großen Suchaktion nach dem Unterseeboot begonnen, das zum letzten Mal drei Stunden zuvor gesichtet worden war.

Vielleicht noch weit wichtiger war aber die Erkenntnis, dass sich gerade im Augenblick in einer Entfernung von weniger als zwölf Kilometern vor dem Bug der *Seawolf* eine Flottille von wenigstens sechs, wenn nicht sogar mehr chinesischen Kriegsschiffen mit großer Fahrt in Richtung Süden bewegte. Kyle Frank hatte einen Zerstörer, fünf Fregatten und möglicherweise ein schnelles Patrouillenboot ausgemacht. Im Funkraum der *Seawolf* war hektische Betriebsamkeit ausgebrochen.

Nicht anders erging es den Männern im Sonarraum. Die Zufahrtswege aus dem Stützpunkt lieferten eine Geräuschkulisse, die einem aufgescheuchten Hornissennest Ehre gemacht hätte. Während die Minuten spannungsgeladen verstrichen, zeigte der Plot nacheinander elf verschiedene Kontakte an der Oberfläche, die sich alle in Richtung Süden bewegten und damit auf die *Seawolf* zu.

Eine Viertelstunde später donnerten die Zerstörer, Fregatten und Patrouillenboote vorbei, fächerten einer nach dem anderen auf und liefen mit voller Kraft auf den Ort zu, an dem die letzte Sichtung stattgefunden hatte, um dort ihre vorgegebenen Positionen im Suchgebiet einzunehmen. Sehr leistungsstarke Sonarbojen russischer Herkunft befanden sich bereits im Wasser und bildeten eine lautlose akustische Barriere gegenüber allem, was versuchen sollte, sich unerkannt in Richtung Süden davonzumachen.

»Irgendwie bin ich froh, dass wir uns nicht mehr mitten in dieser Scheiße befinden«, sagte Judd Crocker. »Wäre ganz schön schwierig, wenn wir uns da wieder rausmogeln müssten.«

Der Kommandant war auf alle Eventualitäten vorbereitet. Nachdem sie entdeckt worden waren und er den Fluchtkurs nach Norden abgesetzt hatte, war er sofort in die Messe gegangen. Bei einem Frühstück aus Eiern, Schinken, Würstchen, Soße und Bratkartoffeln hatte er sämtliche Fotos und Daten des chinesischen Unterseeboots vor sich aufgebaut, um alles im Gedächtnis zu speichern. Er lernte jedes Maß der *Xia III* auswendig und prägte sich dabei auch die scheinbar unbedeutendste Konturlinie des Boots ein. All das tat er nur für den Fall, dass man sie aufbrächte und sie dadurch nicht nur das Boot, sondern auch die Aufnahmen und Daten verlieren würden. Zumindest dann, wenn er zu den Überlebenden zählte.

Er hatte vor, im Laufe des Tages »Einstein« aufzufordern, es ihm gleichzutun. Ob er auch noch Linus Clarke mit einbeziehen sollte? Vielleicht. Auf diese Weise hätten sie zumindest eine gewisse Chance, die Ernte doch noch einzufahren, wenn sich die Dinge ganz schlimm entwickeln sollten. Ihm war bewusst, dass eine Gefangennahme zu einem recht ungemütlichen Verhör durch Admiral Zhangs Leute führen würde, bezweifelte aber, dass man sie einfach an die Wand stellen und erschießen würde.

Die chinesische Regierung mochte vielleicht darauf setzen, das Pentagon zu ärgern, indem sie ein ungeheuer teures amerikanisches Unterseeboot »zufällig« zu Klump haute, doch würde es ganz sicher nicht in ihrer Absicht liegen, die amerikanischen Stabschefs in Rage zu bringen, indem man hundert Männer tötete. Eine solche Tat würde von der restlichen Welt als kaltblütiger Mord angesehen werden.

Wie dem auch sei, wenn er, Judd Crocker, am Leben bliebe, würde das Pentagon alle Details über die Abmessungen der *Xia III* erhalten und damit auch über die Interkontinentalraketen, die sich eventuell an Bord des chinesischen Unterseeboots befanden. Das war letzten Endes alles, was zählte. »Und in der Zwischenzeit sollen die Kulis mal schön kräftig weiter in Richtung Süden und damit in der verkehrten Richtung suchen«, gluckste Judd. »Nur zu, meine Herren.«

Die Vermessung der *Xia III* war in seinen Augen erfolgreich abgeschlossen worden. Nun galt es, die *Seawolf* ganz langsam und vorsichtig von dem Aufruhr im Süden abzuziehen, um zu einem geeigneten Zeitpunkt still und heimlich die Satelliten zu kontakten. Zurück in der Zentrale, ließ er das Boot wenden und wieder Kurs auf Taiwan nehmen. Dazu wählte er eine mehr südöstliche Richtung, die ihn laut Karte in Gewässer führen würde, welche um die 360 Fuß tief sein sollten. Dort könnte er dann in einer Tiefe von 200 Fuß fahren, um sich mit vorsichtigen 15 Knoten vor Admiral Zu Jicais Jagdgruppe aus dem Staub zu machen. Am späten Nachmittag hätten sie bereits 60 Meilen in diesen verlassenen tiefen Gewässern geschafft. Jetzt hieß es nur, getaucht und geräuschlos zu bleiben und darauf zu vertrauen, dass es die Satelliten schaffen würden, den großen neuen Zerstörer der Luhai-Klasse ausfindig zu machen, der ja immer noch den zweiten Teil ihrer Aufgabe darstellte. Bis es so weit war, brauchten sie nur ganz vorsichtig in der Gegend umherzustreifen.

Wie sich dann herausstellte, war die Nachricht, die sie vom Satelliten heruntergeladen hatten, weit detaillierter, als Judd gehofft hatte. Der 6000 Tonnen verdrängende, von Gasturbinen angetriebene Luhai-Zerstörer war bereits entdeckt worden. Er lag derzeit in der alten chinesischen Handelsmetropole Kanton und hatte dort an der Pier des Marinestützpunkts festgemacht. Das machte ihn allerdings nahezu unangreifbar, denn der Marinehafen von Kanton liegt 120 Kilometer landeinwärts der breiten und viel befahrenen Mündung des Perlflusses. Diese riesige Mündung wird ihrerseits wieder von Myriaden kleiner und kleinster Inseln geschützt, zu denen auch Hongkong und Macao gehören. Dort einfach hinzufahren und einen strengstens bewachten Zerstörer auszuspionieren war schlicht unmöglich. Judd Crocker entschloss sich, ein paar Stunden in der Koje zu verschwinden und Linus Clarke das Boot von der vor Ort herrschenden Menschenjagd fortsteuern zu lassen.

Der Misserfolg dieser Jagd erfüllte im Augenblick Admiral Zhang Yushu mit äußerster Frustration. Er telefonierte ständig mit Admiral Zu und wiederholte seine alte Leier: »Dieses Unterseeboot muss da draußen sein ... Nur ein Irrsinniger könnte den Weg nach Norden und damit auf die Küste zu gewählt haben. Es muss ganz einfach dort sein – und es muss gefunden werden.«

Als der Tag verging, ohne dass ihre Bemühungen etwas gefruchtet hätten, änderte Zhang seine Einschätzung. »Ein Irrsinniger oder ein Unterseeboot-Genie« lautete jetzt sein Urteil über den Gegenspieler.

Etwas später änderte die *Seawolf* den Kurs etwas mehr in Richtung Osten, um auf diese Weise näher an die Schifffahrtswege von Kanton zu gelangen, denn dort im Norden auf der linken Seite des Flusses, noch südlich der Brücke des Volkes, lag der Luhai an seinen Festmachern. Aber irgendwann musste er ja einmal auslaufen.

Kurz nach Mittag übernahm Lt. Commander Clarke die Wache in der Zentrale, verschwand um 1600 erneut für drei Stunden in seiner Koje und kam gegen 2000 wieder zurück. Er fand allmählich, dass das nicht gerade die richtige Art war, den Nationalfeiertag zu begehen.

Judd Crocker hatte es so eingerichtet, dass er heute mit Lt. Commander Rothstein zu Abend aß. Bevor sie jedoch zum Nachtisch kamen, Apfeltorte und Eiscreme, wurde der Captain in die Zentrale gerufen. Dort eingetroffen, fand er einen Linus Clarke vor, der einen ziemlich besorgten Eindruck machte.

»In den vergangenen anderthalb Stunden war über uns ziemlich was los«, berichtete der Lt. Commander. »Zunächst hat sich da eine ganze Flotte von acht fischenden Dschunken an Steuerbord voraus herumgetrieben. Die haben sich aber vor einer Weile verzogen und danach war alles wieder ruhig. Plötzlich ist da aber so eine Positionslaterne aufgetaucht. Ich hab sie jetzt zwanzig Minuten lang beobachtet, Sir. Könnte mir vorstellen, dass sie zu einem Schiff gehört, das aus Kanton ausgelaufen ist. Ein einzelnes rotes Seitenlicht, stehende Peilung ... Die vom Sonar haben den Kontakt verfolgt und eindeutig als Luda-Lenkwaffenzerstörer identifiziert. Wir haben seine Signatur, und im Augenblick läuft der Zerstörer fünfundzwanzig Knoten. Es sieht so aus, als würde er uns mit geringem Abstand im Westen passieren. Kann aber auch genauso gut sein, dass er nahe an der Küste entlanglaufen wird. Keine anderen Signale außer dieser Backbord-Positionslaterne. Deshalb habe ich mir gedacht, dass Sie die Sache vielleicht selbst in Augenschein nehmen wollen.«

»Ja, allerdings. Danke, Linus.« Captain Crocker warf einen kurzen Blick durchs Sehrohr und murmelte vor sich hin: »Hm. Schon sehr merkwürdig. Ein bekannter Kriegsschifftyp. Hohe Geschwindigkeit. Mitten in der Nacht. Hat seine Radargeräte nicht eingeschaltet. Sollten ihn lieber im Auge behalten.« Dann wurde Judds Stimme wieder lauter. »Also, gut. Offizier der Wache. Ich werde den Bereich etwas erweitern. Wenn er tatsächlich bei dieser Geschwindigkeit kein Radar eingeschaltet hat, ist er praktisch blind.« Judd legte eine kurze nachdenkliche Pause ein. »Captain an ELINT. Habt ihr da draußen irgendwelche Radaraktivitäten?«

»Nein, Skipper. Nichts dergleichen. Auf keinen Fall etwas, was uns gefährlich werden könnte. Nur diese alte russische Radarstation an der Küste. Die könnte unseren Mast auf zwanzig Meilen bei sehr ruhigem Wasser orten. Wir stehen aber mehr als dreißig Meilen weit auf See, selbst von den am weitesten vorgelagerten Inseln aus gerechnet.«

»Und ihr seid ganz sicher, dass die Signatur in sämtlichen Kriterien mit der übereinstimmt, die wir in den Unterlagen haben?«

»Ja, Sir. Aber ich werde alles noch einmal überprüfen, Sir.«

Das rote Licht bewegte sich unverändert auf sie zu. Judd behielt es im Auge, bis sich die ELINT-Abteilung wieder meldete.

»Sir, wir haben jetzt einen etwas genaueren Blick auf den Kontakt selbst geworfen. Die Radarsignatur weicht geringfügig von den Werten ab, die uns vorliegen. Eine gewisse Verschwommenheit im PRF-Sektor. Also, entweder fährt er das Ding nur im Bereitschaftsmodus, oder die Chinesen haben das Gerät modifiziert. Ich bin mir aber sicher, dass die Emission nicht von der Station an Land ausgeht. Die wäre uns bekannt.«

Captain Crocker beobachtete die Situation weiterhin durch die Periskopoptik und behielt das Backbord-Seitenlicht im Auge. Zu seinem Entsetzen änderte sich die Lichterkonstellation auf einmal von rot auf rot *und* grün. Dass er jetzt beide Seitenlichter sah, konnte nur eines bedeuten: Das chinesische Kriegsschiff hatte direkt auf ihn eingedreht. Bei pechschwarzer Finsternis kam es aus 900 Metern Entfernung bei spiegelglattem Meer auf ihn zu.

»Sonar an Captain. Kontakt ist mit der Fahrt heruntergegangen. Läuft im Augenblick mit Umdrehungen für zwölf Knoten. Aktive Kurzstreckensonar-Abstrahlung genau in Peilung. Intervall bei tausenddreihundert Metern.«

Judd wusste jetzt, wonach das verdammte Ding aussah. Und er wusste auch, dass dieser 3500-Tonner mit seinem scharfen, steilen Stahlbug die *Seawolf* in den Grund bohren konnte. Er hatte keine Ahnung, wie der Luda wissen konnte, wo sie waren. Jetzt war schnelles Handeln angesagt – ihm blieben keine 60 Sekunden zum Tauchen, wollte er einer Kollision aus dem Weg gehen. »Der Typ da recht voraus hält direkt auf uns zu...«, sagte er aufgeregt zu Linus. »Wir tauchen – *alle unten zehn!* Beide zwei Drittel voraus. Runter auf zweihundert Fuß... Prüfen, ob alle Masten vollständig eingefahren sind. Abwehrmaßnahmen vorbereiten.«

Das amerikanische Unterseeboot, das jetzt in einem nach unten gerichteten Winkel von zehn Grad durchs Wasser jagte und währenddessen von seinen gigantischen Turbinen immer weiter beschleunigt wurde, hatte bereits nach 30 Sekunden die 100-Fuß-Marke erreicht und befand sich nach 45 Sekunden schon auf 150 Fuß Tiefe.

»Zwohundert Fuß, Sir...«

»Sonar an Captain. Wir haben bei neunzig Fuß eine Thermoklinale durchstoßen, damit wird ihm sein altes Sonar jenseits neunhundert Meter Entfernung nichts mehr nützen...«

Judds Antwort ging im wüsten Gebrüll der Doppelschrauben des Zerstörers fast unter, als dieser genau über ihnen passierte, und es ebbte erst wieder ab, nachdem er achteraus ablief. Einige der Männer atmeten erleichtert auf.

Judds Hauptsorge bestand darin, dass jetzt das gefürchtete Klick-und-Rumms-Geräusch eines Wasserbombenangriffs einsetzen würde. Allerdings behielt er diese Befürchtung wohlweislich für sich.

Im Sonarraum stellte man eine Veränderung der Situation fest. Lieutenant Frank meldete sich. »Er wendet, Sir. Der Luda wendet… Könnte sein, dass er zurückkommt. Intervall immer noch bei tausenddreihundert Metern. Suchend. Keine Ortung.«

»Hoffentlich haben Sie recht, Kyle. Wir bleiben erst mal tief und leise. Wie steht es unter den gegebenen Umständen um seine Sonarreichweite?«

»Sonar an Captain. Voraussichtliche Reichweite oberhalb der Schicht fünfzehnhundert Meter bis zur ersten Oberflächenreflexion. Unterhalb der Thermalschicht dürften es bei optimaler Tiefenevasion, das sind jetzt hundertvierzig Fuß, knapp über tausend Meter sein.«

»Captain, aye. Auf hundertvierzig Fuß gehen.«

Die *Seawolf* glitt lautlos davon. Die Techniker tief im Schiffsinneren behielten dabei unentwegt ihre Computerbildschirme im Auge. Die Rudergänger hielten das Boot konzentriert auf Kurs und präzise auf der vorgegebenen Tiefe von 140 Fuß. Schrittweise wurde das Geräusch des veralteten Sonars auf dem Luda schwächer. Währenddessen setzten sich die Amerikaner, angetrieben von Lt. Commander Mike Schulz' 90 000 PS starken Turbinen, still und heimlich in Richtung Osten und damit den tieferen Gewässern ab. Die *Seawolf* konnte unter Wasser theoretisch fast doppelt so schnell laufen wie der 30 Jahre alte Luda-Zerstörer an der Oberfläche. Allerdings nur dann, wenn das Wasser nicht so flach war wie hier.

Zwanzig Minuten später waren die Abstrahlungen des Luda, nachdem sie zunächst immer weiter nach Südosten abgewandert waren, schließlich ganz verstummt. Noch einmal 40 Minuten später traute sich Judd über die Thermoklinale zu gehen, damit er wieder besser lauschen konnte. Aber es gab nichts mehr zu hören. Die *Seawolf* strich wieder durch einsame Gewässer. Endlich hatte der Captain die Gelegenheit, seine Gedanken zu sammeln. Er forderte Kyle Frank, Linus Clarke, Andy Warren, Shawn Pearson und Cy Rothstein auf, ihm in eine Ecke der Zentrale zu folgen.

»Meine Herren«, sagte er, »hier ist gerade etwas Merkwürdiges passiert. Ich kann mich langsam, aber sicher des Eindrucks nicht erwehren, dass uns jemand auf den Tod nicht ausstehen kann.«

»Komisch, dass Ihnen das auch so geht, Sir...«

»Yeah, ich hab genau das Gleiche gedacht.«

Der Umgangston war locker, das Thema dagegen todernst: Wie konnte der verdammte Luda sie orten, während sie meilenweit von allem und jedem entfernt auf Sehrohrtiefe fuhren, und das auch noch mitten in der Nacht? *Und ohne dabei offensichtlich auf seine eigenen Sensoren zurückzugreifen?* Wieso hatte er seinen Kurs urplötzlich geändert, als der Captain gerade durchs Sehrohr blickte? Wer hatte zum Teufel noch mal, den Zerstörer auf den präzisen Rammkurs vektorisiert?

Sie alle wussten, dass das Sonar des Luda bei einer Geschwindigkeit von 25 Knoten aufgeschmissen war. Das galt sogar bei der augenblicklich ruhigen See innerhalb der Thermalschicht. Es war unmöglich, dass er das Kunststück, die *Seawolf* so präzise anzulaufen, aus eigenen Stücken geschafft haben könnte.

»Das Schiff wurde von außerhalb eingenordet. Irgendjemand muss hier in diesen untiefen Gewässern unseren Mast geortet haben. Und das kann eigentlich nur von der Küste aus möglich gewesen sein...« Cy Rothsteins Gesichtszüge nahmen bei dieser Bemerkung einen ziemlich besorgten Ausdruck an.

»Wie das denn? Wegen der Erdkrümmung kann doch kein Küstenradar eine Entfernung von mehr als fünfunddreißig Kilometern erreichen.«

»Doch, wir können das.«

»Na gut, stimmt. Aber wer außer uns verfügt über eine Technik, die unserer auch nur im Ansatz nahe käme...«

»Bislang mag das vielleicht gestimmt haben. Aber offensichtlich haben die Chinesen jetzt etwas in dieser Art«, sagte der Kommandant. »Wie weit war denn die nächste Station tatsächlich entfernt gewesen?«

»Kann ich nicht genau sagen«, sagte Pearson. »Die nächste Insel außerhalb der Zhujiang-Mündung dürfte so um die sechzig Kilometer nördlich von hier liegen. Ein anderer Ort, von dem aus sie uns hätten abtasten können, kommt nicht in Frage.«

»Das kann also nur heißen«, sagte der Captain, »dass die Chinesen uns wie so vieles andere auch die modernste Radartechnik gestohlen haben.«

»Gütiger Gott, und ausgerechnet an uns probieren sie das aus.«

»He… sechzig Kilometer, das ist und bleibt eine ganz schöne Entfernung für ein Küstenradar. Die müssen auf jeden Fall auch über eine entsprechende Satellitenverbindung verfügen, oder sehe ich das falsch?«

»Wer weiß das schon. Wir müssen jetzt verflucht vorsichtig vorgehen, das ist mal klar.«

»Ich fühl mich einfach noch zu jung zum Sterben«, sagte Shawn Pearson mit kieksiger Kleinmädchenstimme. »Die Chinesen sind alle so böse. Ich will zu meiner Mami.«

Wie üblich konnte sich Judd Crocker nicht zurückhalten, wenn der junge Navigationsoffizier eine seiner Einlagen brachte. Diesmal legte sich jedoch recht schnell wieder ein Schatten über die Gesichtszüge des Alten. »Wir müssen uns mit dem Gedanken vertraut machen, dass es irgendeinen Chinesen in deren verdammter Marine gibt, der es sich zum Ziel gesetzt hat, uns zu schnappen. Und das versucht er jetzt bereits ununterbrochen seit drei Tagen.

Schon zwei Mal hat er die halbe Flotte mobilisiert, hat versucht, uns mit Wasserbomben und Mörsern in Stücke zu sprengen. Dazu die ganzen Marineflieger, die herumgekreist sind, um uns aus der Luft mit Torpedos den Garaus zu machen. Er hat haufenweise Sonarbojen ins Wasser geschmissen, und vor kaum einer halben Stunde hat er sogar einen seiner veralteten Zerstörer losgeschickt, der doch glatt versucht hat, uns durch Rammen zu versenken.

Gentlemen, wir müssen diesen Wichser verdammt ernst nehmen, oder er schafft es tatsächlich, uns den Arsch aufzureißen. Das dürfen wir nie vergessen, wenn wir in Zukunft das Sehrohr irgendwo in Küstennähe ausfahren. Also immer daran denken, dass er uns im Visier hat. Er hat vermutet… nein, er hat *gewusst*, wo wir waren, und das war meiner Ansicht nach erst der Anfang.«


Mittwoch, 5. Juli, 0100
Im Haus von Admiral Zhang Yushu

Einmal mehr konnte der Oberbefehlshaber keinen Schlaf finden. Er war mutterseelenallein am Strand entlangspaziert und hatte auf die See hinausgestarrt, während seine Gedanken durch die tiefen Gewässer streiften. *Wo steckte das amerikanische Unterseeboot?* Welcher Teufel führte es? Wie hatte er es geschafft, sich immer und immer wieder der Gefangennahme zu entziehen? Und warum trieb er sich immer noch hier herum? Admiral Zhang war verwirrt. *Dieser Mann hatte es irgendwie geschafft, eine ganze Flotte daran zu hindern, ihn zu orten. Nicht nur die Zerstörer, sondern auch alle Fregatten, Schnellboote, und sogar die U-Jagd-Hubschrauber und Flugzeuge. Er war den Wasserbomben ebenso ausgewichen wie den Sonarbojen und Mörsern. Und letzte Nacht war er dann erneut auf der Bildfläche erschienen, noch dazu ganz in der Nähe von Kanton. Wir haben doch tatsächlich seinen Mast auf dem Radar gehabt, ihn aber trotzdem nicht kriegen können.*

*Was hatte dieser Mann vor?* Das war die alles entscheidende Frage. Aber auch auf die fand Zhang Yushu keine Antwort.

Deprimiert ging er zum Haus zurück und lauschte dabei auf die Geräusche der hochsommerlichen Nacht. Auf ihn wirkte das uhrwerkhafte Zirpen der Zikaden irgendwie wie das Pingen eines fernen Sonars. Das Flüstern des Windes in den Palmen war für ihn wie das Zischen der Schiffsschrauben eines Unterseeboots durchs Wasser. Das Geräusch der sich am Strand brechenden Wellen war für ihn jedoch etwas, was ihn an seine barfüßige Jugend in der Nähe der Stadt Xiamen erinnerte. Dort hatte er auf dem vor der Küste vermurten Boot seines Vaters gelebt. Er hatte in relativ kurzer Zeit eine steile Karriere gemacht.

Aber jetzt galt es, dieses Unterseeboot zu finden. Je länger diese Jagd dauerte, umso stärker fühlte er sich verpflichtet, Judd Crocker ein Loch in dessen Boot namens *Seawolf* zu blasen beziehungsweise – was die bei weitem bessere Alternative war – es ganz zu versenken.

Der Admiral überquerte die breite Veranda und betrat leise sein Arbeitszimmer. Er goss sich Tee ein und trank ihn langsam. Dann kam ihm plötzlich eine Idee. Sofort griff er zum Telefon und wählte über die abgesicherte Leitung den Anschluss von Admiral Zu Jicai.

Zu Jicai hob bereits nach dem dritten Klingeln ab und nahm gutmütig die Entschuldigung des Oberbefehlshabers der Marine entgegen, dass dieser ihn um diese Stunde störe.

»Ich rufe Sie an, weil mir klar geworden ist, dass wir uns diesem Unterseeboot keineswegs geschlagen geben müssen«, sagte

Zhang. »Sicher wünschen Sie auch aus tiefstem Herzen, dass es endlich von der Bildfläche verschwindet.«

»Vielleicht aus sogar noch tieferem Herzen. Wie wär's beispielsweise mit tausend Faden?«

Admiral Zhang schmunzelte. »Zu«, sagte er, »wir haben jetzt jedes konventionelle Radar- und Sonarsystem eingesetzt, über das wir verfügen. Wir waren schon einige Male ganz nahe dran, aber noch nie nahe genug. Immer waren wir schnell, aber nie schnell genug. Wir haben aber Zugang zu einem System, welches das amerikanische Boot ausreichend frühzeitig orten könnte, so frühzeitig, dass wir es angreifen könnten.«

»Bei allem schuldigen Respekt, das System ist noch gar nicht erprobt. Wir wissen ja nicht einmal, ob es überhaupt funktionieren wird.«

»Die Amerikaner scheinen aber ganz offensichtlich zu glauben, dass es funktioniert. Schließlich haben sie es bereits auf ihren moderneren Kriegsschiffen eingebaut.«

»Das mag sein, Admiral, aber die haben schließlich auch das Original. Unseres ist ... nun, ich will es mal so formulieren: eher eine Kopie.«

»Das schon. Im Grunde ist und bleibt es aber nichts anderes als eine Schleppantenne, und wir wissen schließlich auch einiges darüber, wie man Schleppsonare und dergleichen herstellt, die sehr ordentlich funktionieren.«

»Das ist zweifelsfrei richtig. Dennoch haben wir noch nie eines von solch außergewöhnlicher Länge gebaut. Geschweige denn, dass wir etwas in dieser Art je getestet hätten.«

»Aber unsere Wissenschaftler waren sich ihrer Sache recht sicher, und ihre Berichte besagen, dass es besser arbeiten wird als sämtliche Schleppsonare und vergleichbare Systeme, die wir bislang besessen haben. Außerdem weisen diese Berichte eindeutig darauf hin, dass es uns ebenso dienlich sein wird wie den Amerikanern.«

»Nun, Admiral, das System ist über neunhundert Meter lang, was mir doch ziemlich außergewöhnlich erscheint. Die Wissenschaftler behaupten, dass es in der Lage sein wird, jede Art von Geräusch im Ozean über große Distanzen hinweg zu erfassen.«

»Wenn es wirklich das schaffen kann, was unsere Leute behaupten, Zu, dann könnte es vielleicht tatsächlich die Amerikaner für uns finden... Im Augenblick ist es doch an unserem neusten Zerstörer montiert, oder?«

»Ja. In einem speziellen Gehäuse am Heck. Das Schiff liegt zur Zeit gut geschützt an seinem Anleger im Perlfluss.«

»Kann es denn ohne großen Verzug zum Einsatz gebracht werden?«

»Ja. Es ist so weit, seine letzten Probefahrten zu absolvieren. Die sollen in zwei Tagen beginnen.«

»Schicken Sie es raus auf See, Zu! Schicken Sie den Zerstörer in das Gebiet, in dem der Luda den Mast des Boots erfasst hatte. Führen Sie, ausgehend von dieser Position, eine Rastersuche in dem ganzen Gebiet aus. Ich könnte mir durchaus vorstellen, dass der Amerikaner uns für einen hoffnungslosen Fall hält, was unsere U-Jagd-Fähigkeiten angeht. Wahrscheinlich hat er sich deshalb auch noch nicht aus dem Staub gemacht. Sollte er sich jetzt absetzen wollen, hätten wir keine Chance mehr, ihn zu schnappen. Bleibt er aber, weil er uns unterschätzt, könnten wir es doch noch schaffen. Das einzige Schiff, mit dem wir ihn fangen können, ist glücklicherweise auch genau das, an dem das neue Leichtgewicht-Schleppsonar angebaut wurde.«

»Wann soll ich den Einsatzbefehl geben, Admiral? Bei Tagesanbruch?«

»Nein, Zu. Nicht erst bei Tagesanbruch. Geben Sie ihn jetzt gleich. Und richten Sie Oberst Lee aus, dass es seine Aufgabe ist, die *Seawolf* zu finden. Persönliche Anordnung seines Oberbefehlshabers.«


0200
Marinestützpunkt Kanton

Um 2355 hatte der Zerstörer alle Leinen losgeworfen. Jetzt zogen zwei Schlepper das 150 Meter lange Kriegsschiff der Luhai-Klasse hinaus in den breiten Strom des Perlflusses. Hoch oben, in frischer schwarzer Farbe auf den hellgrauen Rumpf gemalt und gut zu erkennen, prangte sein Name: *Xiangtan*. Ein umlaufender blutroter Streifen in Höhe der Wasserlinie reflektierte das Licht der Pierbeleuchtung, die im dunklen Schatten des altehrwürdigen Flusses von Kanton glitzerte. Genau eine Minute nach

Mitternacht befahl Oberst Lee:»Alle Maschinen halbe Kraft voraus.«

Die Marineschlepper begleiteten sie noch 25 Kilometer weit in die große Flussmündung hinaus, obwohl die *Xiangtan* für den Vortrieb längst auf die enorme Kraft ihrer beiden in der Ukraine hergestellten Turbinen zugriff. Die Schlepper hatten sich zu beiden Seiten vor den Bug des Zerstörers gesetzt und agierten jetzt mehr als Navigatoren denn als zusätzlicher Antrieb oder Bremsen. So geleiteten sie ihn durch die verzwickten Untiefen in der südlichen Gabelung des Flusses.

Die *Xiangtan* war ein Kriegsschiff im althergebrachten Sinne. Sie war bis an die Zähne mit Flugabwehrgeschützen, Torpedos und Boden-Luft- sowie Boden-Boden-Lenkwaffen bewaffnet, wobei letztere eine wahre Phalanx aus tiefstfliegenden Flugkörpern war, die über eine Reichweite von 120 Kilometern verfügten. Sie war derzeit das modernste Schiff für den Fronteinsatz in der gesamten chinesischen Marine und schaffte eine Spitzengeschwindigkeit von 30 Knoten. Ihre Besatzung zählte 250 Mann, und auf ihrem Heck trug sie zwei schwer bewaffnete Hubschrauber vom Typ Haitun, die sowohl ihren Aktionsradius als auch die U-Jagd-Fähigkeiten unterstützten und verbesserten.

Ihre Radaranlagen und Sonare waren das Beste, was die Marine der Volksbefreiungsarmee zu bieten hatte. Doch selbst diese Geräte traten in den Schatten des gigantischen Schleppsonars. Dieses hyperempfindliche Unterwasser-Lauschkabel sollte sich schon bald hinter dem Heck des besten Schiffs der ganzen chinesischen Marine abrollen und dann bis auf weiteres nachgeschleppt werden. Es würde selbst in unbekannte akustische Höhlen des Ozeans hinein lauschen, dort Geräusche destillieren und auch noch die flüchtigsten Kontakte herausfiltern. Am angestrengtesten würden seine Bediener darauf lauschen, wenigstens den Hauch eines Hinweises auf die Maschinengeräusche der *Seawolf* aufzuspüren.

Einige Stunden zuvor hatte die Besatzung der *Xiangtan* ohne Verzögerung auf den Rückrufbefehl ihres Kommandanten reagiert. Nicht wenige der Männer waren in geradezu halsbrecherischem Tempo von ihren um die Werft gelegenen Unterkünften losgerast, um mitten in der Nacht ihre »Gefechtsstationen« zu beziehen. Niemand wusste dabei genau, was eigentlich los war.

Das änderte sich auch nicht, als sie die offene See am Ende der Mündung noch vor der eigentlich berechneten Zeit erreicht hatten. Aber was immer es auch sein mochte, eines stand fest: Es musste sich um ein ganz großes Ding handeln. *Man sagt,* wurde überall geflüstert, *dass Admiral Zhang höchstpersönlich den Auslaufbefehl gegeben hat.*

Die *Xiangtan* drehte in Richtung Süden ab, während die Schlepper mit ihren mächtigen Suchscheinwerfern die eigenen Brücken beleuchteten und damit wie zusätzliche Positionsleuchten wirkten. Als sich die Mündung noch weiter öffnete, schoren die Eskorter ab und ließen den Zerstörer allein das sorgfältig betonnte Fahrwasser im Westen der Insel Lantau hinunterrauschen. Anschließend dampfte der Zerstörer an Guishan Dao und Dhazizhou vorbei, und als er geradewegs in die vorgeschriebenen Seeschifffahrtstraßen einlief, über die sämtliche Schiffe ins Chinesische Meer aus- oder, von dort kommend, nach Kanton einlaufen, ließ er Macao dabei in einer Entfernung von 15 Kilometern an Steuerbord liegen.

Gegen 0500 ließ Oberst Lee sein Schiff mit großer Fahrt durch die stillen und spiegelglatten Gewässer in die perlmuttfarbene Morgendämmerung des 5. Juli laufen. Auch hier, schon fast 160 Kilometer im Süden der Perlflussmündung, regnete es immer noch leicht. Was Oberst Lee nicht wissen konnte, war, dass noch nicht einmal 25 Kilometer an Steuerbord voraus Lt. Commander Linus Clarke in diesem Augenblick gerade Wache hatte und dabei war, die USS *Seawolf* ganz langsam in Richtung Osten ablaufen zu lassen.

Der Oberst war mit dem bisherigen Verlauf des Einsatzes sehr zufrieden. Sie hatten ins Suchgebiet eine gute Zeit herausgefahren, und seine Mannschaft hatte es geschafft, das neue Schleppsonar perfekt abzuspulen. Das hing jetzt hinter dem Heck und wurde in über 900 Metern Entfernung hinterhergezogen. Ein schon fast grotesk anmutender, pechschwarzer, elektronischer Schwanz mit einem Durchmesser von zwölf Zentimetern, der die modernste Errungenschaft in Sachen Sonar darstellte

Wenn es überhaupt irgendwelche Zweifel an diesem Schleppsonar gab, dann höchsten die, ob die chinesischen Spezialisten es geschafft hatten, dieses Gerät so mit den Computern an Bord zu verbinden, dass diese mit den Daten der neuen Schleppantenne auch etwas anzufangen wussten. Die Spezialisten hatten nämlich vor der keineswegs leichten Aufgabe gestanden, eine Rechnertechnologie meistern zu müssen, die von den Amerikanern hundertmal besser beherrscht und im Laufe der Jahre immer weiter verfeinert worden war. Bislang hatte es in der Geschichte der modernen Seefahrt noch nie etwas Vergleichbares gegeben oder etwas, was auch nur annähernd so gut in der Lage gewesen wäre, spezifische Zielfrequenzen aus der schon fast monströsen Geräuschkulisse eines Ozeans herauszufiltern. Admiral Zu Jicai kannte die Fähigkeiten dieses Geräts nur zu gut. Er wusste, dass es sogar noch das Geräusch eines Federlaufwerks in einer Spielzeugmaus unter dem Turm zu Babylon orten konnte – und das über eine Entfernung von 30 Kilometern hinweg.


050500JUL06
20.30 N, 113.45 E
Fahrt 10, Tiefe 150, Kurs 085

An Bord der *Seawolf* herrschte Frieden. Nachdem sich nichts mehr auf dem Sonar tat, hatte sich Captain Crocker dazu durchgerungen, in die Koje zu gehen, und Linus Clarke das Kommando übergeben. Die Ruhe hielt an, bis einer von Lieutenant Kyle Franks Sonarmännern gegen 0525 erstmals eine ganz schwache Antriebskennlinie aufnahm. Sie wies eine eindeutig zunehmende Tendenz auf, als sich die unter Volllast laufende *Xiangtan* dem von der *Seawolf* gewählten Kurs immer stärker näherte.

Normalerweise hätte die Annäherung eines jeden Kriegsschiffs – speziell wenn es sich dabei um einen mächtigen chinesischen Zerstörer handelte – automatisch zur Folge gehabt, dass der Kommandant in die Zentrale gerufen worden wäre. Linus Clarke war jedoch der Ansicht, dass die derzeitige Patrouillenfahrt bislang für sein Image nicht eben positiv abgelaufen war. Bereits dreimal hatte er auf eine Art und Weise blanke Nerven gezeigt, wie es einem Ersten Offizier, der die Absicht hatte, einmal selbst das Kommando auf einem Unterseeboot zu übernehmen, eigentlich niemals passieren durfte.

Seiner Einschätzung nach hatte er allerdings nichts anderes getan, als die völlig natürlichen Reaktionen eines Menschen zu zeigen, der sich einer extremen Gefahrensituation ausgesetzt sieht. Das galt vom Wassereinbruch im Torpedoraum tief unter der Oberfläche über das direkte Eindrehen in die Laufbahn von Unterwasser-Lenkwaffen bis hin zur kürzlich durch das große chinesische Interkontinentalraketen-Unterseeboot erfolgten Entdeckung der *Seawolf*. Linus Clarke war sich selbst zwar gegenüber wenigstens so weit ehrlich, dass er Captain Crocker zugestand, ein Kommandant der absoluten Spitzenklasse zu sein, doch wusste er ebenso gut, dass sie Befehle bekommen hatten, die keinen Interpretationsspielraum zuließen, was das Entdecktwerden anging. Und so weit er sich entsinnen konnte, waren sie sogar schon dreimal geortet worden: einmal in der Formosastraße, dann ein weiteres Mal ganz offensichtlich von der *Xia III* und gerade eben erst in der vergangenen Nacht wieder, diesmal von einem Küstenradar. Judd mochte vielleicht hart, erfahren und begnadet sein, aber er war keineswegs Superman persönlich. Linus dachte sich, dass es langsam an der Zeit wäre, selbst einmal zu zeigen, aus welchem Holz er geschnitzt war. Nun war der richtige Zeitpunkt gekommen, an dem er unter Beweis stellen konnte, dass auch er sehr wohl in der Lage war, ein amerikanisches Unterseeboot auf einer höchst geheimen Mission zu kommandieren.

Schließlich verfügte er inzwischen über einen sehr umfassenden CIA-Hintergrund und auch noch etliche andere, sehr wichtige Kontakte. Linus hatte die feste Absicht, erst einmal selbst einen Blick auf dieses anlaufende chinesische Kriegsschiff zu werfen. Er gab die entsprechenden Befehle, die *Seawolf* auf Sehrohrtiefe zu bringen und die Wache zu veranlassen, die Fahrtstufe herabzusetzen und das Boot langsam nach oben gleiten zu lassen, sobald sich der Kontakt bis auf zwei Meilen genähert hatte. Vielleicht könnten sie ihn dann einmal genau in Augenschein nehmen. Sollte es eng werden, hätten sie ja immer noch die Möglichkeit, einfach wegzutauchen und dem chinesischen Schiff davonzulaufen. Wie das ging, hatte Judd ja schließlich schon mit dem kleineren Luda demonstriert.

Im Lageraum an Bord des Luhai herrschte indessen rege Betriebsamkeit. Einer der Sonarmaate, der ganz frisch von der Ausbildung hierher an die Bildschirme versetzt worden war, welche die Ergebnisse des 900 Meter langen Schleppsonars amerikanischer

Herkunft anzeigten, meinte etwas entdeckt zu haben. Allerdings konnte er nicht eindeutig definieren, um was es sich handelte. Auf jeden Fall hatte sich das beobachtete Geräuschniveau so eindeutig verändert, dass er die Ortung von Antriebskennlinien meldete. Oberst Lee war ein sehr erfahrener Kapitän und befahl die sofortige Herabsetzung der Fahrt seines Schiffs. Durch diese Maßnahme würde sich das Wasser außerhalb des Rumpfes schnell beruhigen, was es wiederum leichter machen würde, den Kontakt eindeutig zu identifizieren. Während die chinesischen Techniker sofort damit begannen, wie die Wilden ihre Computertastaturen zu bearbeiteten, und dabei gleichzeitig versuchten, sich so schnell wie möglich mit dem neuen elektronischen System vertraut zu machen, stoppte die *Xiangtan* fast zum Stillstand auf.

Inzwischen lag die *Seawolf* in nur mehr knapp 2200 Metern Abstand an Steuerbord voraus auf Sehrohrtiefe. Lt. Commander Clarke hatte die Nachtsichtkamera oben und machte gerade Aufnahmen, wobei er umfassende Modifikationen am Heck des Zerstörers feststellte. Es handelte sich dabei um ein ungewöhnliches »Gehäuse«, das größer als alles war, was er von ausländischen Schiffen kannte.

Linus' Verstand raste. Er wusste sehr genau, was er da sah. Jeder bei der Unterseeboottruppe, die man in Amerika auch gern als den »Silent Service« bezeichnete, wusste, dass den Chinesen diese hochmoderne Schleppsonartechnik samt den dazugehörigen Computern in die Hände gefallen war. Der schlagende Beweis lag direkt vor ihm: ein großes chinesisches Kriegsschiff mit einem mächtigen Windengehäuse am Heck, das ausreichend groß war, ein langes Schleppsonar aufzunehmen. Konstruktion und Technik wiesen unzweifelhaft darauf hin, dass es sich dabei um genau das handelte, was man kürzlich aus den USA gestohlen hatte.

»Ich gehe näher ran«, sagte er. »Offizier der Wache, halten Sie das Boot im Trimm und auf Kurs. Weiterhin Sehrohrtiefe. Ich möchte dicht hinter seinem Heck durchlaufen und einige Nahaufnahmen von diesem Gehäuse machen. Vielleicht schaffe ich es sogar, ein paar Aufnahmen vom Schleppsonar selbst zu bekommen.«

»Mit allem schuldigen Respekt, Sir …« Andy Warren sprach eine kaum verhohlene Warnung aus. »Wir haben schließlich keine Ahnung, wie lang die Schleppe tatsächlich ist.«

»Keine Sorge, Andy. Ich werde mich ihm auf maximal eine Meile nähern. So lang wird das Ding doch nicht sein, oder? Und außerdem ist das ein Zerstörer. Das Schleppsonar wird in flachem Winkel nach unten durchs Wasser verlaufen und nicht in gerader Linie wie bei einem Unterseeboot.«

»Sir.« Jetzt war auch Brad Stockton in die Zentrale gekommen. »Möchten Sie nicht lieber den Kommandanten darüber informieren, dass wir gerade einem chinesischen 6000-Tonnen-Zerstörer um den Arsch streichen? Ich finde, das hier ist eine Sache, an der er ein starkes Interesse haben könnte.«

»Ich glaube nicht, dass das nötig sein wird, Brad. Ich schau's mir ja nur mal kurz an. Sieht nicht so aus, als würde das Ding auch nur die leiseste Abstrahlung produzieren. Ich hab mir gedacht, dass wir sein Kielwasser achteraus in einem Abstand von einer Meile kreuzen, unsere Fotos machen, uns dann einige Meilen zurückziehen und den ESM-Mast ausfahren, um von dort aus vielleicht ein paar Details seiner neuen Radar- und Kommunikationssysteme aufzunehmen. Bei denen dürfte es sich meiner Meinung nach sowie so um ehemals amerikanische handeln.«

»Also, gut, Sir, wenn Sie das so sagen. Aber ich finde schon, dass der Kommandant irgendwie darüber informiert werden sollte, was wir vorhaben. Wir befinden uns schließlich an einem verflucht kritischen Punkt unserer Mission. Und bedenken Sie dabei bitte auch, dass wir keine Ahnung haben, wie lang deren Schleppsonar tatsächlich ist, und ebenso wenig wissen, in welchem Winkel es unter Wasser verläuft.«

»Meiner Einschätzung nach ist alles im grünen Bereich«, sagte Linus. »Und da die uns anscheinend alles mit Ausnahme des Washington-Denkmals geklaut haben, denke ich, dass wir jedes Recht der Welt haben, so vorzugehen. Ich habe vor, dieses Recht jetzt auch wahrzunehmen ... Eindrehen auf Kontakt ... Standardmodus ... Neuer Kurs null-neun-null. Umdrehungen für acht Knoten ...«

Die *Seawolf* drehte durch das Kielwasser, glitt hinter dem Heck des Zerstörers vorbei und hielt währenddessen ihr Sehrohr unablässig auf das chinesische Schiff gerichtet.

Sie schaffte es allerdings nicht ganz. Ihre gigantische Schiffsschraube verfing sich in 75 Fuß Tiefe in der zähen Schleppantenne und wickelte den dicken, schwarzen, gummierten Schwanz fest um ihre Schraubenwelle, bis er ein undringliches Knäuel von mehr als viereinhalb Metern Durchmesser bildete. Anschließend drehte das Ganze sich immer weiter, bis auch die Schraubenblätter völlig in die Antenne des Schleppsonars versponnen waren. Schließlich kam die Schraubenwelle nicht mehr gegen den ständig steigenden Widerstand an, das gesamte Antriebssystem der *Seawolf* kam zum Erliegen und die Schiffsschraube mit einem Ruck zum Stehen.

Zu diesem Zeitpunkt konnte es noch niemand an Bord des Unterseeboots wissen, aber bereits der erste Zug, den die ungeheure Vortriebskraft der *Seawolf* auf die Schleppantenne ausübte, hatte schon gereicht, diese sauber vom Heck des chinesischen Zerstörers abzutrennen. Jetzt begann das Gewicht des Kabels langsam, aber sicher das Heck des amerikanischen Unterseeboots nach unten zu ziehen.

Das alles geschah ohne großen Tumult wie in Zeitlupe, wobei das Boot in einem merkwürdig flachen Winkel lag. Aber der reichte, um selbst einen *schlafenden* Unterseeboot-Kommandanten mit einem Schrei hochfahren zu lassen. Einem Schrei, der sogar vom stocktauben Beethoven noch vernommen worden wäre. In weniger als zweieinhalb Sekunden war Captain Judd hellwach und bereits auf dem Weg aus seiner Kajüte. Kaum fünf Sekunden später stand er in der Zentrale.

»Was geht hier vor, Erster?« fauchte er und griff gleichzeitig nach dem Sehrohr, das immer noch ausgefahren auf das Heck der *Xiangtan* gerichtet war. Es blieben ihm gerade noch drei Sekunden, bevor das Periskop durch die Wasseroberfläche schnitt, aber die reichten Judd Crocker völlig aus. Die *Xiangtan* war keine 500 Meter entfernt, und damit keinesfalls eine ganze Meile, wie Linus angenommen hatte.

»Tiefe neunzig Fuß, Sir… zunehmend. Fahrt null. Bug weist sieben Grad nach oben. *Zunehmend*«, meldete der Tiefenrudergänger, wobei die steigende Spannung in seiner Stimme nicht zu überhören war, während das mächtige Unterseeboot immer weiter mit Fahrt übers Heck durchs Wasser schlingerte.

»Vielleicht ist es ja nicht ganz so schlimm, Sir«, ließ sich Linus vernehmen. »Ist möglicherweise nur eine vorübergehende Sache. Wahrscheinlich haben wir uns in irgendetwas verfangen, Sir.«

»*Verfangen!*« brüllte Judd. »Wir befinden uns hier mitten im Südchinesischen Meer. Zumindest waren wir dort, als ich beim Wachwechsel vor vierzig Minuten die Zentrale verlassen habe. Hier draußen gibt es nichts, worin wir uns verfangen könnten. Da ist nur dieser chinesische Zerstörer in unmittelbarer Nähe.«

»Ich bin hinter seinem Heck durchgelaufen, um ein paar Fotos zu machen«, sagte Linus Clarke. »Dabei habe ich mindestens eine Meile Abstand zu ihm eingehalten. Es scheint, als wäre selbst dieser Abstand noch zu knapp gewesen.«

»Herrgott noch mal, Linus. Was erzählen Sie denn hier um Himmels willen von einer Meile? Die sind weit weniger als fünfhundert Meter von uns weg. Linus, ich hab's doch gerade noch mit eigenen Augen gesehen, Himmelherrgott noch mal! Sie haben das Scheißsehrohr auf anderthalbfacher Vergrößerung stehen und nicht auf sechsfacher. Sie sind geradewegs in seine Schleppantenne gerauscht.«

»O mein Gott, Sir! Ich fass es nicht. Es tut mir unendlich Leid...«

»Mir auch, Linus. Mir auch«, sagte der Kommandant resigniert. Er konnte es ja selbst kaum glauben. In der Vergangenheit hatte es einmal eine Situation gegeben, in der einer seiner Schüler den gleichen Fehler gemacht hatte. Und auch jetzt hatte wieder ein einziger falscher Dreh am Griff des Sehrohrs dazu geführt, dass der chinesische Zerstörer für Linus' Augen viermal weiter entfernt zu sein schien, als er tatsächlich war.

»Schiffstechnische Abteilung an Zentrale... Können Maschinenkommandos nicht ausführen. Hauptantriebswelle klemmt. Wird untersucht... Not-Antriebssystem bereit.«

»Captain, verstanden. Scheint so, als hätte sich etwas in unserer Schraube verfangen... Also, alles vorbereiten für dreimal Wahnsinnige zurück. Vielleicht schaffen wir es so, den ganzen Kram zu veranlassen, sich von selbst wieder abzuwickeln.«

»Hundert Fuß, Sir... Bug zehn Grad oben.«

Judd schob den Ersten Offizier mit der Schulter beiseite und befahl, im verzweifelten Bemühen, den hecklastigen Trend zu stoppen, einen kurzen Pressluftstoß in die achteren Tauchzellen zu blasen.

Irgendwie schaffte er es, äußerlich gelassen zu bleiben, aber unter der Oberfläche schäumte er. *Dieser verdammte Erste. Was für*

*ein Wichser. Wir können von Glück reden, wenn wir hier wieder raus-
kommen ...* Judds Verstand raste, um die verbliebenen Möglich-
keiten zu prüfen. *Was soll ich machen? Tauchen? Auftauchen? Den
Krieg erklären? Das Boot aufgeben? Mich ergeben? Die Kavallerie zur
Hilfe rufen? Scheiße!*
Und dann: *Ruhig, Judd. Behalt um Himmels willen die Nerven.
Denk noch einmal alle Möglichkeiten durch, von der besten bis zur
schlimmsten.*

Die beste Alternative bot sich fast von allein an: *Wenn wir großes
Schwein haben, dann denkt der Kommandant des Zerstörers jetzt, dass
er sich mit seinem Schleppsonar irgendwo am Grund verfangen hat –
vielleicht hat er sogar ein paar Minuten gebraucht, um überhaupt mitzubekommen, dass sein Schwanz weg ist –, dazu müsste er allerdings
schon ganz schön dämlich sein.*

Von dieser Alternative an waren sämtliche der folgenden Vorstellungen immer um etliches schlimmer. *Also, warum rührt er sich
immer noch nicht von der Stelle? Oder tut er's doch? Nein, er wird jetzt
versuchen, die Position zu markieren, um das beschissene Ding wieder
an Bord zu holen.*

Judds Verstand raste weiter. *Wenn er sich jetzt nicht bald wei-
terbewegt, werde ich es wohl sein müssen, der den ersten Zug tun
muss. Aber mit dem Notantrieb schaffe ich gerade einmal drei Knoten ... und dabei habe ich auch noch verdammte 50 Tonnen totes
Gewicht am Hintern hängen. Außerdem besteht nicht die geringste
Chance, die Hauptwelle wieder in Betrieb zu bekommen. Verdammte
Scheiße!*

Der Kommandant war ganz auf sich gestellt. Es gab niemanden, an den er sich hätte wenden können, am allerwenigsten an
seinen Ersten Offizier. Seine gesamte Mannschaft wartete – vor
dem Hintergrund einer Krisensituation, die selbst ihre schlimmsten Albträume noch bei weitem übertraf, wie zu Stein geworden –
jetzt auf seine ersten Worte.

»Schiffstechnische Abteilung an Zentrale ... Welle auch für
Fahrt achteraus blockiert, Sir. Not-Antriebsaggregat läuft volle
Kraft voraus. Tiefenruder beginnen zu reagieren ... Auf hundertzehn Fuß eingependelt ... Trimmung steht, Sir ... mit fünf Grad
aufwärts gerichtetem Bug.«

»Sonar an Zentrale ... sämtliche Kontakte werden vom Not-
Antriebsaggregat überlagert, Sir.«

Judd wusste, dass seine Alternativen immer weiter zusammenschmolzen. Sobald er den Notantrieb abschaltete, würde die *Seawolf* sofort stehen bleiben, und das nicht zu kompensierende Gewicht am Achterschiff würde sie unaufhaltsam mit dem Heck voraus nach unten ziehen. Trat dieser Fall ein, so bestand die einzige Möglichkeit, dem entgegenzuwirken, nur noch darin, die Haupt-Tauchzellen anzublasen. Aber einen annähernd vernünftigen Trimm beizubehalten würde einen enormen Lärm machen. Außerdem würde es sowieso kaum mehr als 30 Minuten dauern, bis die Gesetze der Physik auch diesem Spiel ein Ende bereiteten.

Dann würde irgendwann der Sauerstoff verbraucht sein und das Boot sich entweder hinauf an die Oberfläche wälzen oder, schlimmer noch, in steilem Winkel in die Tiefe sacken. Gleichwohl würde das alles zu einem routinemäßigen »Scrammen« des Reaktors führen, um die bereits in Bedrängnis geratene *Seawolf* schließlich völlig zu lähmen.

Ließ er stattdessen den geräuschvollen Notantrieb weiterlaufen, wäre er zwar völlig taub gegenüber der Außenwelt, hätte aber zumindest den Vorteil, auf plus/minus 30 Fuß genau die Tiefe halten zu können. Auf keinen Fall würde er es jedoch schaffen, das Boot kontinuierlich auf Sehrohrtiefe zu halten. Und das wiederum bedeutete, dass er nicht nur taub, sondern auch blind war.

Nur mit dem kleinen Hilfsantrieb auf Sehrohrtiefe bleiben zu wollen hätte zur Folge, dass der Turm von Zeit zu Zeit völlig auftauchen und so seine Anwesenheit im Südchinesischen Meer zu einer Art öffentlicher Bekanntmachung werden lassen. Das Not-Antriebsaggregat war ja schließlich auch zu nichts anderem gedacht, als die Funktion eines Bring-mich-nach-Hause-Geräts in Friedenszeiten zu erfüllen. Es besaß etwa die Diskretion einer Kettensäge.

Judd kämpfte mit allem, was er aufzubringen hatte, gegen das sich einstellende Gefühl der Hilflosigkeit an. Ganz gleich, aus welchem Winkel er die Sache auch beleuchtete, er kam immer wieder zu ein und derselben Schlussfolgerung: Er musste auftauchen und die Schiffsschraube klarieren. Er würde unmittelbar neben dem chinesischen Zerstörer die Oberfläche durchbrechen. Das einzig Gute dabei war, dass sie sich in internationalen Gewässern befanden.

Also gab er die entsprechenden Befehle. Die *Seawolf* begann sich schwerfällig und scheinbar ziellos in Richtung Oberfläche zu wälzen. Kaum unter Kontrolle zu halten, bewegte sie sich wie ein verwundeter Wal, dem die Harpune im Rückgrat steckt. In der dämmrigen Notbeleuchtung trat Judd Crocker ans Sehrohr. Es hatte aufgehört zu regnen und die See lag in ganzer Schönheit vor ihm. Der Anblick, der sich ihm bot, war jedoch alles andere als schön.

Durch die Periskopoptik konnte er sofort das grauenhafte schwarze Kabelgewirr erkennen, das sich um die Schiffsschraube gewickelt und diese so brutal zum Stillstand gebracht hatte. Was aber noch weit schlimmer war: Da lag kaum mehr als 150 Meter vor seinem Backbordbug ein chinesischer 6000-Tonnen-Zerstörer, der einen seiner Geschütztürme auf die Brücke der *Seawolf* gerichtet hatte. Aus Judds Blickwinkel sah es so aus, als würde ihm dieser direkt zwischen die Augen zielen.

»Jesus, Maria und Josef!« stöhnte er auf.

Der Verstand des Kommandanten arbeitete wieder mit höchsten Umdrehungen. Die Situation war schrecklich, aber keineswegs einzigartig. Es hatte schon andere Unterseeboote gegeben, die Kabel von Schleppeinrichtungen in die Schraube bekommen hatten. Das aufsehenerregendste Ereignis dürfte dabei im Jahre 1980 mit einem britischen Atom-Unterseeboot in der Barentssee stattgefunden haben. Aber jenes war damals einfach aufgetaucht, hatte die Schraube freigeschnitten und war anschließend sicher nach Hause gelangt.

Und es gab wohl kaum jemanden, der sich nicht des Vorfalls erinnerte, bei dem in den späten 70er Jahren ein sowjetisches Unterseeboot das Schleppsonar einer amerikanischen Fregatte in die Schraube bekam. Nach Überlieferungen der Navy blieb dem russischen Boot letzten Endes nichts anderes übrig, als aufzutauchen, also genau das zu tun, was jetzt auch der *Seawolf* bevorstand. Gleich darauf hatte damals die sowjetische Besatzung damit begonnen, unter Verwendung völlig unzureichenden Werkzeugs die Schraube freizuschneiden. Währenddessen saß die Besatzung der amerikanischen Fregatte auf dem Achterschiff, aß ihre Hotdogs zu Mittag und überschüttete die Russen mit Gelächter und lautem Applaus, wenn wieder einmal ein Versuch, die Schiffsschraube zu klarieren, fehlgeschlagen war.

Judd wusste außerdem von einem Fall, bei dem sich am Heiligen Abend des Jahres 1986, ebenfalls in der Barentssee, die Schraube eines riesigen sowjetischen Interkontinentalraketen-Boots vom Typ Typhoon im Schleppsonar des Spionage-Atom-Unterseeboots HMS *Splendid* der Royal Navy verfangen hatte. Das Typhoon konnte sich zwar vom wesentlich kleineren britischen Boot losreißen, aber die Sowjets mussten mit der immer noch um die Schraube gewickelten Antenne ablaufen. Jetzt war es an Judd, auf dem schnellsten Wege zu einer Entscheidung zu gelangen, was zu unternehmen war. Solange sie es nicht schafften, die Blockierung der Welle zu lösen, saßen sie hier in der Falle. Damit ergab sich die Antwort auf die Frage sozusagen von selbst. Wieder zu tauchen schied von vornherein aus, solange kein ausreichender Antrieb zur Verfügung stand. Entkommen konnten sie genauso wenig. Ihnen blieb gar nichts anderes übrig, als aufzutauchen.

Der Kommandant befahl der Tauchermannschaft, sich auf den sofortigen Einsatz vorzubereiten. Master Chief Brad Stockton wählte acht Männer aus, von denen vier für den ersten Tauchgang vorgesehen waren, während die anderen vier zu deren Unterstützung hinter der Schiffsschraube Stellung beziehen sollten. Innerhalb weniger Minuten hatten die Männer ihre Nasstauchanzüge und Flossen angelegt. Brad befahl, neben den Atemgeräten auch die Unterwasser-Schweißbrenner nach draußen zu bringen. Außerdem sollten die Männer die großen Bolzenschneider und Äxte mitnehmen, damit sie alles dabeihatten, um die Antenne von der Schraube der *Seawolf* loszubekommen.

Die Gruppe stieg durch das Luk auf der Steuerbordseite des Turms aus, wodurch sie vor den Blicken von der *Xiangtan* verborgen blieb. Anschließend bewegten sie sich, einer nach dem anderen, auf dem Oberdeck in Richtung Heck, wo sie mit ihrer Arbeit beginnen wollten. Doch kaum hatte der erste Mann die Rückseite des Turms umrundet, kam er auch schon in den Sichtbereich des Schützentrupps an Bord des Chinesen und wurde mit einem wahren Geschosshagel aus Handwaffen überschüttet. Während immer weiter Kugeln gegen den zweieinhalb Zentimeter dicken Turm prasselten und als Querschläger in alle Richtungen davonjaulten, zog sich die Tauchergruppe wieder zurück. Es grenzte an ein Wunder, dass dabei niemand getötet wurde und alle Männer sicher ins Innere des Unterseeboots zurückkehren konnten.

Eines war jetzt klar: Die Chinesen wollten offensichtlich nicht zulassen, dass die Amerikaner freikamen, geschweige denn dass die Besatzung das Deck betrat.

Judd Crocker überdachte noch einmal seine ohnehin schon dahingeschmolzenen Alternativen. Wenn er wenigstens über eine gewisse Mobilität verfügt hätte, dann wäre es ihm möglich gewesen, den Zerstörer mit Torpedos auszuschalten und abzuhauen. Bestimmt waren bereits weitere chinesische Schiffe und Flugzeuge auf dem Weg hierher.

*Der Kapitän dieses gottverdammten Zerstörers wird seine Heldentat ganz sicher nicht für sich behalten haben*, dachte er.

Da sie nicht an die Schraube gelangen und sich deshalb nicht absetzen konnten, waren sie bereits jetzt, ganz gleich aus welcher Perspektive, Gefangene des Chinesen. Die *Xiangtan* machte wenigstens keine Anstalten, sie zu versenken. Nur gut, dass sie sich hier mit etlichen Meilen Sicherheitsabstand zur chinesischen Küste in internationalen Gewässern befanden.

Es sah kurz so aus, als ob niemand auf beiden Schiffen so recht wusste, was jetzt zu tun war, aber plötzlich taten die Chinesen den ersten Zug, indem sie einen ihrer Haitun-Hubschrauber vom Achterschiff des Zerstörers abheben ließen. Durch das Sehrohr konnte Judd beobachten, wie dieser sich im Tiefflug über die See dem Bug seines Boots näherte und dort im Schwebeflug verharrte. Dann öffnete sich die Seitenluke des Helikopters, und vier Männer seilten sich mit schweren Ausrüstungsgegenständen auf das amerikanische Unterseeboot ab.

»Was halten Sie denn davon, Brad?« sagte der Kommandant und übergab das Periskop.

»Keine Ahnung, was die da treiben, aber es sieht nicht so aus, als ob das Taucherflaschen wären, was die da bei sich haben – nein, das ist eine Schweißausrüstung… Wissen Sie, was ich glaube? Die Typen haben vor, uns im Bugbereich schwere Eisenklampen auf den Druckkörper zu schweißen, um uns daran festzumachen und zur Küste zu schleppen…«

»Sie scherzen wohl?«

»Nein – sie fangen bereits damit an.«

»Na ja, warum tauchen wir dann nicht wieder und ersäufen sie … einfach so«, sagte Shawn Pearson.

»Gute Idee«, sagte der Kommandant. »Haupt-Tauchzellen öffnen … Offizier der Wache, bringen Sie sie runter.«

Die Tauchzellen der *Seawolf* wurden wieder geflutet und das Boot begann zu rollen. Es wälzte sich, kam aber nicht weit hinunter, da der Schub fehlte. Judd blieb am Sehrohr stehen und konnte beobachten, wie der chinesische Hubschrauber rasch näher kam und dann tiefer ging, um die Männer wieder aufzunehmen. Er wusste, dass er dieses Spiel nicht bis in alle Ewigkeiten weiterführen konnte, ohne dass ihnen dabei irgendwann die Luft ausging. Also gab er schon bald wieder den Befehl zum Auftauchen und damit zurück zum vorherigen Status, der in einer Welt der schlechten Möglichkeiten immer noch die wahrscheinlich beste Lösung darstellte.

Dann schickte er eine Meldung mit höchster Dringlichkeitsstufe nach Pearl Harbor: »Seawolf *an Position 20.30 N, 113.35 E aufgetaucht. Manövrierunfähig gemacht durch an der Schiffsschraube verwickelte Schleppsonarantenne. Chinesischer Zerstörer* Xiangtan *in unmittelbarer Nähe. Werden durch Beschuss aus Handwaffen daran gehindert, notwendige Arbeiten an der Schraube auszuführen. Vorderer Geschützturm des Chinesen ununterbrochen auf meinen Turm gerichtet. Unterstützung von See und aus der Luft schnellstens erforderlich.«*

Das Satellitensignal vom COMSUBPAC lief bereits nach 15 Minuten ein: »*LRMP trifft um 1200 Ortszeit ein. CVBG innerhalb der nächsten 24 Stunden vor Ort. Unterstützung durch Oberflächeneinheiten erst innerhalb von 48 Stunden möglich. Diplomatische Schritte bereits eingeleitet.«*

»Also, das hört sich für mich alles ein wenig zu langsam an. Sechs Stunden, bis eine Langstrecken-Luftpatrouille der Navy hier eintrifft, ein ganzer Tag für den Flugzeugträger-Gefechtsverband und sogar zwei Tage für die anderen Kriegsschiffe. Ich fürchte, dass wir es gerade mal eben hinkriegen werden, die Kulis so lange daran zu hindern, sich an unserem Bug zu schaffen zu machen. Aber leicht wird's nicht werden.«

In der Zwischenzeit entwickelte man am Heck der Zerstörers größere Aktivität: Kurz nach 0600 hoben beide Haitun-Hubschrauber ab und transportierten eine mächtige Stahltrosse, die in einem großen U zwischen ihnen herunterhing, zur *Seawolf.* Judd beobachtete, wie sie die Schlinge langsam absenkten und unmittelbar hinter dem Heck seines Boots ins Wasser eintauchen ließen. Von dort aus zogen sie die Trosse über die Schraube hinweg in Richtung Vorschiff, bis sie schließlich auf Höhe des Ruders, noch vor den achterlichen Tiefenrudern, angekommen waren. Danach stiegen die beiden Chopper wieder auf etwa 100 Fuß und begannen langsam einen engen Kreis zu fliegen, wobei sich ihre Rotoren fast überlappten. Sie schlugen mit der Stahltrosse eine Art Knoten, der sich um das flache Heck des Unterseeboots legte. Nach vorn konnte die Trosse wegen des mächtigen Buckels im Druckkörper der *Seawolf* nicht mehr abrutschen. Achtern wurde sie nach unten durch das Ruderblatt und zu den Seiten durch die beiden Tiefenruder daran gehindert.

Nachdem diese Aktion beendet war, nahm der Luhai rasch Fahrt über den Achtersteven auf. Die beiden Hubschrauber legten während ihrer Landung die Enden der Stahltrosse auf dem Achterdeck des Zerstörers ab. Und dann hatte Judd den Eindruck, als würde es dort von den sprichwörtlichen 1000 kleinen Chinesen nur so wimmeln.

Seine Vermutung, was als Nächstes kommen würde, wurde leider nicht enttäuscht. Die Enden der Trosse wurden an Deck des Zerstörers belegt. Um 0730 an diesem regnerischen Morgen des 5. Juli 2006 begann für den Stolz des Silent Service der U.S. Navy, die USS *Seawolf*, im Südchinesischen Meer eine lange Schleppfahrt über den Achtersteven in die Gefangenschaft. Wie lange diese Fahrt dauern würde, war nicht abzusehen. Aber warum dies alles geschah, davon hatte Judd Crocker eine sehr klare Vorstellung, seit er entdeckt hatte, dass inzwischen nicht nur eine chinesische Luftsicherung, sondern auch ein Geleitschutz aus schnellen Patrouillenbooten eingetroffen war, die zu beiden Seiten des Schleppzugs liefen.

Lt. Commander Rothstein vertrat die Ansicht, dass man sie wohl nach Kanton schleppen würde, um dort das ganze Boot auseinander zu nehmen und zu untersuchen, damit die Chinesen jedes einzelne Geheimnis der *Seawolf* kopieren konnten – die Sonare, das Radar, die Computer, den Antrieb, den Kernreaktor, die Waffen und natürlich auch die Beschichtung des Rumpfs. Noch nie hatte China so viel Glück gehabt. Noch nie hatte dieses Land über eine derart unglaubliche Möglichkeit verfügt, eine Unterwasserflotte aus dem Boden zu stampfen, die völlig nach dem Bild der US-amerikanischen entstehen würde.

Die einzige Frage, die nach Cy Rothsteins Meinung dabei unbeantwortet blieb, war die nach dem Schicksal der Mannschaft. Würde man sie freilassen? Oder würde man die leitenden Offiziere und Besatzungsmitglieder intensiven Verhören unterwerfen und die besten Unterseebootfahrer der U.S. Navy letztlich dazu zwingen, die Chinesen bei ihrem ehrgeizigen Vorhaben zu unterstützen, mit der modernsten westlichen Seemacht gleichzuziehen?

Cy Rothstein hatte keine Antwort auf diese Frage und damit stand er nicht allein. Judd Crocker zog in Erwägung, sich und die Mannschaft mit Schwimmwesten von Bord zu retten, um anschließend das Boot persönlich zu versenken.

Er war sich sehr wohl des katastrophalen Potentials bewusst, wenn sein Boot tatsächlich den Chinesen in die Hände fiel. Für den Augenblick schien es so, als könnte nur das Absetzen der Mannschaft und die Versenkung des Boots in internationalen Gewässern die Preisgabe von Militärgeheimnissen der U.S. Navy verhindern. Aber ihm war auch gleichzeitig klar, dass eine derart drastische Vorgehensweise einen zu hohen Tribut fordern würde. Die Chinesen hatten schon einmal das Feuer auf seine Männer eröffnet. Judd hegte bei allem, was ihm über seine Widersacher bekannt war, nicht die geringsten Zweifel, dass sie das wieder tun würden. Der Preis für die Versenkung der *Seawolf* könnte möglicherweise der Tod der gesamten Besatzung sein.

Judd Crocker gab sich keinen Illusionen darüber hin, dass sie faktisch bereits Gefangene der Chinesen waren, dass später möglicherweise sehr intensive Verhöre nicht zu vermeiden sein würden. Er hegte lediglich noch die Hoffnung, dass es die Diplomaten irgendwie schafften, einiges zu bewegen, dass vielleicht eine Art Kuhhandel mit der amerikanischen Regierung letzten Endes zu ihrer Freilassung führen würde. In der Zwischenzeit blieb ihnen nichts anderes übrig, als den nächsten Zug ihrer Gastgeber abzuwarten. Und diese Warterei würde ziemlich ungemütlich werden.

Inzwischen befanden sie sich in unmittelbarer Nähe der chinesischen Hoheitsgewässer. Die *Xiangtan* schleppte sie mit vier Knoten Geschwindigkeit in Richtung Kanton, was eine Fahrtdauer von 20 Stunden bedeutete, bis sie dort waren. Da sie selbst über keinerlei Antrieb verfügten, stampfte und rollte das Boot trotz der ruhigen See wie wild. Alle anderen Versorgungssysteme arbeiteten, weshalb ihnen Licht und Klimaanlage, die aus dem Kernreaktor ihre Energie bezogen, noch zur Verfügung standen. Sie hatten reichlich Verpflegung und Wasser an Bord und auch ihre Kommunikationssysteme funktionierten einwandfrei. Über sie konnte der Kommandant den COMSUBPAC in Echtzeit über jede Entwicklung auf dem Laufenden halten.

Im Grunde gab es recht wenig zu berichten. Natürlich bestand nach wie vor die Möglichkeit, sich in der mächtigen Stahlkapsel der *Seawolf* einzuschließen und den Chinesen bis zum bitteren Ende in der Hoffnung Widerstand zu leisten, dass die Politiker einen Weg finden würden, eine Freilassung zu bewirken. Andererseits konnten sie sich selbstverständlich auch den Chinesen ergeben und entrüstet darauf pochen, in internationalen Gewässern aufgebracht und gefangen genommen worden zu sein, während sie in aller Friedfertigkeit ihren Geschäften nachgegangen seien.

Ob nun Kapitulation oder nicht, Judd befahl auf jeden Fall schon einmal, dass alle Beweise für das Vorhandensein von Fotografien, einschließlich der Kamera und des Entwicklungsmaterials, vernichtet und durch eines der Torpedorohre außenbords geschafft werden sollten. Bei dieser Gelegenheit wanderte auch gleich der Pass seines Ersten Offiziers durch den Reißwolf und nahm den gleichen Weg.

Judd sträubte sich mehr oder weniger dagegen, sich im Boot einzusperren und passiven Widerstand zu leisten. Die Chinesen würden sich, wenn sie erst einmal den Stützpunkt erreicht hatten, nicht lange hinhalten lassen und sicherlich versuchen, mit Gewalt in das Boot zu dringen. Es käme bestimmt zu nicht unerheblichen Kampfhandlungen, bei denen höchstwahrscheinlich etliche Männer ihr Leben lassen müssten, nicht nur auf chinesischer, sondern auch auf amerikanischer Seite.

158

Gleich welchen Weg er letzten Endes beschreiten würde, es war und blieb ungeheuer frustrierend, tatenlos in einem der stärksten Gefechtssysteme der Welt zu sitzen, einem Atom-Unterseeboot, das nicht nur die *Xiangtan*, sondern darüber hinaus auch noch viele ihrer Kameraden auf See vernichten konnte. Die *Seawolf* hatte immer etliche ADCAP-Torpedos Mk 48 für den Fall an Bord, dass die USA in einen Krieg verwickelt wurden, während sich das Boot gerade auf Patrouille befand.

Außerdem trugen sie auch die *Tomahawk*-Langstrecken-Marschflugkörper mit Atomsprengköpfen zum Einsatz gegen Landziele bei sich. Allein einer davon würde reichen, Peking in Schutt und Asche zu legen, von Kanton ganz zu schweigen. Sollten sie wirklich unter Druck geraten, verfügten sie über ein ausreichendes Arsenal, um ein beträchtliches Stück des südwestlichen Chinas auszuradieren.

Captain Crocker waren aber die Hände gebunden, es sei denn, er hatte allen Ernstes vor, aus eigenem Antrieb den Dritten Weltkrieg anzuzetteln.

Außerdem stellte die Versenkung der *Xiangtan* keine echte Alternative dar, weil in diesem Fall sehr schnell andere Schiffe zur Stelle sein würden, sie zu ersetzen. Die *Seawolf* würde kämpfend untergehen.

Die letzte Nachricht aus Pearl Harbor hatte das strikte Verbot beinhaltet, das Feuer zu eröffnen. Im Augenblick versuchte man bei der SUBPAC, die Dinge herunterzuspielen und vernünftig mit der chinesischen Marine zu verhandeln, wobei man der Bestürzung und dem Befremden Ausdruck verlieh, dass ein US-amerikanisches Schiff auf diese Art und Weise in internationalen Gewässern aufgebracht worden war.

Die Chinesen hingegen mauerten. Wie erwartet, war zu vernehmen:»*Wir bedauern sehr, dass es zu diesem unglücklichen Vorfall gekommen ist, sind jedoch aufs Äußerste erschüttert darüber, dass eines Ihrer Kriegsschiffe, das zudem auch noch thermonukleare Waffen an Bord führt, in eine Havarie mit einem unserer friedlichen Zerstörer verwickelt war, der sich einzig und allein zu Testfahrten nach dem Einbau neuer Antriebselemente im Südchinesischen Meer befand ... Wir haben lediglich auf eine Bitte Ihres Kommandanten um Unterstützung reagiert ... Es liegt uns fern, irgendjemandem Böses zuzufügen ... Wir sind gern bereit, alles in unserer Macht Stehende zu tun, das Boot so schnell wie möglich wieder flott zu bekommen ... Danach werden wir weiter verhandeln. Wie gesagt, es tut uns außerordentlich Leid.«*


5. Juli 2006, Mitternacht
Dienstzimmer des kommandierenden Admirals der Südflotte

Dies war ohne Zweifel der glücklichste Tag im ereignisreichen Leben des Admiral Zhang Yushu. Ihn erfüllte größere Freude als selbst an jenem Tag, an dem er die liebliche Lan heiratete, größere Hoffnung als an jenem Tag, an dem sie endlich ihr Sommerhaus am Wasser beziehen konnten, und stärkere Aufregung als an jenem Tag, an dem er das oberste Kommando über die Marine der Volksbefreiungsarmee übertragen bekommen hatte.

Ein tiefes Lächeln umspielte seine Lippen, während er in Admiral Zu Jicais Dienstzimmer umherschritt und dabei immer wieder die rechte Faust in die offene linke Hand schlug, um sich zu beglückwünschen, den großen Preis für China gewonnen und gesichert zu haben: die *Seawolf* und ihre Mannschaft.

Vielleicht würde sich der Große Vorsitzende irgendwann einmal bemüßigt fühlen, das Boot an die Amerikaner zurückzugeben, jedoch ganz sicher nicht vor dem Tag, an dem die chinesischen Wissenschaftler auch den letzten Tropfen an Erkenntnissen aus diesem Schiff herausgepresst hatten.

»O mein Freund Zu«, rief er, »was für ein wunderschöner Tag! In wenigen Stunden werden sie hier eintreffen. Ist alles am Landungssteg vorbereitet? Was haben wir da für ein Unterseeboot in die Hände gekriegt!«

Zhang war wie in Ekstase, auch wenn er sich selbst eingestehen musste, dass ein enormer Glücksfaktor die entscheidende Rolle gespielt hatte.

Außerdem war er ein in der Wolle gefärbter Pragmatiker, der genau wusste, wo seine Grenzen lagen. Er würde nicht länger als einen Monat über diese Beute verfügen, die das letzte Wort in Sachen Unterseeboottechnik war.

Aber jetzt hatte er erst mal Männer in den Händen, auf deren Wissen im Bereich des Sonars, des Radars, der Computer und der Waffen die ganze Welt neidisch war. Er würde amerikanische

Ingenieure und Techniker in seiner Gewalt haben, die ihm jeden einzelnen Bestandteil des Boots bis ins Detail vorführen konnten, Experten für Kernenergie, Elektronik und Lenkwaffen, die besser als irgendjemand in China wussten, wie man eine mächtige Interkontinentalrakete sicher über große Entfernungen schleudern konnte. Weiter wahrscheinlich, als sich bislang in seinem Heimatland irgendeiner hätte träumen lassen. Und das Tollste von allem war, dass sich der absolute Spitzenmann der Unterseebootkommandanten der U.S. Navy unter seinen Gefangenen befand.

Was er allerdings nicht wusste: Unter der Besatzung befand sich auch der einzige Sohn des Präsidenten der Vereinigten Staaten.

# KAPITEL VIER

Donnerstag, 6. Juli, 0300
Mündung des Perlflusses
15 Kilometer südöstlich des Hafens von Macao

Zwei Seemeilen vor der Landspitze der Insel Zhu Zhou waren sie von null-eins-drei auf drei-drei-vier und damit auf einen in westlicher Richtung verlaufenden Kurs gegangen. Die *Xiangtan* schleppte ihren gigantischen schwarzen Gefangenen aus Stahl durch die Zufahrtswege in die Mündung und schließlich in die betonnten Fahrwasser.

Die Funksprüche, die in den letzten Stunden vom COMSUBPAC eingegangen waren, bestätigten Judd Crocker ein ums andere Mal, dass die amerikanische Kavallerie diesmal zu spät eintreffen würde. Es bestand jetzt keine Hoffnung mehr auf eine unmittelbare Rettung, und niemand an Bord der *Seawolf* hatte eine Vorstellung davon, welches Schicksal sie nach dieser erbärmlichen und langsamen Reise bei ihrer Ankunft im Hafen von Kanton erwarten würde.

Inzwischen hatte der Regen wieder eingesetzt. Kurze Zeit später schälten sich zwei chinesische Marineschlepper aus der Dunkelheit, um sich mit dem Zerstörer zu treffen, den sie erst am Morgen zuvor beim Auslaufen begleitet hatten. Nachdem die Kommandanten sich kurz abgesprochen hatten, nahmen die beiden Schlepper ihre Positionen zu beiden Seiten der *Seawolf* für den langen Schub flussaufwärts zum Stützpunkt ein.

In den um diese Uhrzeit nahezu unbefahrenen Gewässern, die außerdem fast bewegungslos waren, konnten sie mit höherer Fahrt laufen. Der chinesische Zerstörer nutzte die Gelegenheit sofort, um mit der Fahrtstufe auf sieben Knoten hinaufzugehen, während sie die weitläufige Mündung westlich von Hongkong passierten, die anfänglich fast 25 Kilometer breit ist.

162

Im Inneren des Unterseeboots wurden Linus Clarke von Judd Crocker gerade Papiere ausgehändigt, die jenem eine völlig neue Identität verschafften. Der amerikanische Pass trug zwar sein Bild, lautete jedoch auf den Namen Bruce Lucas, geboren 1972 in Houston, Texas, als Sohn von John Lucas, Direktor einer Ölgesellschaft, und dessen Frau Marie. Bruce Lucas' Wehrpass wies das Jahr 1990 als Eintrittsdatum in die Naval Academy aus, das Jahr 2004 für seine Beförderung zum Lieutenant Commander. Nach dieser neuen Legende fuhr er im Augenblick seinen zweiten Törn als Erster Offizier an Bord der *Seawolf*. Als sein Spezialgebiet wurde Torpedotechnik angegeben. Die nächsten Angehörigen, die im Falle eines Unglücks zu benachrichtigen waren, seien seine Eltern, die in Beaumont Place, einem Vorort von Houston, lebten. Bruce Lucas war auch gleichzeitig der Name, der schon immer auf seinen Wäschezeichen eingestickt gewesen war. Der Matrose aus der Wäscherei hatte sich nicht geirrt.

Sich der Tatsache voll bewusst, dass sich das Boot jetzt in der Perlflussmündung befand, sprach Judd über die Bordsprechanlage zur Besatzung und umriss in groben Zügen das Dilemma, in dem sie sich befanden, versicherte seinen Männern aber, dass man beim SUBPAC die Sache im Griff habe. Er erklärte, dass sowohl die Navy als auch die Regierung alles unternahmen, um die Angelegenheit auf diplomatischem Weg zu regeln.

Aus ersichtlichen Gründen sei niemand daran interessiert, die Sache in Kampfhandlungen ausufern zu lassen, irgendwelche Heldentaten seien nicht erwünscht. Die Chinesen hätten kein Recht auf das Unterseeboot und auch keinerlei rechtliche Handhabe, die Besatzung unter Arrest zu stellen. Gleichwohl hätten die Chinesen die manövrierunfähige *Seawolf* wohl nicht zuletzt, weil sie davon ausgingen, das sich thermonukleare Massenvernichtungswaffen... nun, die Sache dennoch zum Anlass genommen, das Boot in Gewahrsam zu nehmen und in ihre Hoheitsgewässer zu bringen, solange sich die Diplomaten herumstritten.

»Und das bringt mich zu einem äußerst wichtigen Punkt«, fügte er hinzu. »Wie einige von Ihnen bereits wissen oder zumindest geahnt haben, ist Lt. Commander Linus Clarke der Sohn des Präsidenten der Vereinigten Staaten. Er ist sein ganzes Studien- und Arbeitsleben lang Berufsoffizier in der U.S. Navy gewesen, und man kann es ihm schwerlich zur Last legen, dass sein Herr Papa für das Amt des Präsidenten kandidiert und dann auch noch die Wahl gewonnen hat. Als dies geschah, befand sich Linus nämlich schon ein ganz erhebliches Stück weit oben auf der Karriereleiter und war bereits Lieutenant auf dem Flugzeugträger *John C. Stennis.* Zu keinem Zeitpunkt hat es für ihn irgendeinen Grund gegeben, seine Laufbahn aufzugeben, nur weil sein Vater für fünf Jahre ins Weiße Haus eingezogen ist.

Trotzdem hat sich die Navy an die Richtlinien zu halten, die genau für solche Situationen vorgesehen sind, wie die, in der wir derzeit stecken. Lieutenant Commander Clarke befindet sich in einer sehr verwundbaren Position, die seinen Vater durchaus kompromittieren könnte. Deshalb verfügt er inzwischen über eine völlig neue Identität. Ich möchte Sie daher alle bitten, sich das einzuprägen.

Er ist ab sofort nicht mehr Linus Clarke. Er ist jetzt Lieutenant Commander Bruce Lucas aus Houston, Texas. Sollte man uns Verhören unterziehen, darf ich Sie alle nachdrücklich darum bitten, weder Linus noch mich, noch Ihren Präsidenten zu gefährden. Von diesem Augenblick an ist unser Erster Offizier Lieutenant Commander Bruce Lucas. Seine Wäschezeichen lauten bereits auf diesen Namen. Sein Pass ebenfalls. Und die Liste mit den im Notfall zu benachrichtigenden Angehörigen bestätigt diese Angaben. Er hat also nie zuvor in seinem Leben irgendeinen der Menschen persönlich kennen gelernt, die jetzt im Weißen Haus leben. Er *ist* Lieutenant Commander Bruce Lucas. Verstanden? Das wäre alles.«

Da sich die *Seawolf* im Schlepp befand, gab es für kaum jemanden irgendetwas zu tun. Die Funkbude rief alle halbe Stunde den Satelliten ab, um zu prüfen, ob neue Befehle vorlagen. Im Großen und Ganzen hatte sich das Unterseeboot jedoch in ein Geisterschiff verwandelt. Die Offiziere saßen in der Messe herum und tranken ununterbrochen schwarzen Kaffee. Die meisten Techniker und Elektroniker saßen auf den unteren Decks herum, spielten Karten oder dösten vor sich hin, weil es für ihre Turbinen zur Zeit nichts gab, was sie hätten antreiben können.

Die Systeme, die dazu dienten, die Luft zu reinigen und Frischwasser zu produzieren, arbeiteten normal, und selbstverständlich musste Lt. Commander Rich Thompson darauf achten, dass der Kernreaktor, von dem alles an Bord seine Energie bezog, einwandfrei lief. Unaufhörlich strich Master Chief Brad Stockton durchs Boot, sah nach den jüngeren Mannschaftsmitgliedern und munterte sie auf.

Wie es jetzt weiterging, hing in erster Linie von dem Empfang ab, den die chinesische Marine den Amerikanern bereiten würde, wenn sie schließlich in Kanton eingetroffen waren. Wenn man sie anständig behandelte und ihnen erlaubte, an Bord ihres Boots zu bleiben, während die Diplomaten ihre Verhandlungen führten, wäre dies eine geradezu perfekte Lösung. Man würde die Verhandlungen nicht gefährden, weil es dann nicht hieße, dass die Volksbefreiungsarmee das Boot entführt habe und die Besatzung gefangen gehalten werde. Ein solches Vorgehen würde andernfalls die Vereinigten Staaten in Rage versetzen. Der Präsident würde unter dem Druck der Öffentlichkeit stehen, entsprechende Maßnahmen zu ergreifen. Damit stünde die Neuauflage des Geiseldramas von Teheran im Jahre 1980 an. Sollte es die republikanische Regierung nicht schaffen, China dazu zu bewegen, das Boot samt Besatzung wieder freizulassen, käme das deren politischem Ende gleich.

Aber wie bei potentiellen Krisen üblich, nahm auch diese ihren Verlauf, wobei das SUBPAC und die ihm übergeordneten Stellen im Pentagon zunächst nichts verlauten ließen, solange die *Seawolf* nicht in Kanton angekommen war und die Vereinigten Stabschefs nicht wussten, woher der Wind wehte.

In der Zwischenzeit zitierte Captain Crocker Lt. Commander Mike Schulz zu sich und die beiden Männer begaben sich allein in die Reaktorabteilung.

»Mike«, sagte der Kommandant, »ich habe keine Ahnung, was uns in Kanton erwartet. Wir müssen aber damit rechnen, dass die Chinesen versuchen werden, sämtliche Einzelheiten über unser Boot herauszubekommen. Ich habe einige mündliche Befehle vom CNO erhalten für den Fall, dass wir in Feindeshand geraten. Diese Befehle beziehen sich auch darauf, wie mit dem Isolationsventil im Not-Kühlkreislauf verfahren werden soll – das ist das Ding, mit dem wir beide uns damals in New London näher befasst haben. Ich möchte, dass Sie es jetzt gleich aktivieren, und zwar so, dass es keinerlei Anzeichen für eine Fehlfunktion gibt, sollte es ausfallen.«

»Aye, aye, Sir«, sagte Lt. Commander Schulz.

Und so schlingerten die Amerikaner weiter den Kanal hinauf. Die starke Stahltrosse hielt dabei allen Belastungen stand, so wie sie es schon die ganzen letzten 240 Kilometer getan hatte. Sie passierten die überwiegend landwirtschaftlich genutzten Bereiche des Flussdeltas und liefen immer noch mit der größtmöglichen Fahrt, die vom ziehenden Zerstörer und den Schleppern erzielt werden konnte, in Richtung Norden.

Als die Uhren an diesem glühend heißen Nachmittag auf drei Uhr zeigten, hatten sie den sich verengenden Fluss erreicht und fuhren weiter, bis sie am Anleger für die Unterseeboote waren. Judd Crocker fand, dass es keinen Zweck hatte, sich einzuigeln. Er öffnete das Luk im Turm und zusammen mit Master Chief Brad Stockton trat er auf die Brücke.

Sie blinzelten in die Sonnenstrahlen, die sich zwischen den Regenwolken hindurchstahlen, und hielten unwillkürlich die Luft an, als sie das ernüchternde Panorama erblickten, das sich ihnen hier bot. Eine rund 200 Mann starke, schwer bewaffnete Wachtruppe stand an der Landungsbrücke, an die sie gerade langsam längsseits schoren. Die Schlepper bugsierten die *Seawolf* mit ihrer 350 Fuß langen Backbordseite gegen die Kaimauer.

Die Chinesen legten eine Gangway an, um auf das amerikanische Unterseeboot zu gelangen, und schon strömten 20 Soldaten an Deck und gingen mit entsicherten Waffen in Fünfergruppen vor den vier Hauptausstiegsluken in Stellung. Jetzt gab es kein Entkommen mehr.

Sekunden später betrat ein Offizier mit Megaphon die Gangway und verlas in akzentfreiem Englisch eine Erklärung an Captain Crocker und dessen Männer.

»Ich bin Fregattenkapitän Li Zemin, leitender Sicherheitsoffizier des Marinestützpunkts der Volksrepublik China in Guangzhou. Wir sind davon überzeugt, dass Ihr Unterseeboot nicht nur konventionelle, sondern auch Waffen mit Atomsprengköpfen an Bord hat. Ausländische Waffen dieser Art sind in sämtlichen Gewässern des Südchinesischen Meers strikt verboten. Sie sind vom Großen Vorsitzenden der Republik verboten worden, und hier in China stehen wir dafür ein, dass unsere Gesetze und Richtlinien auch befolgt werden.

Deshalb wird die Besatzung dieses Schiffs unter Arrest gestellt und der Gerichtsbarkeit der Volksrepublik China unterworfen. Sie werden jetzt sofort damit beginnen, Ihr Schiff zu räumen. Zunächst die Mannschaftsdienstgrade, dann folgen die Unteroffiziersränge und die Offiziere. Stabsoffiziere und die Schiffsführung verlassen als Letzte das Boot.

Wir stehen in Verbindung mit Ihrer Regierung, welche in Abrede stellt, dass Sie jemals den Befehl dazu bekommen haben, sich unseren Hoheitsgewässern in der von Ihnen gewählten Weise zu nähern. Deshalb machen wir Sie, und zwar jeden einzelnen Mann, persönlich für diesen äußerst bedauerlichen Einbruch in die friedlichen Seehandelswege Chinas verantwortlich. Bis zur Gerichtsverhandlung werden Sie in Gewahrsam genommen.

Verlassen Sie jetzt das Schiff. Der Reaktor wird nicht heruntergefahren. Ihr leitender Kernenergie-Ingenieur bleibt in der Reaktorabteilung und steht dort unseren Experten zur Verfügung.

Sollte irgendjemand körperlichen oder bewaffneten Widerstand leisten, führt das zur sofortigen Erschießung nicht nur desjenigen selbst, sondern auch zweier seiner Kameraden. Öffnen Sie nun die Luken, und treten Sie hintereinander mit erhobenen Händen heraus. Dies hat unbewaffnet zu geschehen. Jeder Mann, bei dem wir eine Waffe finden, wird umgehend exekutiert.«

Es hatte Admiral Zhang den gesamten Vormittag gekostet, diese Rede zu schreiben, und er war ungeheuer stolz auf sein Werk. »Wollen wir diesen arroganten Bastarden doch gleich mal zeigen, wer hier das Sagen hat, was, Zu?«

Oben auf der Brücke schauderte es Judd Crocker, als er erneut die Trostlosigkeit ihrer Situation erfasste. Es gab keinen Weg aus dieser Zwangslage heraus. Es war unglaublich, aber unwiderruflich: Sie waren Gefangene der Chinesen, und aus Fregattenkapitän Lis Worten war unzweideutig hervorgegangen, dass sich dieser Zustand über eine lange Zeit hinweg kaum ändern würde. Die Gedanken flogen ihm nur so durch den Kopf. *Was wird das Pentagon unternehmen? Wie wird sich die Regierung zu Hause verhalten? Wie der Präsident? Wie lange wird dieser Albtraum dauern?*

Ganz gleich, aus welchem Winkel er das Problem beleuchtete, eines stand fest: Im Augenblick waren die Chinesen am längeren Hebel. Genau 17 Minuten nach drei Uhr an diesem Nachmittag befahl der Kommandant der USS *Seawolf* seiner Mannschaft, das

167

Boot zu verlassen und sich Fregattenkapitän Lis Männern wie angeordnet zu ergeben.

Hinter der Landungsbrücke hatte er eine Kolonne von zehn offenen Lastwagen stehen sehen, um die weitere bewaffnete Wachen und die Fahrer Aufstellung genommen hatten. Admiral Zhang hatte im Laufe des Tages sämtliche dieser Männer an Bord kleiner Militärmaschinen aus Zhanjiang und Xiamen einfliegen lassen.

In diesem Augenblick öffnete sich auch schon eine der Hauptausstiegsluken, und mit dem jungen Matrosen Kirk Sarloos an der Spitze, der die Hände hoch über den Kopf erhoben hatte, traten die ersten seiner Männer ins Freie. Das alles wirkte irgendwie surrealistisch auf ihn, als liefe hier etwas ab, was eigentlich gar nicht geschehen konnte. Aber es geschah, und zwar auf die schlimmste Weise. Einer der Wachsoldaten trat vor, rammte Kirk den Gewehrkolben in den Rücken und stieß ihn in Richtung Gangway. Es war schon lange her, dass die Amerikaner mit derart nackter Gewalt konfrontiert worden waren, und für einige von ihnen geschah so etwas überhaupt zum ersten Mal. Zweifellos waren sie auf dem besten Wege, am eigenen Leibe zu erfahren, was es hieß, in einem Land in Gefangenschaft zu geraten, in dem sich die Wahrung der Menschenrechte auf einem Stand befand, der dem unverfälschter Barbarei entsprach.

Die Chinesen führten die Amerikaner zu jeweils zehn Mann vom Boot und trieben sie dann zu den Lastwagen, wobei sie sie hin und wieder ziemlich rüde stießen oder sogar mit dem Gewehrkolben auf sie einschlugen. Nur wenige erreichten die Lastwagen ohne Blessuren. Tony Fontana, der lange Techniker aus Ohio, musste einen heftigen Kopfschlag mit dem Pistolenknauf einstecken, weil er den Fregattenkapitän als »schlitzäugiges, viertklassiges chinesisches Arschloch« bezeichnet hatte, das besser als Malocher in einer gottverdammten Wäscherei aufgehoben wäre.

Jemand von der Decksmannschaft hatte über diesen Ausspruch gelacht und wurde daraufhin bis zur Bewusstlosigkeit verprügelt. Für Judd Crocker sah das alles ziemlich übel aus.

Die ganze Evakuierungsaktion dauerte etwa eine Stunde. Danach betrat Fregattenkapitän Li zusammen mit acht der Wachsoldaten das Schiff und befahl den beiden Amerikanern, von der

Brücke herunterzukommen. Er informierte sie darüber, dass sie sich unbewaffnet in der Zentrale einzufinden hatten, wo seine Männer dann ihre Namen und Dienstgrade aufnehmen würden.

Bei dieser Gelegenheit setzte er den Kommandanten der *Seawolf* auch gleich davon in Kenntnis, dass sein Boot von jetzt an ganz offiziell von der Marine der Volksrepublik China konfisziert worden sei. Die Besatzung sei in ein ziviles Gefängnis innerhalb der Stadtgrenzen von Guangzhou geschafft worden. Das »Oberkommando« des Schiffs, zu dem er auch sämtliche hochrangigen Offiziere der schiffstechnischen Abteilungen zählte, sollte auf dem Marinegelände unter Arrest gestellt werden, während die »besten Ingenieure Chinas sich mit dem Boot vertraut machen«.

Um fünf Uhr abends wurden Judd Crocker, Bruce Lucas, Cy Rothstein, Shawn Pearson, Andy Warren und Brad Stockton mit vorgehaltener Waffe hintereinander her zu einem Zellenblock des Marinegefängnisses getrieben, der zur Zeit nicht belegt war. Es handelte sich um ein graues, eingeschossiges Gebäude mit schmalen, hohen und sicherlich zur Zeit der Revolution zum letzten Mal geputzten Fenstern. Das Gemälde eines lächelnden Mao Tse-tung zierte die hintere Wand.

Die einen Meter achtzig mal zwei Meter großen Zellen waren dreckig und die Türen von oben bis unten eisenbewehrt. Sie erinnerten stark an Zellen, wie man sie in alten Western zu sehen bekam. Die ganze Einrichtung bestand aus einer rohen Holzbank und einem Eimer. Fließendes Wasser gab es nicht. Die Männer wurden, einer nach dem anderen und jeder für sich, in diese Behausungen gestoßen. Man schlug die Türen zu und verriegelte sie. Die sechs Zellen lagen nebeneinander und gingen alle auf einen schmutzigen Korridor hinaus, der um den ganzen Komplex herum verlief. Am Ende des Gangs, an sich die Zellen von Judd und seinen Männern befanden, lagen noch vier weitere, derzeit nicht belegte Zellen, was den Schluss zuließ, dass sich zehn weitere auf der Rückseite des Gebäudes befanden. Berücksichtigte man die herrschende Stille, waren diese nicht belegt.

Nachdem auch die letzte Zellentür zugefallen war, kam Fregattenkapitän Li mit schnellen Schritten durch die Außentür und ging langsam an den sechs Amerikanern vorbei.

»Diese Zellen stellen für Sie lediglich eine vorübergehende Unterkunft dar«, sagte er. »Morgen werden Sie mit dem Rest Ihrer

Männer an einen anderen Ort verlegt. Zunächst werden Sie jedoch mit dem höchst ehrenwerten Oberbefehlshaber der Marine der Volksbefreiungsarmee zusammenkommen, der mit Ihnen über die Bedingungen Ihres hiesigen Aufenthalts sprechen und dabei auch den Grad technischer Kooperation festlegen wird, den wir von Ihnen erwarten.«

Captain Crocker ergriff zum ersten Mal das Wort:»Fregattenkapitän, wir sind lediglich verpflichtet, Ihnen gemäß Genfer Konvention von 1949 unsere Namen, den Dienstgrad und die Dienstnummer mitzuteilen. Wir sind keineswegs verpflichtet, Sie mit darüber hinausgehenden Informationen zu versorgen. Das sind die Regeln für den Kriegsfall, die von sämtlichen Nationen akzeptiert werden. *Zivilisierten* Nationen, meine ich natürlich.«

»Zwei Dinge dazu, Captain Crocker«, fauchte der chinesische Fregattenkapitän.»Erstens, mein Land war bereits schon vor 4000 Jahren auf höchstem Zivilisationsniveau, als sich Ihre Vorfahren noch von Baumwurzeln ernährt haben. Zweitens befinden wir uns nicht im Kriegszustand, was Ihre Berufung auf die Genfer Konvention nach meinem Dafürhalten irrelevant macht.«

»Aber Sie behandeln meine Männer, als befänden wir uns im Krieg.«

»Vielleicht ist es eine andere Art von Krieg, Captain Crocker. Bereiten Sie sich darauf vor, in einer Stunde mit unserem höchst ehrenwerten Commander in Chief, wie Sie ihn bezeichnen würden, zusammenzutreffen. Ich glaube, Sie werden ihn recht, wie soll ich sagen, überzeugend finden.«


1800
Dienstzimmer des kommandierenden Admirals der Südflotte
Marinestützpunkt Guangzhou

Admiral Zhang Yushu hatte den großen Sessel und den Schreibtisch mit Beschlag belegt, der normalerweise vom Kommandeur der Südflotte, Admiral Zu Jicai, benutzt wurde. In dem großen, mit Teppichen ausgelegten Dienstzimmer hatte um ihn herum das»Rückgrat« der chinesischen Marine auf riesigen, geschnitzten Thronsesseln Platz genommen. Zu seiner Rechten saß Zu Jicai, dem die *Seawolf* jetzt faktisch unterstand.

Admiral Yibo Yunsheng, der kommandierende Admiral der Ostflotte, war gerade eben erst per Flugzeug aus Schanghai eingetroffen. Als ehemaliger Kommandant eines der alten strategischen Unterseeboote der Xia-Klasse war Yibo ein kluges und bewährtes Schlachtross der chinesischen Marine, und Zhang begegnete allem, was dieser Mann sagte, mit großem Respekt.

Der Stabschef der Marine, Vizeadmiral Sang Ye, war direkt aus Peking angereist. Er und Zhang kannten sich schon seit etlichen Jahren und hätten es niemals durchgehen lassen, dass ein falsches Wort über den anderen ausgesprochen wurde. Sang Ye verfügte über erheblichen Einfluss auf die Verteilung der Beschaffungsbudgets in der chinesischen Marine, was ihn momentan zu einem besonders wichtigen Mann machte. Schließlich handelte es sich bei der im Augenblick laufenden Operation um eine, die möglicherweise enorme Ausgaben erforderlich machen würde.

Qiao Jiyun, der Chef des Generalstabs, war mit dem gleichen Privatjet wie Sang Ye nach Kanton gekommen. Hier handelte es sich nicht nur um eine Angelegenheit der Marine, sondern um eine von nationaler militärischer Bedeutung, die bei falscher Handhabung ohne weiteres dazu führen konnte, dass China kopfüber in eine Konfrontation mit den USA gezogen wurde.

Um die enorme politische Bedeutung dieser Aktion zu betonen, hatte der Große Vorsitzende darauf bestanden, dass der erst kürzlich in sein Amt beförderte Politische Kommissar für die Marine der Volksbefreiungsarmee, Admiral Xue Qing, dieser Strategiebesprechung mit seinem kompletten Stellvertreterstab beiwohnte. Diese Männer warteten im Augenblick noch in einem Vorzimmer.

Das Dienstzimmer, in dem sich die ranghöchsten Vertreter der chinesischen Marine versammelt hatten, konnte man eher als Prunkzimmer bezeichnen, denn es sah aus, als wäre es auf direktem Wege aus dem Volkspalast hierher geschafft worden. Mit seinen schweren, teilweise bis zu 30 Meter langen antiken persischen Teppichen, die einmal von Marco Polo den langen Weg über die Seidenstraße hierher transportiert worden waren, wirkte dieser Raum, als wäre er seit Tausenden von Jahren unverändert geblieben.

Tatsächlich existierte er erst seit vier Jahren. Man hatte ihn damals für große Besprechungen eingerichtet, nachdem man das

171

Gebäude für Chinas kommende Streitkraft gerade erst errichtet hatte. Erst gegen Ende des 20. Jahrhunderts erkannte man in China die wirkliche Bedeutung von Seestreitkräften. Schon bald hatte die Marine dem Heer den Rang abgelaufen, was die militärischen Ambitionen des Landes betraf. Inzwischen sah es sogar so aus, dass sie die Führungsrolle in der gesamten Verteidigungsstrategie für sich beanspruchte.

Einige Jahre lang waren Politiker und Kommandeure auf den Marinestützpunkten in rein funktionell gestalteten Räumlichkeiten zusammengetroffen. Schließlich hatte der Große Vorsitzende höchstselbst eines Morgens im Jahre 1999 seinen Unmut darüber geäußert, dass die am höchsten geschätzten und vertrauenswürdigsten Menschen des ganzen Landes sozusagen in Elendsquartieren hausen mussten, während sie das Schicksal von ein und einer Viertel Milliarde Menschen lenken sollten.

»Ich komme gern nach Guangzhou«, hatte er damals gesagt. »Und ich fühle mich immer wieder geehrt, dort mit meinen Kommandeuren sprechen und unsere großartigen Schiffe besichtigen zu können. Aber könnte sich jemand *bitte* einmal darum kümmern, dass wir dort endlich auch einen bequemen Raum zur Verfügung haben, in dem man sich in angemessener Atmosphäre unterhalten kann. Es sollte etwas sein, was denen gerecht wird, die ein hohes Staatsamt bekleiden und von denen Großes erwartet wird.«

Also wurde dieser Prunkraum mit den vier hohen Säulen gebaut, die man anschließend mit tief gemusterter roter Seide bespannte. Auf die geschnitzten Tische, die aus der Ming-Dynastie stammten, wurden mit Gold durchwirkte Ornamentstickereien gelegt, die aus derselben Periode des 15. Jahrhunderts datierten. An der Wand hinter Admiral Zhang hing ein gigantisches Gemälde, das den Trauerzug des Ming-Kaisers Wuzong darstellte, bei der er in seiner von Elefanten gezogenen, reich verzierten Staatskarosse zu Grabe getragen wurde.

Zwei Gemälde etwa gleicher Größe hingen auch über der Tür, wovon eines den ehemaligen Großen Vorsitzenden Mao Tse-tung und das andere den großen Reformpolitiker Deng Xiaoping zeigte, der früher einmal Vorsitzender der Militärkommission war. Deng war es auch gewesen, der Zhang Yushu in die Position des Oberbefehlshabers der Marine befördert hatte.

Und jetzt saß Dengs Protegé an diesem enormen, über zwölf

Quadratmeter großen, reich mit Schnitzereien verzierten Tisch und wurde von zwei hohen Ming-Vasen flankiert, die, auf den Millimeter genau ausgerichtet, an seinen Backbord- und Steuerbordseiten auf scharlachroten Lederuntersätzen standen. Diese Vasen waren nicht nur als Zeugnisse des Glanzes der chinesischen Kultur gedacht, sondern sollten darüber hinaus auch die ausländischen Kommandeure und Würdenträger, die hier zu Besuch kamen, daran erinnern, dass es China war, das bereits im siebten Jahrhundert das Porzellan erfunden hatte, oder wie der Große Vorsitzende sich gern auszudrücken pflegte: »Tausend Jahre vor Europa und in einer Qualität, die von niemandem sonst jemals auch nur annähernd erreicht wurde.«

Zhang saß mit einem glücklichen Gesichtsausdruck zwischen diesen beiden Vasen und erweckte dabei fast den Eindruck, als wäre er selbst Kaiser. Er bat die Anwesenden um Ruhe und umriss dann kurz die Geschichte, wie das amerikanische Unterseeboot gekapert wurde.

»Zugegebenermaßen«, sagte er, »könnte uns dieses Unterseeboot einige Verlegenheit bescheren. Den Amerikanern wird die Sache jedenfalls nicht schmecken. An erster Stelle werden sie natürlich das Boot zurückhaben wollen. Dazu werden sie sicherlich Mittel und Wege finden, uns mit wirtschaftlichen Sanktionen zu belegen, und schließlich vielleicht sogar daran denken, militärische Aktionen gegen uns in die Wege zu leiten. Das könnte für uns ziemlich haarig werden.

Zweifellos sind die Vereinigten Staaten sehr mächtig und können erwiesenermaßen äußerst bösartig werden, wenn ihnen der Sinn danach steht. Und sie hätten sogar etwas gegen uns in der Hand. Was wir auch immer auf diplomatischem Weg verlautbaren lassen, wir kommen nicht daran vorbei, dass sich ihr Boot in internationalen Gewässern befunden hat. Es verfügte über jedes Recht der Welt, sich dort aufzuhalten. Im Grunde haben wir es gestohlen.

Nichts davon werden wir in die Diskussion einfließen lassen. Wir werden uns voll und ganz auf unser Entsetzen versteifen, dass die Vereinigten Staaten es tatsächlich gewagt haben, eine derartige Massenvernichtungswaffe so nahe an unseren Küstenverlauf zu bringen – so nahe, wie im Jahre 1962 die sowjetischen Raketen auf Kuba an die amerikanische Küste herankamen.

Damals hat sich Präsident Kennedy nicht gescheut, deshalb einen neuen Weltkrieg zu riskieren, nur um zu verhindern, dass diese Waffen ausgeliefert wurden.

Meine Herren, ich werde mich klar ausdrücken. In unserem großen Bestreben, moderne Hochseestreitkräfte aufzubauen, fehlt uns immer noch eine wichtige Komponente – nämlich das Wissen, wie man Unterseeboote in Weltklasseformat baut. Boote also, die über ausreichende Fähigkeiten verfügen, uns sicher und dauerhaft vor Angriffen zu schützen, und uns darüber hinaus auch noch die Möglichkeit verschaffen, Taiwan zu blockieren und eines Tages zurückzuerobern, womit wir letztlich auch die Kontrolle über die Weltschifffahrtsstraßen in Richtung Osten zurückgewinnen würden. Trotz all unserer sorgfältigen Recherche, was geheime Computerformeln und die Entdeckungen westlicher Nationen angeht, waren wir bislang nicht in der Lage, diese auch adäquat in die Praxis umzusetzen. In diesen Systemen stecken offensichtlich Raffinessen, die wir nicht nachvollziehen können ...«

Von einer Sekunde zur anderen sprang Admiral Zhang auf und schritt schnell zwischen seinem Sessel und der Darstellung vom Trauerzug Kaiser Wuzongs hin und her. Dann blieb er stehen und konstatierte mit ganz einfachen Worten:»Meine Herren, die Antwort auf all unsere Gebete liegt zur Zeit längsseits an der Landungsbrücke null-fünf unseres Unterseeboothafens ...«

Er machte eine kurze Pause, um die volle Bedeutung seiner Ausführungen auf seine Kollegen einwirken zu lassen.»Nach Plänen und Dokumenten vorzugehen«, sagte er dann,»ist erfahrungsgemäß nie so effektiv, wie an einem existierenden Objekt zu arbeiten, das man berühren, in Betrieb nehmen und bis ins Kleinste auseinander legen kann. Nicht nur die brillantesten Köpfe Chinas werden es untersuchen. Ich habe bereits veranlasst, dass eine Gruppe von zwölf namhaften Unterseeboot-Ingenieuren und Wissenschaftlern vom russischen Ingenieurbüro für Marinekonstruktionen aus St. Petersburg eingeflogen wird. Sie haben sich zunächst geziert, so kurzfristig zu uns herüberzukommen, aber schließlich sind wir, wie Sie wissen, schon seit einiger Zeit ihr größter Kunde. Man wird uns also gefällig sein. Sie werden mit einer Militärmaschine abgeholt und direkt hierhergebracht. Ich hoffe, dass mein Freund und Kamerad Vizeadmiral Sang Ye keine Einwände gegen diese Ausgaben anmelden wird, oder?«

»Es wird mir eine besondere Ehre sein, sofort eine entsprechende Geldanweisung auszustellen«, sagte der Stabschef der Marine lächelnd.

»Außerdem habe ich vor, zwei weitere Russen, und zwar Sonaringenieure, einfliegen zu lassen. Sie werden aller Voraussicht nach schon morgen Gorki verlassen ... Ich hoffe, dass auch diese Maßnahme auf Ihre Zustimmung stößt.«

»Solange es keine Boeing 747 ist«, sagte Admiral Sang und lächelte erneut.

»Keineswegs. Nur eine ganz einfache Militärmaschine von uns, die von einem Horst an unserer Westgrenze starten wird. Auf dem Rückweg wird sie dort auch noch einmal eine Zwischenlandung zum Auftanken einlegen.«

»Und wie sieht es mit dem Lohn für die Techniker aus?«

»Ähem ... zwei Millionen amerikanische Dollar.«

»Kostspielige Leute.«

»Richtig, Admiral. Aber in diesem Fall kommen nur die besten in Frage. Stellen Sie sich vor, welch enormes Glück wir gehabt haben. Wir stehen kurz davor, Unterwasserfahrzeuge zu bauen, die es mit denen Amerikas aufnehmen können. Die *Seawolf* hat uns fünfundzwanzig Jahre Entwicklungsarbeit erspart, das heißt, wahrscheinlich würden wir auch dann noch hinterherhinken, wenn wir alles aus eigenen Stücken machen müssten.«

»Wie lange werden wir das Unterseeboot brauchen, Admiral Zhang?« fragte der Politische Kommissar, Admiral Xue Qing.

»Innerhalb der kommenden beiden Monate werden wir zumindest in bescheidenem Umfang erste Fortschritte verzeichnen können. Es wird allerdings Jahre in Anspruch nehmen, das Boot komplett zu untersuchen und nachzubauen.«

»Und was schwebt Ihnen vor, wie wir die Amerikaner hinhalten können?«

»Oh, sagen wir doch einfach, dass das Unterseeboot bei der Havarie sehr schwere Schäden davongetragen hat und wir den verständlichen Wunsch haben, es so sorgfältig wieder instand zu setzen, dass es auch wirklich sicher nach Kalifornien zurückkehren kann. Wir erzählen einfach, dass wir große Probleme mit dem Kernreaktor haben und uns deshalb außer Stande sehen, das Boot freizugeben, bevor jegliche Gefahr gebannt ist.«

»Was, wenn die Amerikaner mit ihren eigenen Experten herüberkommen wollen, um das Boot wieder flottzumachen?«

»Darauf würden wir selbstverständlich nicht eingehen. Schließlich sei dieses Schiff ja wegen der vermutlich austretenden Radioaktivität unter Quarantäne gestellt worden und dürfe die Landungsbrücke nicht verlassen, bevor nicht die Reaktorsicherheit wieder hergestellt worden ist. Unter den gegebenen Umständen sei es unmöglich, fremden Kriegsschiffen den Zutritt zur Perlflussmündung zu gewähren.«

»Sie wollen also Ausflüchte machen, bis Sie alles unter Dach und Fach haben?«

»Richtig. Natürlich würde es die ganze Sache erheblich beschleunigen, wenn die Mannschaft mit uns kooperieren würde.«

»Die wird uns wohl kaum etwas verraten.«

»Oh, das sehe ich anders. Mit etwas Überzeugungskraft geht auch das.«

»Und wo wollen sie die Mannschaft während der ganzen Zeit unterbringen?«

»Ich habe in die Wege geleitet, dass das alte Straflager auf Xiachuan Dao wieder in Betrieb genommen wird. Die Insel liegt von Macao aus hundertdreißig Kilometer an der Küste entlang in Richtung Westen. Wenn nötig, fasst das Lager bis zu dreihundert Menschen. Verwaltung und Wachen bereits mitgerechnet. Ich hoffe sehr, dass es im Laufe des kommenden Sonntags bezogen werden kann. Auf der Insel gibt es sowohl Elektrizität als auch Wasser – zwar schon vor ziemlich langer Zeit von den Japanern dort installiert, aber noch funktionstüchtig.«

»Haben Sie etwa vor, die Amerikaner richtiggehend zu verstecken?« fragte Admiral Zu Jicai.

»In gewisser Hinsicht schon. Solange Washington nicht weiß, wo sie sind, haben wir den Vorteil auf unserer Seite.«

»Wie lange, glauben Sie, wird es dauern, bis die Amerikaner das herausbekommen?«

»Mit etwas Glück, schätze ich, können wir von zwei bis drei Wochen ausgehen. Sie werden wahrscheinlich eine Satelliten-Suchaktion im Infrarotmodus in die Wege leiten und dabei irgendwann über ungewöhnliche Vorgänge auf einer Insel stolpern, die eigentlich schon seit geraumer Zeit verlassen sein sollte.

Außerdem verfügt die CIA über sehr leistungsfähige Spionagesysteme.«

»Was werden die Amerikaner tun, wenn sie herausfinden, wo die Besatzung festgehalten wird?«

»Gar nichts, denn dann werden sie auf jeden Fall zu spät kommen. Ich habe nämlich vor, sämtliche Gefangenen bald in ein neues Gefängnis weit im Landesinneren zu verlegen, und das kann selbst von den Amerikanern nicht mehr erfasst werden. Dieser Schachzug verschafft uns weitere drei Wochen mit der *Seawolf*. Anschließend werden wir ihnen mitteilen, natürlich mit dem Ausdruck unserer aufrichtigen Anteilnahme, dass es leider einen weiteren, sehr schweren Reaktorzwischenfall an Bord gegeben hat, weshalb wir das gesamte Gebiet hermetisch abriegeln mussten.«

»Und die Mannschaft?«

»Nun, auch der werden wir die Rückkehr nach Hause nicht gestatten können. Sie werden bis dahin einfach zu viel wissen. Wir müssen sie schnellstmöglich mit aller Härte verhören. Die im Pentagon ahnen wahrscheinlich schon jetzt, dass wir die *Seawolf* kopieren wollen. Dann wissen sie auch, dass wir beabsichtigen, wieder die totale Vorherrschaft in unseren Küstengewässern an uns zu reißen. Selbstverständlich gehören dazu auch die Öltankerrouten vom Mittleren in den Fernen Osten.«

»Aber Admiral Zhang«, sagte der Politische Kommissar, »wir können die Männer nicht einfach an die Wand stellen und exekutieren. Das würde einen weltweiten Aufschrei der Empörung auslösen.«

»Wenn wir sie nach Hause zurückkehren lassen, würde der Aufschrei nicht geringer ausfallen, weil dann einiges über unsere Methoden herauskäme, mit denen wir uns der, nun ja, Kooperation der Männer versichert haben, um das Unterseeboot nachbauen zu können.«

»Wie sollen wir also mit ihnen verfahren?«

»Es wird zu einer Militärgerichtsverhandlung unter Ausschluss der Öffentlichkeit kommen. Jedes einzelne Besatzungsmitglied wird persönlich des Verrats am chinesischen Volk angeklagt. Schließlich hat die Mannschaft dabei mitgeholfen, Kernwaffen in Abschussweite auf das Gebiet der friedliebenden Bevölkerung dieser Republik zu bringen. Sie werden zudem dafür zur Verantwortung gezogen, die Seefahrt gefährdet zu haben, und zwar durch ihr rücksichtsloses Vorgehen mit einem Atom-Unterseeboot, das immerhin Massenvernichtungswaffen an Bord geführt hat. Damit haben sie in jedem Punkt gegen den Geist des Kernwaffensperrvertrags von 1991 verstoßen ...«

»Aber wir haben diesen Vertrag selbst doch gar nicht ratifiziert«, warf Xue Qing ein.

»Das heißt noch lange nicht, dass wir ihn nicht verstehen würden«, entgegnete Zhang in einer für ihn uncharakteristischen Überheblichkeit. »Außerdem könnten durchaus noch weitere Anklagepunkte gegen die Amerikaner erhoben werden, beispielsweise dass sie das chinesische Militär bewusst belogen haben, als dieses sich damit abmühte, die tödlichen Waffen in der ausschließlichen Absicht zu sichern, die guten Menschen von Guangzhou zu schützen, damit diese auch noch in Zukunft sicher vor radioaktiver Strahlung in unserer schönen historischen Stadt leben können. Darüber hinaus werden wir sie anklagen, den Kernreaktor sabotiert und auf diese Weise einen erheblichen atomaren Zwischenfall in unserem Hafen ausgelöst zu haben.

Das, meine Herren, sollte ausreichen, jeden einzelnen Mann für mindestens fünfunddreißig Jahre hinter Gitter zu bringen, wenn man die Größe der Verbrechen bedenkt. Natürlich wird die Zahl der Gefangenen im Laufe dieser Jahre abnehmen. Letzten Endes wird keiner von ihnen China jemals wieder lebend verlassen. Dazu ist es bereits jetzt zu spät.«

Jeder der sechs in diesem Raum anwesenden Männer nickte zustimmend zu diesem Gesamtplan des Oberbefehlshabers der Marine. Jeder von ihnen war sich darüber im Klaren, dass bereits in dem Augenblick, als Oberst Lee via Satellit mit Admiral Zhang gesprochen hatte, um anschließend das amerikanische Schiff zu kapern, das Todesurteil für die Männer der *Seawolf* gesprochen war. Jetzt gab es keinen Weg mehr zurück.

In zehn Minuten würde sich der Oberbefehlshaber hinüber zum Zellenblock begeben und den Amerikanern unmissverständlich deutlich machen, was man in China von militärischen Gefangenen erwartete.

# 1930
## Zellenblock Mao, Marinestützpunkt Guangzhou

Admiral Zhang Yushu stieß die Tür auf und betrat den schmutzigen Gang, der an den sechs belegten Zellen vorbeiführte. Er hatte die komplette dunkelblaue Uniform angelegt, zu der sowohl die Seitenwaffe als auch die schwarzen Schaftstiefel gehörten. Den kleinen Offiziersstab aus Holz hielt er dabei in der rechten Hand. In seiner Begleitung befanden sich Fregattenkapitän Li und vier Wachen, die alle den Marineleutnant grüßten, der bereits seinen Dienst vor den Zellen aufgenommen hatte.

Als Zhang eintrat, sprang der Leutnant auf, stand in seiner vollen Größe von einem Meter sechzig stramm und brüllte auf Englisch: *»Alles aufstehen! In Gegenwart des höchst ehrenwerten Oberbefehlshabers der Marine der Volksbefreiungsarmee, General Zhang Yushu, hat jeder zu stehen!«*

Die sterbensmüden Amerikaner kämpften sich auf die Beine, und schon brüllte die Wache: *»Ihr werdet jetzt dem Oberbefehlshaber eure Ehrenbezeigung machen! Ihr werdet ihm, während ihr hier seid, ausschließlich mit größter Ehrerbietung begegnen! Aufstehen und salutieren! Ihr seid nur billige Verbrecher. Kriminelle in einem friedfertigen Land!«*

»Captain Crocker«, sagte Admiral Zhang in flüssigem Englisch. »Bedenken Sie, dass es niemanden auf dieser Welt gibt, der Ihnen jetzt noch helfen könnte. Sie sind auf frischer Tat ertappt worden, als Sie sich in unseren Gewässern ganz offensichtlich auf einen kriegerischen Akt vorbereiteten. Es gibt nichts, was Ihr Land noch für Sie tun könnte ... Oh, ich bin mir natürlich völlig darüber im Klaren, dass der mächtige Uncle Sam die Stadt Guangzhou mit einer Atomrakete dem Erdboden gleichmachen könnte. Dass dabei zwei Millionen meiner unschuldigen Landsleute ums Leben kämen, würde uns aber nicht sonderlich bekümmern. Kriege zu führen hat für uns seit jeher bedeutet, gleichzeitig auch gewisse Verluste in Kauf zu nehmen. Wir können uns das leisten. Wir können Verluste wie kein anderes Land dieser Welt verkraften.«

Er schritt bis zum Ende des Gangs und betrachtete dabei jeden einzelnen der Männer sehr intensiv. Dann machte er kehrt, schritt zurück und hob erneut an: »Die Vereinigten Staaten werden

Guangzhou aber auf keinen Fall angreifen, solange sie ihr Unterseeboot zurückhaben wollen. Sicher sind sie auch nicht gewillt, ihre eigenen Leute gleich mit umzubringen. Also wird man von einem Bombenangriff absehen.

Desgleichen wird man davon absehen, irgendeine Invasion gegen ein Land unserer Größenordnung in Gang zu setzen. Was mich wieder zum Kern meiner Darstellung zurückbringt: Die amerikanische Regierung wird Ihretwegen rein gar nichts unternehmen. Sie sind auf Gedeih und Verderb unserer Willkür ausgeliefert, und ich gebe Ihnen den guten Rat, in vollem Umfang mit uns zu kooperieren.«

Der amerikanische Kapitän starrte ihn an und sagte dann mit fester Stimme: »Gemäß den Statuten der Genfer Konvention bin weder ich noch einer meiner Männer dazu verpflichtet, irgendetwas zu sagen.«

Diese Äußerung führte bei dem Leutnant sofort zu einem unkontrollierten Wutanfall. Entweder das, oder er war auf das chinesische Gegenstück eines Oscars aus.

»*Du!*« kreischte er. »*Du da! Du wirst den Oberbefehlshaber so lange nicht ansprechen, bis man dich dazu auffordert.*«

»Warum hältst du bescheuertes kleines Arschloch nicht einfach das Maul?« sagte der unrasierte Brad Stockton grummelnd, dessen muskelstrotzende Gestalt auf nicht wenigen Unterseebooten in den unteren Decks Furcht und Schrecken verbreitet hatte.

»Yeah«, sagte daraufhin Shawn Pearson. »Überhaupt, kenn ich dich nicht? Bist du nicht der Spüler aus der Chop-Suey-Bude im Hafen von Norfolk?«

»Genau«, sagte Master Chief Stockton. »In dem miesen kleinen Schuppen, der von diesen miesen kleinen Chinesen geführt wird.«

»*Ruhe!*« brüllte Admiral Zhang, um sich fast im gleichen Atemzug in wesentlich ruhigerem Ton wieder an Judd zu wenden. »Captain Crocker, teilen Sie Ihren Offizierskameraden mit, dass sie nur dann zu sprechen haben, wenn sie dazu aufgefordert werden. Es wäre angebracht, wenn Sie diese Anweisung sofort geben würden, damit wir unsere kleine Unterhaltung fortsetzen können.«

»Admiral Zhang«, sagte Judd ruhig und höflich, »darf ich Ihnen nach althergebrachter und ehrenhafter amerikanischer

Marinetradition vorschlagen, dass Sie jetzt dieses dämliche kleine Stöckchen nehmen, das Sie da bei sich tragen, es sich in den Arsch schieben und sich endlich zusammen mit Ihrem geistesgestörten Kumpan verpissen.«

Der chinesische Oberbefehlshaber sprach zwar ausgezeichnet Englisch, doch hatte er die Sprache ausschließlich aus Lehrbüchern gelernt, weshalb er diesem Ausbruch in der amerikanischen Umgangssprache nun etwas ratlos gegenüberstand. Nicht so sein Leutnant, der einige Semester in Kalifornien studiert und deshalb jedes Wort in seiner vollen Bedeutung verstanden hatte. Augenblicklich drehte er erneut durch.

»*Ihr seid Gefangene der Volksrepublik China*«, kreischte er. »*Wenn ihr euch untersteht, noch einmal so aufsässig zu sein, werdet ihr eine Strafe erhalten, die ihr für den Rest eures Lebens nicht mehr vergesst. Und jetzt herrscht hier Ruhe!*«

»He, Tschang, wer ist denn dieser beschissene kleine Arschkriecher eigentlich, mit dem du dich da rumtreibst?« sagte Shawn. »Kennen Sie das schöne amelikanische Splichwolt, dass man die Menschen immer nach ihrem Umgang beurteilt? Ich sehe gerade Arschlöcher in Zwillingsausführung vor mir.«

Die Gesichtszüge des Admirals ließen keinen Zweifel aufkommen, dass er wie vom Donner gerührt war. Er war hierher gekommen, um die Gefangenen einzuschüchtern und sie in Angst zu versetzen. Am liebsten hätte er auf der Stelle einen oder zwei von ihnen niedergeschossen. Er war jedoch ein Mensch, der es gewohnt war, zweckdienlich zu handeln. Er riss dem Leutnant ein Dokument aus der Hand, auf dem die Ränge und Dienstnummern der Amerikaner aufgelistet waren. Obwohl ihm vor Ärger die Galle überkochte, sah er keinen Vorteil für sich darin, die seemännische Nummer eins des Bootes und den hochgewachsenen jungen Navigationsoffizier zu töten, der ganz sicher mehr über bestimmte elektronische Systeme wusste als irgendjemand sonst in der ganzen chinesischen Marine.

»Ihre Einstellung«, sagte er schließlich bedächtig, »wird Sie nirgendwo hinbringen. Gleichwohl haben Sie meine gut gemeinten Empfehlungen zurückgewiesen. Ich werde mich jetzt bis morgen früh von Ihnen verabschieden. Man wird Ihnen eine Schale Reis und etwas Wasser bringen ... und Captain Crocker, vielleicht sollten Sie im Hinterkopf behalten, dass es *niemanden* auf der ganzen weiten Welt gibt, der irgendetwas für Sie tun könnte. Ihre Regierung trägt sich derzeit mit der Absicht, Sie völlig fallen zu lassen, was mir die Gelegenheit gibt, Ihr Boot unter die Lupe zu nehmen, wie es mir gefällt.«

Judd Crocker nickte nur, während er durch die Gitterstäbe einen kurzen Seitenblick in die nächste Zelle warf, in der Lt. Commander Bruce Lucas untergebracht worden war. »Da wäre ich mir an deiner Stelle nicht so ganz sicher, Zhang, alter Knabe«, murmelte er vor sich hin.

Freitag, 7. Juli, 0130
Büro des Nationalen Sicherheitsberaters
Weißes Haus, Washington, D. C.

»Menschenskinder, Joe, die ganze Sache läuft jetzt schon seit über dreißig Stunden. Warum hat es so lange gedauert, bis man mich informiert hat? Was zum Teufel ist los mit euch Kerlen?«

»Arnie«, sagte Admiral Joe Mulligan. »Die Chinesen haben die ganze Sache von Anfang an heruntergespielt. Sieh es doch einmal aus unserer Sicht: SUBPAC erhält die Meldung, dass die *Seawolf* im Südchinesischen Meer hundertachtzig Kilometer vor der Küste manövrierunfähig an der Oberfläche liegt. Das ist zwar nicht gut, aber keineswegs lebensbedrohlich. Also haben wir unsere Kanäle zur chinesischen Marine aufgemacht, und die hat uns daraufhin mitgeteilt, dass sie von einem amerikanischen Kapitän die Bitte um technische Unterstützung erhalten habe. Und genau die würden sie ihm im Augenblick auch gewähren ... ebenfalls *keine* Rede von lebensbedrohenden Umständen.«

»Ich würde diesen Wichsern in tausend Jahren kein Wort glauben, Joe. Nimm das als guten Rat.«

»Ist ja okay. Jedenfalls alle Beteiligten haben es heruntergespielt, einschließlich des COMSUBPAC. Die haben nach einem Weg gesucht, das Unterseeboot wieder freizubekommen und gleichzeitig auf das Entgegenkommen der Chinesen gebaut, Arnie. So was nennt man Diplomatie, und das dürfte selbst für dich kein Fremdwort sein.«

»Es gibt aber auch Menschen, die das Ganze schlicht als Bullenscheiße bezeichnen würden.«

Admiral Mulligan musste lächeln, obwohl ihm eigentlich gar nicht danach zumute war. »Arnie«, sagte er dann, »glaubst du, dass sich hier jemand auftreiben lässt, der mir eine Tasse Kaffee verschaffen kann?«

Admiral Morgan ignorierte ihn einfach und fuhr fort, zu meckern und mit den Zähnen zu knirschen. »Und dann, nachdem ihr den größten Teil des Tages von den Scheißtypen in Peking an der Nase herumgeführt worden seid, schmeißt ihr mich mitten in der Nacht aus dem Bett und teilt mir mit, dass ich meinen Arsch auf dem schnellsten Weg hierher ins Büro bewegen soll, nur weil du mir irgendetwas Großes kundtun willst? Herrgott noch mal, Joe! Das hättest du doch schon den ganzen Tag über tun sollen.«

»Arnie. Jetzt mal langsam. Wie lange kennst du mich jetzt schon?«

»Zu lange, du Arsch. Ich sollte wohl lieber wieder schlafen gehen.«

»Du willst es mir wohl absichtlich nicht leicht machen, was? Wo ist denn auf einmal der stahlharte Unterseeboot-Kommandant, den ich einmal gekannt habe?«

»Joe, du hast mich aus der Koje geholt. Wir sind in diesen frühen Morgenstunden die einzigen Menschen im ganzen Weißen Haus, die noch auf den Beinen sind, und ich befinde mich in einem schweren Schockzustand, weil ich das Versagen der U.S. Navy zur Kenntnis nehmen musste, die es nicht geschafft hat, mit der Behandlung dieser Situation auf die Überholspur zu wechseln.«

»Arnie, ich bin noch nicht fertig.«

»Oh… dann lass mal weiter hören. Kann ja wohl kaum noch schlimmer kommen, oder?«

»Leider doch. Der Erste auf der *Seawolf* ist Linus Clarke.«

Schlagartig schien alles Blut aus dem zerfurchten Gesicht Arnold Morgans zu weichen. Mit einem Mal wurde sein Mund trocken, und tief in seinem Inneren stellte sich das große Zittern ein. Langsam ging er zu seinem Schreibtisch hinüber, setzte sich, verschränkte die Hände ineinander und legte sie ganz behutsam auf der Platte ab. Für einen kurzen Augenblick war er im wahrsten Sinne des Wortes sprachlos, durch die Ungeheuerlichkeit der Worte, die der CNO gerade ausgesprochen hatte, wie betäubt.

Nach einer Zeit, die ihm wie fünf Minuten vorkam, fragte er nur:»Weiß der Präsident es schon?«

»Nein.«

»Wissen wir denn wenigstens, ob sie schon vom Boot heruntergeschafft worden sind?«

»Unser derzeitiger Informationsstand ist, dass das Boot in Kanton an der Landungsbrücke festgemacht hat und dass die Besatzung augenscheinlich von Bord geschafft und eingekerkert worden ist.«

»Ach du liebe Scheiße«, stieß der oberste Militärberater des amerikanischen Präsidenten hervor.

Wieder vergingen einige Augenblicke, in denen keiner der beiden Männer einen Ton sagte.»Kennen die Chinesen denn Linus' wahre Identität?« fragte Admiral Morgan schließlich.

»Nein. Es ist wie für den Gefahrenfall üblich vorgegangen worden. Sämtliche Beweisstücke, dem Pass und dergleichen, hat man spurlos verschwinden lassen. Er ist mit allem Notwendigen für eine neue Identität versehen worden. Die entsprechenden Unterlagen haben wir während eines Törns immer unter sicherem Verschluss an Bord. Aus Linus ist Lieutenant Commander Bruce Lucas aus Houston in Texas geworden. Die Chinesen haben auf keinen Fall eine Ahnung.«

»Na, immerhin… Okay, Joe. Gehen wir das alles noch einmal Schritt für Schritt durch. Ich will mir ein paar Notizen machen.«

»Kein Problem. Nimm dir nur Zeit.«

»Also, die *Seawolf* befindet sich seit gut zwei Wochen auf Patrouillenfahrt. Von Pearl Harbor aus ging's ins Südchinesische Meer, richtig? Und der meines Wissens überaus fähige Captain Crocker, mit dessen Vater ich zusammen gedient habe, hat das Kommando.«

»Stimmt.«

»Dann, eines schönen Morgens, ist die *Seawolf* offensichtlich unmittelbar hinter dem Heck von Chinas modernstem Lenkwaffenzerstörer vorbeigelaufen und dessen Schleppsonar hat sich in der Schraube unseres Unterseeboots verfangen.«

»Genau das hat man uns über Satellit gemeldet.«

»Gut, aber dann frage ich mich doch, weshalb Judd Crocker nicht einfach eine Gruppe rausgeschickt hat, die den ganzen

Kram einfach wieder abschneidet? Die haben doch alles erforderliche Werkzeug an Bord.«

»Beschuss aus Handwaffen, Arnie.«

»Diese schlitzäugigen Orientalen haben das Feuer auf die Gruppe eröffnet?«

»Scheint so. Judd Crockers Meldungen waren da nicht ganz eindeutig, ob tatsächlich Kugeln herumgeflogen sind oder nur gedroht wurde.«

»So jemand wie Judd Crocker gibt doch nicht klein bei, oder?«

»Bestimmt nicht. Er ist wahrscheinlich der beste Unterseeboot-Kommandant, den wir derzeit in der U. S. Navy haben.«

»Du sagst es. Was nur bedeuten kann, dass da tatsächlich die Luft bleihaltig gewesen ist ... na, egal. Also haben wir jetzt eine *Seawolf*, die ohne Antrieb da herumschlingert und vom chinesischen Zerstörer in Schlepp genommen wird. Und dann läuft die Meldung von Judd Crocker ein, dass das Unterseeboot in den Hafen von Kanton bugsiert wird. Er hat aber nicht gemeldet, ob man ihn und seine Mannschaft als Gefangene behandelt.«

»Wahrscheinlich war er sich seiner Sache da noch nicht sicher.«

»Denke ich auch. Aber lassen wir das erst mal. Dann seid ihr Jungs von der Navy hingegangen und habt eure Drähte zur chinesischen Marine aktiviert. Dabei habt ihr nur so viel erfahren, dass die den Hilferuf eines amerikanischen Kapitäns aufgefangen haben, der um technische Unterstützung bat, und dass sie im Augenblick dabei wären, ihm genau die zukommen zu lassen. Hab ich das so richtig verstanden?«

»So war's.«

»Für mich stellt sich die Situation, gelinde ausgedrückt, jetzt etwas verwirrend dar. Crocker hat einerseits offensichtlich nicht dagegen protestiert, in internationalen Gewässern aufgebracht worden zu sein, und die Kulis behaupten, dass sie ihr Bestes geben, um ihm Hilfe zu leisten.«

»So ist es.«

»Also, was denn jetzt?«

»Na ja, von hier an wird die ganze Angelegenheit ziemlich undurchsichtig, Arnie. Wir haben sofort Langley alarmiert, und die haben uns ihrerseits sofort die Meldung übermittelt, dass ein ganzes Wachbataillon der Marine nach Kanton eingeflogen worden sei. Daraufhin haben sie in Fort Meade den Satelliten ausgerichtet, und schon hatten wir entsprechende Bilder, auf denen zu sehen war, dass an der Unterseeboot-Landungsbrücke in Kanton hektische Betriebsamkeit ausgebrochen ist. Sah so aus, als hätte man die gesamte Besatzung von Bord geschafft… Kurz darauf hört die CIA von einem ihrer Einsatzagenten, dass fast hundert amerikanische Mannschaftsmitglieder von Lastwagen in ein ziviles Gefängnis im Nordosten der Stadt gebracht worden seien. Das Ding liegt in der Nähe von dieser Sehenswürdigkeit – wie heißt sie doch gleich? Das *Mausoleum der 72 Märtyrer*.«

»Die sollen sich vorsehen, dass es nicht bald in das *Mausoleum der 172 Märtyrer* umbenannt werden muss.«

»Tja, das wär's im Moment. China betont unablässig, wie friedliebend es ist und dass man alles unternimmt, das Unterseeboot wieder in Schuss zu kriegen. Die Mannschaftsmitglieder würden als Gäste der Volksrepublik behandelt werden, und jeder hoffe, dass die ganze Sache so schnell wie irgend möglich gegessen ist.«

»Glaubst du denen, Joe?«

»Erst mal schon. Und was ist mit dir?«

»Kein Wort.«

»Na ja, Arnie, es kann doch unmöglich in der Absicht der Chinesen liegen, diese Angelegenheit an den Rand einer massiven Konfrontation mit den Vereinigten Staaten zu treiben. Ebenso wenig können sie ein Interesse daran haben, von der gesamten restlichen Welt geächtet zu werden, indem sie die komplette Besatzung eines amerikanischen Unterseeboots einfach auslöschen. Die wollen die Sache sicher nur zu Propagandazwecken ausschlachten… Nach dem Motto: Wir armen friedliebenden Chinesen müssen uns doch tatsächlich in unserem eigenen Hinterhof mit durchgeknallten amerikanischen Gangstern herumärgern. Letzten Endes wollen die doch auch weiterhin freundschaftliche Beziehungen zu uns pflegen. Sie werden uns das Boot samt Besatzung zurückgeben. Vielleicht im Tausch gegen ein paar Bonbons, was die Handelsbeziehungen angeht.«

»Und damit werden sie gleichzeitig auch ihren Beitrag zum Wahlkampf der Demokraten hier im Land leisten.«

»Arnie, ich versuche doch bloß, dir klarzumachen, in welche Richtung wir gedacht haben.«

»Willst du einen Ratschlag von mir hören?«

»Nur zu.«

»Hau deine gottverdammten Vorstellungen am besten gleich in die Tonne. Und sieh zu, dass du dir schleunigst neue zulegst.«

»Hä?«

»Joe, pass mal auf. Der Job des CNO, also deiner, ist sehr zeitraubend. Du trägst die gesamte Verantwortung für die größte und modernste einsatzfähige Flotte in der Weltgeschichte. Dadurch wirst du Tag für Tag und Stunde für Stunde mit einem enormen Maß an Verantwortung konfrontiert. Meine Aufgaben sind da etwas anders gelagert. Ich bin hier, um zu *denken*. Ich bin zu nichts anderem da, als hier zu sitzen, genau in diesem Raum hier, und mir Gedanken über sämtliche militärischen Vorgänge zu machen, die im Augenblick auf dem Planeten Erde stattfinden. Ich verbringe den ganzen Tag damit, alles Wichtige zu lesen, es hin und her zu wenden, um dann dementsprechend zu planen. Dabei muss ich die jeweiligen Schwachstellen erkennen, um unseren gottverdammten Feinden gedanklich immer einen Schritt voraus zu sein. Und deshalb werde ich dir jetzt und hier im Westflügel des Weißen Hauses, verdammt kurz vor vier Uhr an diesem beschissenen Morgen, verkünden, was ich genau für die Denkungsart der Chinesen halte.«

»Okay, alter Knabe. Kann losgehen. Mal ganz nebenbei bemerkt, ist eigentlich niemand da, der uns mal mit einer Tasse Kaffee versorgen könnte?«

»Joe, du kannst hier alles bekommen, wenn du es nur dringend genug machst. Mit Ausnahme von Frieden und Ruhe. Die kriegst du hier, Gott verdammt noch mal, nie.«

Arnold Morgan nahm den Telefonhörer ab und war sofort mit der Telefonzentrale des Weißen Hauses verbunden, die täglich um die 40000 Anrufe abzuwickeln hatte. Dann vernahm Joe die trügerisch sanften Worte des meistgefürchteten Mannes im Bereich internationaler Militärbeziehungen.

»Hallo. Ich bin Admiral Arnold Morgan. Mit wem habe ich das Vergnügen, heute Nacht sprechen zu dürfen? Maryanne? Perfekt. Hübscher Name. Also, Maryanne, ich sitze hier mit Admiral Joseph Mulligan zusammen, Sie wissen schon, dem Mann, der die ganze United States Navy unter sich hat. Was wir im Augenblick suchen, ist eigentlich nicht allzu kompliziert – eine Kanne Kaffee und eine Schale mit Plätzchen –, wobei ich mir natürlich voll und ganz der Tatsache bewusst bin, dass dies zu besorgen keineswegs zu Ihrem Aufgabenbereich gehört. Dennoch möchte ich Sie bitten, jemanden für uns ausfindig zu machen, der unsere Begierde befriedigen kann, eben Kaffee und Plätzchen. Sie dürfen sich herzlich gern auf mich berufen, wenn Sie irgendeinen Untergebenen finden und diesem dann meine schamlosen Wünsche vortragen... Selbstverständlich steht es Ihnen frei, diesen dann davon zu überzeugen, dass es besser ist, meinen Wünschen freiwillig Folge zu leisten, aber wenn Sie meinen, ihm drohen zu müssen, geht auch das in Ordnung...

Ich weiß, Maryanne. Es ist noch sehr früh. Aber ich habe reichlich Probleme und meine Bedürfnisse sind doch eher einfacher Natur... Genau deswegen, weil es immer einmal wieder Belastungen dieser Art gibt, stellt man bei uns ja auch clevere junge Damen Ihres Schlags ein... Ich danke Ihnen für Ihre Nachsicht... Auf Wiederhören.«

»Meine Fresse, kannst du rumschleimen.«

»Selbst ich weiß, dass ich zu solch nachtschlafender Stunde nicht einfach Leute anbrüllen und dann auch noch erwarten kann, dass sie anschließend funktionieren – aber ich habe vollstes Vertrauen zu Miss Maryanne.«

Kaum sechs Minuten später klopfte ein gepflegter junger Mann in gestärkter weißer Jacke an und betrat dann den Raum mit einer großen Kanne Kaffee, Tassen und Untersetzern aus feinstem Porzellan, einer großen Platte Plätzchen und einer eher noch größeren Platte mit Hühnchensandwiches. »Ich habe mir gedacht, dass Sie vielleicht auch hungrig sein könnten, Sir.«

»Wie du siehst, Joe, sind Charme und Diplomatie manchmal einfach unumgänglich.« Admiral Mulligan schüttelte den Kopf über die schier unglaubliche Unaufrichtigkeit seines Gegenübers. Admiral Morgan schmunzelte und setzte hinzu: »Das gilt natürlich nicht für den Umgang mit hinterhältigen Orientalen.«

»Okay, Arnie«, sagte Admiral Mulligan, bereits genüsslich kauend, »dann lass mal hören.«

Der Nationale Sicherheitsberater erhob sich und ging zum Konferenztisch hinüber, um für sich und seinen Besucher Kaffee einzuschenken. Dann begab er sich hinüber zu einem mächtigen Computerdisplay an der Wand, auf dem in ständig aktualisierter Form sämtliche Karten aller Weltmeere angezeigt werden konnten. Er schaltete den Rechner ein und tippte auf der Tastatur das

Wort CHINA. Anschließend gab er als Suchbegriff GELBES MEER ein. Danach zog er den nordöstlichen Punkt dieses Meeres groß, den blinddarmförmigen Golf von Liaodong. »Das ist es. Hier haben wir das Gebiet, in dem die Chinesen ihr neues Interkontinentalraketen-Unterseeboot gebaut haben. Da oben ist der dazugehörige Hafen Huludao. Wir wissen, wie flach das Gelbe Meer ist, und wir wissen ebenfalls, dass selbst die modernsten Unterseeboote dort an der Oberfläche fahren müssen, um dann in Richtung Süden an der koreanischen Küste entlangzulaufen, bis sie in tiefere Gewässer kommen.

Jetzt wollen wir einmal zwei Dinge unterstellen. Erstens, Judd Crocker und seine Jungs haben aufgepasst und sind dem neuen *Xia III* gefolgt. Zweitens, dass die Chinesen irgendwie geahnt haben, dass er sich irgendwo da draußen rumtreiben würde, was ihnen meiner Ansicht nach tierisch auf die Eier gegangen sein dürfte.

Auf jeden Fall muss in den darauffolgenden Tagen da draußen ein heftiges Katz-und-Maus-Spiel über die Bühne gegangen sein. Wir haben da einiges an Zeug von den Satelliten bekommen, was von den Auswertern als großes Wasserbomben- und U-Jagd-Mörser-Manöver vor der Küste Taiwans interpretiert wurde. Aber in Wirklichkeit war das gar keine Übung. Das kannst du mir glauben. Die haben nämlich gedacht, sie hätten Judd Crocker schon geschnappt. Aber der ist ihnen durch die Lappen gegangen.

Spätestens jetzt fühlt sich die chinesische Marine immer stärker verarscht. Schau dir doch den ganzen Kram an, der aus Fort Meade gekommen ist, und wirf dabei einen genaueren Blick auf die Bilder vom Südchinesischen Meer. Da kommt ganz plötzlich das neue Xia an die Oberfläche. Das zeigen die Satellitenfotos ganz eindeutig. Auf dieser Karte wäre das dann hier, genau an dieser Stelle. Kaum drei Stunden später läuft eine neue Meldung aus Fort Meade ein. In der ist von einer weiteren großen Übung der Chinesen die Rede, mit allem Drum und Dran: Flugzeugen, Hubschraubern und allem, was an Schiffen verfügbar war. Interessanterweise findet das alles gerade einmal fünfzehn Kilometer von der Position entfernt statt, an der wir das Xia noch kurz zuvor ausgemacht hatten. Auch das war mit Sicherheit alles andere, nur keine Übung. Der eigentliche Grund für das ganze Spektakel war wieder einmal Judd Crocker. Verdammt, der ist aber auch wirklich schwer zu fassen.

Nehmen wir mal an, dass er die Fotos und die Abmessungen der *Xia III*, für die er ja dort war, im Kasten hatte. Die Chinesen können seiner einfach nicht habhaft werden. Aber jetzt aufzugeben kommt ihnen überhaupt nicht in den Sinn. Sie verlegen sogar ihren großen neuen Zerstörer, die *Xiangtan*, von Kanton aus genau in das Seegebiet, in dem der chinesische Marine-Nachrichtendienst die *Seawolf* vermutet. Mit dem Hauptsuchgebiet sind sie ja schließlich nicht weitergekommen, richtig? Also entschließen sie sich, die küstennahen Bereiche durchzuschnüffeln, wohin ein wirklich kaltschnäuziger amerikanischer Kommandant wie Judd Crocker ablaufen würde. Genau dorthin, wo man ihn im Grunde am wenigsten erwarten würde.«

Joe Mulligan blickte gedankenverloren auf die Karte des chinesischen Küstengebietes und nickte.

»Und dann kommt ein wenig Glück ins Spiel«, fuhr Arnold Morgan fort. »Die Wichser sind nämlich einfach übereinander gestolpert. Und siehe da, zufällig haben die Chinesen auf einmal den Teufel gefangen, hinter dem sie seit Tagen herjagen. Anschließend haben diese raffinierten kleinen Bastarde nichts anderes zu tun, als alles zu versuchen, uns von der Fährte abzubringen, indem sie uns mit einer wahren Flut mitfühlender Mitteilungen überschwemmen. In der Zwischenzeit stehlen sie uns die *Seawolf* – so wie sie uns in der Vergangenheit jedes verdammte Teil, das nicht niet- und nagelfest war, geklaut haben. Und jetzt haben sie ohne Zweifel vor, unsere Mannschaft zu foltern, um aus ihr noch das allerkleinste Detail der Hightech-Geheimnisse des großartigsten Jagd-Unterseeboots herauszubekommen, das die Welt je gesehen hat. Was sonst sollten sie verdammt noch mal damit anfangen wollen? Es zu einer Kowloon-Fähre umbauen, oder was?

Und das, mein lieber Admiral, ist auch genau der Grund, weshalb ich von jeder beschissenen Entwicklung informiert werden möchte, die in deiner lahmarschigen Marine im Zusammenhang mit China vor sich geht ... weil niemand sonst – außer meiner Wenigkeit – die richtigen Schlüsse ziehen kann!«

Admiral Mulligan nahm das Herz in beide Hände. »Besteht auch nur der Schimmer einer Möglichkeit, dass du dich vielleicht irrst, Arnie?«

»Scheiß drauf, Joe. Und tu bitte nicht so, als wärst du geistig zurückgeblieben, selbst wenn dem so ist.«

Der große CNO verschluckte sich bald vor Lachen an seinem Plätzchen, denn die ungeschminkte Wahrheit war, dass Morgan im Grunde Recht hatte. *Immer, wenn du glaubst,* dachte Mulligan, *du wüsstest etwas, gehst du damit am besten erst mal zu Arnie, und schon bald weißt du viel, viel mehr.* Im Stillen dankte er Gott dafür, dass es diesen Mann gab und auch für die schon lange währende, unverbrüchliche Freundschaft, die zwischen ihnen beiden bestand.

»Denk doch mal nach, Joe. Wir haben es hier mit einer stocksauren chinesischen Marine zu tun, die von den Amerikanern dauernd an der Nase herumgeführt wird. Und dann hat diese chinesische Marine auf einmal Dusel. Ihnen fällt genau das Unterseeboot in die Hände, welches ihnen über Jahre hinaus die Notwendigkeit erspart, ihm nachspionieren zu müssen.

Joe, die haben vor, das Boot bis ins kleinste Detail zu kopieren. Falls nötig, werden sie alle Männer, die Schlüsselfunktionen auf dem Boot innehaben, ohne mit der Wimper zu zucken, foltern, nur um an das notwendige Know-how zu kommen. Wahrscheinlich werden wir weder diese Männer noch die *Seawolf* selbst jemals wieder zu Gesicht bekommen. Die Männer werden sie entweder nach einem Schauprozess ins Gefängnis werfen oder einfach ganz von der Bildfläche verschwinden lassen. China ist ein unglaublich riesiges Land und so geheimnisvoll, dass wir die nie wieder finden würden.«

»Wenn das deine Ansicht ist, dann mach ich mich jetzt lieber aus dem Staub, bevor du den Präsidenten anrufst und ihn vom bevorstehenden Tod seines Sohnes in Kenntnis setzt. Viel Glück dabei.«

Admiral Morgan lachte, allerdings klang es für Leute, die ihn besser kannten, doch eher nervös.

»Setz dich wieder hin, Joe. Ich habe nicht gesagt, dass du mit allem, was ich gesagt habe, einverstanden sein sollst. Ich habe lediglich versucht, dir die Denkweise der Chinesen beizubiegen. Ich bin zugegebenermaßen vom Schlimmstmöglichen ausgegangen. Aber wenn wir die Sache anpacken wollen, dann müssen wir auf alles gefasst sein. Sollte ich mich irren, dann erledigt sich die Sache von selbst, und niemand kommt zu Schaden. Ich habe aber wirklich ein unheimliches Gefühl, was die Chinesen angeht. Offen gestanden gefällt mir rein *gar nichts* von dem, was mir in der letzten Zeit über die zu Ohren gekommen ist.

Tja, ich weiß jetzt schon, wozu uns der Präsident auffordern wird: dafür zu sorgen, dass Linus wohlbehalten da wieder rauskommt. Irgendwie. Hoffen wir das Beste.«

Freitag, 7. Juli, 0900
Zellenblock Mao, Marinestützpunkt Guangzhou

Der von draußen hereindringende Tumult erregte das Interesse der sechs amerikanischen Gefangenen. Inzwischen standen sie an den Gitterstäben ihrer Zellen und lauschten, da wurde die Tür des Haupteingangs mit aller Macht aufgestoßen und knallte gegen die Steinwand. So begann der Auftritt des Fregattenkapitäns Li. Ihm folgten vier amerikanische Gefangene, die man offensichtlich in der letzten Stunde vom Zivilgefängnis beim Mausoleum hierher gebracht hatte.

Judd Crocker beobachtete, wie seine Männer, die mit Handschellen aneinander gefesselt waren, hereingebracht wurden. Es handelte sich ausschließlich um ganz junge Besatzungsmitglieder niedriger Dienstränge. Teilweise noch Rekruten. Der Erste in der Reihe war Kirk Sarloos aus dem Torpedoraum. Ihm folgte der junge Nathan Dunn aus Alabama, dann der farbige Techniker Carlton Fleming aus Georgia und schließlich noch einer der Köche, Skip Laxton aus Vermont, der gerade erst 19 Jahre alt geworden war.

Die Männer nickten im Vorbeigehen den Offizieren zu. Gleich darauf wurden sie in die freien vier Zellen am Ende des Gangs getrieben. Admiral Zhang trat durch die immer noch offene Haupteingangstür, wandte sich Captain Crocker zu und sagte eisig: »Befehlen Sie Ihren Männern, dass sie mit unseren Technikern zu kooperieren haben, wenn wir heute im Laufe des Morgens das Schiff besichtigen – und diesen Befehl werden Sie jetzt sofort geben, Captain Crocker. *Sofort!*«

»Verpiss dich, Zhang. Du verschwendest nicht nur deine, sondern auch meine Zeit. Ich bin nicht verpflichtet, irgendetwas in dieser Richtung zu tun. Bereite dich schon einmal darauf vor, dass du dich als Paria in der internationalen Weltgemeinschaft wegen Bruchs der Genfer Konventionen wiederfinden wirst, wenn wir hier wieder raus sind.«

»Führen Sie mich nicht in Versuchung, Captain Crocker, dafür zu sorgen, dass Sie hier niemals mehr herauskommen werden.«

»Fick dich doch ins Knie – du fetter chinesischer Bastard«, rief einer der neu angekommenen Häftlinge.

»*Wache!* Holen Sie diesen Mann da aus Zelle neun ... Werfen Sie ihn vor seinem äußerst uneinsichtigen Kapitän auf die Knie ...«

Sie brachten Skip Laxton heraus, und der kleine chinesische Leutnant hieb ihm den Gewehrkolben in den Rücken, dass er vor Judd auf den Boden des Gangs fiel. »*Jetzt hinknien. Mit der Stirn auf den Boden. Hände auf den Rücken!*«

Der angeschlagene Amerikaner tat, wie ihm befohlen. Kaum war das geschehen, drehte sich der chinesische Oberbefehlshaber wieder zu Judd Crocker um und wiederholte die Aufforderung an den Captain, seinen Männern zu befehlen, bei der anstehenden Besichtigung mit den chinesischen Verantwortlichen zu kooperieren.

»*Sie werden diesen Befehl sofort erteilen!*« brüllte er.

»Den Teufel werd ich«, sagte der Kommandant.

Admiral Zhang Yushu nickte dem Leutnant der Wache kaum wahrnehmbar zu, der daraufhin seinen Dienstrevolver hob und Skip Laxton erschoss. Direkt in den Hinterkopf. In ungläubigem Staunen beobachteten die amerikanischen Offiziere, wie der Leichnam ihres Kameraden auf dem Boden aufschlug und sich der Dreck vor dessen Stirn langsam rot färbte.

»*Du hinterhältiger, beschissener, barbarischer kleiner Mörder!*« brüllte Brad Stockton. »Wenn das herauskommt, wirst du vor dem Welttribunal stehen, und zwar als Kriegsverbrecher. Das war blanker, kaltblütiger *Mord!*«

»Und das war ganz sicher nicht der Letzte«, sagte Admiral Zhang gelassen. »Jedes Mal, wenn Ihr Kapitän meine Aufforderung ablehnt, werde ich einen weiteren Mann erschießen lassen. Weil Sie und einige Ihrer Offizierskollegen für mich von besonderer Bedeutung sind, werden Sie selbst im Augenblick noch verschont bleiben. Es ist mir jedoch völlig gleichgültig, ob ich noch fünfzig weitere Ihrer Kameraden töten muss oder nicht. Ich werde es tun – bis Sie einlenken. Sie müssen verstehen, dass ich

mit enorm hohem Einsatz spiele: der Zukunft meines Landes. Der
Tod einiger amerikanischer Piraten interessiert mich dabei nicht
im Geringsten.

Bringen Sie jetzt den nächsten Mann – den da mit dem
schwarzen Gesicht – und zwingen Sie ihn vor Captain Crocker in
die Knie. Nun, Sir – werden Sie jetzt Ihre Männer davon in Kenntnis setzen, dass sie zu kooperieren haben?«

»Da ich ganz offensichtlich einem Volk angehöre, das sich auf
einer höheren Zivilisationsstufe befindet als deines, bleibt mir
wohl keine andere Wahl… Männer, ihr werdet Admiral Zhangs
Leute mit mir zusammen zum Boot begleiten und ihnen alles
wahrheitsgetreu erzählen, was sie wissen wollen. Und Li, du kleines Arschloch, ich hoffe doch sehr, dass dir deine beschissenen
Bambuswurzeln beim Mittagessen gut schmecken.«

Alle standen wie versteinert da, als der Oberbefehlshaber der
chinesischen Marine zusammen mit seinem Sicherheitschef hi-
nausmarschierte. Sie hörten, wie die Tür hinter den beiden wieder ins Schloss fiel.

Was sie nicht hören konnten, war Zhangs eisiges Urteil über die
eben abgelaufenen Vorgänge. »Wie ich Ihnen schon gesagt habe,
Li«, sagte er. »Der Westen ist letzten Endes viel zu weich. Man
braucht sich nur immer wieder die Worte unseres großen Führers
Mao Tse-tung ins Gedächtnis zu rufen: ›Wahre Macht kommt aus
dem Lauf eines Gewehrs.‹ Sie haben es ja gerade selbst gesehen.
Eine einzige Kugel, mehr war nicht nötig. Eine einzige kleine
Kugel und schon haben sie nachgegeben. Ein völlig unbedeuten-
des Leben im Austausch gegen den weit größeren Ruhm Chinas
und all unserer Landsleute. Die Zukunft gehört uns, Li. All die
Jahre, die seit Mao Tse-tungs Tod vergangen sind, haben nichts
am grundlegenden Gedankengut unseres Großen Vorsitzenden
geändert.«

»Darf ich Ihnen eine Frage stellen, Herr Admiral?«

»Sicherlich, mein treuer Li.«

»Hätten Sie tatsächlich die Exekution von fünfzig Männern
befohlen?«

»Ja, Li. Ich glaube, das würde ich getan haben. Es gibt immer
wieder einen Moment im Leben eines Befehlshabers, in dem der
Zweck die Mittel heiligt. So bedauerlich es für die Amerikaner
auch sein mag, dies hier ist ein solcher Moment.«

Freitag, 07. Juli, 0800
Westflügel des Weißen Hauses

Der zwölfstündige Zeitunterschied zwischen dem Südchinesischen Meer und der amerikanischen Ostküste war für Admiral
Morgan etwas, über das er sich ständig aufregen konnte. Er wurde
einfach das Gefühl nicht los, immer einen Tag hinter den Ereignissen her zu hinken, einen Ball fangen zu müssen, der schon
längst an einem vorbeigeflogen war. Wenn die Sprache darauf
kam, meinte er stets ziemlich aufgebracht:»Was die da drüben bei
Tageslicht auch immer treiben mögen, es spielt sich zu einer Zeit
ab, in der wir es hier, Gott verdammt noch mal, mitten in der
Nacht haben. Das verschafft den verdammten chinesischen Wichsern einen Vorteil.«
    Er schritt gerade mit schwingenden Armen, geradeaus gerich-
tetem Blick und energisch vorgestrecktem Kinn den Korridor
zum Oval Office hinunter. Mit seinen wie gewöhnlich auf Hochglanz polierten schwarzen Schuhen stampfte er über den Teppich. Der baumlange Admiral Joe Mulligan, der einen wesentlich
längeren Schritt hatte als sein eins zweiundsiebzig großer Kol-
lege, musste sein Tempo beschleunigen, um mit diesem auf gleicher Höhe zu bleiben.
    Die beiden Wachen des U.S. Marine Corps vor dem Büro des
Präsidenten fanden kaum die Zeit strammzustehen, als der Nationale Sicherheitsberater zwischen ihnen hindurchstürmte, zweimal kurz an die Holztür klopfte und auch schon den Raum betrat,
den Chef der U.S. Navy immer im Kielwasser.
    Der Präsident erhob sich hinter seinem Schreibtisch und streckte
Admiral Mulligan die Hand entgegen.»Hallo, Joe. Schön, Sie
wieder einmal zu sehen. Arnie und ich haben es aufgegeben, uns
die Hände zu schütteln, seit wir festgestellt haben, wie übertrieben das ist, wenn man sich so um die fünfmal am Tag trifft... Da
drüben steht Kaffee, den ich Ihnen schon mal einschenken werde.
Etwas zu essen sollte auch schon auf dem Weg sein. So wie Sie
aussehen, haben Sie wahrscheinlich wieder die halbe Nacht hier
im Haus verbracht, was?«
    »Ja, Sir. Haben wir tatsächlich«, sagte Admiral Morgan.»Leider
bringen wir schlechte Nachrichten mit... Die chinesische Marine
hat es irgendwie geschafft, die *Seawolf* nach einer Art Havarie im

195

Südchinesischen Meer aufzugabeln. Sie liegt im Moment längsseits an der Landungsbrücke in Kanton. Zu meinem tiefsten Bedauern muss ich Ihnen mitteilen, dass sich Ihr Sohn als Erster Offizier an Bord befindet.«

Der Präsident zog scharf die Luft durch die Schneidezähne, als ihm die Worte des Admirals in ihrer ganzen Tragweite ins Bewusstsein drangen. Ungläubig schüttelte er den Kopf, als wollte er sagen: *Nein, bitte nicht. Sagen Sie mir, dass das nicht stimmt.* Er hob die Arme und musste sich sichtlich unter Aufwendung allen Willens dazu zwingen, die nächste Frage ganz ruhig zu stellen. »Befinden sie sich in Gefahr? Werden wir die Leute unbeschadet zurückbekommen?«

»Sir, ich glaube, es ist am sinnvollsten, wenn Joe Ihnen erst einmal den ganzen Vorfall in geraffter Form schildert. Danach können wir uns dann Gedanken darüber machen, wie wir diese beschissenen Typen in den Schwitzkasten nehmen. In politischer Hinsicht, versteht sich.«

Obwohl ihm nach allem anderen zumute war, brachte der Präsident ein mageres Lächeln zustande und nickte dem CNO zu, mit seinen Ausführungen zu beginnen. Er hörte sich aufmerksam an, was die beiden ihm über die tragischen Begebenheiten zu berichten hatten.

Nachdem er im Bilde war, wandte er sich an Admiral Morgan. »Sie glauben also nicht, dass uns die Chinesen Boot und Mannschaft zurückgeben werden?«

»Vielleicht geben sie uns irgendwann einmal das Boot zurück, wenn sie damit fertig sind, Sir. Aber ich melde da jetzt schon meine Zweifel an. Sie werden einfach behaupten, die *Seawolf* sei nuklear kontaminiert, weshalb sie sich leider gezwungen sähen, sie zu konfiszieren. Das alles natürlich nur, um die Sicherheit der ehrenwerten chinesischen Mistviecher – Entschuldigung, Bevölkerung wollte ich sagen – nicht zu gefährden.«

»Und die Mannschaft?«

»Sir, wir sollten davon ausgehen, dass die Chinesen unsere Leute wie die Zitronen ausquetschen werden, um auch noch an den letzten Tropfen ihres Wissens über die Systeme im Unterseeboot zu gelangen. Das könnte eine höchst unerfreuliche Angelegenheit werden. Und dann, denke ich, werden sie vor einem Militärgericht einen öffentlichen Schauprozess veranstalten und anschließend alle in irgendwelche Gefängnisse stecken. Die Anklage dürfte etwa auf die Bedrohung des Lebens friedliebender Chinesen mit atomaren Massenvernichtungswaffen hinauslaufen. Sie werden die Sache wie einen Hochverrat an der Republik darstellen – was ihnen vielleicht sogar eine Parteinahme der Weltöffentlichkeit zu ihren Gunsten sichern würde.«

In diesem Augenblick betrat ein Kellner den Raum und brachte drei Teller mit heißem, gebuttertem Toast. Der Präsident stand auf und dankte ihm, aber Arnold registrierte, dass sein oberster Vorgesetzter nichts von dem Imbiss zu sich nahm.

Er gab auch sonst kein Wort von sich, sondern saß nur da und hörte zu, während sein Sicherheitsberater die Situation in ihrer ganzen Tragweite darlegte, wobei dieser den Präsidenten daran erinnerte, mit welcher Hingabe China sich bemühte, eine Hochseeflotte auf die Beine zu stellen. Ein Schwergewicht legten die Chinesen auf eine Unterseebootflotte der Spitzenklasse. Sie schreckten vor keinem Mittel zurück, ihre Technik auf den jeweils neusten Stand zu bringen.

Die drei Männer schwiegen betreten. Schließlich ergriff der Präsident, mit einer furchtbaren Resignation in der Stimme, das Wort.»Arnold, ich stimme voll mit Ihnen überein. Es gibt keine andere plausible Erklärung.«

Den Präsidenten hielt es nicht mehr in seinem Sessel. Er durchquerte den Raum und blieb vor einem Porträt General Washingtons stehen.»Meine Herren«, sagte er dann,»ich kenne Sie beide sehr gut, und ich kann mir einfach nicht vorstellen, dass Sie nur hierher gekommen sind, um mich auf den bevorstehenden Tod meines Sohnes vorzubereiten. Haben wir denn schon einen Plan…?«

»Nein, Sir, den haben wir noch nicht. Die Verwicklungen sind derart weit reichend und die Möglichkeiten so vielschichtig, dass wir ohne eine umfangreiche Beratung von den unterschiedlichsten Seiten einfach nicht weiterkommen. Aber ich habe bereits den ersten Schritt dazu in die Wege geleitet, indem ich den chinesischen Botschafter und seinen Marineattaché dazu aufgefordert habe, ihre Ärsche innerhalb der nächsten halben Stunde hierher zu bewegen.«

»Gut. Anders geht es wohl in solchen Situationen nicht, selbst wenn der Botschafter hier in heuchlerischer Ignoranz stehen und seinem Entsetzen Ausdruck verleihen wird, wie wir denn nur auf den absurden Gedanken kämen, so abartig über die Marine der Volksbefreiungsarmee zu denken.«

»Das sehen Sie genau richtig. Der Mann ist nämlich wirklich ein verdammt schlüpfriger kleiner Bastard. Aber ich werde ihm einen Brief mit auf den Weg geben, in dem unsere Verärgerung unzweideutig zum Ausdruck kommt, dass sie ein amerikanisches Kriegsschiff in internationalen Gewässern gekapert und anschließend einfach an die Kette gelegt haben. Wir müssen denen unmissverständlich klarmachen, dass sie Vernunft annehmen sollten... sonst...«

»Genau, Arnie. Ich weiß, dass Sie über eine besondere Gabe für die Abfassung solcher Briefe haben... Ich muss zugeben, dass ich mich immer davor gefürchtet habe, dass es einmal so kommen wird.«

»Sie meinen wegen Linus, Sir.«

»Ja, wegen Linus. Bitte verstehen Sie mich nicht falsch. Die Navy hat ganz Außerordentliches geleistet, was seine Ausbildung angeht, und sie hat es auch geschafft, ihn an die Schwelle zu einem eigenen Kommando zu bringen. Außerdem hat sie auch Hervorragendes geleistet, ihm die Presse vom Leib zu halten. Nur so war es ihm möglich, die Laufbahn einzuschlagen, für die er sich entschieden hat, ohne dass es dabei zu Einmischungen von außen gekommen ist. Man hat seine Kommandierungen und Törns geheim gehalten, und das selbst vor mir... Aber, mein Gott, ich habe schon seit langem befürchtet, dass so etwas einmal passieren würde...«

Er zögerte einen Moment und sagte dann ganz plötzlich: »Joe, kann ich wirklich davon ausgehen, dass die Chinesen derzeit keine Ahnung haben, wer Linus wirklich ist?«

»Jawohl, Sir. Seine Identität wurde absolut professionell geändert.«

»Gott sei Dank.«

Der Präsident wirkte auf einmal gedankenverloren. Er drehte sich zu seinem Schreibtisch um, als hätte er sich in sein Schicksal ergeben. »Okay. Wir treffen uns um halb zehn im Lageraum wieder. Ich möchte die komplette politische Mannschaft dabeihaben. Außerdem denke ich, dass wir den Vorsitzenden der Vereinigten Stabschefs brauchen, dazu Sie, Joe, Sie, Arnold, und vielleicht auch noch jemanden vom SUBLANT, wenn sich gerade irgendjemand Hochrangiges vom Stab in der Nähe von Washington aufhält. Wir sollten auch den Leiter der Fernostabteilung der CIA mit hinzuzuziehen ... Und dann ran an die Arbeit.«

Admiral Mulligan ging zur Tür voraus, und Arnold Morgan folgte ihm zusammen mit dem Präsidenten. Als der CNO hinaus in den Korridor trat, stand er jedoch auf einmal allein da. Der Präsident hatte einen Arm um die breiten Schultern seines obersten Militärberaters gelegt, und Admiral Mulligan entging nicht, wie sehr jener darum rang, nicht die Fassung zu verlieren.

»Holen Sie ihn mir zurück, Arnold! Versprechen Sie mir das. Seit seine Mutter gestorben ist ... ist er ... ist er alles, was ich noch habe ...«

»Wir werden ihn zurückholen, Sir. Mein Ehrenwort.« Als er hinausging, um sich wieder Admiral Mulligan anzuschließen, hatte er jedoch nicht die leiseste Ahnung, wie er dieses Versprechen einlösen sollte.

Es machte es ihm nicht leichter, dass er einiges über die enge Beziehung zwischen dem Präsidenten und dessen Sohn wusste. Sogar im ganzen Land und wahrscheinlich auch in einem Großteil der restlichen Welt wusste man über den grausamen Verkehrsunfall Bescheid, bei dem die First Lady im ersten Jahr der Präsidentschaft ihres Mannes draußen auf der Ranch in Oklahoma ums Leben gekommen war.

Nur in den oberen Etagen der U.S. Navy jedoch konnte man die volle Tiefe des Verlusts nachvollziehen, den der Präsident erlitt. Er hatte darum gebeten, Linus per Luftbrücke von dem Unterseeboot auszufliegen, auf dem er damals Dienst tat, und die Navy war so freundlich gewesen, diesem Wunsch nachzukommen, damit dieser zu einem Sonderurlaub aus familiären Gründen nach Hause kam. Nur so konnte er dort dem Vater, dessen Herz gebrochen war, zur Seite stehen.

Für sechs Monate lebte Linus dann zwischen dem Weißen Haus und der Ranch. Dem Oval Office nahe stehende Personen hatten nicht die geringsten Zweifel, dass der Präsident es ohne die Hilfe seines Sohnes nicht geschafft hätte weiterzumachen.

Aus dieser Zeit resultierten die hervorragenden Beziehungen zwischen dem amerikanischen Regierungschef und der U.S. Navy. Gleichzeitig begab sich der oberste Befehlshaber aller US-ameri-

199

kanischen Streitkräfte damit aber auch in eine ungute Abhängigkeit zum jungen und noch unerfahrenen Marineoffizier Linus Clarke, was bei verschiedenen Generalstäblern einige Bedenken auslöste. Auf jeden Fall erklärte diese spezielle Situation die unmissverständliche Arroganz, die Linus fortan an den Tag legte.

Diese Beziehung zwischen Vater und Sohn hatte nichts mehr mit normaler elterlicher Hingabe zu tun. Sie grenzte an zwanghafte Vaterliebe, möglicherweise hatte der Präsident die Liebe, die er für seine verstorbene Frau empfunden hatte, jetzt auf den Sohn übertragen. Es war ein offenes Geheimnis, dass der bei der Frauenwelt sehr begehrte Präsident Clarke, seit seine innig geliebte Betsy ums Leben kam, noch keiner anderen Frau einen Blick zugeworfen hatte.

Es dürfte wohl kaum eine Erschütterung geben, die einen Vater mehr aus dem Gleichgewicht bringen konnte als das, womit der Präsident im Augenblick fertig zu werden hatte. Seine Worte spiegelten seinen gesamten Schmerz wider.

# KAPITEL FÜNF

Freitag, 7. Juli, 0930
Westflügel des Weißen Hauses

Die Männer, die ausgewählt worden waren, an der höchst
geheimen Sitzung in Präsident Reagans altem Lageraum im
Westflügel teilzunehmen, waren bereits vollzählig anwesend,
bevor der Regierungschef selbst eintrat. Sie alle standen jetzt um
den Tisch in der Mitte des Raumes herum und warteten darauf,
dass die Sitzordnung festgelegt werden würde. An der gegenüberliegenden Wand befand sich das ein Meter zwanzig breite
Großbilddisplay des Computers, auf dem die Seekarte des
Südchinesischen Meeres dargestellt und die Zufahrtswege in die
verbotenen Gewässer nach Kanton gekennzeichnet waren.

»Guten Morgen, meine Herren.« Der hoch gewachsene republikanische Präsident aus dem amerikanischen Westen gab sich
heute ausgesprochen geschäftlich. Sein gewohntes freundliches
Lächeln fehlte völlig, und auch keine seiner sonst üblichen Spöt-
teleien kam ihm bei der Begrüßung seiner Kollegen über die
Lippen.

»Ich habe entschieden, dass wir aus gegebenem Anlass ein klei-
nes, handverlesenes Komitee bilden werden und dass mein
Sicherheitsberater, Admiral Morgan, hier die Gesamtleitung der
Operation übernehmen wird. Ich habe das bereits mit dem
Vorsitzenden der Vereinigten Stabschefs und dem CNO abge-
sprochen.

Meine Beweggründe dazu dürften offensichtlich sein. Die
Situation, in der wir uns augenblicklich befinden, beinhaltet derart ungeheure politische Implikationen, dass man sie längst nicht
mehr nur unter militärischen Aspekten betrachten darf. Deshalb
stellt Admiral Morgan für mich die einzig logische Wahl dar. Er

201

ist der anerkannte Experte in solchen Angelegenheiten, weil er sowohl im politischen als auch im militärischen Lager zu Hause ist.

Außerdem weiß ich, dass Arnie unser aller Respekt genießt. Meinen hat er sich auf jeden Fall verdient. Mein Nationaler Sicherheitsberater wird also jetzt und bei allen folgenden Zusammenkünften, die sich mit der Situation in China befassen, den Vorsitz übernehmen. Ich selbst werde mich zurückhalten, weil ich, wie Sie alle wissen, emotional vorbelastet bin und auf jeden Fall vermeiden möchte, die Vorgehensweise dieses Komitees dadurch zu beeinflussen. Es versteht sich, dass sämtliche Entscheidungen, die hier getroffen werden, kalten Blutes zustande zu kommen haben. Ich kann und darf nicht die Verantwortung für Direktiven übernehmen, die allein aus dem Bestreben, das Leben des eigenen Sohnes zu retten, zustande kommen und dadurch eventuell das anderer in Gefahr bringen. Ich werde akzeptieren, was immer das Komitee an Aktion vorschlägt. Ich betone aber das Wort *Aktion*. Alles andere, was diese Sitzung angeht, hören Sie jetzt vom Vorsitzenden.«

Damit trat Admiral Morgan auch schon rasch zum großen Sessel am Kopfende des Tischs, den normalerweise der Präsident für sich beanspruchte. Als er nun zu sprechen begann, hatte sein Tonfall eine nicht zu überhörende Schärfe. »Ich möchte Admiral Mulligan gern zu meiner Linken haben, und den Außenminister darf ich bitten, direkt neben ihm Platz zu nehmen ...«

Harcourt Travis, der hochgewachsene Außenminister mit den stahlgrauen Haaren, ebenso wie der Präsident früher einmal Professor an der Universität von Harvard, setzte sich sofort in Bewegung, um den ihm zugewiesenen Platz einzunehmen.

»Tja, als Nächster sollte dann der Verteidigungsminister folgen ... Yeah, Bob MacPherson ... Sie setzen sich bitte neben Harcourt. So habe ich dann zwei politische Schwergewichte direkt dem Präsidenten gegenüber sitzen und kann den Vorsitzenden der Vereinigten Stabschefs, General Tim Scannell, zur Rechten des Präsidenten platzieren. Dann hätte ich auf derselben Seite gern Dick Stafford ... und anschließend den Chef des Marinenachrichtendienstes Admiral Schnider. Ihm gegenüber nimmt dann bitte Louis Fallon, der Stabschef des Weißen Hauses, zusammen mit den Leuten von der CIA Platz. Zu denen wird sich dann

noch der COMSUBLANT gesellen, wenn er es schafft, noch rechtzeitig hier einzutreffen.

Okay. Damit darf ich die Sitzung für eröffnet erklären. Ich gehe
davon aus, dass Sie alle schon die militärische Kurzinformation
studiert haben … wie das Unterseeboot in diese Situation und an
diesen Ort gekommen ist. Soweit wir wissen, hat man die Besatzung von Bord geschafft und ins Gefängnis gesteckt. Wir wissen
ebenfalls, dass rund hundert der Männer sich in einer zivilen
Strafanstalt in Kanton befinden. Allerdings wissen wir im Moment noch nicht, was mit der Führung des Boots passiert ist – aber
wir arbeiten daran. Wie Ihnen bekannt ist, gehört Linus Clarke,
der Sohn des Präsidenten, mit zu diesem Team. Die Chinesen
haben derzeit keine Ahnung, wer er wirklich ist, und wir hoffen,
dass sich dieser Zustand nicht ändert.«

Der Präsident nickte zustimmend und bat Admiral Morgan
dann, über dessen halbstündiges Gespräch mit dem chinesischen
Botschafter zu berichten. Die Unterredung, die erst eine Viertelstunde zuvor geendet hatte, war darauf hinausgelaufen, dass der
in Peking geborene Diplomat kurz davor gestanden hatte, durch
einen Tritt aus dem Weißen Haus befördert zu werden.

»Nur so viel, Sir. Er hat gesagt, er sei noch nicht instruiert und
deshalb nicht in der Lage, die Angelegenheit zu verhandeln, habe
aber grenzenloses Vertrauen in die Marine der Volksbefreiungsarmee. Er werde innerhalb der nächsten beiden Tage wieder bei
uns vorbeisprechen. Daraufhin habe ich diesem verlogenen kleinen Hurensohn erklärt, dass das genau zwei Tage zu spät sei und
er sich innerhalb der kommenden drei Stunden wieder hier einzufinden habe, und zwar mit aussagekräftigen Antworten, was
die Absichten der Chinesen angehe. Wenn nicht, so habe ich ihm
mitgeteilt, könnten wir uns als Vergeltungsmaßnahme zu ein
paar vorbeugenden Angriffen gegen militärische Ziele in China
entschließen.«

Der Admiral ließ den Blick über die um den Tisch versammel-
ten Personen schweifen. »Ist schon ein verdammt hartes Brot, mit
jemandem verhandeln zu müssen, der durch und durch ein Lügner ist, oder? Natürlich wusste der kleine Bastard bis ins kleinste
Detail darüber Bescheid, was gerade in Kanton läuft. Die müssen
ihn allein schon deshalb immer auf dem neuesten Kenntnisstand
halten, weil sie davon ausgehen dürfen, dass wir ihn ständig hier-

her einbestellen werden. Selbstverständlich weiß er, was dort drüben vor sich geht. Er mauert einfach.

Ich bin davon überzeugt, dass genau das auch der Kernpunkt der chinesischen Strategie ist – uns auf Armeslänge mit fadenscheinigen Versprechungen auf Abstand zu halten, während sie die Zeit nutzen, die Crew durch die Mangel zu drehen, um anschließend mit der Kopierung des Schiffs zu beginnen, der elektronischen Systeme, der Computer, der Flugkörper. Meiner Ansicht nach sollten wir nicht so lange warten und zusehen.«

»Arnie«, sagte der Präsident, »wollen Sie uns damit wirklich vorschlagen, dass wir beispielsweise einen Angriff auf Kriegsschiffe der Volksrepublik durchführen?«

»Sir, meine Antwort lautet nein. Offen gestanden habe ich nicht den blassesten Schimmer, *was* wir tatsächlich unternehmen sollten. Jedenfalls sollten wir nicht den Dritten Weltkrieg vom Zaun brechen. Ich wollte dem Botschafter lediglich ein wenig Angst einjagen, damit er seinen politischen Herren und Meistern klarmacht, wie ernst die Sache für uns ist. Die in Peking sollten sich ganz sorgfältig überlegen, ob sie unser Unterseeboot weiter festhalten oder nicht. Es macht keinen Sinn, sanft mit den Chinesen umzuspringen. Das würden die nur als Zeichen von Schwäche verstehen.«

»Nun, vielleicht kann uns Joe Mulligan ein paar Marinestrategien darlegen«, sagte der Präsident. »Ein paar Sachen, mit denen wir uns gedanklich auseinandersetzen können.«

»Sir«, sagte der CNO. »Die Navy kann im wahrsten Sinne des Wortes alles angreifen, was Sie wollen, Städte, Gebäude, Hafenanlagen, Kriegsschiffe und so weiter. Geben Sie mir zwei Tage Zeit, und alles, was Sie wünschen, gehört bald darauf der Vergangenheit an. Und es gibt nichts, was *irgendjemand* dagegen unternehmen könnte. Ich habe das Glück, als loyaler Diener meines Präsidenten und Volkes lediglich Ihre Wünsche erfüllen zu müssen. Mit den politischen Konsequenzen habe ich nichts zu tun.«

Der Präsident lächelte leise und nickte. »Was wäre nötig, um Kanton zu attackieren, die Hafenanlagen zu besetzen, das Gefängnis zu stürmen, der Stadt den Strom abzustellen, die Gefangenen zu befreien, uns dann das Unterseeboot, na ja, sagen wir einmal, zu schnappen und anschließend wieder abzuhauen?«

»Nun mal langsam, Sir«, sagte Admiral Morgan. »Sie lassen sich jetzt von ihren privaten Prioritäten leiten.«

Der Präsident grinste ein bisschen schuldbewusst.»Schon gut, Arnie. Ich weiß, dass ich mich wie ein Stratege des antiken Römischen Reichs angehört habe. Ich wollte nur hören, ob die geringste Hoffnung besteht, da hineinzustürmen und alles zurückzuholen, was unser ist.«

»Tim?« sagte Admiral Morgan und nickte dem Vorsitzenden der Vereinigten Stabschefs zu.

»Sir, um eine Bodenkampfeinheit in ausreichender Stärke abzusetzen, mit der wir Kanton dicht machen und die Stadt wirkungsvoll einnehmen könnten, brauchen wir mindestens einen Monat Vorbereitungszeit. Wenn wir von der Seeseite kommen wollen, müssen wir uns auf Seegefechte im Südchinesischen Meer gefasst machen, und obwohl wir diese mit Sicherheit zu unseren Gunsten entscheiden würden, müssten wir erhebliche Opfer in Kauf nehmen. Außerdem müssten wir im Voraus mindestens vier der wichtigeren Hafenanlagen der Chinesen ausschalten. Wir müssten meiner Schätzung nach dann mit wenigstens hunderttausend Mann dort einfallen, denn die Chinesen werden um jeden Quadratzentimeter ihres Bodens kämpfen. Innerhalb weniger Tage hätten Sie den Dritten Weltkrieg.«

»In der Zwischenzeit hätten die verdammten Kulis längst sämtliche Gefangenen getötet«, sagte Arnold Morgan, »und wahrscheinlich auch die *Seawolf* versenkt, wenn sie die bis dahin nicht anderweitig aus dem Weg geschafft haben.«

»Einen vierkantigen Frontalangriff können wir also streichen«, sagte der Präsident.»Die Marines helfen uns offenbar nicht weiter.«

»Nicht wenn wir wirklich unsere Angriffsziele erreichen wollen, Sir«, sagte General Scannell.

»Wir könnten ihnen auf jeden Fall ein Ultimatum stellen«, warf der Verteidigungsminister ein.»Wir teilen ihnen mit, dass wir, falls sie unseren Wünschen nicht nachkommen, ab, nun ja siebzehn Uhr unserer Zeit damit anfangen werden, ihre Kriegsschiffe zu versenken. Selbst die Chinesen wissen, dass uns nichts daran hindern könnte.«

»Hab ihnen schon ein solches Ultimatum gestellt«, murmelte Admiral Morgan,»mit dem kleinen Unterschied, dass ich ihnen nur bis heute Mittag Zeit gegeben habe.«

Außenminister Harcourt Travis, der nicht gerade zu den

großen Bewunderern Arnold Morgans gehörte, sprach als Nächster. »Es dürfte äußerst unwahrscheinlich sein, dass man bei denen mit Drohungen irgendetwas erreichen wird. Wir alle kennen doch die Chinesen – sie werden eine tiefe Verbeugung machen und dabei kundtun, wie außerordentlich bedauerlich diese ganze Angelegenheit doch sei. Wir seien aber auch sehr unartig gewesen einfach in chinesischen Hoheitsgewässern herumzuschnüffeln… aber bald vergeben und vergessen. In der Zwischenzeit würden sie alles tun, um das mächtige amerikanische Boot sicher für die Heimfahrt herzurichten, wenn sie dafür nur bitte schön noch mehr Hightech-Geheimnisse als Gegenleistung bekämen. Geschäfte machen bessel sein als kämpfen, hä? Machen Geld! Hi, hi, hi!«

Alle am Tisch lachten schallend über diese ausgezeichnete Imitation chinesischer Diplomatie, die der elegante Harcourt Travis da gerade hingelegt hatte. Man schenkte seinen Worten nichtsdestotrotz Beachtung.

»Sie haben den Nagel auf den Kopf getroffen, Harcourt«, sagte Arnold Morgan. »Genau das werden sie tun. Immer schön mauern, immer höflich bleiben, bis sie schließlich das haben, was sie wollen. Dann werden sie zu einer härteren Gangart wechseln und unsere Mannschaft vor Gericht stellen. Sie werden sie in Gefängnisse stecken, die so abgelegen sind, dass wir sie unmöglich finden können. Im nächsten Schritt werden sie uns mitteilen, dass sich das Unterseeboot in einem Zustand befindet, der es ihm nicht erlaubt, ihre Hoheitsgewässer zu verlassen. Leider sähen sie sich gezwungen, es zu behalten, bis es in einem entsprechenden Zustand ist.«

»Scheiße«, sagte der Präsident ungeschliffen.

»Auf der Ebene von Verhandlungen können wir also nicht gewinnen«, sagte Travis. »Die Zeit arbeitet nämlich gegen uns und für die Chinesen. Die denken sich jede nur mögliche Verzögerung aus, damit sie das Boot in aller Ruhe kopieren können. Wir dürfen deshalb keinesfalls die Hände in den Schoß legen.«

»Das heißt, egal, was wir unternehmen, es hat schnell zu geschehen«, sagte General Scannell.

»Genau darin liegt die Schwierigkeit, Tim«, sagte Admiral Morgan. »Wir wissen nicht, was wir eigentlich unternehmen sollen. Bei jedem wie auch immer gearteten Angriff werden sie unverzüglich damit anfangen, die Mannschaft der *Seawolf* umzubringen.«

»Irgendwie will es mir nicht in den Kopf, dass wir derart machtlos sind«, sagte der Präsident.

»Mir geht's genauso«, sagten die Admiräle Morgan und Mulligan wie aus einem Munde.

»Also, wie wäre es denn mit einem systematischen und gezielten Angriff mit Marschflugkörpern auf deren Marinestützpunkte entlang der ganzen Küste, angefangen von Xiamen über Ningbo, Kanton, Zhanjiang bis hinunter nach Haikou? Wir können ihnen ja klarmachen, dass wir sofort damit aufhören, wenn sie uns das Unterseeboot und die Mannschaft unbeschadet zurückgegeben haben«, sagte der Verteidigungsminister MacPherson mit gedankenverlorenem Gesichtsausdruck.

»Zwei Gründe sprechen gegen eine solche Vorgehensweise«, sagte Arnold Morgan. »Erstens werden sie trotzdem sofort damit anfangen, die Besatzung zu töten, und zweitens wissen wir nicht, wie weit sie von der *Xia III* aus ihre Interkontinentalraketen schleudern können. Auf Letzteres könnten nur Judd und Linus eine Antwort geben, und die stehen nun mal leider nicht zur Verfügung.«

Für einen Augenblick herrschte betretenes Schweigen am Tisch. Dann begann Admiral Morgan plötzlich seinen goldenen Kugelschreiber zwischen Daumen und Zeigefinger zu rollen. Ein sicheres Zeichen dafür, dass sich eine Idee hinter seiner Stirn abzuzeichnen begann.

»Ich möchte eine Sache grundsätzlich klargestellt haben«, sagte er schließlich. »Man kann leicht den Ball aus den Augen verlieren, wenn man den Blick auf einen großen Präsidenten gerichtet hält – für viele von uns gleichzeitig auch ein guter Freund –, auf dem zur Zeit eine große persönliche Tragödie lastet. Es ist aber nicht nur eine persönliche Tragödie.

Hier geht es um ein Unterseeboot, und zwar ein Jagd-Unterseeboot, das uns etwa eine Milliarde Dollar an Entwicklungsaufwand gekostet hat und das uns von dem Augenblick an, da es Peking als Modell für die Produktion eigener Boote dient, höllische Kopfschmerzen bereiten wird. Die Chinesen könnten die gesamte Schifffahrt des Westens aus den China vorgelagerten Gewässern ausschließen. Sie hätten dann keine Schwierigkeiten mehr, die Zufahrtswege zum Persischen Golf zu beherrschen, durch die bekanntermaßen ein Drittel des gesamten Öls der Welt transportiert wird. Außerdem wären sie in der Lage, Taiwan zu blockieren und schließlich ganz zurückzuerobern.

Die *Seawolf* ist das beste Stealth-Jagd-Unterseeboot das jemals gebaut wurde. Solange es unter zwanzig Knoten Geschwindigkeit bleibt, ist es praktisch nicht zu hören. Es verfügt über eine unglaubliche Schlagkraft und kann sich gegebenenfalls mit über vierzig Knoten aus dem Staub machen. Meine Herren, wir dürfen uns nicht damit abfinden, dass sie es in die Finger bekommen.«

»Also, jetzt mal langsam, Arnie«, warf der Präsident ein, »ich denke, die Chinesen haben es schon längst?«

»Das mag zwar auf den ersten Blick auch richtig sein, Sir. Allerdings werden wir uns seiner entledigen, und zwar direkt im Hafen von Kanton – noch bevor die Chinesen ihre Arbeiten an der *Seawolf* abgeschlossen haben.«

»Du meinst also, wir sollten einen Kommandotrupp da reinschicken, der das Boot in die Luft jagt? Den kriegen wir bloß nie wieder da raus«, wandte Joe Mulligan ein.

»Nein. Das würde auch nicht funktionieren. Wir müssen die *Seawolf* schon mit einer intelligenten Bombe treffen, und zwar genau in den Reaktorraum.«

»Um Gottes willen, Arnie, das würde die ganzen Hafenanlagen von Kanton für die nächsten zweihundert Jahre in ein radioaktiv verseuchtes Gebiet verwandeln«, entfuhr es dem Präsidenten.

»Ja. Ich schätze schon.«

»Also wieder der Dritte Weltkrieg.«

»Der würde nur dann ausgelöst werden, wenn die Chinesen genau wüssten, wer für die Sache verantwortlich ist. Was aber, wenn wir diesen Schlag aus größter Höhe durchführen, sagen wir einmal achtzehn Kilometer, während sie den Reaktor gerade in den kritischen Bereich hochfahren? Laut Aussagen aus Fort Meade haben sie ihn momentan heruntergefahren.«

»Wie wollen Sie wissen, ob die Chinesen überhaupt vorhaben, ihn wieder hochzufahren?«

»Sie werden ihn hochfahren müssen. Man kann nicht an Bord eines Unterseeboots gehen, um herauszufinden, wie es funktioniert, ohne dessen Energieversorgung eingeschaltet zu haben. Der Reaktor der *Seawolf* dürfte irgendwann im Laufe der kommenden Woche wieder in den heißen Bereich gefahren werden. Dann erwischen wir das Boot, während es bis zur Halskrause voll mit Chinesen ist. Wir werden es von einem Stealth-Bomber aus, der sich hoch oben in der Stratosphäre befindet, vom Antlitz der Erde tilgen. Niemand wird je unsere Bombe zu Gesicht bekommen, denn sie wird erst nach Einbruch der Dunkelheit senkrecht aus den Wolken fallen. Es wird heißen, dass diese blöden chinesischen Experten das Unterseeboot in die Luft gejagt hätten, während sie daran herumgefummelt haben. Die bescheuerten Kulis hätten ja schließlich auch keinen Schimmer gehabt, was sie da wirklich vor sich hatten. Kein einziger Amerikaner weit und breit in der Nähe.«

»Hübsch«, sagte der Präsident. »Ist aber eine verdammte Verschwendung eines großartigen Boots.«

»Das Boot werden wir so oder so nicht wieder zu Gesicht bekommen. Wenn wir es zerstören, sorgen wir jedoch dafür, dass die *Seawolf* all ihre Geheimnisse mit ins Grab nimmt.«

»Wenigstens so lange, bis wir wieder eine Regierungsmannschaft aus Demokraten am Ruder haben«, sagte Harcourt Travis.

»Verschonen Sie mich damit«, sagte Arnold Morgan, »ich stehe auch so unter ausreichend starkem Stress.«

»Okay, ist die Sitzung damit beendet, Herr Vorsitzender?« sagte der Präsident. »Soweit habe ich alles verstanden. Am besten vertagen wir die Sache jetzt bis heute Nachmittag um drei Uhr. In der Zwischenzeit können Sie ja rasch eine Tauglichkeitsstudie über einen derartigen Bombenangriff erstellen lassen. Dann können wir uns auch weiter über die Mannschaft unterhalten. Möglicherweise verfügen wir bis dahin auch über neue Bilder von den Aufklärungssatelliten. Vielleicht liegt sogar eine Stellungnahme des Botschafters vor. Und wenn es bis zum Abendessen dauern sollte, wir werden weitermachen. Im Augenblick gibt es nichts, was eine größere Rolle spielt als diese Angelegenheit.«

»Einverstanden, Sir. Ich sehe zu, dass ich all mein Zeug zusammenbekomme. Wir werden uns dann also um drei Uhr wieder hier einfinden.« Admiral Morgan gab Joe Mulligan ein Zeichen, ihn zu begleiten. Die beiden Männer erhoben sich und verließen sofort den Raum.

Schweigend gingen die Admiräle den Flur entlang, bis der CNO schließlich murmelte: »Du weißt, Arnie, wie sehr ich es hasse, mich im Kreis zu bewegen. Aber irgendwie landen wir immer wieder bei ein und demselben Problem… Ganz gleich, was für einen Angriff wir auch anlaufen lassen, die Chinesen werden umgehend damit beginnen, die Crew umzubringen, oder? Ich bin mir keineswegs sicher, ob sich daran etwas ändert, wenn wir das Boot in die Luft jagen, wie auch immer wir das bewerkstelligen. Könnten sie nicht sofort mit der Tötung der Gefangenen anfangen, weil sie dann keine Verwendung mehr für sie haben?«

»Kann durchaus sein, Joe. Schlimmer noch, sie könnten sie foltern, um wenigstens auf diese Weise noch an Informationen über die einzelnen Systeme des Boots zu kommen. Das wollte ich gegenüber dem Präsidenten nicht erwähnen.«

»Hätte auch keinen Sinn gemacht. Du hast ja gesehen, wie aufgewühlt er ohnehin schon war.«

»Stimmt… Jetzt aber an die Arbeit, Joe. Wir gehen in mein Büro und sehen zu, dass wir etwas Brauchbares herausarbeiten. Wir haben nur vier Stunden Zeit. In der Zwischenzeit werden wir auch deren Botschafter etwas auf Trab halten, den chinesischen Marineattaché am besten gleich mit… Mann, Joe, das Ganze ist wirklich ein dicker Brocken. Wir haben es mit einem Geiseldrama zu tun, ganz gleich, wie die Chinesen es auch immer bezeichnen. Und so etwas ist immer mit einem Haufen Ärger verbunden.«

»Besonders, wenn es dabei um eine ganz spezielle Geisel geht.«

»Du hast's erfasst.«

Wie sie es in den nächsten vier Stunden auch drehten und wendeten, die beiden Admiräle kamen immer wieder zum gleichen Schluss: Die Chinesen würden auf alles sofort mit der Tötung der *Seawolf*-Crew reagieren. Pünktlich jede volle Stunde rief Admiral Morgan beim chinesischen Botschafter an und übte Druck aus. Mit jedem Telefonat ließ er deutlicher anklingen, dass die Rache Amerikas schnell und verheerend sein würde. Die Antwort des Chinesen war immer die Gleiche: »Wir haben hier keine Probleme, Admiral. Wir sind dabei, Ihr Unterseeboot instand zu setzen. Sie werden es bereits in Kürze zurückerhalten. Die Mannschaftsmitglieder des Boots dürfen sich als geehrte Gäste der Regierung betrachten. Wirklich kein Problem.«

Admiral Morgan hätte dem Mann am liebsten den Hals umgedreht.

Und während der ganzen Zeit spukten ihm die Grundzüge eines neuen Plans durchs Unterbewusstsein. Es war ein Plan, der von Arnold Morgans Hang zu allem Subversivem und Heimlichen getrieben wurde, zu all solchen Dingen, die nie das Licht der Öffentlichkeit erblicken durften. Die Vorstellung eines offenen Vorgehens – gewaltsam eindringen und den Feind in tausend Stücke sprengen – war ihm zutiefst zuwider.

Der Admiral war früher schließlich selber einmal Kommandant eines Atom-Unterseeboots gewesen. Im Reich des Teufels – dem Reich der Täuschung, Verstohlenheit und Gerissenheit – war er zu Hause. Nie hätte er damals Bomben auf Libyen geworfen, auch nicht auf den Irak, den Sudan oder Afghanistan, ja noch nicht einmal auf Belgrad. Er hätte vielleicht ein kleines, aber verheerendes Kommandounternehmen sanktioniert, das keinerlei Spuren hinterließ. Viel eher hätte er aber ein Team der Special Forces geschickt, das sich erst heimlich umsieht und den Feind ausspioniert, um dann den Führer und dessen gesamtes Kabinett zu exekutieren. Lebe wohl, Muammar, Saddam und Bin Laden. Arnold Morgan liebte die Special Forces und die nachhaltige Konfusion, die sie in ihrem Kielwasser hinterließen.

Jetzt, im Angesicht eines offensichtlich nicht zu lösenden Problems, das auch noch durch eine unschätzbar wertvolle amerikanische Geisel kompliziert wurde, kehrten seine Gedanken automatisch ins Reich der Finsternis zurück, in dem sich hervorragend ausgebildete amerikanische Männer schnell, leise und mit brutaler Effektivität zu bewegen verstanden. Er war keineswegs so weit gediehen, dass er mit dem Finger auf die Lösung hätte zeigen können. Zumindest noch nicht. Doch war sich Arnold Morgan bereits jetzt im tiefsten Inneren völlig darüber im Klaren, dass er die amerikanischen Gefangenen irgendwie aus diesem chinesischen Gefängnis herausholen würde. Noch sträubte sich sein Verstand dagegen, aber sein instinktives Vertrauen in die Fähigkeiten der Special Forces sagte ihm, dass die Möglichkeit bestand, wenn die Chancen auch gering waren.

Er verwarf jedweden Gedanken an eine Strategie, die auf Frontalangriff, auf jeder wie auch immer gearteten Konfrontation beruhte. Der militärische Teil seines Verstandes machte Arnold Morgan unzweideutig klar, dass er das Gefängnis, in dem die Crew untergebracht worden war, irgendwie isolieren musste.

*Dann müssen die Jungs da reinkommen, die Wachen ausschalten und die*
*amerikanische Mannschaft befreien.*

»Dazu zweierlei, Arnie«, warf Joe zum wer weiß wie vielten
Male an diesem Tag ein. »Wie bekommen wir ein gutes Dutzend
unserer Jungs da hinein? Und vor allen Dingen, wie kriegen wir
anschließend mehr als hundert davon auch wieder heraus?«
»Jetzt vergiss erst mal die Details, Joe. Im Augenblick spreche
ich nur vom Prinzip.« Übergangslos griff er zum Telefon und
knurrte: »Kathy, schaff mir mal das SPECWARCOM in Coronado
ans Rohr. Ich möchte dort mit Rear Admiral Bergstrom sprechen.
Gleich jetzt, und mir ist völlig gleichgültig, wo er sich gerade
befindet oder was er gerade treibt.«

Inzwischen war es an der Ostküste 14 Uhr. Admiral Bergstrom
sprach in seinem kalifornischen Dienstzimmer gerade mit zwei
seiner besten BUD/S-Ausbilder (Basic Underwater Demolition/
SEAL), den härtesten Männern im härtesten Regiment der
Welt. Diese Kampfschwimmer der Sea-Air-Land-Kommando-
truppe (SEAL) setzten immer noch die Standards in der gesamten
U.S. Navy.

»Hallo, Arnold, wie geht's denn so? Wir haben uns ja schon seit
einer Ewigkeit nicht mehr unterhalten.«

»John, jetzt mal ganz offen. Ich bin der Verzweiflung nahe. Ich
muss mit Ihnen reden.«

»Prima. Schießen Sie los.«

»Nicht am Telefon.«

»Wo dann?«

»In Washington.«

»Wann?«

»Jetzt gleich.«

»Wie, *jetzt* gleich?«

»Richtig. Jetzt sofort.«

»Wie komme ich hin?«

»Schnappen sich irgendein Flugzeug.«

»Allein?«

»Allein!«

»Andrews Airbase?«

»Einverstanden.«

»Sechs Stunden.«

»Ich schick Ihnen einen Chopper, der Sie in Empfang nimmt.«

»Bis dann.«

Die Admiräle Bergstrom und Morgan kannten einander so gut, dass sie nur wenige Worte brauchten.

»He, Arnie, könnte doch sein, dass unser großer Pragmatiker der Special Forces die Sache sogar noch pessimistischer sieht als ich«, sagte Joe Mulligan.

»Vielleicht. Aber er wird dann sagen: ›Okay, wie gehen wir's an?‹, während du sagst: ›Lassen wir's bleiben, klappt eh nicht.‹«

»Aber, so ist es doch nun mal, Arnie.«

»Weiß ich doch.«

»Wenn wir hier hundert wichtige chinesische Gefangene im Staatsgefängnis von Atlanta hätten und ein Dutzend bewaffneter chinesischer Rebellen wollte sie dort herausholen, hätten wir die Kerle doch auch innerhalb weniger Stunden durch den Fleischwolf gedreht.«

»Nicht, wenn deren Kommandos mitten in der Nacht zuschlagen würden. Und auf gar keinen Fall, wenn sie so gut ausgebildet wären wie die Jungs, die Bergstrom da draußen in Coronado unter seiner Fuchtel hat. Außerdem würden sie die entsprechende Ausrüstung dabeihaben. Dass die Sache ausgesprochen kniffe werden kann, darüber gebe ich mich keinerlei Illusionen hin.«

»Na gut, Arnie, vielleicht klappt es ja doch irgendwie.«

»Das ist unsere einzige Chance, Joe, die müssen wir ergreifen! Denk an den Präsidenten heute Morgen, der arme Kerl war ständig den Tränen nahe. Wir müssen einfach etwas unternehmen. Ich könnte ihm nicht unter die Augen treten, um ihm zu sagen, dass wir es noch nicht einmal versuchen.«


Freitag, 7. Juli, 1900
Lageraum im Westflügel des Weißen Hauses

Die heiße Diskussion dauerte inzwischen schon vier Stunden. Jedes Mal, wenn die militärischen Mitglieder des Komitees einen Angriff gleich welcher Art vorschlugen, strich Harcourt Travis sofort die fürchterlichen Konsequenzen heraus, die ein sich daraus ergebender Krieg mit China zwangsläufig haben musste. Dabei betonte er immer wieder die Fixierung von Orientalen auf den »Gesichtsverlust«, unterstrich die für sie damit verbundenen Ehrgefühle und dass sie deshalb niemals bereit wären, irgendwelche Konzessionen zu machen.»Im gleichen Augenblick, in dem die Vereinigten Staaten von Amerika anfangen, chinesische Bürger zu töten, nur um ein Unterseeboot und seine Besatzung zu befreien, werden die Chinesen zurückschlagen, das steht für mich außer Frage.«

»Aber würde das nicht auch für jede andere Nation gelten?« sagte General Scannell.

»Mag sein«, sagte Harcourt Travis.»Aber die Chinesen sind doch etwas anders gestrickt. Sie haben eine unglaublich zahlreiche Bevölkerung. Selbst wenn wir sie mit einem verheerenden Erstschlag angreifen, der zehn Millionen Menschen vom Angesicht der Erde tilgt, würden sie deshalb noch lange nicht ihre Einstellung revidieren. Die würden mit einem Schulterzucken darüber hinweggehen.«

»Erschreckende Vorstellung«, sagte Bob MacPherson.»Aber wenn wir nicht *irgendetwas* unternehmen, werden die auf der ganzen Welt Randale machen und sich alles herausnehmen, wonach ihnen der Sinn steht, weil sich niemand mehr ausreichend stark fühlt, gegen sie anzutreten.«

»Ich sehe das etwas anders«, sagte Arnold Morgan.»Die Frage ist doch, ob jemand damit rechnet, dass aus heiterem Himmel ein chinesischer Marschflugkörper mit Atomsprengkopf auf die Vereinigten Staaten zurast, oder?«

»Tut das jemand?«, sagte der Präsident.

»Ich«, antwortete sein Nationaler Sicherheitsberater sofort.

»Tatsächlich?«

»Ganz sicher«, knurrte Morgan.»Denken Sie doch nur einmal an ein paar Dinge, die wir definitiv über sie wissen. Vergessen Sie die gigantisch große Bevölkerung, die zu einem nicht unerheblichen Teil lediglich damit beschäftigt ist, als gottverdammte Bauern in ihren beschissenen Reisfeldern herumzustapfen und ihr Hauptnahrungsmittel anzubauen. Nein, denken Sie dabei eher an ihren völligen Mangel an Kenntnissen in hochentwickelter Technik. Das letzte Mal, als sie versucht haben, eine ihrer Interkontinentalraketen zu starten, hätte nicht viel gefehlt und die hätten eins ihrer Schiffe versenkt. Bislang haben sie noch jedes Mal, wenn sie ein solches Programm in Gang gesetzt haben, es auch mit schöner Regelmäßigkeit in den Sand gesetzt. Also, was sollen sie denn angreifen und dann auch noch treffen können? Vielleicht Pearl Harbor? Mit einer dicken Rakete mit Atomsprengkopf? Nein, so einen kleinen Punkt auf der Landkarte würden die nie schaffen, da müsste schon was Größeres her. Das haben die schon alles diskutiert. Nur hat ihr politischer Kommissar dann wohl doch davor zurückgeschreckt, weil ihm die Knie gezittert haben. Im Vergleich dazu wirkt unser alter Pung Yang Travis doch glatt wie Alexander der Große!«

»Herzlichen Dank, Arnold«, sagte Harcourt Travis ganz weltmännisch. »In jedem noch so konservativen Außenminister schlummert eben ein edler Wilder, der nur auf die Gelegenheit wartet, aus sich herauszubrechen.«

Das Gelächter der Anwesenden nahm etwas von der herrschenden Spannung. Genau in diesem Augenblick traf der COM-SUBLANT, Admiral Brett Stewart, ein und entschuldigte sich für seine Verspätung. Er habe sich gerade auf See befunden, als der Funkspruch aus Washington durchkam.

»Also, was meine Person angeht, bin ich froh, Sie zu sehen, Brett«, sagte Harcourt Travis. »Als augenblicklicher Oberbefehlshaber unserer taktischen Unterseeboot-Truppe im Atlantik könnten Sie der richtige Mann sein, unseren wutschäumenden Vorsitzenden davon abzuhalten, China den Krieg zu erklären, nur um eins unserer Unterseeboote zurückzubekommen.«

»Ich hab schon von der Sache gehört«, sagte der Admiral. »Ich für meinen Teil glaube nicht, dass wir das Boot jemals zurückerhalten werden. Selbst dann nicht, wenn wir hingehen und die halbe chinesische Marine ausradieren. Die wollen das Unterseeboot inständiger haben als irgendetwas sonst auf der Welt. Die sind sicher schon mit Verstärkung durch russische Experten dabei, die *Seawolf* auseinanderzunehmen.«

»Genau das denke ich auch«, sagte Morgan.

»Wissen wir eigentlich, ob die schon den Reaktor heruntergefahren haben?« sagte Stewart.

»Wir gehen davon aus«, sagte Mulligan. »Aber der nächste Satellitenüberflug wird uns da genauere Erkenntnisse liefern.«

»Zumindest würde es Sinn machen, wenn sie ihn heruntergefahren haben«, sagte Stewart. »Erst wenn sie ihn von null wieder in den kritischen Bereich bringen, können ihre Techniker die ganze Prozedur Schritt für Schritt mit durchlaufen ... und später heißt es dann, dass sie bei dieser Gelegenheit ein Leck gefunden haben, aus dem radioaktive Strahlung austritt. Dadurch wäre dann natürlich nicht nur die Reaktorsicherheit gefährdet, sondern auch die baldige Rückgabe des Boots gänzlich ausgeschlossen.«

»Admiral Morgan vertritt die Ansicht, dass uns, um die Hochtechnologie auf der *Seawolf* zu schützen, nur die Möglichkeit bleibt, das Boot in die Luft zu jagen.«

»Absolut richtig«, sagte Stewart, ohne zu zögern. »Anderenfalls haben wir es bald mit Dutzenden von Booten dieser Art zu tun. In den vergangenen fünf Jahren hat China ganz eindeutig expansionistische Tendenzen an den Tag gelegt. Die einzig logische Konsequenz kann nur die sein, das Original zu zerstören.«

»Wer stimmt mit diesen Ausführungen überein?« fragte Admiral Morgan und hob die rechte Hand.

Admiral Mulligan und General Scannell taten es ihm gleich. Dann hoben Verteidigungsminister Bob MacPherson und Admiral Stewart die Hand, schließlich auch die beiden Abteilungsleiter der CIA. Harcourt Travis sagte, dass solch eine militärische Vorgehensweise derart außerhalb seiner gedanklichen Vorstellungskraft liege, dass er sich lieber der Stimme enthalte.

Der Präsident bat, man möge ihn für fünf Minuten entschuldigen. Auch er werde sich der Stimme enthalten, weil er nicht objektiv sein könne. Jeder im Raum wusste, dass die Vorstellung, die Chinesen könnten seinen Sohn foltern, ihn bereits an den Rand der psychischen Belastbarkeit gebracht hatte.

Er verließ den Raum. Arnold Morgan sprang auf, um ihm hinterherzueilen. »Warten Sie einen Augenblick, Sir. Ich möchte Ihnen gern etwas sagen.«

Der Präsident drehte sich um, und der Admiral sah, dass dem großen Mann die Tränen jetzt ungehindert übers Gesicht liefen.

»Sie haben mein Versprechen. Wenn wir das Unterseeboot angreifen, werden wir Linus längst aus diesem Rattenloch herausgeschafft haben. Ich habe inzwischen einen Plan. Vertrauen Sie mir. Sir ... ich werde ihn dort rausholen – versprochen.«

Der Präsident nickte, versuchte zu lächeln und klopfte seinem Sicherheitsberater auf die Schulter. »Danke, Arnold. Nur ein paar Minuten. Ich bin gleich zurück.«

Admiral Morgan ging zurück in den Lageraum.

»Wie geht's ihm, Arnold?« fragte Harcourt Travis gleich.

»So wie es wohl jedem von uns gehen würde, wenn irgendwelche beschissenen Chinesen drauf und dran sind, unserem Sohn die Fingernägel herauszureißen.«

»Dieser Präsident ist wahrscheinlich der beste Freund, den das Militär je hatte«, sagte General Scannell. »Für ihn müssen wir unser Bestes geben, selbst wenn die Risiken noch so hoch erscheinen mögen.«

Inzwischen hatte Arnold Morgan wieder seinen Sessel erreicht. »Meine Herren, wir waren eben bei der Abstimmung stehen geblieben. Mit überwiegender Mehrheit haben wir dafür gestimmt, die *Seawolf* zu vernichten, bevor die Chinesen die Gelegenheit haben, sich mit ihr vertraut zu machen ...«

Jeder der Anwesenden bestätigte diese Feststellung mit einem Kopfnicken, und der Vorsitzende fuhr fort: »Also gut. Dann wollen wir als Nächstes einmal darangehen, einen groben Plan aufzustellen. Wir stehen unter immensem Zeitdruck. Dann kriegen wir zumindest eine Vorstellung vom notwendigen Timing. Prinzipiell sollten wir die Mannschaft genau in dem Augenblick herausholen, wenn die Verwirrung in Kanton auf dem Höhepunkt ist, also kurz nachdem wir den Reaktor der *Seawolf* in Stücke gesprengt haben.«

»Aber wie sollen wir da ein Kommando einschleusen?« sagte Mulligan.

»Das wird nicht leicht«, sagte Morgan. »Konzentrieren wir uns jetzt auf den ersten Schritt: Wie zerstören wir das Unterseeboot, während es an seinen Festmachern in Kanton liegt? Ist jemand von uns Bombenexperte?«

»Eigentlich nicht«, sagte der CNO.

»Ich beschaffe uns einen«, sagte General Scannell. Er zog ein winziges Handy aus einer Tasche seiner Uniformjacke und drückte den Knopf für die direkte Durchwahl zu seinem Büro. Alle konnten das Gespräch verfolgen. »Schnappen Sie sich General Cale Carter, und veranlassen Sie ihn, dass er uns sofort den besten Bombenexperten der Air Force schickt ... Lageraum, Weißes Haus ... innerhalb der nächsten Stunde ... Sagen Sie ihm, dass ich es eigentlich vorziehen würde, wenn er persönlich hier erscheinen würde ... Yeah ... richtig ... Bye.«

217

Gegen 2030, als sie sich gerade vertagt hatten, um sich in einem kleinen Speisezimmer niederzulassen, das an den Lageraum grenzte, landete Rear Admiral Bergstrom in einem Hubschrauber der Navy auf dem Rasen vor dem Weißen Haus. Eine Viertelstunde später traf auch schon General Carter, ein Südstaatler aus Alabama, ein und gesellte sich zu einem ausgezeichneten Abendessen zu den anderen. Das Essen hatte Admiral Morgan organisiert: »Lendensteaks, medium... Bratkartoffeln und alles an grünem Gemüse, was Ihnen in den Sinn kommt. Dazu Salat, aber auf keinen Fall Reis, um Gottes willen keinen Reis und nichts aus dem Wok.«

Auf dem Tisch standen Flaschen mit Mineralwasser und eine eisgekühlte Flasche kalifornischen Weins. Auf eine entsprechende Bemerkung hin hatte der Admiral nur kurz geknurrt, dass er richtigen französischen Wein nur trinke, wenn es etwas zu feiern gebe.

Keiner der Anwesenden rührte den Wein an, mit Ausnahme des Präsidenten, der ihn jetzt brauchte, und Admiral Morgans. Die beiden Männer teilten die Flache brüderlich zwischen sich auf, während General Carter auf den letzten Stand der Dinge gebracht wurde, was den beabsichtigten Bombenangriff betraf. Admiral Morgan favorisierte eine aus großer Höhe über dem Perlfluss abzuwerfende Bombe gegenüber einem Marschflugkörper oder einer von See her gestarteten Tiefflug-Lenkwaffe.

General Carter nickte und bat um Bedenkzeit. Seinen Lösungsvorschlag werde er den Anwesenden unterbreiten, wenn sie wieder zurück im Lageraum wären.

Um zehn Uhr abends war es dann so weit, dass sie den Empfehlungen von General Carter zuhörten, während dieser vor dem großen Computerbildschirm im Lageraum stand.

»Mr. President, Admiral Morgan, meine Herren. Mit großer Wahrscheinlichkeit schaffen wir es, die USS *Seawolf* zu treffen und dadurch zu zerstören. Wenn ich Sie richtig verstanden habe, besteht die eigentliche Herausforderung darin zu vermeiden, dass anschließend jemand weiß, dass wir es waren, die die Sache durchgezogen haben. Sehe ich das richtig?«

Admiral Morgan nickte zustimmend.

»Das bedeutet, dass wir beim Abwurf der Bombe außerordentlich vorsichtig vorgehen müssen. Nun könnte man denken, dass man umso schwerer erfasst werden kann, je höher und weiter man vom Ziel entfernt ist. Das ist falsch. Besonders wenn es sich um das unmittelbare Umfeld eines Marine- oder sonstigen Militärstützpunkts handelt, wo die Wahrscheinlichkeit sehr groß ist, dass es dort massenhaft Radareinrichtungen gibt.

Im Vergleich zum Tiefstflug wird man in großen Höhen wesentlich leichter erfasst. Wenn ich die speziellen Geländestrukturen in der Umgebung der Flussmündung betrachte, würde ich sagen, dass eine Annäherung im Tiefstflug unbedingt zu empfehlen ist. Wenn man in einer Höhe von fünfundsiebzig Metern über dem Wasser bleibt und sich genau hier in der Mitte hält, kann man *nicht* geortet werden. Man befindet sich dann unterhalb des Erfassungsbereichs der Radargeräte, außerdem genießt man zusätzlich noch den Schutz vor Radarstrahlen durch die Abdeckung der Landmasse.

Von der Position des Marinestützpunkts ausgehend, möchte ich behaupten, dass es in einer Flughöhe von fünfzigtausend Fuß so gut wie sicher ist, erfasst zu werden, ganz gleich, welche Art von Stealth-Bomber wir auch schicken. Die chinesische Luftraumüberwachung dürfte sich momentan in höchster Alarmbereitschaft befinden.

Kurz und gut, meine Herren, mein Vorschlag lautet, die Bombe von einer ganz normalen *Hornet* F/A-18 abwerfen zu lassen. Ich mag diesen Typ von Maschine. Sie ist schnell, macht locker über fünfzehnhundert Kilometer in der Stunde, kann von einem Flugzeugträger aus gestartet werden und unter dem Rumpf eine Bombe tragen, die es auf ein Gewicht von fast acht Tonnen bringen darf. Mir schwebt dabei eine lasergeführte *Paveway 3* vom Typ GBU-24 vor, so wie sie bei Raytheon hergestellt wird. Sie ist etwa vier Meter und dreißig lang und wiegt gerade mal eine Tonne, wobei fast die Hälfte des Gefechtskopfs aus hochexplosivem Sprengstoff besteht. Das Ding wird direkt durchs Oberdeck bis hinunter in den Reaktorraum knallen und das Unterseeboot wie einen ollen Stockfisch aufspießen.

Der Pilot sollte sich bei diesem Angriff der alten Wurftechnik bedienen. Damit meine ich, dass er die Mündung mit voller Pulle, also mehr als tausend Knoten Geschwindigkeit, und in einer Höhe von zweihundertfünfzig Fuß über dem Wasser hinaufdonnert. Acht Kilometer vor dem Ziel sollte er die *Hornet* in einem

Winkel von fünfundvierzig Grad hochziehen, wie eine Silvester-rakete steigen lassen und dann die Bombe bei größtmöglicher Geschwindigkeit freigeben. Das hat den Effekt, dass die Bombe für etwa einen weiteren Kilometer in die Höhe geschleudert wird. Anschließend kippt die Waffe ab und beginnt mit ihrem Abstieg zum Ziel. Das Lenksystem der *Paveway 3* wird sich dann auf die Suche nach dem Laser machen und die Markierung aufspüren. Hat es sie gefunden, wird die Flugbahn entsprechend angepasst, um genau ins Zentrum zu treffen. Dazu verstellt die GBU-24 lediglich während des Fluges die Flügel. Noch bevor die Bombe ihr Ziel trifft, wird die angreifende Maschine auf und davon sein – innerhalb von fünf Minuten ist sie dann bereits an Hong-kong vorbei, das hundertvierzig Kilometer weiter im Süden liegt. Wenn sie die offenen Gewässer des Südchinesischen Meeres erreicht hat, wird das Unterseeboot und alles in seiner unmittel-baren Umgebung radioaktiv strahlende Vergangenheit sein.«

»Vielen Dank«, sagte Morgan. »Ich weiß es zu schätzen …«

»Allerdings gibt es da ein weiteres Problem, das Sie vielleicht noch nicht berücksichtigt haben«, sagte der Chef der U.S. Air Force.

»Dann lassen Sie mal hören«, sagte Morgan.

»Sie müssen es irgendwie zuwege bringen, das Ziel zu ›beleuchten‹. Wir schaffen es zwar, die Bombe mit einer Genauig-keit von fünfzehn Metern Radius zu programmieren, aber das dürfte für das, was Sie vorhaben, wohl kaum ausreichen. Es braucht eine Genauigkeit von einem Meter fünfzig, damit man den Reaktorraum sicher trifft. Wenn die Waffe auch nur drei Meter daneben geht, wird sie zwar immer noch ein großes Loch in den Druckkörper reißen und eine Menge im Inneren des Boots zerstören, aber eben nicht genau den Reaktorraum erwischen. Wir brauchen also jemanden, der das Ziel markiert. Gibt es dort unten jemand, der das machen könnte.«

»Das entzieht sich leider meiner Kenntnis«, sagte Morgan. »Jake, wie sind wir in Kanton vertreten?«

Jetzt ergriff Jake Raeburn, der Leiter der Fernost-Abteilung der CIA, zum ersten Mal das Wort. »Admiral, wir haben etliche Ein-satzagenten in der Gegend, drei in Kanton, einer davon direkt auf dem Stützpunkt. Er ist zufälligerweise auch noch der Beste von allen. Ein gebürtiger Chinese, der das Regime hasst, seit sein Vetter im Jahre 1989 auf dem Platz des Himmlischen Friedens getötet wurde.«

»Er gehört aber nicht zur Marine, oder?«

»Nein, er ist ein ziviler Elektriker, der uns schon seit etlichen Jahren wertvolle Dienste leistet. Er hat den Wunsch, gemeinsam mit seiner Frau und seinem Sohn in den Staaten aufgenommen zu werden, und das haben wir ihm auch versprochen. Wenn er diese Sache durchziehen kann, wird es automatisch auch sein letzter Einsatz sein. Ich will nicht, dass er an Strahlenschäden stirbt.«

»Was für Ausrüstung brauchen wir denn dazu vor Ort, Cale?« fragte General Scannell.

»Das elektronische Gerät ist ziemlich klein und verfügt über eine eigene Stromversorgung. Leider haben die Batterien keine lange Betriebsdauer. Ist der Designator erst einmal eingeschaltet und auf das Ziel eingepfiffen, haben wir knapp sechs Stunden, bis die Akkus schlappmachen.«

»Verstehe ich das richtig, dass wir hier von einem Gerät sprechen, das jemand die ganze Zeit auf den Zielpunkt richten muss?« fragte der Präsident.

»Nein, Sir. Das kleine Ding muss lediglich vor Ort versteckt werden. Anschließend braucht man sich nur wie der Teufel aus dem Staub zu machen.«

»Ist das machbar, Jake… das Ziel zu kennzeichnen?« fragte Morgan.

»Ja, Sir, das ist es.«

Um 23 Uhr trug sich Morgan mit der Absicht, die Sitzung zu vertagen, weil er noch einige Stunden mit Admiral Bergstrom verbringen wollte. Doch gerade als er mit der Zusammenfassung beginnen wollte, wurde scharf an die Tür geklopft, und eine uniformierte Wache betrat mit einem an den Sicherheitsberater adressierten Umschlag den Raum.

Der las die Nachricht rasch vor. Sie kam direkt aus Langley und lautete: *Es wurde beobachtet, dass sämtliche Gefangenen von Militärlastern aus dem Gefängnis in Kanton zurück auf das schwer bewachte Hafengelände geschafft wurden. Von dort aus künftige Verlegungen zu beobachten ist nicht möglich. Unser normaler Beobachtungspunkt liegt auf dem Perlfluss.*

»Das kann gleichermaßen eine gute wie schlechte Nachricht sein«, brummte Morgan. »Das Gefängnis in Kanton war nämlich so ziemlich der übelste Ort, wo wir sie hätten befreien können. Es liegt genau im Zentrum einer wohlorganisierten Stadt, in der auch das Militär sehr stark vertreten ist. Dass sie die Männer zum Hafengelände geschafft haben, kann eigentlich nur heißen, dass der weitere Transport jetzt auf dem Seeweg erfolgen soll, sonst hätte man sie zu einem Flugplatz geschafft oder einfach auf den Lastern belassen, stimmt's?«

»Vielleicht haben sie sie auch nur in einem Militärgefängnis auf dem Marinestützpunkt eingelocht«, sagte der Präsident.

»Wenn sie dort tatsächlich über die entsprechenden Einrichtungen verfügen würden, Sir, hätten sie die Männer zuvor nicht erst in der Stadt eingekerkert«, sagte Morgan. »Meiner Ansicht nach haben die jetzt vor, die Crew in ein Militärgefängnis zu verlegen, das man speziell für sie vorbereitet hat. Jake, wir müssen sie finden. Und zwar schleunigst.«

Mit diesen Worten schloss Morgan die Sitzung für den heutigen Abend und schlug vor, sich am kommenden Vormittag um elf Uhr wieder hier einzufinden. »Ich möchte noch ein paar Dinge erledigen, bevor wir uns wieder zusammensetzen«, fügte er erklärend hinzu. Dann stand er auf, dankte jedem persönlich und gab dem ausgepumpten Admiral Bergstrom einen Wink, ihm in seinen Schlupfwinkel unten im Westflügel des Weißen Hauses zu folgen. »Wir müssen uns mal ernsthaft über verschiedene Dinge unterhalten.«

Admiral Bergstrom rollte mit den Augen und trottete hinter Arnold Morgan her, der gerade seine zweite schlaflose Nacht in Folge begonnen hatte. Morgan bestellte, kaum in seinem Büro eingetroffen, auch schon frischen Kaffee und ein paar Gläschen Weinbrand, um sie beide wach zu halten. Dann wandte er sich mit ruhiger Stimme an den Boss der SEALs. »John, ich brauche Ihnen nicht zu erklären, was ich von Ihren Jungs halte. Mir waren schon immer eine Handvoll SEALs lieber als tausend Bomben.«

Seine Zuneigung zu den Männern der SEAL-Truppe, von der die U.S. Navy sechs Einheiten unterhielt, die jede 225 Mann stark war, galt als bekannt. Drei dieser Einheiten, die Nummern zwei, vier und acht, arbeiteten von Little Creek in Virginia aus. Die mit den Nummern eins, drei und fünf operierten dagegen direkt vom Hauptquartier des Special War Command – für Insider das SPECWARCOM – der U.S. Navy auf der Insel Coronado nahe

San Diego, Kalifornien, aus. Von dort wurden sämtliche Missionen der SEALs auf der ganzen Welt geführt.

Die SEALs blickten auf eine kurze, aber ehrenvolle Geschichte zurück, wobei sie kein einziges Mal auch nur einen einzigen Mann tot oder verwundet auf einem Gefechtsfeld zurückgelassen hatten, noch nicht einmal in Vietnam. Ihre brutale Ausbildung kann allenfalls noch mit derjenigen verglichen werden, die den Angehörigen des entsprechenden Regiments des Special Air Service der Briten, kurz SAS, zuteil wird. Beim Militär ist man felsenfest davon überzeugt, dass es schwieriger ist, seinen Abschluss bei den SEALs zu schaffen, als erfolgreich das Staatsexamen an der juristischen Fakultät der Universität Harvard abzulegen. John Bergstrom hatte sein derzeitiges Kommando erst bekommen, nachdem er selbst schon etliche Jahre als Abteilungskommandeur der SEALs gedient hatte. Inzwischen schon 61 Jahre alt, hatte er es dennoch geschafft, seine körperliche Verfassung durch fortgesetztes hartes Training auf hohem Stand zu halten. Er war fast einen Meter neunzig groß, und das einzige Anzeichen seines tatsächlichen Alters bestand daraus, dass sein glattes schwarzes Haar langsam den Grauton eines Kanonenrohrs annahm.

Vor sechs Jahren war seine Frau gestorben und über diesen Verlust war er nie so recht hinweggekommen. Er war sehr beliebt, nicht nur in Militärkreisen, sondern auch weit darüber hinaus. Von Zeit zu Zeit erstrahlte seine Persönlichkeit in einem von Herzen kommenden Lachen oder einem schiefen Grinsen, das nur Männer zustande bringen, die sich schon einmal enormen Gefahren ausgesetzt gesehen haben, inzwischen aber zu der Ansicht gelangt sind, dass alles andere im Vergleich dazu nur Kinderkram ist. Mit ziemlicher Sicherheit war er der beste Kommandeur der Special Forces, den die Navy jemals besaß, was letzten Endes auch dazu geführt hatte, dass er seinen Sessel im SPECWARCOM schon länger innehatte als irgendeiner seiner Vorgänger. Er und Admiral Morgan begegneten einander mit tiefstem Respekt.

Jetzt tranken die beiden Männer langsam ihren Kaffee und dachten über die gigantische Aufgabe nach, die sie zu lösen hatten.»Da ich mir nicht vorstellen kann, Arnold, dass Sie mich mit der *Hornet* dorthin schicken wollen, wird es wohl meine Aufgabe sein, die Jungs da rauszuholen.«

Arnold Morgan lächelte. »Sie haben inzwischen bestimmt mitbekommen, dass Linus, der Sohn des Präsidenten, der Erste Offizier der *Seawolf* ist, oder?«

»Das ist mir schon seit einem Monat bekannt. Und jetzt steckt er in einem chinesischen Knast.«

»Die Angelegenheit ist weitaus schlimmer. Er befindet sich im Augenblick zwischen zwei Gefängnissen. Wir haben keinen Schimmer, wo er demnächst sein wird.«

»Tja, das ist das erste Mal in meiner Karriere, dass ich einen Ort angreifen soll, der noch auf keiner Karte verzeichnet ist.« Rear Admiral Bergstrom schmunzelte, wirkte aber irgendwie gar nicht fröhlich. »Wenn die Chinesen die Männer aber tatsächlich auf dem Hafengelände von Kanton behalten, sehe ich keine Chance, meine Jungs da einzuschleusen. Das wäre das reinste Himmelfahrtskommando. Meine SEALs sind alles, bloß keine Selbstmörder. Dazu sind sie zu wertvoll.«

»John, um so etwas würde ich nie bitten. Das käme einer Kriegserklärung an China verdammt nahe. Mir ist außerdem klar, dass die SEALs sich nicht für Frontalangriffe eignen. Das ist eher Sache des Marine Corps. Ich habe auch keine Lust, amerikanische Truppen in ein radioaktiv verseuchtes Gebiet zu schicken, was die Hafenanlagen von Kanton bald sein dürften.«

»Das hieße unter Umständen, die Mannschaft der *Seawolf* zu opfern, wenn wir das Boot zerstören.«

»Genau, John. Wenn es aber einen menschlich vertretbaren Weg geben sollte, auf dem wir sie da herausholen können, nachdem man sie verlegt hat, werden wir diesen sofort gehen.«

»Dazu müssten wir sie aber erst mal finden.«

»Richtig. In der Zwischenzeit will ich allerdings alle notwendigen Vorbereitungen getroffen haben. Über einen derartigen Einsatz haben wir uns beide ja schon unzählige Male die Köpfe heiß geredet.«

»Sie meinen die Aufstellung unserer geschätzten Elite-Angriffstruppe, fünfzig Mann, die allzeit in der Lage sind, innerhalb kürzester Zeit in ein fremdes Land einzudringen, dort verdeckt zu operieren und anschließend die feindliche Regierung oder deren Führer auszuschalten.«

»Genau die meine ich, John. Die Elite der Elite. Das beste Team, das wir überhaupt zusammenstellen können. Vergessen Sie nicht, dass wir immer gesagt haben, es sollte von einem Flugzeugträger aus operieren, auf dem der Kommandeur dann sein Hauptquartier für den jeweiligen Einsatz etablieren kann. Genau das schwebt mir im Augenblick vor.«

»Ich soll also sofort mit der Zusammenstellung dieser Truppe anfangen, um die Crew der *Seawolf* aus China rauszuholen?«

»Ja, John. Genau das wollte ich vorschlagen.«

»Das wird ein Riesending.«

»Das riesigste überhaupt. Der Präsident steht am Rande des Nervenzusammenbruchs, weil die Chinesen seinen Sohn foltern könnten ...«

»Glauben Sie, das würden die wirklich machen?«

»Ja, ich denke schon – Sie denn nicht?«

»Doch, vorstellbar wäre es zumindest.«

»John, ich glaube fest daran, dass die Chinesen die Mannschaft niemals freilassen werden. Wenn die erst einmal mit den Verhören angefangen haben, ist die Folter nicht weit. Und ist diese Grenze erst einmal überschritten, werden sie dafür Sorge tragen, dass niemand je etwas davon erfährt.«

»Werden sie die Männer vor Gericht stellen?«

»Wahrscheinlich. So haben sie jedenfalls eine Möglichkeit, durch entsprechende Urteile alle Mann auf Jahre hinaus hinter Gitter zu schicken. Im nächsten Schritt wird man einen nach dem anderen in aller Stille verschwinden lassen. Letzten Endes wird es keine Überlebenden geben, die über die gemachten Erfahrungen berichten könnten.«

»Wir müssen sie also dort rausholen.«

»Weshalb ich Sie auch bitte, unverzüglich das beste Team zusammenzustellen, das Sie jemals hatten. Schaffen Sie die Leute von Virginia Beach und Coronado her, und verstärken Sie sie noch mit zwei oder drei Typen vom britischen SAS, wenn Sie mögen. Es könnte nicht schaden, wenn das Team dadurch einen etwas internationalen Anstrich erhält. Auf jeden Fall sollten es die besten Männer sein, die man kriegen kann.

Falls die Chinesen die Besatzung in ein Gefängnis verlegen, das innerhalb einer Angriffsentfernung liegt, die von der Seeseite her zu schaffen ist, gehen wir rein und holen die *Seewölfe* raus. Dabei kümmert es mich einen Scheißdreck, ob wir dazu jeden verdammten Chinesenarsch, der im Gefängnis Wache schiebt, umlegen müssen. Wir gehen da rein. Und wenn wir keinen Kommandeur finden, der den Schneid hat, diesen Job zu erledigen, mach ich es selbst.«

»Verzeihung, Sir, mir ist völlig entgangen, dass Sie noch im aktiven Dienst sind«, sagte Admiral Bergstrom grinsend.

»Dann rekrutieren Sie mich doch, Sie Arsch«, gab Arnold Morgan zurück. »Ich hol die da raus, und damit basta!«

»Zwei Fragen dazu, Arnold. Erstens: Wie bekommen wir unsere Jungs da rein? Und zweitens: Wie bekommen wir alle Mann da wieder raus? Wir brauchen mindestens fünfzig SEALs, um ein chinesisches Militärgefängnis durchzukämmen. Und da drinnen befinden sich doch mindestens hundert Mann Besatzung, oder?«

»*Unterseeboote*, John, das ist das Zauberwort: *Unterseeboote*. Und dazu ein paar Motorschlauchboote, die wir als Landungsboote verwenden. Die Trägerkampfgruppe bleibt etwa zweihundert Meilen weit in Wartestellung draußen auf hoher See.«

»Um Himmels willen, Arnold. Wollen Sie etwa doch einen Krieg anzetteln?«

»John, von den Chinesen entdeckt zu werden gehört nicht zu meiner Planung – wenigstens solange wir nicht mit allen Gefangenen auf und davon sind. Was anschließend passiert, ist mir ziemlich Wurscht. Wenn sie anfangen sollten, irgendwelchen Ärger zu machen, werden wir die Kulis eben einfach ersäufen.«

»Wie sieht der Zeitrahmen aus, Arnold?«

»Sobald wir das neue Gefängnis lokalisiert haben, schicken wir erst einen Spähtrupp rein. Als nächstes werden wir, rund drei Stunden, bevor die SEALs an Land gehen, die *Seawolf* in Kanton bombardieren, um damit die größtmögliche Verwirrung zu stiften. Unter dem Schutzschild des Aufruhrs schlüpfen die Jungs dann rein. Schwingen Sie sich also wieder in den Hubschrauber zur Andrews Airbase. Sehen Sie zu, dass Sie auf dem schnellsten Weg nach San Diego kommen. Stellen Sie den Kommandotrupp ohne Rücksicht auf Kosten und Mühen zusammen. In genau achtundvierzig Stunden verlegen Sie den Trupp nach Okinawa, wo die Jungs dann an Bord des Flugzeugträgers gehen und sich auf den Einsatz vorbereiten.«

»Das könnte klappen. Immer vorausgesetzt, wir finden die Gefangenen.« Der Boss der SEALs erhob sich, leerte sein Weinbrandglas, schnappte sich seine Aktentasche und machte sich auf den Weg zur Tür. Dort blieb er noch einmal stehen, drehte sich um und bemerkte mit schiefem Grinsen: »Ganz nebenbei. Im SPECWARCOM ist man der unerschütterlichen Ansicht, dass Sie, Admiral Morgan, ein schwer zu verdauender Brocken sind. Danken wir Gott, dass Sie auf unserer Seite stehen.«


Samstag, 8. Juli, 1800 (Ortszeit)
Marinestützpunkt Guangzhou

Die abendliche Ausflugsfahrt auf der Fähre, die an der Janjiang-Strasse im Osten der Brücke des Volkes von Pier 1 abgehen und den Perlfluss entlang verlaufen sollte, war ohne Angabe von Gründen abgesetzt worden. Die 170 Passagiere, überwiegend ausländische Touristen, standen auf der Landungsbrücke herum und murrten so laut, wie es in China ratsam ist – ziemlich leise.

Dabei sollten sich die Fahrgäste glücklich schätzen, gerade diesen Abend nicht an Bord dieser Fähre zu sein. Sie war auf dem Weg zum ehemals japanischen Militärgefängnis am nordöstlichsten Punkt von Xiachuan Dao, einer zehn Kilometer langen Insel sechs Kilometer vor der Küste, 120 Kilometer west-südwestlich des Hafens von Macao.

Admiral Zhang, der die Fähre »im Namen der Marine der Volksrepublik China« beschlagnahmte, hatte das Gefängnis in Rekordzeit wieder nutzbar gemacht. Er hatte einen Militärtrupp von 200 Mann Stärke neben modernsten Kommunikationsanlagen auch die neuesten Beleuchtungssysteme und brandneue Rohrleitungen, wenn auch oberirdisch, installieren lassen, ein Heißwassersystem und alle notwendigen Schreibtische, Telefone und Gegensprechanlagen, die man für einen militärischen Stab benötigt. Auch die Betonmauern und die beiden hohen Wachtürme wurden saniert. Die Zellen selbst hatte man so belassen, wie sie waren, als die Gefangenen der Revolution gegen Ende der 40er Jahre aus ihnen herausgetrieben, erschossen und in einem Massengrab verscharrt worden waren. Die Zellen befanden sich in einem Zustand, der einer Ratte nicht würdig gewesen wäre.

»Aber«, so Admiral Zhang, »sie sollen ja schließlich nur als kurzfristige Unterbringung dienen. In zwei Wochen wird das neue Gefängnis im Landesinneren fertig sein.«

Natürlich wurde diese Feststellung nicht von humanitären Aspekten geleitet. Admiral Zhang hatte Angst, dass die amerikanischen Streitkräfte den Versuch starten könnten, die Gefangenen zu befreien. Er hielt die Amerikaner für Berserker, die sich durch nichts aufhalten lassen würden, besonders nicht, wenn sie hervorragend ausgerüstet und trainiert waren. Er war nach wie vor der Ansicht, dass sie im Grunde viel zu weich waren, wenn sie sich im Nachteil befanden und Druck ausgesetzt wurden – *eben unerfahren, was die Opferbereitschaft und Härten eines Revolutionsvolks anging* –, aber sie waren absolut tödlich und völlig rücksichtslos, wenn sie einmal die Oberhand hatten. Was meist der Fall war. Admiral Zhang hasste Amerika aus tiefstem Herzen. Er hasste dieses Land mindestens ebenso sehr, wie er die Briten für ihre verletzende Arroganz hasste, mit der sie lange Zeit die Geschichte seines Landes, die Zivilisation des antiken Chinas, mit Füßen getreten hatten.

Inzwischen war die Fähre an der Marinepier längsseits gegangen und hatte dort festgemacht. Durch die Gitterstäbe seiner Zelle am Ende des Gangs konnte Captain Judd Crocker die lange Reihe seiner Männer sehen. Sie waren mit Handschellen auf dem Rücken gefesselt und schlurften unter der Kaibeleuchtung an Bord der Fähre. Er beobachtete das Ganze schon fast eine volle Stunde, als schließlich die Tür zum Gefängnistrakt aufkrachte und vier Wachen sogleich damit begannen, die Zellentüren aufzuschließen und den sechs ranghöheren Männern der *Seawolf* ebenfalls Handschellen anzulegen. Die drei jüngeren Matrosen, die ebenfalls im Zellenblock Mao untergebracht worden waren, hatte man schon in der vergangenen Stunde abgeführt. Judd fühlte, dass er bald zum ersten Mal, seit sie in Kanton angekommen waren, wieder mit seiner ganzen Mannschaft vereint sein würde.

Und so wurden Captain Crocker, Lt. Commander Bruce Lucas, Lt. Commander Cy Rothstein, Lieutenant Shawn Pearson, Lieutenant Andy Warren und Master Chief Brad Stockton hinunter zur Unterseeboot-Landungsbrücke geführt, wo Admiral Zhang und Fregattenkapitän Li bereits am anderen Ende der Gangway auf sie warteten. Die Wachen trieben die Amerikaner an Bord der Fähre und befahlen ihnen, sich auf die polierten langen Bänke auf dem Oberdeck zu setzen, auf denen normalerweise Touristen Platz zu nehmen pflegten. Lt. Commander Rich Thompson, der Kernenergie-Ingenieur, dessen Gesicht von den Schlägen, die er von Zhangs Wachen hatte einstecken müssen, völlig zugeschwollen war, saß Judd unmittelbar gegenüber.

Die beiden Kameraden nickten einander zu, bevor sie den winzigen Leutnant der Wache bemerkten, der den jungen Skip Laxton kaltblütig ermordet hatte. »*Es ist verboten, miteinander zu reden!*« kreischte der Winzling dann auch gleich los.

Tief aus dem Inneren der Fähre kam ein Rumpeln. Die Maschinen nahmen ihre Arbeit auf, und auf der Pier waren Befehle zu hören, mit denen die Leinenmannschaft an Land zum Loswerfen der Festmacher aufgefordert wurde. Durch die hohen Rechteckfenster des Oberdecks konnte man sehen, wie die Laternen auf der Pier langsam fortzugleiten begannen. Die Fähre nahm Fahrt auf und fuhr mit Kurs Süd in Richtung Hongkong hinaus in die Dunkelheit des Perlflusses. Gott allein wusste, wie es weitergehen würde.

Admiral Zhang und Fregattenkapitän Li waren auf der Landungsbrücke nach wie vor tief in ihr Gespräch vertieft. Der Fregattenkapitän hatte immer noch nicht verstanden, weshalb sein Oberbefehlshaber darauf bestand, sämtliche Gefangene nach Xiachuan Dao zu verlegen, anstatt zumindest die wichtigen Männer in ihren Zellen auf dem Stützpunkt zu belassen.

»Dafür habe ich etliche Gründe«, sagte Admiral Zhang. »Der wichtigste: Ich möchte die gesamte Mannschaft an einem einzigen Ort haben, wo man sie dann Einzelverhören unterziehen kann. Auf Xiachuan Dao stehen alle Einrichtungen zur Verfügung. Sollte ich von Zeit zu Zeit ein Mannschaftsmitglied an Bord der *Seawolf* benötigen, kann ich denjenigen ja mit einem Hubschrauber einfliegen lassen, vorausgesetzt er zeigt sich kooperationswillig.

Bedenken Sie auch, Li, dass sich eine ganze Gruppe von Verhörspezialisten auf Xiachuan Dao befindet. Es ist von außerordentlicher Bedeutung für den Erfolg, dass diese Männer sich austauschen können. Nur so kann man das schwächste Glied in der Kette finden – also den Mann, der als Erster zusammenbricht. Da kann man sich eine Menge Zeit sparen. Ohne diese Vorgehensweise würden sie uns nichts erzählen, und wenn doch, so wären es lauter Lügen. Und Zeit haben wir nun einmal nicht im Überfluss.«

»Das sehe ich ein, Admiral. Außerdem stellt sich hier in Guangzhou natürlich auch die Frage der Sicherheit. Wir vermuten hier undichte Stellen, wenngleich wir keine Beweise dafür haben. Sie haben auch diesmal wieder völlig Recht, Admiral.«

»Morgen, im ersten Licht des Tages, geht es los, Li. Ich werde Sie in den nächsten beiden Wochen hier vermissen, aber Sie werden eine außerordentlich wichtige Arbeit für unser Land leisten. Ich würde mich freuen, wenn Sie mir heute bei einem Abendessen Gesellschaft leisten würden, bevor Sie uns verlassen. Das wird der Abschlussbesprechung einen etwas angenehmeren Rahmen verleihen, bevor Sie in den Hubschrauber nach Xiachuan steigen.«

»Herzlichen Dank, Admiral. Einmal mehr erweisen Sie mir eine große Ehre.«


Samstag, 8. Juli, 0500 (Ortszeit)
Büro des Nationalen Sicherheitsberaters

Nun saß er bereits seit vier Stunden ohne Sekretärin im Büro, was um diese Uhrzeit eigentlich nicht weiter verwunderlich war, und wartete am Telefon darauf, dass man es in der amerikanischen Botschaft in London am Grosvenor Square endlich zuwege brachte, die abgesicherte Privatleitung des Marineattachés freizuschalten. Erst hatte man ihm nicht abgenommen, wer er war, dann wollte man ihn in Washington zurückrufen, und als das endlich geschah, war ausgerechnet diese Verbindung zusammengebrochen. Dann hatte er wieder zurückgerufen, gelangte in der Telefonzentrale an einen anderen Vermittler, der wieder nicht glauben wollte, wen er da in der Leitung hatte, und zurückrufen wollte. Also ging alles wieder von vorn los.

Inzwischen hing Arnold Morgan in der Warteschleife und kochte. Drei Minuten später meldete sich jemand und teilte ihm mit: »Sie können Colonel Hart unter folgender Rufnummer erreichen ...«

Admiral Morgan hämmerte daraufhin die Nummer in das Telefon an seiner abgesicherten Leitung. In London, wo es gerade elf Uhr zehn war, klingelte es zweimal, und eine Stimme meldete sich mit:»Dienstzimmer Colonel Hart.«

»Stellen Sie mich bitte zu ihm durch. Ich bin Arnold Morgan, Weißes Haus, Washington.«

Dieser Anruf war in gewissem Sinne eine Premiere. Den ehemaligen Colonel der Marines, der im Corps unter dem Spitznamen »Fagin« bekannt war, hatte man einige Jahre lang abgeschrieben gehabt. Er war einmal ein treuer Anhänger des Nachrichtendienstes der Navy gewesen und hatte zwei Jahre als Lieutenant bei den SEALs gedient, bevor er in einige dieser außerpolitischen Heldentaten der Regierung Reagan, zwar wohl gemeinte und in mancher Hinsicht sogar brillante, hineingezogen wurde.

Als dann einiges ans Licht der Öffentlichkeit kam, hatten die Linken, sowohl bei der Presse als auch im Kongress, nichts Besseres zu tun, als in einer geradezu grotesken Zurschaustellung scheinheiliger Selbstgerechtigkeit Jagd auf jeden zu machen, der irgendwie in diese Dinge involviert war. Die Hauptanklagepunkte lauteten auf Verschleierung und zu lockere Auslegung der Verfassung.

Damals gab es eine wahre Hetzkampagne:»Hatte der Präsident Kenntnis von der Sache?... Wusste der Außenminister davon?... Wie ist es möglich, dass solche Menschen handeln, als stünden sie über dem Gesetz?... Hängt sie auf... Erschießt sie... Steckt sie ins Zuchthaus... Werft sie aus ihren Ämtern...« Es war so etwas wie die Wiedergeburt des Wilden Westens auf der Ebene der Gesetzesbücher. Ganze Karrieren wurden ruiniert, Leben und intakte Familien zerstört.

Außerordentlich selten, genau genommen sogar nie, stellte irgendjemand die anderen Fragen: Haben diese Menschen mit dem, was sie taten, nicht in erster Linie den höchsten Interessen der Vereinigten Staaten von Amerika gedient? Führten sie im Grunde nicht nur eine Politik aus, von der ein mit überwältigender Mehrheit gewählter Präsident glaubte, dass sie in diesen dunkelsten Tagen des Kalten Krieges für die Sicherheit der Nation von geradezu lebenswichtiger Bedeutung war? Waren hier nicht ehrenwerte Männer am Werk, die nichts anderes im Sinn hatten, als ihr Bestes für Amerika und seine Bevölkerung zu geben, indem sie versuchten, der ständig wachsenden Bedrohung durch den sowjetischen Kommunismus entgegenzuwirken?

Colonel Hart, dieser schlanke, gut aussehende Mann mit den harten Augen, Absolvent der Marineakademie von Annapolis, wurde ebenfalls mit in diesen Mahlstrom gesogen. Er wurde nie vor Gericht gestellt, wie es damals etlichen anderen widerfuhr, aber seine militärische und damit auch politische Karriere fand im gleichen Augenblick ein abruptes Ende, als Präsident Reagan das Weiße Haus verließ.

Später wurde Colonel Hart dann in aller Stille dem diplomatischen Zweig der Marine zugewiesen. Zunächst arbeitete er als stellvertretender Marineattaché an der Botschaft in Buenos Aires. Danach folgten Dienstzeiten im Mittleren Osten und in Europa, bevor er schließlich im Jahre 2004 als Marineattaché an die amerikanische Botschaft in London berufen wurde.

Es gab nicht wenige, die der felsenfesten Ansicht waren, dass er sämtliche Voraussetzungen dafür mitbrachte, in nicht allzu ferner Zukunft den Posten eines Botschafters angeboten zu bekommen. Der schicksalhafte Anruf von Admiral Morgan sollte der Laufbahn des Colonel Hart jedoch eine völlig unerwartete Wendung geben.

»Hallo, Sir«, meldete er sich mit fester Stimme. »Lang ist's her.«

»Viel zu lange, Frank«, sagte Morgan. »Wie behandelt man Sie denn?«

»Offensichtlich besser als Sie, Sir. Von mir hat zumindest noch niemand verlangt, um sechs Uhr morgens im Büro zu sein.«

»So was passiert alle Tage, wenn man sich derart nah am Zentrum der Macht befindet.«

»Ach was. Und ich habe immer gedacht, das wäre ein Zuckerschlecken.«

»Ist es auch. Wahrscheinlich ist aber jeder irgendwann einmal so weit, dass man anfängt, es zu hassen.«

»Sir, seit ich mich hier mit dem komplizierten militärischen Problem herumzuschlagen habe, welche Mitglieder der Botschaft an einem Abendessen teilnehmen sollen, das der Erste Seelord am 15. Juli zu geben gedenkt, glaube ich eigentlich, dass Sie es immer noch besser haben ...«

Arnold Morgan musste über die Entrüstung seines ehemaligen Offizierskameraden lachen, der sich mit Details herumplagte, die Mitglieder des Militärs üblicherweise zum Wahnsinn treiben. »Frank«, sagte er dann, »was würden Sie davon halten, wieder

ein aktives Kommando zu übernehmen, um die SEALs zu unterstützen?«
»Wer? Ich?« sagte der Colonel gedehnt.
»Was denn? Habe ich etwa die falsche Nummer gewählt?«
»Herrgott noch mal, Arnold. Ich bin über sechzig.«
»Was erwarten Sie denn? Vielleicht ein Geburtstagsgeschenk?«
»Sir, bleiben wir ernst. Ich fürchte, dass ich wirklich nicht mehr fit genug bin, um bei diesen Typen mithalten zu können.«
»Frank, ich bin auch in erster Linie an Ihrem Verstand und nicht an Ihren verdammten Muskeln interessiert«.
»Oh, das ist natürlich etwas anderes. Worum geht's denn?«
»Ich lasse gerade ein größeres Kontingent SEALs zusammenstellen. Könnte durchaus sein, dass dabei eine Truppenstärke von fünfzig Mann herauskommt. Sie werden im Fernen Osten von einem Flugzeugträger aus in den Einsatz gehen. John Bergstrom ist gerade damit beschäftigt, die Jungs in Coronado auszuwählen. Was wir noch brauchen, ist ein wirklich harter und erfahrener Kommandeur, der über das richtige Fingerspitzengefühl in einer politisch etwas brisanten Situation verfügt. Wir suchen nach einem hochrangigen Stabsoffizier, der solche Voraussetzungen erfüllt. Die Sache wird wahrscheinlich schwerwiegende Entscheidungen mit sich bringen, bei denen keine Zeit für irgendwelche Rückfragen ist.«
»Zeitrahmen?«
»Jetzt. Sie müssen London noch heute verlassen und nach Washington fliegen.«
»Das muss ich aber erst noch mit dem Botschafter abklären.«
»Ist bereits geschehen. Auf Präsidentenebene.«
»Und auch mit dem CNO, Admiral Mulligan. Schließlich ist der immer noch mein Boss.«
»Auch schon erledigt. Auf der Ebene des Vorsitzenden der Vereinigten Stabschefs.«
»Und was ist mit dem Büro des Außenministers und all den diplomatischen Terminen und Verpflichtungen.«
»Erledigt. Auf Präsidentenebene.«
»Sir, Sie machen wirklich keine Scherze, oder?«
»Dieses Mal nicht, Frank.«
»Also habe ich keine große Wahl, oder?«
»Eigentlich nicht. Aber wenn Sie kneifen, sind Sie unten durch.

Schlimmer noch, dann bin ich unten durch. War nämlich meine Idee, Sie zu holen.«

»Was habe ich zu tun?«

»Packen Sie Ihre Sachen, und schnappen Sie sich einen Fahrer, der Sie auf direktem Weg zum Stützpunkt der Royal Air Force in Lyneham bringt. Dort steht bereits eine Militärmaschine bereit, die Sie zur Andrews Airbase bringt, wo Sie ein Hubschrauber des Weißen Hauses erwarten wird. Dann kommen Sie sofort zu mir in mein Büro…«

»Und was ist mit meiner Familie, Sir?«

»Da richten wir uns ganz nach deren Wünschen. Ich werde persönlich mit Ihrer Frau telefonieren, sobald Sie in der Luft sind.«

»Einverstanden, Sir. Sie haben mein Wort.«

»Hab ich auch nicht anders von Ihnen erwartet. Danke, Frank.«


Samstag, 8. Juli, 2330
Mündung des Perlflusses

Lieutenant Shawn Pearson, der Navigator der *Seawolf*, versuchte sich die Route einzuprägen, auf der sie transportiert wurden. Die Fähre war bislang vier Stunden lang durch die drückend heiße, schwüle Nacht in Richtung Süden gelaufen, und eigentlich mussten sie sich im Augenblick irgendwo am Ende der Mündung befinden. Durch die großflächigen Fenster an Steuerbord konnte er die Lichter der Küste sehen, etwa vier Seemeilen entfernt, und er hatte Recht mit der Annahme, dass es sich dabei um den Hafen von Macao handelte. Er konnte keine Kursänderung feststellen.

Die Fähre lief auch weiterhin über eine spiegelglatte See in Richtung Süden. Shawn schätzte, dass sie dabei etwa 17 Knoten machte. Es herrschte kaum Dünung, aber er konnte hören, wie der Gischt von der Bugwelle im ruhigen, glatten Wasser abspritzte. Dem Geräusch entnahm er, dass sie das offene Meer noch nicht erreicht hatten.

Eine weitere Stunde verging, bevor er schließlich eine leichte Kursänderung nach Steuerbord wahrnahm, wahrscheinlich Kurs zwo-drei-null. Gleichzeitig wurden auch die Bewegungen des Schiffs etwas heftiger. Soweit Shawn es beurteilen konnte, führte ihr Kurs jetzt an der Küste entlang. Sie näherten sich im Augenblick entweder der großen tropischen Insel Hainan, von der er wusste, dass dort ein großer Marinestützpunkt der Chinesen lag, oder sie befanden sich auf direktem Weg zum Flottenhauptquartier der Südflotte, das etwas nördlicher in Zhanjiang lag. Wenn ihn sein ausgezeichnetes Gedächtnis nicht im Stich ließ, gab es sonst keinen signifikanten Ansteuerungspunkt zwischen dort und Kanton. Als er durch die Fenster spähte, konnte Shawn kein Land mehr hinter der mondbeschienenen Fläche des Wassers erkennen. Seit sie die Hafenanlagen der chinesischen Marine in Kanton verlassen hatten, war kein Wort mehr gesprochen worden. Die Wachen patrouillierten unermüdlich zwischen den Bänken hin und her und behielten dabei jedes Mitglied der amerikanischen Mannschaft im Auge, das noch nicht schlief.

Der Captain schlief ebenso tief wie seine Nummer eins, während Bruce Lucas und Cy Rothstein hellwach waren. »Einstein« war es dann auch, der um die Erlaubnis zu sprechen nachsuchte und darum bat, die Männer mit Wasser zu versorgen. Überraschenderweise nickte die Wache und wandte sich in schnellem Chinesisch an einen jüngeren Mann, der etwas in noch unverständlicherem Chinesisch zum Promenadendeck hinüberrief.

Zehn Minuten später erschienen zwei zivile Stewards der Fähre und brachten vier weiße Kannen mit Wasser und einige große Plastikbecher mit. Da sämtlichen Gefangenen die Hände auf den Rücken gebunden worden waren, gingen zwei chinesische Wachen die Bankreihen entlang, wobei der eine die Kannen trug und der andere den Amerikanern Wasser gab. Er hielt den Becher den Gefangenen vor die Lippen und kippte ihn dann einfach hoch. Eine zweifellos rüde Vorgehensweise, die aber genügend Zeit ließ, ein paar ordentliche Schlucke zu nehmen.

Es war sicher nicht der kultivierteste Drink, den sie je zu sich genommen hatten und gewiss auch nicht der hygienischste, aber sie konnten für die nächsten Stunden damit auskommen.

Bis zum Einsetzen der Morgendämmerung des 9. Juli ging es immer weiter in südwestlicher Richtung durch eine unverändert ruhige See. Die meisten Männer der *Seawolf*-Besatzung schliefen, aber Lieutenant Pearson hielt es für seine Pflicht, wach zu bleiben und zu versuchen, irgendwie ihre jeweilige Position herauszubekommen. Die chinesischen Sicherheitsvorkehrungen blieben auch weiterhin auf höchster Bereitschaftsstufe. Die ganze Zeit über war noch nicht einmal eine aus zwei Worten bestehende Unterhaltung möglich gewesen, ohne dass diese den sofortigen Zorn der Wachen heraufbeschworen hätte. Shawn hoffte, dass sich die Sache in den kommenden Tagen entschärfen würde. Seine Aufgabe war es jetzt, in etwa zu wissen, wo sie sich befanden.

Man hatte ihm zwar, genau wie den anderen, gleich am ersten Tag der Gefangenschaft die Uhr abgenommen, doch durch das Fährenfenster an Backbord voraus konnte er schon die ersten zart rosafarbenen Streifen am Himmel erkennen, was ihm sagte, dass es etwa sechs Uhr morgens sein musste und in rund einer halben Stunde die Sonne aufgehen dürfte. Außerdem hatte er festgestellt, dass die Fähre kaum spürbar mit der Fahrt heruntergegangen war. Sechs Stunden bei einer Durchschnittsgeschwindigkeit von etwa 13 Knoten, so rechnete er, sollte sie eigentlich rund 70 Seemeilen von der Mündung des Perlflusses aus an der chinesischen Südküste entlanggebracht haben. Shawn kramte in seinem Gedächtnis nach den Karten, die er so oft studiert hatte, als sie mit der *Seawolf* die Gewässer unmittelbar im Süden dieses Gebiets hier befuhren, aber er konnte sich nur noch an zwei Inseln erinnern. Die eine der beiden war ziemlich groß, die andere, wesentlich kleinere, lag weiter im Westen. Er konnte sich nicht mehr an die Namen erinnern. Alles was ihm durch den Kopf schoss, war der Name Sichuan Dao, der Name seines zu Hause in San Diego bevorzugten Chinarestaurants. »Zum Teufel noch mal«, dachte er immer wieder, »irgendwie so ähnlich hat die Insel doch auch geheißen.«

Eine halbe Stunde später hatte sich die Sonne den Weg über den Pazifik erkämpft und schickte ihre warmen und hellen Strahlen über das Oberdeck. Währenddessen veränderte sich auch das Stampfen der Maschinen, und das Schiff drehte hart nach Steuerbord. Dabei entdeckte Shawn ein helles Leuchtfeuer, das alle fünf Sekunden von einer weit entfernten Landspitze herüberblitzte. Er konnte nicht wissen, dass dieser Leuchtturm auf der vorgelagerten Insel Weija stand, die knapp 400 Meter im Süden der Insel Shangchuan lag, deren Namen er mit dem des Chinarestaurants verwechselt hatte.

Jetzt konnte er auch erkennen, dass sich auf der Steuerbordseite des Schiffs Land befand, doch schienen sie sich im Augenblick wieder im spitzen Winkel davon wegzubewegen. Nach dem Stand der Sonne vermutete Shawn, dass sie inzwischen einen mehr nördlichen Kurs steuerten, der etwa bei drei-vier-null liegen dürfte. Leider konnte er keinen Blick hinaus nach Backbord werfen, wo eine Schottwand die Sicht behinderte.

Inzwischen waren die Maschinen weiter mit den Umdrehungen heruntergegangen, wodurch die Fahrt der Fähre auf knappe sieben Knoten reduziert worden sein dürfte. Shawn vermutete, dass sich der Kapitän gerade durch schlecht kartografierte Untiefen tastete. Über dem offenen Sonnendeck konnte er Land erkennen, das sehr nach einer flachen Küstenlinie aussah, aus der sich etwa eine halbe Meile hinter dem Strand eine Bergkette aus dem Dschungel erhob. Er versuchte sich mit einigen Peilungen, wurde dabei aber durch die Tatsache verwirrt, dass sich auf der rechten Seite der Landmasse gleich wieder die offene See zeigte.

Er schätzte, dass sie sich im Augenblick zwischen Inseln befanden, wobei das chinesische Festland ein paar Meilen weiter im Norden lag. Er vermutete, dass sie sich jetzt rund 120 bis 150 Kilometer von Macao entfernt befinden mussten und es sich bei den Inseln tatsächlich um die beiden handelte, an die er sich erinnerte. Dabei lag dann das »Restaurant« an Steuerbord und die kleinere an Backbord. Es war die kleine Insel, auf die sie durch die sandigen Untiefen hindurch zusteuerten.

Xiachuan Dao, im wahrsten Sinne des Wortes seit etlichen hundert Jahren entvölkert, Hüterin eines Militärgefängnisses, in dem unaussprechliche Grausamkeiten stattgefunden hatten, lag mit all ihren hell erleuchteten und nach all den Jahren immer noch voll funktionsfähigen Folterkammern recht voraus.

# KAPITEL SECHS

Samstag, 8. Juli, 0930
Büro des Nationalen Sicherheitsberaters

Kathy O'Brien betrachtete kritisch den unrasierten, zerzaust aussehenden Mann, dem ihre ganze Liebe galt. Der Admiral war an seinem Schreibtisch eingeschlafen und schnarchte mit tiefen Atemzügen zurückgelehnt in seinem großen, lederbezogenen Kapitänssessel. Es grenzte an ein Wunder, dass er nicht erfroren war, denn die Klimaanlage stand auf höchster Leistung und blies schon seit Mitternacht kalte Luft in den Raum. Der Admiral mochte es kalt.

Kathy stellte den dunkelblauen Matchbeutel ab und küsste ihren Admiral ganz leicht auf die Stirn, was etwa denselben Effekt auslöste, als hätte jemand eine Kanone abgefeuert. Arnold Morgan kam nach nur drei Stunden Schlaf in Bruchteilen einer Sekunde ins Bewusstsein zurück, eine Eigenschaft, die allen ehemaligen Unterseebootkommandanten eigen war. Mit einem Ruck richtete er sich kerzengerade auf, blickte Kathy an – und lächelte.

»He, du hast mich also gefunden«, bemerkte er überflüssigerweise.

»Arnold, Liebling, das ist doch nicht gut für dich. Du brauchst deinen geregelten Schlaf.«

»Den hatte ich doch. Hat mich hier irgendwann gegen 0630 übermannt.«

»Wenn ich von geregeltem Schlaf spreche, meine ich damit etwas anderes, so mit Schlafanzug, frischem Bettzeug und einem Bett, in dem ich mich in deiner unmittelbaren Nähe befinde. Etwas normaler halt.«

»Ja, ja«, sagte er, ohne richtig zugehört zu haben. »Hol schnell

den chinesischen Botschafter ans Telefon, und sag ihm, dass er seinen Arsch gefälligst sofort hierher zu bewegen hat...«
»Arnold, ich werde nichts für dich tun, bis du nicht wieder zur menschlichen Rasse zurückgekehrt bist. Ich möchte, dass du dich jetzt unter die Dusche stellst, rasierst und dich umziehst. Du läufst seit zwei Tagen in denselben Klamotten herum.« Der Admiral schüttelte den Kopf. »Auf der anderen Seite der Welt gibt es eine Mannschaft aus sehr verängstigten Jungen, die schon seit zwei Wochen in ein und denselben Klamotten rumlaufen müssen. Ich habe sowieso nichts hier und weg kann ich im Moment auch nicht.«

Kathy deutete auf den marineblauen Matchbeutel und sagte mit Nachdruck: »Da ist alles drin, *Sir*. Sie werden dort saubere Sachen finden, und zwar ein frisches Hemd, eine Krawatte, ein Paar Schuhe, ein Paar schwarze Socken, ein dunkelgraues Sakko, Manschettenknöpfe, Ihre Lieblingsseife, Rasierapparat, Rasiergel, Deo, Shampoo, Zahnbürste, Zahncreme und Aftershave. Sie werden sich damit jetzt unverzüglich zum hervorragend ausgestatteten Waschraum in der Nähe des Schwimmbades in Bewegung setzen und erst einmal eine Menschwerdung an sich vollziehen. Wenn Sie von dort in zwanzig Minuten zurückkehren, werden Sie hier schon Kaffee und Toast vorfinden. Das wird dann immer noch etwa zehn Minuten vor der Ankunft von Ling Scheiß Guofeng sein, wie Sie ihn zu bezeichnen belieben. Hab ich mich verständlich gemacht?«

»Mein Gott, du bist ja herrischer als sämtliche meiner Verflossenen zusammengenommen«, sagte Arnold Morgan.

»Schließlich muss ich mich auch ständig um eine außerordentlich dumme Person kümmern, die keine Vorstellung davon hat, wie man auf sich selbst Acht gibt, jemanden, der sich immer noch für einen albernen Unterseebootfahrer hält.«

Der Admiral grinste, nahm gehorsam den Matchbeutel auf und trat den Rückzug an. Er ging zielstrebig zum Waschraum. Er bewegte sich dabei schnell und mit der unverwechselbar aufrechten Körperhaltung, die allen Männern eigen ist, die den größten Teil ihres Arbeitslebens in Uniform gesteckt haben.

Als er schließlich zurückkehrte, sah er wieder makellos aus. Er küsste Kathy, teilte ihr mit, dass er hoffnungslos in sie verliebt sei, stürzte sich auf Toast und Kaffee und bereitete sich währenddessen darauf vor, seinen demnächst eintreffenden chinesischen Gast mit äußerster Höflichkeit zu empfangen – was seiner natürlichen Einstellung etwa ebenso entsprach, wie es zu einem andalusischen Kampfstier gepasst hätte.

Punkt zehn Uhr traf der chinesische Botschafter ein. Er sah wie immer schwermütig und besorgt aus. Auch jetzt hatte er sekundenschnell wieder sein typisches Lächeln aufgesetzt und eine schmeichlerische Haltung eingenommen.

»Hallo, Ling, alter Kumpel«, sagte Morgan. »Wie geht's Ihnen denn heute? ... Gut, gut ... Nehmen Sie Platz ... Möchten Sie eine Tasse Kaffee oder vielleicht doch lieber Tee? Tee? Ausgezeichnet, ausgezeichnet ... *Kathy!!*«

Botschafter Ling blickte leicht überrascht, als der Admiral wieder einmal bewusst die Telefonanlage schonte und es vorzog, mitten im Raum stehend, ungehemmt loszubrüllen.

»Chinesischen Tee für meinen alten Freund Ling«, sagte er lächelnd, als Kathy anmutig den Raum betrat.

»Ist schon unterwegs, Sir«, gab sie lächelnd zurück, wobei dieses Lächeln eine Spur zu süß ausfiel.

»Ausgezeichnet«, sagte er und bot dem Botschafter aus Peking an, sich in den Sessel vor dem Schreibtisch zu setzen. »Nun, Herr Botschafter, ich habe Sie um eine Stellungnahme seitens Ihrer Regierung gebeten. Ich darf doch davon ausgehen, dass Sie sie bei sich haben?«

»In der Tat, Admiral, das habe ich. Möchten Sie gleich einen Blick hineinwerfen?«

»Aber gerne«, sagte Morgan und schnappte sich auch schon das ihm entgegengehaltene Schriftstück, das offensichtlich in Peking verfasst und dann per Diplomatenpost nach Washington gebracht worden war. Der Inhalt fiel aus, wie nicht anders zu erwarten:

Es war außerordentlich bedauerlich für uns, entdecken zu müssen, dass der Zerstörer *Xiangtan* im Südchinesischen Meer in eine geringfügige Havarie mit einem Atomunterseeboot verwickelt war, das den Vereinigten Staaten von Amerika gehört. Als ebenso bedauerlich empfinden wir es, dass Sie es nicht für nötig befunden haben, uns dahingehend zu informieren, dass sich ein solches Kriegsschiff auf Patrouillenfahrt in unseren Gewässern befand. Wie dem auch sei, solche Unfälle geschehen nun einmal, und es war uns ein besonderes Vergnügen, auf die seitens Ihres Captain Crocker ausgesprochene Bitte um Unterstützung reagieren zu können.

Infolgedessen haben wir Ihre *Seawolf* in den Marinehafen von Guangzhou eingeschleppt und sofort mit den notwendigen Arbeiten begonnen, sie wieder seetüchtig zu machen. Unserer Einschätzung nach hat es an Bord ihres Unterseeboots einige Probleme mit dem Kernreaktor gegeben, weshalb wir zur Zeit Testreihen laufen lassen, um sicherzustellen, dass dieser wieder einwandfrei funktioniert und keine Strahlungslecks mehr vorhanden sind, bevor Ihr Boot gegen Ende des Monats die chinesischen Gewässer wieder verlassen wird.

In der Zwischenzeit ist die Besatzung Gast der chinesischen Marine. Wir senden diese Note der Freundschaft an Sie und hoffen, dass Sie im umgekehrten Fall unseren Leuten eine ebensolche Behandlung angedeihen lassen werden, sollte sich jemals eine derartige Situation ergeben.

Das Statement kam vom Oberkommando der Marine der Volksbefreiungsarmee und trug die persönliche Unterschrift des Oberbefehlshabers der Marine, Admiral Zhang Yushu.

»Sehr schön«, sagte Admiral Morgan und nickte. »Äußerst kooperative Haltung. Das ist das Geheimnis guter internationaler Beziehungen: Niemals irgendwo Ärger suchen, wenn keiner etwas Übles vorhat.«

Verblüfft starrte der Botschafter den Löwen des Weißen Hauses an und wollte seinen Ohren nicht trauen.

»Wir versuchen, Sir ...«, sagte er, doch irgendwie fehlten ihm die Worte. »Meine Regierung bewundert Amerika ganz außerordentlich. Schon bald werden Sie Ihr großes Schiff zurückhaben ... und natürlich auch Ihre Männer ... Im Augenblick fühlen sie sich alle sehr wohl.«

Er trank einen Schluck Tee, um seine trockene Kehle zu befeuchten. Im Augenblick sah er sich außer Stande, den Umschwung im Verhalten des Admirals nachzuvollziehen.

»Ich bin Ihnen sehr verbunden, Ling, alter Kumpel. Jetzt darf ich Sie aber bitten, sich wieder zurück in Ihre Botschaft zu begeben und mich über den Fortgang der Reparaturen an der *Seawolf*

auf dem Laufenden zu halten, seien Sie so gut… *Kathy!!!*…
Begleitest du bitte den Botschafter hinaus?«

Knapp eine halbe Stunde später war der Admiral schon wieder im Lageraum, um die für elf Uhr anberaumte Sitzung zu eröffnen. Sämtliche Männer mit Schlüsselstellungen, sowohl aus dem politischen als auch dem militärischen Lager, waren bereits anwesend. Sie waren einigermaßen überrascht, als der Vorsitzende ihnen mitteilte, dass er bereits an einer Presseverlautbarung arbeite, die vom Büro für Öffentlichkeitsarbeit der Navy herausgegeben werden sollte.

»Meinen Sie nicht, dass das eine Fernsehansprache des Präsidenten wert wäre?« sagte Dick Stafford, der Redenschreiber des Präsidenten.

»Was es wert ist, bestimmen wir, Dick«, sagte Morgan. »Es gilt dabei einige Grundregeln zu beachten. Die Erste ist, dass jedes noch so geringfügige Anzeichen von Panik, Angst, Schwäche oder Zweifel unsererseits die Presse umgehend Amok laufen lassen wird. Ich kann mir die Schlagzeilen schon vorstellen: *U.S. Navy befürchtet, dass Chinesen die* Seawolf *samt Mannschaft gekidnappt haben.*

Jede dahingehende Meldung würde verdeutlichen, dass wir dem chinesischen Statement keinen Glauben schenken, was wiederum bei den Chinesen höchste Alarmbereitschaft auslösen würde. Sie würden dann mit einem unmittelbar bevorstehenden Angriff oder einer Rettungsaktion rechnen. Sie würden alles, was sie im Augenblick unternehmen, nur noch weiter beschleunigen. Jede Meldung mit diesem Tenor wäre, aus unserem Blickwinkel betrachtet, extrem kontraproduktiv.«

»Und…?« sagte Dick Stafford.

»Ich möchte, dass die ganze Angelegenheit heruntergespielt wird. Wir werden heute eine Pressemitteilung herausgeben, bevor uns ein anderer zuvorkommt. Die Russen wissen sicher schon über alles Bescheid, möglicherweise auch der eine oder andere auf Taiwan. Die Nachrichtenkorrespondenten in China werden nicht schlafen und berichten vielleicht direkt aus Kanton. Es wird nicht mehr allzu lange dauern, bis irgendetwas von der ganzen Angelegenheit durchsickert… dass das größte taktische Atom-Unterseeboot der U.S. Navy durch irgendwelche merkwürdigen Umstände in einem chinesischen Militärhafen festgemacht hat und auf einmal kein Mensch weiß oder sagen will, wo sich dessen Besatzung befindet. Glauben Sie mir, das wäre weltweit die größte Zeitungsstory des Jahres.«

»Also gut, was wollen wir denn verlautbaren, Arnold?« sagte der Präsident.

»Nur eine kleine, allgemein gehaltene Pressemitteilung vom Navy Department des Pentagon. Nichts Tolles. Nichts Aufregendes. Hier, ich hab schon mal etwas aufgesetzt. Ich lese es Ihnen mal kurz vor:

›Das Unterseeboot *Seawolf* der U.S. Navy hatte geringfügige technische Schwierigkeiten, als es sich rund 150 Kilometer vor dem chinesischen Festland auf Patrouille befand. Die Marine der Volksbefreiungsarmee reagierte auf die seitens des amerikanischen Captains erfolgte Bitte um Unterstützung und half dem 9000-Tonnen-Schiff, sicher zu einer chinesischen Werft zu gelangen, wo derzeit die notwendigen Routinereparaturarbeiten durchgeführt werden.

Die gesamte amerikanische Besatzung befindet sich in Sicherheit. Sie genießt, bis die Arbeiten abgeschlossen sind, die Gastfreundschaft der chinesischen Marine. Es wird derzeit davon ausgegangen, dass die *Seawolf* ihre Fernost-Patrouille, auf der sie auch Taiwan besuchen wird, innerhalb der nächsten zehn Tage wieder aufnehmen kann.

Das Marineministerium der Vereinigten Staaten ist für die Kooperation der Chinesen außerordentlich dankbar und wertet diese als positives Resultat der starken militärischen und wirtschaftlichen Beziehungen, die noch unter der Regierung Clinton geschmiedet wurden. Des Weiteren soll an dieser Stelle die Gelegenheit genutzt werden, eine persönliche Dankbotschaft von Admiral Joseph Mulligan, dem Chief of Naval Operations, an Admiral Zhang Yushu, den Oberbefehlshaber der chinesischen Marine, zu übermitteln.‹«

Der Präsident lächelte. Admiral Morgan wiegte den Kopf und sagte: »Noch nie in meinem ganzen Leben habe ich derart viele Lügen mit so wenigen Worten von mir gegeben. Hier, Dick... stecken Sie das ein, bevor mich einer deswegen erschlägt.«

»Verdammt clever das Ganze«, sagte General Scannell. »Wenn die Zeitungen nicht Lunte riechen, sondern die Geschichte genau so abdrucken, wie sie verlautbart wird, werden sich die Chinesen

243

in ihrer Ansicht bestätigt sehen, dass ihr Täuschungsmanöver funktioniert hat.«

»Genau«, sagte Morgan. »Und außerdem verschafft es uns drei, vier Tage zusätzliche Zeit. Bei so vielen Leben, die auf dem Spiel stehen, sollte man die Presse *eigentlich* zum Abdruck zwingen. Leider gibt uns die Verfassung nicht das Recht dazu.«

Diese Bemerkung löste unter den rechtsgerichteten Männern laute Zustimmung aus. Der Präsident brachte das Gespräch wieder zum eigentlichen Thema.

»Arnold, könnten wir jetzt erfahren, wie weit inzwischen die militärische Planung gediehen ist? Nebenbei bemerkt, stimme ich Ihrer Medienstrategie zu. Mein persönliches Interesse an der Sache wäre ein gefundenes Fressen für die Presse und würde uns nur schaden.«

»Sir, nachdem John Bergstrom gegangen ist, habe ich noch eine Nachtschicht eingelegt. Das Resultat war, dass ich einer etwas umstrittenen Persönlichkeit das Kommando über die Rettungsaktion übertragen habe. Colonel Frank Hart wird der Mann sein, der den Einsatz als Stabsoffizier der SEALs an Bord des Flugzeugträgers leiten wird.«

Bei dieser Information zeigten einige der Anwesenden ein Befremden. Mit Harcourt Travis und Bob MacPherson hatte Morgan die Sache schon in der Früh besprochen.

»Meine Motive für diese Entscheidung liegen klar auf der Hand. Colonel Hart ist ein ehemaliger Gruppenkommandeur der SEALs und war außerdem Offizier im U.S. Marine Corps. Er verfügt über umfangreiche Erfahrung im Umgang mit ausländischen Regierungen, was militärische Aspekte angeht. Er ist der geborene Entscheidungsträger und gewohnt, auf sich selbst gestellt zu arbeiten. Außerdem versteht er mehr als jeder andere etwas von dieser speziellen Art von Operation. Wenn diese erst einmal angelaufen ist, wird er unter Umständen gezwungen sein, sehr schnelle Entscheidungen zu treffen. Es könnte sogar sein, dass er die ganze Sache in Sekundenbruchteilen abbrechen muss, wenn zu viele Tote auf unserer Seite zu befürchten stehen. Wir brauchen jemanden von seinem Kaliber. Und er ist nun mal meine erste Wahl. Er sollte eigentlich jeden Moment hier eintreffen.«

»Und der tatsächliche Operationsablauf … können wir schon etwas darüber erfahren?« fragte Harcourt Travis.

»Wir gehen davon aus, dass die Gefangenen in Küstennähe untergebracht werden. John Bergstrom ist gerade dabei, einen Trupp von fünfzig seiner gefechtsbereiten SEALs aus verschiedenen aktiven Platoons zusammenzuziehen. Diese Männer werden voraussichtlich am Dienstag zu unserem Stützpunkt Okinawa abrücken. Sobald wir das Gefängnis lokalisiert haben, in das man unsere Jungs gesteckt hat, schicken wir einen zwölf Mann starken Spähtrupp mit einem Unterseeboot los, von dem aus sie dann mit einem Swimmer Delivery Vehicle (SDV), also einem kleinen Kampfschwimmer-Transportfahrzeug, zum Ort des Geschehens kommen. Innerhalb der darauffolgenden sechsunddreißig Stunden wird der Spähtrupp das Gefängnis dann ausreichend erkundet haben.

Wenn sie wieder sicher an Bord sind, werden wir überprüfen, ob der Reaktor der *Seawolf* hochgefahren ist. Ist das der Fall, schicken wird die *Hornet* los, um das Unterseeboot auszuschalten. Wir nutzen dann die Massenpanik in Kanton, um die SEALs das Gefängnis stürmen zu lassen. Sie werden die Wachen überwältigen, deren Funkgeräte unbrauchbar machen, den Hubschrauber in die Luft jagen und die Jungs per Motorschlauchboot, SDV und Unterseeboot rausbringen.«

»Glauben Sie ernsthaft, das so durchziehen zu können?« fragte Harcourt Travis.

»Nun, drei Dinge müssen erfüllt sein. Als Erstes müssen wir das gottverdammte Gefängnis finden, das hoffentlich in Küstennähe ist. Zweitens müssen wir herausbekommen, ob der Kernreaktor an Bord der *Seawolf* hochgefahren ist. Und drittens brauchen wir drei fähige Kommandanten, die es mit ihren Unterseebooten schaffen, so nahe an das Angriffsziel heranzukommen, dass sie möglicherweise die letzten drei Meilen auch an der Oberfläche laufen können.«

»Was spricht gegen einen erfolgreichen Verlauf?«

»Die Chancen stehen im Großen und Ganzen nicht schlecht. Ich wette zwei zu eins, dass wir es schaffen werden. Ist alles eine Frage des Überraschungsmoments.«

»Was hält denn Admiral Bergstrom von der Sache?« fragte der Präsident.

»Er meint, wir können die Nummer durchziehen. Wenn er anderer Ansicht wäre, hätte er sich strikt geweigert, seine wertvollen SEALs aufs Spiel zu setzen.«

»Joe?« sagte der Präsident und blickte dabei in Admiral Mulligans Richtung.

»Wir ziehen's durch, Sir. Wir schicken die Besten, die wir haben.«

Der Präsident erhob sich. »Ich danke Ihnen, meine Herren«, sagte er. »Ich bin mir der Tatsache bewusst, dass die meisten von Ihnen das alles nur für mich tun. Bitte, teilen Sie den Jungs mit, dass ich sie mit meinen Gedanken und Gebeten begleiten werde, was immer sie tun... Gott sei mit ihnen.«

Keinem der Anwesenden entging, dass ihm bei den nachfolgenden Worten die Stimme zitterte. »Wenn sie es nur schaffen, ihn sicher zu mir zurückzubringen...«

Samstag, 8. Juli, mittags (Ortszeit)
Dienstzimmer des Kommandeurs des SPECWARCOM
Coronado, San Diego

Um 0700 war Admiral Bergstrom in Kalifornien zurück gewesen. Anschließend hatte er nur kurz auf dem Stützpunkt geduscht und sich umgezogen. Geschlafen hatte er auf dem Weg zurück aus Washington in der Militärmaschine.

Inzwischen hatte er in den höchsten Gang geschaltet. Die drei ihn umgebenden Adjutanten waren gleichzeitig telefonisch mit den Stützpunkten in Little Creek und seinen eigenen Platoons hier an der Pazifikküste verbunden. Außerdem hielt er eine Leitung zu den Bradbury Lines in Herefordshire, England, offen, wo sich das Hauptquartier des britischen SAS-Regiments befand, mit denen die SEALs schon weit öfter im »Tandem« gearbeitet hatten, als die meisten Menschen auch nur ahnten.

Der Kommandeur des SAS, Colonel Michael Andrews, hatte viel für den Gedanken übrig, dass auch drei seiner Trooper eine Rolle in dieser höchst geheimen Mission der Amerikaner spielen sollten. Es war der Kameradschaft zwischen den beiden Regimentern förderlich, und er war davon überzeugt, dass die Mission eine gute Gelegenheit war, sich in Sachen Strategie und Operationsmethoden auszutauschen. Auch den Politikern würde das Ganze gefallen. Der konservative Premierminister dieser Tage verstand sich ausgezeichnet mit dem amerikanischen Präsidenten Clarke, vielleicht sogar noch besser als damals Margaret Thatcher und Ronald Reagan. Zwischen den jetzigen Regierungschefs bestand eine enge geistige Verwandtschaft, die unzerstörbar war.

Michael Andrews gefiel es, dass seine Männer Admiral Bergstrom, den er schätzte und respektierte, helfen konnten. Er verfügte über Männer, die nicht nur in Nordirland gekämpft hatten, sondern auch im Irak, im Kosovo und an anderen Orten. Männer aus Stahl, die sich im rauesten Gelände noch wie Panther bewegen konnten. Experten mit dem Messer, mit Feuerwaffen und Sprengstoff. Männer, die es gewohnt waren, unter der obersten aller SAS-Richtlinien zu dienen – in Sekundenbruchteilen über Töten oder Getötetwerden zu entscheiden. Andrews' Jungs würden sich im tropischen Dschungel Chinas als unbezahlbar erweisen. Und das wusste auch Admiral Bergstrom.

»Es gibt da nur eine kleine Hürde zu nehmen, Admiral«, sagte Colonel Andrews. »Es müssen alles Freiwillige sein. Ich kann ihnen schließlich nicht den Befehl erteilen, für eine ausländische Macht zu kämpfen – noch nicht einmal, wenn es sich dabei um euch handelt. Dann muss ich die ganze Sache noch dem Verteidigungsministerium vortragen, wahrscheinlich auf der Ebene des Stabschefs der Verteidigung. Aber da sehe ich kein großes Problem. Ich melde mich innerhalb der nächsten drei Stunden zurück. Gleiche Telefonnummer? Prima. Bye.«

Admiral Bergstrom hatte längst entschieden, wer den Stoßtrupp leiten sollte – wo immer der Angriff dann auch stattfand: Lt. Commander Rick Hunter, der ehemalige Kommandeur einer Einheit aus Little Creek. Hunter war eins zweiundneunzig groß, und an seinem 97 Kilo schweren, stahlharten Körper gab es kein einziges Gramm überflüssiges Fett. Rick stammte aus Kentucky, ein großer, abgehärteter Bauernjunge aus dem Land des Bluegrass. Sein Vater, Bart Hunter, war dort ein wohlbekannter Züchter von reinrassigen Rennpferden. Sein Gestüt lang am Versailles Pike in der Nähe von Lexington.

Selbstverständlich hatte Bart seinen Sohn für geistesgestört gehalten, als dieser sich für eine Laufbahn entschied, bei der er mit schöner Regelmäßigkeit dem Tod ins Auge blickte. Er versäumte es auch nie, ihm das jedes Mal wieder vorzuhalten, wenn sich Hunter junior zu Hause auf dem Gestüt aufhielt, um bei der

Vorbereitung der Einjährigen zu helfen, die zur großen Keeneland-Auktion gehen sollten. Doch nur junge Rennpferde bei ihrem Heranwachsen zu beobachten, deren Ahnentafeln zu studieren, sich mit Tierärzten zu unterhalten und sein ganzes Leben mit einheimischen Pferdenarren zu verbringen reichte Rick nun mal nicht.

Er brach sein Studium an der Vanderbilt University in Tennessee ab, wo er Champion in der Schwimmstaffel gewesen war, und schrieb sich ein Jahr später auf der United States Naval Academy in Annapolis ein. Er bereute es keinen Augenblick und stieg die Karriereleiter immer weiter hinauf, bis er schließlich als Navy SEAL angenommen wurde. Endlich hatte er den Job gefunden, in dem er seine außergewöhnlichen Talente erst richtig entfalten konnte. Als Farmer in der dritten Generation war er von Natur aus ein ausgezeichneter Schütze und stark wie ein ausgewachsener Polarbär. Zudem war er ein unermüdlicher Schwimmer und ein Experte in Sachen Sabotage, Kampf ohne Waffen und Führung von Landungsbooten. Als Bart Hunters ältester Sohn war er es gewohnt, sich Autorität zu verschaffen. Männer spürten so etwas, und das machte ihn zu einer natürlichen Führungspersönlichkeit.

Zwei Jahre zuvor hatte er eine Mission der SEALs in Russland geleitet. Diese Operation war damals »schwarz«, also anonym und ohne offiziellen Segen der Regierung, gelaufen. Selbst heute gab es nur wenige Menschen, die wussten, dass jene Operation überhaupt stattgefunden hatte. John Bergstrom war einer dieser Menschen. Ihm war auch bekannt, dass man Personal, das einmal an einer solchen Mission teilgenommen hat, gewöhnlich nicht wieder zu solchen Einsätzen verwendet, sondern diese Männer lieber die nachfolgende Generation von SEALs ausbilden lässt.

In dieser speziellen Situation war es aber unumgänglich, etwas von den Regeln abzuweichen. Hier *musste* man erfolgreich sein. Von ganz oben hatte man ihm unzweideutig klargemacht, dass er *ausschließlich* die Besten der Besten auswählen durfte. Lt. Commander Hunter war der beste Mann, den er je gehabt hatte. Der würde ganz sicher einmal als Admiral in den Ruhestand treten – vielleicht würde er sogar einmal hier auf seinem Stuhl sitzen.

Also zögerte Admiral Bergstrom nicht lange und rief seinen Kommandeur in Little Creek an, befahl diesem, mit sofortiger

Wirkung Lt. Commander Hunter nach Coronado in Marsch zu setzen und ihm 20 handverlesene SEALs mitzugeben, am besten lang gediente, speziell wenn es sich dabei um BUD/S-Ausbilder handelte. Auf jeden Fall sollten diese über besondere Fähigkeiten in der Dschungelgefechtsführung, in Überraschungsangriffen und mit Sprengstoffen verfügen und »natürlich auch ein bisschen Ahnung von Gefängniseinbrüchen und so was« haben.

Die BUD/S-Ausbilder waren eindeutig die härtesten Männer sämtlicher SEAL-Platoons. Bei ihnen handelte es sich um granitharte Berufssoldaten, die die »Schleifmaschinen« unter sich hatten, mit denen die auszubildenden Männer sowohl physisch als auch psychisch bis an die Grenzen der völligen Selbstaufopferung getrieben wurden. Die Männer wurden dahingehend konditioniert, dass selbst unerträgliche Schmerzen erträglich wurden, sämtliche Ängste sich in Luft auflösten und das Erreichen eines Ziels über allem zu stehen hatte. Diese BUD/S-Ausbilder trieben ihre Männer in Bereiche, von denen diese zuvor gar nicht gewusst hatten, dass sie überhaupt existierten. In Bereiche, in denen sie ihr Letztes gaben, wo sie sich wie von den Toten auferstanden fühlten, nur um feststellen zu müssen, dass es selbst über die totale Erschöpfung hinaus noch eine Steigerung gab.

Diese Erfahrung machten natürlich nicht alle. Viele brachen schon vorher zusammen, andere stießen auf eine mentale Mauer, die sie nicht überwinden konnten, und sackten daraufhin in sich zusammen. Die einen gaben einfach auf, anderen verging die Lust. Aber wenn sich der Staub gelegt hatte, gab es immer wieder einige Männer, die noch aufrecht standen, kerzengerade und mit gerecktem Kinn, die Schultern zurückgenommen und die Augen geradeaus gerichtet. Allem trotzend. Und nur diesen wenigen, diesen unschätzbar wertvoll wenigen, wurde die Ehre zuteil, sich das goldene Dreizack-Abzeichen der Navy SEALs anzuheften. Ein Abzeichen, das sie von allen anderen Kampftruppen unterschied, die es bei den Streitkräften der Vereinigten Staaten von Amerika sonst noch gab.

Die 21 SEALs, die sich dann schließlich auf den Weg von Little Creek nach San Diego machten, bildeten eine bunt gemischte, handverlesene Gruppe aus lang gedienten Soldaten aller Schichten. Einige stammten aus den Mietskasernen der Großstädte, andere aus den Häusern der besseren Viertel. Sie kamen aus dem

Norden und aus dem Süden des Landes, und alle Hautfarben waren vertreten. Einige von ihnen hatten geheime Ängste, andere nicht. Es verband sie jedoch ein gemeinsamer Geist. Sie alle waren bereit, ihr Leben für den anderen zu geben. Sie waren SEALs. Punktum.

Lt. Commander Hunter hatte sich ganz nach vorn neben einen jungen, gerade einmal 30 Jahre alten Offizier gesetzt. Es handelte sich um Lieutenant Ray Schaeffer, der im Seehafen Marblehead in Massachusetts geboren wurde und direkt von der Highschool nach Annapolis gegangen war. Ray war ein echter Seemann, ein hervorragender Schwimmer, erfahrener Navigator, Jachtsegler, Angler und der Mittelgewichtschampion seines Platoons im Boxen. Seine Familie war schon seit Generationen in Marblehead ansässig. Sein Vater, einer der einheimischen Hochseekapitäne, lebte in einem mittelgroßen, weißen, im Kolonialstil erbauten Haus in der Nähe der Hafenanlagen. In einer Ecke des Wohnzimmers hing ein alter illustrierter Familienstammbaum, aus dem hervorging, dass ein Schaeffer bereits die Riemen des Boots gepullt hatte, das General Washington in Sicherheit brachte, nachdem dieser die Schlacht von Long Island verloren hatte.

Ray hatte schon bei der Mission in Russland unter Rick Hunters Kommando gestanden. Damals waren die beiden einander fremd zu jenem Einsatz abgestellt worden, als Freunde fürs Leben waren sie daraus zurückgekehrt. Sie hatten unglaublichen Gefahren getrotzt, und seitdem verband sie ein tiefer gegenseitiger Respekt. Als Lt. Commander Hunter aufgefordert worden war, die SEALs zu benennen, die er mit nach Coronado nehmen wolle, hatte Lieutenant Ray Schaeffer ganz oben auf der Liste gestanden.

Hinter ihnen saß Lieutenant Dan Conway aus Connecticut, ein weiterer Absolvent der Marine-Akademie. Als Sohn des Kommandanten einer Fregatte der Navy und Enkelsohn eines Unterseebootkommandanten aus dem Zweiten Weltkrieg kannte er die Gebräuche der Unterwasserkrieger von klein auf. Dan war ein hochgewachsener, dunkelhaariger Mann von 29 Jahren, der sich enorm schnell als SEAL durch die Ränge hochgedient hatte. In den nächsten Monaten würde man ihn zum Gruppenkommandeur befördern.

Als Baseball-Star an der Highschool konnte er sich lange nicht zwischen einer Karriere als Profisportler und einer Laufbahn beim Militär entscheiden. Letzten Endes machte die Navy das Rennen, und sein Vater sah sich glücklich, dass die lange Familientradition in dunkelblauer Uniform fortgesetzt wurde. Seine Mutter hingegen hatte fast der Schlag getroffen, als er ihr mitteilte, den SEALs beitreten zu wollen.

Dan Conway war mit seinen breiten Schultern und einer Rechten, mit der er den Baseball wie eine Haubitze bis zur Second Base schleudern konnte, der geborene Athlet. Im Kampf ohne Waffen hatte er es zu wahrer Meisterschaft gebracht. Und was den bewaffneten Kampf anging... nun, man halte sich von seiner Rechten fern, wenn er das riesige Kampfmesser der SEALs führt. Bei der erbarmungslosen »Höllenwoche«, dem körperlichen Belastungs- und Ausdauertest im Rahmen der Ausbildung, bei dem stets 50 Prozent der Anwärter zusammenbrechen, schloss er als Nummer eins ab.

An jenem Tag hatte auch er bereits an der Schwelle zum Zusammenbruch gestanden. Nach einem Zehn-Kilometer-Lauf über den weichen Strand und der langen Schwimmetappe durch den Pazifik hatte er schon nicht mehr daran geglaubt, auch nur die nächsten fünf Sekunden noch zu überstehen. Einer der Ausbilder hatte dann der übrig gebliebenen Gruppe befohlen, sofort im Laufschritt zur Basis zurückzukehren. Wieder brachen zwei Männer zusammen und mussten auf Bahren abtransportiert werden. Dan Conway peitschte sich selbst vorwärts und betete darum, nicht umzukippen. Noch bevor sie die Tore des Camps erreichten, musste er sich übergeben; kaum dass er auf dem Hof ankam, ließ er sich auf den Betonboden fallen. Auf einmal stand ein weiterer Ausbilder über ihm und brüllte ihn an, endlich aufzustehen und noch eine Runde durch den »Tunnel« zu drehen. Dieser Tunnel war nichts anderes, als ein großes mit Wasser gefülltes Ruderboot, in dem man *unter* den Duchten durchkriechen musste.

Dan rang um Luft. Seine Lunge war ein einziges pochendes Schmerzzentrum. Der Gedanke daran, tauchen und die Atemluft länger als eine Minute anhalten zu müssen, war dann doch selbst für ihn zu viel. Er schüttelte den Kopf und wusste im gleichen Augenblick, dass nun alles vorbei wäre... Also stand er doch wieder auf und trieb sich selbst in den Tunnel, kämpfte sich den Weg unter den Duchten durch, schürfte sich dabei die Haut von den Knien, bewegte sich aber dennoch immer weiter voran. Als er sich schließlich über das Dollbord rutschen ließ, verlor er das Bewusstsein. Zwei der Ausbilder fingen ihn auf, bevor er auf dem Boden aufschlug. Die letzten Worte, die er noch mitbekam, bevor es dunkel um ihn wurde, waren: »Da haben wir doch tatsächlich wieder einmal einen richtigen Navy SEAL, wie er leibt und lebt…«

Neben ihm saß der Lieutenant Junior Grade Garrett Atkins aus Kalifornien. Garrett war zwei Jahre jünger als Dan und hatte seine Laufbahn bei der Navy mit der Ausbildung zum Waffensystemoffizier auf einem Atom-Unterseeboot der Los-Angeles-Klasse begonnen. Dabei hatte er sich zwar als recht fähig erwiesen, aber Garrett war ein Naturbursche, der sich lieber am Strand aufhielt oder in den Bergen herumkletterte, zu denen es ihn immer wieder zog. Mit der Zeit entwickelte er eine immer stärkere Aversion gegen die furchtbare Enge eines taktischen Unterseeboots.

Auch Garrett war groß gewachsen und ein Sportler – wenn auch ein etwas zurückhaltender –, der auf der Highschool seine Meriten als Football- und Baseball-Spieler verdient hatte. Als er den Wunsch verspürte, die Unterseebootwaffe zu verlassen, stand ihm der Sinn nicht etwa nach einem ruhigeren Kommando, sondern er wollte es mit etwas versuchen, das vielleicht noch eine Umdrehung härter war. Ein Jahr später durfte er sich schon den goldenen Dreizack anstecken und konnte von da an kaum den Tag erwarten, an dem er zum ersten Mal mit einem Kampf-Platoon der SEALs in einen Einsatz geschickt wurde. Dieser Tag lag jetzt nicht mehr allzu fern. Zusammen mit seinem Freund Conway saß er schweigend in einer Maschine, die gerade die ebenen Farmlandschaften des Mittleren Westens überflog, und die beiden jungen Offiziere ahnten unabhängig voneinander, dass irgendeine dicke Sache unmittelbar bevorstehen musste.

Weiter hinten, beim Hauptteil der Gruppe, gab es zwei ziemlich außergewöhnliche Unteroffiziere, die beide Experten für den Kampf im Gebirge und darüber hinaus auch noch Veteranen des Kosovo-Feldzugs vor sieben Jahren waren. Catfish Jones – niemand hatte je herausfinden können, wie sein wirklicher Name lautete – kam aus North Carolina und entstammte einer Familie, die seit neun Generationen in der Gegend um Morehead City lebte, dem letzten Außenposten vor den Outer Banks. Seine Tante hatte einen Buchladen am Jachthafen, aber er selbst hatte nie Interesse für diese Branche gehabt. Lieber heuerte er als Deckshand auf einem der großen Fischtrawler an, die weit draußen auf dem rauen Atlantik jenseits der Shackleford-Bänke fischten, die der Küstenlinie der Carteret County vorgelagert sind. Genau im Südosten machen diese Bänke dann einen abrupten Knick in Richtung Nordosten und heißen von dort an Core Banks. Diese ziehen sich dann an der Insel Ocracoke vorbei 120 Kilometer bis hinauf zu den sturmgepeitschten Gewässern um das Leuchtfeuer auf Cape Hatteras.

Das war ein Seegebiet, in dem das Leben nicht gerade einfach ist, wo das Meer Jahr für Jahr Menschenleben forderte. Offensichtlich war auch dieses Leben für den inzwischen 28-jährigen, blonden, blauäugigen Bullen von einem Kerl noch nicht hart genug. Seine ungeheuren Körperkräfte hatte er einmal unter Beweis gestellt, indem er das Heck eines Sportwagens mit bloßen Händen vom Boden hob und so lange hochhielt, bis seine Kumpels das defekte Rad ausgewechselt hatten.

Einige von Catfishs Freunden waren damals schon bei den Marines in Camp Lejeune stationiert. Dieses Ausbildungszentrum des U.S. Marine Corps lag von Morehead aus nur ein paar Kilometer weiter die Küste hinunter, und so war es kein Wunder, dass er sich, gerade 18 geworden, von der Fischerei zurückzog und dem Corps beitrat. Bereits 18 Monate später stellte er den Antrag, zu den SEALs versetzt zu werden, und schloss beim Eingangstest als Zweitbester ab.

Es hieß, dass er zusammen mit dem Mann, der jetzt neben ihm saß, bei seinem Kosovo-Einsatz in den Bergen nördlich von Priština eine fürchterliche Zeit erlebt hatte. Sein Nachbar war der 30 Jahre alte SEAL Rocky Lamb, ein farbiger Berufssoldat aus der Bronx, der unmittelbar nach Abschluss der Highschool zur Navy gegangen war.

Catfish und Rocky hatten damals drei Wochen lang in den Bergen des Balkans zusammen gearbeitet. Kurz nachdem damals das amerikanische Flugzeug abgeschossen worden war, hatte man zwei eindrucksvolle Rettungsaktionen, an denen sowohl britische als auch amerikanische Kommandotrupps beteiligt waren, in Gang gebracht. Leider sahen sich beide Rettungstrupps recht bald von überlegenen Truppen des Gegners umzingelt. Keiner der Beteiligten hatte damals eine Ahnung, wie viele Soldaten der jugoslawischen Einheiten letztlich ausgeschaltet werden mussten, damit sie sich einen sicheren Weg durch das intensiv von Spähtrupps überwachte bewaldete Hügelgebiet bahnen konnten. Als jedoch alles vorbei war, gab es eine Menge Soldaten, die den beiden amerikanischen SEALs außerordentlich dankbar waren. So war es nicht weiter verwunderlich, dass die Namen dieser beiden Männer weit oben auf der Liste der Männer standen, die Rick Hunter zu dem Einsatz im Südchinesischen Meer mitnehmen wollte.

Ebenfalls bei der Gruppe befanden sich zwei noch recht junge, gerade einmal 24 Jahre alte waschechte Jungs vom Lande. Sie stammten beide von ganz unten aus dem Süden der Staaten, aus den Bayous von St. Peter Parish im Westen von New Orleans. Auch Riff Davies und Buster Townsend waren unmittelbar nach der Highschool lieber der Navy beigetreten, als aufs College zu gehen. Riff landete schließlich auf einem Flugzeugträger und Buster auf einem Lenkwaffenkreuzer.

Diese beiden Jungs waren dem Militär aber beigetreten, weil sie auf der Suche nach dem richtigen Abenteuer waren. Und so vergingen gerade einmal drei Jahre nach ihrer Verpflichtung bei der Navy, bis sie beschlossen, einen neuen Pakt einzugehen und zu versuchen, bei den SEALs aufgenommen zu werden. Beide entstammten den abgehärteten Familien Louisianas, die seit Generationen ihren Lebensunterhalt damit verdienten, Zuckerrohr in den heißen, sumpfigen Landschaften des Mississippi-Deltas anzubauen. Seit der ersten Klasse waren sie sowohl Rivalen als auch Freunde gewesen, selbst auf der Highschool waren sie unzertrennlich.

Die Rivalität bestand auch noch, als sie sich durch die »Höllenwoche« der erbarmungslosen SEALs-Grundausbildung kämpften und später beim BUD/S-Lehrgang. Gegenseitig trieben sie sich an, die letzten Reserven zu mobilisieren. Nachdem sie ihren goldenen Dreizack erhalten hatten, besuchten sie verschiedene Lehrgänge, die in tropischen Gebieten stattfanden. Ihr Ansehen bei den Ausbildern stieg gewaltig. Riff und Buster kamen mit dem drückenden, feuchten Klima ausgezeichnet klar, weil sie so etwas von Geburt an gewohnt waren. Es schien so, als würden die beiden Männer weder an Land noch im Wasser Ermüdungserscheinungen kennen. Jeder SEAL kannte die Geschichte über den strammen Buster, der im Alter von gerade einmal 15 Jahren, nur mit einem Jagdmesser bewaffnet, einen Alligator getötet hatte, vor allem weil Riff diese Story immer wieder erzählte:»… der olle Buster ist einfach hingegangen und hat dem Viech das lange Messer einfach durchs Auge mitten ins Gehirn gerammt. Einfach so. Dabei hab ich schon gedacht, dass das Mistvieh ihn mit einem Bissen runterschlingen würde …«

Die Legende der beiden Kommandosoldaten aus den Bayous kam erst richtig in Schwung, als der junge Davies bei einer Übung in Übersee vierkant in die Reichweite einer großen, zornig zischenden Kobra lief. Zwei andere SEALs, die mit ihm zusammen waren, erstarrten zu Salzsäulen, als die Schlange kaum zweieinhalb Meter vor ihnen hin und her schwang. So würden sie wahrscheinlich immer noch dastehen, hätte Riff die Schlange nicht mit einem Bambusstab aufgehoben, sie an einen Baum gespießt und ihr mit seiner SIG-Sauer den Kopf weggeblasen. Wie wenn John Wayne eine Klapperschlange an den Boden nagelt, hatte einer seiner Kameraden damals gesagt, was Riff den Spitznamen »Rattlesnake« eintrug.

Lt. Commander Hunter hatte immer noch nicht die geringste Vorstellung davon, wohin sie ihr Weg von Coronado aus führen würde, aber er war glücklich, dass er diese Männer für den Kampf ausgewählt hatte. Soweit er sich erinnern konnte, hatte es bei noch keiner Vorbereitung zu einer Mission eine solche Hast, Dringlichkeit und einen solchen Aufwand gegeben. Das alles konnte nur eines bedeuten: Entweder standen sie kurz davor, irgendetwas sehr Großes in tausend Stücke zu sprengen, oder sie sollten irgendeinen Feind der Vereinigten Staaten von Amerika eliminieren. Vielleicht sogar beides gleichzeitig. Auf jeden Fall roch es für Rick ganz eindeutig nach Kampf, und er hatte ziemliche Zweifel, dass dieser leicht werden würde. Er fragte sich, ob dabei wohl einer von ihnen getötet würde, hatte aber vollstes Vertrauen in die Jungs. Dabei fiel ihm auch der alte Sinnspruch der SEALs ein:»Es gibt nur sehr wenige Probleme im Leben, die sich nicht mit hochexplosivem Sprengstoff lösen lassen.«

Gleichwohl wusste er natürlich, dass auch sie nicht unbesiegbar waren. Schließlich bluten SEALs genau wie andere Menschen auch und empfinden die gleichen Qualen, wenn es auch mehr Gegner dazu braucht.»Aber«, überlegte der Lt. Commander,»wir sollten nicht vergessen, dass wir schon seit einiger Zeit in keinen richtigen Einsatz mehr gezogen sind.«

Sonntag, 9. Juli, 0730
Xiachuan Dao

Problemlos fand die Fähre ihren Weg zur alten steinernen Anlegestelle, die man vor vielen Jahren in die aufragenden Felsen auf der Südseite der weitläufigen Landzunge im Nordosten der Insel gebaut hatte. Hinter den Felsen konnten die Gefangenen einen langen, flachen Sandstrand erkennen, der heute von der warmen, ruhigen See überspült wurde. Weiter oben stellte sich das Gelände nicht mehr so idyllisch dar. Es ging ziemlich steil bergauf. Lieutenant Pearson konnte zwei Bergspitzen ausmachen, die höhere der beiden befand sich etwa zweieinhalb Kilometer im Westen der Anlegestelle. Der andere Gipfel lag mehr als einen Kilometer entfernt im Norden.

Es war für die Amerikaner schwer vorstellbar, wo es von hier aus hingehen sollte, denn die Insel schien unbewohnt zu sein. Kein Fischerboot lag am Wasser, noch nicht einmal eines dieser langen, flachen Flöße aus Bambus, die von den Menschen in dieser Gegend schon seit der chinesischen Antike verwendet wurden. Es gab kein Anzeichen von Leben, sah man von ein paar Seevögeln ab, die der Fähre hierher gefolgt waren – und von dem offenbar erst kürzlich eingetroffenen 200-Tonnen-Hochgeschwindigkeits-Patrouillenboot vom Typ Huangfen, das festgemacht am langen Anleger lag. Dieser Bootstyp war ein in China in Lizenz gebauter russischer Osa 1, lief bis zu 39 Knoten und war mit insgesamt vier russischen Kanonen vom Kaliber 25 mm und einer Zwillingsstartschiene für Boden-Boden-Lenkwaffen bestückt. Die Dieselmotoren, die auf drei voneinander unabhängige Wellen wirkten, liefen immer noch.

Die Fähre rummste gegen den Anleger. Sofort sprangen einige der chinesischen Wachen von Bord und brüllten auf eine Leinenmannschaft an Land ein, die auf geheimnisvolle Weise aus dem bewaldeten Vorland aufgetaucht war. Dann flogen auch schon die Festmacher an Land und wurden durch Ringe geschoren, die fest im Beton des Anlegers verankert waren. Es lagen knapp zwei Meter Höhenunterschied zwischen dem Deck der Fähre und dem Anleger, weshalb die Chinesen wohlweislich eine große Gangway aus Kanton mitgebracht hatten. Sie waren gerade dabei, diese auszubringen und zu sichern, als auch schon Fregattenkapitän Li wie aus dem Nichts auftauchte. Er stand auf dem Kai und bellte seine Befehle in alle Richtungen.

Oben auf dem Promenadendeck kreischte der kleine Leutnant der Wache, den sie seit ihrer Ankunft in Kanton ertragen mussten, wieder auf die Amerikaner ein. Er befahl ihnen, aufzustehen und in Reihe neben den Sitzbänken anzutreten, um dann im Gänsemarsch das Schiff zu verlassen. Die Mannschaft der *Seawolf* setzte sich mit immer noch hinter dem Rücken gefesselten Händen in Bewegung, ständig durch die auf sie gerichteten Gewehre bedroht.

Es dauerte eine halbe Stunde, bis alle von Bord waren. Kaum an Land, wurde den Amerikanern befohlen, in Doppelreihe anzutreten, wobei Captain Crocker und Lt. Commander Bruce Lucas jeweils die Spitze der Kolonnen übernehmen sollten. Sechs chinesische Wachen führten die Gruppen einen alten Dschungeltrampelpfad entlang, der gerade breit genug für einen Armeejeep war und den man offensichtlich erst vor kurzem wieder freigerodet hatte. Unter den hohen Bäumen war es schattig, aber heiß. Sofort stürzten sich Myriaden von Moskitos und anderen Insekten auf die Männer. Es schien, als wäre die Luft von einem ununterbrochenen Summen erfüllt. Im Abständen von fünf Metern wurden die Kolonnen zu beiden Seiten von Wachen begleitet. Lieutenant Pearson, der sich immer noch als Navigator und Beobachter verstand, hatte den Eindruck, als gäbe es plötzlich weit mehr Wachen, als er noch auf dem Schiff gesehen hatte. Außerdem beschlich ihn das Gefühl, dass sie hier auf dieser gottverlassenen Insel in der gottverlassensten Ecke des Südchinesischen Meeres gewiss kein Mensch finden würde. Erstmals hatte er ernsthafte Zweifel, ob er seine Familie jemals wieder sehen würde.

Sie marschierten etwa einen Kilometer weit durch die schweißtreibende Hitze, bevor sich das Land zu heben begann. Die Männer waren müde und durch den Mangel an Nahrung geschwächt, von der fehlenden Versorgung mit Wasser ganz zu schweigen. Die Wachen brüllten unentwegt auf sie ein und befahlen ihnen weiterzugehen. Eine gewisse Erleichterung trat ein, als der Pfad plötzlich nach einem Rechtsschwenk über einen lang gestreckten Hügel abwärts verlief. Vor ihnen lag ein Tal im Sonnenlicht, weiter konnten sie nichts erkennen.

Shawn Pearson überschlug, dass sie vom Anleger bis zu dieser Lichtung etwa zwei Kilometer zurückgelegt haben mussten. Als sie dann aus dem Dschungel hinaus auf das flache, offene Gelände traten, waren alle schockiert. Vor ihnen lag der unverwechselbare Komplex eines Militärgefängnisses. Auf den beiden fünf Meter hohen Wachtürmen aus Bambus, die sich über die graue Gefängnismauer erhoben, waren Suchscheinwerfer installiert.

Sie steuerten auf das Flügeltor zum Hauptkomplex zu. Es lag auf der südlichen Seite der Umfassungsmauer, war über drei Meter hoch und offenbar kürzlich aus angespitzten Bambusstangen erneuert worden. Auf der linken Seite standen außerhalb zwei weitere Steingebäude, das eine etwa dreimal so groß wie das andere. Die Fenster waren vergittert. Vor dem Eingang zum größeren der beiden Gebäude standen zwei bewaffnete Wachen. Den Eingang zum zweiten Gebäude konnten die Amerikaner nicht einsehen, aber die große Funkantenne auf dem Dach machte deutlich, was dort zu finden war.

Zur Rechten hatte man einen betonierten Hubschrauberlandeplatz angelegt, auf dem ein in Russland gebauter Kamov Ka-28 *Helix* stand. Dieser U-Jagd-Hubschrauber konnte entweder drei Torpedos lösen oder die gleiche Zahl an Wasserbomben werfen. Direkt davor, allerdings etwas näher am Hauptkomplex und unmittelbar den beiden außenliegenden Gebäuden gegenüber, hatte man ein Treibstofflager angelegt, dessen zwei zylindrische Tanks jeweils 20000 Liter Fassungsvermögen hatten. Auch sie sahen noch ziemlich neu aus, als wären sie gerade erst mit Hubschraubern hierher transportiert worden. Zumindest schien diese Art des Transports aus Judd Crockers Sicht die einzig wahrscheinliche zu sein.

Die kleine Armee amerikanischer Gefangener marschierte also an jenem sonnigen Sonntagmorgen des 9. Juli kurz vor 1000 auf dieses chinesische Gefängnis zu. Als sie näher kamen, wurde das Tor nach innen geöffnet, und die Wachmannschaft befahl den

Amerikanern, sofort weiter zu dem großen Innenhof zu gehen. Der Haupttrakt des Gefängnisses lag direkt vor ihnen, ein eingeschossiges Gebäude, das sich über die gesamte Breite des Komplexes erstreckte und über das sich zu beiden Seiten die zwei Wachtürme erhoben. An der linken und rechten Seite schlossen sich an den Haupttrakt je ein Gebäude an. Auch unmittelbar hinter dem Tor befanden sich links und rechts noch weitere Gebäude. Vor dem rechten, in dem es ziemlich hektisch zuzugehen schien und das offensichtlich überwiegend von Marinepersonal mit Beschlag belegt war, hatten Wachen Stellung bezogen. Der größere Bau auf der linken Seite machte dagegen einen völlig verlassenen Eindruck. Die Eingangstür stand offen und keinerlei Wachposten waren in der Nähe zu sehen.

Der große Innenhof, der gänzlich im Erfassungsbereich der Suchscheinwerfer auf den Wachtürmen lag, schien irgendwann einmal komplett betoniert gewesen zu sein, doch jetzt wuchs Gras aus den Rissen, und da es im Juli häufig regnete, hatten sich viele große Pfützen gebildet, in denen sich die trostlose, morbide Herzlosigkeit der umgebenden Gebäude widerspiegelte.

Fregattenkapitän Lis Leutnant der Wache ließ die Amerikaner antreten und befahl ihnen, vor dem sehr ehrenwerten Kommandeur der Sicherheitskräfte der chinesischen Südflotte Haltung anzunehmen. Anschließend trat Fregattenkapitän Li vor und informierte die Gefangenen darüber, dass sie voraussichtlich für die kommenden drei Wochen hier auf dieser Insel inhaftiert sein würden. Danach würden sie, natürlich immer abhängig von ihrer Kooperationsbereitschaft, mit ihrem Unterseeboot nach Hause entlassen werden. In der Zwischenzeit gebe es jedoch eine Menge zu tun. Man werde sie jetzt zunächst in die Zellen führen, später sollten ihnen dann ihre endgültigen Quartiere, je »nach Beurteilung«, zugewiesen werden.

Nach dieser kurzen Ansprache verließ Fregattenkapitän Li in Begleitung von vier Wächtern den Gefängniskomplex durch das immer noch offen stehende Tor. Kaum waren sie jenseits der südlichen Umfassungsmauer, schwenkten die Männer zur Seite und betraten das kleinere der beiden Gebäude, das die Amerikaner gesehen hatten – das mit den Funkantennen. Dort befanden sich das Hauptquartier des Lagers und die Unterkunft für den Kommandanten. Das weit größere Gebäude beherbergte dagegen die

Verwaltung, einschließlich der Ausrüstungseinrichtungen und der Unterkünfte für die Wachtruppe.

Schon während sie hinübergingen, hatte sich Fregattenkapitän Li in eine Besprechung mit seinen vier Begleitern vertieft, bei denen es sich um Verhörspezialisten der Volksbefreiungsarmee handelte. Diese Männer hatten im Laufe der letzten beiden Tage, einschließlich der Seereise, in aller Stille die Amerikaner studiert. Das Erste, was Li wissen wollte: Welcher der ranghöheren Offiziere könnte verwundbar sein?

Man teilte ihm mit, dass der Captain ohne Frage der härteste Brocken sein dürfte. Übereinstimmend waren sie zu der Überzeugung gelangt, dass Judd Crocker ein ziemlich gefährlicher Gegenspieler sein dürfte, der ihnen nicht nur keine Einzelheiten preisgeben, sondern ganz im Gegenteil das Blaue vom Himmel herablügen dürfte, was die *Seawolf* und deren Funktionsweise betraf. Ein ähnliches Gefühl hatten sie auch, was Brad Stockton anging. Ihn stuften sie als »äußerst gefährlichen« Mann ein, der einen Fluchtversuch leiten würde, sollte sich ihm die Gelegenheit dazu bieten. Die Verhörspezialisten waren sich einig, dass er sich nichts dabei denken würde, für die Wiedererlangung der Freiheit auch zu töten. Sie empfahlen, ihn so weit wie möglich vom Captain getrennt unterzubringen. »Jedweder Ausbruchsversuch wäre kindisch«, sagte Li. »Von dieser Insel hier gibt es kein Entkommen. Beim kleinsten Anzeichen von Schwierigkeiten könnten wir sofort mit Hubschraubern Verstärkung aus Guangzhou einfliegen lassen, falls erforderlich sogar Kriegsschiffe und Patrouillenfahrzeuge in dieses Seegebiet verlegen. Wir könnten sie jederzeit auch aus der Luft erledigen oder einfach im Dschungel verhungern lassen. Diese Männer werden Xiachuan Dao nur dann verlassen, wenn wir das wollen.«

Die Verhörspezialisten verglichen ihre Aufzeichnungen miteinander. In zwei Punkten stimmten sie überein: Lt. Commander Cy Rothstein würde körperliche Torturen nicht sehr lange aushalten können, und Lt. Commander Bruce Lucas war sehr, sehr verängstigt. Der Sonaroffizier Kyle Frank war noch ziemlich jung, weshalb es sehr wahrscheinlich war, dass man ihn einschüchtern konnte, wenn er erst einmal keinen anderen Ausweg mehr sah, als den Chinesen die schwer verständlichen Details der von ihm beherrschten elektronischen Systeme zu verraten.

»Und was ist mit dem jungen Offizier, der für den Reaktor
zuständig ist?«
»Er hat sich trotz des Befehls seines Captains als äußerst unwillig erwiesen. Wir mussten ihn züchtigen, bevor er auch nur
ansatzweise bereit war, uns beim Herunterfahren des Reaktors zu
helfen.«
»Hat er inzwischen verstanden, wo es lang geht, oder wird er
sich uns auch weiterhin verweigern?«
»Wir gehen davon aus, dass er beim letzten Mal schließlich
doch noch zusammengebrochen ist und das getan hat, was wir
von ihm verlangt haben. Allerdings erst nachdem wir vor seinem
Captain einen seiner Kameraden exekutiert haben.«
»Dann werden wir eben weiterhin so verfahren und noch
jemanden hinrichten … *bis sie endlich gehorchen.*«


Sonntag, 9. Juli, 1300 (Ortszeit)
Marinestützpunkt Zhanjiang

Admiral Zhang Yushu hatte den großen Schreibtisch in Zu Jicais
Dienstzimmer mit Beschlag belegt, wie er es gewöhnlich tat,
wenn er den kommandierenden Admiral der chinesischen Südflotte besuchte. Die beiden Männer hatten sich eben zusammengesetzt und dachten über die Mitteilung des chinesischen Botschafters in Washington, Seiner Exzellenz Ling Guofeng, nach.
Im offiziellen Kommuniqué war zu lesen, dass in den ersten
Ausgaben der amerikanischen Sonntagszeitungen lediglich auf
den hinteren Seiten kurz gehaltene Meldungen über die havarierte *Seawolf* gestanden hätten. Wie es schien, habe es eine Pressemitteilung des amerikanischen Marineministeriums gegeben,
die aber erst am Samstagabend vom Pentagon veröffentlicht worden war.
Drei Tageszeitungen, die der Botschafter durchgesehen habe,
brachten die Meldung unter Überschriften wie: AMERIKANISCHES
UNTERSEEBOOT ERHÄLT TECHNISCHE UNTERSTÜTZUNG VON
CHINA. Lediglich die *New York Times* hatte aus der Verlautbarung
zitiert, dass sich der amerikanische Marinechef persönlich bei
Admiral Zhang Yushu für die Unterstützung bedankt habe. Aber
dann war da noch die *Washington Post*, die auf der Titelseite einen

261

Anreißer mit der Schlagzeile: AMERIKANISCHES UNTERSEEBOOT WIRD IN CHINA FESTGEHALTEN gebracht hatte.

Admiral Zu vertrat die Ansicht, dass dies alles außergewöhnlich gute Nachrichten seien. »Es sieht so aus, Admiral Zhang, als würde man uns zumindest im Augenblick Glauben schenken. Nicht die leisesten Anzeichen für irgendwelche Feindseligkeiten, kein Hinweis darauf, dass die Amerikaner kurz davor stehen, die Geduld zu verlieren. Also, meiner Meinung nach leistet unser Botschafter da drüben ganz hervorragende Arbeit.«

Admiral Zhang war sich da allerdings nicht ganz so sicher. »Ich traue denen einfach nicht, mein lieber Zu. Ich traue diesen Männern im Pentagon nicht ein bisschen. Da sind ein paar Dinge, die mich stören. Warum haben die so lange gebraucht, um die Pressemitteilung herauszugeben? Das hätten sie doch schon längst am Donnerstag erledigen können. Warum ausgerechnet am Samstag – und auch noch in den Abendstunden? Sehr ungewöhnlich. Warum haben sie die Pressemitteilung nicht beispielsweise am Freitagnachmittag herausgehen lassen, als noch alle Verantwortlichen erreichbar waren, oder erst am Montag? Nein, Zu. Das war alles wohl überlegt… Sehr merkwürdig.

Zweitens: In der New Yorker Zeitung war die Rede von persönlichen Dankesworten des Chefs der amerikanischen Marine an mich. Heute ist Sonntag, und ich habe aus Amerika bis zur Stunde noch kein Wort des Dankes, von wem auch immer, zu hören bekommen. Alles Lüge.

Drittens: Guangzhou wird mit keinem Wort erwähnt. Warum nicht? Gewinnt man da nicht den Eindruck, als wollten sie ihren eigenen Zeitungen die Wahrheit vorenthalten? Warum erwähnen sie mit keiner Silbe, wo sich die *Seawolf* befindet? Wollen sie vielleicht verhindern, dass amerikanische Journalisten um unseren Marinestützpunkt herumzuschnüffeln beginnen? Wo sie herausfinden könnten, dass dieser hermetisch abgeriegelt worden ist? Wenn die Amerikaner wirklich an eine Kooperation glauben würden, wäre es dann nicht verständlich, dass sie ihre Reporter dazu ermutigen würden hierherzukommen, um sich mit eigenen Augen davon zu überzeugen, wie zwei großartige Nationen zusammenarbeiten, um das Unterseeboot wieder instand zu setzen? Das wäre für alle eine außerordentlich öffentlichkeitswirksame Aktion und hätte nebenbei auch hervorragende Auswirkungen auf unsere künftigen Handelsbeziehungen. Da steckt was im Busch, mein lieber Zu.«

Admiral Zu lächelte. »Reagieren Sie nicht ein wenig zu misstrauisch, Zhang? Vielleicht glauben sie uns ja wirklich und sind nur bemüht, auch weiterhin freundschaftliche Beziehungen zu uns zu unterhalten.«

»Ich wünschte, dem wäre so, Zu. Zugegeben, es gibt vieles, was für Amerikaner und Chinesen gleichermaßen von Interesse ist ... Da fällt mir aber ein altes Sprichwort ein: Wir schlafen im selben Bett, träumen aber verschiedene Träume.«

Sonntag, 9. Juli, 1100 (Ortszeit)
Weißes Haus

Admiral Morgan und Colonel Frank konferierten bereits seit 0800. Schon dreimal hatte der Admiral bei seiner alten Dienststelle, der ultrageheimen National Security Agency in Fort Meade, Maryland, angerufen, um nachzufragen, ob es irgendwelche Neuigkeiten über den Verbleib der Seawolf-Crew gab. Der Nachrichtendienst hatte aber nichts Neues zu vermelden. Man wisse nach wie vor nur, dass sämtliche Gefangenen aus dem Stadtgefängnis von Kanton herausgeholt und auf den Marinestützpunkt verlegt worden waren. Da man kein Kriegsschiff irgendwo auf dem Perlfluss, geschweige denn in der Flussmündung, gesichtet habe, sei man der Ansicht, dass sich die Männer immer noch auf dem Stützpunkt befänden. Wo dort, sei allerdings schleierhaft. Die Satelliten lieferten zwar recht zahlreiche gestochene Bilder, aber das ganze Gebiet wirke ruhig.

Jack Raeburn von der Fernostabteilung der CIA meldete sich um 1105 mit einer Neuigkeit, die er kurz zuvor von seinem Feldoffizier aus Kanton erhalten hatte. Ihr Mann in den Hafenanlagen habe berichtet, dass die Gefangenen bereits wieder fortgeschafft worden seien, und zwar schon im Laufe des Samstagabends Ortszeit. Mit welchem Bestimmungsort sei unbekannt, doch liefen sämtliche Informationen darauf hinaus, dass sie auf einer zivilen Fähre und unter strengster Bewachung flussabwärts in Richtung Perlflussmündung gefahren seien. »Soweit es unser Mann vor

Ort beurteilen kann, ist keiner der Amerikaner auf dem Stützpunkt zurückgeblieben. Ihm wurde zugetragen, dass man die abendliche Ausflugsfahrt für Touristen, die mit der Fähre stattfinden sollte, kurzfristig abgesetzt habe, weil die Marine angeblich die Fähre für sich selbst beansprucht habe.«

Admiral Morgan zeigte sich überaus dankbar und bat Jake, Fort Meade entsprechend auf dem Laufenden zu halten und ihnen mitzuteilen, sie mögen das Schwergewicht der Satellitenüberwachung auf den Küstenstreifen legen.

An Colonel Hart gewandt, meinte er: »Wir müssen sie finden, Frank. Wir müssen die gegenwärtige Position der Jungs lokalisieren, und zwar binnen der nächsten achtundvierzig Stunden. In der Zwischenzeit werde ich weiterhin alles in meiner Macht Stehende tun, die Chinesen abzulenken. Sie müssen sich in Sicherheit wiegen, dass wir ihnen ihren guten Willen abnehmen und nicht im Traum an ein wie auch immer geartetes aggressives Vorgehen denken.«

»Schon, Sir. Aber da gibt es eine Sache, die mich beim Durchlesen unserer Verlautbarung etwas stört… Es wird davon gesprochen, dass es eine an Zhang Yushu gerichtete persönliche Botschaft von Admiral Mulligan gegeben hat. Ist die denn tatsächlich rausgegangen?«

»Nein, wieso denn?«

»So wie die Chinesen gestrickt sind, fassen die das als Affront auf, wenn eine angekündigte Höflichkeitsbezeigung nicht auch erfolgt ist, zumindest der Form halber. Admiral Zhang wird auf jeden Fall wissen wollen, ob die Dankadresse auch tatsächlich eingegangen ist. Andernfalls könnte er misstrauisch werden. Wir sollten das schleunigst nachholen und hoffen, dass er auch weiterhin der Ansicht sein wird, was für Weichmänner wir doch sind.«

»Guter Einwand, Frank«, sagte Morgan. »Ich kümmere mich sofort darum. *Kathy!! Bring den Stenoblock mit!*«

Sofort erschien Ms. O'Brien.

»Okay… Nimm bitte mal Folgendes auf: ›Admiral Joseph Mulligan, Befehlshaber der Marine der Vereinigten Staaten, entrichtet seine Grüße an das Oberkommando der Marine der Volksbefreiungsarmee und wünscht auf diesem Wege Admiral Zhang Yushu gegenüber seiner Dankbarkeit für die Großzügigkeit Ausdruck zu verleihen, mit der dieser dem in Seenot geratenen amerikanischen Unterseeboot *Seawolf* Beistand leistete. Gleichzeitig sei an dieser Stelle die Versicherung abgegeben, dass die U.S. Navy selbstverständlich sämtliche der im Zusammenhang mit den Reparaturarbeiten anfallenden Kosten übernehmen wird. Es wird als ebenso selbstverständlich erachtet, dass es, sollte jemals eines der Schiffe der Marine der Volksbefreiungsarmee in Not geraten, unsererseits kein Zögern geben wird, auf die gleiche Weise Hilfe zu leisten. Mit erneuter Betonung meines tief empfundenen Dankes und mit den besten Wünschen. Admiral Joseph Mulligan, Pentagon, Washington, D.C., USA.‹

So, Kathy, das wär's. Ruf jetzt bei Joes Dienststelle an, und sag denen, die sollen diese Botschaft sofort auf elektronischem Weg an das Hauptquartier der Marine der Volksbefreiungsarmee in Peking übermitteln. Joe muss dazu nicht extra behelligt werden. Wenn sie Fragen stellen, sagst du einfach, du handelst auf meinen Befehl, der auf direkte Anweisung des Präsidenten erteilt wurde. Und sag ihnen sie sollen es *gleich* erledigen. Wenn's geht, sogar noch schneller.«

»Jawohl, Sir«, sagte Kathy und eilte ins Vorzimmer.

»Okay, Frank ... Wo waren wir stehen geblieben?«

Genau in diesem Augenblick klingelte das Telefon, das an der sicheren Leitung aus Fort Meade hing. Die Unterhaltung war äußerst knapp.

»Haben Sie? Aha ... aha ... scheint also zu stimmen. Wir wissen aber nicht, wo und wann sie abgelegt haben, oder? Nein ... ich denke, eher nicht. Okay ... halten Sie mich auf dem Laufenden.«

Der Admiral knallte den Hörer auf die Gabel. Kein Abschiedsgruß. Keine Höflichkeitsfloskeln. Die waren heute für Admiral Zhang Yushu reserviert.

»Sie haben die Fähre gefunden, Frank. Die ausgewerteten Satellitenbilder von 2100 Ortszeit zeigen die Fähre, wie sie den Perlfluss hinauffährt. Dürfte um 2200 in Kanton sein.«

»Na also«, sagte Colonel Hart. »Dann haben wir vielleicht das Transportmittel ausfindig gemacht, mit dem sie unsere Jungs befördert haben.«

»Und wir können die Entfernung abschätzen, die es zurückgelegt hat. Nehmen wir mal an, dass die Fähre gegen 2000 Ortszeit abgelegt hat. Sie ist gegen 1800 requiriert worden ... Hier ist der

265

Fährhafen ... da haben wir den Marinehafen ... Sind nur ein paar Meilen auseinander. Wenn das verdammte Ding um 2200 Ortszeit zurück ist, hat die Reise 26 Stunden gedauert. Zwei Stunden für das Ausschiffen unserer Mannschaft und um Treibstoff zu bunkern, dann bleiben zwölf Stunden für eine Strecke ... Wie schnell sind Fähren denn so?«

»Irgendwas zwischen zwölf und zwanzig Knoten.«

»Nehmen wir mal vierzehn an, weil sie ja wahrscheinlich auf den Ozean rausgefahren sind, wo es etwas ruppigeren Seegang gibt. Vierzehn mal zwölf macht ... Moment ... macht hundertachtundsechzig Meilen, okay?«

»Das dürfte die maximale Wegstrecke sein, Sir«, sagte Colonel Hart, »immer vorausgesetzt, es gab keine Verzögerungen. Jetzt wissen wir aber noch nicht, welchen Weg sie genommen haben, als sie die Mündung hinter sich hatten. Sie könnten in Richtung Osten an Hongkong vorbeigefahren sein, um dann die Küste hinauf zu laufen, oder aber eine der Inseln vor der Mündung angesteuert haben. Ebenso gut ist denkbar, dass sie Kurs West genommen haben – dann wären sie etwa bis zu diesen beiden winzigen Inseln hier gekommen. Wie heißen die? Shangchuan Dao und Xiachuan Dao.«

»Sie könnten praktisch jeden Punkt entlang der Küstenlinie angelaufen haben ...«

»Jawohl, Sir. Auf jeden Fall sind sie aber ein Stück hinaus auf die offene See gelaufen, ganz gleich in welcher Richtung. Sonst hätten sie die ganze Sache auch über die Straße abwickeln können.«

»Genau. Am besten sage ich in Fort Meade Bescheid, dass sie die Satellitenüberwachung stärker auf die in Frage kommenden Bereiche der chinesischen Küste konzentrieren sollen. Also von Macao bis hier hinauf zu diesen verdammten kleinen Chop-Suey-Inseln ... und von Hongkong aus nach Osten bis nach – wie heißt das da? Humen ... he, das kommt mir irgendwie bekannt vor. Ich glaube, da liegt ein Marinestützpunkt. Schauen Sie doch bitte mal in dem dicken Buch da drüben nach, Frank.«

Routiniert blätterte der Colonel die Seiten von *Jane's Fighting Ships* durch und fand auch schnell die Angaben über einen Stützpunkt der chinesischen Südflotte in Humen. »Sie haben Recht, Sir«, sagte er und wandte sich wieder der digitalisierten Karte auf dem großen Bildschirm zu.

»Wie weit liegt Humen von Hongkong entfernt?«

»Rund fünfundachtzig Meilen… vielleicht etwas mehr. Die Küstenlinie macht einen ziemlich entvölkerten Eindruck.«

»Also wäre es durchaus vorstellbar, dass die Chinesen dort irgendein Gefängnis haben… Ist aber auch nicht auszuschließen, dass sich entsprechende Einrichtungen auf dem Stützpunktgelände selbst befinden… und das würde für uns die schlimmste aller Alternativen bedeuten. Mit SEALs allein kommen wir da nicht rein – und Marines brauchten wir etliche Tausend. Da könnten wir China gleich den Krieg erklären… verdammt noch mal. Wenn wir nur wüssten, wo sie sind!«

Admiral Morgan nahm den Hörer zur abgesicherten Leitung auf und knurrte:»Fort Meade, aber plötzlich, wenn ich bitten darf.«

9. Juli, Mitternacht
Gefängnislager auf Xiachuan Dao

Man hatte die Amerikaner in Gruppen zu je sechs Mann aufgeteilt. Sie versuchten, auf dem nackten Betonboden der Zellen zu schlafen, die jeweils dreieinhalb mal drei Meter groß waren. Die Trennwände zwischen den Zellen waren aus Steinen gemauert. Fenster gab es keine, aber die Türen verfügten über eine große vergitterte Öffnung, die 60 auf 90 Zentimeter maß. Durch diese konnte man auf den düsteren Korridor hinausblicken, auf dem jeweils zwei bewaffnete Chinesen Wache schoben, die alle vier Stunden abgelöst wurden. Sie hatten unmissverständliche Befehle erhalten:»Wenn irgendjemand spricht, erschießt den ersten Mann, der hinter den Gitterstäben steht.«

Also sprach niemand ein Wort. Auf einmal flog die Tür zum Haupttrakt auf, und die grelle Zentralbeleuchtung überflutete die amerikanischen Besatzungsmitglieder.

Der Leutnant der Wache – derjenige, der Skip Laxton erschossen hatte – kam den halben Weg den Korridor herunter und sagte dann:»Wir beginnen jetzt mit der Absonderung und den Verhören.« Er ging zur ersten Zelle zurück, befahl einem seiner Männer, diese zu öffnen, und brüllte:»Lieutenant Commander Bruce Lucas und Lieutenant Commander Cy Rothstein – raustreten. *Auf der Stelle!«*

Sofort war Judd Crocker auf den Beinen, bahnte sich einen Weg durch seine Männer, pflanzte sich vor dem Leutnant der Wache auf und brüllte zurück:»Wo willst du mit diesen Männern hin? Glaubst du etwa, ich hätte dich vergessen, du mörderischer kleiner Bastard!«

Er rechnete halbwegs damit, wegen seines Aufbegehrens zu Boden geschlagen zu werden, aber es war ihm jetzt wichtiger, seine Männer wissen zu lassen, dass er den Kampf noch nicht aufgegeben hatte. Er war ziemlich überrascht über die ruhige Antwort, die ihm der chinesische Offizier mit einem Lächeln auf den Lippen gab:

»Captain Crocker, ich bewundere Ihre Haltung als Anführer dieser Männer. Es wäre ganz gut, wenn Sie sich daran erinnerten, dass Sie sich im Augenblick nicht an Bord der *Seawolf* befinden. Hier sind Sie nur einer unter vielen Kriminellen.«

Er bewegte sich langsam zur nächsten Zelle und forderte Lieutenant Kyle Frank auf vorzutreten. Dieser wehrte sich heftig, während er aus der Zelle gezerrt wurde. Wie alle anderen trug er aber immer noch Handschellen, weshalb er gegen die sechs bewaffneten Wachsoldaten machtlos war.

Die drei Amerikaner wurden abgeführt, während Judd Crocker aus seiner Zelle brüllte:»*Wo bringst du kleiner Wichser diese Männer hin? Antworte gefälligst. Ich schwöre bei Gott, wenn ihnen auch nur das Geringste angetan wird ...*«

Bevor er die Tür wieder hinter sich zuzog, drehte sich der Leutnant noch einmal um und sagte mit breitem Grinsen:»Ich darf Sie bitten, Ruhe zu geben, Captain Crocker. Ihre Regierung hat Sie völlig aufgegeben. Auch sie hat die Ungeheuerlichkeit des Verbrechens eingesehen, das Sie begangen haben, ohne dazu autorisiert worden zu sein ... Man hat uns die Erlaubnis erteilt, mit Ihnen wie mit gewöhnlichen Kriminellen zu verfahren. Ich wünsche Ihnen noch eine gute Nacht.«

Der Captain fühlte sich so einsam und verlassen wie noch nie. Er wollte einfach nicht glauben, was der Leutnant da gerade von sich gegeben hatte, aber seine geschwächte Verfassung, der nagende Hunger in Verbindung mit einem brennenden Durstgefühl und dem pochenden Schmerz in den von den Handschellen abgequetschten Gelenken führte dazu, dass er zum ersten Mal so etwas wie Zweifel in sich aufkommen spürte. Was, wenn der Chinese wirklich die Wahrheit gesagt hatte? Was, wenn die U.S. Navy wirklich sauer auf ihn war, weil er sich hatte orten lassen? Was, wenn sie wirklich glaubten, dass er es selbst verschuldet hatte, dass sich das Kabel in der Schraube verfangen hatte? Bestand tatsächlich die Möglichkeit, dass die Regierung gar keine andere Wahl hatte, als ihn und seine Mannschaft zu opfern, damit es nicht zu einer kriegerischen Auseinandersetzung mit China kam? Dieser mistige kleine Bastard hatte mit dem, was er sagte, so verdammt sicher geklungen ... Herr im Himmel!

Bruce Lucas, Cy Rothstein und Kyle Frank wurden durch den strömenden warmen Regen über den Innenhof in das verlassene Gebäude in der Südwestecke des Gefängniskomplexes geführt. Gleich auf der linken Seite war ein Raum, in dem sie ein halbes Dutzend chinesischer Wachsoldaten sehen konnten. Rechts davon lag ein hell erleuchteter Korridor, in den man sie nun führte. An dessen Ende befanden sich drei oder vier Räume, die ebenfalls hell beleuchtet waren und deren ausschließliches Mobiliar aus zwei, drei einfachen Stühlen bestand. Überall war es unglaublich dreckig. Die Wände und die Böden waren mit Flecken übersät, deren dunkle, ockerbraune Farbe keine Zweifel aufkommen ließ, dass es sich dabei um eingetrocknetes Blut handelte.

Die Amerikaner wurden voneinander getrennt und separat in einen der Räume gestoßen, wo sie sich bis auf weiteres auf einen der Stühle setzen sollten. Eine halbe Stunde später wurde die Tür zu dem Raum geöffnet, in dem Cy Rothstein saß. Fregattenkapitän Li trat in Begleitung zweier Wachen ein. Letztere trugen Maschinenpistolen und waren einheitlich mit dunkelblauer Sommeruniform, weißen Socken und schwarzen Schuhen bekleidet. Ein vierter Mann, der den Raum nach ihnen betrat, hatte einen weißen Laborkittel an. Unter dem Arm hatte er sich einen umfangreichen Stapel Papiere geklemmt.

Er und der Fregattenkapitän nahmen auf den beiden freien Stühlen Platz, während die Wachen im Hintergrund Stellung bezogen.

»Also, Lieutenant Commander«, sagte Li. »Wenn ich recht informiert bin, sind Sie der Waffensystemoffizier des Unterseeboots *Seawolf*, oder?«

Cy sagte keinen Ton.

»Ihr Schweigen ist sinnlos. Wir haben sämtliche Dokumente an

Bord des Schiffs durchgesehen. Wir *wissen*, dass Sie der Waffensystemoffizier sind. Machen Sie sich nicht selbst zum Narren.«

Cy schwieg weiterhin. Li erteilte einer der Wachen den Befehl, dem Amerikaner die Handschellen abzunehmen.

»Jetzt hören Sie mir einmal gut zu, Lieutenant Commander. Wir sind beide erwachsene Offiziere und dienen in den Marinen großer Nationen. Sie und Ihre Kameraden haben gegen sämtliche gültigen Regeln über das Verhalten auf hoher See verstoßen. Auch Ihre Regierung hat das erkannt und uns die Erlaubnis erteilt, Sie wie jeden anderen internationalen Terroristen vor Gericht zu stellen. Um nichts anderes handelt es sich bei Ihnen. Von Washington fallen gelassen und von der friedliebenden chinesischen Bevölkerung verachtet... Sie sind uns auf Gnade und Ungnade ausgeliefert.

Lieutenant Commander, ich mache Ihnen einen Vorschlag zur Güte. Sie helfen uns, wir helfen Ihnen. Wenn Sie und Ihre Offizierskameraden bereit sind, uns mit allen Informationen zu versorgen, die es braucht, um die *Seawolf* funktionsfähig zu machen und zu bedienen, wird es keine Gerichtsverhandlung gegen Sie geben. Sie selbst und all Ihre Kameraden werden freigelassen, und Sie können zurück in die Vereinigten Staaten – vielleicht sogar an Bord Ihres Unterseeboots. Niemand wird je erfahren, was Sie uns erzählt haben... jedenfalls nicht von unserer Seite. Niemand wird irgendetwas davon verlauten lassen, was Sie uns in diesem stillen Raum gesagt haben, oder je etwas davon wissen.«

Darauf ergriff Cy Rothstein zum ersten Mal das Wort. »Doch, ich werde es wissen.«

Damit waren die Fronten abgesteckt. Cy Rothstein fragte sich, ob er wirklich die Kraft aufbringen würde, die körperlichen Qualen in dieser Folterkammer zu ertragen. Gleichzeitig stellte sich Li insgeheim die Frage, ob es wirklich so klug wäre, einen hilflosen amerikanischen Marineoffizier zu foltern.

Fregattenkapitän Li wollte es noch einmal versuchen. »Lieutenant Commander«, sagte er, »ich gebe Ihnen ein Beispiel, wie einfach unsere Fragen im Grunde sind. Von dem bei Hughes hergestellten *Tomahawk*-Flugkörper mit der Bezeichnung TLAM-N wissen wir, dass er eine Reichweite von knapp zweieinhalb Kilometern besitzt. Wir hätten da ein paar Fragen, was das Trägheitsnavigationssystem angeht. Wir sind uns zudem nicht ganz sicher, wie hoch die Geschwindigkeit der Waffe durch die Luft ist. Wir wüssten gern etwas über die Standardabweichung der Treffergenauigkeit. Unsere Experten sind der Ansicht, dass die *Seawolf* zwei verschiedene Versionen davon an Bord hat, eine davon die TLAM-C/D. Verfügt auch dieser Flugkörper über ein GPS-gestütztes Lenksystem, oder kommt er mit dem normalen Trägheitsnavigationssystem aus? Geben Sie sich einen Ruck, Lieutenant Commander. Um wie viel leichter wäre alles, wenn wir uns wie erwachsene Männer unterhielten. Warum erzählen Sie mir nicht einfach etwas über den hochexplosiven konventionellen Gefechtskopf... was ist das für eine Waffe? Vierhundert Kilo? Fünfhundert...? Warum sagen Sie mir nicht einfach, was Sie wissen, und machen uns allen das Leben dadurch etwas leichter?«

Cy Rothstein schwieg beharrlich weiter und starrte geradeaus. Nach einer Weile nickte Fregattenkapitän Li einer der beiden Wachen zu.

Cy Rothstein sah den lächelnden Mann auf sich zukommen. Es heißt, dass ein Soldat nie die Kugel kommen sieht, die ihn tötet, und Lt. Commander Rothstein sah auch nie den ansatzlos ausgeführten brutalen Schlag kommen, der ihn auf den Mund traf, die Unterlippe aufplatzen ließ und ihn zwei Schneidezähne kostete.

Wie betäubt von der Heftigkeit des einsetzenden Schmerzes, schloss er kurz die Augen und rang durch die blutenden Lippen nach Luft. So sah er auch den Gewehrkolben des Wachsoldaten nicht kommen, der ihn in die Rippen traf und zwei davon brechen ließ.

Von der Wucht des Schlags kippte er seitlich vom Stuhl, und kaum dass er den Boden berührt hatte, fuhr ihm auch schon die Schuhspitze des Soldaten in die rechten Rippen. Er donnerte mit dem Hinterkopf auf und verlor gnädigerweise das Bewusstsein. Dann gingen auch die Lichter in dem Raum aus, in dem er sich befand. Fregattenkapitän Li hatte in Begleitung seiner beiden Handlanger und des Wissenschaftlers den Tatort verlassen.

Draußen auf dem Flur liefen laut Tonbandaufzeichnungen der Schreie von Männern, die Todesqualen litten. Noch nie zuvor in seinem Leben hatte Linus Clarke derartige Angst gehabt. Die Tür krachte auf, und mit drohendem Blick schoss Fregattenkapitän Li mit zwei Wachen herein. Seine Begleiter griffen sich sofort Seile und banden Linus' Beine an den Stuhl. Dann fixierten sie die ohnehin schon mit Handschellen gefesselten Hände zusätzlich mit einem Seil an der Rückenlehne.

Fregattenkapitän Li baute sich vor ihm auf und sagte: »Lieutenant Commander Lucas. Sie werden jetzt jede einzelne meiner Fragen ebenso genau wie unverzüglich beantworten. Andernfalls werde ich Sie hinrichten lassen. Das wird dann aber keine schnelle Exekution wie bei Ihrem Kameraden, sondern auf eine gemächliche Weise geschehen, die Ihnen kaum gefallen wird ...«

Linus konnte sein Zittern nicht unterdrücken. Erbarmungslos fuhr Li mit seiner Rede fort: »Bruce Lucas, Sie sind der Erste Offizier an Bord Ihres Schiffs ... stimmt das? Und damit der unmittelbare Stellvertreter des Kommandanten, richtig?«

Linus war vor Angst wie versteinert. Er saß einfach nur da. Es wollte ihm nicht in den Kopf, was gerade mit ihm geschah, ihm, einem amerikanischen Marineoffizier zu Beginn des 21. Jahrhunderts. Er überlegte, ob er nicht einfach die Wahrheit sagen sollte, all die verdammten Fragen beantworten und dann enthüllen, wer er wirklich war, um sein Leben zu retten. Sie würden es nicht wagen, ihm irgendwelches Leid zuzufügen, wenn sie erst einmal wussten, wer sein Vater war, oder?

Li wurde ungeduldig. Er befahl einem der beiden Soldaten etwas, worauf dieser ein großes weißes Badetuch holte und es sorgfältig über den Kopf des Ersten Offiziers der *Seawolf* legte. Für einen flüchtigen Augenblick hatte Linus das irrsinnige Gefühl, Mitglied des Ku-Klux-Klans zu sein, nur fehlten in seiner Haube die Schlitze für die Augen.

Er hatte in einer Ecke des Raums eine Wassertonne stehen sehen. In der Zeit, die er hier allein gesessen hatte, hätte er zu gern daraus getrunken, was ihm aber nicht möglich gewesen war. Jetzt saß er hier unter dem Handtuch, ausgetrocknet, schwitzend und voller Ängste. Er hörte die Schritte der Wache, die sich quer durch den Raum bewegte. Irgendetwas wurde in die Tonne getaucht.

Er vernahm wieder langsame Schritte, doch diesmal bewegten sie sich auf ihn zu. Er spürte plötzlich kaltes Wasser mit einem Guss auf das Handtuch klatschen. Kein unangenehmes Gefühl. Die ganze Prozedur wiederholte sich, kurz darauf ergoss sich erneut ein Schwall Wasser über das Handtuch.

Allmählich sog sich das Handtuch mit Wasser voll und begann an seinem Gesicht zu kleben. Linus versuchte krampfhaft, Mund

und Nase freizuschütteln, um von unten her Luft zu bekommen. Je mehr Wasser nachgeschüttet wurde, umso schwerer wurde das Badetuch. Und je schwerer dieses wurde, umso schwieriger wurde es für ihn, den Mund davon zu befreien. Jedes Mal, wenn er einatmete, verschloss ihm das nasse Tuch Mund und Nasenlöcher. Linus spürte, wie Panik in ihm aufstieg. Er begriff, dass er entweder ersticken oder ertrinken würde, denn inzwischen war das Handtuch so nass, dass mit jedem Atemzug auch Wasser in Mund und Nase gelangte. Verzweifelt versuchte er aufzustehen. Für den Bruchteil einer Sekunde schaffte er es noch einmal, seinen Mund vom Handtuch zu befreien, und schnappte gierig nach Luft, aber das Badetuch legte sich sofort wieder über sein Gesicht. Er verfügte kaum noch über Luft in der Lunge, und das wenige reichte nicht mehr, das Handtuch vom Gesicht wegzublasen. Er warf den Kopf nach vorn und versuchte durchzuatmen. Die Anstrengung kostete ihn alle Kraft. Er konnte noch nicht einmal ausatmen. »O Gott!« dachte er. »Die wollen mich ersticken... Die wollen zusehen, wie ich verrecke.«

Mit seiner letzten Energie warf er sich noch einmal nach vorn und schnappte nach Luft. Sofort verschloss das Handtuch wieder Nase und Mund. Er saugte Wasser ein und bekam einen Hustenreiz, dem er aber nicht nachgeben konnte. Jemand presste ihm jetzt das Handtuch gegen das Gesicht. Immer weiter wurde er mit Wasser überschüttet.

Linus konnte nicht schreien, nicht atmen, nicht mehr gegen die stählerne Umklammerung des klatschnassen Badehandtuchs ankämpfen. Er rollte den Kopf zurück und wieder nach vorn, doch inzwischen war das Badetuch so schwer geworden, dass es unverrückbar an Ort und Stelle blieb. Sein gesamtes Gesicht war bedeckt. Nun würde er ersticken, und zwar sehr schnell.

Linus verlor das Bewusstsein, kippte mitsamt dem Stuhl zur Seite und schlug mit der Stirn auf dem Boden auf. Fregattenkapitän Li bückte sich hinunter und zog das Handtuch vom blutenden Kopf des Ersten Offiziers der *Seawolf*, womit er diesem auf groteske Weise das Leben rettete.

# KAPITEL SIEBEN

Montag, 10. Juli, 1600
Marinestützpunkt Zhanjiang

Inzwischen lag Admiral Zhang Yushu die Dankadresse des Chefs der amerikanischen Navy vor. Trotzdem plagte ihn nach wie vor ein ungutes Gefühl. Es war alles so untypisch für die arroganten Männer, die in den amerikanischen Streitkräften das Sagen hatten. Er hielt es für schlicht unmöglich, dass die gleichen Admiräle, die damals derart herrisch seine Unterseeboote der Kilo-Klasse einfach vom Antlitz der Erde getilgt hatten, jetzt, nur zwei Jahre danach, so mir nichts, dir nichts das »Kidnapping« eines großen amerikanischen Unterseeboots einschließlich seiner gesamten Mannschaft hinnehmen sollten.

Zhang war kein Narr. Er wusste, dass die amerikanischen Satelliten alle paar Stunden die *Seawolf* fotografierten, und auch, dass die amerikanischen Admiräle vor Wut überschäumen mussten. Aber auf einmal behandelten sie den Botschafter Ling Guofeng wie einen guten alten Freund und schluckten alle Mitteilungen der Marine der Volksbefreiungsarmee, die eigentlich niemand, der noch im Vollbesitz seiner Sinne war, wirklich glauben konnte.

Und dennoch klangen die amerikanischen Kommuniqués glaubwürdig. Man konnte den Eindruck gewinnen, als *wollten* die Amerikaner, dass die chinesischen Erklärungen der Wahrheit entsprachen, als wäre ihnen daran gelegen, jedweder Konfrontation aus dem Weg zu gehen, als wollten sie um jeden Preis verhindern, dass ihrer wertvollen Unterseebootsmannschaft irgendwelches Leid zugefügt würde.

Die Zeit drängte. Die hochrangigen Mitglieder der amerikanischen Unterseebootbesatzung blieben nach wie vor starrköpfig.

Bis auf einen, aber der hatte keinen ausreichenden Überblick über sämtliche technischen Daten. Zhang blieben vielleicht noch zehn Tage, länger konnte er die Amerikaner nicht mit Lügen hinhalten. Dann würden sie die Hafenanlagen von Guangzhou stürmen und hätten dabei sogar die Weltöffentlichkeit auf ihrer Seite. Selbst die beste Verteidigung würde den Amerikanern nicht standhalten. Mit ihrer überlegenen Waffentechnik würden sie sich den Weg freikämpfen.

Zhang konnte sich noch gut an den Golfkrieg vor 15 Jahren erinnern. Nach dem Säbelgerassel und den Verlautbarungen der irakischen Eliteeinheiten über deren Kampfkraft hatten die Amerikaner die Iraker dann, als es wirklich losging, wie Kinder dastehen lassen. Sie hatten deren Streitkräfte, das Land, die Brücken, Panzer und Bunker und alles, was sich ihnen sonst noch in den Weg gestellt hatte, einfach niedergewalzt und ausgelöscht. Zhang fürchtete, das Pentagon könnte dem Marinestützpunkt in Guangzhou, und dann vielleicht auch noch denen in Zhanjiang, Haikou, Humen und möglicherweise selbst dem in Xiamen, seine verstärkte Aufmerksamkeit widmen. Aber er wollte nun einmal eine ganze Flotte von *Seawolf*-Booten, und im Augenblick verfügte er auch über die nötigen Mittel, dieses Ziel zu erreichen. Nur musste er sehr, sehr vorsichtig sein, durfte kein Risiko eingehen. Was ganz besonders für die amerikanischen Gefangenen galt. Niemals durften sie China wieder lebend verlassen. Vor allem durften die Amerikaner sie nie finden.

Zhang rannte im Dienstzimmer Admiral Zus auf und ab. »Nun, sind Sie sich Ihrer Sache noch sicher, mein Freund Zu? Glauben Sie wirklich noch daran, dass uns das Pentagon alles abnimmt, was wir ihm vorsetzen?«

»Zhang, es ist fast wie in den alten Zeiten, als Präsident Clinton noch im Amt war. Es sieht so aus, als würden sie sehr großen Wert auf freundschaftliche Beziehungen legen. Sie werden alles tun, um einer Konfrontation aus dem Weg zu gehen.«

»Zu, die derzeitige republikanische und die damalige Regierung des Präsidenten Clinton sind zwei völlig verschiedene Welten. Die eine war freundlich, auf Appeasement bedacht, kooperativ und sanftmütig. Die jetzige ist hart, misstrauisch, protektionistisch und zynisch bis ins Extrem. Der Mann, der heute im Weißen Haus sitzt, hört auf seine militärischen Berater. Zu, wir

können die Gefangenen nicht auf Dauer im Gefängnis auf Xiachuan Dao lassen. Es ist für einen Angriff von See her viel zu
anfällig.«
»Wir könnten mit einer ganzen Flotte innerhalb einer Stunde
vor Ort sein, um einen Angriff abzuwehren. Wir haben in diesem
Abschnitt jede Menge Truppen unter Waffen stehen und können
auch auf landgestützte Kampfflugzeuge zurückgreifen. Was
könnten die also unternehmen? Höchstens einen Flugzeugträger-
Gefechtsverband heranführen. Aber mit unseren vier Unterseebooten der Kilo-Klasse sollten wir es schaffen, sie zu versenken.«
»Mag sein. Aber vergessen Sie nicht, dass ein einziger Flug-
zeugträger-Gefechtsverband über die Schlagkraft verfügt, halb
China auszuradieren.«
»Zhang, das würden die nicht wagen. Die werden die Welt
nicht wegen eines Unterseeboots und ein paar Seeleuten in den
Dritten Weltkrieg stürzen.«
»Kann sein, kann aber auch nicht sein. Gleichwie muss ich die
Gefangenen schnell verlegen, und zwar an irgendeinen Ort weiter im Landesinneren, wo niemand sie je finden wird. Solange die
Amerikaner sie nicht finden, werden sie auf Distanz bleiben,
andernfalls sehe ich schwarz.«
Admiral Zhang war jetzt seit fünf Uhr morgens im Dienstzimmer
und hatte die ganze Zeit nichts anderes getan, als über sein Problem
nachzudenken: ein Gefängnis im Landesinneren zu finden, das so
weit von jedem bekannten Ort entfernt war, dass seine Insassen für
den Rest der Welt aufhören würden zu existieren. Dort konnten sie
dann in aller Stille beseitigt werden, ohne dass jemals ein Mensch
etwas über ihr Schicksal erfuhr. Es war schon merkwürdig, aber
den ganzen Tag über war ihm nichts Passendes eingefallen, weil
seine Gedanken ganz von der *Seawolf* gefangen waren.
Einen möglichen Angriff der Amerikaner vor Augen, schaltete
er jetzt einen Gang höher. Chongqing kam ihm in den Sinn, die
graue Großstadt, die im Zusammenflussgebiet der beiden gewaltigen Flüsse Jangtsekiang und Jialing Jiang an den dortigen Berg-
hängen klebt, 1000 Kilometer im Nordosten von Zhanjiang, wo er
sich im Augenblick befand. Tiefstes Binnenland. Chongqing, eine
Stadt mit zweieinhalb Millionen Einwohnern, fast im Zentrum
der Provinz Sichuan gelegen, über 1400 Kilometer von Schanghai
und ebenso weit von Peking entfernt.

Jahrhundertelang war Chongqing kaum anders als durch eine lange Fahrt auf dem Jangtsekiang zu erreichen. Im Sommer leidet die Stadt unter einer mörderischen Hitze, den Winter über verschwindet sie unter einer dichten Nebeldecke. Der Flughafen der Stadt, den man zwischen den Gebirgszügen angelegt hatte, kann für internationale Flüge nicht genutzt werden, denn nur Piloten mit ausgezeichneter Ortskenntnis schaffen es, hier sicher zu landen. Mit dem Zug braucht man rund zwölf Stunden, um von der Provinzhauptstadt Chengdu am Fluss Tuo entlang hierher zu gelangen, eine Strecke von 260 Kilometern Luftlinie. Von Kunming aus, das 640 Kilometer weiter im Süden liegt, dauert die Zugfahrt sogar 36 Stunden.

Chongqing war während des Zweiten Weltkriegs sogar für einige Zeit die Hauptstadt Chinas und Militärhauptquartier für Tschiang Kai-scheks Kuomintang-Regierung. Was diese erbarmungslosen antikommunistischen Tataren des 20. Jahrhunderts damals in erster Linie gebraucht hatten, waren Gefängnisse für Hunderte von politischen Gefangenen. Viele davon waren weit außerhalb der Stadtgrenzen, meist im Westen, errichtet worden.

Heutzutage waren einige der Anlagen für Touristen zum Besuch freigegeben, aber es würde ihn als Oberbefehlshaber der Marine lediglich einen kurzen Anruf kosten, und schon wären all diese Einrichtungen wieder völlig von der Außenwelt abgeschottet.

»Chongqing. Das ist es, Zu«, sagte er. »Das ist endlich die Antwort nach der ich die ganze Zeit gesucht habe. Die entlegensten Gefängnisse in der abgelegensten aller Städte. Ein wahrer Albtraum, will man dort hingelangen, und kein Ozean weit und breit. Noch nicht einmal die Amerikaner sind in der Lage, einen solchen Ort zu stürmen. Aber sie würden unsere Gefangenen dort sowieso niemals finden. Nicht in den alten Gefängnissen von Chongqing. In zehn Wochen verschwindet die ganze Stadt sowieso unter einer undurchdringlichen Nebeldecke, dann können sie ihre Spionagesatelliten sowieso vergessen...«

»Aber, Zhang, diese Gefängnisse sind schon seit über einem halben Jahrhundert nicht mehr benutzt worden... Sie müssen ganz sicher erst wieder instand gesetzt werden... Und wie steht's mit Elektrizität und Wasserversorgung?«

»Ganz einfach, Zu. Den Jangtsekiang flussabwärts liegt Yichang mit dem Gezhou-Damm. An diesem gewaltigen Projekt arbeiten fast eine halbe Million Menschen. Da gibt es Milliarden Tonnen von Zement und Stahl und unzählige Maschinen. Da arbeiten Spezialisten an einem der größten hydroelektrischen Projekte der Welt. Man könnte dort leicht eine Schiffsladung an Menschen und Material abzwacken, um eines dieser Gefängnisse binnen einer Woche instand zu setzen. Zutritt für Touristen verboten, und das für die nächsten hundert Jahre.«

Dienstag, 11. Juli, 1200
Hauptquartier des SPECWARCOM
Coronado, San Diego

Admiral John Bergstrom stellte seinen Kampftrupp aus SEALs zusammen, als sollte der Einsatz schon morgen beginnen. Im Augenblick wusste aber immer noch niemand, wo sich die Mannschaft der *Seawolf* befand.

Er ging jedoch von zwei Annahmen aus. Der Einsatzort würde irgendwo in Küstennähe sein, wofür auch die Meldungen der Nachrichtendienste sprachen, die Admiral Morgan und Colonel Hart an ihn weiterleiteten. Zudem müsste eine detaillierte Aufklärung erfolgen, wozu man wahrscheinlich einen Spähtrupp von einem Dutzend SEALs vorausschicken musste, um herauszubekommen, wo zum Teufel die Crew versteckt war.

Den ganzen Tag lang hatten Admiral Morgan und er miteinander konferiert, und man konnte merken, dass der Nationale Sicherheitsberater des Präsidenten immer ungehaltener wurde, was den Erkenntnisstand der Aufklärungsleute aus Fort Meade betraf. Dort hatte man zwar in Sechsstundenschichten rund um die Uhr gearbeitet, aber noch immer nichts gefunden. Mit Lt. Commander Rick Hunter als treibender Kraft im Hintergrund hatte Admiral Bergstrom seine kleine Streitmacht jetzt stehen und wartete nur darauf, dass es losging. Im Augenblick arbeiteten sie aber im luftleeren Raum. Es lagen zwar detaillierte Angriffspläne vor, in welchen die besten der insgesamt 2300 SEALs Verwendung fanden, aber niemand hatte bis zur Stunde eine Vorstellung davon, was denn nun eigentlich angegriffen werden sollte. Und das war für alle Beteiligten außerordentlich frustrierend.

In vier Stunden, also 1600 Ortszeit sollte der 64 Mann starke Angriffstrupp der SEALs vom amerikanischen Marinestützpunkt North Island in San Diego zu den Einrichtungen fliegen, die von der U. S. Air Force auf Okinawa unterhalten wurden. Von Okinawa aus betrug die Entfernung zur im Südwesten liegenden Perlflussmündung noch 1500 Kilometer.

Laut Terminplan sollten die SEALs von Okinawa aus an Bord eines der gigantischen Sikorsky CH-53D *Sea Stallion* Transporthubschrauber der Navy gehen und von diesen dann hinüber zum Flugdeck des 100000-Tonnen-Flugzeugträgers *Ronald Reagan* gebracht werden. Der *Sea Stallion* konnte 38 Mann aufnehmen, was bedeutete, dass es drei Fuhren brauchen würde, um alle 64 SEALs samt ihrer Ausrüstung dort hinzuschaffen; plus Colonel Frank Hart, dessen Eintreffen in Admiral Bergstroms Dienstzimmer jeden Augenblick erwartet wurde.

Tatsächlich traf dieser pünktlich um 1300 ein, und Admiral Bergstrom freute sich aufrichtig, ihn wieder zu sehen. In Militärkreisen war die Reputation des Colonels keineswegs besudelt, lediglich einige linksgerichtete Politiker und deren Anhänger, die Arnold Morgan gewöhnlich als die »gottverdammten Nichtswisser« bezeichnete, hielten an Harts schlechtem Ruf fest.

»Gut, Sie wieder zu sehen, Frank. Wie ist es Ihnen ergangen?«

»Haben Sie jemals tagaus, tagein mit Admiral Morgan in dessen Schlupfwinkel verbracht?«

John Bergstrom schmunzelte. »Schon ein paar Mal. Er ist schon einer, was?«

»Kann man wohl sagen, sieht man mal davon ab, dass er nichts übersieht, schneller als die meisten denkt, scheinbar keinen Schlaf braucht, vergisst, dass man hin und wieder auch mal etwas essen muss, vergisst, nach Hause zu gehen, am laufenden Band Leute zusammenbrüllt und wahrscheinlich der größte Grobian ist, der je im Weißen Haus gearbeitet hat, na ja, vielleicht mit Ausnahme von Lyndon B. Johnson vor vierzig Jahren… nun, trotzdem war er für mich wie eine erfrischende Brise.«

»Sind Sie über alles informiert?«

»Jawohl.«

»Frank, ich bin sehr froh, Sie an Bord zu haben. Wäre es nicht der Admiral gewesen, der Sie reaktiviert hat, ich selbst hätte Sie angefordert. Es wird ein höllisch gefährlicher Einsatz werden, besonders wenn unsere Jungs sich ihren Weg hinaus freikämpfen müssen und es schwierig wird, sie anschließend wieder von den Brückenköpfen abzubergen. Wird alles nicht einfach werden.«

»Ist mir schon klar. Wann geht's los?«

»Start um 1600 von North Island. Mit einem der dicken *Galaxy*-Transporter, der sowieso auf dem Weg nach Diego Garcia ist. Aber es gibt noch einige Dinge, die Sie vorher durchgehen sollten. Da wäre einmal die Ausrüstungsliste, dann das Befehlsketten-Organigramm und schließlich die Richtlinien für den Fall, dass der Einsatz abgebrochen werden muss. Des Weiteren Details über die Ihnen unterstellten Kommandeure und die Zusammensetzung des Spähtrupps. Dazu werde ich Ihnen selbst dann noch einiges erklären. Aber wir haben schon gute Vorarbeit geleistet. Finden Sie alles in der entsprechenden Akte.«

»Okay, John. Dann müssen wir also nur noch wissen, was wir angreifen sollen … Ich hoffe bloß, dass das Wasser nicht zu flach sein wird. Die neuen ASDVs verfügen zwar über eine ausgezeichnete Reichweite, aber ich hab da so meine Zweifel, ob es im Sinne des COMSUBPAC wäre, dass seine Boote an der Oberfläche fahren, wenn sich das irgendwie vermeiden lässt.«

»Das werden sie auch mit Sicherheit nicht, Frank. Aber es werden, wie Sie wissen, bei dieser Mission einige recht spektakuläre Gepäckstücke mit von der Partie sein. Solange es irgendwie vertretbar ist, müssen wir die Sache durchziehen. Übrigens habe ich schon den Kommandeur des Spähtrupps gebeten herzukommen. Sie werden ihn in ein paar Minuten kennen lernen.«

»Großartig, John. Wer ist es denn …?«

Zu spät. Im gleichen Augenblick ging die Tür auf und eine lebende Legende der SEALs betrat den Raum. Lt. Commander Russell Bennett, leitender BUD/S-Ausbilder in Coronado, kampferprobter Gruppenführer des teuflischen Angriffs auf die iranischen Unterseeboote in Bandar Abbas vier Jahre zuvor, Veteran des Golfkriegs und altgedientes Mitglied des SEAL-Teams, das auf unvergessliche Weise die Maschine der Präsidentenjacht General Noriegas gut 30 Meter hoch in die Luft über den Hafen von Balboa gejagt hatte.

Inzwischen war er schon 38 Jahre alt, aber immer noch härter und fitter als die stählernen Männer, die er ausbildete. Er hatte die Marineakademie absolviert und war schnell Klassenbester im

BUD/S-Lehrgang geworden, als er nach Coronado kam. Rusty Bennett war der Sohn eines Hummerfischers aus Maine und brachte damit einiges mit, was ihn für den von ihm erwählten Beruf prädestinierte. Er war ein hervorragender Navigator, es machte ihm nicht das Geringste aus, selbst in eiskalter See zu schwimmen, und er operierte unter Wasser ebenso effizient wie an Land. Er war ein Mann von mittlerer Größe, hatte dunkelrotes Haar, dunkelblaue Augen, trug einen sorgfältig gestutzten Schnauzbart. Er hatte Unterarme und Handgelenke aus gehärtetem Stahl. Er war Sprengstofffachmann und einer der besten Kletterer, die je den goldenen Dreizack getragen hatten. Ganz gleich, ob es sich um einen Berg, einen Baum oder die spiegelglatten Stahlplatten eines Schiffsrumpfs handelte, Rusty fand immer einen Weg, dort hinauf zu kommen, wohin er wollte. Ein Feind, der ihm in die Quere kam, sah sich in den meisten Fällen den letzten Sekunden seines Lebens gegenüber.

Er entsprach genau den Vorstellungen, die man vom Kommandeur eines Platoon-Leaders bei den SEALs hatte, und John Bergstrom hatte ihn zum Führer des Spähtrupps gewählt. Wie Rick Hunter war auch Rusty seit seiner letzten Mission für aktive Einsätze gesperrt worden, aber Admiral Morgan hatte unmissverständlich klargemacht, nur die Besten der Besten zu verwenden. Lt. Commander Russell Bennett war einer von ihnen.

Rusty streckte Colonel Hart die Hand entgegen. »Schön, Sie kennen zu lernen, Sir. Ich hab schon viel über Sie gehört.«

»Da sind Sie nicht der Einzige«, sagte der Colonel mit schiefem Grinsen. »Das meiste davon ist nicht sehr schmeichelhaft.«

»Ich habe bessere Quellen als die meisten Menschen, Sir«, antwortete der SEAL. »Was ich gehört habe, war ausschließlich positiv.«

Jeder der beiden Männer verfügte über den Händedruck eines Greifbaggers. John Bergstrom war bereit, jeden Eid darauf zu leisten, dass der Boden erzitterte, als Bennett und Hart grinsend einen militärischen Freundschaftsbund schlossen, bis die Knöchel weiß hervortraten. Sie versicherten einander, dass sie von nun an Partner bei einer Sache waren, die voller Gefahren steckte. Im Zivilleben gab es nichts, was sich mit einem derartigen Händedruck vergleichen ließ.

»Wie Sie wissen, Lieutenant Commander«, sagte Admiral

Bergstrom,»wurde Colonel Hart von höchster Stelle ausgewählt, das Kommando bei dieser Operation zu übernehmen. Er ist direkt aus dem Weißen Haus gekommen, wo er sich mit Admiral Morgan besprochen hat. Leider wissen wir bislang immer noch nicht, was nun eigentlich unser Angriffsziel ist.«

»Sir, ich bin noch gar nicht gebrieft worden. Ich weiß nur, dass ich mich persönlich bei Ihnen melden soll. Da wäre ich.«

»Nun ja, Sie haben zusammen mit Colonel Hart noch einen langen Flug vor sich. Den können Sie dazu nutzen, Ihre Lücken zu füllen. Ich will im Augenblick nur mit allem Nachdruck auf den besonders hohen Geheimhaltungsgrad hinweisen, dem diese Operation unterliegt. Wenn Sie beide sich endlich hinsetzen würden, könnte ich Ihnen wenigstens einen Überblick geben.«

»Jawohl, Sir«, sagte der SEAL.

»Möglicherweise haben Sie in der Sonntagszeitung die Sache über unser taktisches Atomunterseeboot *Seawolf* gelesen.«

»Ja, Sir.«

»Nun, die Meldungen entsprechen nicht ganz der Wahrheit. Es hat nie einen Defekt gegeben. Vielmehr hat sich die Schraube des Unterseeboots im Schleppsonar eines chinesischen Zerstörers verfangen. Die Bastarde haben sich das manövrierunfähige Boot geschnappt und nach Kanton eingeschleppt.«

»O Gott.«

»Dort hat man die Mannschaft inhaftiert, zunächst direkt in der Stadt selbst, später wurden sie an einen bislang unbekannten Ort verlegt. Admiral Morgan und ich sind der Ansicht, dass die Chinesen unsere Mannschaft foltern werden.«

»Wollen Sie mich auf den Arm nehmen?« entfuhr es Rusty.

»Schön wär's, Rusty. Wir wissen, wie scharf die Chinesen auf alles sind, was irgendwie mit Interkontinentalraketen und Unterseebooten zusammenhängt. Die geben dafür seit Jahren Millionen von Dollar aus. Nun ist es ihnen gelungen, ausgerechnet das beste amerikanische Angriffs-Unterseeboot in Kanton an die Kette zu legen. Gleichzeitig halten sie über hundert amerikanische Fachleute gefangen, die ihnen dabei helfen könnten, die bereits bei uns entwendeten Blaupausen mit der Wirklichkeit in Einklang zu bringen. Admiral Morgan und ich glauben, dass sie vor nichts Halt machen werden, um alles aus den Männern herauszuquetschen ... Es kommt übrigens noch schlimmer ...«

»Doch wohl hoffentlich nicht viel?«

»Nun, leider sogar ganz erheblich – der Erste Offizier der *Seawolf* ist Linus Clarke, der einzige Sohn unseres Präsidenten.«

Rusty Bennett sog die Luft zischend durch die Schneidezähne. »Ach du heilige Scheiße!« sagte er. »Wollen Sie damit andeuten, dass Linus Clarke in einem chinesischen Knast sitzt?«

»Exakt.«

»Und wo kommen der Colonel und ich da ins Spiel?«

»Kurz und knapp: Holen Sie ihn und alle anderen da raus.«

»Wer? Ich?« sagte Lt. Commander Bennett und wies ohne echte Hoffnung mit dem Zeigefinger auf sich selbst, womit er das gleiche Bild wie Colonel Hart in der vergangenen Woche abgab.

»Nun, natürlich nicht sie beide allein. Sie werden zusammen mit Colonel Hart diese Operation leiten. Der Ihnen direkt unterstellte Gruppenführer ist Lieutenant Commander Rick Hunter. Sie können in einem Umfang auf die Ressourcen der amerikanischen Streitkräfte zugreifen, wie er den Special Forces noch nie zuvor für eine Mission in Friedenszeiten bewilligt wurde. Insgesamt werden vierundsechzig SEALs mit von der Partie sein. Sie sind der verantwortliche Gruppenführer der Aufklärungsabteilung, werden also bei den ersten Männern sein, die von einem unserer Atom-Unterseeboote aus an Land gehen. Versuchen Sie dabei, so unentdeckt wie möglich vorzugehen und die Zahl der zu eliminierenden Wachen auf ein Minimum zu beschränken. Wenn man Sie schnappt, ist alles im Eimer.«

Der Lt. Commander lächelte, hob den Blick gen Himmel und schüttelte den Kopf. »Für wen hält der uns, Colonel?«

Frank Hart lachte und sagte: »Ich weiß nicht. Trotzdem, wir sollten wirklich unser Allerbestes geben, denn sonst dürfte der Präsident der Vereinigten Staaten von Amerika sehr, sehr enttäuscht von uns sein. Das wollen wir doch lieber vermeiden.«

»Wären für die Sache nicht Al Capone, Machine Gun Kelly oder so jemand viel besser geeignet?«

Die drei Männer lachten.

Sie unterhielten sich noch die ganze nächste Stunde, wobei Admiral Bergstrom unterbewusst, wie schon die ganzen letzten Tage, darauf wartete, dass endlich das Telefon klingeln und ihm die schnarrende Stimme Admiral Morgans mitteilen würde: *Wir haben sie gefunden.*

Aber das Telefon klingelte nicht, und so brachen der Colonel und der SEAL auf, um ihre Ausrüstung zu holen, damit sie später zu Rick Hunter in den Wagen steigen konnten, der sie alle zum Flugplatz von North Island bringen sollte. Sie waren die einzigen der Kommandotruppe, die über alle Hintergründe dieses Einsatzes informiert waren. John Bergstrom wollte von Anfang an nicht das Risiko eingehen, dass der gesamte Stützpunkt von San Diego die schockierende Wahrheit über die *Seawolf* erfuhr.

Jetzt stand er draußen vor seinem Dienstzimmer und schüttelte den Männern ein letztes Mal die Hände.»Okay, Rusty, Frank… Jetzt schnappt euch Rick Hunter, und lasst uns in der besprochenen Weise vorgehen… Und Jungs – ich werde die ganze Zeit in Gedanken bei euch sein. Was ihr auch braucht – und ich meine damit wirklich *alles* –, sagt es nur, und ihr werdet es bekommen… Gott sei mit euch.«

Laut Plan sollten die anderen Offiziere und Unteroffiziere des Teams während des Flugs eingewiesen werden. Die restlichen SEALs würden sämtliche Informationen in einer gesonderten Einsatzbesprechung erhalten, sobald sie sich an Bord des Flugzeugträgers befanden.

»Herr im Himmel«, murmelte Admiral Bergstrom auf dem Weg zurück in sein Dienstzimmer.»Das Ganze könnte sich als ein verdammt beschissener Albtraum erweisen.«

Dienstag, 11. Juli, 2200 (Ortszeit)
Gefängnislager auf Xiachuan Dao

Noch am frühen Montagmorgen hatte man Linus Clarke von dem Stuhl losgebunden. Er war den ganzen Tag allein geblieben, nur einmal hatte ihm eine der Wachen gegen Mittag eine Schale Reis gebracht, was sich dann gegen 2200 wiederholte.

Der Dienstag war bislang ruhig verlaufen. Wieder hatte eine Wache ihm irgendwann um die Mittagszeit ein karges Mahl gebracht. Die Wassertonne war inzwischen entfernt worden. An ihrer Stelle stand nun ein Eimer, von dem Linus annahm, dass er ihn als Latrine benutzen sollte.

Er hatte schon spürbar an Gewicht verloren, und die Kleidung war in einem ekelerregenden Zustand. Sein Bart starrte vor

Dreck. Seine ganze Erscheinung hatte nichts mehr mit dem flotten Ersten Offizier gemein, der vor gut drei Wochen in Pearl Harbor seinen Dienst auf der *Seawolf* angetreten hatte.

Es war kurz nach zehn Uhr abends, als die grellen Lampen in seiner Zelle wieder eingeschaltet wurden und eine der Wachen sich ihm näherte, um ihn mit einem Tritt zu wecken. Zu zweit zerrten sie ihn auf die Beine und stießen ihn wieder auf den Stuhl, um dort sofort mit der Fesselung von Armen und Beinen zu beginnen. Der Leutnant der Wache trat ein. Lächelnd umkreiste er den Stuhl, stellte aber keine Fragen. Plötzlich begann er ganz sanft zu sprechen:»Es braucht nur noch ein bisschen Überredung, dann wirst du uns alles erzählen, was wir von dir wissen wollen, nicht wahr, Lieutenant Commander Lucas?«

Linus riss sich, so gut es ging, zusammen und antwortete nicht. »Vielleicht interessiert es dich, dass alle deine Kameraden schon ausgepackt haben. Nur du warst bislang so dämlich, den sturen Bock zu markieren.«

Linus glaubte ihm kein Wort. Judd Crocker und Brad Stockton würden niemals zusammenbrechen. Aber ob sie vielleicht Cy Rothstein geschafft hatten? Und wie sah es mit den jüngeren Offizieren aus? Hatten sie dem Druck der Verhöre nachgegeben? Linus wusste nicht mehr, was er glauben sollte.

Der Leutnant drehte weiter seine Runden und fuhr dabei fort, laut über das Problem nachzudenken, als würde er sich gar nicht an Linus wenden.»Wenn du doch nur Vernunft annehmen würdest... alles wäre um so vieles leichter für dich... Wir stellen doch nur einfache Fragen... ein paar Angaben über Operationstiefen... über die Trimmung des Boots in Tauchfahrt... die verschiedenen möglichen Anstellwinkel... Abläufe bei der Ballastverteilung... Alles Bereiche, in denen du der Fachmann bist, Bruce Lucas... die Handhabung des Sehrohrs und der Masten... Wir wollen ein solches Unterseeboot doch nur ebenso gut bedienen können wie du und deine Kameraden.«

Linus schwieg beharrlich weiter und starrte geradeaus. Der Leutnant der Wache wandte sich vom Stuhl ab, ging hinüber zum Türrahmen und kehrte mit einem Badetuch zurück, das er auseinander faltete, anhob und Linus Clarke dann ganz sanft über den Kopf legte.

Wenn der amerikanische Erste Offizier schon vorher Furcht empfunden hatte, so brach er jetzt völlig zusammen, zitterte unkontrolliert, versuchte aber krampfhaft, nicht loszuschreien, als der erste Wasserstrahl auf das Handtuch klatschte. Schon gestern hatte er geglaubt, dass seine letzte Stunde geschlagen hätte. Heute war er sich dessen sicher. Er würde es nicht schaffen, dem Grauen des Erstickungstodes ein weiteres Mal zu widerstehen. Vielleicht könnte er sich ja in Lügen retten – ihnen einfach einen Haufen Müll vorsetzen. Aber was, wenn sie ihm auf die Schliche kamen? Seine Gedanken jagten, als das kalte Wasser auf das Badetuch klatschte. Immer von oben auf den Kopf. Immer auf die gleiche Stelle.

Jetzt wurde auch das Atemholen schon wieder schwerer. Das klatschnasse Tuch klebte bereits an seinem Gesicht. Er rang nach Luft, aber es war ein Kampf, den er nicht gewinnen konnte. Linus würde ersticken; und eine unendliche Angst überkam ihn.

Er versuchte, sich bemerkbar zu machen, irgendeinen Laut der Kapitulation von sich zu geben, aber er bekam nur ein Grunzen zustande. Er war kurz davor, wieder das Bewusstsein zu verlieren. Von einer Sekunde zur anderen wurde das Handtuch angehoben. Er starrte geradewegs in die dunklen, mandelförmigen Augen des winzigen Leutnants der Wache.

»Nun, Lieutenant Commander, wie wäre es jetzt mit einer kleinen Unterhaltung?«

Die Luft strömte in die pochende Lunge. Linus konnte zunächst nur da sitzen und japsen, während ihm der Leutnant den Zipfel des Badetuchs vors Gesicht hielt – jederzeit bereit, dieses fallen zu lassen.

*»Ja! Ja! Was immer Sie wollen – nehmen Sie nur endlich dieses Tuch weg!«*

»Selbstverständlich«, sagte der kleine Leutnant. »Allein schon als kleine Geste der Höflichkeit zwischen Offizierskameraden der Marine. Ich würde vorschlagen, dass wir Sie erst mal ein bisschen säubern und in frische Kleidung stecken. Morgen früh werden Sie zusammen mit Fregattenkapitän Li in einem kleinen Hubschrauber nach Guangzhou fliegen … Dort können Sie dann einen wunderschönen Tag im Gespräch mit unseren Technikern verbringen. Natürlich werden Sie, wenn Sie denen nicht die volle Wahrheit sagen, wieder hierher zurückgebracht, um Ihr Leben endgültig unter diesem nassen Handtuch zu beschließen. Aber für diese Konsequenz werden Sie ganz sicher Verständnis haben – nicht wahr, Mr. Lucas? Dessen kann ich mir doch sicher sein, oder?«

Linus Clarke nickte, dankbar, dass er wieder atmen konnte, und bar jedweden Interesses, die Geheimnisse der Seawolf auch weiterhin für sich zu behalten. Er war so weit, dass er den ganzen Tag, von früh bis spät, mit ihnen reden würde. Alles würde er tun, was sie davon abhielt, ihm wieder dieses Handtuch über den Kopf zu stülpen und ihn damit zu ersticken.

In der Zwischenzeit war jemand in der Zelle nebenan kurz davor, verstümmelt zu werden. Alles hatte etwa um die Mitte der Abendstunden damit begonnen, dass eine der Wachen die Zelle betrat, in der sich Captain Judd Crocker zusammen mit den wesentlich jüngeren Shawn Pearson, Chase Utley und Jason Colson befand. Aus keinem erkennbaren Grund hatte der chinesische Soldat plötzlich den Navigator der Seawolf mit dem Kolben seines Gewehrs niedergeschlagen. Dabei hatte er offensichtlich völlig außer Acht gelassen, dass die Hände des Captains zwar nach wie vor mit Handschellen auf den Rücken gefesselt, dessen Beine aber frei waren. Er versetzte der Wache einen gewaltigen Tritt in die Weichteile.

Der Chinese sackte zu Boden, klappte zusammen wie ein Taschenmesser und wand sich scheinbar unter Todesqualen. Captain Crocker, den die Wut jetzt völlig übermannt hatte, trat den Chinesen fast tot. Als drei Minuten später Verstärkung eintraf, schaltete er den ersten Mann, der die Zelle betrat, ebenfalls mit einem gezielten Tritt in die Leistengegend aus. Wären jetzt seine Hände frei gewesen, hätte er mit der übermenschlichen Kraft des vorübergehenden Irrsinns alle sechs Wachen zu Boden geschickt.

Aber er hatte die Hände nun einmal nicht frei gehabt. Inzwischen hatten sie ihn isoliert, an einen Stuhl in einer der Folterkammern gefesselt und prügelten auf ihn ein. Auch hier hatte eine der Wachen die Situation zunächst falsch eingeschätzt. Sie befand sich jetzt auf dem Weg ins Krankenhaus. Der unglaublich starke Judd Crocker war plötzlich samt Stuhl aufgestanden und hatte dessen Rückenlehne dabei in tausend Stücke splittern lassen. Dann war er herumgewirbelt und hatte bei dieser Gelegenheit die Wache zunächst mitgerissen und dann auf den Rücken

287

geworfen. Judd war auch nach hinten gestürzt, hatte seinen Fall aber so gelenkt, dass die ebenfalls zerbrochene Sitzfläche des Stuhls dem Wachsoldaten quer übers Gesicht schlug, ihm das Nasenbein brach und einen Schädelbruch eintrug.

Schließlich waren insgesamt sechs Mann erforderlich gewesen, den wutschnaubenden Unterseebootkommandanten zu bändigen. Doch jetzt hatten sie ihn endlich dort, wo sie ihn haben wollten. Die Hände waren ihm über dem Kopf zusammengeschnürt und mit Seilen an Eisenringen befestigt worden, die schon vor Urzeiten in der Decke des Raums einzementiert worden waren. Die Beine hatte man ihm weit auseinander gespreizt und ebenfalls an Eisenringen festgelascht, die in den Boden eingelassen waren. Judd blutete aus etlichen Platz- und Schnittwunden um die Augen und im Gesicht. Sein Körper war wie zerschlagen und die Gesichtszüge waren nicht mehr wieder zu erkennen. Doch jedes Mal, wenn sie sich ihm näherten, überschüttete er sie sofort wieder mit neuen Beleidigungen: »*Verpiss dich, du schlitzäugiger kleiner Wichser! Fick dich ins Knie und am besten deinen Vorsitzenden Mao gleich mit … Ihr könnt ja noch nicht einmal richtig zuschlagen … Scheiße!*«

Das war der Augenblick, an dem selbst der mächtige Judd Crocker das Bewusstsein verlor. Sie schnitten ihn los, um ihn für den Rest der Nacht allein vor sich hin bluten zu lassen.

Auch Cy Rothstein in der Zelle nebenan sah ähnlich zerschlagen aus. Er hatte den Tumult im Nebenraum gehört und sofort angenommen, dass es sich dabei entweder um Judd Crocker oder Brad Stockton handeln musste. Er wusste, dass auch diese beiden Amerikaner genau wie er kein Wort sagen würden.

Die Chinesen hatten tatsächlich versucht, Brad Stockton der gleichen Folter mit dem nassen Handtuch zu unterziehen wie Linus Clarke, und genau wie dieser war auch der Master Chief dabei zweimal ohnmächtig geworden. Brad war jedoch von der durchaus zutreffenden Annahme ausgegangen, dass es auf keinen Fall in der Absicht der Chinesen liegen konnte, ihn umzubringen. Als der Leutnant der Wache das Tuch zum dritten Mal anhob, um nachzusehen, ob Brad noch atmete, hatte dieser mit aller Macht den Kopf nach vorn gestoßen und dabei die Stirn gegen die Nase des kleinen Wachkommandanten gerammt, was diesem fast einen Bruch des Nasenbeins eingebracht hätte. Aber eben nur fast.

Inzwischen waren sie dabei, sich für diese Tat an ihm zu rächen. Genau wie Judd hatte man ihn dazu an Boden und Decke festgelascht, und er musste grauenhafte Prügel einstecken. Er ging damit allerdings auf andere Weise um als der Captain. Kein Laut kam ihm über die Lippen. Er steckte die Schläge scheinbar teilnahmslos ein, bis ihm schließlich der Hieb mit einem Gewehrkolben auf den Hinterkopf das Bewusstsein raubte.

Bis jetzt hatte Fregattenkapitän Li es also gerade einmal geschafft, sich der Mithilfe eines einzigen Amerikaners zu versichern.

Dienstag, 11. Juli, 2300 (Pazifikküste)
An Bord einer Transportmaschine vom Typ *Galaxy* der U.S. Navy

Die 64 SEALs hatten sich im Heck des gigantischen Flugzeugs niedergelassen, während dieses über den Pazifik jagte. In Kürze würde sie in Höhe von Barber's Point wieder über festem Land sein, dort, wo auf Oahu in der Verlängerung der Südküste von Pearl Harbor der Marinefliegerstützpunkt der U.S. Navy lag. Die *Galaxy* flog von Nordosten an, und der Pilot blickte direkt in die Wellen der lang gezogenen Dünung desselben Ozeans, durch den die *Seawolf* fast 24 Tage zuvor mit solch müheloser Präzision gelaufen war.

Die Zwischenlandung dauerte lediglich eine knappe Stunde, denn es sollte hier nur ein Maschinenersatzteil abgeliefert werden. Dann wurden die Tanks des großen Transportflugzeugs nachgefüllt, damit die *Galaxy* den ganzen Weg nach Diego Garcia im Indischen Ozean schaffte, ohne nachzutanken. Die Zwischenlandung auf Okinawa würde also noch schneller über die Bühne gehen.

Während des Flugs nach Hawaii waren drei weitere Offiziere eingewiesen worden. Zwei davon waren Lieutenants vom Team drei aus Coronado. Der eine, Bobby Allensworth, war Ausbilder für den Kampf ohne Waffe, und konnte auf ein Leben im Südteil von Los Angeles zurückblicken, wo er einst in einige geringfügige Delikte von Straßenkriminalität verwickelt gewesen war. Mit 18 Jahren hatte er sich freiwillig zu den United States Marines gemeldet. Der farbige Mann hatte nie seinen leiblichen Vater kennen gelernt, und sein Lebensweg schien vorgezeichnet zu sein. Doch da hatte man ihm bei den Marines eine Chance geboten, die er mit beiden Händen ergriff. Fünf Jahre später hatte er es geschafft. Er hatte den Offizierslehrgang absolviert und war im Alter von 29 Jahren zum Lieutenant befördert worden. Seine Vorgesetzten gaben ihm den Segen, sich zu den SEALs zu melden.

Bobby war ein Ausnahmeathlet. Ein perfekt ausgewogener Amateurboxer mit einem rechten Haken wie ein Vorschlaghammer, der ihm schon den Einzug ins Finale der Golden Gloves Championships verschafft hatte. Im Team der Marines kämpfte er in der Weltergewichtsklasse, hatte aber nie in Erwägung gezogen, ins Profilager zu wechseln. Er war Marine und SEAL, und das reichte ihm. Bobby war zwar nur eins achtundsiebzig groß; als man ihm den goldenen Dreizack ansteckte, schien er jedoch gleich einen halben Meter gewachsen zu sein. Wenn er überhaupt über eine Schwäche verfügte, so die, dass er Scherzen gegenüber einfach machtlos war. Immer war er der Erste, der in schallendes Gelächter ausbrach. Lt. Commander Hunter, der ihn sehr gut kannte, hatte einmal bemerkt, dass er unbedingt das Zeug zu einem Komiker hätte.

Bobbys Kamerad auf diesem Trip war auch so ein Komiker. Lieutenant Paul Merloni war ein scharfzüngiger, ewig Witze reißender New Yorker aus Little Italy, dessen Mamma es ihm nie verziehen hatte, seinen Namen von Paolo in Paul geändert zu haben.

Paul war direkt von der Grundschule in Manhattan zur Marineakademie in Annapolis gewechselt, wo er als Dritter seiner Klasse abschloss. Er tat gerade auf dem Lenkwaffenkreuzer *Lake Erie* Dienst, als ihm die Gelegenheit geboten wurde, um eine Versetzung zu den SEALs einzukommen. Sein ganzes Leben lang war Judo sein großes Hobby gewesen. Er trug den schwarzen Gürtel, noch bevor er seinen 19. Geburtstag gefeiert hatte. Die SEALs mochten ihn, und er war es gewesen, der Bobby die Feinheiten des Kampfs ohne Waffe beibrachte. Die beiden hatten einmal bei einer unvergesslichen Schlägerei nach einem Football-Spiel der Chargers gemeinsam eine ganze Bar leer geräumt. Sie waren die Einzigen, die dort ohne Blessuren herausgekommen waren, sah man einmal von einer kleinen Knöchelschwellung ab, die sich Bobby zugezogen hatte, als er einen dreieinhalb Zentner schweren ehemaligen Verteidiger eines Footballteams mit einem alle Lichter ausdrehenden rechten Kinnhaken wie einen Baum fällte.

Paul besaß für die anstehende Mission eine wertvolle Fähigkeit – er hatte sich kantonesisches Chinesisch mit Hilfe seiner Judo-Trainer in Manhattan beigebracht. Nach jahrelanger Übung sprach er diesen Dialekt inzwischen fast fließend. Seine Kenntnisse würden jedenfalls ausreichen, einiges, wenn nicht sogar alles zu verstehen, was von den Wachen gesprochen wurde, wenn die SEALs erst einmal in der Nähe des Gefängnisses auf der Lauer liegen würden.

Der dritte SEAL-Offizier aus Coronado war der 34 Jahre alte, erst kürzlich zum Lt. Commander beförderte Olaf Davidson, der schon einen Einsatz als Gruppenführer im Kosovo hinter sich hatte. Die Vorfahren des eins dreiundneunzig großen Olaf stammten aus Norwegen und hatten sich schon vor Generationen als Fischer in Neufundland niedergelassen. Er war jetzt seit zehn Jahren Offizier bei den SEALs, hatte aber seit dem Krieg in Jugoslawien an keinem Kampfeinsatz mehr teilgenommen. Sein Spezialgebiet war alles, was mit Booten und Landungsfahrzeugen zu tun hatte, wozu auch der Umgang mit einem Kampfschwimmertransporter zählte. Admiral Bergstrom hielt ihn für den besten Mann auf diesem Gebiet. Es war ziemlich sicher, dass sich der Spähtrupp unter Wasser durch die Untiefen arbeiten musste, um an ein Gefängnis zu gelangen, das wahrscheinlich in Küstennähe lag. Der mächtige Olaf würde mit dem Voraustrupp Lt. Commander Rusty Bennetts mit als Erster an Land gehen.

Unter den 20 Männern, die als letzte SEALs in San Diego zugestiegen waren, befanden sich auch zwei altgediente Unteroffiziere. Chief Petty Officer Steve Whipple aus Chicago, ein Berufssoldat der technischen Truppe der U.S. Navy, der zum SEAL geworden war, nachdem er versuchsweise als Running Back bei den Bears gespielt hatte, es aber nicht geschafft hatte, endgültig in die Mannschaft aufgenommen zu werden. Der eins achtzig große Whipple war ein durchtrainierter, am ganzen Körper tätowierter Mann, der im Alter von 21 Jahren zu dem SEAL-Team gehörte, das im Golfkrieg Saddams größten Ölbohrtum zerstört hatte. Inzwischen war er 36 Jahre alt und als Ausbilder für die Gefechtsführung im Dschungel hatte er Männer für Einsätze auf der ganzen Welt vorbereitet. Nach Bobby Allensworths Ansicht war Steve Whipple der ungekrönte König im Armdrücken.

Sein Kamerad John McCarthy war ebenfalls Chief Petty Officer. Dieser eher schüchterne, gertenschlanke Gebirgsjäger-Ausbilder aus dem Staate Washington hatte schon in seinem zehnten Lebensjahr damit begonnen, sämtliche Gipfel im Cascade-Gebirge zu erklimmen. Er war ein Meister der Steigeisen und Seilmannschaften, ein wahrer Teufelskerl unter den SEALs. Sollte es darauf hinauslaufen, hohe Mauern überwinden zu müssen, würde John McCarthy derjenige sein, der die Führung übernähme, immer das große SEAL-Kampfmesser griffbereit.

Außerdem waren auch noch drei Männer vom britischen SAS mit an Bord. Sie hatten sich auf eine Blitzanfrage von Colonel Mike Andrews hin freiwillig gemeldet. Sergeant Fred Jones aus Dorset und sein Corporal Syd Thomas, ein 36-jähriger Londoner aus dem East End, hatten beide 1991 sehr erfolgreich im Irak hinter den Linien gearbeitet und dabei ganz allein zwei mobile SCUD-Abschussrampen ausgeschaltet. Auf dem Rückweg hatten sie dann noch zwei mit Saddams Elite-Kommandos besetzte Laster hochgehen lassen. Im Augenblick war Syd von einem halben Dutzend SEALs umgeben, die sich über seine Anekdoten aus dem Golfkrieg vor Lachen die Bäuche hielten.

Der dritte SAS-Mann war einer der jüngsten Sergeants im ganzen Regiment. Charlie Murphy war ein ehemaliger Fallschirmjäger aus Nordirland, der auch schon seinen Einsatz als Gruppenführer im Kosovo hinter sich hatte, wo er tief in den Hügeln des Balkans operierte. Mit drei anderen Fallschirmjägern hatte er die Serben aus einem Dorf getrieben und auch gleich noch drei Jeeps, einen Panzer und zwei Laster hochgehen lassen. Danach hatten sie den verwundeten zivilen Kosovaren geholfen, einen Angriff von mehr als 50 Serben zurückzuschlagen. Es war eine »schwarze« Operation der Special Forces gewesen, andernfalls hätte man Charlie Murphy das Victoria Cross, Englands höchste Kampfauszeichnung, verliehen. So wie die Dinge damals jedoch lagen, hatte Charlies kleiner Krieg offiziell niemals stattgefunden.

Die Menschen, die in der *Galaxy* saßen, waren also alles andere als Durchschnittstypen. Gemeinsam glitten sie jetzt an Bord der großen Transportmaschine hinab durch den wolkenlosen Himmel. Die Gespräche waren nach und nach verstummt, weil ihnen einfach zu vieles durch den Kopf ging. Im Frachtraum der *Galaxy* waren erstaunliche Mengen an Ausrüstung untergebracht worden. Alles, was sie auf dieser Mission an Gefechtsmaterial möglicherweise brauchen würden, war in großen Kisten verpackt. Genug, um einen ganzen Gefängniskomplex in die Luft zu sprengen; chinesische Gefangene würden keine gemacht werden.

Nur zwölf Männer des SEAL-Teams sollten eine Landung auf dem Unterwasserweg durchführen, jeder von ihnen hatte dazu seinen maßgeschneiderten Neopren-Nasstauchanzug eingepackt. Für eventuelle Notfälle standen noch vier weitere Anzüge zur Verfügung. Die verwendeten Schwimmflossen waren wesentlich größer als die in der Sporttaucherei. Die Übergröße ermöglichte höhere Geschwindigkeiten durchs Wasser. Die handelsüblichen bunten Tauchmasken waren mit schwarzem, wasserfestem Tape beklebt, um ihnen die verräterische Auffälligkeit zu nehmen.

Keiner der Schwimmer würde eine Uhr tragen, um nicht durch kleinste Reflexe eines metallenen Gehäuseteils eine Wache auf sich aufmerksam zu machen. Die SEALs würden mit speziell konstruierten »Angriffsbrettern« anschwimmen. Diese kleinen, mit beiden Händen zu greifenden Geräte enthielten einen Kompass, einen Tiefenmesser und eine unauffällige Uhr. Während sich der Schwimmer mittels Beinarbeit durchs Wasser bewegte, hatte er die Anzeigen immer vor Augen und konnte Kurs, Tiefe und Zeit ablesen.

Da das Angriffsziel unbekannt war, bestand durchaus die Möglichkeit, dass die SEALs in eine bewachte Hafenanlage schwimmen mussten. Sie verwendeten also die speziellen Draeger-Lungenautomaten, die keine verräterischen Blasenspuren an der Oberfläche produzierten wie normale Taucherflaschen. Die Flaschen der Draeger-Apparate fassen 370 Liter Sauerstoff, die unter einem Druck von 140 Bar stehen, und ermöglichen einem SEAL eine Aktionszeit von etwa vier Stunden. Das Geniale an diesen Geräten ist ein Recyclingsystem für die ausgeatmete Luft. Es fängt noch unverbrauchten Sauerstoff wieder auf und verhindert die Blasenentwicklung. An Land wiegt ein Draeger seine 16 Kilogramm, im Wasser ist er dagegen kaum zu spüren.

Die bevorzugte Waffe für diesen Angriff war die deutsche HK MP 5, eine kleine, aber äußerst treffgenaue Maschinenpistole von Heckler und Koch, deren Wert im Nahkampf nicht zu bezahlen ist. 60 Exemplare befanden sich in den Kisten im Frachtraum. Darüber hinaus würden die SEALs mit ihren normalen SIG-Sauer 9-mm-Pistolen in den Einsatz gehen, die sie gewöhnlich in ihren Gurtholstern trugen, an denen auch zwei Reservemagazine mit jeweils 15 Schuss direkt über der Klappe befestigt waren.

Der Haupt-Stoßtrupp sollte außerdem auch noch vier Maschinengewehre M 60 mitnehmen, und zwar die in der »leichteren« Version E3, die allerdings einschließlich zweier Gurte mit 100 Schuss Munition in feuerbereitem Zustand jeweils immer noch fast 15 Kilogramm wogen. Die Munitionsmenge würde einem einsamen Maschinengewehrschützen der SEALs lediglich ein Dauerfeuer von 20 Sekunden erlauben, weshalb die anderen Kameraden pro Schütze noch weitere zwölf Gurte mitschleppten. Damit konnte man etwaigen Feuerschutz wenigstens um zwei Minuten verlängern.

Acht äußerst sorgfältig aufgeschossene schwarze Kletterseile lagen zusammen mit den dazugehörigen Enterhaken in einer separaten Kiste gestapelt, nebst einem Dutzend lichtstarker Nachtsichtgläser. Acht leichte Aluminiumleitern von vier bis sechs Metern Länge waren wie auch die entsprechenden Verlängerungen vorsorglich schwarz lackiert und anschließend mit einem matten Lack versiegelt worden, bevor man sie in leichten Pappkartons mit seitlichen Handgriffen verstaut hatte. Die Leitern waren sehr leicht und von je zwei SEALs selbst in schwierigem Gelände noch gut zu transportieren. Die endgültige Entscheidung, ob sie nun mit Leitern oder Enterhaken und Seilen vorgehen würden, sollte dann von Rusty Bennetts Spähtrupp gefällt werden.

Die Sprengstoffe für die SEALs hatte man in Spezialcontainern untergebracht. Unter anderem waren auch sechs Haftminen darunter, die man eventuell brauchen würde, um gegnerische Patrouillenboote auszuschalten. Die Minen hatte man zusammen mit den entsprechenden Haftmagneten und Zeitzündern zusammengepackt. Richtig platziert, konnten zwei dieser teuflischen Dinger sogar einem Flugzeugträger das Rückgrat brechen.

Ein weiterer Container enthielt ein Dutzend »Rucksäcke« mit Mk-138-Ladungen. In diesen einfachen Schultertaschen befanden sich je etwa 18 Kilogramm hochexplosiver Sprengstoff, der lediglich eines nicht elektrischen Standardzünders M-7 bedurfte, um scharfgemacht zu werden. Man braucht einen dieser harmlos aussehenden Ranzen nur gegen die Wand eines solide gebauten Hauses zu lehnen, und dieses wird binnen kürzester Zeit der Vergangenheit angehören. Am beliebtesten bei den SEALs war jedoch der Plastiksprengstoff C4. Er sieht wie weiße Knetmasse aus und ist ähnlich leicht in jede beliebige Form zu bringen. C4 wird meist zusammen mit einem normalen Zeitzünder M700 verwendet, einem dünnen, mit Schwarzpulver gefüllten grünen Plastikschlauch, der mit einer Geschwindigkeit von etwa einem halben Meter pro Minute abbrennt. Man schneidet das Ende der Zündschnur bedarfsgerecht ab und steckt es mit einem normalen Streichholz an. SEALs hassen offenes Feuer in dunkler Nacht aber geradezu, weshalb sie den Zünder M-60 vorziehen. Es handelt sich hier um ein kleines Plastikgerät, in dem sich ein kleiner vorgespannter Schlagbolzen ähnlich dem bei einer Schrotflinte befindet. Bei der Zündung macht es nur ein leises Plopp. Auf jeden Fall befanden sich ein Haufen C4 und jede Menge Zeitzünder im Frachtraum der *Galaxy*.

Die Mengen an Sprengkordel, die auf ganz normale, 150 Meter fassende Spulen aufgewickelt und ebenfalls in Containern verpackt waren, konnten sich ebenfalls sehen lassen. Dieser »Det-Cord« ist bei Kommandoeinheiten auf der ganzen Welt bekannt. Er sieht wie gewöhnliche Zündschnur aus, ist mit einem Durchmesser von sechseinhalb Millimetern aber ein bisschen dicker. Im Unterschied zur normalen Zündschnur brennt Det-Cord explosionsartig mit einer Geschwindigkeit von 500 Kilometern pro Minute ab. Die Füllung besteht aus einem teuflischen hochexplosiven Sprengstoff namens PETN. SEALs verehren Det-Cord heiß und innig. Man kann Teilstücke verschiedener Länge miteinander verbinden und trotzdem quasi zeitgleich hochgehen lassen.

Außer den ganzen Waffen gab es natürlich etliche Behältnisse mit Materialien für die Erste Hilfe: Schmerzmittel wie Codein und Morphin, Verbandpäckchen und Bandagen. Mittel zur Insektenabwehr und Wasserreinigungstabletten fehlten ebenso wenig wie Elektrolytlösungen, Kathetersets für intravenöse Infusionen und Schutzdecken aus Metallfolie. Die SEALs würden nie einen sterbenden Kameraden zurücklassen. Wird tatsächlich einmal jemand schwer verwundet, kümmern sich seine Kameraden um ihn, führen die medizinische Erstversorgung durch und schaffen ihn – wie auch immer – aus dem kritischen Bereich heraus.

Wieder andere Kisten enthielten ihre Kommunikationsausrüstung, zu der auch ein kleines Gerät gehörte, das einen zwei Sekunden langen »Pfiff« an die Satelliten schicken konnte. Außerdem gab es drei schwergewichtige Funkgeräte, die über eine ausreichend große Reichweite verfügten, um direkt mit dem Flugzeugträger Verbindung aufnehmen zu können. Mit großer Wahrscheinlichkeit würden sie aber gar nicht eingesetzt werden, weil bei ihnen das Risiko, abgehört zu werden, einfach zu groß war. Nur im äußersten Notfall sollten die SEAL-Teams die Geräte benutzen. »Äußerster Notfall« bedeutete für diese Männer unmittelbare Todesgefahr. In einer anderen Kiste waren 20 GPS-Empfänger verstaut, die sich auf dem neusten Stand der Technik befanden. Die große Zahl wurde deshalb mitgeführt, weil zum gegenwärtigen Zeitpunkt nichts über das Gelände bekannt war, in dem sich das Gefängnis letzten Endes befinden würde.

Der Spähtrupp würde bei seinem Eindringen auch Tarnnetze mitnehmen, unter denen sich die SEALs verborgen halten konnten, während sie ihre Beobachtungen durchführten. Sie würden auch die wichtigsten Schanzwerkzeuge dabeihaben, mit denen sie sich eingruben und den von ihnen produzierten Müll verschwinden lassen konnten. Selbstverständlich waren auch Macheten unverzichtbar, denn es war damit zu rechnen, sich auf dem Weg zum Ziel durch dichten Dschungel hacken zu müssen. Die wasserdichten Ponchos hingegen gehörten zur Standardausrüstung wie auch die beiden Laptop-Computer, in denen die auf der Lauer liegenden SEALs sämtliche Daten über Bewegungen der chinesischen Wachen speichern würden. Es gibt wohl niemanden, der besser für die Überwachung von Objekten und Personen geeignet ist, als ein voll ausgerüsteter SEAL.

Auf Hawaii hatten die SEALs die Maschine also gar nicht erst verlassen, denn das Auftanken war rasch über die Bühne gegangen. In San Diego wäre es jetzt bereits gegen Mitternacht gewesen, als sich die *Galaxy* wieder in der Luft befand und in

25 000 Fuß Höhe brummend ihren Weg nach Westen über die Wildnis des Pazifiks bahnte. Dabei flog sie sozusagen rückwärts durch etliche Zeitzonen, was diese Nacht für die schlafenden Männer der Special Forces auf ihrem Weg nach Okinawa endlos werden ließ.

Wenn sie schließlich zur Landung ansetzten, würde es für sie eigentlich etwa neun Uhr morgens und Mittwoch der 12. Juli sein. In Wirklichkeit würde es vor Ort aber bereits neun Uhr *plus* 16 Stunden, also genau ein Uhr morgens sein, und zwar am Donnerstag, dem 13. Juli. Und wie um die Dinge noch ein wenig komplizierter zu machen, wäre es gleichzeitig in Washington noch Mittwoch und zwölf Uhr mittags. Und genau dort in Washington begannen sich die komplizierten Dinge inzwischen mit einer Geschwindigkeit zu entwickeln, die in nichts derjenigen nachstand, mit der die SEALs durch die Zeitzonen rauschten.


Mittwoch, 12. Juli, 1200
Büro des Nationalen Sicherheitsberaters

*»Verdammt, das will mir nicht in den Kopf!«* wütete Admiral Morgan. *»Da haben wir etliche Milliarden von Dollar teure Ausrüstung in der Atmosphäre herumschwirren, die angeblich in der Lage sein soll, von da oben sogar noch eine verdammt wertlose Schlagzeile der* Washington Post *entziffern zu können, aber der ganze Kram schafft es mitnichten, hundert verdammte Matrosen ausfindig zu machen, die an irgendeinem beschissenen Strand des Südchinesischen Meeres spazieren gehen...«*

Laut nachdenkend rannte der Admiral in seinem Büro auf und ab. »Verdammte Scheiße!« setzte er hinzu und warf dabei einen Blick auf das Porträt General Pattons. »Ja!« sagte er. »Da kannst du meinetwegen noch so streng in die Weltgeschichte gucken, George. Milliarden und Abermilliarden gottverdammter Dollars ist das ganze Zeug da oben wert – und es wird von lauter Trotteln bedient.«

Er ließ seinen Blick noch einmal durch den Raum schweifen, in dem er sich mutterseelenallein aufhielt. »Und wer ist der Obertrottel in dem ganzen Laden? Der Anführer von dem ganzen gottverdammten Pack... der beschissene Obermotz all dieser Trottel!

Der verdammte George Morris. Der ist es. Admiral George R. Morris, Oberbefehlshaber des Volltrottel-Geschwaders. Anschrift Fort Schwachsinn in Trottelland.«

Der Sicherheitsberater des Präsidenten war außer sich vor Sorge. Jetzt suchten die amerikanischen Satelliten bereits den dritten Tag das Südchinesische Meer ab und fotografierten auf der Suche nach dem Verbleib der Mannschaft der *Seawolf* aber auch wirklich alles und jedes. Bislang hatte es jedoch nicht einmal ansatzweise einen Hinweis gegeben, wo die Männer sein könnten. Es gab keinerlei Anzeichen, dass irgendwo eine größere Gruppe von Menschen an einem Ort aufgetaucht wäre, wo vorher niemand war. Kein Zeichen irgendwelcher militärischer Aktivitäten. Kein Hinweis auf Dinge, die irgendwie von der Normalität abwichen. Wenn es in seiner Macht gestanden hätte, wäre der Admiral hingegangen und hätten die Erde etliche Umdrehungen schneller um ihre Achse rotieren lassen, damit die Satelliten ein paar Überflüge mehr schafften.

Mit jeder verstreichenden Stunde wuchs seine Frustration. Er hatte persönlich die Ausgabe etlicher Millionen Dollar gebilligt, um den besten und größten Kommandotrupp, der jemals in Friedenszeiten zusammengestellt wurde, in Marsch zu setzen. Und der befand sich, wie er wusste, im Augenblick im Landeanflug auf Okinawa, um sich von dort aus auf den Weg zur *Ronald Reagan* zu machen, die im Moment zusammen mit ihrem kompletten Gefechtsverband rund 60 Meilen vor der Küste auf hoher See stand.

Er hatte sich auch extra Colonel Hart aus der amerikanischen Botschaft in London geschnappt, um ihm das Oberkommando über diese Operation zu übergeben. Er hatte Gott weiß wie viele Tausend Dollar ausgegeben, um dessen Familie wieder nach Washington zu schaffen. Er hatte sich dem Präsident der Vereinigten Staaten von Amerika gegenüber mit Versprechungen heftig aus dem Fenster gelehnt. Und jetzt, weit davon entfernt, einen Flop eingestehen zu wollen, konnte er das verdammte Angriffsziel nicht finden.

»Herr im Himmel!« stöhnte Arnold Morgan auf. »Was in drei Teufels Namen habe ich denn verbrochen, dass ich jetzt all diese Bullenscheiße über mich ergehen lassen muss?«

Die gelassene Schönheit Kathy O'Brien glitt in den Raum und sagte: »Liebling, du überarbeitest dich noch völlig.«

»Ach«, brummte er. »Lass mich nur allein in meinem Elend schmoren. Kann ich eine Tasse Kaffee bekommen?«
»Wie wär's denn mit einem Salat oder so? Du hängst hier schon wieder seit vier Uhr morgens herum.«
»Ja, glaubst du denn, dass ich mich wegen alldem, was hier im Moment schief läuft, entschlossen habe, mich in ein verdammtes Kaninchen zu verwandeln?«
»Du kannst ihn ja mit einem Dressing haben. Das wäre zumindest ein Unterschied, weil Karnickel ihren Salat nämlich roh fressen.«
»*Rindfleisch, Frau!*« röhrte er los, musste aber gleichzeitig über seine lächerliche Imitation eines Heinrich VIII. lachen. »Bring mir bitte Roastbeef – nur ein paar Scheibchen, von meinem Waffenmeister höchstpersönlich geschnitten, zwischen mächtigen Scheiben Roggenbrot, mit einem reichlichen Schlag Mayonnaise drauf... und Senf.«
»Du bekommst kein Roastbeef. Du verschlingst einfach zu viel von dem Zeug. Du kannst Thunfisch haben, das Hühnchen des Meeres.«
»Ich will aber keinen Thunfisch!« schrie er, immer noch lachend. »Ich kann dieses Hühnchen des Meeres einfach nicht ausstehen. Ich will ganz bodenständiges Rindfleisch. Mit Mayonnaise. Und Senf.«
»Kriegst du aber nicht.«
Der Admiral stürmte hinüber zum Fenster, blickte auf den Rasen vor dem Weißen Haus hinaus und hob die Arme auf eine Weise gen Himmel, wie es schon Samson in der Antike getan haben musste. »Selbst meine unsterbliche Liebe zu dir, Ms. O'Brien«, deklamierte er dann gespreizt, »gibt dir nicht das Recht, mir meinen Anteil an den schöneren Dingen des Lebens vorzuenthalten...«
»Die schöneren Dinge des Lebens beinhalten bestimmt keine Roastbeef-Sandwichs, von denen die Mayonnaise tropft und die du mindestens siebzehnmal pro Woche in dich hineinstopfst.«
»Nur fünfzehnmal«, sagte er. »Wo ist George, Kathy? Wo steckt der vertrottelte Admiral, der mir die frohe Kunde von der Schlacht im Südchinesischen Meer bringen soll?«
»Das kann ich leider nicht beantworten«, sagte sie genau in dem Augenblick, als das Telefon zu klingeln begann. Mit einer

gekonnten Pirouette drehte sie sich um die eigene Achse und hob den pastellgrünen Hörer ab.

»Ich spreche jetzt nur noch mit dem Präsidenten persönlich«, knurrte Morgan vom Fenster her. »Ich hab keine Lust, mich mit irgendjemandem sonst zu beschäftigen ...«

»Arnold«, sagte Kathy, während sie die Stummtaste drückte, »ich glaube, du solltest das Gespräch lieber annehmen.«

»Ist es denn der Präsident der Vereinigten Staaten? Wenn nicht, bin ich ganz offiziell zum Mittagessen. Keine Anrufe.«

»Nein, es ist nicht der Präsident. Es ist Admiral Morris.«

»*Was?!*« Mit einem Satz durchquerte Admiral Morgan den Raum. »George ...«

Admiral Morris klang kurz und knapp. »Ich glaube, wir haben sie gefunden, Arnold. Ich habe hier ein paar Aufnahmen. Draußen steht ein Hubschrauber für mich bereit. Bin in zwanzig Minuten bei Ihnen.«

Admiral Morgan traf vor lauter Glück beinahe der Schlag. Er hob das rechte Bein und ließ seinen glänzenden rechten Schuh vor und zurück schwingen, während er gleichzeitig eine nach oben gerichtete Pumpbewegung mit dem rechten Arm vollführte.

»*George!*« rief er schmunzelnd. »George Morris. Ein Mann, der nicht gerade den Eindruck vermittelt, der Schnellste zu sein, wenn man ihm zum ersten Mal begegnet. Aber er arbeitet sorgfältig, ist gewissenhaft und übersieht nichts. Er ist der perfekte Detektiv unter den Offizieren der Nachrichtendienste. Was für ein Geniestreich von mir, dass ich ausgerechnet ihn vorgeschlagen habe, meine Stelle dort zu übernehmen ... pure Genialität.«

»Wenn ich mich recht entsinne, hast du ihn gerade eben noch als Volltrottel bezeichnet«, sagte Kathy und huschte aus dem Raum, um ein Thunfisch-Sandwich und Kaffee zu bestellen.

Die 20 Minuten, die jetzt folgten, konnte der Admiral kaum ertragen. Er hatte schlagartig jeden Appetit verloren, ließ sogar den Kaffee stehen und machte sich auf den Weg hinaus zum Hubschrauber-Landeplatz, um dort mit den Sicherheitskräften auf den Chopper aus Fort Meade zu warten. Er sah ihn schon von weitem.

Der Hubschrauber drehte eine kleine Runde über der Rasenfläche vor dem Weißen Haus, während die Piloten per Funk im Kontrollraum eincheckten, in dem Soldaten des U.S. Marine

Corps Dienst taten. Dann setzte er auf dem betonierten Karree auf. Ein Wachsoldat der Marines sprang hinzu und öffnete die Schiebetür des Helikopters, aus dem Admiral Morris dann etwas schwerfällig ausstieg, weil er durch die Aktentasche in der einen Hand und zwei dicken Ordnern unter dem Arm – aus dem einen lugte eine Seekarte hervor – behindert war.

»Hallo, George«, sagte Arnold Morgan. »Haben wir's geknackt?«

»Ich glaube schon, Sir. Und wenn nicht, dann haben wir sogar einen noch dickeren Hund aufgespürt.«

»Einen noch dickeren gibt es derzeit nicht.«

Die beiden Männer machte sich im Eilschritt auf den Weg in den Westflügel, wo einer der Agenten vom Secret Service das Fehlen eines Sicherheitsausweises für Admiral Morris reklamierte. Sofort fauchte Admiral Morgan los:»Ich hab jetzt keine Zeit für so 'nen Scheiß, verstanden? Sehen Sie zu, wie Sie an den Ausweis kommen, und bringen Sie ihn mir dann ins Büro rüber. Wenn Sie oder Ihr Boss irgendwelche Schwierigkeiten damit haben sollten, können Sie gleich weiter ins Oval Office rennen und sich beim Präsidenten persönlich ausheulen.«

Ohne auf eine Reaktion abzuwarten, zerrte er Admiral Morris durch die Tür und weiter durch den Gang zu seinem Büro, wo Kathy bereits mit Kaffee wartete. George Morris öffnete einen der Aktenordner und legte großformatige Fotos in einer bestimmten Reihenfolge auf Arnold Morgans Schreibtisch aus.

»Okay, Sir. Fangen wir mit diesem Bild an. Es wurde vor etwa drei Wochen von den Satelliten aufgenommen... Das soll uns als Referenz dienen – eine Insel vor der südchinesischen Küste. Wie wir sehen können, gibt es dort nichts Bemerkenswertes – ein völlig verlassener Ort, sieht man einmal von einer Gruppe Gebäude im Norden ab, die aber offensichtlich leer stehen.

Ich habe einen Mann darauf angesetzt, der hat sich die Fotos der letzten fünf Jahre von diesem Ort gezogen. Nie hat sich laut Fotos auf der Insel irgendjemand aufgehalten. Natürlich haben wir auch andere Bereiche der Küste beobachtet – aber nur an diesem Ort hat sich etwas getan.

In der Vergangenheit haben wir dieses Gebiet nur in unregelmäßigen Abständen fotografiert, aber auf Ihren Befehl hin haben wir die Fotoüberwachung intensiviert. Die Insel heißt übrigens

Xiachuan Dao. Wir haben die Fotos groß gezoomt und dann sogar noch Detailvergrößerungen hergestellt ...«

Arnold griff sich die ersten beiden Bilder in der Reihe und betrachtete sie genauer. Dann nahm er die nächsten in die Hand.

»Nun, Sir, bemerken Sie den Unterschied? Ich meine hier ... ja, genau hier ...«

»Wo bitte?«

»Hier, Sir – dieser kleine Fleck in unmittelbarer Nähe der Gebäude ...«

»Das ist mir zu klein, George. Das muss ich mir mit der Lupe ansehen.«

Der Admiral brachte das Vergrößerungsglas über den Punkt und blickte hindurch. »Ach du Scheiße! Das ist ja ein verdammter Hubschrauber.«

»Ganz richtig, Sir. Jetzt werfen Sie auch einmal einen Blick auf den weißen Fleck unten am Wasser ...«

»Herr im Himmel, George ... Das ist ja ein Kriegsschiff ...«

»So ist es, Sir. Jetzt betrachten Sie bitte das nächste Bild ... Sehen Sie, genau da, der weiße Fleck ist jetzt verschwunden ... aber hier oben ist er wieder zu sehen ... direkt vor der Küste mit Kurs auf Kanton ... Und hier, Sir, haben wir eine Aufnahme, die vier Stunden später gemacht wurde, und da ist der Fleck wieder zurück – ja, richtig, da drüben.«

Arnold Morgan nickte. »Und da haben Sie sich dann gefragt, was diese ganze militärische Betriebsamkeit auf dieser gottverlassenen chinesischen Insel wohl zum Teufel soll, was?«

»Wir haben die Aufnahmen noch weiter vergrößert, bis wir jedes einzelne Detail des Gebietes erkennen konnten. Das hier ist das erste Bild aus dieser Serie. Diese alten Gebäude sind nichts anderes – als ein Gefängniskomplex. Sehen Sie, hier sind die Wachtürme. Und ganz plötzlich tauchen genau hier drüben auf diesem Gebäude Funkantennen auf ... und auch das Boot ist wieder zurück. Sieht so aus, als würde es jeweils für vier Stunden auf Patrouille gehen und dann zurückkehren. Hier haben wir eine Sequenz von Fotos, die im Abstand von rund vier Stunden aufgenommen wurden ... und hier sind die dazugehörigen Vergrößerungen. Es ist eines dieser chinesischen Schnellboote – Huangfen ist die Klassenbezeichnung, Verdrängung etwa 200 Tonnen, wahrscheinlich mit Maschinenkanonen aus Russland bestückt.«

»George, wir kommen der Sache näher… Ich fühl's.«

»Ich bin noch nicht ganz durch, Sir. Werfen Sie bitte einmal einen Blick auf dieses Material hier… Das sind Aufnahmen vom Hof in der Mitte des Gefängnisses… Was halten Sie davon? Etwa ein Dutzend Leute laufen da herum… Schauen Sie sich auch einmal dieses Farbfoto an – die tragen alle volle Uniform mit geschulterten Waffen… dunkelblau… Marine. Diese Typen befinden sich im aktiven Dienst – mitten auf einer verlassenen Insel. Dazu der Hubschrauber, der eindeutig dem Militär zuzuordnen ist, neue Kommunikationseinrichtungen und ein Patrouillenboot. Und das alles befindet sich genau in dem Radius, den Sie und Colonel Hart uns am Sonntag vorgegeben haben. Sir – wir haben sie gefunden. Da gibt es für mich keine Zweifel mehr.«

»George, wenn die nicht unsere gefangenen Seeleute bewachen, dann bewachen sie jemand anders. Aber der Schlüssel zu allem sind die Bilder, die sie letzten Donnerstag gemacht haben, hier… keine Funkeinrichtungen, kein Hubschrauber, kein Patrouillenboot. Aber letzten Samstag – hier, diese Infrarotaufnahmen meine ich – ist das ganze Zeug auf einmal an Ort und Stelle. Und genau in jener Nacht läuft auch die Fähre aus Kanton aus und hat unsere Jungs an Bord. Sonntag, gegen Morgen, erreicht sie ihr Ziel und… Die nächste Bilderserie zeigt ein gutes Dutzend Wachen, die ihre Runden drehen, ganz gleich um welche Zeit die Kameras unserer Satelliten auch klick gemacht haben…«

Admiral Morris raffte die Fotos zusammen, gab dem Nationalen Sicherheitsberater einige für dessen Unterlagen und machte sich auf den Weg zurück in die Firma.

Arnold Morgan schaltete, kaum dass Admiral Morris den Raum verlassen hatte, seinen großen Computerbildschirm ein und lud die Karte hoch, auf der das gesamte Gebiet um die Perlflussmündung dargestellt wurde. Er musste jetzt in Ruhe nachdenken, bevor er Kontakt mit John Bergstrom aufnahm, und wollte sich erst einmal eine genaue Vorstellung über die Insel verschaffen, welche die SEALs nun als Ziel hatten.

Er rief Kathy herein und bat sie, seine Gedanken auf dem Notizblock mitzuschreiben.

»Okay. Sie heißt also Xiachuan Dao, ist knapp zehn Kilometer lang und misst an der breitesten Stelle etwa viereinhalb Kilometer. Sechs Kilometer im Westen liegt die Insel Shangchuan, die etwa doppelt so groß ist. Kartenposition ist 21.40 nördliche Breite und 112.37 östliche Breite. Das Gefängnis liegt etwas weiter oben in der Nordostecke der Insel, fast an deren Rand.

Die Karte weist im Süden einen großen Berg namens Guanyin Shan aus... der ist knapp vierhundert Meter hoch. Daneben erhebt sich eine weitere, etwas höhere Bergspitze. Mit ihren knapp fünfhundert Metern Höhe bewacht sie praktisch das ganze Nordende der Insel. Dann haben wir hier noch eine lange, flache Halbinsel im Südwesten, die sich knapp zwei Kilometer weit hinaus in den Ozean erstreckt. Auf der Westseite gibt es nichts anderes als sumpfiges Marschland, also scheidet dieser Abschnitt, ganz gleich, was wir letzten Endes auch unternehmen, für ein Landungsvorhaben aus. Das einzig wirklich tiefe Wasser liegt also zwischen den beiden Inseln. Das ist auch exakt der Bereich, durch den die Fähre und das Patrouillenboot eingelaufen sind. Die Tiefe beträgt hier um die sechs Meter, weshalb wir wahrscheinlich von Süden her anlaufen müssen und unter Verwendung von Schlauchbooten in Richtung Osten wieder verschwinden sollten. Vier von den Dingern werden wir brauchen.

Einen Kilometer vor der Halbinsel haben wir eine Wassertiefe von etwa zwölf Metern. Wenn ich den Längengrad bei 112.30 nach Süden verfolge, habe ich hier ein ganz leicht abfallendes Riff, das erst nach zehn Kilometern auf eine Wassertiefe von fünfundsiebzig und noch einmal fünf Kilometer weiter auf hundert Fuß fällt, also gerade mal dreißig Meter. In zwanzig Kilometern Abstand von der Insel habe ich schon gut fünfzig Meter. Für Unterseeboote ist das immer noch beschissen lausig – entschuldige, Kathy, ich habe gerade gedacht, du wärst John Bergstrom.«

Kathy konnte sich ein Kichern über diesen stahläugigen Tyrannen nicht verkneifen, den sie so innig liebte.

»Also, um annehmbare Wasserverhältnisse zu finden, die über sechzig Meter Tiefe zu bieten haben, muss man schon hundert Kilometer weit draußen bleiben. Das heißt, dass die Unterseeboote in der Schlussphase der Befreiungsaktion doch an die Oberfläche kommen müssen. Zu diesem Zeitpunkt sollten die Chinesen aber schon alle Hände voll zu tun haben, mit einer Atomkatastrophe in ihrer Marinewerft klarzukommen. Und wenn es irgendwelche Probleme mit dem Patrouillenboot geben sollte, dann versenken wir den Hurensohn eben einfach. Richtig?«

»Richtig«, echote Kathy.

»Okay, Schatz. Druck mir das alles mal aus... und schaff mir bei der Gelegenheit auch bitte gleich John Bergstrom an die sichere Leitung.«

Er starrte weiter auf die Karte und versuchte sich dabei das Terrain vorzustellen, das der Spähtrupp der SEALs bei seiner Landung vorfinden würde. Da diese Insel schon so lange unbewohnt zu sein schien, rechnete er fest damit, dass die Männer in erster Linie auf Wälder stoßen würden, eine Landschaft also, die von hohen Bäumen beherrscht wurde. Die würden das Licht kaum bis zum Boden durchdringen lassen, weshalb dort kaum Unterholz sein dürfte. Das war gut. Außerdem schlug positiv zu Buche, dass der Boden des Ozeans hier eher sandig als felsig zu sein schien. Wenn also die Kommandanten der Unterseeboote im Schutze der Dunkelheit in die untiefen Gewässer schlichen, könnte eigentlich nichts Schlimmeres passieren, als dass sie ein bisschen Seegras ausrissen. Das war ebenfalls nicht schlecht.

Das Telefon auf der abgesicherten Leitung klingelte. Admiral Morgan hob ab und hörte jemanden sagen: »Kleinen Augenblick, bitte, ich verbinde mit Admiral Bergstrom...«

»Hallo, Arnold... was gibt's Neues?«

»Wir haben sie gefunden, John. Auf einer Insel, 21.40 nördliche Breite, 112.37 östliche Länge. Kathy druckt gerade aus, was ich mir bereits an Gedanken gemacht habe. Schicke ich Ihnen in zehn Minuten über Satelliten rüber. George Morris hat einen ganzen Haufen Fotos. Die sollten Ihnen demnächst auch auf elektronischem Weg vorliegen.«

»Ausgezeichnet. Die Jungs sind übrigens inzwischen auch schon gelandet. Bei denen ist es jetzt so um die 0100 und Donnerstag. Gegen 0400 sollten sie alle auf der *Reagan* eingetroffen sein. Schon einen bestimmten Zeitrahmen im Auge?«

»Ist das Unterseeboot bereit?«

»Aye, Sir, auf Station. Präzise acht Kilometer vor dem Träger, wenn meine letzten Meldungen stimmen. ASDVs sind ebenfalls schon vorbereitet und angedockt.«

»Dann liegen wir, wie ich auf der Karte sehe, rund tausend Seemeilen entfernt von dem Punkt, wo der Träger stehen soll. Wenn wir sofort in die Gänge kommen, könnten die Jungs etwa am Freitag Nachmittag dort sein. Sobald es dunkel ist, können sie sich dann auf den Weg machen, und wenn es nach uns geht, sollten sie dann am Sonntagmorgen so gegen 0200 Ortszeit wieder draußen sein. Okay, wir lassen Operation *Nighthawk* Sonntagnacht anlaufen. Könnte zwar knapp werden, aber nun heißt es: jetzt oder nie ...«

»Sir, ich melde mich in einer Stunde noch mal. Ich bekomme hier gerade Frank Hart auf der anderen Leitung rein ... sichere Leitung aus Okinawa. Bei uns ist ja so weit alles klar.«

Admiral Morgan lächelte finster, während er den Hörer seines grünen Telefons abnahm und den Knopf drückte, der ihn direkt mit der Sekretärin des Präsidenten verband. »Hallo, Miss Jane«, sagte er. »Hier Arnold Morgan. Würden Sie dem Präsidenten bitte mitteilen, dass er sofort alles liegen und stehen lassen soll und sich ein bisschen plötzlich in meinem Büro einfinden möchte?«

Miss Jane lachte. Wahrscheinlich hatte sich in der ganzen Geschichte des Weißen Hauses noch nie jemand erdreistet, dem amtierenden Präsidenten der Vereinigten Staaten von Amerika eine derart unverblümte Aufforderung zukommen zu lassen.

Sie überbrachte dem ersten Mann im Staate diese Mitteilung lieber persönlich. Der Präsident lachte ebenfalls, zumindest soweit es ihm derzeit überhaupt möglich war. Er ließ sich sofort für die anberaumte Besprechung mit Harcourt Travis und dem israelischen Botschafter entschuldigen. Danach eilte er zu Admiral Morgan.

»He, Arnold ... Schießen Sie los.«

»Sir, das Blatt scheint sich zu wenden.«

»Haben wir sie gefunden?«

»Yeah, wir haben sie gefunden.«

»Gibt es eine Chance, sie zu retten?«

»Die Maßnahmen sind bereits angelaufen, Sir. Setzen Sie sich erst mal. Dann bring ich Sie auf den neusten Stand.«

Als Präsident Clarke 20 Minuten später wieder im Oval Office eintraf, hatte er nicht mehr den Eindruck, dass die gesamte Katastrophe von Kanton allein auf seinen Schultern lastete. Jetzt hatte er erstmals das Gefühl, die Last mit einer Menge sehr, sehr guter Kumpel zu teilen und dass tatsächlich noch eine reelle Chance bestand, Linus nach Hause zu bekommen.

Donnerstag, 13. Juli, 0330 (Ortszeit)
Einsatz-Runway des Stützpunktes Okinawa der U. S. Navy

Der gewaltige *Sea-Stallion*-Hubschrauber kam jetzt zum dritten Mal durch die Nacht heruntergedonnert, ging in den Schwebeflug und setzte schließlich ganz sanft auf einer Warteposition auf, die erst kurze Zeit zuvor von der *Galaxy* wieder freigemacht worden war. Etwas weiter entfernt standen auf der linken Seite Lt. Commander Rick Hunter, Chief Petty Officer John McCarthy und ein halbes Dutzend anderer SEALs in der warmen Brise, die aus Süden von der Philippinensee hereinwehte. Sie hatten bislang die Verladung der Ausrüstung ihrer über 40 Kameraden geleitet, die bereits die Reise hinaus zur *Ronald Reagan* hinter sich hatten.

An Bord des Flugzeugträgers arbeitete Colonel Hart zusammen mit Lt. Commander Bennett und einem kleinen Stab daran, ihr Einsatzhauptquartier einzurichten. Alles lief bestens, denn Admiral Art Barry, der kommandierende Admiral der Trägerkampfgruppe, hatte entschieden, dass der Kommandeur der SEALs auf den 70 Mann starken Stab und die weitläufigen Räumlichkeiten, über die er auf seinem Flaggschiff verfügte, zurückgreifen durfte.

Einerseits würde die Operation *Nighthawk* ohnehin nur wenige Tage laufen, weshalb es viel zu aufwändig gewesen wäre, dafür eine komplette eigenständige Einrichtung mit Kommunikations-, Computer- und Kartenmaterial zu installieren. Andererseits hatte Admiral Barry den Wunsch, genauestens mitzubekommen, was da alles vor sich ging. Außerdem war er regelrecht scharf darauf, einmal mit dem legendären Colonel Hart, den eine unverkennbare Aura des Mystischen umgab, zusammenzuarbeiten.

Admiral Barry hatte seinen Flugzeugträger bereits in Fahrt gebracht. Er lief mit 25 Knoten durch die lange Dünung des Ozeans auf Kurs Südwest in Richtung Taiwan. Als Rick Hunter und seine Männer schließlich eintrafen, hatten sie ihre bei weitem längste Hubschrauberreise hinter sich, aber ein *Sea Stallion* verfügte immerhin über eine Reichweite von 1000 Kilometern und konnte mit lockeren 130 Knoten dahinknattern. Den 150 Kilometer weiten Sprung von Okinawa zum Carrier hatte der Hubschrauber innerhalb von 45 Minuten geschafft.

Um 0430 berührten seine Räder das gigantische, 332 Meter lange Flugdeck des Trägers. Die SEALs begannen sofort mit der Entladung der letzten Kisten, bei denen es sich um diejenigen handelte, die den Sprengstoff enthielten. Sofort waren ein schwerer Gabelstapler und vier Waffentechniker von der Besatzung des Flugzeugträgers zur Stelle, um bei der Entladung des C4, der Haftminen und der Rucksäcke mit der Mk-138-Ladung behilflich zu sein und sicherzustellen, dass die brisante Fracht auch sachgerecht verstaut wurde.

Chief Petty Officer John McCarthy fuhr zusammen mit dem Gabelstapler auf dem achterlichen Aufzug an Backbord nach unten, um die Sprengstoffkisten zu überprüfen und im vorgesehenen Lagerbereich zu kennzeichnen.

Etliche der anderen SEALs – die von der Decksmannschaft mit einiger Ehrfurcht behandelt wurden – betrachteten währenddessen interessiert die Reihen der Kampf- und Jagdflugzeuge, die fein säuberlich nebeneinander an den Außenrändern des Flugdecks geparkt standen. In der Mitte des Decks wurde ein großer Streifen als Start- und Landebahn frei gehalten, damit der Flugbetrieb zu keiner Zeit beeinträchtigt wurde. Die gewaltigen Dampfkatapulte des Supercarriers schafften es, diese Kampfflugzeuge nötigenfalls in 20-Sekunden-Intervallen in die Luft zu bringen. Leute der Flugzeugbesatzung wiesen die SEALs stolz auf die Kavallerie der Lüfte hin. Sie meinten damit die furchtgebietende Speerspitze der U.S. Navy: 20 Exemplare der F-14D *Tomcat*, die in zwei Reihen auf der Steuerbordseite standen. Weiter zum Heck hin konnten die SEALs auch noch vier EA-6B *Prowlers*, vier *Hawkeyes*, sechs *Vikings*, zwei *Shadows* und sechs Hubschrauber erkennen. In den beiden langen Reihen an Steuerbord waren insgesamt 36 Exemplare der F/A-18 *Hornet* – des blitzschnellen Arbeitspferds der Marinefliegerei für Angriffe aller Art – abgestellt worden.

Die *Ronald Reagan*, eine der mächtigsten schwimmenden Festungen Amerikas, ließ jetzt hier draußen auf dem nachtschwarzen Pazifik ihre Muskeln spielen und pflügte mit mehr als 2000 Faden unter dem Kiel durch die gröber werdende See. Irgendwie war es schwer verständlich, warum diese unglaublich mächtige Militärmaschinerie nicht einfach zornerfüllt aufbrüllte, und dieser Koloss von einem Flugzeugträger nicht allein in der Lage sein sollte, die Chinesen in Angst und Schrecken zu versetzen und zur Herausgabe der *Seawolf* und ihrer Crew zu zwingen.

Manchmal sind es eben die modernen Handelsverflechtungen und das Damoklesschwert eines weltweiten Krieges, sollte das Kräftegleichgewicht ins Wanken kommen, die ein solch monströses Beispiel brutaler Gewalt zu einem Dinosaurier werden lassen, dem die Hände gebunden sind. Nicht immer, aber eben meistens. Die derzeitige Situation gehörte nun einmal zur kniffligen Sorte, da waren die lautlosen Methoden der SEALs gefragt. Vor allem, da dem Gegner nicht offenkundig sein sollte, welcher Übeltäter ihm da zusetzte.

So Gott wollte, würden sie auch an diesem Wochenende wieder einmal ihr tödliches Geschäft in aller Heimlichkeit betreiben. Paradoxerweise stand das furchterregendste aller Geheimnisse völlig unbeachtet gerade einmal 30 Meter von den SEALs entfernt an Deck. Niemand schenkte den beiden F/A-18 *Hornets* die geringste Beachtung, die vollständig bewaffnet etwas abgesetzt von den anderen Maschinen am Ende der Flugbetriebsfläche abgestellt worden waren. Beide Maschinen waren startbereit, wobei die zweite nur da war, um sofort für die erste einspringen zu können, sollte bei deren Start etwas schiefgehen. Man überließ nichts dem Zufall.

Unter die Rümpfe der *Hornets* war jeweils eine lasergelenkte und panzerbrechende Bombe der *Paveway*-Serie geklinkt worden. Die Gefechtsköpfe der 4,25 Meter langen, dunkelgrün lackierten Waffen enthielten fast eine halbe Tonne kompakten und hochexplosiven Sprengstoffs, der ausreichen würde, den massiven stählernen Druckkörper eines großen Atom-Unterseeboots zu durchschlagen.

# KAPITEL ACHT

Freitag, 14. Juli, 0900 (Ortszeit)
Konferenzraum des Admirals auf der USS *Ronald Reagan*
Position: 20.15 N, 116.10 E. Fahrt 30

Insgesamt waren 15 Mann anwesend. Zwölf davon waren die SEALs, die noch in dieser Nacht auf der Insel landen sollten. Sie würden von Lieutenant Commander Rusty Bennett angeführt werden. Er selbst saß im Augenblick mit dem Kommandeur des vorgeschobenen Platoons, Lt. Commander Rick Hunter, am großen Tisch zusammen. Ihnen gegenüber hatte Rustys Stellvertreter, der ASDV- und Landungsbootexperte Lt. Commander Olaf Davidson, Platz genommen. Außerdem waren noch die beiden Lieutenants Paul Merloni und Dan Conway anwesend und das As der Enterhaken, Chief Petty Officer John McCarthy, der sich zum ehemaligen Tiefseefischer Petty Officer Catfish Jones gesetzt hatte. Außerdem nahmen auch noch die beiden SEALs aus den Bayous, »Rattlesnake« Davies und der Alligator-Killer Buster Townsend, und vier weitere SEALs aus den Mannschaftsdienstgraden an der Besprechung teil.

Hinter dem Tisch stand hoch aufgerichtet der für alles verantwortliche Einsatzleiter Colonel Frank Hart mit einem Offiziersstab aus Mahagoni in der Hand. Auch er hatte inzwischen die Uniform der SEALs angelegt. Auf die große Tafel gleich hinter ihm hatte man schon eine Karte der Insel Xiachuan geheftet. Admiral Barry war erlaubt worden, im hintersten Winkel des Raumes als stiller Zuhörer Platz zu nehmen, obwohl er mit der Operation selbst nichts zu tun haben würde.

Die Türen waren verriegelt und außerdem standen davor noch zwei bewaffnete Marines Wache, die dafür Sorge tragen sollten, dass diese Einsatzbesprechung nicht gestört wurde. Niemandem,

310

außer den in diesem Raum anwesenden Personen, war der Zutritt gestattet. Die Spannung im Lageraum stand kurz vor dem Siedepunkt. Die SEALs saßen alle in Gedanken versunken da. Vor allem eine Vorstellung beherrschte sie: Diese Nacht könnte die letzte meines Lebens sein.

Frank Hart ging vor der Karte an der Längsseite des Raums langsam auf und ab. Die Anspannung stand ihm deutlich ins Gesicht geschrieben. »Meine Herren«, begann er, »Sie sind bereits in groben Umrissen über die Mission informiert worden, die heute Nacht über die Bühne gehen soll und die ich Sie bitte, als höchstgradig verdeckt einzustufen. Sie werden im Süden der Insel an Land gehen und gleich hinter dem Strand einen Sammelplatz einrichten. Erst danach wird sich der Beobachtungstrupp in Richtung Nordosten in Marsch setzen. Die Strecke, die dabei zurückgelegt werden muss, ist knapp zehn Kilometer lang und führt wahrscheinlich durch hoch gewachsenen Dschungel. Dann wird dieser Trupp zwei Beobachtungsposten einrichten, die so nahe wie irgend möglich am Gefängniskomplex gelegt werden sollten, ohne dabei Gefahr zu laufen, von den Chinesen erwischt zu werden.

Für all diejenigen unter Ihnen, die nicht hinreichend informiert wurden, möchte ich noch einmal in aller Form erklären: Im Inneren des Gefängniskomplexes befindet sich die komplette Besatzung der USS *Seawolf*, welche wahrscheinlich derzeit der wohl brutalsten Form des Verhörs unterzogen wird, die man sich vorstellen kann. Unter ihnen befindet sich auch der Erste Offizier des Boots. Dieser Mann ist niemand Geringerer als Linus Clarke, der Sohn des Präsidenten der Vereinigten Staaten von Amerika.

Es erscheint mir überflüssig, im Detail auf die Tragweite dieser Situation einzugehen, nur so viel: Sobald Sie sicher mit den von Ihnen erstellten detaillierten Karten, Zeichnungen und Beobachtungen zum Flugzeugträger zurückgekehrt sind, werden wir eine der größten Einheiten der Special Forces in Marsch setzen, die jemals in Friedenszeiten von uns aufgestellt wurde. Diese Truppe hat die Aufgabe, die Gefangenen zu befreien und hierher auf den Träger zu schaffen.

Wir werden mit größter Schnelligkeit und unter Anwendung aller Gewalt angreifen, wobei wir in Kauf nehmen, dass es bei den Chinesen keine Überlebenden geben wird ... Aber, meine Herren, eines dürfen Sie niemals aus dem Gedächtnis verlieren: Bei der vorausgehenden Spähtruppaktion entdeckt zu werden ist absolut inakzeptabel. Sollten Sie geschnappt werden, scheitert die gesamte Mission, weil wir damit rechnen müssen, dass die Chinesen dann sofort Verstärkung auf die Insel schicken werden. Und das werden nicht nur ein paar Hubschrauber sein, sondern schwere Waffen und die dazugehörigen Truppenkontingente, vielleicht zusätzlich sogar Kriegsschiffe, die vor der Küste aufziehen. Dass die Chinesen die Gefangenen anschließend in ein anderes Gefängnis verlegen werden, steht außer Frage. Und das dürfte bedeuten, dass diese Männer ihre Heimat nie mehr wieder sehen werden.«

Der Colonel legte eine kurze Pause ein, um das Gesagte wirken zu lassen. Dann schritt er quer durch den Raum und fuhr fort: »Ich bezweifle, dass irgendjemand von Ihnen schon einmal an einer Mission teilgenommen hat, die derart sorgfältig vom Oval Office beobachtet wurde ... Ihr Losungswort muss demzufolge ›Sorgfalt‹ lauten. Seien Sie um Gottes willen vorsichtig!«

Damit ging er wieder zurück zum Tisch und nahm einen dünnen Stapel Papiere auf, die er kurz überflog und dann wieder zurücklegte.

»Kraft meiner Befugnis als Einsatzleiter werde ich Ihnen jetzt die vorgesehenen zeitlichen Abläufe darlegen. Sie werden später noch eine schriftliche Ausfertigung erhalten, die ich Sie bitte durchzulesen, auswendig zu lernen und anschließend zu vernichten. Also, in zwei Stunden werden Sie an Bord der Hubschrauber gehen, die Sie und Ihre Ausrüstung hinaus zur USS *Greenville*, einem Atom-Unterseeboot der Los-Angeles-Klasse, fliegen werden. Die *Greenville* patrouilliert augenblicklich ein paar Meilen an Steuerbord voraus.

Wir befinden uns im Moment vierhundert Kilometer vor der chinesischen Südküste. Die restliche Strecke nach Xiachuan Dao werden Sie in diesem Unterseeboot zurücklegen. Es wird so lange getaucht in Richtung Festland laufen, bis das Wasser zu flach für ein Weiterkommen unter Wasser ist. Das wird etwa fünfzig Kilometer vor der Küste der Fall sein. Zu diesem Zeitpunkt wird dann die aus acht Tauchern bestehende Kampfschwimmergruppe der SEALs an Bord des ASDV gehen, das Sie im Trockendock der *Greenville* vorfinden werden. Mit diesem Tauchboot fahren Sie dann weiter, bis die Tiefe vor dem Ufer nur noch fünfzehn Meter beträgt.

Sobald dieser Punkt erreicht ist, werden Sie aussteigen und den Rest der Strecke schwimmend zurücklegen. Das Wasser wird ruhig und warm sein, der Grund sandig, und es gibt unseren Informationen nach kein nennenswertes Vorkommen von Haien. Die restlichen vier SEALs des Spähtrupps werden mit einem Motorschlauchboot anlaufen, knapp einen Kilometer vor Erreichen des Ufers den Außenborder abstellen und den Rest paddeln. Die Chinesen haben am Landungssteg der Insel ein Schnellboot längsseits liegen, das unseren Beobachtungen nach noch kein einziges Mal vor Mitternacht abgelegt hat. Aber zu diesem Zeitpunkt sollten wir ohnehin schon längst drin sein.

Sobald unser Sammelplatz eingerichtet ist, muss das Schlauchboot zusammen mit der Ausrüstung den Strand hinaufgezogen und unter den Bäumen versteckt werden. Im Boot werden sich folgende Ausrüstungsteile befinden: zwei Maschinengewehre, zwei Klappspaten zum Schanzen, die Erste-Hilfe-Ausrüstung, das Funkgerät, GPS-Empfänger, Munition, ein paar Handgranaten, drei Rauchgranaten, ein Kompass, ein Laptop, Ferngläser, Tarnnetze und zwei wasserdichte Schutzzelte. Dazu natürlich Trinkwasser und Verpflegung. Wie Sie alle wissen, kann es im Juli da draußen ziemlich regnen, so wie im Augenblick. Für Ihre persönlichen Waffen sind Sie selbst verantwortlich …

Der Aufklärungstrupp wird, sobald alles eingerichtet ist, sofort vom Sammelplatz abrücken.«

Er zeigte auf die Karte und zog mit seinem Offiziersstab eine Linie von der Halbinsel im Südwesten, wo sie dem Plan entsprechend landen sollten, in Richtung Nordosten, wo das Gefängnis lag.

»Hier sind zwei Berge, die Sie umgehen werden, aber dieser hier, im Norden des Gefängnisses, verfügt über Hänge, die für uns von Vorteil sein dürften. Am besten werden hier die Beobachtungspunkte eingerichtet. Wie gesagt, schalten Sie auf keinen Fall die Wachen aus, damit wir nicht vorzeitig entdeckt werden. Suchen Sie sich ein ruhiges Fleckchen, rastern Sie das ganze Gebiet ab und verschaffen Sie uns alle Informationen.

Die große Aktion wird dann in der Nacht zum Montag laufen … Der Spähtrupp sollte also Freitag so gegen 2300 vor Ort, und bis spätestens Sonntagmorgen 0200 wieder auf dem Weg zurück sein. Damit steht ausreichend Zeit zur Verfügung, die Wachen zu beobachten und ihre zahlenmäßige Stärke und die Patrouillenabläufe rund um die Uhr herauszubekommen. Selbstverständlich werden Sie die Insel schnellstens auf die gleiche Weise verlassen, wie Sie sie betreten haben. Vier Mann bleiben aber auf der Insel, um den Jungs vom Stoßtrupp beim Anlanden zu helfen.

Wie Sie hier auf der Karte sehen, sind der Landungspunkt und der Punkt, von dem aus die Insel wieder verlassen wird, nicht identisch. Für die Evakuierung der großen Anzahl von Personen brauchen wir einen Brückenkopf, der wesentlich näher am Gefängnis liegt, welches um diese Zeit aber bereits unter unserer Kontrolle sein sollte.

Was die Bergung der Gefangenen durch den Stoßtrupp angeht, so müssen wir berücksichtigen, dass sich der größte Teil der Männer wahrscheinlich in denkbar schlechter Verfassung befindet. Wir halten insgesamt acht große Schlauchboote für den Transfer in tiefere Gewässer bereit, wo das Unterseeboot wartet. Wahrscheinlich werden wir zweimal, vielleicht sogar dreimal fahren müssen, um alle hinüberzubekommen.

Aber jetzt übergebe ich erst einmal an Ihren Kommandeur, Lieutenant Commander Rusty Bennett, der Ihnen die Vorgehensweise des Spähtrupps im Detail erläutern wird ... Rusty?«

Der stählerne Mann von der Küste Maines erhob sich und legte los. »Ich möchte, dass wir alle zwölf so schnell wie möglich an Bord des Unterseeboots gehen. Unsere Ausrüstung wurde bereits hinübergebracht, und die Schlauchboote sind auch schon an Bord. Die Chinesen verfügen über Aufklärungssatelliten. Um zu vermeiden, dass wir fotografiert werden, wie wir vor deren Küste unseren Umstieg durchziehen, werden wir uns, sobald der Hubschrauber über dem Deck des Unterseeboots schwebt, auf dem schnellsten Weg abseilen. Also Handschuhe an, runter rauschen und dann gleich unter Deck verschwinden. Irgendwas dagegen einzuwenden?«

Die SEALs schwiegen.

»Gut. Acht Leute werden, wenn es soweit ist, in das ASDV umsteigen, außer mir Lieutenant Merloni, Lieutenant Conway, Chief Petty Officer McCarthy, Rattlesnake Davies, Buster Townsend, John und Bill.

Das Unterseeboot wird uns fünfundfünfzig Minuten Vorsprung geben, wobei wir mit achtzehn Knoten Fahrt laufen. Dann wird es auftauchen, damit Lieutenant Commander Davidson, Catfish

Jones, John und Bill vorsichtig das Motorschlauchboot mit all unserem Zeug zu Wasser lassen können. Um Gottes willen dabei nicht kentern.

Anschließend wird sich das Unterseeboot wieder absetzen, und ihr Jungs seht dann zu, dass ihr mit Höchstgeschwindigkeit zum Brückenkopf rauscht, der folgende Position hat: 21.36 nördliche Breite, 112.33 östliche Länge. Ihr werdet sehen, dass am Schlauchboot, es ist nur sechs Meter lang, ein besonders großer Außenborder hängt. Es handelt sich um einen Johnson 250, der das Boot wie eine Rakete abgehen lassen wird. Ihr werdet auch jede Menge Reservesprit an Bord haben. Wir rechnen damit, dass die See in Küstennähe völlig ruhig sein wird, vielleicht ein bisschen Regen. Die ganze Reise dürfte weniger als eine Stunde dauern, selbst wenn die letzten tausend Meter gepaddelt wird.

Übrigens, mangelt dabei bloß nicht uns Schwimmer über!

Allerdings habe ich die Sache zeitlich so abgestimmt, dass wir eigentlich schon eine Viertelstunde vor euch am Strand sein müssten. Dann haben wir ausreichend viele Arme zur Verfügung, den Sammelplatz einzurichten und das Boot schnell ins Unterholz zu schleppen. Anschließend verwischen wir unsere Spuren und suchen uns eine passende Stelle, wo wir das wasserdichte Tarnzelt aufbauen und die Maschinengewehre in Stellung bringen. Wenn das erledigt ist, trennen wir uns.

Die Sammelplatz steht unter dem Kommando von Lieutenant Commander Davidson und setzt sich außer ihm aus Catfish, Hank und Al zusammen. Ihr vier werdet die Insel nicht verlassen, wenn wir Schwimmer uns auf den Weg zurück zum Unterseeboot machen. Ihr bleibt in Stellung, bis ihr zum Angriffsbrückenkopf verlegt werdet, wo der große Stoßtrupp landen wird. Das wird dann auf der Ostseite der Insel im Südwesten des Gefängnisses sein, etwa anderthalb Kilometer entfernt. GPS-Position ist 21.39 nördliche Breite, 112.38 östliche Länge. Wahrscheinlich werden wir später das kleine Motorschlauchboot zusätzlich zu den acht anderen Booten einsetzen, um die Jungs am Sonntagmorgen rüberzubringen ...

Alles klar soweit?«

»Aye.« Alle Anwesenden nickten.

»Dann weiter. Der vorrückende Spähtrupp – also Paul Merloni, McCarthy, Rattlesnake, Buster, Dan, John, Bill und ich – wird die Nasstauchanzüge gegen die Dschungelkampfanzüge tauschen und sich tarnen. Wir werden nur mit ganz leichtem Gepäck unterwegs sein, aber da der beschissene Regen wahrscheinlich die ganze Zeit auf uns niedergehen wird, sollten wir unbedingt trockene Sachen zum Wechseln mitnehmen. Wir nehmen auch ein Maschinengewehr mit, damit wir uns den Weg freikämpfen können, falls wir in Schwierigkeiten geraten. Dazu auch ein Funkgerät und ein paar Rauchgranaten, mit denen wir den Rettungshubschraubern helfen können, uns zu finden, sollten wir sie heranpfeifen müssen. Ich hoffe jedoch stark, dass das nicht eintritt. Unser Marsch in den Überwachungsbereich wird knapp zehn Kilometer weit durch unbewohntes Urwaldgebiet führen. Zum Marschgepäck werden Schaufeln gehören, damit wir unseren Müll vergraben können, und ein paar Macheten und eine Baumschneideschere, falls wir uns durch undurchdringliches Dickicht kämpfen müssen. Die Einhaltung des Zeitplans hat oberste Priorität, aber denken Sie dabei bitte immer daran, dass wir ein Spähtrupp sind, dessen erklärtes Ziel es ist, völlig unentdeckt zu bleiben. So, das wär's erst mal. Noch irgendwelche Fragen? Die richten Sie dann bitte direkt an Colonel Hart.«

»Sir, wissen wir, wie viele Wachen und militärisches Personal sich im Gefängniskomplex befinden?« fragte Dan Conway.

»Nicht genau«, antwortete der Colonel. »Eigentlich hatte ich gehofft, dass ihr Jungs das rausfinden würdet.«

»Haben die da irgendwelche schwere Artillerie, Hubschrauber oder Lenkwaffenschiffe in der Nähe?«

»Was die Artillerie angeht, so gilt das, was ich eben gesagt habe: Es ist Ihre Aufgabe, das herauszufinden. Wir haben jedoch beobachten können, dass zwei Hubschrauber auf dem Gelände unmittelbar vor dem Gefängnis abgestellt sind. Dann gibt es noch ein Patrouillenboot, ein Schnellboot, aber es liegt ziemlich weitab vom Gefängnis. Die Jungs vom Stoßtrupp sollten aber auf jeden Fall versuchen, das Ding loszuwerden.«

»Wie viele Leute werden eigentlich dort gefangen gehalten werden?«

»Über hundert.«

»Und was ist mit der *Seawolf*? Was passiert mit der?«

»Leider werden wir das Boot zerstören müssen. Das wird Sonntag im Laufe der Nacht geschehen, etwa zwei Stunden bevor die Aktion auf Xiachuan Dao anläuft.«

»Weiß man schon, wie, Sir?«

»Ich weiß zumindest so viel, dass es so aussehen wird, als hätten deren eigene Wissenschaftler den Kernreaktor überhitzt. Die Explosion wird sie alle halb zu Tode erschrecken und eine für uns sehr hilfreiche, für die Chinesen aber schreckliche Verwirrung anrichten. Kanton ist mit dem Hubschrauber lediglich eine Stunde weit entfernt. Ich hoffe inständig, dass sie nicht darauf kommen, dass hinter allem ein amerikanischer Angriff steckt. Dafür sollten sie aber eigentlich viel zu sehr mit sich selbst beschäftigt sein.«

»Sind alle Jungs von der *Seawolf* in diesem Gefängnis inhaftiert, Sir?«

»Davon gehen wir aus. Allerdings wissen wir nicht, ob sie nicht schon jemanden von der Besatzung getötet haben.«

»Warum veranstalten die Kulis das eigentlich alles mit denen? Die Männer sind doch keine Geiseln, oder?«

»Nein, sie sind definitiv keine Geiseln. Die Chinesen versuchen schon seit Jahren ein großes Atom-Unterseeboot zu bauen. Jetzt haben sie sich ein solches unter den Nagel gerissen und brauchen es nur noch zu kopieren. Damit das schneller geht, werden sie unsere Experten zur Mitarbeit ›bewegen‹…«

»Sir, wird denn auf Regierungsebene nichts dagegen unternommen?«

»Doch, einiges sogar. Aber die Chinesen verfolgen eine hinterlistige Linie. Sie behaupten steif und fest, dass die *Seawolf* bei einer geringfügigen Havarie mit einem ihrer Zerstörer beschädigt wurde. Angeblich haben sie lediglich auf einen Hilferuf des Unterseeboot-Kommandanten reagiert. Und auf einmal, welch ein Wunder, stellen sie doch tatsächlich fest, dass es dabei möglicherweise ein Leck im Reaktor gegeben hat. Deshalb können sie das Boot jetzt selbstverständlich nicht mehr freigeben, bevor diese Sache nicht behoben ist… Das wird sicherlich noch einmal zwei, drei Wochen in Anspruch nehmen… Wer's glaubt, wird selig.«

»Glauben Sie, dass man unsere Männer tatsächlich foltern würde, um die Informationen aus ihnen herauszuprügeln?«

»Ja, davon bin ich überzeugt. Sie etwa nicht?«

»Schätze schon«, antwortete Lieutenant Merloni. »Sehen wir zu, dass wir sie da schnellstens rausbekommen.«

317

Freitag, 14. Juli, 1050
Flugdeck der USS *Ronald Reagan*
350 Kilometer vor der chinesischen Festlandsküste

Der Hubschrauber vom Typ *Sea King* hob von der Backbordseite der diagonalen Start- und Landebahn ab, während seine Rotorblätter heulend durch den Regen peitschten. In einer Höhe von 40 Fuß, was etwa der Höhe der Antennenanlage oben auf der Insel des Flugzeugträgers entsprach, kippte er die Nase nach vorn und schoss davon. Über die weißen Brecher hinweg, den die Bugwelle des Supercarriers erzeugte, nahm er direkten Kurs auf die USS *Greenville*, die etwa drei Kilometer an Backbord voraus an die Oberfläche gekommen war.

Der Flug dauerte keine zwei Minuten, weshalb man auch nicht die Seitentür geschlossen hatte. Kurz nach dem Abheben wurde auch schon ein dickes Seil zum Vorschiffsdeck des Unterseeboots hinuntergelassen. Es baumelte unmittelbar vor dem großen runden Trockendock, welches erst vor kurzem auf dem 7000 Tonnen verdrängenden Unterseeboot der Los-Angeles-Klasse montiert worden war. Alle sechs SEALs hatten bereits ihre schweren ledernen Schweißerhandschuhe übergezogen und stellten sich jetzt hinter Lt. Commander Bennett auf, während der *Sea King* über dem Unterseeboot im Schwebeflug hing. Bennett griff nach dem Seil, trat durch die Tür und ließ sich die sechs Meter wie ein Stein in die Tiefe fallen, während ihm das Seil durch die Hände raste. Gerade noch rechtzeitig packte er fest zu und bremste einen halben Meter über dem Deck ab. Zu dem Zeitpunkt, da er das Deck berührte, hing Lieutenant Conway bereits am Seil und war auf dem Weg nach unten. Rattlesnake, Buster, Catfish und McCarthy rutschten ihm in schneller Folge hinterher. Dreieinhalb Minuten nach dem Abheben vom Flugdeck des Trägers befand sich der Hubschrauber bereits wieder auf dem Rückflug, so schnell war das Abseilen vonstatten gegangen.

Um 1104 waren alle Luken des Unterseeboots wieder dichtgeschlagen und verreibert und die Masten eingezogen. Das Seewasser strömte donnernd in die Trimm- und Regelzellen, nachdem Commander Tom Wheaton den Tauchbefehl für die USS *Greenville* erteilt hatte. Er ließ auf den Kurs einsteuern, der sie auf direktem Weg zur sieben Stunden entfernten Insel Xiachuan führen würde.

318

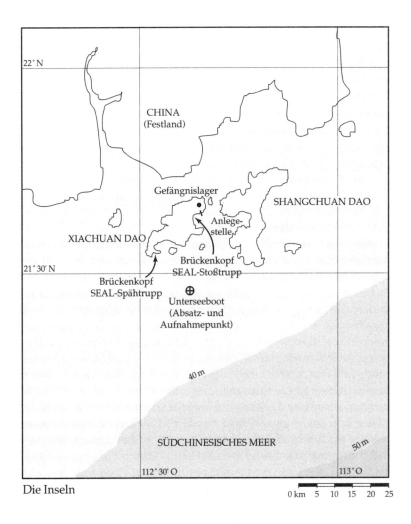

Die Inseln

»Vorne unten zehn ... vierhundert. Kurs drei-null-null. Volle Kraft voraus.«

Für die zwölf SEALs hatte man Kojen freigemacht, in denen sie sich für die Dauer der Fahrt ausruhen konnten. Catfish Jones und Olaf Davidson blieben aber die ganze Zeit über auf den Beinen und arbeiteten sich noch einmal durch die Karte der Insel, um eine Vorauswahl zu treffen, welcher Strandabschnitt für die Landung des Stoßtrupps am geeignetsten erschien. Zwischendurch wollten sie eine Pause einlegen und sich ein Video anschauen, verloren allerdings recht bald das Interesse daran und kehrten zu ihren Karten zurück. Den beiden stärksten Männern des Spähtrupps ging eben eine Menge im Kopf herum.

Um 1400 wurde den SEALs eine ausgezeichnete Mahlzeit serviert – ein dickes, auf den Punkt gegrilltes Rumpsteak, dazu Folienkartoffeln und Salat. Danach machten sie sich über Apfeltorte und Unmengen Eiscreme her. Schließlich würde dies ihre letzte gescheite Mahlzeit für die nächsten zwei Tage sein.

Um 1700 legten alle SEALs ihre Nasstauchanzüge an, auch die vier Männer unter ihnen, die noch unter Wasser aussteigen sollten, um das ASDV aus der Schleuse zu schaffen, bevor sie anschließend ihr Motorschlauchboot zu Wasser lassen würden. Außerdem waren die Nasstauchanzüge notwendig, falls es einen Unfall oder Angriff geben sollte, bei dem sie sich ins Wasser zurückziehen mussten.

Um 1730 schickten sich Rusty Bennett und seine sieben Kameraden, die sich alle schon die Gesichter mit wasserfester Tarnfarbe geschwärzt hatten, an, das ASDV zu besteigen. Sie glitten zunächst durch das wasserdichte Schott der Druckausgleichsschleuse im Trockendock, um dann geschmeidig durch die Einstiegsluke im Kiel an Bord des knapp zwanzig Meter langen Kleinst-Unterseeboots zu schlüpfen. Die beiden Männer von der *Greenville*, welche die Aufgabe übernommen hatten, das lautlose, elektrisch angetriebene Boot an die Küste zu bringen, hatten bereits auf den beiden Steuersitzen im Bug Platz genommen.

Lt. Commander Davidson und seine Männer warteten unterdessen an einer anderen Ausstiegsluke darauf, dass sie von der Schiffsführung der USS *Greenville* darüber informiert wurden, das Unterseeboot könne nun nicht mehr weiter fahren, weil das Wasser nun endgültig zu flach geworden sei. Die vier bekamen genau um 1752 die entsprechende Meldung über die Bordsprechanlage mit.

»*Sonar an Captain. Wir haben jetzt hundertzwanzig Fuß Wassertiefe auf der Anzeige.*«

»*Navigator an Captain. Wir befinden uns jetzt auf Position 21.09 Nord, 112.33 Ost. Siebenundzwanzig Seemeilen vor dem Zielbereich.*«

»Okay, Jungs«, sagte Commander Wheaton darauf ganz ruhig. »Das wär's ... Weiter können wir nicht ... Ihr wollt doch bestimmt nicht erleben, dass wir hier im Matsch feststecken, wenn ihr wieder zurückkommt, oder?«

Im Boot herrschte erwartungsvolle Stille. Jeder in der Nähe beobachtete den mächtigen Olaf Davidson, der ruhig unter der Luke zur Druckausgleichskammer stand, durch die er gleich das Boot verlassen würde. Mit geschwärztem Gesicht stand der kampferprobte SEAL-Kommandeur da und hatte die rechte Hand auf den linken Unterarm gelegt, als wollte er allein aus seiner enormen Körperkraft Zuversicht schöpfen. Schließlich verschwand er durch die Luke. Seine drei Kameraden folgten ihm, ohne eine Sekunde zu zögern. Diejenigen, die direkt unter dem Oberdeck arbeiteten, konnten die gedämpften Stöße vernehmen, als das ASDV aus dem Dock freikam, um sich auf den Weg ins Südchinesische Meer zu machen.

Nachdem sich Olafs Team wieder vollzählig an Bord befand, wurde der Antrieb des ASDV auf volle Leistung voraus gebracht. Während es unbeirrt seinen Kurs drei-sechs-null mit 18 Knoten Fahrt in einer Tiefe von 15 Metern Tiefe durch die warmen, sandigen Gewässer verfolgte, hinterließ es ein kaum wahrnehmbares Kielwasser auf der Wasseroberfläche des verlassenen, regengepeitschten Meeres.

Die acht SEALs hätten sich miteinander unterhalten können, wenn sie den Wunsch dazu gehabt hätten, aber keiner sprach ein Wort. Was zu sagen war, war gesagt. Sie hatte die gesamte Planung vollständig im Kopf. Außerdem hatte man ihnen schon in der Grundausbildung beigebracht, dass Geräusche, gleich welcher Art, unter Wasser eine gewisse unliebsame Verstärkung erfahren. Jeder versuchte, mit dem auf ihnen allen lastenden Druck zurechtzukommen.

Ganz vorn im Bug konnten weder der Kommandant noch sein Navigator das Geringste sehen. Die ganze Reise fand per Instrumentennavigation statt und würde etwa zwei Stunden genau dort zu Ende gehen, wo es die Planung vorsah: weniger als einen Kilometer vor der südlichen Halbinsel von Xiachuan Dao.

Dann meldete der Kommandant kurz und bündig: »So, Jungs, das wär's. Das Echolot weist unter uns noch drei Meter Tiefe aus, aber es wird jetzt zunehmend flacher. Wird Zeit, sich zu verabschieden.«

Im Gegensatz zu den früheren Unterwasser-Transportfahrzeugen, die von den SEALs verwendet wurden, brauchte diese weiterentwickelte Version nicht mehr an die Oberfläche zu steigen, um die Kampfschwimmer von Bord gehen zu lassen. Jetzt konnten die SEALs, nachdem sie ihre Draeger-Apparate angelegt hatten, das Fahrzeug unter Wasser paarweise verlassen. Dazu brauchten sie nur in die kleine Druckausgleichsschleuse zu treten, die anschließend geflutet wurde. Sobald der Druckausgleich stattgefunden hatte, öffneten sie einfach die Ausstiegsluke im Kiel und ließen sich mit den Füßen voran nach unten sinken. Sie verließen das Boot auf umgekehrte Weise, wie sie an Bord gekommen waren, wobei der Rest des ASDV trocken blieb.

Sobald die ersten beiden Männer das Boot verlassen hatten, verschwendeten sie keine unnötige Zeit und damit ihren kostbaren Luftvorrat, sondern machten sich sofort auf den Weg in Richtung Land. Lt. Commander Bennett paddelte mit den übergroßen Schwimmflossen und hielt sein Angriffsbrett am ausgestreckten Arm vor sich. Unmittelbar hinter ihm schwamm Buster Townsend, der sich jetzt auf seinem ersten Einsatz unter Ernstfallbedingungen befand. Er versuchte daher sowohl mental als auch physisch zu seinem Anführer aufzuschließen.

Während Buster durch das Wasser tauchte, stellte er sich vor, dass ihn da oben ein paar Tausend Chinesen erwarten würden, wenn er wieder auftauchte. Aber genau solche Momente zu bewältigen war er ausgebildet worden. Und zwar jahrelang. Also wusste er, was er zu tun hatte, um damit fertig zu werden. Er legte seinem Anführer die rechte Hand auf dessen breite Schulter und sofort begannen sich die beiden Amerikaner gemeinsam mit mächtigen Schlägen den Gefangenen des Admirals Zhang Yushu zu nähern.

Rusty hatte wie geplant sofort Kurs Nord eingeschlagen. Nachdem Buster und er die Flossenschläge synchronisiert hatten, brachte sie jeder Ausschlag dem Ziel drei Meter näher. Ziemlich genau 300 Flossenschläge würden sie brauchen. Bei je einem Schlag im Abstand von fünf Sekunden würden sie die Strecke in 25 Minuten geschafft haben. Das hört sich relativ einfach an. Tatsächlich ist es aber nur für die eine leichte Übung, die ihre Körper auf dem Amboss der Ausbildung und Disziplin der SEALs in die richtige Form geschmiedet haben. Als Rusty und Buster durchs Wasser schnitten, forderten sie sich alles ab, wussten aber, dass sie der Anforderung gewachsen waren.

Üblicherweise zeigten SEALs, wenn sie auf diese Weise schwammen, erst ab dem vierten Kilometer Ermüdungserscheinungen, weshalb die jetzige Strecke lediglich ein kleiner Sprint war. Als Rusty plötzlich merkte, dass sein Schwimmbrett den sandigen Grund berührte, wusste er, dass sie es geschafft hatten. Kurz darauf tauchten auch schon die Köpfe von Lieutenant Dan Conway und Rattlesnake Davies unmittelbar hinter ihm aus dem Wasser auf. Als nächste trafen dann Chief Petty Officer McCarthy und Paul Merloni fast gleichzeitig mit Bill und John ein.

Inzwischen war es fast acht Uhr abends geworden, und der Strand lag in schattigem Zwielicht, weil die Sonne bereits hinter der stark bewaldeten Landspitze verschwunden war. Rusty freute sich über die verbliebene Helligkeit, denn in ihr bestätigte sich genau das, was man ihnen gesagt hatte, nämlich dass sie in einer sanft geschwungenen weiten Bucht ankommen würden, einem völlig verlassenen Ort.

Bei diesen Lichtverhältnissen war es unmöglich, von Land aus auf dem dunklen Wasser irgendetwas zu erkennen. Die Nacht war mondlos und immer noch hingen schwere Regenwolken über dem gesamten Gebiet. Rusty setzte sich ins flache Wasser, sodass gerade noch Kopf und Hals über die Wasseroberfläche lugten, und gab den anderen ein Zeichen, zu ihm herüberzukommen. »Wir werden erst einmal hier bleiben«, sagte er, »bis es richtig dunkel ist. Wenn wir jetzt auf dem weißen Sand herumspazieren würden, wären wir ebenso gut zu sehen wie die Klöten bei einem kurzhaarigen Hund. Ich möchte lieber auf Nummer Sicher gehen.«

Also saßen sie alle schweigend im warmen Wasser, bis es völlig dunkel sein würde. Sie konnten vom Schlauchboot weder etwas sehen noch hören, als dieses von Olaf Davidson und seinen Männern mit bestens aufeinander abgestimmten Schlägen durch die Bucht gefahren wurde. Die Paddel wurden synchron eingetaucht, durchgezogen und wieder aus dem Wasser gehoben, lautlos und scheinbar mühelos. Dieses Quartett hätte das Harvard-Team ziemlich blass aussehen lassen.

»Pass gefälligst auf, wo du hinfährst, du Armleuchter«, sagte Rusty flüsternd, als das Gummiboot Buster beinahe am Hinterkopf erwischt hätte.

»O Mann«, sagte Catfish. »Was treibt ihr eigentlich hier? Ein Sonnenbad nehmen, oder was?«

Die SEALs kicherten, während die Bootscrew hinaus ins flache Wasser trat und das Boot an Land zu ziehen begann. Dabei schwangen sie es routiniert herum, klappten den Außenborder hoch und zogen es dann mit dem Heck voraus weiter hoch auf den Strand. Die SEALs hoben das Schlauchboot alle zusammen an und schleppten es über den Strand. Es dauerte keine zwei Minuten, bis sie es zwischen den Bäumen hatten.

Rusty war mit der Stelle, wo sie jetzt waren, alles andere als zufrieden, da sie von der Seeseite her weder Schutz noch Tarnung bot. Wenn irgendjemand am Strand ankommen würde, musste er die SEALs sofort entdecken. Er machte sich umgehend mit Dan Conway auf die Suche nach etwas Besserem. Knapp 40 Meter weiter im Osten wurden sie auch schon fündig. Sie stießen auf eine Ansammlung von Felsen, die sich fast anderthalb Meter hoch über den Sand erhob und fast zehn Meter weit in das Gehölz hinein verlief. »Das ist es«, sagte der Spähtruppführer. »Wie werden das Boot dahinter schaffen und es unter dem wasserdichten Schutzzelt verstauen. Von hier aus können die Jungs, die hier Wache schieben, sowohl den Strand als auch den landseitigen Zugang zur Bucht problemlos mit ihrem MG bestreichen – außerdem können sie im Boot selbst schlafen ... Kein Eindringling wird irgendetwas entdecken.«

Während der nächsten halben Stunde richteten sich die SEALs komplett ein. Das Boot wurde abgedeckt und mit der wasserdichten Zeltpersenning getarnt, die sie knapp einen Meter über dem Rumpf aufriggten. Dann sammelten sie ein paar Palmzweige, verwischten damit sorgfältig ihre Spuren im Sand und verwendeten sie anschließend, um das Boot noch besser zu tarnen. Dann wurde für den Notfall das Funkgerät aufgebaut und der Munitionsgurt in das Maschinengewehr eingeführt.

Nachdem sie diese Arbeiten abgeschlossen hatten, war ihre Stellung annähernd unsichtbar geworden. Da auch Rusty Bennett mit dem Ergebnis zufrieden war, bereitete er sich jetzt mit den restlichen sieben Mann seiner Gruppe auf den Abmarsch vor. Sie entledigten sich zunächst ihrer Nasstauchanzüge und stiegen in ihre Dschungelkampfanzüge, die aus braunen T-Shirts, grün und braun gemusterten Jacken und Hosen und weichen Schnürstiefeln bestanden. Dann schmierte sich jeder hell- und dunkelgrüne Tarnfarbe ins Gesicht, über die sie stellenweise auch noch braune Farbe legten. Rusty Bennett trug nie eine Kopfbedeckung, sondern bevorzugte sein dunkelgrünes Stirnband, das er als seine »Sturmhaube« zu bezeichnen pflegte. Nachdem diese Vorbereitungen angeschlossen waren, überprüften sie ihre Waffen: die Pistolen, die MP 5 Automatik, die dazugehörige Munition und, nicht zu vergessen, die Kampfmesser. Dann schulterten sie das Sturmgepäck einschließlich der beiden Klappspaten und schüttelten den zurückbleibenden vier Kameraden noch einmal förmlich die Hand.

Sie hatten die Frequenz für den Funkverkehr untereinander abgesprochen, die sie allerdings nur dann verwenden wollten, wenn sich etwas unerwartet Entsetzliches ereignen sollte. Die Männer mit dem leichtesten Sturmgepäck – das waren Paul Merloni und Rattlesnake Davies – schleppten gemeinsam das schwere Maschinengewehr zwischen sich. McCarthy und Buster trugen die Macheten und Rusty den Marschkompass.

Es war genau 2104, als der rothaarige Lieutenant Commander aus Maine sich in Richtung Norden die Halbinsel hinaufwandte, die Peilung drei-sechs-null nahm und seine Männer in den tropfnassen Urwald führte. Natürlich hätten sie auch die ersten zwei Kilometer am Strand entlang marschieren können, aber Rusty lehnte das kategorisch ab, nachdem er noch einmal die Karte studiert hatte. Zwar wäre dieser Weg zweifellos wesentlich schneller gewesen, doch hätte er sie gleichzeitig auch verwundbarer gemacht, falls die Chinesen die Küstenlinie entlang patrouillierten. Er wollte das vorzeitige Ende der Mission nicht riskieren.

Die SEALs nahmen also den mühevolleren Weg, marschierten durch den Regenwald und blieben so rund hundert Meter hinter der Küstenlinie und damit für jedermann unsichtbar. Sie stapften – mit Ausnahme der beiden Männer, die das Maschinengewehr trugen und deshalb die Nachhut bildeten – im Gänsemarsch hintereinander her. Das Gelände war äußerst schwierig. Auf dem ersten Kilometer war jeder einzelne Meter dicht überwuchert. Sie verzichteten jedoch darauf, die Macheten zu schwingen, weil sie so wenig Lärm wie möglich verursachen wollten. Sie kämpften sich mühsam voran und blieben alle hundert Meter stehen, um zu lauschen. Das Einzige, was ihnen entgegenschlug, war Stille.

Als sie das äußerste Ende der Bucht erreicht hatten, signalisierte Rusty eine Kursänderung auf null-vier-fünf, also rechtweisend Ost. Sie hielten dabei weiterhin den Ozean auf ihrer rechten

Seite und blieben im Schutz des Waldes. Es ging spürbar leichter voran, weil es unter dem Dach der hohen Bäume kaum noch Unterholz gab. Durch die alles einhüllende Dunkelheit war es aber immer noch kein Spaziergang, und Rusty hielt unentwegt den linken Arm vorgestreckt, um sich durch die Äste weiterzuarbeiten. Das Blätterdach über ihnen war derart dicht, dass Rusty seine Zweifel hatte, dass es hier selbst um die Mittagszeit wesentlich heller als im Augenblick wäre.

Der Boden war sehr nass und weich. Die großen matschigen Pfützen ließen sich kaum umgehen, und alle waren glücklich darüber, wasserfeste Stiefel an den Füßen zu haben. Einmal wären sie fast der Reihe nach in einen Bach gefallen, aber Rusty hielt seinen Trupp mit einem leisen Flüstern gerade noch rechtzeitig an. Das Wasser bewegte sich ziemlich schnell, und nachdem sie im Schein der Taschenlampe einen kurzen Blick auf die Karte riskiert hatten, wussten sie, dass es sich hier um einen Gebirgsbach handelte, der von einem 400 Meter hohen Berg namens Guanyin herabstürzte. Dieses Felsmassiv musste sich irgendwo rechts vor ihnen befinden. Colonel Hart hatte die Route auf der Karte jedoch so markiert, dass sie durch eine langgezogene flache Küstenebene führte, die zur Linken von weiten Sümpfen begrenzt wurde, bevor sie auf die See hinauslief. Auf dem eingezeichneten Weg würden sie den Berg umgehen.

Rusty hätte einer Route über den Berg den Vorzug gegeben, denn möglicherweise stand ihnen jetzt eine ziemlich nasse Tour durch das Marschland bevor. Aber der Colonel war dafür nicht zu haben gewesen. Seiner Ansicht nach war damit zu rechnen, dass die Chinesen, wenn sie überhaupt irgendwelche Beobachter in Stellung gebracht haben sollten, diese in den Bergen postiert hatten. Von den nach Norden gelegenen Plateaus aus hatte man nicht nur eine ausgezeichnete Sicht auf das Gefängnis, sondern auch über den größten Teil der ganzen Insel. Wenn es also, so hatte er argumentiert, irgendwelche Außenposten in den Hügeln geben würde, so wäre es ein Ding der Unmöglichkeit, einen Marsch wie den ihren bei Tageslicht durchzuführen. Aber selbst bei Nacht wäre es der Gipfel der Dummheit, da man das Risiko eingehen würde, einer möglichen Patrouille direkt in die Arme zu laufen.

Der Colonel genoss nicht nur wegen seiner hohen Intelligenz einen gewissen Bekanntheitsgrad, sondern auch wegen seiner

blumigen Ausdrucksweise. »Seemann«, hatte er zu Rusty gesagt, »ich mache auch nicht gerade Freudensprünge bei der Vorstellung, dass ihr Jungs euch nasse Füße holt, aber ihr solltet das lieber in Kauf nehmen, als euch den Arsch wegschießen lassen.«
»Meiner Ansicht nach ist das eine faire Alternative, Sir«, hatte der Lt. Commander darauf nur trocken antworten können.

Und so kam es, dass sie jetzt über die flache, nasse Ebene mussten. Andererseits konnten die acht SEALs dadurch fast die ganze erste Hälfte ihres Marsches bewältigen, ohne auch nur einmal eine größere Steigung überwinden zu müssen. Dennoch blieb es eine heimtückische Angelegenheit, sich über den tiefen, weichen, grasbewachsenen Boden bewegen zu müssen. Irgendwann, als sie sich gerade durch ein Gebiet kämpften, das wie ein aufgegebenes Reisfeld aussah, kam Buster nach vorn und flüsterte beiläufig: »Erbitte Erlaubnis, mein Messer ziehen zu dürfen, Sir ... Das hier scheint mir ein ganz beschissenes Alligatorgelände zu sein ...«

»Erlaubnis erteilt«, zischte Rusty sofort, »und bleiben Sie um Gottes willen in meiner Nähe. Nur für den Fall, dass ich einem von diesen Scheißviechern auf den Kopf treten sollte.«

Sie marschierten weiter und fanden sich auf einmal auf wesentlich festerem, leicht ansteigendem Boden wieder. Rusty bestätigte seinen Kameraden leise, dass sie jetzt den Fuß des höheren Bergs der Insel erreicht hatten. Nach den Bildern, die von den Satelliten aufgenommen worden waren, sollte dieser Gipfel sich unmittelbar hinter dem Gefängnis erheben.

Die den SEALs vorgegebene Route würde genau zwischen den beiden Bergen im Norden des Guanyin Shan durchführen. Jetzt ging es wieder in Richtung Osten, also zurück in Richtung See. Dort angekommen, schwenkten sie nach Norden in Richtung der Gebirgsausläufer, wobei sie hofften, schließlich unmittelbar über dem Gefängniskomplex herauszukommen.

Inzwischen war es schon fast Mitternacht. Die Strecke, die sie jetzt noch zurücklegen mussten, war kaum mehr zwei Kilometer lang. Sowohl Rusty als auch Dan Conway benutzten Nachtsicht-Ferngläser, die sie immer wieder bei kurzen Stopps an die Augen führten, um das vor ihnen liegende Gelände abzusuchen. Dabei setzten sie auch die batteriebetriebenen, wärmesuchenden Infrarotsensoren ein. Noch nicht einmal ein Kaninchen kam ihnen vor die Optik.

Vier Minuten vor Mitternacht befahl Rusty seinen Männern anzuhalten, da das Gefängnis möglicherweise bereits hinter dem nächsten Hügel lag. Sie bewegten sich wieder durch ein Gelände, das mit sehr hohen Bäumen bewachsen war. Wie lautlose Gespenster huschten sie von Baumstamm zu Baumstamm durch die chinesische Nacht. Alles wirkte, als wäre es eine Szene aus einem Horrorfilm für Kinder.

Rusty hielt seinen GPS-Empfänger in der Hand. Mit schwachem grünlichem Glimmen wurden die Koordinaten auf dem Display angezeigt. Ziel war die Position 21.42 nördliche Breite, 112.39 östliche Länge. Ein Blick zeigte ihm, dass sie ausreichend weit nach Norden vorgedrungen waren, aber die Anzeige für den Längengrad sprang noch dauernd zwischen 112.38 und 112.39 hin und her. Sie mussten unmittelbar vor den verdammten Gefängnismauern stehen. Sie bewegten sich mit größter Behutsamkeit zwischen den Bäumen weiter und plötzlich tauchten unmittelbar vor ihnen die Lichter des Gefängnisses auf, in dem Captain Judd Crocker und seine Männer wahrscheinlich gefangen waren.

Rusty sah die großen Suchscheinwerfer, deren Strahlen von den beiden hohen, völlig im Dunklen liegenden Wachtürmen ausgingen. Die Suchstrahlen wanderten langsam über den Gefängnishof. Wahrscheinlich waren je zwei Mann oben in den Türmen, einer, der den Scheinwerfer bediente, und eine bewaffnete Wache.

»Verdammte Scheiße«, sagte Rusty, »das bedeutet nichts anderes, als dass wir da oben rauf und erst mal vier Leute ausschalten müssen, bevor wir überhaupt losschlagen können, sonst bricht hier nämlich die verdammte Hölle los. Scheiße. Irgendwie müssen wir die Typen da oben loswerden.«

»Und was jetzt?« flüsterte Merloni.

»Schnauze, Klugscheißer, ich denke nach… Wie sieht's denn von da drüben aus… ein bisschen weiter den Hügel hinunter? Bei der Reihe Büsche mit dem großen Baum davor müssten wir eigentlich reinkommen… Dort unten dürfte es denen unmöglich sein, uns zu sehen, umgekehrt haben wir aber einen ausgezeichneten Blick auf das ganze Gelände. Ich wette, von da können wir sogar direkt auf den Gefängnishof sehen.«

»Ich frag mich, wie viele Chinesen da unten wohl sind?« sagte Lieutenant Conway.

»Schwer zu sagen«, flüsterte Rusty, »aber wenn sie über hundert Gefangene zu bewachen haben, brauchen sie bestimmt eine Wachmannschaft von dreißig Mann ... Bei vier Schichten pro Tag dürften das allein für diese Aufgabe also rund hundertzwanzig Mann sein. Dazu werden noch andere Gockel da unten rumstolzieren – Kraftfahrer, Leute vom Patrouillenboot, die Hubschrauberbesatzungen, Köche, Ordonnanzen, Funker und der Himmel allein weiß, wer sonst noch alles. Ich wäre keineswegs besonders überrascht, wenn sich da unten ein paar Hundert Chinesen herumtreiben.«

»Heiland.«

»Also gut, Jungs ... suchen wir jetzt diese Seite des Hügels mit den Ferngläsern ab, und dann nichts wie hinüber zu der Anhöhe dort. Wir werden schon sehen, wie wir uns da am besten einrichten ... Mal ganz nebenbei, ich hab Kohldampf bis unter beide Arme ...«

»Machen Sie sich deswegen keine Gedanken, Sir«, flüsterte Lieutenant Merloni. »Ich muss nur eben das Maschinengewehr loswerden, dann flitze ich rasch runter und bestell uns ein paar Portionen Schweinefleisch süß-sauer. Mögen Sie lieber Reis oder gebratene Nudeln dazu?«

Die Männer konnten sich gerade noch beherrschen, laut loszuprusten. Sie glucksten mit vorgehaltenen Händen in sich hinein wie alberne Schüler in Anwesenheit des Direktors.

Rattlesnake Davies legte noch einen drauf. »Sir«, wisperte er, »soll ich mit dem Funkgerät anfragen, ob die unter Umständen auch anliefern würden?«

»Einmal Chop Suey mit 'ner Extraportion Sojasoße, bitte ...«

Lt. Commander Rusty Bennett wusste nur zu genau, dass dies alles lediglich eine Reaktion der Entspannung von Männern war, die über viele Stunden hinweg unter äußerster nervlicher Belastung gestanden hatten. Er fand, dass es wenig Sinn machen würde, wenn er ihnen jetzt das bisschen Blödelei über ein Chinarestaurant verbieten würde.

»Passt bloß auf, dass am Ende nicht wir geliefert sind«, sagte er leise. »Also, los jetzt. Runter mit euch und rüber zu der Anhöhe da drüben. Wenn die da drüben ähnlich leistungsfähige Ferngläser haben wie wir, kriegen die uns sonst noch ins Visier.«

Sie brauchten eine Viertelstunde, um auf SEAL-Art durch das Gras zu robben. Man hätte sich weniger als fünf Meter weit von

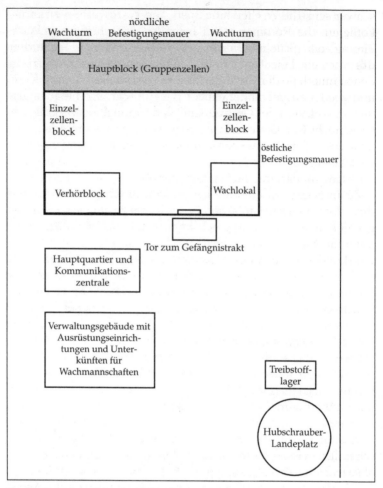

Das Gefängnis auf der Insel Xiachuan

ihnen aufhalten können und nicht mehr mitbekommen, dass sie überhaupt da waren. Zumindest so lange nicht, bis man von einem ausgeschaltet worden wäre.

Die dichten Büsche entlang der Anhöhe kamen ihren Absichten sehr entgegen. Sie konnten dort kleine Schneisen hineinschneiden und dann das Gefängnis von ihrer erhöhten Position durch diese »Gucklöcher« Tag und Nacht beobachten. So würde es nicht

schwer sein, die Wachen zu zählen, den Wachwechsel zu proto-
kollieren, die Routinen der Patrouillen zu erkennen und das
Timing der Scheinwerferbedienung zu erfassen. Außerdem
dürfte es ein Leichtes sein, die Zeiten herauszubekommen, zu
denen innerhalb der Gefängnisbauten die Innenbeleuchtung ein-
und wieder ausgeschaltet wurde. Wichtig war auch herauszufinden, in welchem der Gebäude die Kommunikationszentrale untergebracht war. Dieser würde der erste Angriff der SEALs gelten
müssen. In der Anfangsphase stand und fiel alles damit, dass sie
dieses Gebäude schnellstmöglich ausschalteten, damit die Chinesen nicht Verstärkung herbeirufen konnten.

Zu ihrer großen Freude fanden sie mitten im Gebüsch zwei
dicke Granitfelsen, hinter denen sie ausgezeichnet in Deckung
gehen konnten. Von dort aus lag das Gefängnis kaum 200 Meter
unter ihnen und wenn sie nicht geradezu teuflisches Pech hatten,
würde sie hier kein Mensch jemals entdecken. Das Laubwerk war
so dicht und ihre Tarnung derart professionell, dass selbst eine
Entdeckung aus der Luft sehr unwahrscheinlich war. Von hinten
würde ihnen sicher keine Gefahr drohen.

»Wir wissen natürlich nicht«, sagte Lieutenant Merloni leise,
»ob sie ihre Patrouillen auch über den Hügel hier schicken. Also,
ich würde das an deren Stelle tun. Wenn das hier Amerika wäre
und ich Mao Tse-tungs Enkel gefangen hielte, würde ich dafür
sorgen, dass der ganze Bereich ständig von Wachmannschaften
patrouilliert wird.«

»Stimmt«, sagte Rusty. »Aber vielleicht liegt es ja jenseits ihrer
Vorstellungskraft, dass die USA eine solche Aktion starten. Wahr-
scheinlich wissen die noch gar nicht, dass sie Linus Clarke im
Knast sitzen haben.«

»Genau«, sagte Dan Conway. »Nur deshalb haben wir ja eine
Chance, überhaupt damit durchzukommen. An die Arbeit.«

Nicht zum ersten Mal hatte Lt. Commander Bennett den Eindruck, dass der junge Lieutenant Conway auf dem besten Weg
hinauf in die Führungsetage von Coronado war. Vorausgesetzt, er
würde hier lebend herauskommen.

»Aufteilen in zwei Gruppen«, sagte er, »Lieutenant Conway,
Bill und Buster zu mir. Lieutenant Merloni, Chief Petty Officer
McCarthy, Rattlesnake und John bilden Gruppe zwei, die jetzt
erst mal was zu essen macht. Normale kalte Rationen für alle.

Dann legt sich Gruppe zwei bis 0400 aufs Ohr. Nachdem wir ein Guckloch geschnitten haben, werden Buster und ich die erste Wache übernehmen. Dan und Bill bringen das Maschinengewehr hinter unserem Versteck in Stellung und übernehmen dort die Wache. Jemand sucht jetzt mal den Laptop heraus und bereitet die Kamera vor, damit wir sie gleich beim ersten Licht einsetzen können. Sonnenuntergang war kurz nach 1900, und in diesen Breiten sollte es rund elf Stunden dunkel sein. Das heißt, dass wir gegen 0600 mit dem Einsetzen der Morgendämmerung rechnen können...«

Buster Townsend machte sich sofort mit der Heckenschere am Gebüsch zu schaffen und schnitt ganz leise zwei Öffnungen in das Laubwerk. Dann trugen alle noch einmal das Insektenschutzmittel auf, tranken einige Schlucke Wasser und nahmen ein paar der hochkonzentrierten Proteinriegel zu sich, die für die nächsten 24 Stunden ihre einzigen Energiequellen sein würden.

Danach schob sich Rusty Bennett in das Dickicht, klemmte sich zwischen die Felsen und fokussierte das Nachtsichtglas, nachdem er sich vergewissert hatte, dass sich die Stoppuhr in seiner rechten Jackentasche befand. Buster hatte sich hinter ihn gesetzt und den Laptop hochgefahren, um mit diesem Rustys Kommentare festzuhalten.

»Also, dann mal los... Auf jedem der beiden Wachtürme befinden sich zwei Wachposten, von denen einer immer den Scheinwerfer bedient... Die Scheinwerfer werden im Abstand von vier Minuten eingeschaltet... und zwar immer abwechselnd zwischen den beiden Türmen. Es dauert genau fünfundvierzig Sekunden, bis sie den Gefängnishof einmal komplett abgeleuchtet haben. Daraus ergibt sich ein Zeitfenster von zwei Minuten und fünfzehn Sekunden, in denen keiner der beiden Scheinwerfer eingeschaltet ist.

Dann sind da noch andere Lichter weiter unten. Das dürfte etwa in halber Höhe der Türme sein. Vom Dach des langen Gebäudes führen Treppen hinauf. Das wäre die nördliche Mauer des Geländes und wir beobachten aus Richtung Westen, Entfernung zweihundert Meter.

Im Augenblick, um 0100, beobachte ich eine vier Mann starke Patrouille, die sich paarweise über den Gefängnishof bewegt und dabei an der Innenseite der Mauer des Gebäudes hält, das ich für den Hauptzellentrakt halte. Um von einem Ende zum anderen zu kommen, benötigen sie genau zwei Minuten und neun Sekunden, wobei eine Zweiergruppe in Richtung Osten und die andere in Richtung Westen geht. Von den vier Malen, die sie sich beim Hinundhergehen getroffen haben, sind sie dreimal stehen geblieben und haben sich miteinander unterhalten. Dadurch verlängerte sich die Zeit für einen Rundgang um drei Minuten. Direkt vor mir befindet sich ein eingeschossiges Gebäude auf der rechten Seite des Hauptgebäudes, in dem sämtliche Lichter brennen. Es liegt unmittelbar rechts vom Haupttor zum Gefängnis. Seit wir hier Stellung bezogen haben, hat die Eingangstür ununterbrochen offen gestanden und ständig sind Personen ein und aus gegangen. Innerhalb der letzten fünfundzwanzig Minuten haben fünf das Gebäude verlassen und drei haben es betreten, wobei nicht ausgeschlossen werden kann, dass es sich bei einigen davon um dieselben Personen gehandelt hat. Alle haben Uniform getragen. Wahrscheinlich handelt es sich hierbei um das Wachlokal.«

Rusty sprach langsam in unpersönlichem, aber klarem Tonfall und dabei gleichbleibend monoton, damit die über das Kehlkopfmikrofon an den Laptop übertragenen Worte von der Sprachaufzeichnungssoftware eindeutig identifiziert werden konnten. Die Datei würde später über ihr tragbares Satellitentelefon gesendet werden.

»Um 0110 habe ich eine Gruppe von vier Lichtern beobachtet, die sich in einer Entfernung von etwas mehr als einem halben Kilometer im Osten des Gefängniskomplexes in Richtung Süden bewegten. Ich kann über das Gefängnis hinweg in Richtung See blicken, der ganze Komplex selbst liegt nur unwesentlich höher als der Meeresspiegel. Die vier Lichter befanden sich auf irgendeiner Art von Patrouillenboot. Ich habe gesehen, wie es in Richtung Süden ausgelaufen ist. Wir müssen unbedingt überprüfen, ob es da unten so etwas wie einen intakten Landungssteg gibt ...«

Innerhalb der nächsten Stunde beschrieb Lt. Commander Bennett sämtliche Gebäude, die auch schon Judd Crocker und Shawn Pearson registriert hatten – in dem kleinen mit den Antennen auf dem Dach brannten nur im ersten Stockwerk die Lichter, während in dem wesentlich größeren sieben Fenster erleuchtet und zwei dunkel waren, was zumindest für die Seiten galt, die Rusty von seiner Position einsehen konnte, und das war die nach Westen und die nach Norden weisende.

Er entdeckte auch zwei Hubschrauber, die auf einem großen, runden, freigeräumten Platz abgestellt waren, an dessen nördlicher Begrenzung ein Treibstofflager mit entsprechenden Tanks eingerichtet worden war. Sein größtes Problem bestand darin herauszufinden, wo und wie die Wachen außerhalb des Gefängniskomplexes ihre Streifen gingen. Die Bäume unmittelbar unter seinem Beobachtungsplatz standen zu dicht, um einen ausreichenden Einblick zu gewähren, weshalb er kaum etwas von der westlichen Umgrenzungsmauer erkennen konnte. Das üppige Blätterkleid des Dschungels deckte außerdem den größten Teil der südlichen und nördlichen Mauer ab, die östliche lag natürlich völlig außerhalb seines Sichtbereichs.

»Ich habe die Wachen jeweils paarweise durch das Gefängnistor kommen sehen, immer von West nach Ost, und zwar im Abstand von elf Minuten… Ich schließe daraus, dass die Wachen grundsätzlich einmal komplett um den ganzen Komplex herum patrouillieren. Auch das müssen wir uns später noch einmal genauer ansehen. Ich kann auch nicht mit Bestimmtheit sagen, ob es sich um lediglich zwei oder insgesamt vier Männer handelt…«

Die Stunden flossen dahin. Um 0355 kam es zu den ersten bemerkenswerten Aktivitäten. Rusty sah, wie vier Männer in Formation das Wachlokal verließen und quer über den Gefängnishof zum Zellenblock marschierten. Die Wachen, die Rusty im Laufe der letzten knapp vier Stunden beobachtet hatte, waren ebenfalls in zwei Reihen hintereinander angetreten. Sie salutierten, als die neuen Männer vortraten. Als Nächstes marschierte die abgelöste Wache vom Gefängnishof in das hell erleuchtete Gebäude mit der weit offen stehenden Eingangstür.

Unmittelbar danach wurde das Haupttor zum Gefängnis geöffnet, und vier Wachen kamen heraus, die offensichtlich gerade die Mitternachtswache angetreten hatten. »Okay, Buster. Das wäre jetzt schon mal klar. Die Außenpatrouille besteht definitiv aus vier Mann. Sie wurde genau eine Minute vor 0400 abgelöst… Sie benutzen das Haupttor, weshalb ich der Ansicht bin, dass es der einzige Zugang zum Gefängnis ist, sonst hätten sie für den Wachwechsel eine kleinere Pforte verwendet. Muss bei Tageslicht aber noch einmal überprüft werden, Buster.«

Auch die SEALs lösten sich um 0400 in der Wache ab. Rusty und Buster waren rechtschaffen müde. Sie wickelten sich in ihre wasserdichten Schlafsäcke und streckten sich auf den Isomatten aus.

Chief Petty Officer McCarthy und Lieutenant Merloni bezogen ihre Positionen und legten sich ganz vorn an der Anhöhe auf die Lauer. Paul hatte das Fernglas übernommen, McCarthy saß am Computer. Zuerst einmal nahmen sie sich die Zeit, sämtliche Notizen durchzulesen, die der Boss fast druckreif in den Laptop diktiert hatte. Dann fuhren sie damit fort, auch noch die kleinste Bewegung aufzuzeichnen, die in dem Gefängnis zu beobachten war, in dem Linus, der Sohn des amerikanischen Präsidenten Clarke, gefangen gehalten wurde.

Eine Stunde später, nur wenige Minuten nach 0500, bemerkte Paul an den Lichtern auf See, dass das Patrouillenboot zurückkehrte. Inzwischen wehte eine leichte Brise aus Südwest herein, weshalb der Lieutenant das Wummern der Maschinen bereits vernahm, als das Boot noch gut eine Meile weit auf See stand. Auch er konnte nicht genau erkennen, wo es schließlich festmachte.

Um 0600 erhob sich die Sonne aus dem Ozean und schien Paul direkt ins Gesicht. Es war fast so, als träfe ihn der Strahl eines roten Suchscheinwerfers, der unmittelbar über dem Dach des Zellenblocks montiert war, geradewegs in die Augen. Für die nächste halbe Stunde war an Beobachtung nicht zu denken.

Um 0700 hatte Paul wieder ungehinderte Sicht in den Komplex hinein und konnte die Lageangaben über die einzelnen Gebäude entsprechend korrigieren. Außerdem stellte er fest, dass das Haupttor ständig bemannt war. Zweimal war die Bodenmannschaft der Hubschrauber aus dem Gefängnis gekommen, und jedes Mal waren die Torflügel für sie bedient worden, wobei sie simultan auf und dann wieder zu schwangen. Daraus schloss er, dass sich zwei Wachen ständig auf dem Gefängnishof aufhielten und an den mächtigen hölzernen Torflügeln Dienst taten.

Er stellte auch fest, dass es auf dieser Seite des Hauptzellentrakts lediglich zwei kleine Fenster gab, die wahrscheinlich nur wenig Licht zu den Gefangenen hineinließen. Wenn man von hier oben dieses scheinbar friedliche Szenario beobachtete, konnte man sich kaum vorstellen, dass dort die komplette Besatzung eines größeren amerikanischen Unterseeboots inhaftiert sein sollte.

Um 0800 fand die nächste Ablösung statt. Als Rusty kam, um zu übernehmen, kaute er noch auf den Resten eines Proteinriegels. »Wir werden noch eine Stunde hier bleiben und uns dann näher anschleichen, um eine genauere Messung vorzunehmen. Ein Teil von uns wird sich näher an die Küste vorarbeiten, um festzustellen, wo genau das Patrouillenboot festmacht, und schon einmal eine Landezone auszuwählen, an der dann der Haupttrupp anlanden kann. Ich werde das selbst übernehmen, damit unsere Bosse jemanden haben, dem sie den Kopf abreißen können, falls etwas schief geht!

Der Haupttrupp muss wesentlich näher am Ziel an Land gehen, als das bei uns der Fall war. Es werden immerhin sechzig Jungs sein, und je schneller die ausschwärmen und in Stellung gehen können, desto besser. Aus diesem Grund werden wir dieses beschissene chinesische Patrouillenboot den ganzen Tag über im Auge behalten, um möglichst genau festzuhalten, wann es ausläuft und wieder zurückkommt.

Außerdem müssen wir noch einen Aufnahmepunkt festlegen. Bedenken Sie bitte, meine Herren, dass die Jungs da unten ziemlich geschwächt sein dürften, und wenn die Kulis noch keinen von ihnen umgebracht haben, dürften es über hundert Mann sein. Es wird eine verdammt harte Aufgabe, sie hinunter zur Küste und anschließend in die Schlauchboote zu schaffen. Ich weiß zwar, dass der Colonel und Rick die Sache so heimlich wie nur irgend möglich durchgezogen haben wollen, aber ich habe das dumpfe Gefühl, dass wir einen ganzen Haufen Chinesen um die Ecke bringen müssen, um die Nummer über die Bühne zu bringen. Also, wir müssen auf jeden Fall zwei Abschnitte auswählen, einen für die Landung und einen anderen für die Flucht...«

Um 0830 öffnete sich das Haupttor erneut, und drei uniformierte Chinesen traten nach draußen. Zwei von ihnen hatten Mützen auf dem Kopf und irgendwelche Dokumente unter den Arm geklemmt, während der dritte lediglich zur Uniform gehörende Shorts und ein weißes, mit Epauletten bestücktes Hemd trug, dessen Kragen offen stand. Der Mann war wesentlich größer gewachsen als die beiden anderen Männer und zudem blond, beides Charakteristika, die bei Chinesen selten vorkamen. Es war zwar recht einfach zu erkennen, dass dieser Mann sich von den beiden unterschied, aber von der Stelle aus, an der sich Rusty jetzt befand, war es ihm unmöglich, diesen als Linus Clarke zu identifizieren.

Nachdem er unter dem Terror des nassen Handtuchs zusammengebrochen war, hatte man ihn sofort von seinen Mannschaftskameraden isoliert. Jetzt sollte er jeden Tag hinüber nach Kanton geflogen werden, um dort die chinesischen Techniker bei ihren Anstrengungen zu unterstützen, die *Seawolf* zu kopieren. Aus seiner Sicht hatte er nur die Wahl gehabt, entweder das zu tun oder zu sterben. Und jeder Mensch, so argumentierte er, hatte nun einmal das Recht, sein eigenes Leben zu retten, ganz gleich, welche Konsequenzen damit auch verbunden waren.

Und so saß er auch heute an diesem herrlichen Samstagmorgen wieder in dem Hubschrauber, der ihn hinüber zum Festland und damit zu dem Milliarden Dollar teuren Unterseeboot flog, für dessen Verlust er ganz allein die Verantwortung trug. Und das nur, weil er weder den nachdrücklichen Empfehlungen des Offiziers der Wache, Lieutenant Andy Warren, noch denen des überaus erfahrenen Master Chief Brad Stockton folgen wollte. Immer noch hallte ihm Brads Stimme im Kopf wider: *Möchten Sie nicht lieber den Kommandanten darüber informieren, dass wir gerade einem chinesischen 6000-Tonnen-Zerstörer um den Arsch streichen? Ich finde, das hier ist eine Sache, an der er ein starkes Interesse haben könnte ... keine Ahnung, wie lang deren Schleppsonar ist ... Schleppsonar ... Schleppsonar ...*

Es waren die letzten Worte, die er zu hören glaubte, wenn er einschlief, und die ersten, wenn er wieder aufwachte. Manches Mal verfolgten sie ihn sogar bis in den Schlaf hinein. Es waren Worte, mit denen er bis zum Ende seines irdischen Daseins würde leben müssen, wann immer dieses Ende auch kommen mochte.

Er starrte auf die Hügelkette unter ihm, während der Helix-Hubschrauber vom Typ A über die verlassene Insel knatterte. Er flog, ohne es zu ahnen, direkt über das Versteck hinweg, in dem die Navy SEALs im Augenblick seine Rettung vorbereiteten.

Eine halbe Stunde später flog ein anderer Hubschrauber aus Nordosten an. Rusty beobachtete, wie die Maschine direkt auf das Versteck zuflog und erst in allerletzter Minute abschwenkte, um unmittelbar über dem Gefängnis in den Schwebeflug zu gehen und dann auf dem Platz zu landen, den der Helix erst kurze Zeit zuvor verlassen hatte. Vier Männer stiegen aus dem Hubschrauber, wovon sich zwei, ohne zu zögern, auf das Gefängnistor zu bewegten – das sich auch sofort öffnete –, während die beiden anderen hinüber zu dem kleinen Gebäude gingen, auf dem die Funkantennen das Dach zierten. Diese Männer trugen Werkzeugkästen, und Rusty vermutete – ebenso zufällig wie richtig –, dass es dort im Funkraum irgendwelche Probleme technischer Art gab.

»Dieses kleine Haus ist unser größtes Problem«, sagte er mehr zu sich selbst. »Wenn wir bei seiner Einnahme auch nur eine Sekunde vertrödeln, haben die auch schon einen Funkspruch abgesetzt, und das war's dann. Die Chance, hier lebend herauszukommen, wäre gleich null.« Dann diktierte er seine Beobachtung mit besonderer Betonung in den Computer.

Er überprüfte gerade seine letzten Anmerkungen auf dem Computer, als Lieutenant Conway, der sich gegen die Felsen neben Rusty gelehnt hatte und durch sein Fernglas blickte, noch etwas hinzusetzte: »Ich will Ihnen mal was sagen, Sir. Es gibt noch zwei andere Angriffsziele, die ähnlich wichtig sind. Vielleicht sogar drei…«

»Und die wären…?«

»Die Hubschrauber verfügen ebenfalls über Funkgeräte. Ich weiß zwar, dass sich zum gegebenen Zeitpunkt aller Wahrscheinlichkeit nach niemand an Bord befinden wird, aber wenn einer der chinesischen Offiziere da unten auf Zack ist, nachdem wir die Funkhütte in die Luft gejagt haben, kann er hinüber zu einem der Chopper flitzen und dessen Funkgerät benutzen… Gleiches gilt auch für das Patrouillenboot – das dürfte sogar ein Gerät für die Satellitenkommunikation an Bord haben. Da wird sich ständig jemand an Bord befinden. Wir dürfen einfach nicht zulassen, dass einer von den Klugscheißern das Ding einschaltet und sich den Stützpunkt in Kanton ans Rohr holt.«

»Da haben Sie verdammt recht, Dan«, sagte Rusty nachdenklich.

»Offen gestanden, wäre ich wahrscheinlich überhaupt nicht

darauf gekommen, wenn Sie nicht erwähnt hätten, wie wichtig die Ausschaltung der Funkzentrale ist.«

»Tja, Dan, da zeigen Sie, dass Sie eine Führungspersönlichkeit sind, wie wir sie bei den SEALs brauchen. Wir brauchen Männer mit Selbstvertrauen, die auch mal einem Vorgesetzten zeigen, wo's langgeht.«

Rusty Bennett war ein begeisterter Amateur-Militärpsychologe. Wahrscheinlich nicht ganz so gut wie Colonel Frank Hart, aber annähernd. Jedermann wusste, dass sowohl er als auch Rick Hunter zur Beförderung zum Kommandeur anstanden, wenn diese Mission hier abgeschlossen war – wenn sie die Mission überlebten.

Um 0900 berichtete Dan Conway über verstärkte Betriebsamkeit im Gefängnis. Gefangene wurden hinaus auf den Gefängnishof geführt, wo sie in Reihen zu zwölft antraten. Weitere Gefangene kamen kurz darauf aus den Anbauten an den beiden Enden des Blocks. Rusty Bennett schätzte, dass sich im Haupttrakt die Gemeinschaftszellen befanden, während in den Anbauten die Einzelzellen untergebracht waren, wo man bestimmte Gefangene isoliert halten konnte. Dort wurden wahrscheinlich auch die Verhöre durchgeführt.

Die SEALs waren aber zu weit entfernt, um die Offiziere der *Seawolf* identifizieren zu können. Was sie da sahen, reichte aber aus, um alle Zweifel zu zerstreuen, dass das dort unten die Besatzung des amerikanischen Unterseeboots war: Fast alle Gefangenen trugen noch die unverwechselbare Uniform der U.S. Navy. Selbst über die relativ große Entfernung hinweg konnten sie deutlich erkennen, dass einige der Männer übel misshandelt worden waren. Drei oder vier von ihnen mussten sogar von ihren Mannschaftskameraden gestützt werden.

Unter diesen befand sich auch der Captain selbst, den man im Verhörzentrum brutal zusammengeschlagen hatte.

Brad Stockton stand zwar noch aufrecht, musste aber von Shawn Pearson und Andy Warren gestützt werden. Es war ein Wunder, dass der mächtige Tony Fontana bislang von größerem Ärger verschont und unverletzt geblieben war.

Was die SEALs nicht wissen konnten: Lieutenant Commander Cy Rothstein war in einer der Folterkammern an einer Gehirnblutung gestorben, nachdem ihm der kleine Leutnant der Wache einmal zu oft den Gewehrkolben gegen den Schädel geschlagen hatte. Auch nach zwei Tagen ununterbrochener, gnadenloser Quälerei hatte Einstein nicht eingelenkt.

Dieser Vorfall machte allen eine Sache ganz offensichtlich: Weil sie sonst über die dort gemachten Erfahrungen reden könnten – und würden –, kämen sie nie wieder aus China raus. Zumindest nicht, wenn es nach Admiral Zhangs Willen ging. Denn selbst er, der Herr in einer zwar rückständigen, aber nichtsdestotrotz mächtigen Marine des Fernen Ostens, wusste, dass die Menschenrechte auf dieser Welt nicht mehr ungestraft getreten werden konnten, egal, wer man war. Der Geist des Massakers auf dem Platz des Himmlischen Friedens verfolgte China selbst heute noch, obwohl die Sache bereits 17 Jahre zurücklag.

Von ihrer erhöhten Position aus konnten die SEALs jetzt beobachten, wie eine neue Gestalt die Szene betrat: Fregattenkapitän Li kam in seinen hohen Schaftstiefeln aus dem kleinen Haus mit den Antennen auf dem Dach. Das Tor war bereits für ihn geöffnet worden, und er marschierte hindurch, offenbar in der Absicht, zu den Gefangenen zu sprechen. Die Vermutung erwies sich als richtig. Rusty und seine Männer konnten zwar nicht verstehen, *was* er sagte, aber sein Ton war ganz eindeutig verärgert. Nach ein paar Minuten machte er auf dem Absatz kehrt und verließ den Gefängniskomplex wieder.

»Möchten Sie, dass ich den kleinen Wichser abknalle, Sir?« fragte Lieutenant Merloni.

»Ausgezeichnete Idee, Paul«, sagte Rusty. »Ziehen Sie lieber den plötzlichen Tod durch ein chinesisches Kampfflugzeug vor oder vors Kriegsgericht gestellt zu werden, sobald wir wieder zu Hause sind? Falls wir das dann überhaupt noch schaffen.«

»Ich würde dem Kriegsgericht den Vorzug gegeben. Allerdings auch nicht gerade besonders.«

Jetzt sahen sie, dass sich sämtliche Wachen vorwärts bewegten. Es waren etwa 30 Mann, die nun einige Leute aus den Reihen herausholten und sie zu jenem anderen großen Gebäude innerhalb der Gefängnismauern führten, das gegenüber dem Wachlokal lag. Es war leider das einzige Gebäude, das sie von der Anhöhe aus nicht einsehen konnten. Rusty hoffte, dass sie entweder im Laufe des Nachmittags oder am frühen Abend näher herangehen konnten.

Um 1015 entschied Rusty, dass nun die Zeit zum Abrücken gekommen war. »Wir haben keine Anzeichen dafür feststellen können, dass die über die unmittelbare Nähe der Gefängnismauern hinaus patrouillieren«, sagte er. »Keiner hat auch nur einen Schritt in Richtung Dschungel getan. Auf geht's. Dan und ich werden jetzt mit unserem Team durch den Wald weiter in Richtung Strand vorrücken, um mehr über das Patrouillenboot und den Anlegesteg herauszubekommen. Dann werden wir uns auch gleich nach einer geeigneten Gegend umsehen, wo unser Haupttrupp an Land gehen kann.

Je nachdem wie dort das Unterholz beschaffen ist, werden wir einen Trampelpfad für die Jungs frei schneiden müssen, damit die da überhaupt durchkommen. Wenn die ankommen, ist es pechschwarze Nacht, drum markieren wir einen Punkt und speichern die genauen GPS-Koordinaten im Computer.

Colonel Hart hat auf der Karte schon einen Punkt als Vorschlag eingezeichnet. Wir müssen aber erst feststellen, ob der Ort auch wirklich sicher ist. Wenn nicht, suchen wir einen anderen…

Heute Abend gehen wir kurz nach Einbruch der Dämmerung hinunter, und sehen nach, was sich am Wasser tut. Schließlich wollen wir ja nicht, dass die Schlauchboote auf einen Haufen Felsen rauschen. In der Zwischenzeit, Paul, schnappen Sie sich McCarthy und versuchen, so genau wie möglich die Abmessungen des Gefängnisses und die Entfernungen zwischen den einzelnen Punkten zu erfassen, die für uns von Bedeutung sind. Höhe der Mauern, das Tor, die Wachtürme und so weiter. Und wenn Sie gerade dabei sind, dann finden Sie auch gleich noch heraus, wie die Kulis das verdammte Tor absperren, damit wir morgen keine Überraschung erleben… Wahrscheinlich werden wir die Sache mit Sprengkordel durchziehen müssen.

Rattlesnake und John bleiben hier oben und schieben Wache… Zeichnet währenddessen alles auf, was sich da unten tut. Obwohl die Chinesen offensichtlich versucht haben, den Bereich von Vegetation zu säubern, gibt es immer noch genug Deckungsmöglichkeiten. Notiert die Stellen mit dem Laptop, damit Dan und der Chief keine Schwierigkeiten haben, nah heranzukommen.

Um 1500 kehren wir alle hierher zurück und vergleichen unsere Aufzeichnungen miteinander.«

»Okay, Sir. Dann rücken wir jetzt ab.«

Die SEALs trennten sich. Sechs von ihnen stiegen wieder zurück den Hügel hinauf und verschwanden zwischen den Bäumen. Sie schlugen einen großen Bogen, um zu der von Colonel Hart vorgesehenen Stelle zu gelangen. Sie erwies sich als perfekt. Sämtliche Routineaufgaben wurden in aller Lautlosigkeit und Heimlichkeit durchgezogen. Rusty und Buster legten einen Felsen vor den Bäumen frei, den die Männer des großen Trupps als Markierung dafür nehmen konnten, wo sie den Urwald betreten sollten. Unmittelbar dahinter kappten sie das Gestrüpp zu einer kleinen Lichtung frei, wo sich die Jungs morgen sammeln und für ihre Aufgaben aufteilen konnten.

200 Meter weiter lag Bill am Ufer eines Bachs, der am Gefängnis vorbei in Richtung Norden floss, und passte auf, dass sie nicht gestört wurden. Sollte sich jemand dem Strand nähern, würde er sofort Kontakt zu Dan Conway aufnehmen, damit dieser seinerseits Rusty und Buster alarmierte.

Es tauchte jedoch keine einzige chinesische Wache irgendwo jenseits der Gefängniskomplexes auf, sah man einmal von den bekannten Patrouillen um die Mauern herum ab.

Als sie sich alle wieder im »Versteck« trafen, besaßen sie tonnenweise Information. Das Patrouillenboot war kurz nach 1000 ausgelaufen und bis 1400 draußen geblieben. Es gab eine lange steinerne Anlegestelle, wo das Boot längsseits festmachen konnte. Sie lag etwa 500 Meter von der geplanten Landezone für den Angriff entfernt. Auf jeden Fall müssten ein paar SEALs vorab von den einlaufenden Schlauchbooten springen und hinübertauchen, um Haftminen am Rumpf des Boots zu befestigen. Die Zeitzünder sollten dann so eingestellt werden, dass das Boot gleichzeitig mit den Choppern und der Funkhütte hochging.

Um diese Zeit, überlegte Rusty, sollten sie dann schon oben im Gefängniskomplex sein, nachdem sie die Außenwachen ausgeschaltet hatten. Ab da würde es dann richtig knifflig werden. Was McCarthy über die Wachtürme zu berichten hatte, klang gar nicht gut.

John McCarthy war ein äußerst erfahrener Bergsteiger und konnte einen Enterhaken am langen Seil schleudern wie kein

342

Zweiter, hatte aber dennoch einige Bedenken, was den Angriff anging.

»Die Mauern sind viereinhalb Meter hoch und bestehen größtenteils aus weichem Beton. Darüber erstreckt sich dann ein Holzgerüst wie bei einem Fachwerkhaus. Ich sehe kein Problem, den obersten Balken mit dem Enterhaken zu treffen und am Knotenseil binnen einer Minute nach oben zu klettern, aber das dürfte schon zu lange dauern. Wir kommen nicht daran vorbei, zuerst die Wachen draußen auszuschalten. Und das ist schlecht. Ich hätte es bei weitem vorgezogen, wenn ich vier Kletterer ungesehen oben auf der Mauer haben könnte, von wo aus die dann in Ruhe über die Leitern zur Spitze der Wachtürme steigen können.

Ich kann es mir aber nicht vorstellen, dass alle vier Mann es bis oben schaffen, ohne dabei von den Wachen auf den Türmen entdeckt zu werden. Wenn wir sie abschießen, macht das einen Riesenlärm, noch bevor der eigentliche Angriff losgeht. Meiner Ansicht nach brauchen wir aber zehn Minuten Vorsprung. Die einzige Möglichkeit wäre, die Turmwachen zum Schweigen zu bringen, wenn gerade ein Regenschauer niedergeht. Also warten wir so lange, bis einer einsetzt.

Gegen 1300 hatten wir solch einen heftigen Regenschauer. Da lag ich gerade unmittelbar unter dem Nordwest-Turm in kaum zehn Metern Entfernung auf der anderen Seite des Trampelpfades und habe die Wachen beobachtet. Kaum dass der Regen niedergeprasselt ist, haben die beiden sich ein Plastikregencape mit Kapuze übergezogen. Der Regen hat direkt in den Turm hineingeblasen. Unter den Kapuzen haben die bestimmt nicht viel gehört.

Wenn wir also bei heftigem Regen angreifen, Sir, sollten wir es eigentlich schaffen, dort hinaufzukommen und die Wachen auszuschalten. Dann könnten wir selbst für einige Minuten die Suchscheinwerfer übernehmen, bis die Jungs über die Mauer ausgeschwärmt sind und von dort aus die vier Wachen am Boden eliminiert haben. Gleichzeitig können ein paar andere das Wachlokal neutralisieren. Damit hätten wir wahrscheinlich auch sämtliche Kommunikationseinrichtungen der Chinesen niedergemacht.

Wenn wir aber schon auf dem Weg nach oben zu den Wachtürmen entdeckt werden, ist's passiert. Dann müssen wir zwangsläufig das Feuer eröffnen. Die da oben auf den Türmen haben auch noch Funkgeräte. Ich habe die dazugehörigen Elektroinstallationen gesehen. Im gleichen Moment, in dem wir den Abzug einer Waffe betätigen, wird die Hölle auf Erden losbrechen und die Chinesen haben alle Zeit der Welt, sich neu zu formieren, die Maschinengewehrstellungen zu besetzen und unsere Jungs oben auf der Mauer niederzumähen. Da kommen wir dann nie im Leben mehr raus.«

Lt. Commander Bennett schaute nachdenklich. »Die ganze Operation steht und fällt also damit, dass wir die Wachen auf den Türmen ohne Radau ausschalten.«

»Richtig. Und dazu können wir keinesfalls die Enterhaken einsetzen, um bis ganz nach oben zu gelangen, ohne aufzufallen. Unsere langen Leitern dürften völlig ausreichen.

Da gibt es einen etwa anderthalb Meter breiten Streifen entlang der Rückseite des Flachdachs vom Haupttrakt, der ganz in pechschwarzer Dunkelheit liegt und direkt unter den Wachtürmen entlangführt. Der ist von den Wachen nicht gut einsehbar. Dort können die Jungs die Leitern zum Dach anlegen und einen auf die Sekunde abgestimmten Angriff über die Seiten der Türme ablaufen lassen, wo keiner von den Chinesen mit einem solchen rechnen würde.«

»Aluminiumleitern haben leider die unangenehme Angewohnt, etwas zu scheppern«, sagte Rusty leicht ironisch.

»Nicht, wenn wir die ultraleichten nehmen und die noch dick mit schwarzem Stoff umwickeln. Die Turmwachen scheinen nicht gerade besonders scharfe Hunde zu sein. Die stehen da oben rum, langweilen sich zu Tode und versuchen trocken zu bleiben. Würde mich auch nicht besonders überraschen, wenn immer einer von denen pennt, während der andere mit dem Scheinwerfer hantiert. Wenn wir einen Regenguss abpassen können, habe ich eigentlich ziemlich großes Vertrauen in die Sache. Dann schaffen wir es …«

»Uns bleibt wohl auch nicht eine großartig andere Wahl … Ich stimme dem zu, was Sie da gesagt haben. Auf den Punkt gebracht: Wir müssen die Wachtürme nehmen, und wir müssen sie lautlos nehmen. Dann können unsere Jungs die Wachen am Boden ausschalten und anschließend das Wachlokal angreifen. Im gleichen Augenblick, wo es explodiert, jagen wir auch das Boot, die Chopper und den Funkraum in die Luft. Wenn wir ein Quäntchen Glück haben, werden die in diesem Leben keinen

Funkspruch mehr absetzen. Wir gewinnen mindestens eine Stunde, um die Evakuierung des Ortes in Ruhe durchzuziehen.«
»Ich weiß nicht, ob wir so optimistisch sein sollten«, sagte der Chief. »Die Angelegenheit wird sich zu einem ansehnlichen Kleinkrieg ausweiten. Zumindest in der ersten Viertelstunde.«
»Stimmt. Jetzt müssen wir noch zwei Dinge herauskriegen – einmal etwas über das große Gebäude, das dem Hubschrauberplatz gegenüberliegt und über das wir noch so gut wie nichts wissen, und dann noch, wann das Patrouillenboot abends ausläuft. Wir wissen bislang nur, dass es irgendwann um die frühen Morgenstunden sein muss ... Aber zuerst nehmen wir, wie gesagt, das große Gebäude etwas mehr unter die Lupe. Wir schleichen uns näher ran, sobald es dunkel ist.«

Als sich die Dunkelheit schließlich über das Gefängnis senkte, verschwanden die SEALs einmal mehr zwischen den Bäumen. Diesmal drangen sie auf Umwegen zu dem bezeichneten Gebäude vor. Inzwischen hatte es zu regnen begonnen, was ihre Aufgabe einerseits ungemütlich, andererseits aber auch weniger gefährlich machte. Rusty, Rattlesnake und Buster fanden bald heraus, dass dieses Gebäude als Unterkunft für die Wachen diente. Rusty gefiel es überhaupt nicht, Männer im Schlaf töten zu müssen, aber anders würde es nicht gehen, wenn sie sich nicht in Gefahr bringen wollten. Wie so oft würde es auch bei diesem Einsatz der SEALs keine Alternative zur brutalsten aller Vorgehensweisen geben, alles andere würde darauf hinauslaufen, dass man dem eigenen Tod ins Auge blickte.

Sie hatten jetzt, während sie die Wachen mit der Stoppuhr verfolgten, ein bisschen Zeit, die Situation zu beurteilen. Der Wachwechsel wurde um 2000 protokolliert. Vor den Unterkünften schob nur jeweils ein einziger Soldat Wache und der wurde alle zwei Stunden abgelöst. Da die Eingangstür praktisch ununterbrochen offen stand, konnten sie sehen, dass die Männer während ihrer wachfreien Zeit offensichtlich um die Tische herumsaßen.

Und dann, um neun Minuten nach neun, geschah es: eine der Situationen, die in Millionen Fällen nur einmal eintrat. Die einzelne Wache setzte sich genau in die Richtung des Geländes in Bewegung, auf dem sich die drei SEALs versteckt hielten. Sie alle sahen den Chinesen kommen. Die Entfernung betrug gerade einmal zwölf Meter, und in dem Licht, das aus dem Gebäude fiel, konnten sie erkennen, dass er das Gewehr geschultert hatte und gerade dabei war, den Reißverschluss der Hose zu öffnen. Der Kerl kam tatsächlich hier zu ihnen herüber, um ins Unterholz zu pinkeln. Die SEALs erstarrten. Die Wache lief unbeirrt genau auf Rusty zu, der sich, das Gesicht nach unten gerichtet, flach auf den Boden presste. Die anderen beiden lagen jeweils kaum mehr als einen Meter zu seinen Seiten. Es gab für sie kein Entrinnen aus der sich anbahnenden Katastrophe. Sie konnten weder davonlaufen, noch konnten sie sich in den Wald zurückziehen, da sie dann sofort entdeckt worden wären. Den Soldaten einfach zu erschießen schloss sich von vornherein aus. Ein Schuss würde sofort einen Aufruhr hervorrufen. Selbst den Mann niederzuschlagen oder zu erwürgen wäre immer noch eine ziemlich schlechte Alternative, da man die Wache irgendwann doch vermissen würde.

»Verdammte Scheiße!« flüsterte Rusty. »Der latscht noch glatt auf uns drauf.« Womit er Recht hatte. Als der Soldat so weit alle Vorbereitungen abgeschlossen hatte und ins Unterholz zielte, stand er genau auf Rustys rechtem Bein. Offenbar merkte er sofort, auf was er da stand, obwohl sich Rusty nicht gerührt hatte. Der Chinese wirbelte verblüfft herum, stutzte, machte Anstalten loszubrüllen, brachte jedoch keinen Laut mehr über die Lippen, denn in der gleichen Sekunde war Rattlesnake auch schon über ihm, zog ihm das Messer durch die Kehle und schnitt der Wache dabei Luftröhre, Halsschlagader und Stimmbänder durch. Der Soldat war tot, bevor er auf dem Boden aufkam. Jetzt standen die SEALs vor einem ziemlichen Problem.

Lt. Commander Bennett übernahm sofort das Kommando. »Rasch. Jeder schnappt sich einen Arm und dann ziehen wir ihn zurück ins Gebüsch. Und passt um Gottes willen auf, dass er nicht alles mit seinem Blut einsaut ... Ganz ruhig, Jungs ... immer weiter ... So ist's gut ... Passt auf, dass er nirgendwo hängen bleibt ...«

40 Meter weiter blieben sie stehen. »Das Ganze halt«, befahl Rusty. »Also, die größte Gefahr geht im Augenblick von dieser Blutspur aus. Die müssen wir schnellstens verschwinden lassen. Buster, zurück auf die Anhöhe, und schnappen Sie sich eine Machete, die Heckenschere, zwei Klappspaten und eine Isomatte.«

»Aye, Sir.«

346

Keine zehn Minuten später glitt er wieder durch die Bäume. Es geschah so lautlos, dass sie anderen ihn erst bemerkten, als er schon neben Rattlesnake stand.

»Jesses, Buster. Wo zum Teufel kommst du denn her?«

»Alles nur Übung.«

»Also gut, Jungs. Wir werden die Büsche hier nicht wie einen Teppich sauber machen können, also bleibt uns nichts anderes übrig, als die Blutspuren so gut wie möglich zu kaschieren. Schneiden Sie mit der Heckenschere ein paar Palmwedel ab. Die legen wir überall dort drauf, wo es notwendig ist. Die werden ihn nicht gleich vermissen, und richtig suchen können sie erst nach Tagesanbruch. In der Zwischenzeit schleppen wir ihn in Richtung Strand und vergraben ihn dort so tief wie möglich. Wenn wir unten sind, ziehen wir ihm die Stiefel aus, nehmen seine Mütze und sein Gewehr und platzieren sie an einem anderen Ort, wo die Sachen dann auch ganz sicher gefunden werden. Wenn wir Glück haben, denken sie vielleicht, dass er schwimmen gegangen und dabei ertrunken ist – oder desertiert.«

Was zunächst so ausgesehen hatte, als würde es eine ruhige Nacht werden, hatte sich zu einer äußerst gefährlichen Situation entwickelt. Nachdem sie schließlich die Wache am Strand vergraben hatten und die zehn Kilometer zum ursprünglichen Sammelplatz zurückmarschiert waren, gab es niemanden, der nicht zum Umfallen müde gewesen wäre. Inzwischen war es nach Mitternacht und die acht SEALs mussten zurück zur *Ronald Reagan*. Sie übergaben den Computer mit den Notizen und Diagrammen an Lt. Commander Davidson und informierten die zurückbleibende Gruppe, dass sie, so Gott wollte, wie geplant mit dem großen Stoßtrupp gegen 2300 in der vorbestimmten Zone an Land gehen würden.

Lt. Commander Davidson hatte mit seinen Männern langweilige Stunden verbracht. Sie hatten niemanden zu Gesicht bekommen, nur das Patrouillenboot war gegen 2100 etwa eine Meile vor der Küste an ihnen vorbeigefahren. Nachdem sie die Satellitendaten mit ihren Aufzeichnungen abgeglichen hatten, stand zu erwarten, dass das Boot wieder zwischen 0100 und 0500 unterwegs sein würde. Jetzt war also eine gute Zeit, die Satellitenantenne aufzustellen und den Bericht an Colonel Hart abzuschicken.

Olaf und Catfish gingen zusammen mit Rusty und seinen Leuten hinunter zum Wasser, sobald diese ihre Neoprenanzüge angezogen hatten. Mit Palmwedeln verwischten sie sofort ihre Fußabdrücke im Sand. Als sie am stillen Ufer angelangt waren, schüttelten sie einander die Hände. Als sie sich dann geschmeidig und ohne das geringste Plätschern ins Wasser gleiten ließen, dabei die Schwimmbretter schon in den Händen hielten und bereits über ihre Draeger-Apparate atmeten, regnete es immer noch leicht. Geräuschlos glitten sie dann immer weiter in die Tiefe und nahmen Kurs auf das wartende ASDV, das ihnen alle 30 Sekunden seinen Peilton entgegenschickte.

Sonntag, 16. Juli, 0939 (Ortszeit)
Marinestützpunkt Zhanjiang

Admiral Zhang war nachdenklich. Er und Admiral Zu sahen gerade den täglichen Bericht von Fregattenkapitän Li durch. Größtenteils Routinemeldungen. Lediglich ein paar wenige Informationen, die man den Gefangenen hatte abpressen können, waren darin besonders hervorgehoben. Sonst drehte sich fast alles um Dinge, die mit dem normalen Betrieb einer provisorischen Militäreinrichtung zu tun hatten. Kostenabrechnungen, Anforderungen, Zugänge und Abgänge.

Ganz unten im Bericht, der hier um 0900 per Fax eingegangen war, gab es noch einen Absatz, in dem Folgendes festgehalten wurde:»Eine der Wachen bei den Mannschaftsunterkünften wird vermisst. Der Soldat meldete sich um 0200 nicht zum Dienst, sein Bett war unberührt. Mit dem ersten Tageslicht führten wir eine umfassende Suchaktion durch und fanden dabei am Strand unglücklicherweise nur seine Stiefel, Strümpfe, Hosen, die Dienstmütze und sein Gewehr. Von ihm selbst jedoch keine Spur. Wahrscheinlich ist er im Laufe der Nacht wegen der herrschenden Hitze noch etwas schwimmen gegangen. Entweder ist er dabei ertrunken, oder er ist desertiert. Wir haben bereits die Polizeistation auf Shangchuan Dao kontaktiert und angewiesen, entlang der Westküste der Insel verstärkt nach einer Leiche Ausschau zu halten, da dies der Bereich ist, an dem die Gezeiten eine solche anspülen würden.«

Admiral Zu hatte den Bericht sorgfältig durchgearbeitet und sich speziell bei den Kostenaufstellungen und Anforderungen einige Randnotizen gemacht. Wie nebenher sagte er:»Die haben letzte Nacht eine der Wachen verloren. Wie es scheint, ist sie entweder ertrunken oder desertiert. Haben die Kleidungsstücke am Strand gefunden.«

Admiral Zhang streckte die Hand aus.»Darf ich mal sehen?«

»Natürlich. Letzter Absatz.«

»Hm. Das ist aber ziemlich beunruhigend. Dieser Mann könnte ein amerikanischer Agent sein, der gegen uns arbeitet. Vielleicht hat er versucht, irgendwelche Informationen über die Gefangenen an die CIA zu melden.«

»Admiral Zhang... kann es sein, dass Sie überall Amerikaner sehen?«

»Mache ich den Eindruck?«

»Na ja, vor ein paar Tagen haben Sie doch entschieden, in Chongqing ein komplettes Gefängnis wieder instand setzen zu lassen für den Fall, dass die Amerikaner vielleicht auf die Idee kommen, Xiachuan Dao zu stürmen, um ihre Männer zu befreien.«

»Ja, das stimmt«, sagte der Oberbefehlshaber.»Die Amerikaner werden sich durch nichts und niemanden aufhalten lassen. Diese Erfahrung haben wir beide schließlich schon ebenso bitter machen wie teuer bezahlen müssen.«

»Schon klar, Admiral. Ich spreche auch nur auf der Basis militärischer Wahrscheinlichkeit. Wie viele Männer würden die benötigen, um unsere Leute zu überwältigen? Wie in aller Welt sollen die überhaupt da hinkommen? Und überhaupt, wie sollen sie denn erfahren haben, dass sich die Besatzung der *Seawolf* gerade auf dieser Insel befindet?

Und wo wir schon einmal dabei sind – wie wollten sie nach einem Überfall wieder von dieser Insel wegkommen? Dazu brauchten sie ein größeres Kriegsschiff, aber dafür ist das Wasser dort viel zu flach. Wir würden es ohnehin sofort erfahren, wenn sie in diese Gewässer einliefen, und zwar schon etliche Stunden bevor sie auch nur in die Nähe der Insel kämen. Wir sollten uns nicht in eine militärische Unmöglichkeit verbeißen. Nicht dass Sie dabei langsam eine Kiefersperre bekommen, Admiral Zhang.«

»Es ist nun einmal meine Aufgabe, mich in solche Sachen zu verbeißen, Zu. Es geht bei dieser Sache um das Wohl der chinesischen Bevölkerung. Das mit der ertrunkenen Marinewache gefällt mir überhaupt nicht. Darf ich den Bericht noch einmal sehen ...?«

Zu Jicai reichte das Fax hinüber. Der Oberbefehlshaber las es, wobei es ihn nicht mehr in seinem Sessel hielt und das Stirnrunzeln auf dem strengen Gesicht während seines ruhelosen Marsches durch das Zimmer tiefer und immer tiefer wurde.

»Zunächst möchte ich einen vollständigen Bericht über diesen ertrunkenen Mann mit allen Einzelheiten, selbst die scheinbar nebensächlichste Kleinigkeit: Familienverhältnisse, Hintergründe, wie lange er schon dient. Ich will herausfinden, ob es auch nur den Hauch eines Hinweises darauf gibt, dass er in Kontakt zu den Amerikanern gestanden haben könnte.«

»Das sollte nicht schwer sein. Die meisten der Wachen gehören zur Südflotte, weshalb sich seine Personalakte hier in Zhanjiang befinden wird. In einer Viertelstunde haben Sie alles auf dem Tisch.«

Admiral Zu befahl einen seiner Adjutanten zu sich. Als dieser eintrat, übergab er ihm das Fax mit den Worten:»Guten Morgen, Lee. Rufen Sie in Xiachuan Dao an, und lassen Sie sich dort den Namen des Mannes geben, von dem im letzten Absatz dieses Schreibens die Rede ist. Dann beschaffen Sie mir dessen Personalakte. Ich gehe davon aus, dass sie sich hier bei uns befindet. Sollte das wider Erwarten nicht der Fall sein, wünsche ich, dass Schanghai die Sache sofort erledigt. Auf Befehl des Oberbefehlshabers. Das wär's. Danke.«

Die beiden Admiräle tranken noch etwas Tee, während sie warteten. Zwölf Minuten später wurde die Personalakte des vermissten Soldaten hereingebracht. Admiral Zu überflog sie und erwähnte einzelne Informationen:»Also, er ist achtundzwanzig, verheiratet, ein Kind. Lebt in Guangzhou ... Seine Frau steht auf der Liste der zu informierenden Angehörigen an erster Stelle ... Die Eltern leben in Xiamen. Da ist er auch geboren und aufgewachsen ... hat auf Zerstörern seine Seedienstzeit absolviert ... Soweit ich es entnehmen kann, hat er dabei nie chinesische Hoheitsgewässer verlassen ...«

»Was ist mit seiner Frau?«

»Sieht ziemlich ähnlich aus wie bei ihm. Stammt auch aus Xiamen. Keine großartige Erziehung. Zog nach Guangzhou, als er seine letzte Kommandierung dorthin erhielt. Hier gibt es keine Anmerkungen, die darauf hinweisen würden, dass er in nächster Zeit für eine Beförderung angestanden hätte oder seine Karriere einen anders gearteten Verlauf hätte nehmen sollen. Also, der ist alles andere als ein typischer Spionagekandidat für die CIA«, fügte er noch hinzu, wobei er eine gewisse Ironie in der Stimme nicht ganz unterdrücken konnte – oder wollte.

Zum ersten Mal lächelte Admiral Zhang.»Tja, sieht ganz danach aus. Irgendetwas beunruhigt mich aber dennoch bei der Sache. Im Bericht werden alle gefundenen Kleidungstücke detailliert aufgelistet – bis hin zu den Socken. Aber nirgendwo ist die Rede von einer Uniformjacke oder einem Hemd...«

»Und?«

»Wer geht denn schon schwimmen und behält dabei Hemd und Jacke an, zieht aber Stiefel und Hosen aus und legt die Mütze ab.«

»Na ja, vielleicht hat er gar keine Jacke angehabt.«

»Stimmt. Und wenn das der Fall war, müsste sie sich eigentlich noch in seiner Stube befinden.«

»Und was, wenn nicht?«

»Sehen wir die Sache doch einmal so: Er ist erschossen oder erstochen worden und blutüberströmt zusammengebrochen. Das wiederum zwingt den Mörder, die verräterischen Kleidungstücke des Ermordeten, die mit dessen Blut besudelt sind, zusammen mit der Leiche zu vergraben.«

»Sie haben die Phantasie eines Filmdetektivs, Zhang.«

Admiral Zhang lachte.»Ich spiele hier nur zur Hälfte des Teufels Advokat«, sagte er.»Ich frage mich ernsthaft, weshalb ein Mann mitten in der Nacht schwimmen geht und dabei seine Uniformjacke anbehält.«

»Vielleicht wollte er auch Selbstmord begehen, Zhang, und erhoffte sich von der Jacke zusätzliches Gewicht, das ihn hinunterziehen würde.«

»Wenn er das wirklich vorgehabt hätte, wäre er mit all seiner Kleidung am Leib ins Wasser gegangen. Warum hätte er dann vorher die Hose ablegen und die Stiefel ausziehen sollen?«

»Tja, stimmt auch wieder. Aber es sind und bleiben alles nur Indizien und Vermutungen.«

»Selbstverständlich, Zu, und ich verstehe auch Ihre Vorbehalte. Fragen wir trotzdem mal bei Fregattenkapitän Li genauer nach.

Ich möchte, dass die Stube des Mannes durchsucht wird. Vielleicht hat er ja tatsächlich noch in der Stube die Oberbekleidung abgelegt, bevor er hinunter zum Strand gegangen ist.«

»Ich werde sofort alles veranlassen, obwohl ich wirklich so meine Zweifel habe, dass wir es bei dem Mann mit einem Agenten der CIA zu tun haben oder dass sich da draußen in den Wäldern von Xiachuan Dao ein mörderischer Irrer herumtreibt, der bewaffnete und für den Kampf ausgebildete chinesische Soldaten umlegt.«

»Es sei denn, die Amerikaner sind bereits gelandet, Zu.«

»Gelandet?!«

»Es sind schon weit merkwürdigere Dinge passiert. Ich bin mir voll und ganz darüber im Klaren, dass das wenig wahrscheinlich ist, aber wir dürfen die Möglichkeit nicht vollends ausschließen. Wir werden uns nicht an dem orientieren, was wahrscheinlich ist, sondern an dem, was alles passieren *kann*.«

Eine weitere Viertelstunde verging, bis Lee mit einem kurzen Fax zurückkehrte: »*Stube gründlich durchsucht. Keine Uniformjacke gefunden, auch kein Uniformhemd.*«

»Dann ist er in seiner Jacke und seinem Hemd gestorben«, sagte Admiral Zhang. »Entweder im Wasser oder durch die Hand eines Mörders.«

»Vielleicht ist er ja von einem seiner Kameraden ermordet worden, Zhang.«

»Gut möglich.«

»Also, was soll ich weiter in dieser Sache unternehmen?«

»Mein Freund Zu, nichts mehr. Aber das Rätsel bleibt. Ich werde jetzt mit größter Eile die Verlegung der amerikanischen Gefangenen von dieser offenbar unsicheren Insel vorantreiben.«

»Ist das Gefängnis in Chongqing denn schon so weit?«

»Am Dienstag ist es fertig. Schon morgen werde ich bei Tagesanbruch mit der Verlegung beginnen. Der Transport über die Straßen bis ins Gebirge wird rund zwei Tage in Anspruch nehmen. Bald werden all unsere Sorgen ein Ende haben. Sie werden sich an einem Ort befinden, wo sie niemand mehr ausfindig machen kann. Nicht in hundert Jahren.«

# KAPITEL NEUN

Zwei Tage bevor der Spähtrupp der SEALs nach Xiachuan Dao aufbrach, trat die erste Hälfte von Admiral Morgans zweispurigem Angriff auf die chinesische Marine in ihre aktive Phase. Es war Mittwoch, der 12. Juli, und die Uhr zeigte genau zwölf Uhr mittags. Der Hubschrauber mit der letzten Ladung SEALs war gerade auf dem Anflug auf die *Ronald Reagan*. Aber das geschah über 10 000 Kilometer und 17 Zeitzonen von der sonnenbeschienenen Stadt San Diego in Südkalifornien entfernt, wo sich John Bergstrom gerade auf den Weg zum Zoo machte.

Im weitläufigen, kulturellen Zentrum des Balboa Park, der weniger als fünf Kilometer von John Bergstroms Stützpunkt Coronado entfernt lag, hatte der König der SEALs bereits dem Grabmal des unbekannten Soldaten seine Ehrerbietung gezollt. Jetzt schlenderte er den Zooweg entlang und näherte sich zielstrebig dem Affenhaus, das gegenüber dem Bärengehege lag.

Er trug weiße Shorts, ein dunkelblaues Tennishemd und an den nackten Füßen teuer aussehende Bootsschuhe. In der rechten Hand hielt er eine Einkaufstüte, in der sich ein brandneuer Kassettenrecorder befand, der noch in seiner Originalverpackung steckte. Der tief gebräunte Admiral mit dem weichen, langsam ergrauenden Haar war eine imposante Erscheinung. Schlank und selbstbewusst, war er genau die Art von Mann, dem man schon von weitem ansah, dass er gewohnt war, dass man seinen Anweisungen unbedingt Folge leistete.

Das Bild, ihn von Touristen umgeben auf einer Bank vor dem Affenhaus sitzen zu sehen, war eher untypisch für ihn. Aber genau das tat er jetzt, weil es zum Gesamtablauf des Angriffs auf die chinesische Marine gehörte – so merkwürdig es dem unbedarften Betrachter auch erscheinen mochte. Ungeduldig saß der Admiral denn auch da, während er auf Richard White, einen 43-

jährigen Abteilungsleiter für Investmentangelegenheiten bei der Bank of California in Hongkong wartete. Wie der Admiral, so war auch Richard White nicht der Mann, der er dem äußeren Anschein nach zu sein schien. White arbeitete bereits seit über 20 Jahren vor Ort für die CIA und wurde von dieser immer wieder bei verdeckten Operationen eingesetzt. Noch nicht einmal der Vorstand der kalifornischen Bank wusste etwas über diese »nebenberufliche« Tätigkeit seines Mitarbeiters Richard White.

Als der Bankier schließlich eintraf, fehlte nur noch der dritte Mann, der an diesem merkwürdigen Treffen teilnehmen sollte. Es handelte sich um Mr. Honghai Shan vom China International Travel Service. Richard White und er sollten zusammen nach Hongkong zurückreisen. Dem in Kowloon gebürtigen Chinesen würde die Aufgabe zufallen, den Kassettenrecorder durch den für seine Schwierigkeiten bekannten chinesischen Zoll am internationalen Flughafen von Hongkong zu schleusen.

Die Einsatzbesprechung für diesen Kurierauftrag sollte hier auf dieser Bank stattfinden, direkt unter der Attraktion des Zoos, der »Skyfari«, einer Schwebebahn, die alle 20 Minuten durch die Baumwipfel über dem Löwengehege rollte. Hier würde Richard White das Päckchen entgegennehmen und Admiral Bergstrom mit dem tapferen amerikanischen Agenten bekannt machen, dessen Beschäftigung für den »Auslandsarm« der chinesischen Touristikindustrie dazu führte, dass er beim Zoll in Hongkong eine Art Immunität besaß.

Honghai Shans Eltern, beides Lehrer, waren im Rahmen der damaligen Kulturrevolution durch die Roten Garden der Madame Mao umgebracht worden, was dazu geführt hatte, dass er schon seit dem Knabenalter als Verbindungsmann für die CIA arbeitete. In drei Jahren würde er sich zusammen mit seiner Frau in ein auf den Hügeln von La Jolla gelegenes Haus zurückziehen. Ein Geschenk des ihm überaus dankbaren Geheimdienstes.

Die beiden Männer trafen unabhängig voneinander ein. Zuerst der Amerikaner, der sofort auf der Bank Platz nahm und mit der Lektüre des *Wall Street Journal* begann. Hinter der Zeitung verborgen, sprach er ganz leise in Bergstroms Richtung. »Hallo, Admiral. Rick White. Shan wird auch jeden Augenblick da sein.«

John Bergstrom ließ nicht das geringste Anzeichen erkennen, dass er die Worte vernommen hatte. Drei Minuten später näherte sich ein perfekt gekleideter chinesischer Geschäftsmann der Bank. Er trug der großen Hitze wegen einen leichten cremefarbenen Anzug und bewegte sich ganz gemächlich. Schließlich nahm er am äußersten Ende der Bank Platz, wobei er die ganze Zeit den Blick nicht aus dem Prospekt des Zoos hob. Wahrscheinlich suchte er das Gehege der Pandabären.

Immer noch hinter den Seiten des *Journal* versteckt, begann Rick White erneut zu flüstern.»Admiral, dieser Herr ist Honghai Shan, ein Mann der unser tiefstes Vertrauen genießt. Wir werden zusammen nach Hongkong reisen. Ich werde das Paket die ganze Zeit über bei mir tragen, bis wir das Flugzeug verlassen. Dann wird Shan es übernehmen. Später wird er es mir in meinem Büro zurückgeben.«

Admiral Bergstrom sagte kein Wort. Er stand einfach auf und schritt davon, wobei er die Plastiktüte an der Bank stehen ließ. Dann richtete Richard White sich auf, drehte sich nach links und nahm die Tüte. Er ging langsam zurück durch den Eingang zum Zoo und von dort aus weiter in Richtung des Kriegerdenkmals. Bevor er das Monument erreicht hatte, glitt er in eine schwarze Limousine, die ihn auf dem schnellsten Weg hinüber zum Lindbergh Field brachte, auf dem sich der internationale Flughafen von San Diego befindet.

Honghai Shan benutzte ein anderes Fahrzeug, einen dunkelgrünen Viertürer, der ihn auf direktem Weg hinaus aus dem Stadtzentrum zum Freeway brachte und auf diesem dann weiter Richtung Norden zum Flughafen von Los Angeles. Das nächste Mal, wenn sich die beiden Männer trafen, würde dies auf nebeneinander liegenden Sitzen an Bord des United-Airlines-Flugs nach Hongkong sein. Rick White würde den Kassettenrecorder als Handgepäck bei sich haben.

Der 17-stündige Flug startete an diesem Mittwoch gegen zehn Uhr abends. Wegen des Passierens der Zeitzonen, die ebenfalls 16 Stunden ausmachten, minus einer Stunde, weil in Hongkong die Sommerzeit nicht galt, würden sie am Freitag um sechs Uhr morgens Ortszeit ankommen. Die beiden Agenten des Nachrichtendienstes unterhielten sich während des Flugs leise über das Leben in Hongkong, über die alten Tage, als die Stadt noch als Kronkolonie unter britischem Protektorat stand, und über die ständig wachsende Aufrüstung des chinesischen Militärs.

Sie waren alte Freunde und hatten gemeinsam schon so mancher Gefahr ins Auge gesehen. Das Paket, das sie diesmal nach Hongkong hineinschmuggeln sollten, strahlte etwas merkwürdig Tödliches aus, aber Shan machte sich deswegen keine Sorgen. Als ranghöchster Fachmann im chinesischen Amt für Überseetourismus war er schließlich dafür verantwortlich, dass Jahr für Jahr Millionen von US-Dollar in die Volksrepublik China flossen. Er genoss alle Sonderstellungen eines privilegierten Reisenden und hatte etliche Freunde in den obersten Etagen der Kommunistischen Partei des Landes. Die meisten der Zollbeamten wussten ganz genau, wer er war. Es lag inzwischen schon etliche Jahre zurück, dass einer von ihnen sich getraut hatte, Shans Koffer zu öffnen, um diesen zu durchsuchen.

Das Risiko, dass man ihn auffordern würde, die Plastiktüte zu öffnen, war äußerst gering. Dass man von ihm gar verlangen würde, die Verpackung des Kassettengerätes aufzureißen und es aus der Hülle zu nehmen, war völlig ausgeschlossen.

Es lief wie erwartet. Honghai Shan ging ungehindert durch die Zollsperre, wurde vom Offizier vom Dienst sogar mit einer höflichen Verbeugung und einem Nicken begrüßt. Rick Whites Koffer wurde routinemäßig geöffnet, wenngleich nicht näher durchsucht. Gegen acht Uhr morgens waren beide Männer zu Hause.

Um halb zehn verließ Shan sein Büro im neunten Stock des Swire House an der Chater Road und ging raschen Schritts durch das Zentrum hinüber zur California Bank. Dort traf er Richard White in der Lobby und übergab ihm das Paket, das sie gemeinsam um die halbe Welt transportiert hatten.

Die beiden Männer lächelten, schüttelten einander die Hand, und schon eilte der Amerikaner auch schon wieder zurück in sein Büro im 15. Stock. Dort angekommen, erteilte er als Erstes seiner Sekretärin Suzie Renrui, einer chinesisch sprechenden Frau, die aus San Francisco stammte, die Anweisung, sie möge jedem, der ihn sprechen wolle, die Auskunft erteilen, er sei heute nicht im Hause.

Gleich darauf schloss er die Tür zu seinem Büro hinter sich ab und packte den Kassettenrecorder aus. Anschließend entfernte er mit einem kleinen Schraubenzieher die Schräubchen, die das Außengehäuse zusammenhielten. Im freigelegten Inneren kamen dann aber keineswegs irgendwelche elektronischen Bauteile zum

Vorschein, sondern lediglich zwei versiegelte schwarze Plastiksäckchen. Eines der beiden enthielt eine schwere, 15 Zentimeter lange Box, die zehn Zentimeter breit und zweieinhalb Zentimeter dick war. Die andere fühlte sich an, als enthielte sie eine 13 mal 13 Zentimeter abmessende Box und ein Kameraobjektiv sowie Kabel und Schrauben.

Rick White hatte keine Ahnung, was sich in den Beuteln befand, und er würde es auch nie erfahren. Er nahm sich eine Melone aus einer Einkaufstasche, zerteilte sie und verbrachte die nächste halbe Stunde damit, die Frucht gänzlich auszuhöhlen, bevor er zur eigentlichen Sache kam. Nachdem er die Schale sorgfältig abgetrocknet hatte, verstaute er gewissenhaft die beiden Plastiksäckchen darin. Er fügte die beiden Hälften wieder zusammen. Dann schaute er noch einmal in die Einkaufstüte und fand in ihren Tiefen schließlich das, wonach er suchte: eine kleine Rolle mit einem etwa zwei Zentimeter breiten Klebeband in den Farben Schwarz und Gelb. Er rollte ein Stück davon ab, entfernte die Schutzfolie auf der Klebeseite und fixierte das Tape sorgfältig um die Melone, wodurch die beiden Hälften endgültig miteinander verbunden waren. Die Worte, die auf dem Klebeband zu lesen waren, lauteten: SOUTH CHINA FRUIT CORPORATION.

Er setzte die Einzelteile des Kassettenrecorders wieder zusammen und packte diesen zurück in die Originalverpackung, während die Melone in eine separate Plastiktüte wanderte. Dann entriegelte er die Tür, trat aus dem Büro, teilte Suzie mit, er sei für eine halbe Stunde aus dem Haus, und machte sich unverzüglich auf den Weg zu den Aufzügen. Unterwegs stopfte er den Karton mit dem Recorder rasch in den Müllschlucker.

Sobald er das Gebäude verlassen hatte, bewegte er sich schnell zwischen den Wolkenkratzern hindurch und suchte die Marktstände auf, die zwischen den vor Menschen wimmelnden Straßen Li Yuen und Wing Sing lagen. Nach zehn Minuten hatte er den Stand gefunden, nach dem er suchte. Es handelte sich um drei lange Karren, welche die Aufschrift JIAN SHUAI FRUIT AND VEGETABLES trugen und auf denen jede nur denkbare Art von Obst und Gemüse feilgeboten wurde. Auf einem der Karren waren Melonen aufgetürmt, von denen die meisten mit einem gelb-schwarzen Klebeband mit der Aufschrift SOUTH CHINA FRUIT CORPORATION gekennzeichnet waren.

Mr. Jian trat auf Rick zu und begrüßte ihn. »Guten Morgen, Mr. White. Halten bitte Tüte auf«, sagte er, nahm zwei Melonen hoch und steckte diese dann vorsichtig in die weit gespreizte Öffnung der Tüte. Der Gemüseverkäufer hantierte so geschickt, dass sogar Rick, dem bekannt war, was ablaufen würde, fast entgangen wäre, wie dieser die von ihm mitgebrachte Melone aus der Tüte verschwinden ließ, um sie direkt neben der Kasse zu platzieren. Dann trat er mit einer Handvoll Münzen wieder nach vorn. »Ihr Wechselgeld, Mr. White. Und danke... herzlichen Dank, Sie bei uns einkaufen... Nächste bitte. Schöne Erbsen? Aber gern, gnädige Frau. Ah... ja, gute Wahl.«

Rick White verschwand in der Menge und ging zielstrebig durch die engen Straßen zurück zu den Wolkenkratzern. Wieder im 15. Stock angekommen, schenkte er Suzie die beiden Melonen und setzte sich an seinen Schreibtisch, um sich endlich seiner alltäglichen Arbeit zu widmen, nachdem die Aufgabe im Auftrag der Regierung erledigt war.

Währenddessen übergab Jian Shuai vorübergehend den Obstverkauf an seine Frau und seine Töchter. Er packte einen Karton mit verschiedenen Produkten zusammen: Kirschen, Erbsen, Pfefferschoten, Reis, Litschis, Spinat, Broccoli und eine Melone. Immer noch in seiner weißen Schürze, suchte er sich ein Taxi und fuhr hinunter zum Hafen Aberdeen, der nur ein paar Kilometer entfernt an der Südwestküste lag.

Die scheinbar schiere Unmöglichkeit, jemand Speziellen hier in diesem überbevölkerten Wahnwitz einer auf dem Wasser in ihren Sampans lebenden Gemeinschaft von 80 000 Menschen zu finden, ließ ihn unbeeindruckt. Er eilte zielstrebig durch den irrsinnigen Handelsverkehr, der dort herrschte, lief an den schwimmenden Restaurants vorbei und blickte dann über das vergleichsweise sanfte Chaos des East Lamma Channel. Lastern und Botenjungen ausweichend, suchte er nach der großen Obst-und-Gemüse-Frachtdschunke, die seinen Freunden Quinlei Zhao und Kexiong Gao gehörte.

Diese beiden Männer waren in den hiesigen Gewässern wohl bekannte Händler, welche ihre Früchte von den abgelegenen Gehöften auf den fruchtbaren Inseln der Region bezogen. Die zwölf Meter lange Dschunke war schwer getakelt; bei kräftigem raumem Wind machte sie locker ihre zehn Knoten Fahrt. Beide Männer waren erfahrene Seeleute und Händler, die nur die beste Ware einkauften. Auch sie arbeiteten bereits seit Jahren für die CIA, während sie geschäftig die Handelskanäle befuhren. Noch nie war jemand auf den Gedanken gekommen, einen von ihnen mit einer nachrichtendienstlichen Tätigkeit in Verbindung zu bringen. Zhao und Gao, die beide um die vierzig Jahre alt waren, stellten in einem Gebiet, in dem es von chinesischen Spionen nur so wimmelte, die perfekten Einsatzagenten für die CIA dar.

Jetzt warteten sie gerade auf Shuas Eintreffen. Gemeinsam suchten sie ebenso konzentriert, wie unauffällig die Docks mit den Blicken ab. Gao entdeckte die vertraute Gestalt des erfolgreichsten Boten der CIA, als dieser gerade mit seinem Karton an der Piermauer entlanggelaufen kam. Sofort stand er auf und brüllte los. »Hierher, du Idiot – du bist spät dran, und wir haben's eilig – *Shuai! Hierher!*«

Im hektischen Rennen um die besten Geschäfte, das hier im Hafen das Tagesgeschehen bestimmte, war das der durchaus übliche Umgangston zwischen den Händlern. Völlig normal. So, wie es Zhao und Gao mochten.

Shuai kam an Bord und übergab den Karton, während er nun seinerseits zu schimpfen begann. »Ist ja schon gut! Jetzt reicht's aber! Was glaubt ihr eigentlich, wen ihr vor euch habt, hä? Ihr habt schließlich erst gestern bestellt. Bildet ihr euch etwa ein, meine Firma gehört euch? Denkt zur Abwechslung mal dran, pünktlich zu zahlen.«

Damit drehte er sich auch schon wieder um und war in der Menschenmenge verschwunden, was Gao jedoch nicht davon abhielt, ihm noch etwas nachzubrüllen: »Das kannst du getrost vergessen, bei dir bestellen wir gar nichts mehr… Hast du verstanden?«

Er nahm den Karton auf und stellte ihn zwischen andere, die bereits zu einem Stapel aufgetürmt waren. Unverzüglich warfen sie die Leinen los und setzten die riesigen Lattensegel der Dschunke. Innerhalb weniger Minuten wurden sie von der aus Südwesten hereinwehenden Monsunbrise erfasst, die das Schiff hinaus zur Öffnung der Perlflussmündung zog, wo die beiden Männer ihre Dschunke auf Kurs Nordwest brachten, die Insel Lantau umsegelten, um dann weiter flussaufwärts in Richtung Kanton zu fahren.

Die hiesigen Gewässer waren für alle Nichtchinesen äußerst tückisch. Sie wurden stark durch die Küstenwache patrouilliert, weil die Schifffahrtsstraßen durch die Mündung für jedweden ausländischen Verkehr gesperrt waren. Die chinesische Regierung hatte schon vor langer Zeit verfügt, dass bereits der Lema Channel, der sozusagen die südliche Zufahrt zum Perlfluss darstellt, für *sämtliche* Schiffe außer den rotchinesischen gesperrt war. Diese paranoide Vorschrift war von allen Regierungen seit den Zeiten des Opiumkriegs mit Großbritannien, der vor nunmehr 150 Jahren stattgefunden hatte, übernommen worden.

Wollte man also flussaufwärts nach Kanton segeln, musste man schon Chinese sein, sich auf einem chinesischen Boot befinden und außerdem noch eine Sondererlaubnis zum Befahren dieser Gewässer in der Tasche haben. Aber selbst wenn all diese Voraussetzungen erfüllt waren, konnte es einem noch blühen, aufgebracht und durchsucht zu werden. Lediglich die zugelassenen einheimischen Händler wurden praktisch nie von den Zollbooten und der Wasserschutzpolizei, die auf dem Fluss patrouillierte, belästigt. Aus diesem Grund konnten Quinlei Zhao und Kexiong Gao völlig unbekümmert stundenlang im aus Südwesten wehenden Monsun segeln und sich dabei ganz offen in der Mitte der Fahrrinne halten. Dadurch mieden sie die Gefahr, in die Fänge der Sandbänke am linken Ufer zu geraten, wo sich die beiden Hauptarme des Flusses zu Tausenden kleiner Nebenflüsse teilten, die dann 80 Kilometer weit durch grüne Feuchtgebiete mäanderten, welche kaum einen halben Meter über den Meeresspiegel ragten.

Bei Sonnenuntergang ließ die Brise leicht nach. Seit der Mittagszeit hatte die Gemüsedschunke gut neun Knoten Fahrt gemacht, was sie inzwischen schon bis in die Nähe der Stadt gebracht hatte. Als sich der Fluss 20 Kilometer stromabwärts noch einmal teilte, steuerte Gao in den nach Norden verlaufenden Arm und reihte sich in eine Kette von kleinen Booten ein, die auf der rechten Seite des Fahrwassers in Richtung der Kaianlagen von Kanton liefen.

Für die folgenden beiden Kilometer waren sie nichts als eine Handelsdschunke unter vielen, die verderbliche Lebensmittel hier hinauf zu den Einkäufern der Hotels und den Großhändlern brachten, die sie bereits – wie an jedem Abend – ungeduldig erwarteten. Doch jetzt löschte Zhao die Positionslaternen und scherte aus dem Konvoi aus, um seitlich in den Schatten davonzugleiten, der noch nicht einmal vom hellen Mondlicht beleuchtet wurde. Das kleine Echolot sagte ihm schon sehr bald, dass er kaum mehr anderthalb Meter Wasser unter dem Kiel hatte, während er sich an der Küste entlang in Richtung des Industrievororts Huangpu tastete.

In dieser Gegend hier, die schon außerhalb des nördlich verlaufenden Fahrwasserarmes lag, war es sehr einsam. Es bedurfte schon einer lebenslangen Kenntnis der hiesigen Verhältnisse, um nicht binnen Sekunden auf Grund zu laufen, selbst wenn man in einem Boot saß, das voll beladen noch nicht einmal einen Tiefgang von 60 Zentimetern aufwies. Eine warme, leichte Brise zischelte durch die Binsen, die sie jetzt an Backbord voraus hatten. Gao ließ das Echolot nicht mehr aus den Augen, während sie durch das dunkle, untiefe Gewässer rauschten. Jedesmal, wenn das Display nur mehr vier Fuß Tiefe anzeigte, befahl er Zhao anzuluven, wodurch die Dschunke nach Steuerbord und damit in das geringfügig tiefere Wasser des Kanals drehte.

Bald darauf erreichten sie eine Gruppe von Trauerweiden, deren Äste fast bis auf ihr Deck herabhingen. Zhao barg die Segel, die Fahrt sackte schlagartig auf zwei Knoten ab, und das Schiff driftete lautlos in Richtung Ufer. Ein Stückchen weiter lag ein Boot. Gao bemerkte, dass sie von dort mit drei kurzen Blitzen angeblinkt wurden. »Das ist er«, zischte er. »Wir sind am Ziel.«

Gleich darauf vernahm er das leise Platschen von Riemen. Ein kleines Ruderboot näherte sich ihnen. »Dong! Bist du das...?«

»Ich bin es, Zhao. Alles in Ordnung. Ich komme jetzt bei euch längsseits.«

Die beiden Boote stießen sanft gegeneinander. Die Männer begrüßten einander, und der Gemüsekarton mit der einzelnen Melone wechselte erneut den Besitzer. »Jetzt beeil dich, Zhao... mach schnell... Hier sind überall Patrouillen unterwegs.«

»Lebe wohl, kleiner Bruder... pass auf dich auf.«

Zhao legte Ruder und brachte die Dschunke auf einen südwestlichen Kurs. Die leichte Brise blies jetzt von Backbord vorn in die Segel. Das Segel war bereits dichtgeholt, und er beließ es so, während er die Dschunke wieder hinaus in den Kanal steuerte. Als sie diesen erreicht hatten, schaltete er auch wieder die Positionslaternen ein.

Sehr weit von ihrem augenblicklichen Standort entfernt, in San Diego, wurden drei separate Schecks, jeder im Gegenwert von 10 000 US-Dollar, auf drei Konten eingereicht, die Zhao, Gao und dem jungen Dong gehörten, drei Festlandschinesen, die sich so die Grundlage für ein neues Leben in den Vereinigten Staaten schufen, einem Land, das bislang noch keiner von ihnen je betreten hatte.

Quinlei Dong ruderte zurück zur Küste und ließ das alte Boot zwischen Reetgras zurück, nachdem er es an einer Eisenstange festgemacht hatte, die jemand schon vor Jahrzehnten hier in den flachen Sumpfboden gehämmert hatte. Von dort bis zur Straße waren es durch das hohe Gras nur noch knapp zwei Kilometer. Er stapfte in seinen hohen Gummistiefel mit dem Karton unter dem Arm zu seinem Wagen.

In der pechschwarzen Finsternis brauchte er dann doch fast 25 Minuten für die Strecke. Er stellte sich noch für einige Minuten in den kleinen Bach, der unter der Straße hindurchlief, um seine Stiefel vom Schlamm zu befreien. Dann zog er sie aus und warf sie zusammen mit dem Karton in den Kofferraum des Wagens, fuhr im Rückwärtsgang zwischen den Bäumen heraus und nahm die Hauptstraße nach Kanton. Derweil war es zehn Uhr abends geworden, und er freute sich auf ein spätes Abendessen zu Hause in seiner kleinen Wohnung, die im Marktbereich der Stadt gleich gegenüber der Liuersan-Straße in der Nähe der Brücke zur Insel Shamian lag.

Dort lebte er nun schon seit 15 Jahren zusammen mit seiner Frau Lin, seit beide die Hochschule in Peking verlassen hatten. Sie waren 1989 beide auf dem Platz des Himmlischen Friedens gewesen und hatten mit ansehen müssen, wie etliche ihrer Freunde und einer ihrer Vettern vom Militär niedergeschossen worden waren. Es hatte keiner großen Diskussionen zwischen ihnen bedurft, als es darum ging, ihre Sachen zu packen, die Hauptstadt zu verlassen und nach Kanton in wärmere Gefilde umzuziehen. Dort hatten sie richtig damit begonnen, ihren Groll gegen die herrschende Kommunistische Partei zu schüren, und sich geschworen, China eines Tages zu verlassen und in die Vereinigten Staaten auszuwandern, wie es über die Jahre schon viele ihrer Freunde praktiziert hatten.

Der junge Dong hatte sich bereits sechs Monate nach dem Massaker auf dem Tiananmen-Platz, noch während er auf der Universität war, von der CIA anwerben lassen. In den darauffolgenden 17 Jahren war ein Polster von rund 450000 US-Dollar auf seiner Bank in San Diego angewachsen, indem er Langley stets über das Ein- und Auslaufen von Schiffen, Truppenbewegungen und unzähligen anderen Einzelheiten der Marine auf dem Laufenden hielt.

Dongs akademischer Abschluss in Elektronik hatte ihn auf der Marinewerft schnell Karriere machen lassen. Er arbeitete zwar nicht auf den Schiffen selbst, doch hatte er Zugang zu den meisten wichtigen Lageräume an der Küste. Durch Selbststudium machte er sich zu einem richtigen Computerexperten. Als Versorgungstechniker hatte er die Verkabelung der neuen Lichtanlage auf der Werft überwacht. Jetzt, im Alter von 37 Jahren, war er Stellvertreter des leitenden Elektroingenieurs. Da war zwar die Stellung eines Zivilisten, doch zwangsläufig arbeitete er sehr eng mit den Offiziellen der Marine zusammen.

Jeden Morgen erschien er pünktlich um acht Uhr zum Dienst und machte um 17 Uhr Feierabend. Des Öfteren wurde er auf dem Weg vom Gelände von den Wachen durchsucht, die sich nach dem Zufallsprinzip immer wieder Leute aus dem Strom der Beschäftigten herauspickten. Jetzt war für Dong der Moment gekommen, alles für die größte Aufgabe vorzubereiten, die er je im Auftrag seiner amerikanischen Herren und Meister zu erfüllen gehabt hatte. Am Montagmorgen würde er sich zusammen mit seiner Frau auf den Weg machen und China endgültig den Rücken kehren. Sie mussten nur noch die nächsten beiden Nächte in ihrem kleinen Haus in der Nähe der Brücke zur Insel Shamian überstehen.

Das Meiste dessen, was sie ihr Eigen nannten, war bereits zusammengepackt. Ihr neunjähriger Sohn Li schlief schon. Lin hatte sich große Mühe mit dem gemacht, was aller Wahrscheinlichkeit nach ihre letzte gemeinsame Mahlzeit in China werden würde – ein ganz hervorragendes Hühnchen Shao Xing, in Hua-Diao-Wein gekocht, dazu flache Reisnudeln.

Sie nahmen in der hintersten Ecke der winzigen Küche ihr

Mahl zu sich und unterhielten sich dabei kaum, so als hätten sie Angst, die Wände könnten Ohren haben und ihre Unterhaltung mitbekommen. Morgen würde Dong mit der gefährlichsten Mission beginnen, die jemals von einem einheimischen Einsatzagenten der CIA in diesem Teil der Welt durchgeführt worden war. Nach dem Essen machten sie zusammen den Abwasch. Lange vor Mitternacht lagen sie schon im Bett. Keiner der beiden konnte durchschlafen, und um die Zeit, als die Morgendämmerung über die Stadt zog, war Dong wieder auf den Beinen. Er öffnete die Melone und holte die elektronischen Bauteile heraus, die dort so wirkungsvoll versteckt worden waren. Er riss die schwarzen Plastikhüllen auf und betrachtete konzentriert das kleine Steuergerät und den Batteriepack, der rund sechs Stunden lang Energie liefern würde. Er überprüfte die Steckverbindungen und die Verkabelung und überzeugte sich davon, dass man ihm auch ausreichend langes Kabelmaterial beigepackt hatte. Dann testete er die Zentraleinheit, indem er hinüber zum Fenster ging und, durch die Linse peilend, das Fadenkreuz fokussierte. Anschließend befestigte er die Linse in der quadratischen Box. Er prüfte noch einmal die Verbindung des Akkublocks mit der quadratischen Box und nickte zufrieden, als die Kontrollleuchte kurz flackerte und dann beständig grün im ersten Licht des Morgens glimmte, nachdem er den Aktivierungsschalter betätigt hatte. Für diesen Einsatz würde er eine halbe Million Dollar bekommen. Er wusste genau, dass er sich nicht den kleinsten Fehler erlauben durfte.

Sorgfältig versteckte er die elektronischen Bauteile im unteren Teil seines Werkzeugkastens, wo sie zwischen all den Kabeln und Isolierbändern kaum auffielen. Alles wirkte wie die typische Trickkiste eines Elektrikers. Pünktlich um halb acht an diesem Samstagmorgen klingelte sein Telefon. Er meldete sich, und am anderen Ende sagte jemand einfach nur: »Ja.« Er wusste, wer das war, nämlich derselbe Mann, für den er schon seit Jahren arbeitete, der ihn als Agent führte: ein leitender Angestellter des amerikanischen Rundfunksenders, der seinen Sitz in Hongkong hatte.

Selten dürfte das einfache Wörtchen »Ja« eine schwerwiegendere Bedeutung haben. Es bedeutete, dass die Satellitentechniker in Fort Meade, Maryland, anhand, des »Aufblühens« der Infrarotsignatur der immer noch längsseits am Landungssteg in Kan-

364

ton liegenden *Seawolf* festgestellt hatten, dass deren Kernreaktor offensichtlich wieder hochgefahren worden war.

Damit war der Zeitpunkt gekommen, den elektronischen Lasergenerator anzubringen und dessen Strahl genau auf den Bereich des Decks einzurichten, unter dem sich der Reaktor befand.

Es bedeutete aber auch, dass Arnold Morgan auf dem besten Wege war, genau das zu tun, was er angekündigt hatte. Er würde die *Seawolf* bombardieren lassen und dadurch auch den gesamten Hafenbereich von Kanton lahmlegen.

Quinlei Dong verabschiedete sich von seiner Frau Lin, die vor Angst zitterte, sich aber gerade noch beherrschte, nicht in Tränen auszubrechen.

»Bitte, bitte, sei vorsichtig« war alles, was sie über die Lippen bringen konnte.

Er brachte den Werkzeugkasten im Kofferraum des kleinen Autos unter und startete den Motor. Zügig fuhr er in Richtung Osten die Liuersan-Strasse hinunter und überquerte dann die Brücke des Volkes. Von dort aus ging es nur noch geradeaus hinunter zum Hafengelände. Als er dort ankam, war alles Weitere nur noch Routine.

»Guten Morgen, Quinlei Dong«, begrüßte ihn die Torwache. »Sie arbeiten einfach zu hart. Ist doch schließlich Samstag... da sollten Sie zu Hause bei der Familie sein.«

»Nein, Sun... Ich arbeite nicht zu hart, sondern leider zu langsam – hätte schon gestern Abend mit dem ganzen Kram fertig sein sollen!«

Die Wache lachte, winkte ihn durch und rief ihm noch etwas nach. »Dann machen Sie mal voran. Ist doch ein wunderschöner Tag, die Familie auszuführen, oder...?«

Dong fuhr langsam durch die von tristen Gebäuden gesäumten Straßen des Hafengeländes und stellte fest, dass der ganze Ort einschließlich der Hafenmole – wie in den vergangenen Tagen auch – vor Soldaten des Wachbataillons nur so wimmelte. Dazu kam noch ein verstärktes Regiment in unmittelbarer Nähe des amerikanischen Unterseeboots. Quinlei Dong, der Elektroniker, dessen privilegierter Status aus einer rot-weißen Plakette an der Windschutzscheibe seines Wagens hervorging, blieb den zentralen Bereichen der Kaianlagen fern und hielt sich ganz bewusst in

365

den ruhigen Straßen, die durch eine Gebäudereihe vom Wasser und damit dem Unterseeboot getrennt waren.

Bewusst hatte er am Tag zuvor eine Verkabelung oberhalb des Lageraums nicht fertig gestellt, an der er bereits während der ganzen letzten Tage gearbeitet hatte. Jetzt stieg er die Treppen hinauf, nachdem er den Wachen, die am Eingang standen, zugenickt und ihnen gegenüber fallen gelassen hatte, dass er die Arbeiten am neuen Terminal für den Zentralcomputer abschließen wolle. Die Wachen hatten ihn während der letzten beiden Wochen ständig kommen und gehen sehen. Sie schenkten ihm nur ein kurzes Lächeln und einer sagte: »Ist schon in Ordnung, o Herr der Funken.«

Um die Mittagszeit kam er wieder die Treppe herunter. Er hatte seinen Werkzeugkoffer sowie eine kleine Imbissdose in der Hand. Er wandte sich an den Wachführer und informierte ihn, er wolle sein Mittagessen unten am Wasser zu sich zu nehmen, sei aber recht bald wieder zurück. »Da oben ist wieder ein Problem aufgetaucht, also schließen Sie bitte nicht ab… Die Sache muss am Montagmorgen laufen. Im Augenblick sieht es allerdings so aus, als könnte ich froh sein, wenn ich in einem halben Jahr fertig bin!«

»Woran liegt's denn? Am Hauptkabel, das der Bagger letzten Monat bei den Aushubarbeiten erwischt hat?«

»Hab ich auch erst angenommen… Inzwischen bin ich mir da aber gar nicht mehr so sicher. Wahrscheinlich haben wir irgendeinen Kurzschluss im Gebäude selbst. Kann sein, dass ich Sie heute im Laufe des Nachmittags bitten muss, mir jemanden zur Verfügung zu stellen, der mir mal zehn Minuten hilft und bei einer Sache mit anpackt.«

»Kein Problem. Wir freuen uns, wenn wir helfen können.«

Quinlei Dong schlenderte gemütlich zurück zum Wagen, der am anderen Ende des Gebäudes stand, wo er sich nicht mehr im Sichtbereich der Wachen befand. Dort angekommen, bog er flink um die Ecke, überzeugte sich noch einmal, dass wirklich niemand in der Nähe war, der ihn hätte beobachten können, und spurtete dann über die Straße zu einem anderen hohen Backsteingebäude, in dem eine kleine Hintertür aus grauem Stahl eingelassen war. Es handelte sich um ein altes Hafenmagazin, das längst aufgegeben war und seit fünf Jahren langsam verfiel. Wegen der Haushaltskürzungen stand nicht zu erwarten, dass sich dieser Zustand in den nächsten fünf Jahren noch einmal ändern würde. Die moderne chinesische Marine war bereit, in neue Schiffe, aber nicht in alte Gebäude zu investieren.

Dong wusste, dass die Tür unverschlossen sein würde. Schließlich war er selbst es gewesen, der fünf Tage zuvor den Schließmechanismus zerstört hatte. Nun griff er nach der Klinke, drückte sie, öffnete die Tür nach außen, glitt hinein und zog die Stahltür sofort ganz sanft wieder hinter sich zu.

Dann schritt er durch den dunklen, verlassenen Flur zur Eisentreppe, die direkt hinauf zum Dach führte, das sieben Stockwerke höher lag. Er hatte noch keine Vorstellung davon, wie er mit der Tür zum Dach verfahren sollte, falls die sich als verschlossen herausstellte. Als er schließlich oben ankam, löste sich das Problem von selbst. Die Tür war lediglich mit zwei mächtigen Riegeln am oberen und unteren Ende verschlossen. Die brauchte er nur zurückzuschieben und schon stand er auf dem Flachdach.

Er bewegte sich vorsichtig und langsam in geduckter Stellung hinter der Brüstung entlang. In der südlichen Ecke, von wo aus man die Hauptanlegestelle für die Unterseeboote überblicken konnte, befand sich ein großer Schornsteinzug. Er presste sich mit dem Rücken dagegen und lugte zu den Wachen, die vor der *Seawolf* patrouillierten. Wenn jetzt einer dieser Männer zum Dach heraufschaute, würde er ihn mit Sicherheit entdecken. Das war im Augenblick seine größte Sorge.

Er öffnete den Werkzeugkasten, nahm das runde Linsensystem heraus und legte es beiseite. Jetzt musste er zunächst mit einem Lineal die Distanzen abmessen, wohl bewusst, dass die Entfernung des Punktes, den er an Deck des Unterseeboots finden musste, von der Achterkante des Kommandoturms aus gemessen, dessen halber Höhe entsprach. Im Klartext hieß das: Wenn der Kommandoturm zwölf Meter hoch war, so musste er den Punkt suchen, der sechs Meter weiter in Richtung Heck lag. Für ihn kam es also in erster Linie nicht auf die tatsächlichen Maße an, sondern auf das geometrische Verhältnis.

Er kniff ein Auge zu, hielt das Lineal mit der Linken gestreckt von sich und peilte die volle Länge der Turmhöhe, die er mit dem Daumen auf dem Lineal markierte. Dann hielt er es waagerecht und schon lag der gesuchte Punkt vor ihm. Während er das Lineal ruhig in der einen Hand hielt, hob er mit der anderen das Linsensystem zum Auge und richtete das Fadenkreuz genau auf den ermittelten Punkt aus. Genau dort befand sich der Kernreaktor der *Seawolf*. Nun brauchte er den Designator nur noch am Kamin zu befestigen, was aber der eigentlich schwierige Teil der Aufgabe war.

Er musste unmittelbar über seinem Kopf ein kleines Krageisen an der Steinwand des Kamins eindübeln und verschrauben. Wenn er sich dazu auf seinen Werkzeugkasten stellte, würde er das wohl schaffen. Es war vielmehr der Lärm beim Bohren, der ihm Sorge bereitete. Doch schließlich würde es relativ schnell gehen, weil er lediglich zwei Löcher bohren musste, die nur knapp drei Zentimeter tief zu sein brauchten.

Dong entfernte die schwarzen Teile der Box und nahm dann einen Schraubenzieher und eine Akkubohrmaschine aus dem Werkzeugkasten. Er zog die Jacke aus und wickelte sie sorgfältig um den Bohrer, um den Schall zu dämpfen, während die Maschine hochjaulte. Er stieg auf den Werkzeugkasten, justierte das Krageisen und drückte auf den Starter der Maschine, deren Steinbohreinsatz sich sofort in die Wand zu fressen begann. Wie erwartet, reduzierte die Jacke das Jaulen auf ein Minimum, und der böige Südwestwind tat ein Übriges, das restliche Geräusch zu zerstreuen. Zweimal bohrte er kurz die Wand an, duckte sich dann und verharrte fast drei Minuten in dieser Stellung.

Schließlich stieg er wieder auf die Werkzeugkiste und klopfte mit einem Hammer die Plastikdübel in die Bohrlöcher. Er setzte die Metallhalterung an und schraubte die erste Schraube durch das vorgebohrte Loch, dann folgte die zweite, und als beide zu seiner Zufriedenheit ausgerichtet waren, zog er sie fest an.

Fünf Minuten später saß das Gerät an der vorgegebenen Position am Kamin. Dong reckte sich, auf dem Werkzeugkasten stehend, und peilte die *Seawolf* ein. Er richtete das Fadenkreuz über die Spitze seines Daumens direkt auf den Punkt oberhalb des Reaktors aus.

Jetzt brauchte Dong nur noch die Kabelverbindungen zwischen dem Gerät und der Stromversorgung aus dem Akkublock herzustellen und die Steckverbindungen mit der Quetschzange zu sichern. Danach schob er auch den Akkublock in die Halterung ein. Versuchsweise betätigte er noch einmal den Aktivierungsschalter und beobachtete, wie die grüne Kontrollleuchte zunächst flackerte und dann beständig brannte. Nachdem er alles wieder abgeschaltet hatte, kletterte er noch einmal auf den Werkzeugkasten und überprüfte ein letztes Mal die Peilung und die Richtigkeit seiner Messungen.

Im Grunde war es eine ganz leichte Aufgabe gewesen, so bedeutend sie auch war. Er zwackte sich ein Stück graues Plastikband ab, wickelte es sorgfältig um das Gerät, das er anschließend noch mit einem Kabelbinder sicherte. Jetzt brauchte er wirklich nur noch zu verschwinden.

Er stieg die Eisentreppe hinunter, öffnete ganz langsam die Außentür und überzeugte sich, dass die Luft rein war. Keine Menschenseele war hier auf der Straße hinter dem Gebäude zu entdecken. Sorgfältig schloss er die Tür hinter sich und machte sich auf den Weg zurück zu dem Gebäude, in dem er offiziell arbeitete und wo immer noch die gleichen Wachen Dienst hatten. Er ging hinein und stieg die Treppen hinauf. Eigentlich brauchte er nur noch aufzuräumen. Um sich jedoch einen Grund zu verschaffen, dessentwegen er auch morgen noch einmal zurückkehren konnte, ging er hin und isolierte etliche Kabelstränge ab, die er offen auf dem Teppich verstreut liegen ließ.

Eine Viertelstunde später kam er wieder die Treppen herunter. Er verabschiedete sich von den Wachen und teilte ihnen mit, dass er doch erst morgen die Arbeiten abschließen könne, da ein defekter Schalter auszutauschen sei, der sich als Grund für das Problem herausgestellt habe. Das werde dann allerdings kaum mehr als eine Stunde beanspruchen.

Auf dem Weg vom Gelände belästigte ihn niemand mit einer Durchsuchung. Nur die Wache, die ihm schon bei seiner Ankunft Vorträge über Lebensqualität hatte halten wollen, fing auch jetzt wieder damit an: »Schöner Tag, um etwas mit der Familie zu unternehmen... hä? Machen Sie sich noch einen schönen Tag, Quinlei Dong. Ich halte derweil hier die Stellung... ha, ha, ha.«

Samstag, 15. Juli, 2345 (Ortszeit)
Büro des Nationalen Sicherheitsberaters

Der Nationale Sicherheitsberater des Präsidenten war gerade für niemanden zu sprechen. Ihm lag jetzt der bestätigte Befehl des Präsidenten vor, dessen Sohn, koste es, was es wolle, zurückzuholen. Der Präsident hatte eingesehen, dass dies gleichbedeutend damit war, die *Seawolf* zu zerstören. Aber auch, dass ein Trupp von Navy SEALs dazu in das Gefängnis eindringen musste, ganz gleich, wie groß der Widerstand auch sein würde, auf den sie dort trafen.

Die militärischen Details interessierten ihn weniger. Ihm ging es darum, seinen einzigen Sohn zurückzubekommen, und damit basta. Admiral Morgan hatte die Aufgabe übertragen bekommen, die Rettungsaktion zu leiten, und das hatte er, zumindest bislang, auch nach bestem Wissen und Gewissen geschafft. Im Augenblick befand er sich mit den Männern, in die er bei dieser Aktion sein größtes Vertrauen setzte, in einer Besprechung. Das waren Admiral George Morris, Leiter der National Security Agency in Fort Meade, und Jack Raeburn, der Abteilungsleiter Fernost bei der CIA. In Washington war es Mitternacht, während im Südchinesischen Meer die Uhren auf 12 Uhr mittags des kommenden Tages standen.

Admiral Morris konnte mit bemerkenswerten Neuigkeiten aufwarten. Der Reaktor der *Seawolf* lief jetzt bereits seit drei Tagen auf Standardleistung und daran hatte sich seitdem auch nichts mehr geändert. Außerdem hatten die Satelliten keinerlei Steigerung der Betriebsamkeit im und um das Gefängnis auf Xiachuan Dao erkennen lassen. Es gab keine Anzeichen für eine bevorstehende Verlegung der Gefangenen. Es sah lediglich so aus, als ob bestimmte Besatzungsmitglieder täglich zwischen dem Gefängnis und den Hafenanlagen in Kanton hin- und hergeflogen wurden. Die Präsenz der Marine auf der Insel war dennoch nicht weiter verstärkt worden. Immer noch lag nur ein einziges Patrouillenboot vor Or und zwei Hubschrauber, bisweilen auch nur einer, standen auf dem Abstellplatz.

Admiral Morgan lag eine Meldung von John Bergstrom aus Coronado vor, die ausgezeichnete Neuigkeiten beinhaltete. Nichts Kompliziertes, keine großartigen Details, nur ein kurzer codierter Satz: *Nighthawks wieder im Nest*. Was so viel hieß, dass der Spähtrupp der SEALs auf Xiachuan Dao gewesen war, dort seine Aufgabe erledigt hatte und inzwischen wieder sicher auf die *Ronald Reagan* zurückgekehrt war. Arnold Morgan fiel ein Stein vom Herzen.

Auch Jack Raeburn konnte mit guten Neuigkeiten aufwarten. Sein Mann in Kanton hatte es geschafft, den Laser-Designator auf einem Gebäude zu installieren, das hoch über den Liegeplatz der *Seawolf* ragte. Wenn alles reibungslos verlief, würde er das Gerät um 1900 Ortszeit, also in sieben Stunden, einschalten. Die Bombe würde dann genau zwei Stunden später einschlagen.

Die Operation *Nighthawk* wäre in vollem Gang. Lt. Commander Rick Hunters großer SEAL-Trupp würde irgendwann vor 2300 auf Xiachuan Dao anlanden. Danach lag alles in den Händen der Götter. Die SEALs hatten etwas Ähnliches auch schon vorher durchgezogen, weshalb der Admiral davon überzeugt war, dass es auch diesmal klappen würde. Auch Admiral Bergstrom war zuversichtlich. In Colonel Hart hatten sie den besten aller möglichen Kommandeure gefunden, der die Gesamtleitung eines solchen Einsatzes übernehmen konnte. Die einzige Frage, die derzeit noch offen war: Man wusste nicht, wie weit die Kommandanten der Unterseeboote unter Land gehen konnten, bevor sie zum Auftauchen gezwungen waren.

Arnold Morgan rechnete fest damit, dass nach dem gewaltigen Ablenkungsmanöver im Hafen von Kanton kein einziges chinesisches Kriegsschiff im Umfeld der Gefängnisinsel nach amerikanischen Unterseebooten suchte. Die Krise oben am Perlfluss würde derartige Ausmaße haben, dass der Reaktorunfall von Tschernobyl dagegen nur ein Klacks war.

Die drei Männer spekulierten weiter in ruhiger Stimmung über den möglichen Ausgang der Mission. Kurz vor 0100 klingelte das Telefon. Diesmal waren die Neuigkeiten irgendwo zwischen bescheiden und schlecht.

Der Anruf war für Admiral Morris. Einer seiner Auswerter hatte die neuesten Satellitenbilder unter die Lupe genommen und dabei festgestellt, dass ein Lastwagenkonvoi der chinesischen Marine wie aus dem Nichts in der Stadt Yangjiang auf dem Festland aufgetaucht war. Diese Stadt lag gerade einmal 70 Kilometer in Richtung Nordwesten vom Gefängnis auf der Insel entfernt. Der Auswerter hatte insgesamt zwölf Laster gezählt, die alle im für die Marine typischen Dunkelblau lackiert waren. Die Bilder zeigten auch einen großen Truppentransport-Hubschrauber russischer Herkunft, der gerade auf Xiachuan Dao gelandet war.

»Es sieht so aus, Sir, als ob sich dort eine Verlegungsaktion der Gefangenen anbahnt – vielleicht haben die vor, mit unseren Jungs die Insel zu verlassen und sie irgendwo im Binnenland verschwinden zu lassen. Weder die Laster noch der Hubschrauber sind in den Stunden zuvor irgendwo in der Region zu sehen gewesen. Zwischen Yangjiang und dem Hauptquartier der Südflotte in Zhanjiang gibt es übrigens eine sehr gut ausgebaute Straße.«

»Schönen Dank, Lieutenant. Sehr gut aufgepasst. Sie lassen es mich bitte sofort wissen, wenn Ihnen noch etwas auffällt, ja?«

»Wer hat da was gesehen, George? Nun spucken Sie's schon aus«, knurrte Admiral Morgan.

»Meine Jungs sind der Ansicht, dass die Kulis die Verlegung der Gefangenen vorbereiten.«

»*Was? Jetzt?*« platzte es aus Arnold Morgan heraus. »Herr im Himmel! Bitte nicht gerade *jetzt*.«

»Nun, da drüben ist es jetzt gerade ein Uhr mittags und Sonntag. Ich glaube nicht, dass sie vor Montagmorgen etwas Großartiges unternehmen werden. Wenn doch, gibt es verdammt noch mal absolut nichts, was wir dagegen unternehmen könnten – außer zusehen.«

»Was genau haben Ihre Jungs denn nun gesehen?«

Admiral Morris erzählte es den anderen.

»Das ist verdammt noch mal total beschissen«, fauchte Morgan.

»Na ja, ganz so schlimm ist es nicht, wenn wir annehmen, dass sie erst loslegen, wenn bei denen Montag ist. Dann können wir die Sache immer noch wie geplant durchziehen.«

»Das denke ich auch. Wenn nicht, bleibt uns nichts übrig, als nur das Unterseeboot und die Hafenanlagen zu erledigen. Die Gefangenen müssen wir dann sausen lassen. Das wird dem Häuptling aber ganz und gar nicht gefallen.«

»Das glaub ich auch, Arnold. Aber selbst ein Linus Clarke ist es nicht wert, einen Krieg mit China vom Zaun zu brechen, einen

Krieg, bei dem sich die Chinesen bemüßigt fühlen könnten, eine unserer Großstädte an der Westküste als Vergeltungsschlag von der Karte zu tilgen.«

Sonntag, 16. Juli, 1000 (Ortszeit)
Lageraum des Admirals an Bord der USS *Ronald Reagan*

Jetzt, kaum mehr vier Stunden vor dem Zeitpunkt, an dem er wieder zurück auf die Insel sollte, befand sich der Adrenalinspiegel von Lt. Commander Rusty Bennett etwa auf Höhe seiner Haarspitzen. Wie die meisten seiner Kameraden hatte auch er den größten Teil des Rückwegs von Xiachuan Dao zum Flugzeugträger geschlafen. Auch heute Nachmittag auf dem Weg zur Insel würde er noch einmal versuchen, eine Mütze voll Schlaf zu bekommen.

Aber bis dahin war er in einem wahren Mahlstrom von Aktivitäten gefangen. Die Wettervorhersage war perfekt. Noch vor Mitternacht war mit weiteren schweren Regenfällen zu rechnen, die aus Südwesten heranzogen, wie ihre Vorgänger das schon seit drei Wochen getan hatten. Die ranghohen Offiziere der SEALs standen samt und sonders über die Karten gebeugt, die auf der Basis der vom Spähtrupp mitgebrachten Daten angefertigt worden waren, und studierten die genauen Entfernungen zwischen dem vorgesehenen Landungspunkt und dem Gefängnis. Rusty und Colonel Hart notierten Höhen, Zeiten und Entfernungen und versuchten, die Truppenstärke der Chinesen so genau wie möglich einzuschätzen. Rusty sah, dass die Nerven des Colonel zum Zerreißen gespannt waren, da dieser die ganze Zeit hin und her rannte, wobei ihm die Besorgnis ins Gesicht geschrieben stand.

Lt. Commander Rick Hunter saß still an den vergrößerten Kartenausschnitten und maß mit Zirkel und Lineal die Entfernungen ab. Er drückte ständig den Knopf seiner Stoppuhr, zählte die Sekunden und versuchte sich dabei offensichtlich vorzustellen, wie lange seine Männer brauchen würden, die Strecke außerhalb des Gefängnisses zu überqueren und auf die Mauern zu gelangen, während sie die langen Aluminiumleitern mit sich herumschleppten.

Immer wieder überprüfte er die Rundenzeiten der Patrouillen

und notierte sich die Positionen, wo sie sich zu bestimmten Zeitpunkten ihrer Streife befanden. Er wollte sicherstellen, dass sie auf keinen Fall dann auftauchten, wenn seine Jungs gerade die Strecke zur Mauer hasteten. Er rechnete die Sekunden zusammen, die seine Männer brauchen würden, die vier Wachen auf den Türmen auszuschalten und anschließend die Leitern wieder auf den Boden zu stellen, über die dann die zweite Angriffswelle die Gefängnismauer übersteigen konnte. Das würden dann die Männer sein, deren Aufgabe es war, die patrouillierenden Wachen innerhalb der Gefängnismauern zu neutralisieren, ohne dabei von deren Kameraden auf der Außenseite der Mauer gehört zu werden. Er hatte schon vor geraumer Zeit zusammen mit Frank Hart die Entscheidung gefällt, dass sie für die Erledigung dieser Aufgabe drei lautlose Killer brauchten, wofür eigentlich nur die SAS-Männer aus England in Frage kamen, nämlich Sergeant Fred Jones und sein Corporal Syd Thomas sowie der ehemalige Fallschirmjäger Charlie Murphy.

Sobald die ihren Job erledigt hatten, da waren sich die drei Kommandeure einig, konnte jederzeit der »Radau« losgehen. Wenn es irgend ging, wollten Rick Hunter und Frank Hart erst noch das Wachlokal sprengen lassen, bevor dann das Patrouillenboot, der Funkraum und die Chopper in die Luft flogen.

»Ich glaube nicht, dass die drei es schaffen, erst die Streifen auszuschalten und dann unentdeckt quer über den ganzen Gefängnishof zu gelangen, um anschließend auch noch das Wachlokal anzugreifen«, sagte der Colonel.

Rick meinte zwar, dass das durchaus gehen könne, wenngleich die Chancen eher schlecht ständen. »Es wird auf jeden Fall besser sein«, sagte er, »zusätzlich drei Jungs auf das Wachlokal anzusetzen, während wir die Wachtürme schon halten. Dann können wir alle Einrichtungen und beweglichen Ziele gleichzeitig in die Luft jagen.«

Beide Männer hatten das Problem klar erkannt. Es brauchte nur ein einziges Telefon oder Funkgerät im Wachlokal zu stehen. Sollten die drei Männer vom SAS entdeckt werden, würde sofort der Alarm losgehen, und die Chinesen könnten unter Umständen eine Meldung absetzen, bevor all deren Kommunikationsmittel zum Schweigen gebracht worden waren. Drei zusätzliche Männer auf dem Gefängnisgelände konnten die Lebenserwartung jedweder Kommunikationseinrichtung im Wachlokal nachhaltig verkürzen... »Auf diese Weise«, fuhr Rick fort, »können sich die Jungs vom SAS stärker auf das Haupttor konzentrieren. Es spielt dann auch keine große Rolle mehr, ob sie dabei Sprengstoff einsetzen müssen oder nicht.«

»Okay«, sagte Rusty. »Das bedeutet also, dass wir die Leitern an Ort und Stelle stehen lassen, nachdem wir wieder runter von der Mauer sind... Wie viele Sekunden bleiben uns, bevor die Wachen um die Ecke kommen und dann die Dinger entdecken können?«

Rick zog sein Notizbuch zu Rate. »Höchstens dreißig... Schauen Sie mal. Die Wache befindet sich genau hier, wenn die Jungs vom SAS da rein gehen. Sie braucht exakt siebenundvierzig Sekunden, um an der Seite entlangzulaufen, bevor sie schließlich um die Ecke kommt... Wir haben siebzehn Sekunden um auf die Mauer zu kommen... Auf der anderen Seite können die Jungs sich die knapp fünf Meter einfach abseilen. Okay, gehen wir mal davon aus, dass die zusätzlichen drei Jungs, die mit den Rucksackbomben, dicht hinterherfolgen und die Leitern dann umtreten, damit sie flach auf dem Boden liegen. Macht noch mal siebzehn Sekunden – also bleiben dreizehn, bis die Außenwachen um die Ecke kommen...«

In diesem Stil ging es weiter, auch während der dritten und vierten Stunde. Immer wieder wurden die detaillierten Notizen, die Zeitabschnitte, die Einschätzungen, die Risikofaktoren, die mögliche Notwendigkeit ebenso brutaler wie lauter Vorgehensweise und alle nur denkbaren Eventualitäten durchgekaut. *Was ist, wenn die Jungs entdeckt werden...? Was hat für uns oberste Priorität, wenn jemand die Trillerpfeife bläst, bevor wir so weit sind...? Der Funkraum, wenn wir den ausschalten, können die keine Verstärkung heranführen. Schaffen wir es nicht, sind wir alle so gut wie tot.*

Ein ernsthaftes Problem hatte der Colonel mit den Haftminen, die für das Patrouillenboot vorgesehen waren. Sie sollten mit einem Zeitzünder arbeiten, der so eingestellt werden musste, dass die SEALs genügend Zeit hatten, bis zur Detonation alles andere zu erledigen. Dadurch kam diesem Gerät eine enorme Bedeutung zu.

»Das Timing der gesamten Mission hängt dann ausschließlich von einer Haftmine ab«, sagte er. Wenn die zu früh hochgeht, ist alle Ruhe vorbei. Das gefällt mir nicht. Oder es geht was anderes schief, bevor sie explodiert. Dann geht es drunter und drüber – die Jungs müssen die Bomben in den Funkraum schleudern, jemand muss die Chopper hochjagen, wir müssen die Wachtürme mit Handgranaten bepflastern, die Tore sprengen und uns unseren Weg ins Gefängnis freikämpfen und dabei wie die Wilden um uns ballern, um den maximalen Überraschungseffekt zu erzielen.

Unten an der Anlegestelle liegt dann aber immer noch ein intaktes Patrouillenboot mit einer voll funktionsfähigen Funkanlage. An Bord dieses Boots wird mit ziemlicher Sicherheit ein gut ausgebildeter Funker an seinen Geräten sitzen. Außerdem werden sicherlich auch noch einige Wachsoldaten herumlaufen. Die werden bestimmt nichts Besseres zu tun haben, als auf dem schnellsten Weg über sämtliche militärisch genutzten Funkfrequenzen zu verbreiten, dass das Gefängnis gerade angegriffen wird, und zwar massiv. Denn zu diesem Zeitpunkt wird sich für diese Männer eine Geräuschkulisse bieten, als wäre der Dritte Weltkrieg ausgebrochen... Auch wenn das Boot selbst nur noch zehn Minuten zu leben hat, sind das zehn Minuten zu viel. Also, mir gefällt das gar nicht.«

»Hm«, machte Rick Hunter. »Mir, ehrlich gesagt, auch nicht besonders.«

»Keine Aufregung«, sagte Rusty, »das Problem ist doch ganz leicht aus der Welt zu schaffen.«

»Wie denn, bitte?«

»Ganz einfach. Wir verwenden überhaupt keine Haftminen. Stattdessen postieren wir unmittelbar hinter dem Anleger zwei Jungs mit Panzerabwehrwaffen, den leichten mit tragbaren Startgeräten. In dem Moment, wo sie den ersten Knall hören oder ein entsprechendes Kommando über Funk bekommen, jagen die ein paar von diesen netten Babys vorn und achtern in das Schiff. Da wird bestimmt keiner mehr von dort aus telefonieren.«

»Klasse. Die Idee finde ich gut. Sollten wir nicht lieber das Gleiche auch mit den Choppern veranstalten?«

»Auf jeden Fall. Wir sollten uns von zeitlich fixierten Detonationen unabhängig machen. Denn letzten Endes könnten genau die sich dann wirklich als eine PAA herausstellen.«

»Als was?«

»PAA. Pestbeule am Arsch.«

Lt. Commander Hunter schüttelte den Kopf. Dieser Frank Hart hatte wirklich etwas. Einen Superverstand, immer den Daumen am Puls des Geschehens. Bergstrom hatte fallen lassen, dass die Anforderung des Colonel direkt aus dem Weißen Haus veranlasst worden war.

Und darüber hinaus war der Mann aber auch noch aufrichtig.

»Rick«, sagte der Colonel, »so gern ich diesen Spruch als meine Erfindung ausgeben würde, komplett mit Urheberrecht und allen damit verbundenen Nutzungsrechten, leider ist er nicht von mir.«

»Aha.«

»Der ist von Admiral Morgan.«

Weit unter ihnen bereiteten sich die SEALs derweil auf ihr Abrücken vor. Sie überprüften ein letztes Mal ihre Waffen, reinigten die Gewehre und ölten sie ganz dünn ein und vervollständigten ihre Tarnmaßnahmen, indem sie sich Gesichter und Hände schwärzten. Und dann gab es SEALs, die für sich allein dastanden und sich mental auf den bevorstehenden Angriff vorbereiteten. Die Anspannung stand allen ins Gesicht geschrieben. Die Unteroffiziere gingen zwischen den Soldaten einher, sprachen ihnen Mut zu, warnten sie noch einmal vor diesem und jenem und machten ihnen wiederholt mit allem Nachdruck klar, wie wichtig es sei, jede Sekunde voll konzentriert zu sein und nie das Glaubensbekenntnis von Vorsicht und Lautlosigkeit zu vergessen. Sie forderten die Männer ein letztes Mal auf, ihre Schmuckgegenstände abzulegen und die Taschen nach losen Gegenständen zu durchsuchen, die im falschen Augenblick klappern und damit den Kameraden und einem selbst das Leben kosten konnten.

Inzwischen gab es kaum noch jemanden, der sprach. Die letzten Minuten tickten dahin. Lediglich einer der Unteroffiziere murmelte noch ganz ruhig: »Ihr seid jahrelang dazu ausgebildet worden, genau solch eine Art von Einsatz durchzuführen. In der gesamten Geschichte militärischer Kampfhandlungen hat es noch nie jemanden gegeben, der besser ausgebildet worden wäre... Wenn ihr auf Zack bleibt, seid ihr unbesiegbar... Ihr braucht nur an all das zu denken, was man euch bis ins kleinste Detail über Sorgfalt und Aufmerksamkeit beigebracht hat... Geht kein vermeidbares Risiko ein... Solltet ihr gezwungen sein zu töten, dann tut es unerbittlich, schnell und lautlos... denn wenn ihr den Gegner nicht tötet, wird er euch töten. Ich setze mein vollstes Vertrauen in euch ... und ich will euch zurückhaben, jeden ... Enttäuscht mich nicht, Jungs. Und jetzt haut ab und schnappt sie euch.«

Der Unteroffizier klopfte einigen der Männer auf dem Weg nach draußen auf die Schulter. Im gleichen Augenblick ertönte dreimal kurz hintereinander ein Summer. Langsam folgten die SEALs dem Unteroffizier auf den Gang, der zum Flugdeck führte. Dort warteten bereits die großen Chopper auf sie, um mit ihnen hinaus zu den wartenden Unterseebooten zu röhren.

Colonel Hart und Lt. Commander Hunter blieben bis zuletzt im Besprechungsraum. Durch die hohen Fenster konnten sie die beiden taktischen Atom-Unterseeboote USS *Greenville* und USS *Cheyenne* etwa eine Meile an Backbord voraus auf ihren Wartepositionen an der Oberfläche liegen sehen. Immer abwechselnd schwebten jetzt die Hubschrauber über deren Decks, und die SEALs rutschten mit halsbrecherischer Geschwindigkeit an den Kletterseilen nach unten. Das dritte Boot, die USS *Hartfort*, ebenfalls ein 7000-Tonner der Los-Angeles-Klasse, konnten die beiden Männer nicht ausmachen, da es etwas weiter im Westen auf Sehrohrtiefe lag. Die *Hartfort*, die nur eine Minimalbesetzung an Bord hatte, würde als Rettungsfahrzeug und gleichzeitig als Lazarettschiff für die Mannschaft der *Seawolf* fungieren.

Schließlich war es auch für die Lt. Commander Hunter und Bennett an der Zeit, sich auf den Weg zu machen. Sie schüttelten Colonel Hart noch einmal die Hand, bevor sie hinaus zu den Aufzügen traten, die sie hinab aufs Flugdeck zu den Hubschraubern bringen würden.


Sonntag, 16. Juli, 1400
Südchinesisches Meer, 300 Kilometer vor der Küste

Beide Kommandanten der Unterseeboote hatten vor, zu tauchen und zur *Hartford* aufzuschließen, sobald die SEALs sicher an Bord waren, um die sechsstündige Fahrt in Richtung Küste anzutreten. Die *Greenville* fuhr als Erste ab und tauchte sofort auf 400 Fuß, um dort auf Kurs drei-sechs-null zu gehen und mit äußerster Kraft nach Norden und direkt zur Insel zu laufen, wo sie wieder auf

200 Faden hochtauchen würde. Die *Cheyenne* folgte ihr mit gleicher Fahrtstufe und identischem Kurs rund eine halbe Seemeile achteraus, wobei sie auf schwächster Leistungsstufe ihr Aktivsonar verwendete, um die Position zu halten. Gegebenenfalls konnten sich die Boote auch über ihre Unterwassertelefone verständigen, wovon jedoch nur im äußersten Notfall Gebrauch gemacht werden sollte.

Die SEALs, die das Gefängnis bereits gesehen hatten, waren in zwei Gruppen zu je vier Mann aufgeteilt worden. Rusty Bennett, Dan Conway, Buster Townsend und John fuhren jetzt mit der *Greenville*, Paul Merloni, Rattlesnake Davies, Chief Petty Officer McCarthy und Bill mit der *Cheyenne*. Die Hoffnung, noch etwas schlafen zu können, hatten sie schnell aufgegeben. In jedem Boot befanden sich noch weitere 26 SEALs, deren Neugier auf das, was ihnen bevorstand, mit jeder Meile, die sie sich dem Ziel näherten, wuchs. Kein Wunder, dass bei deren Wissbegierde an Schlaf nicht zu denken war.

Das Kartenmaterial und die Detailzeichnungen waren zwar ausgezeichnet gewesen, aber es ging einfach nichts darüber, mit jemandem zu sprechen, der wirklich vor Ort gewesen war. Es waren immer die gleichen Fragen zu beantworten: Wie viele Wachen gab es da? War das Gefängnis wirklich so uneinnehmbar, dass man sich hineinsprengen musste? Wie sahen, realistisch betrachtet, die Erfolgschancen aus?

Die Antworten der Ortskundigen zeugten von Optimismus. Soweit man das beurteilen könne, hätten die Chinesen keinen Schimmer, dass sie in Gefahr schwebten. Die Wachmannschaft sei der Einrichtung angemessen, aber keineswegs furchterregend. Den Erfolg der Mission könne man getrost voraussetzen – solange man es schaffe, das Kommunikationssystem der Chinesen rechtzeitig auszuschalten.

Während der gesamten Fahrt ließen sowohl Lt. Commander Bennett als auch der enorm erfahrene Chief McCarthy die immer gleiche Litanei hören: Wenn wir die Kommunikationseinrichtungen schnell und zur Gänze ausschalten, ist alles im Lack. Wenn nicht, stehen unsere Chancen, das Leben zu verlieren, ausgezeichnet. Der letzteren Aussicht konnte keiner der SEALs etwas abgewinnen.

Sonntag, 16. Juli, 1800
Liuersan-Straße, Guangzhou (Kanton)

Quinlei Dong trug seinen Werkzeugkasten zum Auto und verstaute ihn im Kofferraum. In der Hand hielt er ein weißes, quadratisches Kästchen, in dem sich ein nagelneuer elektrischer Schalter befand. Er drehte die Zündung und lenkte sein Auto anschließend über die vertraute Strecke zur Brücke des Volkes, hinter der er dann auf die Straße zum Hafengelände abbog. Es war ein warmer, schöner Abend, und die Sonne stand immer noch hoch, als sich der Elektromeister dem Tor näherte.

Die Wache trat auf ihn zu, ein anderer Mann als am Tag zuvor. »Wo soll's denn hingehen?«

»Genau da hin, wo ich auch gestern und genau genommen schon die ganze letzte Woche zu tun hatte – zum Lageraum im Block B, wo die Elektrik immer noch ein einziges Chaos ist.«

»Und warum kommen Sie deshalb an einem Sonntag hierher?«

»Weil ich wegen dieser Sache Todesqualen durchleide, denn ich muss das System bis spätestens morgen früh um neun Uhr wieder in Ordnung und funktionsfähig haben. Auf Befehl des Kommandeurs höchstpersönlich. Glauben Sie etwa, ich würde mich sonst darum reißen, ausgerechnet den freien Sonntag hier zu verbringen?«

Der Wachsoldat lächelte. »Wissen denn die anderen Wachen im Block B Bescheid, dass Sie kommen?«

»Allerdings. Das habe ich denen schon gestern mitgeteilt. Hier, sehen Sie mal. Das ist der neue Schalter. Das Ersatzteil, das ich einbauen muss. Ich hatte mich schon seelisch darauf vorbereitet, das ganze Gelände umgraben zu müssen, um den Kurzschluss zu finden, da habe ich zufällig entdeckt, dass ein alter Schalter durchgebrannt ist. Jetzt will ich das Ding einbauen... 'ne halbe Stunde Arbeit, und schon bin ich wieder draußen. Kommen Sie doch einfach mit und helfen mir ein bisschen, wenn Sie Lust haben... Ich könnte einen Mitarbeiter gut gebrauchen.«

Der Wachsoldat lachte, überprüfte den Aufkleber auf der Windschutzscheibe und drehte sich dann wieder zu dem Elektroniker um. »Alles klar, Quinlei Dong. Bis später.«

Dong fuhr langsam über das verlassene Gelände, verlassen – jedenfalls bis auf den Uferbereich. Wie gewöhnlich umringte hier, wie man meinen konnte, eine ganze Armee militärischen Personals das amerikanische Unterseeboot. Er parkte den Wagen wieder an der gleichen Stelle wie am gestrigen Tag, ein Stückchen die Nebenstraße hinunter und damit wesentlich näher am heruntergekommenen Magazin als an dem Lageraum, in dem er eigentlich zu tun hatte.

Er ging zum Block B, wo er nur eine einzelne Wache antraf. Die beiden Männer begrüßten sich freundlich, da sie sich ja schon vom Vortag her kannten.

»Na, den neuen Schalter wohl doch noch bekommen, was?«

»Da ist er. Ich werd etwa 'ne halbe Stunde brauchen.«

»Geht in Ordnung.«

Dong stieg die Stufen hinauf und schaffte erst einmal Ordnung in dem gewollten Chaos, das er hier hinterlassen hatte. Der neue Schalter war zwar völlig überflüssig, aber er montierte ihn trotzdem. Er stellte die notwendigen Kabelverbindungen wieder her und befestigte die Deckenverkleidung. Schließlich prüfte er noch einmal die gesamte Elektrik im Raum durch, beseitigte den Müll und schlenderte wieder die Treppen hinab. Es war genau Viertel vor sieben.

»Na, geschafft?«

»Das war's … Sie können ja mal nachschauen. Die Beleuchtung funktioniert, ebenso sämtliche Computer. Bis morgen dann.«

»Wiedersehen, Quinlei Dong.«

Dong ging zurück zum Wagen und drehte sich dort um. Die Wache musste ins Gebäude gegangen sein, denn draußen war sie nicht mehr zu entdecken. Soweit er es beurteilen konnte, war im Augenblick die ganze Straße menschenleer. Er huschte zum großen Lagerhaus hinüber, zog die Tür auf und schlüpfte hinein, während sein Herz wie rasend pochte. Jetzt musste er sich gewaltig sputen. Die Wache konnte jeden Augenblick zurückkehren, und dann würde sie sich zweifellos fragen, wieso sein Wagen noch immer hier stand. Vielleicht würde der Mann sogar aus lauter Neugier herüberkommen, um nach dem Rechten zu sehen.

Dong nahm immer zwei Stufen auf einmal und rannte die Eisentreppe hinauf. Oben angekommen, knallte er die beiden Riegel zurück und trat geduckt auf das Dach hinaus. Er huschte zum Kamin, langte hinauf und entfernte mit einem energischen Ruck sowohl das Schutzband als auch die graue Plastikumhüllung, die er hier angebracht hatte. Dann stieg er rasch auf den abschüssigen Teil des Dachs und peilte durch das Linsensystem. Am Fadenkreuz erkannte er, dass sich das Unterseeboot nicht bewegt hatte und auch die Halterung des Designators nicht verrutscht war. Er blickte nach wie vor genau auf den Punkt an Deck der *Seawolf*, den er am Vortag fixiert hatte.

Dann schaltete Quinlei Dong, Ehegatte von Lin und Vater des neunjährigen Li, den Lasergenerator ein, der eine amerikanische Bombe führen würde, welche die erste Nuklearkatastrophe in der gesamten Geschichte Guangzhous auslösen sollte. Er beobachtete, wie das kleine grüne Kontrolllämpchen erst flackerte, kurz darauf aber wieder brannte. Jetzt wusste er, dass ein unsichtbarer Laserstrahl direkt über die Köpfe der haufenweise anwesenden chinesischen Marinewachen hinweg quer über den Landungssteg zischte und punktgenau eine bestimmte Stelle auf dem Deck des Boots markierte. In den nächsten sechs Stunden konnte eine hereingleitende Bombe einfach nicht mehr danebengehen.

Er beobachtete noch eine Weile das amerikanische Unterseeboot über die Brüstung. Selbst um diese Zeit herrschte um das große Unterwasserfahrzeug eine ungewöhnlich starke Betriebsamkeit. Er konnte klar erkennen, dass sich eine Gruppe von vier Männern in weißen Laborkitteln an Deck mit Offizieren in voller Uniform unterhielten, während gerade drei andere Männer über die Gangway zurück an Land gingen. Er zählte wenigstens noch vier weitere Gestalten in Uniform, die ganz oben an der Spitze des Turms auf der Brücke standen. Überall lungerten Wachsoldaten herum.

Dong verbarg sich lieber wieder hinter der Brüstung, bevor ihn jemand entdeckte, und zog sich zur Tür zurück, die er ganz leise hinter sich verriegelte. Dann flog er geradezu die Stufen bis zum Erdgeschoss hinab. Gerade als er die Tür schwungvoll öffnete, vernahm er zu seinem Entsetzen Stimmen und Schritte. Einen fürchterlichen Augenblick lang glaubte er, entdeckt worden zu sein und dass sich eine Streife auf dem Weg hierher befand, um nach ihm zu suchen.

Er zog schleunigst die Tür zu und wartete. Nach einer Weile öffnete er sie ganz vorsichtig und stellte fest, dass draußen alles wieder völlig ruhig war. Etwas weiter die Straße hinauf konnte er allerdings noch Schritte hören, die sich gerade um die Ecke entfernten. Dong vergewisserte sich, dass die Straße jetzt wirklich verlassen war, glitt hinaus in den Abend und schritt entschlossen die 50 Meter zu seinem Wagen. Kaum eingestiegen, ließ er auch schon den Motor an und fuhr um die Rückseite von Block C, da er auf jeden Fall der Wache ausweichen wollte, mit der er zuvor gesprochen hatte.

Am Haupttor wurde er angehalten und gefragt, ob er seine Arbeiten für heute beendet habe. Dong bestätigte das.

»Also ... dann bis morgen?«

»Wenn die Beleuchtung in Block B wieder ausfällt, traue ich mich lieber nicht hierher.«

Die Wache vom Dienst lachte und winkte ihn durch die Sperre. In einer halben Stunde würden er, seine Frau Lin und sein kleiner Sohn bereits nach Süden in Richtung Kowloon unterwegs sein, wo der amerikanische Agent mit neuen Identitäten für sie alle warten würde. Am Abend würde Dong dann zusammen mit seiner kleinen Familie schon im Flugzeug nach Hawaii sitzen, um von dort aus weiter nach Los Angeles zu fliegen.


Sonntag, 2015

Lt. Commander Olaf Davidson und sein Trupp hatten die Luft aus dem Schlauchboot entweichen lassen und es dann zusammen mit dem größten Teil der restlichen Ausrüstung versteckt. Dann waren sie vom ursprünglichen Sammelplatz auf der südlichen Halbinsel auf Xiachuan Dao abgerückt. Inzwischen trugen Catfish Jones und Al, vollständig bewaffnet und mit geschwärzten Gesichtern, das schwere Maschinengewehr zwischen sich und bewegten sich auf einen Punkt zu, der etwas oberhalb des vorgesehenen Brückenkopfs etwa einen knappen Kilometer vom Gefängnis entfernt lag. Auch von dort aus hatte man einen guten Blick auf das Patrouillenboot.

Olaf selbst war oben im Versteck der SEALs mit Hank zusammengetroffen und checkte Rustys Liste mit den Wachzeiten und der Anzahl der Patrouillen sowohl im Inneren des Gefängnisses als auch außerhalb durch. Die beiden Männer würden jetzt selbst die kleinste Abweichung vom Raster sofort notieren und für den weiteren Verlauf berücksichtigen. Bislang hatte der Kommandeur der SEALs nur feststellen können, dass alle Bewegungen der Wachen präzise so waren wie auch schon an den Tagen und Nächten zuvor. Die einzige Abweichung stellte die siebenminütige Verspätung beim Ablegen des Patrouillenboots und am frühen Nachmittag die Ankunft eines großen Hubschraubers russischer Bauart dar. Die anderen beiden Chopper waren auf dem Abstellplatz, wo sie laut Rustys Aufzeichnungen für gewöhnlich standen.

Unten am Ufer hatte Catfish inzwischen sein Nachtsichtgerät aufgesetzt und beobachtete durch das Restlicht-verstärkende Gerät die Anlegestelle. Eben hatten zwei Matrosen die Festmacher des Patrouillenboots losgeworfen und sich dann auf eine kleine Mauer gesetzt, um offensichtlich ein Schwätzchen zu halten. Rustys Aufzeichnungen besagten jedoch, dass sie stets sofort nach dem Auslaufen des Boots das Gebiet verlassen hatten und zu den Unterkünften zurückgekehrt waren. Catfish hoffte inständig, dass sie das auch innerhalb der nächsten halben Stunde tun würden. Wenn nicht, würden Al und er die beiden ausschalten müssen.

In der Zwischenzeit hatte Al die Signallampen vorbereitet und das Maschinengewehr so in Stellung gebracht, dass es die Zufahrt zum Anleger abdeckte. Wenn der große Landungstrupp der SEALs gesichtet werden sollte und die Chinesen hinunter zum Strand ausschwärmten, um diesen zurückzuschlagen, würden die ersten 50 von ihnen niemals die Mauer aus Geschossen vom Kaliber .50 überwinden können, die ihnen todbringend aus dem Dschungel entgegenschlagen würden.

Oben im Versteck warf Olaf Davidson einen Blick auf die Uhr. Es war genau 2103. Der Wachwechsel außerhalb des Gefängnisses hatte präzise zum angegebenen Zeitpunkt stattgefunden. Die vier Männer der neuen Wache hatten jeweils paarweise ihre Streife um das Gefängnis aufgenommen. Wenn alles nach Plan verlief, würde dies die letzte Patrouille ihres Lebens sein. Der große Trupp würde in weniger als zwei Stunden hier eintreffen.

Sonntag, 2109
Flugdeck der USS *Ronald Reagan*
Position: 18.25 N, 112.35 E. Fahrt 25. Kurs 225

Lt. Commander Joe Farrell blickte zur »Insel«, dem gigantischen Kommandoturm des Flugzeugträgers, hinauf. Das rote Licht signalisierte ihm vier Minuten bis zum Start. Vor sich konnte er durch das Cockpitfenster den hell erleuchteten Runway erkennen, der scheinbar im Nichts endete. Überall um ihn herum begaben sich die Starter auf die ihnen vorgeschriebenen Stationen. Selbst im Stand jaulten die großen Triebwerke des überschallschnellen Kampfbombers F/A-18 *Hornet* von McDonnell Douglas schon bei der kleinsten Berührung der Leistungshebel auf.

Die Maschine konnte eine Bombenlast von bis zu acht Tonnen tragen, doch heute Nacht hing nur eine einzige Bombe der *Paveway*-Serie unter ihrem Rumpf, die über ein lasergeführtes Zielsystem verfügte. Der hochexplosive Gefechtskopf wog nicht einmal eine halbe Tonne.

Zwei weitere Minuten verstrichen, das Signallicht änderte seine Farbe auf Bernsteingelb und begann zu blinken. Der Mann von der Bodencrew, der unmittelbar unter Joe in der Nähe der Flugzeugnase hockte, winkte ihn nach vorn, tauchte dann unter dem Rumpf weg und hakte das dicke Katapultgeschirr ein.

Das Licht sprang auf Grün. Der »Katapultschütze« Lieutenant Dale wies mit der rechten Hand auf den Piloten und hielt die linke hoch, an der er zwei Finger spreizte: *Auf vollen Schub gehen!*

Joe Farrell schob die Leistungshebel bis zum Anschlag nach vorn und setzte dadurch die röhrende, mörderische Energie der beiden Triebwerke frei. Jetzt streckte Lieutenant Dale ihm die Handfläche entgegen, während er ihn gleichzeitig intensiv anblickte: *Nachbrenner zuschalten!*

Lt. Commander Farrell salutierte, lehnte sich vor und spannte die Muskeln in Erwartung des einsetzenden Katapultschubs. Der Katapultschütze salutierte seinerseits und ließ den Piloten keine Sekunde lang aus den Augen. Dann beugte er die Knie und berührte mit zwei Fingern der linken Hand das Deck.

Mit seiner nächsten Geste betätigte der Mann von der Bodencrew, der auf dem Laufsteg links neben dem Jagdbomber stand, den Knopf für das Katapult eins. Er duckte sich sofort ganz tief. Die gewaltige Kraft des Zugkabels riss den Kampfjet aus den Blöcken.

Joe Farrell hatte die Leistungshebel bis zum Anschlag vorgeschoben und griff den Knüppel ganz fest. Die *Hornet* wurde vom Katapult leicht nach unten und gleichzeitig mit geballter Kraft nach vorn gezogen, während die Triebwerke ihren heißen Atem gegen die Ableitrampen bliesen. Die Leute, die dem Start zusahen, hielten alle den Atem an. Colonel Hart, der ganz oben auf der Insel neben dem Admiral stand, stellte verblüfft fest, dass seine Hände leicht zitterten. Joe Farrell war in diesem Moment unterwegs, die USS *Seawolf* zu zerstören.

Langsam kam die Nase der *Hornet* hoch, während sie dahindonnerte. Ein kollektiver Seufzer der Erleichterung war überall zu hören, als der spektakuläre Jagdbomber der U.S. Navy wie eine Rakete über die Deckskante hinausschoss und nach kurzem Absacken mit seiner tödlichen stählernen Last unter dem Rumpf stetig in den nächtlichen Himmel zog. Die Maschine war bereits über 200 Knoten schnell und setzte den Steigflug nach Backbord fort. »*Tower für Hornet one-zero-zero ... Gut gemacht ... Sie verlassen uns jetzt ...*«

»*Hornet one-zero-zero. Verstanden. Ende.*«

# KAPITEL ZEHN

Sonntag, 2119
Im Cockpit der *Hornet* 100

Lieutenant Commander Farrell hielt den Blick auf die Instrumententafel gesenkt, während sein Jagdbomber in einer Höhe von 250 Fuß über den Wellen des Südchinesischen Meer dahinkreischte und seinem Ziel mit jeder Minute zwölf Kilometer näher kam. Das, was jetzt gerade ablief, war die hohe Schule der Kampffliegerei: so tief zu fliegen, dass man unterhalb des militärisch genutzten Radars blieb. Zieht man auch nur einen Hauch zu fest am Knüppel, taucht die Maschine auf den Radarschirmen des Feindes auf. Drückt man den Steuerknüppel dagegen nur um eine Winzigkeit zu stark, wird man ungespitzt in die See gerammt und geht dem sofortigen Tod in einem wirbelnden Feuerball entgegen.

Piloten der U.S. Navy üben ununterbrochen den Tief- und Tiefstflug, und dennoch bleibt das Gefahrenmoment bestehen. Die Konzentration, die diesen Männern abverlangt wird, mit Höchstgeschwindigkeit exakt 250 Fuß über dem Wasser zu fliegen, ist nahezu unvorstellbar, besonders wenn es sich um einen Nachtflug handelt.

Farrell flog lediglich mit 400 Knoten. Er hielt den Knüppel fest in der Hand, während er mit dem Blick ununterbrochen zwischen Kursanzeige und Höhenmesser hin- und hersprang, dann wieder von der Windschutzscheibe zum Trimmruder. Währenddessen murmelte er hin und wieder etwas in sein Mikrofon, um den Carrier, der inzwischen 180 Kilometer achteraus lag, auf dem Laufenden zu halten. Er war jetzt seit einer Viertelstunde in der Luft.

In diesem Augenblick überflog er gerade die unsichtbare Linie von 113.30 östlicher Länge direkt im Süden des Hafens von

Macao und leitete die Kursänderung ein. Er drehte die Maschine auf Norden ein, um mit dem Anflug auf die Perlflussmündung zu beginnen. Sein Kurs führte ihn über Wanshan Qundao; er würde ihn weniger als fünf Minuten beibehalten.

Er sah die Lichter der Insel direkt unter sich und konnte auf der linken Seite den unverkennbaren Lichtkegel von Macao erkennen. Er korrigierte den Kurs um neun Grad weiter nach Westen, was ihn vorübergehend auf einen Steuerkurs von drei-fünf-eins brachte und ihm die Möglichkeit verschaffte, im Radarschatten der 450 Meter hohen Berge im Westen der Stadt Sanxiang zu bleiben.

Nur ein kurzer und sanfter Druck gegen den Steuerknüppel, und schon war er in Höhe von Kowloon im zentralen Fahrwasserbereich des Perlflusses. Er zog an der Insel Qiao vorbei und drehte die Maschine dann auf Kurs drei-fünf-null über den weitläufigen Sumpfgebieten ein. Jetzt rammte er die Leistungshebel auf Anschlag und fühlte sofort die gewaltige Schubkraft der Strahltriebwerke, die nun seine *Hornet* weiter beschleunigte. Als die Maschine kurz davorstand, die 600-Knoten-Marke zu überschreiten, nahm er die Leistungshebel wieder leicht zurück, damit der Überschallknall nicht ausgelöst wurde. Die Maschine lag jetzt auf direktem Anflugkurs zu den Hafenanlagen von Kanton... Er befand sich noch zehn Meilen südöstlich... noch neun... acht... sieben... Die Meilen rasten nur so unter den Tragflügeln seiner Maschine hinweg... jetzt waren es nur noch sechs. Das vorprogrammierte Bombenzielgerät begann automatisch mit dem Countdown und teilte ihm mit hochzuziehen.

Lt. Commander Farrell langte mit der behandschuhten rechten Hand nach vorn und drückte den Freigabeknopf. Dann zog er den Knüppel zu sich heran. Die *Hornet* stieg, gewann an Höhe und stabilisierte sich bei einem Steigwinkel von 45 Grad. Unter ihm löste sich derweil die Bombe vom Rumpf. Die dicke *Paveway* 3 wurde dabei durch die Wucht der Maschine weitere 1000 Meter hoch in den Himmel geschleudert. Pfeifend jagte sie dann allein durch die Nacht, während sich ihre Geschwindigkeit verringerte. Für die erste Meile hatte sie nur viereinhalb Sekunden gebraucht, für zweite, dritte und vierte insgesamt immerhin schon etwa 30 Sekunden.

Jetzt, da sie den Gipfel ihrer Flugbahn erreicht hatte, neigte sie

388

sich langsam in Richtung Boden und begann mit ihrem langen Gleitflug zum Ziel, während ihr Laser-Lenksystem das unter ihr liegende Terrain nach dem Punkt absuchte, der von dem Designator beleuchtet wurde, den Quinlei Dong so überaus sorgfältig ausgerichtet hatte.

Lt. Commander Farrell flog einen Immelmann-Turn und raste im engsten Loop, den er hinbekommen konnte, im Rückenflug weiter in die Höhe. Dann rollte er aus und ging über der Sumpflandschaft vorsichtig zurück auf seine alte Flughöhe von 250 Fuß. Schließlich ließ er die Maschine über den Perlfluss donnern, drehte langsam wieder nach Süden und schoss hinaus auf den offenen Ozean. Immer noch fast 600 Knoten schnell, passierte er Kowloon fast in derselben Sekunde, in der Quinlei Dong seinen Wagen am internationalen Flughafen von Hongkong abstellte.

Und genau wie Dong, so würde auch er in Bewegung bleiben, bis er auf amerikanischem Boden landete ... Nun ja, was Farrell anging, wohl eher auf amerikanischem Stahl.

Währenddessen sauste die Bombe durch die Dunkelheit nach unten auf das Laserlicht zu. Die Leitwerke führten gelegentlich leichte Kurskorrekturen aus, um den dunkelgrünen Killer auf sein Ziel zuzusteuern. Niemand konnte die Bombe sehen. Niemand konnte sie hören. Niemand da unten hatte auch nur die geringste Ahnung, dass sie überhaupt unterwegs war.

Sechs Wachen standen auf dem Deck des Vorschiffs, sechs chinesische Techniker befanden sich im Sonarraum und 20 weitere Unterseebootexperten bevölkerten die unterschiedlichsten Abteilungen des Schiffs. Einige von ihnen waren Russen. Keiner der Männer bekam etwas davon mit, als die *Paveway* 3 auf die Sekunde genau um 2140 ins Oberdeck knallte. Sie war zum Schluss mit einem merkwürdig sanften, aber dennoch schauerlichen Pfeifen heruntergekommen. Innerhalb einer Millisekunde hatte sich ihr panzerbrechender Gefechtskopf durch den Druckkörper gebohrt und war bis in die massiv gepanzerte Reaktorabteilung vorgedrungen. Dort ging die Hauptladung mit einem dumpfen, alles erschütternden Kawumm! knapp einen Meter neben der kritischen Masse des Reaktorkerns hoch.

Die eigentliche Detonation der *Paveway* wurde hervorragend durch die stählerne Umhüllung der in Amerika gebauten Zelle eingedämmt, rief jedoch im Inneren furchtbare Schäden hervor. Sie zerfetzte auf katastrophale Weise an vier verschiedenen Stellen gleichzeitig die stählernen Rohrleitungen des primären Kühlkreislaufs. Das Kühlwasser, das mit einem Druck von 160 Bar durch den Reaktor geführt wird, verwandelte sich sofort in Dampf und entwich explosionsartig in die Zelle.

Im gleichen Augenblick blieben die Pumpen stehen, und die Kontrollstäbe fielen automatisch hinunter in den Reaktor, um diesen zu »scrammen«. Die beiden mächtigen Isolationsventile, die selbst nach der Detonation der Bombe noch arbeiteten, schlugen bei dieser Notabschaltung dicht. Sie reagierten damit automatisch auf den katastrophalen Druckabfall im Kreislauf außerhalb des stählernen Reaktorbehälters. Sofort herrschte ein akuter Mangel an dem gereinigten und unter Druck stehenden Wasser, welches der Reaktor so dringend benötigte, um die Hitze abzuleiten, die bei der Kernspaltung des angereicherten Urans 235 entsteht. Die Möglichkeit, die tödlich schnellen Neutronen im Zaum zu halten, wurde nun mit rasender Geschwindigkeit immer geringer, während der Kern heißer und immer heißer wurde.

Die einzige Rettung für den Reaktor war das automatische Not-Kühlsystem, das eingebaut worden war, um mit einer derartigen Fehlfunktion im Primär-Kühlkreislauf fertig zu werden. Auch dieses System verfügte über zwei große Ventile und war so ausgelegt, dass Seewasser – oder welches Wasser auch immer – angesaugt und durch den Kern geleitet wurde. Der Wasserstoffgehalt dieses Wassers sollte in der Lage sein, die teuflische Energie der Neutronen zu puffern. Dieses Wasser war in mehr als nur einem Sinne lebenserhaltend: Der pure Kühleffekt zielte auch darauf ab, ein Durchschmelzen des Kerns zu verhindern.

Das einströmende Wasser wird als »kalter Schenkel« bezeichnet. Zu dem Zeitpunkt, da es wieder von der kritischen Masse abfließt, ist es unglaublich heiß und wird über Rohre, die als »heißer Schenkel« bezeichnet werden, abgeleitet. Dank der Vorkehrungen seitens Judd Crockers und Mike Schulz', die diese noch getroffen hatten, während die *Seawolf* nach Kanton eingeschleppt wurde, waren diese Absperrventile so manipuliert worden, dass sie sich jetzt nicht mehr öffnen konnten. Auf dem Schiff gab es nur mehr zwei »heiße Schenkel« – und die würden unabwendbar das völlige Desaster auslösen.

Der Not-Kühlkreislauf war im Grunde tot. Die Chinesen in der schiffstechnischen Zentrale, die bereits durch die Erschütterung der Bombenexplosion zu Tode erschrocken waren, stellten nun zu ihrem Entsetzen fest, wie tot dieser Kreislauf tatsächlich war. Sie konnten beobachten, wie die Kerntemperatur geradezu gespenstisch anstieg und sich mit einer wahnsinnigen Geschwindigkeit dem Punkt näherte, an dem der Reaktorkern unausweichlich durchschmelzen würde.

Sie kämpften dagegen an und beteten dabei zu welchem Gott auch immer, der in dieser Sonntagnacht anwesend sein mochte, dass sich das Notsystem plötzlich doch noch zum Anspringen entscheiden möge. Mike Schulz hatte sich aber nicht den geringsten Fehler erlaubt. Nichts rührte sich – nur die Chinesen hüpften aufgeregt umher.

Vier Minuten später war der Punkt erreicht, an dem sämtliche Lösungsmöglichkeiten erschöpft waren. Die Kerntemperatur war schon über die Gefahrenschwelle hinaus geklettert. Tief unten im Reaktorraum stiegen die Strahlungswerte und Temperaturen so weit an, dass zunächst die Reaktorhülle selbst und dann auch das ganze Deck darüber zu schmelzen begann. Um 2148 fraß sich das weißglühende Gemisch aus Uran und rostfreiem Stahl durch den viereinhalb Meter dicken gehärteten Boden des Reaktorkessels und fiel von dort aus auf den Druckkörper des Unterseeboots.

Es dauerte nur wenige Sekunden, bis sich die Masse durch den kolossal starken, 13 Zentimeter dicken Kiel gebrannt hatte, als bestünde dieser aus weicher Butter, und in das Hafenwasser von Kanton fiel. Auf seinem Weg verwandelte die Schmelze die *Seawolf* in eine Todesfalle, da der radioaktive Niederschlag nicht nur die gesamte Reaktorabteilung verseuchte, sondern auch alles andere. Die Hafengewässer würden von jetzt an für mindestens die nächsten 40 Jahre eine einzige tödliche Brühe sein.

Oben in der Zentrale waren sich die dort anwesenden Wissenschaftler des Ausmaßes der Katastrophe in vollem Umfang bewusst. Von überall her schrillten die Strahlungsalarme. Das Wasser hatte auf unheimliche Weise zu glühen begonnen. Die Warnung: »*Kernschmelze … Kernschmelze*« echote immer noch durch das ganze Schiff, als dort eine Massenpanik ausbrach.

»*Alle Mann von Bord!*« befahl der diensthabende Kommandant.
»*Wir haben eine Kernschmelze ...*«

Was dann folgte, war mehr eine Stampede denn ein diszipliniertes Verlassen des Boots. Die Techniker, Wissenschaftler und Matrosen stürmten alle auf einmal zu den Schotts und Luken und versuchten, hinaus zu den Gangways zu gelangen. Die *Seawolf* ging zwar noch nicht unter, selbst jetzt nicht, nachdem ihre Reaktorabteilung vollständig mit Seewasser geflutet war, doch jeder, der von nun an länger als zehn Minuten an Bord blieb, war bereits in diesem Augenblick ein toter Mann, der höchstens noch drei Wochen zu leben hatte.

Admiral Zhangs Traum, den mächtigen amerikanischen Herrscher der Unterwasserwelt zu kopieren, war ausgeträumt. Schlimmer noch: Es hatte nur einer Viertelstunde bedurft, um die Chinesen darüber hinaus in eine ausweglose Katastrophe zu führen. Der kommissarische Kommandant rannte im wahrsten Sinne des Wortes um sein Leben. Ihm folgten die Wissenschaftler, denen er noch zubrüllte, sie sollten sehen, dass sie ihn zu den Diensträumen am Rand des Geländes begleiteten.

Als sie dort ankamen, fanden sie die Eingangstür verschlossen. Der Kommandant zog seinen Dienstrevolver und schoss das Schloss auf. Sofort stürzten sich alle auf sämtliche verfügbaren Telefone und richteten eine Konferenzschaltung zum Flottenhauptquartier in Zhanjiang ein, um sich direkt mit Admiral Zhang Yushu zu besprechen.

Der Oberbefehlshaber war wie vor den Kopf geschlagen. Er sah sich plötzlich mitten in einer Diskussion mit seinen Spitzen-Kernphysikern, welche die Ansicht vertraten, dass mit dieser Katastrophe nur klarzukommen sei, wenn man die *Seawolf* auf der Stelle versenkte. Nur so bestand zumindest die vage Möglichkeit, dass sich das Boot mit dem Rumpf um den Reaktorkern hüllte. Dann könnte man den Bereich großräumig isolieren und vielleicht auch noch das Wasser durch einen Damm oder irgendetwas anderes abgrenzen, damit die Kontaminierung sich nicht bis hin zur Stadt ausbreitete.

Einige Techniker schlugen dagegen vor, das Boot hinaus auf die offene See zu schleppen, wo man dann die wichtigen Teile trotz allem noch ausbauen könne.

Für Zhang Yushu war Letzteres so etwas wie ein Hoffnungsstrahl in der plötzlich eingebrochenen Dunkelheit der Verzweiflung. Er brüllte über die immer hysterischer werdende Konferenzschaltung, dass man gefälligst das Unterseeboot an den Haken nehmen und hinausschleppen solle, um dort wieder an Bord zu gehen und die unversehrten Teile auszubauen.

Dr. Luofu Pang, der Chefphysiker und einer der anerkanntesten Wissenschaftler Chinas, stimmte schließlich zu, wenn auch ohne Überzeugung. »Admiral«, hob er an, »wenn das Ihre Befehle sind, dann sei es so. Ich befinde mich nicht in der Position, der Marine klarzumachen, was sie zu tun oder zu lassen hat. Nur ein Hinweis noch: Jeder Mann, der sich an Bord dieses Unterseeboots begibt wird unvermeidlich des Todes sein. Sie werden etliche unserer erfahrensten Techniker verlieren. Ich halte das, mit Verlaub, für eine unkluge Entscheidung. Da Sie wissentlich unsere besten Männer in einen schnellen, unabwendbaren Tod schicken, den sie durch einen Vorfall erleiden, in den ich auch persönlich involviert bin, nehmen Sie bitte meinen Einwand wortgetreu zu Protokoll. Sollten Sie das nicht tun, werde ich sofort die notwendigen Schritte einleiten, um das richtig zu stellen.«

Mit fester Stimme sagte er dann noch: »Also, Herr Admiral, sollen wir die Sache nicht lieber vergessen?«

Admiral Zhang hatte ein Einsehen und beugte sich der Meinung des Wissenschaftlers. »Nun gut, Dr. Luofu«, sagte er ruhig, »in meiner Funktion als Mann des Militärs bin ich natürlich schwer enttäuscht. Veranlassen Sie aber alles Notwendige, um die Sicherheit im gesamten Gebiet zu gewährleisten. Versenken Sie das Boot wie vorgeschlagen.«

Das waren mächtige Worte aus dem Munde eines mächtigen Mannes. Admiral Zhang war bestimmt nicht nur aus Glück der jüngste Oberbefehlshaber, den es jemals in der Marine der Volksbefreiungsarmee gegeben hatte.

Kurz vor zehn Uhr an diesem Sonntagabend liefen auf dem großen Marinestützpunkt die Gegenmaßnahmen an. Die Katastrophenschutzpläne für den nuklearen Zwischenfall begannen nach einem schon lange zuvor festgelegten Raster zu greifen. Strahlungsmesstrupps und Dekontaminierungsgruppen, Feuerwehr- und medizinische Rettungsstaffeln gingen an die Arbeit, während gleichzeitig alles für die notwendige Wind- und Wetterüberwachung eingerichtet wurde.

Im innerstädtischen Bereich von Kanton sprach es sich allmählich herum, dass es auf dem Stützpunkt einen Zwischenfall gegeben hatte. Die Polizei rückte auf dem schnellsten Wege aus, um die unmittelbar betroffenen Bereiche um das Unterseeboot und die in Lee der herrschenden Windrichtung liegenden Stadtteile zu evakuieren und abzuriegeln. Es galt zudem, eine Massenhysterie zu vermeiden.

Der Polizeichef informierte das Hauptquartier in Peking über die Katastrophe. Die Medien versuchten bereits, erste Kontakte zur Marine herzustellen. Es dauerte nicht lange, bis der erste Anruf aus Peking bei Admiral Zhang einging. Er informierte seine Regierung darüber, dass es an Bord des amerikanischen Unterseeboots, welches an der Landungsbrücke von Guangzhou liege, auf bislang unerklärliche Weise einen schweren nuklearen Zwischenfall gegeben habe, während die Ingenieure dort am Reaktor arbeiteten.

Man wusste bereits, dass die Hafenanlagen nachhaltig kontaminiert waren, doch im Augenblick gab es noch keine Hinweise darauf, dass die Strahlung die Stadt selbst bedrohe. Nach Ansicht der Polizei war es jedoch angebracht, jedwede Landung von Verkehrsmaschinen auf dem Flugplatz von Guangzhou zu verbieten, bis eine sichere Einschätzung vorlag, wie sich die Situation im Laufe der nächsten beiden Tage entwickeln würde.

Drüben in Zhanjiang wurde Admiral Zhang von ganz privaten Sorgen gequält. Seine erste Reaktion war darauf hinausgelaufen, dass wohl seine eigenen Wissenschaftler die ganze Sache irgendwie selbst verschuldet hatten. Andererseits musste es einfach amerikanische Reaktorschutzsysteme gegeben haben, die in der Lage waren, mit einem auftretenden Problem dieser Art fertig zu werden. Hatten seine Wissenschaftler also hier ein »Tschernobyl« ausgelöst, indem sie alle Sicherheitssysteme unterliefen, um irgendein haarsträubendes Experiment in eigener Regie durchzuführen? Zhang schauderte bei dem Gedanken daran. Nein, ganz sicher nicht.

Vielleicht hatten die Amerikaner aber auch ein hinterhältiges Gerät eingebaut, das irgendwann die ultimative Selbstzerstörung auslösen sollte? Daher also die überaus höflichen und zuvorkommenden Botschaften der Amerikaner, die über die diplomatischen Kanäle eingegangen waren. Zhang mochte es nicht, wie ein kompletter Narr dazustehen. Das war das Letzte für ihn.

Er bestellte Admiral Zu Jicai ein und unterrichtete ihn über die Katastrophe. Zu Jicai war wie vom Donner gerührt und zeigte sich völlig fassungslos. Auf Zhangs wiederholte Frage – Ist die *Seawolf* durch eine versteckte Sprengladung zerstört worden? – gab es für ihn nur eine einzige Antwort. Und die lautete: Nein.

Beide Männer dachten daran, dass es ja einen kooperationsbereiten Amerikaner gegeben hatte, der zwischenzeitlich auf dem Unterseeboot gewesen war: keinen Geringeren als den Ersten Offizier, Lt. Commander Bruce Lucas.

An einem der vergangenen Tage hatte er, ohne die geringsten Einwände zu machen, die ganze Nacht an Bord des Unterseeboots verbracht und währenddessen nicht das geringste Anzeichen von Nervosität gezeigt. Man hatte ihn sogar dezidiert danach gefragt, ob sich eine Sprengfalle zur Selbstzerstörung an Bord befinde. Sowohl Zhang als auch Zu hatten den Bericht gelesen, dass der Amerikaner glaubwürdig versichert habe, noch nie von einer solchen Vorrichtung an Bord amerikanischer Schiffe gehört zu haben.

Die beiden Chinesen empfanden für diesen amerikanischen Offizier, der ihren Forderungen nach Informationen über die internen Abläufe auf diesem großartigen Unterwasserfahrzeug so schnell nachgegeben hatte, nichts als Verachtung. Für sie war er der Inbegriff eines Mannes, der nach der chinesischen Lebenseinstellung »das Gesicht verloren« hatte, der weder über Stehvermögen noch über wirkliches Rückgrat verfügte. Männer wie Judd Crocker, Brad Stockton und der verstorbene Cy Rothstein hingegen konnten ihnen wie auch allen anderen Offizieren im chinesischen Militär – wenn auch widerwillig – Respekt abringen. Diese Männer waren durch nichts zu erschüttern. Sie waren bereit, ihr Leben zu lassen, sollte sich das als erforderlich erweisen, und das allein aus Gründen der Loyalität. Für Bruce Lucas hatten sie rein gar nichts übrig.

Admiral Zhang griff zum Telefonhörer, um bei Fregattenkapitän Li anzurufen, der sich gerade in seine privaten Räumlichkeiten zurückgezogen hatte, die sich über dem außerhalb des Gefängniskomplexes gelegenen Funkraum befanden.

»Guten Abend, Li«, sagte er. »Es tut mir Leid, dass ich noch so spät anrufe. Haben Sie schon mitbekommen, dass es auf dem Stützpunkt von Guangzhou eine ziemliche Katastrophe gegeben hat?«

»Nein, Admiral Zhang, darüber hat man mich noch nicht informiert.«

»Auf dem amerikanischen Unterseeboot ist es zu einem nuklearen Zwischenfall gekommen. Ein Großteil der Hafenanlagen ist bereits verseucht. Allem Anschein nach ist der Reaktor durchgeschmolzen... Möglicherweise haben unsere Wissenschaftler den Reaktor einfach zu hoch gefahren oder so. Wir sollten aber ebenso wenig ausschließen, dass es an Bord des Schiffs eine verborgene Vorrichtung zur Selbstzerstörung gegeben hat für den Fall, dass es einmal in fremde Hände fällt.«

»Das haben wir doch schon Lieutenant Commander Lucas gefragt. Steht alles im Verhörprotokoll. Der hat unzweideutig bekundet, dass er von einer solchen Vorrichtung nichts weiß«, sagte Li.

»Mag sein«, sagte Zhang, »Wenn er auch ein Angsthase ist, vielleicht hat er uns trotzdem was verschwiegen. Sie sollten ihn sofort noch einmal verhören, noch heute Nacht... Halten Sie ihn wach. Probieren Sie es wieder mit dem nassen Handtuch, ja? Danke, Li... Wir sprechen uns morgen, kurz bevor die Gefangenen verlegt werden.«


Sonntag, 2215
Südchinesisches Meer, 21.12 N, 112.35 E

Alle drei amerikanischen Unterseeboote liefen jetzt mit acht Knoten Fahrt auf Sehrohrtiefe durch 150 Fuß tiefes Wasser. Sie befanden sich noch rund 50 Kilometer südlich der Stelle, wo der Stoßtrupp anlanden sollte. Die Tiefenangaben auf den Anzeigen der Echolote wurden ständig geringer. Auf allen drei Booten galt die volle Aufmerksamkeit der Kommandanten der Stimme des Seemanns, der die Tiefen unter dem Kiel aussang, je weiter sie sich dem Festland näherten.

Die Minuten rannen dahin. Doch dann: »Fünfzig Fuß unter dem Schwinger...«

Um 2250 hatte die *Cheyenne* gerade noch 20 Fuß unter dem

Kiel. Nur noch zwei Kilometer und sie würden auftauchen, um in Oberflächenfahrt auf den Strand zuzulaufen, an dem die Landung stattfinden sollte. Über die Satellitenkommunikationsanlage wusste man an Bord der *Cheyenne* bereits, dass das Patrouillenboot wieder am Anleger vertäut war. Es gab keinerlei Anzeichen für die Anwesenheit eines weiteren chinesischen Kriegsschiffs.

Die drei Boote der Los-Angeles-Klasse durchbrachen die Oberfläche des nachtschwarzen Ozeans, während bei leichtem Wind gerade wieder einmal ein schwerer Regenschauer niederging. Sie glitten durch die heiße, feuchte Luft der Tropennacht im Südchinesischen Meer und rauschten weitere sechs Kilometer vorwärts. Die Wachen ließen die Anzeigen ihrer ESM keine Sekunde aus den Augen, um festzustellen, ob es wirklich keine landgestützten Radaranlagen entlang dieser verlassenen Küstenlinie gab. Es waren tatsächlich keine da. Der Zeitpunkt zum Aufstoppen war gekommen. In gerade noch 20 Fuß tiefem Wasser ritten sie etwa sechs Kilometer vor den südlichen Stränden der Insel auf der leichten Dünung.

Die SEALs begannen mit dem Ausstieg auf das Oberdeck. Die schon zuvor an Deck gekletterten Mannschaftsmitglieder des Unterseeboots hatten bereits die großen Motorschlauchboote aufgepumpt, die Außenborder Probe laufen lassen und deren Kraftstoffvorrat überprüft. Die jeweils 30 Mann der Sondereinsatztruppe an Bord der *Cheyenne* und der *Greenville* hoben die Boote routiniert ins Wasser und stiegen an Bord, um die ersten fünf Kilometer ihrer Reise zur Insel Xiachuan mit Maschinenunterstützung hinter sich zu bringen. Den restlichen Kilometer würden sie paddeln müssen, genau wie es Olaf Davidson mit seinem Team bereits zwei Nächte zuvor praktiziert hatte.

Jedes der acht großen Gummiboote stand unter dem Kommando eines SEALs, der schon die Insel erkundet hatte. Lt. Commander Bennett führte, und ihm folgte das Boot von Lieutenant Dan Conway. Dahinter kam Buster Townsend und schließlich John als Letzter. McCarthy saß im Führungsboot der SEALs von der *Cheyenne*, gefolgt von Lieutenant Paul Merloni, Rattlesnake Davies und Bill.

Die Männer hatten sich in den Booten zusammengekauert. Die Platzverhältnisse waren etwas beengt, da sie ihre gesamte Ausrüstung – die Maschinengewehre, die Leitern, Rucksackbomben, die Sprengkordel, die panzerbrechenden Lenkwaffen, die Enterhaken, Granaten und eine Kiste mit Leuchtgranaten – bei sich führen mussten. Die Leuchtgranaten würden sie brauchen, um den ganzen Bereich auszuleuchten, sobald die lautlose Phase der Operation vorüber war. Jeder Mann führte zudem ein kleines Funkgerät mit. Die Geräte waren so voreingestellt worden, dass sie sofort nach dem Einschalten mit dem größeren Gerät verbunden waren, welches die Leibwache von Lt. Commander Rick Hunter bei sich trug und das als mobiler Befehlsstand dienen sollte, von dem aus die herumstreifenden SEALs geführt werden konnten. Außerdem gab es auch noch die Navigationshilfen wie GPS-Empfänger und Kompass sowie Medikamente und Verbandstoffe und etliche leichte, zusammenlegbare Tragen.

Die starken Außenborder erwachten zum Leben und verursachten dabei verblüffend wenig Krach. Hoffentlich konnten die Radar- und Sonarmänner der Unterseeboote trotzdem ihr Wort halten: Keine chinesischen Schiffe im Umkreis von 20 Kilometern, sah man einmal vom Patrouillenboot am Anleger von Xiachuan Dao ab.

Und so zischten sie unter dem gedämpften Grollen der starken Außenborder mit 20 Knoten Fahrt in Richtung Norden ab, wo Olaf und Catfish am Ufer schon darauf warteten, sie per Lichtsignal hereinzulotsen. Rusty hielt zunächst nach dem Leuchtfeuer auf der südlichen Halbinsel von Shangchuan Dao Ausschau, das ihnen als Orientierungshilfe dienen würde. Nach knapp acht Minuten Fahrt hatte er es ausgemacht. Die Kennung war unverwechselbar: ein kurzer heller Blitz alle fünf Sekunden. Er warf einen Blick auf die Uhr und ließ mit unverminderter Geschwindigkeit weiterfahren. Die anderen sieben Boote folgten ihm in Kiellinie. Nach weiteren sechs Minuten würde er das Signal geben, mit der Fahrt herunterzugehen. Er dankte Gott bereits jetzt dafür, dass es in Strömen regnete, denn das Prasseln würde die Geräusche auf dem Wasser dämpfen.

Um 2345 ließ er die Boote mit abgestellten Außenbordern auslaufen. Die SEALs griffen nach den Paddeln, setzten sich auf die gummierten Bordwände und begannen jene in langen, lautlosen Zügen durchs Wasser zu ziehen. Kein Licht, kein Laut, nur vom Kompass und den schwach grünlich schimmernden Ziffern auf dem GPS-Empfänger in Rustys Hand geleitet, glitten sie wie Geister über die See.

Um 2355 machte Lt. Commander Bennett das zweite helle Licht auf ihrer Reise aus. Es befand sich unmittelbar an Backbord voraus und bestand aus drei kurzen Blitzen mit 20 Sekunden Wiederkehr. Das war das vereinbarte Signal.

»Steuerbord vierter Mann, zwei Schläge«, murmelte er in die Dunkelheit und fühlte sogleich, wie das Boot nach Backbord drehte. »Zugleich... sechs Schläge, dann ausscheiden... Steuerbordseite zwei... Backbordseite einen... zugleich zehn Schläge, dann streich Wasser...«

Bald waren sie in Ufernähe. Olaf und Catfish fassten die Griffe am Bug und zogen das Schlauchboot auf den Strand. Die SEALs sprangen heraus. Sie packten das Boot und trugen es weiter hinauf. Immer zwei Mann eilten den nächsten Ankömmlingen zu Hilfe.

Rusty, der nun das Kommando des Brückenkopfs übernommen hatte, befahl je zwei Mann der jeweiligen Crews, bei den Booten zu bleiben, wodurch beim eigentlichen Angriff auf insgesamt 16 seiner außerordentlich wertvollen SEALs verzichtet werden musste. Der Sammelplatz für die Flucht befand sich fast zwei Kilometer weiter im Norden jenseits der Anlegestelle. Dort war der Abstand zwischen Küste und Gefängnis am kürzesten. Sobald das Patrouillenboot zerstört war, sollten die Schlauchboote schnellstens wieder zu Wasser gelassen werden und mit Höchstgeschwindigkeit am Patrouillenboot vorbei dorthin fahren, um die ersten Mitglieder der *Seawolf* aufzunehmen.

In der Zwischenzeit waren auch die SEALs Hank und Al wie Gespenster aus dem Dschungel aufgetaucht, schüttelten Lt. Commander Hunter kurz die Hand und führten dann auch schon die Truppe zu der Stelle, an der sie das Unterholz zurückgeschnitten hatten. Rusty Bennett leitete das Löschen der Ausrüstung, während Lieutenant Conway für deren Transport über den Strand zum Sammelpunkt verantwortlich war.

Normalerweise hätte man die Witterungsbedingungen als scheußlich bezeichnet. Es herrschte pechschwarze Dunkelheit und der tropische Regen ging in wahren Strömen nieder. Für diese spezielle Operation hätte es jedoch gar nicht besser kommen können. Die einzigen Lichter, die man sehen konnte, gehörten zu dem in einiger Entfernung an seinem Liegeplatz festgemachten Patrouillenboot. Nun begann Lt. Commander Hunter damit, seine Trupps zusammenzustellen. Insgesamt waren es drei Teams.

Team A würde unter dem Kommando von Rusty Bennett stehen. Ihm war Chief Petty Officer John McCarthy unterstellt, die drei Briten vom SAS, Buster Townsend, die zwei erfahrenen Kletterer John und Bill sowie acht Matrosen. Ihre Aufgabe war es, als Vorhut die Wachtürme zu nehmen, die Mauern zu übersteigen und die Wachen im Inneren auszuschalten sowie das Wachlokal und die Tore in die Luft zu jagen. Anschließend sollten sie unverzüglich die Befreiung der Gefangenen unterstützen. Zu diesem Zeitpunkt würde dann McCarthy das Kommando übernehmen, während sich Rusty von seinem Trupp absetzte, um das Kommando am Fluchtsammelplatz zu übernehmen.

Lieutenant Dan Conway sollte das Kommando über das Team B übernehmen mit Lieutenant Paul Merloni als Stellvertreter. Zu diesem Team gehörten Rattlesnake Davies, Catfish Jones, Steve Whipple, Rocky Lamb und außerdem auch noch Hank und Al sowie acht SEALs, für die dies die erste Mission war, an der sie teilnahmen. Ihre vordringlichste Aufgabe bestand im Angriff auf das Hauptquartier des Lagers und in der Zerstörung sämtlicher Kommunikationseinrichtungen. Als nächster Schritt sollte dann das Gebäude mit den Unterkünften angegriffen werden, wobei sicherzustellen war, dass keiner der dort Untergebrachten noch Gelegenheit haben würde, die Ereignisse, die sich draußen abspielten, wie auch immer zu beeinflussen. Bei dieser Gelegenheit sollten auch sämtliche Wachen ausgeschaltet werden, die außerhalb der Gefängnismauern Streife gingen.

Team C schließlich würde von Lt. Commander Olaf Davidson geführt werden mit Lieutenant Ray Schaeffer als Stellvertreter. Sie würden Lt. Junior Grade Garrett Atkins zur Unterstützung haben und mit ihm eine Gruppe erfahrener SEALs. Dieser Trupp stellte die am direkten Geschehen nicht beteiligte Reserve dar, die sich für alle Eventualitäten bereithalten musste. Zunächst hatte Team C aber die Aufgabe, das Patrouillenboot und die drei Hubschrauber zu zerstören. Sobald dies erledigt war, sollten die Männer sofort wieder näher an den Komplex rücken, um die beiden anderen Teams bei der Befreiung der Gefangenen gegebenenfalls zu unterstützen. Außerdem waren sie auch für die medizinische Versorgung und die Tragbahren verantwortlich.

Lt. Commander Hunter würde den Befehlsstand bemannen, der auf einer steilen, bewaldeten Anhöhe knapp 40 Meter vom Abstellplatz der Hubschrauber entfernt eingerichtet werden sollte. Das war unmittelbar links des Trampelpfades, über den die Gefangenen damals bei ihrer Ankunft geführt worden waren. Der Spähtrupp hatte die Entscheidung für diesen Punkt gefällt, weil er einen völlig ungehinderten Blick auf das Haupttor gewährleistete. Rick sollte von Lieutenant Bobby Allensworth unterstützt werden, der außerdem auch die Aufgabe des persönlichen Leibwächters für den Lt. Commander zu erfüllen hatte. Darüber hinaus standen im Befehlstand zwei weitere SEALs zur besonderen Verwendung in der Angriffsphase bereit. Ihre Aufgabe war jedoch in erster Linie die Aufrechterhaltung des Funkkontakts zwischen den drei Teams. Alle auftretenden Probleme würden dann von Rick Hunter entsprechend behandelt und gelöst werden.

Erst wenn die außenliegenden Gebäude zerstört waren, die Wachen im Innenbereich ausgeschaltet und das Tor aufgesprengt, würden Rick Hunter und sein Trupp auf den Haupthof des Gefängnisses vorrücken, um den Abzug der Gefangenen hinunter zu Rusty Bennetts Brückenkopf zu organisieren.

Im Augenblick herrschte rabenschwarze Dunkelheit, und es goss wie aus Kübeln, während die Ausrüstung quälend langsam auf der Lichtung im Dschungel eintraf. Die SEALs wollten jedoch keinen Fehler machen und irgendetwas zurücklassen. Also hakten sie Punkt für Punkt ihre Listen ab, um später keine Überraschungen zu erleben. Lieutenant Conway hockte über einem wasserdichten Laptop und überprüfte in dessen gedämpftem Lichtschein, ob wirklich alles angekommen war, während Olaf Davidson die Ausrüstung schon wieder den jeweiligen Teams zuordnete, die jetzt separate Bereiche auf der Lichtung bezogen hatten.

Rick Hunter ging zwischen den Männern umher und flüsterte jedem der Kommandeure noch letzte Instruktionen zu, bei denen es sich vor allem um den Funkverkehr handelte. Der Lt. Commander wollte nichts hören, es sei denn, wie er sich ausdrückte: »... euch fällt der verdammte Himmel auf den Kopf.« Seine bevorzugte Kommunikationsmethode bestand aus kurzen Piepsern der tragbaren Geräte: einmal für *fast fertig*, zweimal für *fertig*, dreimal für ein *geringfügiges Problem* und ein langer Piepser für *Krise*.

Als alle bereit zum Abrücken waren, war es fast schon 0030. Inzwischen hinkten sie rund eine Stunde hinter dem Zeitplan her, doch war diese Toleranz bereits einkalkuliert worden. Genau genommen hatte Colonel Hart sogar *gewusst*, dass sie zum Zeitpunkt des Abrückens eine Stunde hinter dem Plan liegen würden, aber ihm war klar gewesen, dass sie das bald wieder wettgemacht haben würden, wenn sie erst einmal unterwegs waren. Rick Hunter gab also den Abmarschbefehl, und alle setzten sich in unterschiedliche Richtungen in Bewegung.

Die Parole lautete »Stunde A« – wobei »A« für Angriff stand. Es wurde erwartet, dass sie vom jetzigen Zeitpunkt an gerechnet in einer Stunde an den ihnen zugewiesenen Positionen eintrafen. Das wäre dann der Zeitpunkt A minus 15, oder anders ausgedrückt: eine Viertelstunde vor dem Eröffnungsangriff. Nach SEAL-Zeit standen die Uhren also im Augenblick auf A minus 75.

Ein Stück weiter die Küste hinunter führten Ray Schaeffer und Garrett Atkins zwei andere SEALs durch die Bäume am oberen Ende des Strandes. Sie bewegten sich im typischen Gang der SEALs, leisen Schritts, bei dem sie das Körpergewicht immer erst im allerletzten Augenblick nach vorn verlagerten und dabei stets darauf achteten, nicht auf einen Zweig zu treten. Im vollen Tageslicht betrachtet, hätte diese Art der Fortbewegung sie glatt zu Imitationen des *Rosaroten Panthers* werden lassen. Dennoch bewegten sie sich verblüffend schnell. Zusätzlich zu ihren persönlichen Waffen trugen die Männer eine Panzerabwehrwaffe samt dazugehöriger Munition.

Das Programm, welches sie zu bewältigen hatten, war ebenso einfach wie lebenswichtig. Auf Kommando, und zwar präzise zur Stunde A, würden sowohl Ray als auch Garrett je eine ihrer Waffen auf das Patrouillenboot starten, die dann beide auf der Backbordseite einschlagen sollten, wobei die eine unterhalb und die andere oberhalb der Wasserlinie den Rumpf durchdringen musste. In Abhängigkeit von dem dabei erzielten Grad der Zerstörung konnten sie gegebenenfalls gleich noch eine zweite Ladung hinterherschicken. Sollten aber bereits die ersten beiden

Flugkörper das Boot in Kleinholz verwandelt haben, war dieser Teil der Arbeit erledigt. Ray würde dann die zwei SEALs mit leichten Maschinengewehren etwa zehn Meter vom Ende der Gangway entfernt in Stellung gehen lassen, um die chinesischen Mannschaftsmitglieder niederzumähen, die es vielleicht doch noch geschafft hatten, irgendwie von Bord zu kommen. Das Ziel des Angriffs war denkbar einfach: Es galt sicherzustellen, dass absolut niemand mehr in der Lage war, einen wie auch immer gearteten Funkspruch von diesem Schiff abzusetzen. Für einen SEAL bedeutete ein solcher Befehl nichts anderes als die völlige Zerstörung der gesamten Funkausrüstung und darüber hinaus auch jeder Person, die diese Geräte eventuell bedienen könnte.

Während sie am Rand des Dschungels entlangschlichen, konnten sie beobachten, wie sie den Lichtern des Patrouillenboots langsam, aber sicher immer näher kamen. Als ihr Abstand zum Ziel auf knapp 200 Meter geschrumpft war, traten sie wieder etwas tiefer zwischen die Bäume und folgten der Route, die Rusty Bennett vorgeschlagen hatte. Dann wendeten sie sich wieder in Richtung Schiff und schlichen Schritt für Schritt näher an dieses heran, bis sie schließlich eine Stellung gefunden hatten, von der aus sie es gut im Blick hatten. So langsam lief die Zeit für das Vorpostenboot der Chinesen ab.

Der Marsch hatte sie 40 Minuten gekostet. Es war jetzt A minus 35. Die anderen Mitglieder des Teams, Lt. Commander Olaf Davidson und seine erfahrenen SEALs, hatten an der Südostecke des Gefängnisgeländes auf einer Anhöhe Stellung bezogen, von der aus sie die beiden Hubschrauber einsehen konnten. Olaf erinnerte sich daran, dass Colonel Hart nicht gerade ein Freund zeitzünderabhängiger Detonationen war, denn hatte man einen Zünder erst einmal eingestellt, war nichts mehr zu korrigieren. Er stimmte mit dieser Ansicht überein, weil ihm klar geworden war, dass sie selbst im Fall einer geringfügigen Unterbrechung im Ablauf gezwungen sein würden, die schon scharf gemachte Ladung wieder zu deaktivieren. Und das war eine verdammt gefährliche Kiste. Bei einer solchen Aktion könnten sie leicht erwischt werden.

Also ließ er zwei seiner Männer mit den leichten, tragbaren Panzerabwehrwaffen in einer vorgeschobenen Position in Stellung gehen, die sich keine 50 Meter von den Choppern entfernt befand. Sobald die ganze Operation in ihre laute Phase trat, würden sie ein hochexplosives Geschoss direkt durch die Cockpitkanzeln der Maschinen jagen. Die fraglos vollgetankten Hubschrauber würden in riesigen Feuerbällen aufgehen. Die Jungs mussten nur einen ausreichend großen Sicherheitsabstand einhalten, da bei der Explosion auch gleich das Treibstofflager mit hochgehen konnte.

Olaf beobachtete, wie seine Männer in Stellung gingen. Dann bewegte er sich durch den Regen zurück, um den Rest des Trupps an zwei anderen strategisch wichtigen Punkten unterzubringen. Gruppe eins sollte sich in einer Position direkt gegenüber der Südostecke der Gefängnismauer verstecken und dort in Bereitschaft bleiben, damit sie sich sofort der ersten Angriffswelle anschließen konnte, wenn diese durch das Haupttor stürmte. Die zweite Gruppe hingegen würde Deckungsfeuer liefern und gegebenenfalls den Trupp verstärken, der die Aufgabe hatte, die Unterkünfte anzugreifen, sollte dort Widerstand aufflackern. Olaf befahl seinen Männern, sich um den Hügel im Westen zu postieren, von dem aus sie, falls erforderlich, sogar das gesamte Gebäude auf einmal in die Luft jagen konnten. Als alle an Ort und Stelle waren, zeigte die Uhr schließlich A minus 25.

Dan Conways Team hatte sich mit einer Menge hochexplosivem Zeug abzuschleppen, weshalb die Männer etwas langsamer als Olaf und Ray Schaeffer durch den Dschungel vorankamen. Sie hatten einen ganzen Stapel Rucksackbomben dabei, von denen vier mit einem speziellen komprimierten Gas gefüllt waren, mit dem sie den Verwaltungsblock aufsprengen wollten. Der normale Sprengstoff sollte dem Quartier des Gefängniskommandanten vorbehalten bleiben, das sich im gleichen Gebäude wie die Kommunikationszentrale befand. Die Rucksäcke wogen je 20 Kilogramm. Sie entschieden letzten Endes über Leben und Tod dieser Mission.

Insgesamt mussten vier Gebäude angegriffen werden, wozu acht Bomben völlig ausreichend waren. Da man aber auch Verluste unter den angreifenden SEALs einkalkulieren musste, hatte man die Menge verdoppelt. Die insgesamt 16 Rucksackbomben stellten praktisch eine 320 Kilogramm schwere Lebensversicherungspolice für die rund 170 Amerikaner auf der Insel dar. Dan und seinem Team war die Aufgabe zugefallen, diese jetzt zu transportieren. Fit wie Berglöwen, schulterten sie die Lasten und machten sich auf den Weg durch den nassen, schweißtreibenden Dschungel. Ein paar SEALs gingen voraus, schwangen die Macheten und hackten eine Schneise für Rocky Lamb, Rattlesnake Davies und den herkulischen Catfish Jones – der allein zwei der Rucksackbomben trug – frei. Auch Steve Whipple hatte es sich nicht nehmen lassen, die doppelte Last zu schleppen. Inzwischen war aus dem Regen wieder einmal ein wahrer Wolkenbruch geworden. Die SEALs rutschten immer wieder aus, was ihnen leise Flüche entlockte. Andererseits beteten sie alle darum, dass es in dieser Nacht der *Nighthawks* nicht aufhörte zu regnen.

Als Dan sein Team schließlich verlegt hatte, stand die Zeit auf A minus 20. Jetzt war fast alles bereit. Lieutenant Paul Merloni, der letzte Mann vor Ort, hatte sich zusammen mit drei anderen SEALs in einem Hohlweg versteckt, der unmittelbar gegenüber der nördlichen Gefängnismauer lag. Von hier aus wollten sie die vier chinesischen Wachen ausschalten. Sollten es wider Erwarten sechs sein, würde auch das kein Problem darstellen. Olafs Bericht sprach davon, dass sich am Nachmittag zwei zusätzliche Wachen im Aufenthaltsraum befunden hatten, aber man hatte nicht mehr herausbekommen können, ob dies auch nach Mitternacht der Fall war. Nichtsdestotrotz war man gewarnt.

Rick Hunter selbst war ohne Gepäck unterwegs und daher als Erster an Ort und Stelle. Unmittelbar darauf hatte Lieutenant Bobby Allensworth auch schon das große Funkgerät neben dem Lt. Commander aufgestellt und eingeschaltet. Von diesem Verbindungsglied zwischen Rick und allen anderen SEALs würden sämtliche Befehle und Änderungen im Plan über UKW durchgegeben werden. Im Falle einer Krisensituation würde dieses Gerät die einzige Rettungsleine der SEALs sein, um den Flugzeugträger zu erreichen und dort Hilfe anzufordern, sollten die Chinesen es irgendwie schaffen, Verstärkung heranzuführen. Die Wahrscheinlichkeit, dass so etwas jetzt noch passieren konnte, war aber eher gering.

Auch das Team A hatte einen langen Weg zurücklegen müssen, bis es endlich die Nordmauer des Gefängnisses erreicht hatte. Dort traf es nur wenige Minuten vor Paul Merloni ein, den Buster Townsend fast erschossen hätte, als der Italiener aus New York plötzlich aus dem Nichts zischte: »Sehl gute Albeit, Mistel Bustel. Viel gemacht gut.«

Chief McCarthy konnte sich gerade noch zurückhalten, um nicht brüllend darüber loszulachen, dass Buster tatsächlich geglaubt zu haben schien, einen wirklichen Chinesen vor sich zu haben. Alle Männer, Rusty Bennett nicht ausgeschlossen, hatten eine kleine Verschnaufpause nötig, weshalb sie jetzt im Schutz der Bäume leise vor sich hin schmunzelten. Sie waren etwa 100 Meter von der nördlichen Mauer entfernt und hielten immer noch die dick verkleideten, schwarz beklebten Leitern in den Händen. Paul Merloni und zwei weitere SEALs mussten sofort weiter, um ihre Rucksackbomben an ihre Teamkameraden auf der Ostseite zu übergeben.

Es war A minus 16, als Rusty befahl, näher an die Mauer heranzuschleichen, sobald die Doppelstreife um die nordwestliche Ecke verschwunden war. Dann robbte er zusammen mit Chief McCarthy, John und Bill voran, während zwei andere SEALs das Maschinengewehr aufbauten und auf den nordwestlichen Wachturm richteten. Das andere Maschinengewehr war bereits in Stellung gebracht und zielte schon auf den nordöstlichen Turm, konnte aber aus seiner Position heraus auch die gesamte Mauer im Osten bestreichen. Die drei Männer vom britischen SAS hatten sich 40 Meter vor der Mauer versteckt. Sie waren bereit, jederzeit in Aktion zu treten. Drei junge SEALs, jeder eine Rucksackbombe in Händen, lagen kaum fünf Meter neben den SAS-Männern ebenfalls im Gebüsch. Sie würden den Engländern im 13-Sekunden-Abstand folgen. Es war jetzt A minus 15.

Sonntag, 1330 (Ortszeit)
Büro des Nationalen Sicherheitsberaters

Während Admiral Morgan noch auf dem Weg aus dem Pentagon zurück ins Weiße Haus war, hielten sich gerade zwei Personen in seinem Büro auf: Kathy O'Brien und der Präsident der Vereinigten Staaten von Amerika, der völlig aufgelöst war.

Die Gedanken des mächtigsten Mannes der westlichen Welt wurden nur noch von einer einzigen Vorstellung beherrscht: Linus, sein einziger Sohn, saß in der Folterkammer der Chinesen. Man war vielleicht gerade dabei, ihm die Fingernägel herauszureißen oder irgendwelche Elektroden am Körper anzubringen.

Vor den Augen des Präsidenten liefen alle Bilder ab, die man sich von Verhören in Ländern des Fernen Ostens machte. Er stellte sich das furchtverzerrte Gesicht seines kleinen Jungen vor. Er schaffte es einfach nicht mehr, seine Ängste im Zaum zu halten. Schluchzend war er am Schreibtisch seines Sicherheitsberaters zusammengesackt.

Kathy hatte einen Arm um ihn gelegt und sich bemüht, einen völligen Zusammenbruch des Obersten Befehlshabers zu verhindern. Sie hoffte inständig, dass nicht gerade jetzt jemand diesen Raum betrat und den Präsidenten in dieser Verfassung sah. Sicherheitshalber sperrt sie die Tür ab und redete ununterbrochen weiter auf den Mann ein, wobei sie ihn das erste und voraussichtlich auch das einzige Mal in ihrem Leben mit dem Vornamen anredete:»Nein, John, bitte nicht. Sie dürfen sich nicht so gehen lassen. Arnold hat gesagt, dass wir die Sache im Griff haben... Er ist davon überzeugt, dass die SEALs Ihren Sohn noch heute Nacht befreien... Arnold ist in ein paar Minuten wieder da... Er hat das Pentagon bereits verlassen. Geben Sie bitte nicht auf, Sir... Wir müssen einfach Vertrauen haben... und fest glauben.«

Man konnte sehen, welch gewaltige Anstrengung es den Präsidenten kostete, doch schließlich zog er ein großes weißes Taschentuch aus der Jackentasche und wischte sich damit das tränennasse Gesicht trocken. Er rang nach Fassung und versuchte das Bild seines Sohnes Linus als kleiner Junge beiseite zu wischen.»Sind Sie katholisch?« fragte er Kathy.

»Ja, Sir. Bin ich. Meine Familie stammt aus Irland und ist schon seit Generationen katholisch. Und was ist mit Ihnen, Sir?«

»Ich wünschte, ich wär's«, antwortete er.»Mir scheint, dass Katholiken in schlimmen Zeiten großen Rückhalt aus ihrer Religion ziehen können.«

»Oh, das ist nur eine Sache des Glaubens, Sir. Je größer der Glaube, desto leichter ist alles.«

»Aber ich wurde doch auch zum Glauben erzogen. Ich wollte nur, es wäre jetzt ein so starker wie der katholische... Kathy, was würde mir denn Ihr Priester in einem Augenblick wie diesem raten?«

»Nun ja, Sir, er würde Sie bitten, Gott zu vertrauen, dem Gott, der Linus sicherlich genauso sehr liebt wie Sie, dem Gott, der letzten Endes dafür Sorge trägt, dass er am Leben bleibt...«

»Aber er hält doch nicht jeden am Leben, oder?«

»Auf seine ureigene Art schon. Doch auch das ist ein Bestandteil des Glaubens. Man muss Vertrauen in Gott haben. Und man muss zu ihm beten. Das wäre es, was mein Priester Ihnen sicherlich empfehlen würde... Nur eine einzige, ganz leise Stimme – aber sie wird erhört werden. Ich glaube fest daran, Sir. Sie müssen nur beten... Wir können auch zusammen für die sichere Heimkehr Ihres Sohnes beten. Vielleicht sind zwei Stimmen ja ein bisschen besser als nur eine...«

»Zwei leise, kleine Stimmen?« Er lächelte.

»Ja, Sir. Hier und jetzt... Knien wir uns dazu hin.«

Also knieten sie nieder. Kathy O'Brien rezitierte die Worte eines Gebets, das man ihr vor langer Zeit beigebracht hatte. Dann beteten sie still und jeder für sich weiter, bis Kathy schließlich wieder laut sagte: »Bitte, Herr, bring ihn sicher zusammen mit all den anderen nach Hause, im Namen Jesu Christi unseres Herrn. Amen.«

Wie auf Stichwort traf in diesem Augenblick der Erzengel Gabriel aus dem Pentagon ein und hämmerte krachend mit der rechten Faust gegen die Tür. Kathy stand auf und öffnete. Ein Admiral Morgan stolperte herein, der nun auch die linke Faust erhoben hatte.

Er blickte hinunter auf den Präsidenten, ohne dass ihm dabei bewusst war, dass der große Mann kniete. »Es läuft, Sir. Wir können die Bastarde in die Flucht schlagen. Möchten Sie lieber die guten oder erst die noch besseren Neuigkeiten hören?«

»Dann erst mal die guten.«

»Also. Die russische Nachrichtenagentur hat gerade die Meldung von einem größeren nuklearen Zwischenfall auf dem Hafengelände der chinesischen Marine in Kanton gebracht. Das ist das Ende der *Seawolf*, und die Sache hat, kurz gesagt, die denkbar gigantischste Ablenkung im Südchinesischen Meer gebracht. Unser Pilot ist inzwischen wieder sicher an Bord des Flugzeugträgers gelandet.

*Zweitens.* Die Special Forces sind gelandet und im Augenblick dabei, das Gefängnis zu umzingeln. Alles verläuft zu unseren Gunsten, und alles befindet sich genau da, wo es auch sein soll. Das ist eine ganz und gar klassische SEAL-Operation. In zehn Minuten beginnen die mit dem Angriff. Ich persönlich wäre mehr als nur erstaunt, wenn die Besatzung des Unterseeboots nicht innerhalb der nächsten beiden Stunden befreit und auf dem Weg nach Hause wäre. Na, wie gefällt Ihnen das?«

»Verdammt gut, würde ich sagen. Aber jetzt sagen Sie mir eins: Woher dieser plötzliche und überwältigende Optimismus?«

»Nun, Sir, das Unterseeboot zu treffen war ziemlich schwierig, aber jetzt wissen wir, dass die Chinesen etwas haben, was ihnen erhebliches Kopfzerbrechen bereitet... Ich denke mal, dass sie im Augenblick nahezu ihre gesamte Energie auf das Desaster in Kanton konzentrieren. Aber unabhängig davon war die Spähtruppaktion und die anschließende Landung der umfangreichen Special Forces immer noch der gefährlichste Teil der ganzen Operation. Sie dorthin zu bekommen und dabei auch noch unentdeckt zu bleiben war von geradezu lebenswichtiger Bedeutung. Wenn die Jungs aber erst einmal Fuß gefasst und alles gesichert haben, bis an die Zähne bewaffnet und mit allem Sprengstoff versehen sind, den sie brauchen, wette ich einen Dollar gegen ein Donut, dass sie den Feind auch überwinden werden. Alles verläuft so, wie ich es mag.«

»Da kann ich mich nur anschließen«, sagte der Präsident und machte sich auf den Weg zurück ins Oval Office. »Ach übrigens, Kathy, es kann nicht zufällig sein, dass Sie über einen direkten Draht nach oben verfügen, oder? Irgendwie habe ich diesen Eindruck.«

»Nein, Sir. Keinen direkten. Aber Er hört uns.«

»Ja, Kathy. Ich denke, das tut Er wirklich.«


A minus 13
Außerhalb des Gefängniskomplexes auf Xiachuan Dao

In dieser Nacht gingen zwei chinesische Patrouillen außerhalb der Gefängnismauern Streife. Die eine bestand aus vier Mann, welche zwei Ecken weiter war als die Zwei-Mann-Patrouille, weshalb die eine Streife die andere nie zu Gesicht bekam. Rusty hatte aber festgestellt, dass die vier Mann starke Gruppe nach etwa einer Stunde zu der anderen aufschloss, um dann zu warten, bis sich der richtige Abstand wieder eingestellt hatte.

Heute Nacht brauchte jede der Gruppen in dem heftigen Regen

genau 53 Sekunden, um die knapp 50 Meter lange Nordmauer abzulaufen. Für die kürzeren Mauern im Osten und Westen brauchten sie 43 Sekunden. Das Zeitfenster für die SEALs, in dieser Nacht den Trampelpfad zu überqueren, war also lediglich diese 43 Sekunden groß. Innerhalb dieser Zeit waren sie außer Sicht der Wachen und mussten es schaffen, die Mauer zu erklimmen und die Leitern hinter sich hochzuziehen.

Eigentlich ausreichend Zeit, dachte Lt. Commander Bennett. Es wäre aber besser, wenn die vier Kletterer noch näher an der Wand lägen. Mit seinen drei Kameraden robbte er im hohen Gras bis auf 20 Meter an die Gefängnismauer heran.

Während sie das taten, drückte Rusty einmal kurz auf den Sendeknopf des Funkgeräts: *fast fertig*. Es war jetzt A minus 12 und der Regen ging ununterbrochen heftig nieder. Oben auf dem Wachturm konnte er die vier Männer im reflektierenden Schein der Suchscheinwerfer erkennen. Es sah fast so aus, als wäre es oben auf den Türmen noch nasser als hier unten. In diesem Augenblick kam die Vier-Mann-Streife aus Richtung Osten um die Ecke. Die SEALs pressten sich flach auf den Boden und hielten den Atem an. Die Chinesen passierten sie mit geschulterten Gewehren, blickten stur geradeaus und, das fiel Rusty jetzt zum ersten Mal auf, benutzten eine Taschenlampe, um den nassen Boden zu beleuchten, der jetzt fast nur noch aus tiefen Pfützen bestand. Die Chinesen ließen den Strahl der Lampe nicht ein einziges Mal über das Unterholz des Dschungels zu ihrer rechten Seite wandern. Die Nordseite des Gefängnisses war über weite Distanz zweifelsfrei die dunkelste, da sie sich außerhalb der Reichweite jedweder Lichtquelle befand.

Rusty beobachtete, wie die Wachen sich dem anderen Ende der Mauer näherten. Als sie dort angekommen waren, drückte er den Sendeknopf des Funkgerätes zweimal: *fertig*. Sofort darauf bekam er von Rick Hunter einen einzelnen Piepser als Antwort: *Los!*

»Also, Jungs … dann man nichts wie los.« Rustys Worte waren typisch für einen SEAL: militärisch völlig unorthodox, scharf, aufs Nötigste reduziert und in dem Ton gesprochen, der zwischen Kumpels herrscht, und nicht in dem, der zwischen Offizieren und Mannschaften als normal gilt. Im gleichen Augenblick nahmen sie auch schon ihre Leitern auf und spurteten völlig lautlos über den unebenen Boden, wobei Rusty und John diagonal nach Westen rannten, während Chief McCarthy und Bill sich zum gegenüberliegenden Ende der Nordmauer absetzten. Binnen vier Sekunden waren sie dort.

Alle vier viereinhalb Meter langen Leitern lagen schon eine Tausendstel Sekunde später an der Wand an. Die SEALs erklommen sie in der Finsternis mit der Geschwindigkeit, die man ihnen beigebracht hatte. Schnell, aber nicht zu schnell, und nur keine Fehler machen, war die Devise. Zwölf Sekunden später hatten sie die Mauerkrone erreicht und rollten sich flach über die niedrige Brüstung auf das lange Flachdach des Gefängnisgebäudes und damit in die pechschwarze Dunkelheit unterhalb der Wachtürme. Jeder SEAL lag anschließend volle zehn Sekunde laut- und reglos wie ein Stein unterhalb der Turmwachen, bevor die Männer schließlich wieder nach hinten griffen, um die ummantelten Leitern hochzuziehen.

Seit Rick Hunters Piepser war weniger als eine halbe Minute vergangen, doch im Augenblick konnten sie nicht weiter, weil sie abwarten mussten, bis auch die Zwei-Mann-Patrouille durch war. Das würde zwar erst in ein paar Sekunden der Fall sein, aber keiner der Männer wollte das Risiko eingehen, unmittelbar über den Köpfen einer bewaffneten Fußstreife an die Arbeit zu gehen. Der Plan sah vor, dass sie die Streife erst zurück um die Westmauer gehen lassen sollten, bevor sie die zweite Hälfte ihres Aufstieges zu den Wachtürmen in Angriff nahmen.

Das Timing war von entscheidender Bedeutung. Rusty Bennett spähte über die Mauer und beobachtete, wie die Wachen vorbeigingen. In der Hand hielt er das Funkgerät, welches er jetzt auf die Frequenz von Chief McCarthy eingestellt hatte.

Kaum hatte die letzte Wache die Ecke passiert, drückte Rusty auch schon auf den Sendeknopf. Sofort begann das kleine Lämpchen an John McCarthys Funkgerät zu blinken. Beide Männer zählten langsam bis fünf und legten dann die vier Leitern sanft an die obere Mauer an, die rund um die Wachstation auf den Türmen verlief. Dann kletterten sie, diesmal aber langsamer und vorsichtiger, jeweils zu zweit hinauf zu den Krähennestern, wo die Chinesen die Scheinwerfer bedienten.

Oben angekommen, gab es dann kein Zögern mehr. Rusty Bennett sah, dass die ihm nähere Wache mit dem Rücken zu ihm stand. Er stieß sich von der obersten Sprosse ab, hielt sein Kampfmesser bereit und sprang über die brusthohe Mauer. Dem Mann den Arm um den Kopf zu legen und ihm gleichzeitig mit dem Messer die Kehle durchzuschneiden war das Werk einer einzigen Sekunde. Kaum einen Meter entfernt praktizierte Bill dasselbe mit dem zweiten Mann. Nicht das geringste Geräusch war zu hören gewesen, aber die Sauerei, die durch das aus zwei Halsschlagadern austretende Blut entstand, war enorm.

Bill war für das verantwortlich, was Rusty als »Blutkontrolle« bezeichnet hatte. Er zog die beiden Leichen in eine Turmecke, während Rusty selbst den Suchscheinwerfer besetzte, um diesen im normalen Raster über den Gefängnishof streichen zu lassen.

Drüben auf dem anderen Turm befanden sich Chief McCarthy und John in derselben Situation und versuchten ebenfalls, so gut wie möglich dem Blut auszuweichen. Der Chief war darum bemüht, seinen Suchscheinwerfer mit dem von Rusty zu synchronisieren.

Vom Befehlsstand aus erkannte Lt. Commander Hunter durch sein Nachtsichtglas, dass sich die Wachtürme in den Händen seiner Männer befanden, wodurch nun sämtliche Voraussetzungen geschaffen waren, die Jungs die Mauern stürmen zu lassen. Es war jetzt A minus 2.

Immer noch war alles ruhig.

Die Zwei-Mann-Streife passierte gerade das Haupttor und war noch 15 Sekunden von der Ecke zur Ostmauer entfernt. Das war die Wand, die in Kürze von den britischen SAS-Männern erklommen werden sollte. Rick Hunter konnte die Streife sehen, nicht so aber die Männer aus Bradbury Lines. Die hatten bereits ihr *Fertig*-Signal gegeben und warteten nun auf den Piepser, um mit ihren Enterhaken und Leitern weiter vorzugehen.

Hier draußen bei den Männern vom SAS war es etwas heller. Sie sahen die Patrouille im gleichen Augenblick, als diese um die Ecke bog. Sofort pressten sie sich ganz flach auf den Boden und schlossen die Fäuste fester um ihre MP 5. Sie waren so nahe, dass sie die Stiefel der Wache auf dem Geröllboden unterhalb der Mauer hören konnten und genau mitbekamen, wie die Streife an ihnen vorbeizog. Hätte eine der Wachen auch nur ansatzweise eine Bewegung gemacht, die darauf schließen ließ, dass sie entdeckt waren, hätten die SEALs die beiden sofort erschossen.

Dann hätten sie sich jedoch sofort eine völlig andere Art von Einsatz eingehandelt, nämlich ein Feuergefecht aus dem Stand, das sie mit größter Wahrscheinlichkeit zwar gewinnen würden – aber um welchen Preis?

Syd, Fred, Charlie und Buster blieben also ganz still liegen und hielten den Atem an, während ihnen der Regen auf den Rücken trommelte. Sie beobachteten die Wachen auf ihrem Weg zur gegenüberliegenden Ecke. Kaum dass sie diese umrundet hatten, flackerte das *Los*-Lämpchen auf Busters Funkgerät auf. Zum einen hieß das, dass Rusty und seine Jungs bereits die Türme genommen und die Suchscheinwerfer besetzt hatten, und zum anderen, dass jetzt sie an der Reihe waren.

»Yeah, los geht's«, fauchte Buster in breitestem Louisiana-Slang.

»Jau«, zischte Syd seinerseits in schlimmstem Cockney. »Muss nur noch 'n alten Arsch in Gang kriegen ...«

Damit sprangen die drei SAS-Männer auch schon aus dem Gras auf, flogen hinüber zur Mauer und ließen einen halb lachenden, halb versteinerten Buster zurück. Das Schicksal der gesamten Mission hing vom erfolgreichen Verlauf der nächsten Minuten ab. Die »Stunde A« war gekommen.

Fred und seine Männer brauchten genau vier Sekunden bis zur Mauer, weitere drei, um die Leitern anzulegen und noch einmal zehn, um mit den Enterhaken die Mauerkrone zu erreichen. Die vier Mann starke chinesische Streife war immer noch 28 Sekunden von der Ecke entfernt. Noch bevor sie diese erreicht hatten, rannten drei SEALs aus dem Unterholz hervor und holten die Leitern wieder zurück.

Oben auf der Brüstung lagen Fred, Syd und Charlie flach in Längsrichtung auf der Mauer und bewegten keinen Muskel. Währenddessen korrigierten Rusty und Chief McCarthy oben in den Wachtürmen ganz leicht die Reichweite der Suchscheinwerfer, sodass diese kurz vor dem Erreichen der Ostmauer stoppten, damit die dort auf dem Bauch liegenden SAS-Männer auch weiterhin im Schatten blieben.

Die Schwierigkeit bestand jetzt darin, die Streife im Innenbereich des Gefängniskomplexes zu finden, ohne zuvor entdeckt zu werden. Es gab keinen vernünftigen Grund, ganz über die Mauer zu steigen, bevor man nicht das Ziel ausgemacht hatte. Rusty und

Chief McCarthy hatten das Problem schnell erkannt. Auch sie konnten die chinesischen Wachen im Augenblick nicht entdecken. Also nutzten Sie die Suchscheinwerfer, um die Schatten im Hof auszuleuchten.

Zwei Minuten später sahen sie zwei Chinesen, die gerade aus dem Gebäude traten, das gegenüber dem Wachlokal lag und von dem sie eigentlich nie so recht gewusst hatten, welchen Zweck es erfüllte. Die beiden Chinesen waren reguläre Marinesoldaten, wie ihre Uniformen zu erkennen gaben. Sie bezogen zu beiden Seiten des Tores ihre Posten in einem Bereich, der durch das Licht erhellt wurde, das aus der offen stehenden Tür des Wachlokals fiel.

Die SEALs wussten, dass es noch eine reguläre Streife geben musste, die vor der langen Frontseite des Hauptzellentrakts patrouillierte, aber die schien ihre Zeit zu brauchen, bis sie auftauchte. Oben auf der Mauer hatte Charlie bereits gemeckert: »Die Bastarde machen wohl gerade wieder mal 'ne Teepause.«

Vielleicht war dem so, denn es dauerte noch gute 90 Sekunden, bis die Soldaten endlich aus dem Schatten auftauchten. Zwei kamen im Eilmarsch aus Richtung Westen und bewegten sich genau nach Osten, schwenkten dann aber doch nach rechts zu dem kurzen Block am Ende ab. Die anderen beiden warteten, bis ihre Kameraden wieder abmarschbereit waren, und marschierten dann ihrerseits wesentlich langsamer zurück. Jetzt würden die beiden Patrouillen sich genau in der Mitte des Haupttrakts treffen. Sergeant Fred Jones entschied sich, diese Streifen paarweise zu eliminieren.

Er hoffte, dass Rusty und Chief McCarthy ihn sahen, und signalisierte mit erhobenem rechtem Arm, die Scheinwerfer von der Ostseite des Gefängniskomplexes fernzuhalten. Dann befahl er die Enterhakenmannschaft auf ihre Positionen. Zusammen mit seinen Männern ließ er sich ganz sanft auf den Gefängnishof hinunter, wobei er genau in der Mitte zwischen dem Einzelzellenblock und dem Wachlokal, das zu dieser Seite keine Fenster besaß, den Boden berührte.

Jetzt mussten sie genau 24 Sekunden warten, doch kam es den Männern vor, als wären es glatte vier Stunden. Schließlich kamen die Chinesen dann doch an der Front des Einzelzellenblocks entlang. Als sie deren Ende erreicht hatten, tauchten der große Fred

Jones und Syd Thomas plötzlich wie aus dem Nichts auf und standen unmittelbar vor ihnen. Jeder der beiden SAS-Männer schlug einem Chinesen die Hand über den Mund und zog ihn dann in die Dunkelheit zwischen den Gebäuden, wo die Suchscheinwerfer nicht hinlangen würden.

Der Tod kam für die Chinesen auf die klassische Art der SAS: ein tiefer, kräftiger Stich mit dem mächtigen Kampfmesser direkt ins Herz. Fred und Syd hielten die Hände fest auf die Münder der Wachen gepresst, bis die Männer wirklich tot waren, was allerdings nur noch wenige Sekunden dauerte. Charlie Murphy glitt ganz leise aus dem Schatten und half dabei, die Chinesen noch tiefer in die Dunkelheit unter der Hauptmauer zu ziehen.

Etwa um diese Zeit befanden sich die anderen beiden Wachen auf dem Weg entlang des Hauptzellentrakts, wo sie eigentlich auf halbem Weg bald auf ihre Kameraden treffen müssten. Das war wieder ein kritischer Augenblick im Verlauf der Mission. Fred durfte sich jetzt keinen Fehler leisten. Sollten sich die Wachen umdrehen und anfangen, in Richtung Wachlokal zu rennen, könnte es sehr schnell passieren, dass die drei SAS-Männer sich umzingelt und in einer zahlenmäßig unterlegenen Situation wieder fanden. Er wusste allerdings, dass sich inzwischen drei weitere SEALs oben auf der Mauer befanden, weshalb sie ein Feuergefecht mit einiger Wahrscheinlichkeit überleben würden.

Aber ihm war überhaupt nicht an einem solchen gelegen. Sie würden jetzt sofort diese beiden Wachen ausschalten müssen. Er befahl Charlie Murphy, das leichte Maschinengewehr zu besetzen und ihnen Deckung zu geben, während er mit Syd lautlos an der Mauer entlangrannte. Er hörte noch, wie weitere drei SEALs von der Mauer herunterkamen. Die hatten die Rucksackbomben dabei, die für das Wachlokal bestimmt waren.

Schnell hatten Syd und er das Ende des Einzelzellenblocks erreicht und bogen nach links ab, immer die dunkle Front des Hauptzellentrakts entlang. Vor ihnen gingen die beiden Wachen, aber sie unterhielten sich angeregt und sahen sich dabei auch noch an. Diese kleine Unterhaltung verschaffte den SAS-Männern weitere drei Sekunden. Sehr viel mehr brauchten sie auch nicht.

»Los, Syd, los!« zischte Fred, und die beiden rannten mit einem gewaltigen Spurt auf die beiden Wachen zu, die ihre Waffen nach wie vor geschultert trugen. Als sie schließlich von einer Sekunde zur anderen zwei schwarzgesichtige Monster vor sich auftauchen sahen, betrug der Abstand nur noch vier Meter. Einer der beiden wollte gerade zu schreien ansetzen. Abgesehen davon, dass er ohnehin nicht laut genug war, gab es auch niemanden in der Nähe, der den Mann hätte hören können. Syd Thomas war im gleichen Augenblick mit einem vollen Frontalangriff über ihm. Er knallte dem Mann die geballte Faust auf die Nase, griff in dessen Haar, bog den Kopf des Soldaten nach hinten und schnitt ihm mit einer einzigen gleitenden Bewegung die Kehle durch.

Die andere Wache drehte sich verblüfft um, bekam aber Fred Jones nicht mehr klar zu Gesicht, denn der Sergeant aus Dorset rammte ihm das Messer zwischen die Rippen. Auch diese Wache war bereits tot, bevor sie auf dem Boden aufkam, wobei Fred ihr immer noch fest die Hand auf den Mund gepresst hielt.

»Lass sie liegen, und sieh zu, dass du zurück zwischen die Gebäude kommst«, zischte er Syd zu. Die beiden Männer rannten zurück in den Schatten, um sich mit Charlie und den drei hinzugekommenen SEALs neu zu gruppieren.

Fred Jones war sich inzwischen sicher, dass es ein Ding der Unmöglichkeit werden dürfte, die Wachen am Tor lautlos mit den Messern auszuschalten. Der gesamte Bereich entlang der Vorderseite des Gefängniskomplexes wurde vom Wachlokal und dem Gebäude auf der rechten Seite hell erleuchtet. Da würden sie niemals hinüberkommen, ohne gesehen zu werden.

»Wir müssen also gleichzeitig das Wachlokal hochgehen lassen und die Torwachen abknallen.«

»Erschießen wir lieber erst die Torwachen«, sagte Syd. »Dann rennt Charlie mit der Sprengkordel hinüber und jagt die Torflügel in die Luft. Sobald er die Tore erreicht hat, sprengen wir das Wachlokal.«

»Jetzt sei doch nicht bescheuert, Syd. Dabei würde doch auch Charlie draufgehen. Nein, tut mir Leid, Jungs, aber die Reihenfolge bleibt: erst das Wachlokal, dann die Torwachen, dann die Tore. Und zwar gleich jetzt. Es ist bereits A plus sieben.«

Zwei der SEALs bereiteten die Zünder der Rucksackbomben Mk 138 vor. Dann glitten sie um die Ecke, zogen die Stifte, schleuderten je eine Bombe durch das obere und eine durch das untere Fenster und waren auch schon wieder zurück, um sich mit den anderen im Schatten des Einzelzellenblocks flach auf den Boden zu pressen.

Die Detonation war brutal. Sie zerblies das Gebäude sprichwörtlich in seine Bestandteile und löste eine ohrenbetäubende Druckwelle aus. Die gesamte Frontmauer brach in sich zusammen, der sofort darauf das komplette Dach folgte. Als sich der Staub verzogen hatte, war nur noch ein Haufen rauchender Schutt zu sehen. Von den Wachen im Inneren kam kein Laut, da es keine Überlebenden gegeben hatte. Nachdem sich Rauch und Staub gänzlich verflüchtigt hatten, waren auch die beiden Torwachen wieder zu sehen, die gerade auf das zerstörte Gebäude zu rannten. Allerdings nicht lange. Fred und Jones erschossen sie beide im vollen Lauf. Ein weiterer SEAL rannte hinter Charlie Murphy her und schleuderte eine Handgranate in das hell erleuchtete Fenster des mysteriösen Gebäudes, das rechts des Tores stand. Die beiden SEALs warfen sich flach auf den Boden. Das Ei explodierte und tötete alle sechs Verhörspezialisten der Chinesen, die gerade im Raum links neben der Eingangstür gesessen und Tee getrunken hatten.

Sofort war Charlie Murphy am Eingangstor und wickelte je eine Länge Sprengkordel um die beiden großen, herausstehenden Scharniere und das Schließsystem in der Mitte. Dann zog er sich schnell zurück und ließ gleichzeitig die Schnur hinter sich abrollen. Als er 40 Meter vom Tor entfernt war, schnitt er die Schnur ab und steckte sie an. Sekunden später flogen die riesigen Torflügel auch schon in die Luft. Da die SEALs jetzt die vollständige Kontrolle über den Innenbereich des Gefängnisses hatten, spielte sich alles Weitere erst einmal im Außenbereich ab.

Kaum war das Wachlokal gesprengt, drückte Rick Hunter auf den *Los*-Knopf seines Funkgeräts, das auf Dan Conways Frequenz eingestellt war. Der junge Lieutenant aus Connecticut fauchte »*Los*«. Die Unteroffiziere Catfish Jones und Steve Whipple jagten um die Ecke und schleuderten je eine Rucksackbombe durch die Fenster des Hauptquartiers und des darüberliegenden Kommunikationszentrums. Wie beim Wachlokal war die Detonation markerschütternd. Die vier Wände des Gebäudes wurden nach außen geblasen und das Dach brach sofort ein. Überall flogen Trümmerstücke herum und regneten sogar bis in die Bäume hinein, wo die SEALs gerade standen.

417

Rick Hunter hob den Kopf und versuchte etwas zu erkennen, doch die Staub- und Rauchwolke war einfach zu dicht. Nichtsdestotrotz rannten Rocky Lamb, Hank und Al hindurch. Rocky jagte mit dem Gewehr einen Schuss nach dem anderen in den Flur des Gebäudes mit den Unterkünften und drängte die Wachen zurück, die sich gerade nach draußen kämpfen wollten oder noch damit beschäftigt waren, in die Kleider zu steigen und nach ihren Gewehren zu greifen.

Lieutenant Conway war unmittelbar hinter ihm und schleuderte drei Handgranaten nacheinander in den Korridor. Wenn der ehemalige Baseballspieler etwas konnte, dann war es werfen, und zwar hart und unheimlich gerade. Der Eingangsbereich war jetzt eine einzige Hölle aus Feuer, Staub und Leichen. Auf der Rückseite des Gebäudes bereiteten Hank und Al ihre Rauchbomben vor, die giftiges, aber nicht tödliches Gas enthielten, das jeden in seinem Bannkreis für 24 Stunden außer Gefecht setzen würde. Anschließend würde es demjenigen sehr schlecht gehen, und er würde auch mörderische Kopfschmerzen haben, aber er wäre immerhin noch am Leben.

Sie warfen jeder zwei davon auf beide Etagen. Der Gedanke, Zivilisten am Leben zu lassen, war von Frank Hart gekommen. Niemand kam jetzt mehr aus dem Block mit den Unterkünften. Die Wachen, die den Versuch dazu unternommen hatten, lebten inzwischen nicht mehr.

Simultan blitzten die Lämpchen auf den Funkgeräten von Ray Schaeffer und Olaf Davidson auf. Ray setzte sich als Erster in Bewegung. In der letzten halben Minute hatte er die aufeinander folgenden Explosionen gehört, nun flüsterte er Garrett Atkins zu: »Okay, Kumpel. Es ist so weit …«

Beide Männer drückten auf die Auslöser ihrer Panzerabwehrwaffen. Zwei panzerbrechende Projektile rasten durch die Abschussrohre neben ihren Ohren hinaus in die Nacht – auf dem Weg zum Patrouillenboot. Garretts Flugkörper schlug ein und detonierte genau in der Mitte der Aufbauten, wobei der Funkraum in Stücke gerissen wurde. Ray traf die Lenkwaffenrampe am Heck und ließ das gesamte Schiff in einer donnernden Explosion vergehen. Unten an der Gangway lauerten die bewaffneten SEALs darauf, ob sich noch irgendwelche Chinesen zeigen würden. Aber da war nichts. Rusty Bennetts Schätzung nach waren drei, höchstens vier Mann an Bord. Das hier hatten diese höchstwahrscheinlich nicht überlebt. Wenn doch, waren sie aber jetzt ganz sicher nicht mehr in der Lage, zu wem auch immer Funkkontakt aufzunehmen.

Oben auf der Anhöhe, von der aus er die Hubschrauber überblicken konnte, gab Olaf seinen Männern den Feuerbefehl. Auch sie starteten ihre Panzerabwehrwaffen und zerstörten erfolgreich die drei Maschinen, die in derart mächtigen Feuerbällen aufgingen, dass die SEALs in der Nähe des Abstellplatzes gezwungen waren, sich wegen der enormen Hitze etwas weiter zurückzuziehen. Knapp eine halbe Minute später ging auch das Treibstofflager hoch und schickte eine über 30 Meter hohe, flammende Feuersäule gen Himmel.

Rick Hunter starrte gebannt auf die mächtige schwarze Rauchwolke. »Herr im Himmel«, murmelte er, »vielleicht haben wir die Sache doch ein bisschen zu heiß gekocht. Das Feuer muss ja noch in Schanghai zu sehen sein.«

Bis jetzt war noch kein einziger Gefangener lokalisiert, geschweige denn befreit worden. Die SEALs hatten zunächst genau das geleistet, was sie am besten konnten: die brutale Zerstörung jedweder Einrichtung, die sie aus dem Wag haben wollten, und die Ausschaltung sämtlicher Wachen, die sich ihnen hätten entgegenstellen können. Das Gefängnis auf Xiachuan Dao befand sich nun, so wie es aussah, endgültig und unzweifelhaft in den Händen der Amerikaner. Die Wachen der chinesischen Marine, die sich noch in den Zellenblocks aufhielten, stellten für die SEALs und deren Kameraden vom SAS keine große Gefahr mehr dar.

Montag, 17. Juli, 0200
Marinestützpunkt Zhanjiang

Es war nicht verwunderlich, dass weder Admiral Zhang noch Admiral Zu zu Bett gegangen waren, nachdem sich die Krise in Kanton auszuweiten begann. Es gab bereits erste Berichte über Männer, die übelste Verbrennungen davongetragen hatten, und darüber, dass kolossale Radioaktivitätswerte gemessen wurden. Nun schien sich noch ein zusätzliches Problem zu entwickeln.

Ein junger Leutnant stand im Raum und hatte den Oberbefehlshaber gerade darüber informiert, dass Xiachuan Dao telefonisch nicht mehr zu erreichen sei.

»Wie lange haben Sie es denn schon versucht?« fragte Zhang.

»Etwa zehn Minuten lang, Herr Admiral. Seit Sie uns den Befehl gegeben haben, Fregattenkapitän Li darüber zu informieren, dass Sie ihn am Morgen sehen wollen.«

»Keine Verbindung?«

»Gar keine. Wir schaffen es nicht einmal, da drüben ein Telefon klingeln zu lassen. Alle Leitungen sind tot.«

»Versuchen Sie mal das Patrouillenboot zu erreichen. Das müsste doch funktionieren.«

»Das ist bereits geschehen, Herr Admiral. Mit dem gleichen Resultat wie bei der Telefonverbindung.«

»Noch nicht einmal Funk geht?«

»Absolutes Schweigen, Herr Admiral. Wir haben drei Techniker an der Sache sitzen, die haben bislang nicht das geringste Glück gehabt.«

»Es handelt sich also nicht nur um ein Problem mit den Telefonkabeln, sondern auch um eine Störung im Bereich der Funkfrequenzen.«

»So sieht es aus, Herr Admiral.«

»Wie sieht es mit der Satellitenkommunikation aus?«

»Normalerweise kommen die Rückmeldungen aus Xiachuan Dao recht zügig, aber auch hier tut sich nichts.«

»Kein Telefon. Kein Funkkontakt. Nichts über Satellit«, murmelte der Oberbefehlshaber. Ihn überkam eine seltsame Ahnung. »Und das amerikanische Unterseeboot fliegt nur wenige Stunden zuvor in die Luft.«

Er stand auf, dankte dem Leutnant und wandte sich an seinen Freund Zu Jicai. »Zu«, sagte er, »wir werden angegriffen. Dieses Zusammentreffen von Ereignissen ist kein Zufall mehr.«

Admiral Zu blickte hilflos drein. »Die Amerikaner?« sagte er, während auch er sich erhob.

»Wer denn sonst?« schnappte Admiral Zhang zurück. »Die Tibeter vielleicht?« Alle Selbstkontrolle schien mit dem wachsenden Ärger des Admirals immer weiter zu schwinden.

»Sie meinen wirklich, die sind auf der Insel?«

»Ich halte es jedenfalls nicht für ausgeschlossen.«

»Aber wie sollen sie denn da hin gekommen sein? Würden die sich eine Invasion überhaupt trauen?«
»Ich habe sie unterschätzt«, murmelte Zhang. »Zu, ich habe sie unterschätzt«. Und das nicht zum ersten Mal. Es zeigt sich mal wieder, wie skrupellos die Amerikaner sein können, wenn sie mit dem Rücken zur Wand stehen. Ich frage mich nur, wie ich sie jetzt noch stoppen kann, wie ich das Gesicht wahren kann ...«

Montag, 17. Juli, 0205 (A plus 15)
Xiachuan Dao

Lt. Commander Rick Hunter konnte jetzt nur noch ganz sporadische Schusswechsel hören, die darauf hindeuteten, dass Lieutenant Merloni und seine Männer dabei waren, die sechs Wachen in der Peripherie auszuschalten. Bei den ersten vier Chinesen war es noch relativ leicht gewesen. Sie wurden niedergeschossen, als sie beim ersten Geräusch der Detonation des Wachlokals von der Nordmauer aus zurückgerannt kamen.

Die beiden anderen waren um die andere Seite herum gekommen, und hatten sofort das Feuer auf die SEALs eröffnet. Sie hatten niemanden getroffen. Einer der beiden chinesischen Soldaten war sogar kurz gestürzt, hatte sich jedoch schnell wieder aufgerappelt und war dann zusammen mit seinem Kameraden zurück zur Mauer gerannt. In der allgemeinen Verwirrung hatten es die beiden tatsächlich geschafft zu entkommen.

Rick Hunter und seine Männer hatten daraufhin die ultrahellen Leuchtgranaten entzündet, um den ganzen Bereich zu beleuchten, während Lieutenant Merloni die Verfolgung der Chinesen aufnahm, leider ohne Erfolg. Sie nahmen an, dass die beiden Soldaten Zuflucht im Dschungel gesucht hatten. Das war zwar schlecht, aber eben nicht zu vermeiden gewesen. Es war aber ebenso sinnlos wie gefährlich, in der Finsternis die Verfolgung bis in den Dschungel hinein fortzusetzen.

Rick Hunter entschied, dass jetzt der richtige Zeitpunkt gekommen war, und signalisierte Bobby Allensworth, das schwere Maschinengewehr in Stellung zu bringen. Er machte sich mit zwei SEALs auf den Weg die Anhöhe hinunter und über den immer noch von Staubwolken vernebelten Bereich vor den Gebäuden. Zum ersten Mal wurde ihm bei dieser Gelegenheit bewusst, dass es nicht mehr regnete.

Der mächtige Kommandeur der SEALs kam im Licht des brennenden Treibstofflagers herunter. Überall um ihn herum traf er auf die Männer, die für das ungeheure Chaos verantwortlich waren, das sie in diesem chinesischen Gefängnis hervorgerufen hatten. Sie schlossen sich ihm an, marschierten aufrecht, mit den Waffen in Vorhalte. Bei vielen von ihnen zeigten die Stirnbänder schwarze Rauchspuren, besonders bei denjenigen, die sehr nahe am brennenden Treibstoff und den Detonationen innerhalb des Gefängnisses gestanden hatten.

Über und über mit Blut besudelt, tauchte auf einmal Rusty Bennett aus dem Nichts auf und kündigte an, dass er sich jetzt auf den Weg zum Aufnahmepunkt am Strand mache.

»Sind Sie verletzt, Rusty?« fragte Rick, der irgendwie über das Aussehen seines Stellvertreters beunruhigt war, weil dieser den Eindruck machte, als hätte er gerade drei Runden gegen Jack the Ripper persönlich durchgestanden.

»Nee. Mir geht's prima.«

»Dann muss wohl jemand in Ihrer Nähe schlimme Verletzungen davongetragen haben, was?«

»Sieht so aus. Bis später, Häuptling …«

Die Suchscheinwerfer waren zwar immer noch in Betrieb, aber Chief McCarthy trat gerade zusammen mit seinen Männern durch das Haupttor. Auch sie waren mit Blut besudelt.

Rick konnte nur den Kopf schütteln über den scheinbar unerschöpflichen Mut der Männer, mit denen er zusammen kämpfte. »Ausgezeichnete Arbeit, Jungs«, sagte er. »Wirklich ausgezeichnete Arbeit.«

Olaf, Catfish, Buster, Rattlesnake, Syd, Fred und Charlie trafen als Nächste vor dem Tor ein. Samt und sonders von Matsch, Blut und Staub verdreckt, hatten sie teilweise auch leichte Verbrennungen davongetragen. Mit ihren geschwärzten Gesichtern und den grimmigen Gesichtszügen sahen diese Soldaten grauenhaft aus, während sie jetzt mit langen Schritten herankamen.

»Sagenhafte Arbeit, Jungs«, sagte Rick. Und zu den drei SAS-Männern gewandt: »Ganz besonderer Dank an Sie, meine Herren. Wir sind Ihnen alle sehr dankbar dafür, dass Sie die grobe Arbeit der Mission so ausgezeichnet bewältigt haben.«

»Nicht der Rede wert, Rick, mein Sohn«, meinte Syd darauf völlig unbeschwert. »Alles pure Pflichterfüllung.«

»Na, ein bisschen mehr dürfte es schon gewesen sein«, sagte der Kommandeur der SEALs. »Aber jetzt, Gentlemen, sollte wir uns mal auf die Socken machen und die Jungs befreien ... Seid um Gottes willen vorsichtig, wenn ihr euch innerhalb der Zellenblocks befindet. Feuert bitte nicht wie wild in der Gegend herum, sonst trefft ihr unter Umständen noch die Gefangenen.

Also, dann los ... ganz ruhig und vorsichtig. Feuererlaubnis nur zum Töten erteilt, aber selektiv, wenn ich bitten darf.«

# KAPITEL ELF

Montag, 17. Juli, 0210
Im Gefängnis auf Xiachuan Dao

Lieutenant Commander Rick Hunter erteilte noch letzte Befehle, bevor er durch die breite Lücke trat, in der sich noch vor wenigen Minuten das Gefängnistor befunden hatten. »Okay, Jungs... Wir wissen, dass sich da drinnen immer noch chinesische Wachen aufhalten müssen, sowohl in den Zellentrakten als auch in dem linken Gebäude. Wir werden genau so vorgehen, als würden wir ein gepanzertes Angriffsziel zu nehmen haben: also Frontalangriff mit allen zur Verfügung stehenden Mitteln und schweres Deckungsfeuer.«

»Zwei Fragen, Sir. Aus welchem Material ist die Eingangstür zum Hauptzellentrakt? Wird sie nicht von innen verriegelt sein? Wir wollen uns doch nicht mit heruntergelassenen Hosen erwischen lassen, oder?«

»Die Tür dürfte aus Stahl sein, Paul. Oder hat irgendjemand eine andere Information?«

»Die Tür zum Einzelzellenblock auf der rechten Seite ist jedenfalls aus Stahl«, sagte Syd Thomas. »Und verschlossen ist sie auch. Ich hab mal probeweise am Griff gerüttelt. Hat sich nicht die Bohne bewegt.«

»Okay, dann werden wir sie gleich als Erstes aufsprengen. Hat jemand ein bisschen Sprengkordel da?«

»Hier, Rick.« Wohlweislich hatte Dan Conway eine dicke Rolle der »Det-Cord« mitgeschleppt.

»Wer geht?«

»Ich mach das«, sagte Buster. »Ich hab's gern, wenn's brenzlig wird.«

Der SEAL aus den Bayous schnappte sich das lose Ende der

Sprengkordel und bat Dan, die Rolle zu halten und langsam abrollen zu lassen. »Schon unterwegs ...«

Buster eilte auf der linken Seite durch den Torbogen und von dort aus gleich weiter zu dem kleinen Zellenblock links, wo er schließlich in dessen Schatten verschwand. Dort blieb er kurz stehen. Gerade als er um die Mauerecke stürmen wollte, eröffnete oben aus dem Fenster des Hauptzellentrakts ein Maschinengewehr das Feuer. Alle sahen, wie Buster zu Boden ging. Rick befahl sofort, das Fenster, aus dem die Schüsse gefallen waren, mit dem Gewehr unter Beschuss zu nehmen.

Diese Aufgabe übernahm Steve Whipple mit seinem schweren Maschinengewehr, das er unmittelbar auf der Innenseite der Gefängnismauer gleich hinter den Trümmern des Wachlokals in Stellung gebracht hatte. Das Rasseln der schweren Maschinenwaffe brachte den Widerstand der Chinesen, zumindest vorübergehend, zum Erliegen. Im gleichen Augenblick sprang Buster auch schon wieder auf die Beine und flitzte mit der Sprengkordel zur Tür hinüber.

Sofort begann er, die Schnur um den Türgriff zu wickeln und in den Spalt neben dem Schloss zu stopfen. Dann langte er nach seinem Messer und schnitt etwas Schnur ab, die er um die Scharniere wickelte. Zum Abschluss verknotete er alle losen Enden miteinander.

Kaum fertig, rannte er auch schon wieder den gleichen Weg zurück, den er gekommen war, während Steve weitere 25 Schuss durch das inzwischen still gewordene Fenster jagte.

»Scheiße«, sagte Rick zur Begrüßung, »ich hab schon geglaubt, die hätten Sie erwischt.«

»Was denn? Diese Arschlöcher? Ich hab schon mit Alligatoren gekämpft, die bei weitem gefährlicher waren als die. Dann jag sie mal hoch, Dan.«

Lieutenant Conway schnitt die Sprengkordel ab und aktivierte den Zünder. Einen Lidschlag später flog die Stahltür aus den Scharnieren und wurde halbwegs nach innen gedrückt.

Rick gab den 20 Leuten, die er bei sich hatte, das Zeichen zum Vorrücken. Steve Whipple gab weiterhin kontinuierlich kurze Feuerstöße auf das Fenster ab, aus dem ihnen das Maschinengewehrfeuer entgegengeschlagen hatte.

Knapp 20 Meter vom Trakt entfernt, beschleunigte der riesenhafte Kommandeur der SEALs auf dem Weg zur Tür seinen Schritt.

Dort angekommen, hob er ein Bein und trat die Tür mit einem kraftvollen Tritt endgültig ein. Er sprang auf die rechte Seite und feuerte aus der Hüfte in den Gang, während er gleichzeitig losbrüllte:»Also gut, Freunde. Ihr habt es hier mit einer Truppe der United States Navy zu tun, die gekommen ist, ihre Leute zu befreien. Sämtliche chinesischen Wachen haben sofort mit hoch erhobenen Händen vorzutreten!«

Dan Conway stand gerade neben Rick, als zwei der Wachen vom Dienst aus der Deckung am Ende des Korridors hervorstürmten, um das Feuer auf die Amerikaner zu eröffnen. Dazu kam es aber nicht, denn Rick Hunter und Dan Conway hatten sie bereits bei der ersten Bewegung mit Salven aus ihren zuverlässigen MP 5 niedergemäht.

Jede der beiden chinesischen Wachen bekam zehn Kugeln ab, bevor sie tot auf dem Boden aufschlugen.

»Ist ja 'ne richtig schöne Schießerei, die ihr hier veranstaltet, Kumpels«, ertönte plötzlich eine tiefe amerikanische Stimme aus dem Inneren der ersten vergitterten Zelle auf der linken Seite. »Ich will ja nicht meckern, aber ihr Jungs wisst wirklich, wie man einen riesigen Lärm veranstaltet.«

Rick Hunter hätte vor Erleichterung fast der Schlag getroffen. Das war nun wirklich der erste nicht zu widerlegende Beweis dafür, dass sich die amerikanische Mannschaft tatsächlich hier vor Ort befand.

»Dan und Bobby. Korridor decken«, befahl er. »Schießt allem, was sich bewegt, sofort den Kopf ab.«

Dann erst drehte er sich zu der Zelle um, aus der die Stimme gekommen war, und sah, wie sich ihm ein braungebrannter Arm durch die Gitterstäbe entgegenstreckte. Dahinter war es dunkel, und das Gesicht des Mannes, dem dieser Arm gehörte, war kaum noch zu erkennen. Die Stimme hatte fest geklungen und der Händedruck war kraftvoll.

»Bin ich froh, euch zu sehen. Ich bin Captain Judd Crocker. USS *Seawolf.*«

»Hallo, Sir. Lieutenant Commander Hunter. SEALs.«

Judd blickte in das geschwärzte Gesicht, auf den Kampfanzug, das Stirnband und die noch rauchende Maschinenpistole.« Hab mir auch irgendwie nicht vorstellen können, dass ihr von der Abteilung für Öffentlichkeitsarbeit kommt«, sagte er schmunzelnd.

Die umstehenden SEALs brachen in Gelächter aus.

»Wissen Sie, wer hier die Schlüssel hat?« fragte Rick.

»Ich glaube nicht, dass die Wachen welche haben. Wenn die Zellentüren geöffnet wurden, was übrigens recht selten geschehen ist, hat das immer ein spezieller kleiner Leutnant persönlich übernommen.«

»Okay, Sir. Wir haben uns schon gedacht, dass wir es mit so einem Problem zu tun bekommen würden. Den Mann mit den Schlüsseln müssten wir erst unter den Toten suchen, aber wir haben kleinere Sprengladungen mitgebracht ... Rattlesnake!«

Der SEAL aus den Bayous trat vor und stopfte eine Handvoll weißen C-4-Sprengstoff in und um das Schloss. »Treten Sie bitte etwas zurück, Sir ... Am besten stellen Sie sich da drüben an die Wand. Auch alle anderen bitte zurücktreten ...«

Gleich darauf sprengte das C-4 das Schloss sauber aus der Zellentür heraus. Der Kapitän der *Seawolf* war wieder frei.

Judd trat aus der Zelle und schüttelte seinen Rettern die Hände und versorgte sie sogleich mit Einzelheiten: »Hier gibt es insgesamt nur zwei Einzelzellen. Die anderen sind alles Gemeinschaftszellen, in denen sich wohl jeweils acht meiner Jungs befinden werden – ein paar von ihnen sind nicht gerade in Topform, aber wenigstens dürften die meisten noch am Leben sein.«

Rattlesnake sprengte das Schloss der nächsten Zelle auf und rief dann über die Schulter: »He, Sir – hier ist ja gar keiner drin.«

»*Scheiße!*« rief der Captain. »Das ist die Zelle in der Linus gesteckt hat. Hab ich mich also doch nicht verhört, dass sie ihn vor rund einer Stunde herausgeholt haben. Ihr Jungs habt doch hoffentlich noch nicht das große Gebäude, das, von hier aus gesehen, gleich rechts vom Haupttor liegt, in die Luft gejagt, oder?«

»Nein, Sir. Wir haben nur einen der Räume angreifen müssen, und der lag gleich links vom Eingang.«

»Gut. Das ist der Raum, in dem gewöhnlich die Verhörspezialisten sitzen. Schätze, wir werden noch ein, zwei von unseren Jungs in diesem Gebäude finden. Wahrscheinlich meinen Ersten Offizier und meinen Waffensystemoffizier Lieutenant Commander Cy Rothstein.«

»Okay, Sir. Ich übergebe den Schlosserkram hier an Lieutenant Conway und sag Lieutenant Commander Davidson Bescheid, dass er sich mit den beiden kleineren Zellenblocks befassen soll. Dann kümmern wir uns erst mal darum, wie wir diesen Ort hier so schnell wie möglich von noch vorhandenen Wachen säubern können. Erst danach werden wir uns damit befassen, die beiden Offiziere im Verhörblock aufzutreiben. Schnell, Buster, Paul, Bobby, ihr kommt mit mir. Rattlesnake, halten Sie sich zurück, wenn wir gerade in der Nähe sind …«

Die vier SEALs setzten sich in Bewegung. Aus dem Inneren der letzten Zelle am Ende des Gangs klang ihnen plötzlich leise Stimme entgegen. »Seien Sie vorsichtig, Sir … da steckt immer noch einer von denen gleich hinter der Ecke. Ist der Leutnant … dieser kleine Bastard.«

»Sind denn noch irgendwelche von unseren Jungs da hinten?«

»Nein, Sir. Wir sind alle hier vorn untergebracht worden. Zehn große Zellen, in denen sich jeweils acht von uns befinden. Ich bin Lieutenant Warren, Sir. Offizier der Wache.«

»Okay, alter Junge. In einer Minute haben wir euch alle hier raus.«

»Seid ihr Jungs SEALs?«

»Fürchte, ja.« Rick Hunter drehte sich zu Lieutenant Merloni um. »Es gibt keinen Grund, jetzt noch unnötige Risiken einzugehen. Geben Sie mir bitte mal eine von den Handgranaten, ja?«

Bei diesem mächtigen Mann wirkte die Granate in der Hand fast so, als hätte man eine Murmel in die Beuge eines Lammschenkels gelegt. Er zog in aller Ruhe den Sicherungsstift heraus und schleuderte das Ei lässig um die Ecke. Die Detonation ließ das Gebäude in einem ohrenbetäubenden Donnerschlag erzittern. Der Leutnant der Wache starb in seinen Stiefeln.

»Das waren jetzt alle, Sir«, rief Andy Warren. »Ich hab die Wichser jeden Abend gezählt, wenn sie reinkamen, und auch, wenn sie morgens wieder abgehauen sind, die Arschlöcher.« Arnold Morgan wäre sicherlich ganz außerordentlich stolz auf diese Wortwahl gewesen.

Inzwischen hatte Rattlesnake Davies seinen Rhythmus gefunden und sprengte die Schlösser immer schneller auf. Lieutenant Conway betrat jedes Mal die Zelle, um nach dem Rechten zu sehen. Einige Male rief er Olafs Team, damit jemand mit einer der

Tragbahren hereinkam. Die Männer aus den gesprengten Zellen, sammelten sich bereits im Hof. Chief McCarthy ließ sie in Reihen antreten, um die Liste durchzugehen, ob jemand fehlte. »Wir haben hier 'ne Besatzungsliste bekommen«, erklärte er. »Ihr Captain hat auch schon eine Kopie davon erhalten. Wir wollen doch nicht, dass jemand hier zurückbleibt. Wenn irgendjemand etwas von einer vermissten Person weiß, sollte er mir das am besten gleich sagen, einverstanden?«

»Die haben Skip Laxton gleich am ersten Tag totgeschossen«, rief jemand. »Und Brad Stockton und Cy Rothstein haben wir schon tagelang nicht mehr zu Gesicht bekommen.«

Chief McCarthy bemerkte währenddessen, dass die Männer furchtbar aussahen. Hohlwangig, abgemagert, von unzähligen blauen Flecken und teilweise noch blutenden Wunden in den Gesichtern übersät, standen sie jetzt da. Gerade wurde eine Trage mit einem Mannschaftsmitglied herausbugsiert. Man hatte dessen gebrochenes Bein mit einem Gewehr provisorisch geschient. Auf einer anderen Trage lag ein Mann, der ständig das Bewusstsein verlor und kurzfristig wiedergewann. Er war erst vor kurzer Zeit noch ganz übel von den Chinesen zusammengeschlagen worden. Er gehörte zu Cy Rothsteins Team.

Auch Captain Crocker sah schwer mitgenommen aus. Die Augen waren schwarz vor Blutergüssen, die rechte Wange dick geschwollen. Die Mundwinkel waren über und über mit Blut verkrustet. Dennoch schien er sich relativ unbehindert und ohne größere Schmerzen bewegen zu können, als er jetzt mit Rick Hunter aus dem Zellentrakt heraustrat.

Draußen bot sich Judd Crocker das reine Chaos. Eine dicke Rauchwolke hing über dem gesamten Gefängniskomplex. Der Feuerschein der immer noch brennenden Hubschrauber und des Treibstofflagers leuchtete deutlich über die Gefängnismauern hinweg. Überall lagen Leichen herum, allerdings keine SEALs.

Judd und Rick machten sich auf den Weg zum Gebäude, in dem die Verhöre stattgefunden hatten. Die SEALs Buster Townsend, Paul Merloni und Bobby Allensworth gesellten sich zu ihnen.

An der Eingangstür angekommen, ergriff Lt. Commander Hunter das Wort. »Sir, ich glaube es ist besser, wenn Sie nicht mit hineinkommen ... Könnte sein, dass wir hier noch auf Widerstand stoßen.«

»Wenn ich nicht mit reinkomme, könnten Sie Gefahr laufen, getötet zu werden. Im Gegensatz zu Ihnen bin ich nämlich genauestens darüber im Bilde, wie es da drinnen aussieht.«

»Okay, Sir«, sagte Rick und zog seinen Dienstrevolver. »Mit so einem Ding können Sie doch umgehen, oder ...?«

»Bin sogar einsame Spitze damit«, sagte der Kommandant trocken. »Wohl noch nie was vom Wyatt Earp der Tiefsee gehört, was? Okay, folgen Sie mir einfach in den Vorraum, den Sie ja allem Anschein nach schon demoliert haben. Dann geht's weiter durch den Verbindungsgang.«

Judd Crocker trat über den Schutt ins Gebäude. Rick und Bobby Allensworth folgten ihm auf dem Fuße. Bevor sie das Ende des Raums erreicht hatten, legte Bobby dem Captain die Hand auf die Schulter. »Augenblick, Sir, ich will nur schnell den Lauf meiner Maschinenpistole um die Ecke schieben, um festzustellen, ob dort noch jemand am Leben ist. Lieber erschieße ich den Typ, bevor er Sie umlegt.«

»Keine Diskussion«, sagte Judd.

Bobby schob seine MP 5 um die Ecke und drückte im gleichen Augenblick auch schon auf den Abzug. Es wäre gar nicht nötig gewesen. Wer sich auch immer hier aufgehalten haben mochte, lag jetzt unter dem Schutt begraben.

Judd dirigierte sie den Gang hinunter, der zu den drei Verhörräumen führte. Zwei davon waren unverschlossen. Lichtstreifen fielen durch die einen Spaltbreit offen stehenden Türen. Beim dritten Raum war die Tür zu. Buster stieß die Tür des ersten Raums weit auf und trat ein. Gleichzeitig gab er vier Schuss auf das Türblatt ab, falls sich jemand dahinter versteckt haben sollte. Dann zog er die gleiche Routine im zweiten Raum durch. Auch hier war das Ergebnis gleich null. Damit blieb nur noch der Raum, dessen Tür geschlossen war.

»*Lieutenant Commander Lucas!*« brüllte Judd.

»Hier drinnen, Sir«, kam die gedämpfte Antwort.

»Ganz ruhig, Captain. Überlassen Sie das uns. Paul ...«

Lieutenant Merloni, im Staub und Rauch kaum zu erkennen, trat neben seinen Kommandeur.

»Fertig?«

»Sir.«

Gleich darauf lieferte Rick Hunter ein Beispiel für seine ungeheuren Körperkräfte. Mit zwei mächtigen Tritten hob er die Tür aus den Angeln. Sofort darauf streckte er seine Maschinenpistole um die Ecke, blieb selbst aber zurück. Eine chinesische Wache eröffnete sofort gezieltes Feuer auf den Lauf von Ricks MP 5.

Pech für seine Angehörigen, dass der Wachsoldat dadurch nicht mitbekam, wie Paul Merloni währenddessen, an den Boden gepresst, durch die Türöffnung glitt und sich sofort auf Kernschussweite zum Chinesen befand. Er hob seine Waffe und erschoss ihn.

Jetzt konnten sie auch alle Linus Clarke sehen, der dort in der Mitte des Raums an einen Stuhl gefesselt saß und ein tropfnasses Handtuch auf dem Schoß liegen hatte.

Die zweite Wache, es handelte sich dabei um Fregattenkapitän Li höchstpersönlich, ließ das Gewehr fallen und riss die Arme in die Höhe, um sich zu ergeben. Zu spät. Judd Crocker kam, unter dem Druck der Frustration von zwei Wochen Gefangenschaft, wie ein wütender Bulle durch die Tür gestürmt. Er rammte dem chinesischen Fregattenkapitän die linke Faust in die Kehle. Dann hob er ihn hoch und trug den Chinesen drei Meter weit hinüber zur Wand, während dieser wie wild um sich trat.

Dort setzte der Kommandant seinen Widersacher wieder ab, holte aus und drosch ihm die rechte Faust mitten ins Gesicht. Erst danach ließ er Fregattenkapitän Li zu Boden gleiten.

»Treten Sie zurück, Sir! Sofort. Er ist immer noch bewaffnet. Passen Sie auf seine Pistole auf – Sir … Sir. Weg da!« Diesmal machte Paul Merloni keine Scherze.

Judd Crocker war jedoch grundsätzlich nicht der Mann, und im Augenblick schon mal gar nicht in der Stimmung, sich von irgendjemandem sagen zu lassen, er solle zur Seite treten. Ganz ruhig zog er Rick Hunters Dienstrevolver und schoss dem Chinesen in die Stirn. Zweimal.

»Das ist für einen meiner jungen Freunde. Sein Name war Skip Laxton«, sagte er dabei. »Du mörderischer kleiner Bastard. Nennt es von mir aus Wildwest-Justiz, ist mir egal.«

Rick Hunter konnte sehen, wie dem Unterseeboot-Kommandanten dicke Tränen über das geschundene und geschwollene Gesicht liefen.

Inzwischen hatte Buster den Ersten Offizier von den Fesseln befreit. Linus Clarke stand auf und warf das Handtuch zu Boden. Er sah bei weitem nicht so mitgenommen aus wie der Rest der Mannschaft, doch stand es außer Zweifel, dass er unter Schock stand. Er zitterte zwar, sah aber nicht nur sauberer, sondern auch wohlgenährter aus als alle anderen. Außerdem trug er ein sauberes chinesisches Uniformhemd und Shorts gleicher Herkunft.

Inzwischen war auch klar, dass sich niemand sonst mehr in diesem Gebäude befand, der noch am Leben war. Rick Hunter befahl allen, das Gebäude zu verlassen und sich auf dem Gefängnishof zu sammeln. Langsam sollte man dort auch festgestellt haben, welche Verluste Judd Crockers Mannschaft davongetragen hatte.

Als sie mit ihrem Rückzug begannen, fing das Licht an zu flackern, was nicht überraschend war, wenn man bedachte, welches Maß an Zerstörung man diesem Ort zugefügt hatte. Die beiden Suchscheinwerfer waren bereits erloschen. Die Doppelreihe ehemaliger Gefangener stand in fast völliger Finsternis auf dem Hof.

Judd Crocker fragte in voller Lautstärke, ob jemand etwas über den Verbleib von Lt. Commander Cy Rothstein wisse, aber es gab niemanden, der mit einer klärenden Auskunft dienen konnte. Er drehte sich zu Rick Hunter um und sagte: »Das ist mein Waffensystemoffizier, den ich vorhin schon erwähnt habe. Er war nebenbei auch der cleverste Mann auf dem ganzen Boot. Ich weiß, dass man ihn brutal verhört hat … Ich mache mir seinetwegen große Sorgen.«

Der Kommandeur der SEALs fragte nach, ob auch wirklich alle Mann aus den drei Zellengebäuden heraus waren. »Definitiv«, sagte Chief McCarthy.

»Dann suchen Sie trotzdem noch einmal alles ganz gründlich ab, Chief. Nehmen Sie auch die Halogenstrahler mit. Wir vermissen einen sehr wichtigen Mann – Lieutenant Commander Cy Rothstein. Rufen Sie seinen Namen aus.«

»Aye, Sir …«

»Fehlt denn sonst keiner, Chief?«

»Nein, Sir. Alle anderen sind anwesend, bis auf Skip Laxton.«

»Weiß vielleicht jemand, ob Rothstein auf dem Luftweg abtransportiert wurde?«

»Bestimmt nicht, Sir«, meldete sich Lieutenant Shawn Pearson zu Wort. »Wir beide haben uns noch bis vor drei Tagen durch die Wand verständigt. Er wurde in den Verhörblock gebracht. Seitdem habe ich nichts mehr von ihm gehört …«

»Herr im Himmel«, entfuhr es dem Captain. »Die kleinen Bastarde habe ihn ermordet.«

Nach einige Minuten kamen die Suchtrupps wieder zurück. »Es ist tatsächlich niemand mehr in den Zellengebäuden zurückgeblieben, Sir … Zumindest niemand, der noch am Leben wäre.«

»Nun, in den Verhörräumen befindet sich auch kein Mensch mehr«, sagte Rick. »Das haben wir schon überprüft. Das Wachlokal ist nur noch Schutt. Gleiches gilt für die Kommunikationszentrale. Die Unterkünfte sind zwar nicht so sehr beschädigt, aber hier hat der größte Teil des Personals eine Ladung Gas abbekommen. Egal, dort kann er keinesfalls sein. Wahrscheinlich hat man Lieutenant Commander Rothstein tatsächlich umgebracht. Leider können wir es uns nicht erlauben, noch länger hierzubleiben. Wir laufen sonst alle noch Gefahr, getötet zu werden. Wie müssen endlich von der Insel runter.«

»Einverstanden, Lieutenant Commander«, sagte der Captain. Dafür habe ich vollstes Verständnis. Wenn man deren Art von Befragung kennengelert hat, erscheint mir unsere Rettung selbst jetzt noch wie ein Wunder.«

Genau in diesem Augenblick flackerte wieder Gewehrfeuer auf, das von einer Anhöhe oberhalb der südlichen Gefängnismauer kam. Von einer Sekunde zur anderen jaulte heißes Blei in die Gruppe auf dem Gefängnishof und zwei Matrosen, die auf der linken Seite standen, brachen zusammen.

»*Das sind die beiden kleinen Bastarde von der Außenpatrouille, die uns vorhin entwischt sind*«, brüllte Bobby Allensworth.

»*Alles hinter die Mauer! In Deckung. Sofort! … Bobby, rasch – eine Leuchtgranate!*« Rick Hunter verlor keine Zeit. Er entzündete die Leuchtgranate und hielt sie fast eine Minute in der behandschuhten Hand hoch, bevor er sie mit großem Schwung in die Höhe schleuderte. Sie stieg steil in den nächtlichen Himmel, explodierte und tauchte die komplette Anhöhe in gleißendes Licht.

Buster sah die beiden als Erster. »*Da sind sie, Sir! Genau da oben – einen Daumensprung links der Bäume.*«

»Paul, Rattlesnake, Buster, Steve – folgt mir. Wir müssen uns die Kerle vom Hals schaffen. Schafft das Maschinengewehr her, sonst werden die noch versuchen, uns auf dem Weg zum Strand alle zu machen. Kümmert euch um die verwundeten Männer, Olaf. *Der Rest rührt sich nicht von der Mauer weg, bis wir wieder da sind.*«

Und schon war Rick Hunter nach links in den Schutz der Bäume verschwunden und hatte mit dem Anstieg der Anhöhe begonnen. Er rannte fast lautlos durch die Dunkelheit, gefolgt von vier Männern, denen er am meisten vertraute. »Bleibt im Schutz der Bäume, bis wir uns oberhalb von ihnen befinden… Seht zu, dass sie keine Gelegenheit mehr finden, in Deckung zu gehen… Nagelt sie auf dem Hügel fest… Der einzige Weg, der ihnen offen stehen darf, muss der in Richtung Strand sein…«

Rick gab seine Befehle in vollem Lauf, und als er sich hoch genug über der letzten bekannten Position der Chinesen befand, befahl er Paul, eine weitere Leuchtgranate zu zünden, mit einem richtigen Startgerät und nicht wie er aus der freien Hand. Kurz darauf schoss die Granate wie eine gewaltige Silvesterrakete davon, beschrieb einen Bogen über die Anhöhe und explodierte schließlich in blendender Helligkeit. »Da sind sie, Sir – genau da unten… erheblich näher am Gefängniskomplex, als wir sie das letzte Mal gesehen haben.«

»*Schalt sie aus, Steve… Maschinengewehr!*«

Kaum war das letzte Wort ausgesprochen, eröffnete der große Unteroffizier auch schon das Feuer. Paul schickte derweil eine weitere Leuchtgranate in den Himmel. Sie konnten beobachten, wie die beiden Chinesen aufsprangen, um noch ein Stück weiter den Hügel hinaufzurennen. Sie sollten es nie schaffen. Anschließend packten die fünf SEALs ihre Leuchtgranaten und Munitionsgurte wieder zusammen und machten sich auf den Weg zurück zum Gefängnis.


Montag, 17. Juli, 0300
Marinestützpunkt Zhanjiang

Es gab nur noch einen Gedanken, der Admiral Zhang Yushu beherrschte: In diesem schicksalsträchtigen Abenteuer war alles verloren. Das amerikanische Unterseeboot war dahin und mit ihm auch die komplette Hafenanlage von Guangzhou. Inzwischen gab es für ihn auch keine Zweifel mehr, dass amerikanische

Streitkräfte auf Xiachuan Dao gelandet waren und das Gefängnis genommen hatten. Es würde, auch das war klar, Unmengen an Opfern gegeben haben. Was aber weit schlimmer war: Es würde keine Gefangenen mehr auf der Insel geben.

Soweit er informiert war, hatte es bislang nur zwei Tote bei den Gefangenen gegeben. Von denen drohte keine Gefahr. Alle anderen jedoch würden, wenn ihnen die Flucht tatsächlich gelang, sofort in die ganze Welt hinausschreien, was ihnen widerfahren war, nachdem ihr Schiff in internationalen Gewässern von der chinesischen Marine gekapert worden war.

Weder jetzt noch jemals zuvor hatte sich das Regime im kommunistischen China auch nur einen Hühnerdreck darum geschert, was der Rest der Welt über Rotchina denken mochte. Dennoch hatte sein Land unter dem ständig zunehmenden Druck des Welthandels zumindest ansatzweise versucht, in der Weltöffentlichkeit ein besseres Bild von sich zu erzeugen.

Von dem, was hier und jetzt ablief, hatte Zhang den Eindruck, dass großer Ärger auf sein Land zukam. So was wie die Dschungel-Version der Vorfälle auf dem Platz des Himmlischen Friedens. Zum ersten Male in seinem Leben hatte Zhang Yushu das Gefühl, dass seine Karriere vor dem Aus stand.

Er war sich einfach nicht mehr sicher, ob er das als Oberbefehlshaber der Marine der Volksbefreiungsarmee durchstehen würde: eine atomare Katastrophe, die viele Opfer gefordert hatte; die Unfähigkeit, Gefangene zu halten, bei gleichzeitigem Verlust chinesischer Soldaten; der Verlust dreier enorm kostspieliger Hubschrauber; dass sich alles auch noch auf chinesischem Boden abspielte; der Verlust eines ebenfalls sehr teuren Lenkwaffen-Patrouillenboots, auch in heimischen Gewässern; eine weltweite Verurteilung der Chinesen ob ihrer Verhörmethoden bezüglich Staatsangehörigen ihres wichtigsten westlichen Handelspartners. Ganz gleich, aus welchem Blickwinkel man es auch betrachtete, es gab nur eine einzige Person, die man für all das zur Rechenschaft ziehen konnte: Admiral Zhang Yushu, den Architekten dieser ganzen grauenhaften Tragikomödie von Fehleinschätzungen.

Admiral Zu erhob sich und ging mit tief gerunzelter Stirn im Raum auf und ab.

»Ist es denn wirklich schon ausgemachte Sache, dass die Amerikaner die Insel angegriffen haben? Vielleicht ist es lediglich ein Energieausfall enormen Ausmaßes.«

»Ach was«, sagte Admiral Zhang. »Eine Unterbrechung der Energieversorgung hätte keinerlei Auswirkung auf die Funkgeräte oder die Satellitenkommunikation gehabt. Der einzige Grund, weshalb wir keinen Kontakt mit Xiachuan Dao aufnehmen können, ist, dass die Amerikaner die Insel angegriffen haben. Es gibt einfach keine andere Erklärung dafür. Dafür kenne ich sie dann doch gut genug.«

»Aber wie sollen die das geschafft haben?«

»Bis dreihundert Kilometer vor der Küste waren keine größeren Helikopterstartbasen zu orten. Hubschrauber scheiden damit also aus. Sie müssen es demnach mit Schiffen gemacht haben. Und nur Unterseeboote kommen nah genug an die Küste heran, ohne von uns entdeckt zu werden. Dann sind sie auf kleine Landungsfahrzeuge umgestiegen, um ans Ziel zu kommen. So und nicht anders.«

»Aber die können doch keinesfalls eine zahlenmäßige Überlegenheit zu unseren Truppen herstellen. Wir haben da drüben schließlich mehr als hundert voll bewaffnete Wachen und dazu noch etliches andere Personal.«

»Mag sein. Vielleicht haben wir es ja auch schon längst geschafft, sie zu besiegen oder zumindest zurückzuschlagen. Gleichwie, irgendwelche Kampfhandlungen muss es gegeben haben. Und deshalb haben wir keinen Kontakt zur Insel herstellen können. Was mir wirklich Kopfzerbrechen bereitet, ist das Zusammentreffen mit der Zerstörung des Unterseeboots. Schließlich liegen nur wenige Stunden zwischen dem Verlust des Schiffs und der völligen Unerreichbarkeit der Insel mit Kommunikationsmitteln.«

»Also, was sollen wir unternehmen? Verstärkung hinüber schicken? Hubschrauber? Truppen? Artillerie?«

»Nein, Zu Jicai. Dafür dürfte es jetzt schon zu spät sein. Es würde uns mindestens zwei Stunden kosten, um diese Nachtzeit alles Notwendige vorzubereiten und dann noch eine weitere, um vor Ort einzutreffen … Nein, unsere einzige Chance liegt auf See, denn wenn es die Amerikaner sind, dann sind sie mit Unterseebooten gekommen. Und wenn sie die Gefangenen befreien wollen, werden sie diese auch mit Unterseebooten abtransportieren.

Oberflächenschiffe können sie unmöglich verwendet haben, sonst hätten wir die schon lange ausgemacht.

Zu, das Ganze ist ausschließlich ein Problem der Marine. Wenn wir die Amerikaner fangen und bestrafen wollen, dann schaffen wir das nur auf See. Sollten wir sie noch in chinesischen Hoheitsgewässern abfangen können, haben wir sogar jedes Recht, sie im Zuge der Selbstverteidigung auch anzugreifen. Vielleicht bekommen wir dabei sogar die Gelegenheit, gleich ein paar von deren Atom-Unterseebooten auf den Grund des Meeres zu schicken.«

Admiral Zu betrachtete seinen völlig aufgelösten Oberbefehlshaber, während dieser rastlos im Raum umherwanderte und sich dabei wahrscheinlich diesen zwar örtlich begrenzten, aber nichtsdestotrotz homerischen Kampf zwischen zwei der größten Mächte der Welt ausmalte.

»Aber wie, womit sollen wir sie angreifen?«

»Zu Jicai, wenn die Amerikaner gerade dabei sind, die Gefangenen von Xiachuan Dao zu evakuieren, sind die Unterseeboote noch an der Oberfläche oder zumindest in untiefen Gewässern. Wenn wir unseren Zerstörer schnell dorthin schaffen, könnten wir sie noch erwischen.«

»Nun denn, Zhang Yushu... dann sehen wir uns das doch gleich einmal auf der Karte an. Hier ist Xiachuan Dao. Wenn die Amerikaner getaucht anlaufen, müssten sie etwa hier in diesem Bereich sein, wo die Wassertiefe noch um die vierzig Meter liegt. Aus Guangzhou können wir derzeit keine Schiffe auslaufen lassen... Also müssten wir Schiffe von hier aus losschicken – vier Stunden vom Ort des Geschehens entfernt.«

»Welche Schiffe haben wir denn verfügbar, Zu Jicai? Da wäre doch an erster Stelle mal der neue große Zerstörer, die *Xiangtan*, oder? Die verfügt über Geschütze, Torpedos, Boden-Boden-Lenkwaffen sowie zwei U-Jagd-Hubschrauber. Außerdem schafft sie dreißig Knoten und hat ausgezeichnete Sonareinrichtungen.«

»Ja, Zhang Yushu. Und eine leichte Fregatte der Jianghu-Klasse, die *Shantou*, ist ebenfalls bereit, sofort auszulaufen.«

»Die trägt Unterseebootabwehrmörser und außerdem auch noch Wasserbomben, richtig?«

»Genau.«

»Wir sollten uns jetzt beeilen, Zu Jicai. Rufen Sie sofort die beiden Kommandanten hierher. Wir sollten ihnen persönlich erklären, was wir von ihnen erwarten. Wir haben berechtigte Gründe, etwaige amerikanische Unterseeboote anzugreifen.«

»Berechtigte Gründe?«

»Natürlich. Wir haben da große amerikanische Unterseeboote, die sich eindeutig in chinesischen Hoheitsgewässern herumtreiben, und wir haben eine Insel, die ebenso eindeutig von amerikanischen Truppen angegriffen wurde, die offensichtlich von genau einem solchen Unterseeboot dorthin gebracht wurden – o ja, Zu Jicai, wir können die ganze Angelegenheit außerordentlich plausibel klingen lassen. Uns steht es letzten Endes sogar frei, Anspruch darauf zu erheben, sie bis hinein in internationale Gewässer zu verfolgen und zu verlangen, dass sie offiziell unter Arrest gestellt werden.«

»Ich frage mich nur, Zhang Yushu, wo uns das alles hinbringen wird. Sehen wir doch den Tatsachen ins Gesicht. Wenn die Amerikaner tatsächlich ihre Leute zurückhaben, warum lassen wir sie nicht einfach ziehen? Wir haben sie und die *Seawolf* dann eben verloren.«

»Das hat etwas mit Gesichtsverlust zu tun, Zu Jicai. Nehmen wir an, dass sich die Gefangenen inzwischen alle auf dem Weg nach Hause befinden. Nun, fast alle. Sie werden über uns und unsere Verhörmethoden reden. Ich würde mich besser fühlen, wenn wir noch ein amerikanisches Unterseeboot versenken könnten, das dann vielleicht ein paar Dutzend Gefangene mit auf den Grund des Meeres nimmt ... Das wäre weitaus befriedigender für mich. Es würde mir zumindest das Gefühl vermitteln, nicht völlig gedemütigt worden zu sein. Und auch in den Hallen der Macht in Peking kann dadurch für mich alles erheblich besser aussehen. Vielleicht rettet es mir sogar meine Stellung.«

»Zhang Yushu, in all den Jahren, die wir uns nun schon kennen, habe ich Sie noch nie so reden hören, dass Sie die eigenen Interessen über prinzipielle militärische Erwägungen stellen.«

»Das liegt wohl daran, Zu Jicai, dass es bislang keinen Anlass dazu gab. Die Dinge haben sich gewandelt.«

»Und was ist mit den Kriegsschiffen? Welchen Befehl sollen sie erhalten ...?«

»Befehlen wir ihnen, jedwedes amerikanische Unterseeboot zu

versenken, ohne Rücksicht auf Gefahren, koste es, was es wolle. Und zwar *jedes* Boot, dessen sie habhaft werden können.«

Genau in diesem Augenblick trat Admiral Zu Jicais junger Flaggleutnant mit einem Blatt Papier ein. »Ist gerade aus Guangzhou gekommen, Herr Admiral… eine kurze Meldung vom Dorfältesten auf der Insel Shangchuan. Seine Siedlung liegt in der Bucht gegenüber dem Gefängnis. Er berichtet, dass sein Sohn vor einer Stunde einen hellen Schein über der anderen Insel gesehen hat. Soll wie ein gewaltiger Brand ausgesehen haben. Er hat bei der Polizei in Macao angerufen, und die hat es gleich zu ihrem Hauptquartier in Guangzhou weitergegeben.«

»Ich danke Ihnen, Leutnant. Das Ganze wird für unseren geschätzten Oberbefehlshaber keine sonderlich große Überraschung sein.«

Admiral Zhang wanderte weiterhin im Raum umher. »Wir müssen einfach einen von denen schnappen, Zu Jicai. Wir müssen einen von denen versenken, um so viele Amerikaner auf den Grund des Meeres zu schicken wie möglich. Nichts anderes zählt jetzt mehr.«

»Wegen des Gesichtsverlusts und aus Karrieregründen, Zhang Yushu? Ist nicht schon genug Blut vergossen worden?«

Admiral Zhang verharrte. Doch dann wirbelte er zu seinem alten Freund herum und verlor die letzte Kontrolle über sich. »*Schweigen Sie!*« brüllte er. »Schweigen Sie, Zu Jicai. Ich will Rache, verstehen Sie das denn nicht? Rache! Steht mir denn nicht wenigstens die zu nach allem, was ich für dieses Land getan habe? Mag sein, dass ich meines Kommandos enthoben werde, aber wenn ich gehe, will ich als Krieger gehen, als ein Befehlshaber, der den Feind bis zum letzten Atemzug bekämpft hat. Nicht als mitleiderregende, jämmerliche Gestalt, die von den amerikanischen Imperialisten erniedrigt und zur Kapitulation gezwungen wurde, nur um anschließend in der Dunkelheit zu verrotten.

Nehmen Sie mir nicht meinen letzten Stolz, Zu Jicai. Ich muss mein Gesicht wahren dürfen. Und der einzige Weg dazu besteht darin sicherzustellen, dass wir die Amerikaner angreifen. Wenn ich's könnte, würde ich es sogar mit eigenen Händen tun. Nichts würde mich glücklicher machen, als einem amerikanischen Schiff einen chinesischen Torpedo direkt ins Herz zu schießen… Ich hasse diese Menschen, Zu Jicai. O wie ich sie hasse.«

Zum ersten Mal war Admiral Zu ernsthaft um den Geisteszustand des Oberbefehlshabers der Marine besorgt. Sein Gefühl sagte ihm, dass es das Beste wäre, die verdammten Amerikaner einfach ziehen zu lassen, den Scherbenhaufen aufzuräumen, sich in Washington für die Zerstörung der *Seawolf* durch den Zwischenfall in Guangzhou zu entschuldigen, die ganze Sache auf die Havarie mit dem Zerstörer zu schieben, wieder zum Tagesgeschäft überzugehen, Handel und Wohlstand für alle.

Zhang Yushus Stolz, dachte er, kann sich als ziemlich kostspielige Angelegenheit herausstellen.


Sonntag, 16. Juli, 1415 (Ortszeit)
Büro des Nationalen Sicherheitsberaters

Das Telefon der Direktverbindung mit dem Oval Office klingelte schon wieder.

»Hallo, Sir«, sagte Admiral Morgan. »Nein, bislang keine weiteren Neuigkeiten... Tut mir Leid. Keine Neuigkeiten bedeuten in dieser Angelegenheit auf jeden Fall gute Neuigkeiten... Nein, es war von Anfang an so festgelegt, dass keine Kommunikation stattfinden sollte, bevor die Gefangenen nicht auf den Unterseebooten sind, es sei denn, es hätte sich irgendeine Krisensituation ergeben. Bislang hat es keinen Funkverkehr gegeben. Außerdem sind unsere Jungs jetzt erst seit gut drei Stunden auf der Insel. Das Gefängnis befindet sich inzwischen sicher schon in amerikanischen Händen, Sir. Vertrauen Sie mir. Wenn's anders wäre, hätten wir längst etwas gehört.«

»Aber sind die Gefangenen am Leben? Das ist alles, was ich wissen möchte...«

»Wenn es irgendwelche Schwierigkeiten gegeben hätte, wüssten wir das längst. Sir, wir müssen im Augenblick einfach weiterhin davon ausgehen, dass die Operation erfolgreich verläuft. Ich werde mich nicht aus diesem Sessel fortbewegen, bevor ich nicht etwas Genaueres erfahren habe. Ich rufe Sie sofort an, wenn ich etwas Neues erfahre.«

»Okay, Arnold. Mir ist schon klar, dass ich langsam neurotisch wirke. Aber ich weiß wirklich nicht, was ich machen werde, wenn ich ihn verloren haben sollte...«

Der Admiral legte den Hörer auf und hob den der direkten Leitung zu Admiral Mulligans Büro im Pentagon ab. »Hallo, Joe, was Neues?«

»Yeah. Hab ich gerade eben von George Morris reinbekommen. Wir haben jetzt ein Lagebild von den Aufklärungssatelliten vorliegen, die einen großen Brand auf Xiachuan Dao zeigen. Haufenweise schwarzer Rauch, der stark nach brennendem Treibstoff aussieht.«

»Das ist wahrscheinlich ein gutes Zeichen. Sie sind gelandet und der Angriff läuft. Machen wir uns doch nichts vor, Joe, es gibt kaum jemanden, der etwas gegen die SEALs ausrichten kann, wenn die erst einmal richtig in Fahrt gekommen sind.«

»Darauf setze ich meine ganze Kohle… Ich ruf dich an, sobald ich irgendetwas Neues habe.«


0312
Im Gefängniskomplex von Xiachuan Dao

Captain Crocker ging ein letztes Mal die Besatzungsliste durch. Wie gehabt, fehlten nur Cy Rothstein und Skip Laxton.

Rick Hunter wendete sich jetzt an die ehemaligen Gefangenen, um sie einzuweisen:

»Unten am Strand sind acht schnelle Schlauchboote. Jedes dieser Boote kann acht Mann aufnehmen, wenn einer davon auf einer Bahre liegt. Sonst passen neun rein. Ich werde drei Boote mit neun Mann besetzen, das macht dann schon mal siebenundzwanzig. Mit fünf auf Bahren haben wir dann noch weitere vierzig Plätze… Das bringt uns auf insgesamt siebenundsechzig bei der ersten Welle, und mit denen will ich die Evakuierung sofort beginnen. Tun Sie genau das, was meine Jungs Ihnen sagen. Wenn die also hinlegen sagen, dann legen Sie sich sofort hin. Wenn sie spring sagen, dann springen Sie. Kommen Sie bloß nicht auf den Gedanken zu fragen, warum Sie das tun sollen. Sie werden springen, ohne zu zögern. Klar?

Meine Jungs werden die Tragen übernehmen und Sie hinunter zum Strand führen. Dort befindet sich bereits eine Gruppe, die Sie auf den Booten unterbringen wird. Anschließend steht Ihnen eine Überfahrt zu einem der Unterseeboote bevor, die etwa eine halbe Stunde dauern wird. Und jetzt: *Erste Gruppe, marsch.*«

Judd fügte noch eigene Befehle hinzu.»Shawn, Sie zählen durch. Andy, Sie kümmern sich um Brad. Er liegt für die Dauer des Transports auf einer der Tragbahren.«

Rick überprüfte noch einmal den ganzen Gefängnishof, ob nicht irgendwelche amerikanischen Waffen und Ausrüstungsgegenstände herumlagen, die vielleicht im allgemeinen Durcheinander vergessen wurden. Lieutenant Conway und Buster Townsend führten den geordneten Ansturm zum Ufer, wo sie bereits von Lt. Commander Bennett erwartet wurden, der allerdings bislang noch keine Zeit gefunden hatte, sich von Matsch, Blut und Pulverspuren zu reinigen. Auch sein Gesicht war nach wie vor geschwärzt und sein Stirnband wies rote Spritzer auf. Irgendwie sah er aus, als wäre er ein Halbbruder von Häuptling Crazy Horse nach der Schlacht am Little Bighorn.

Die Nacht war immer noch heiß, doch jetzt begann es wie auf Stichwort wieder zu regnen. Schräg einfallender tropischer Monsunregen pladderte auf sie nieder, füllte erneut die großen Pfützen auf dem Gefängnishof und durchnässte die stehenden Männer, die sich hinter den führenden SEALs in Reihe aufgestellt hatten, in Sekundenschnelle bis auf die Haut.

Dan und Buster führten sie ganz langsam knapp 400 Meter weit in Richtung Norden den Pfad entlang, den Olafs Männer eine Stunde zuvor hier ins Unterholz gehackt hatten, kaum dass sich das Gefängnis sicher in amerikanischen Händen befand. Der Dschungel dünnte immer mehr aus, je näher sie dem Ufer kamen, es gab aber noch reichlich überhängendes, nasses Astwerk, durch das sie marschieren mussten. Der Regen fiel jetzt derart heftig, dass sich schon kleine Seen entlang des Pfads zu bilden begannen. Die SEALs an der Spitze, die mit den fünf Tragbahren hinter Buster einhergingen, rutschten, schlitterten und fluchten auf ihrem Weg durch die pechschwarze Finsternis praktisch ununterbrochen.

Sie kamen nur sehr langsam voran. Es dauerte allein zehn Minuten, den ersten halben Kilometer zurückzulegen. Die Situation verbesserte sich auch nicht wesentlich, nachdem Dan die Richtung geändert hatte und nun einen mehr in Richtung Nordosten verlaufenden Kurs beibehielt. Das Gelände war, wenn überhaupt möglich, sogar noch schlimmer geworden, obwohl der Dschungel sich allmählich lichtete. Überall lauerten tiefe Pfützen, schnell hatten sich ganze Abschnitte der Strecke in regelrechte kleine Sümpfe verwandelt. Ihnen auszuweichen war fast ein Ding der Unmöglichkeit. Niemand konnte sie rechtzeitig als solche erkennen, und kaum war man in sie hineingeraten, stand man auch schon bis an die Knöchel im Morast. Es war für die Männer mit den Tragbahren eine verdammt harte Aufgabe, unter solchen Umständen das Gleichgewicht zu wahren, manchmal schafften sie es auch nicht mehr. Glücklicherweise kam niemand zu Schaden. Schließlich erreichte die lange Reihe von Amerikanern, 17 Minuten nachdem sie den Gefängniskomplex verlassen hatten, den Strand.

»Herr im Himmel, wir haben schon gedacht, ihr kommt nie hier an«, sagte Lt. Commander Bennett erleichtert, nachdem er ihnen aus lauter Unruhe das letzte Stück schon entgegengegangen war. »Wir sollten uns langsam beeilen, bevor die Boote vollständig mit Regenwasser volllaufen und noch an Land absaufen.«

Dan Conway schmunzelte und folgte dann dem Brückenkopfkommandanten der SEALs hinunter zum Strand, wo die Schlauchboote an Heringen im Sand festgemacht lagen. Seine Männer hatten die Boote bereits so ausgerichtet, dass der Bug jeweils in Richtung der kurzen Brandung wies, die von Osten her gegen den Strand anrollte. Mit der Tide waren die Boote ganz leicht gestiegen, doch bislang lagen sie nur mit dem ersten Meter ihrer steifen Rümpfe im Wasser.

»Also gut, Jungs«, rief Rusty. »Je eine Tragbahre in die ersten fünf Boote, und während das geschieht, zählt Buster die nächsten siebenundzwanzig Mann ab, die sich sofort bei den letzten drei Schlauchbooten melden. Ich hab zwei Jungs bei jedem der Boote stehen. Der eine ist jeweils der Bootsführer und der andere hilft beim Zuwasserlassen. Aber nur der Bootsführer fährt dann anschließend mit ... der andere Mann bleibt hier.«

Da jeder hier am Strand Mitglied der Navy war, entwickelte sich die ganze Operation außerordentlich diszipliniert. Nur mit den Tragbahren gab es etwas Schwierigkeiten, aber die SEALs hatten schon vorher mit so etwas zu tun gehabt. Sie legten die Bahren auf die provisorischen Planken, die sie mittlerweile am

Bootsrahmen befestigt hatten, und schoben sie so weit wie möglich nach vorn. Dadurch hatten die anderen Passagiere die Möglichkeit, sich mit dem Gesicht nach achtern einigermaßen bequem nebeneinander hinzuhocken. Sie konnten sich dann auch noch gut an den Griffen festhalten, sollte der Seegang etwas ruppiger werden.

Als Rusty die halbwegs komplizierte Operation etwa zur Hälfte durchgezogen hatte, waren die drei Boote am Ende der Reihe schon besetzt und zum Ablegen bereit. Lt. Commander Linus Clarke saß in einem davon.

Rusty schickte diese Boote sofort voraus. Es gab für ihn keinen ersichtlichen Grund, dass man sich hier länger als nötig herumtreiben sollte. Es war inzwischen schon 0355, in weniger als drei Stunden würde es bereits hell werden. Und das war alles andere als gut. Wenn die Chinesen die Absicht haben sollten, sie auszuschalten, könnten sie spätestens ab dann ziemlich ungehindert den ganzen Strand bombardieren und mit Maschinenwaffen beharken.

Rusty ging zum letzten Schlauchboot hinüber, das jetzt knapp zehn Meter vor dem Strand schwamm und dessen Bugleine von einem SEAL gehalten wurde, der bis zur Brust im Wasser stand. »Okay, Jungs«, rief er den Bootsführern durch den Regen zu, »werft die Außenborder an und haut ab... Fünf Kilometer in Richtung Südosten, dann Kurswechsel auf Süd-Südwest für die nächsten zehn Kilometer, genau zwo-null-zwo... Ist aber alles im Routenplan eurer GPS-Geräte gespeichert. Denkt daran, was ich euch gesagt habe: Wenn ihr fünfzehn Kilometer weit mit zwanzig Knoten gelaufen seid – also in etwa einer halben Stunde –, wird die *Hartfort* genau vor euch liegen. Ihr werdet ihr Blinksignal schon sehen. Das wär's. Und jetzt: *Los mit euch* – und macht mir bloß keinen Scheiß.«

Diese letzte Bemerkung war Rustys allbekanntes Markenzeichen. Da sie alle diesen stählernen Lt. Commander von der Küste Maines quasi als Helden verehrten, hatte denn auch jeder Bootsführer das Gefühl, diese Botschaft gelte ihm ganz persönlich. Das war es, was in gewisser Hinsicht wirkliche Führungsqualität bedeutete.

Die Männer am Strand hörten kurz darauf, wie die starken Außenborder an den Hecks der Schlauchboote grollend zum

444

Leben erwachten und sich dieses Geräusch anschließend in ein langgezogenes Röhren verwandelte, als sich die Boote mit ihrer Last durch die Brandung boxten. Als sie dort durch waren, konnte man hören, dass die jeweiligen Bootsführer die Drosselklappen weiter geöffnet hatten, nachdem die Schlauchboote den richtigen Trimm für die Hochgeschwindigkeitsfahrt gefunden hatten. Von da an flogen die drei Boote geradezu über das glatte Wasser und rasten Bug an Bug davon, um den Sohn des Präsidenten zusammen mit weiteren 26 Besatzungsmitgliedern der *Seawolf* in Sicherheit zu bringen.

Kaum waren die nächsten beiden Boote mit ihren Tragbahren an Bord so weit, dass sie nur noch von den SEALs im Wasser an den Bugleinen gehalten wurden, gab Rusty auch ihnen den Befehl, sofort loszufahren. Auf diese Weise hatte er jetzt drei Boote in Front, zwei weitere ein paar Meilen dahinter auf dem Weg und als Nächstes würde die letzte Gruppe von drei Booten den Schluß der ersten Welle bilden. Dadurch würde keiner der Beteiligten allzu weit von den anderen entfernt sein, sollte es irgendwelche technischen Probleme geben. Allerdings ging Rusty nicht von einem solchen Fall aus. Wenn doch, würden sich seine Techniker trotz aller Mühe, die sie für die Vorbereitung der Außenborder aufgewendet hatten, mit dem modernen Gegenstück zu tausend Peitschenhieben konfrontiert sehen. Zumindest hatte ihnen Lt. Commander Bennett so etwas in Aussicht gestellt, wenn nicht alles reibungslos verlaufe.

Als die Geräusche der letzten drei Boote in der regengepeitschten Weite des Südchinesischen Meeres verklungen waren, gab es für die zurückgebliebenen Männer nichts, als eine Stunde lang darauf zu warten, dass die Boote wieder zurückkehrten. Beim nächsten Mal würden sie 72 Mann evakuieren. Mithin wäre es dann bereits 0445, und immer noch blieben weitere 30 Mann am Strand zurück, für die es keinerlei Hoffnung gab, selbst vor 0555 evakuiert zu werden, kurz vor Einsetzen der Morgendämmerung. Sie würden die halbstündige Fahrt hinaus zum wartenden Unterseeboot bei zunehmender Helligkeit machen.

»Und das«, murmelte Rusty Bennett, »wird alles ziemlich eng. Verflucht eng sogar. Besonders für mich, Rick und Ray Schaeffer, weil wir auf jeden Fall im letzten Boot sitzen werden, das von hier verschwindet.«

In diesem Augenblick traf die nächste Kolonne ein, mehr als 100 Mann, die sich langsam durch die Dunkelheit und den Regen in Richtung Strand bewegte. SEALs mit feuerbereiten Waffen gingen an den Seiten und ließen den Dschungelrand nicht aus den Augen, obwohl sie eigentlich sicher sein konnten, dass es keine frei herumlaufenden Chinesen mehr gab. Zumindest nicht, solange keine Landung von Fallschirmjägern stattgefunden hatte. Ein Beobachter hätte beim Anblick dieser Marschkolonne schnell dem Trugschluss verfallen können, die Crew der USS *Seawolf* befände sich immer noch unter verschärftem Arrest und nicht bereits unter dem Schutz der U. S. Navy.

Als schließlich alle am Strand eingetroffen waren, war das letzte Schlauchboot bereits schon seit 20 Minuten in der Ferne verschwunden. Das Gefängnis lag jetzt völlig verlassen da, und dieser Zustand würde auch so bleiben, bis sich das Personal, welches im Gebäude der Unterkünfte dem Betäubungsgas zum Opfer gefallen war, in den frühen Morgenstunden des kommenden Tages wieder zu erholen begann.

Auch Judd Crocker befand sich noch auf der Insel. Er hatte entschieden, im letzten Boot mitzufahren, das die Mitglieder seiner Mannschaft evakuierte, und das sollte in etwa 45 Minuten der Fall sein. Judd würde zusammen mit dem letzten Dutzend Männer zur USS *Cheyenne* übersetzen, die jetzt zehn Kilometer vor den südlichen Stränden von Xiachuan Dao bei weniger als 30 Metern Wassertiefe an der Oberfläche auf sie wartete.

Im Augenblick unterhielt er sich gerade mit Rick Hunter und teilte diesem seine Sorge über den Zustand von Brad Stockton mit. Brad war außerordentlich brutal verhört worden, weil die Chinesen wahrscheinlich der Ansicht gewesen waren, dass es sich bei Stockton nach dem Kommandanten um den zweitwichtigsten Mann an Bord gehandelt hatte.

»Das sollte Sie nicht zu sehr bekümmern, Sir«, sagte der Kommandeur der SEALs. »Auf jedem der Unterseeboote ist ein Marinestabsarzt, der auf körperliche Schäden spezialisiert ist, die aus Folterungen resultieren. Die bekommen ihn schon wieder hin. Außerdem werden wir den ganzen Transfer zum Flugzeugträger binnen weniger Stunden abgewickelt haben und dort gibt es ein vollständig ausgerüstetes Lazarett, in dem er wirklich jede Art von Hilfe bekommen kann.«

Judd Crocker nickte.

»War es schlimm, Sir?« fragte Rick Hunter.

»Na ja, gerade toll war's nicht.«

»Was haben die eigentlich von den Besatzungsmitgliedern gewollt?«

»Auskünfte über die Seawolf. Die allerdings in außerordentlich präziser Form… Von Lieutenant Commander Rothstein wollten sie eine Führung und Einweisung in sämtliche Gefechtssysteme. Sie wissen sicherlich, dass es sich dabei um die kompliziertesten Systeme des ganzen Schiffs handelt. Selbst wenn die Chinesen in der Lage sind, ein solches Boot auseinanderzunehmen, Pläne davon anzufertigen und es dann zu kopieren, geht nichts darüber, jemanden zu haben, der sich genau auskennt und mit ihnen kooperiert.«

»Natürlich… also haben diese kleinen Bastarde versucht, sämtliche Spezialisten des Schiffs wie auch immer auf ihre Seite zu ziehen, damit sie ihnen die Funktionsweise und Bedienung bis ins Detail erläutern. Das galt wahrscheinlich speziell für die elektronischen Komponenten. Und dann wäre es den Chinesen möglich gewesen, ein Unterseeboot nachzubauen, das der Seawolf gleichkommt…«

»Da haben Sie verdammt Recht, Lieutenant Commander.«

»O diese hinterhältigen, kleinen Bastarde… Wie haben die es überhaupt geschafft, das Unterseeboot zu kapern, Sir? Was ist da eigentlich wirklich passiert?«

»Tja, kann durchaus sein, dass die ganze Angelegenheit der Geheimhaltung unterworfen ist. Da aber inzwischen Gott weiß wie viele Chinesen, mehr als hundert Mann von der Crew und das halbe SUBPAC über die Sache informiert sein dürften, kann es auch keinen größeren Schaden mehr anrichten, wenn ich dem Offizier, der uns gerettet hat, die gewünschte Erleuchtung verschaffe…«

Rick Hunter gluckste in der für ihn typischen ruhigen Art eines Mannes aus Kentucky. »Auf jeden Fall können Sie sich meiner Diskretion sicher sein. Buchen wir das doch einfach unter »wichtige Weitergabe von Information« ab. Wir sind immerhin noch nicht aus diesem beschissenen Höllenloch raus…«

Jetzt musste auch Judd Crocker lachen. »Darf ich Sie Rick nennen?«

»Natürlich.«

»Also, Rick. Ich werde Sie jetzt über ein ebenso kurzes wie leuchtendes Beispiel für einen Schlamassel gigantischen Ausmaßes informieren. Wir haben es in stockdunkler Nacht irgendwo im Südchinesischen Meer geschafft, die Schleppsonar-Antenne eines chinesischen 6000-Tonnen-Zerstörers mit unserer Schraube einzufangen und fest um unsere Welle zu wickeln.«

»Ach du Scheiße!«

»Soweit ich mich entsinnen kann, waren das exakt die Worte, die mir durch den Kopf gegangen sind, als es passiert ist.«

»Hatten Sie denn das Kommando, Sir?«

»Zum Teufel noch mal, nein. Ich hab geschlafen. Hatte selbst Wache bis kurz vor dem Zeitpunkt, als es geschehen ist.«

»Und wie haben Sie herausbekommen, was los war?«

»Wollen Sie mich auf den Arm nehmen? Wenn auf einem großen Atom-Unterseeboot etwas Derartiges geschieht, verändert sich von einer Sekunde zur anderen schlichtweg alles. Man verliert schlagartig Fahrt, plötzlich ist es irgendwie ruhig an Bord, der Trimm des Boots ändert sich und das Geräusch der gesamten Maschinerie, mit der man gewohnt ist, tagaus, tagein zu leben, hört sich auf einmal völlig anders an.«

»Wer hatte denn das Kommando?«

»Das, fürchte ich, ist jetzt wirklich geheim. Allerdings nehme ich an, dass letzten Endes schon die ganze Wahrheit herauskommen wird. Da bin ich mir ganz sicher. Selbstverständlich wird es einen Untersuchungsausschuss der Navy geben. Und zwar mit allem Drum und Dran. Die Suche nach den Hintergründen wird in einer Intensität losgehen, bei der jeder, einschließlich Ehefrau und Hund, gehört wird, wenn er etwas dazu beizutragen hat. Das wird alles Gott weiß wie lange dauern. Wenn man schließlich zu der Ansicht gelangt, dass irgendjemand sich einer Pflichtverletzung schuldig gemacht hat, wird es seitens des Untersuchungsausschusses eine Empfehlung geben – und die wird dann wahrscheinlich so aussehen, dass bestimmte Offiziere der *Seawolf* der groben Fahrlässigkeit bezichtigt werden, und sei es nur nach dem Motto, im Angesicht des Feindes ihren Platz verlassen zu haben ...«

»Dann befürchten Sie also, dass man Sie persönlich vor das Militärgericht stellen wird?«

448

»Ist nicht ausgeschlossen, aber eher unwahrscheinlich. Unwahrscheinlich, aber eben möglich. Jeder Kommandant, der es schafft, sein Schiff zu verlieren, muss mit gewaltigem Ärger rechnen. Aber vor dem Hintergrund der Beweislage hoffe ich doch stark, dass man mich nicht schuldig sprechen wird …«

»Ich auch, Sir.«

»Danke, Lieutenant Commander. Ich hoffe nur, dass die Mitglieder der Kommission ähnlich verständnisvoll wie Sie sind, wenn es um die Wurst geht.«

»Wenn nicht, dann werde ich vortreten und denen mal erzählen, wie Sie in den Todeszellen den bewaffneten Gefängniskommandanten mit einer Hand alle gemacht haben.«

»Bloß nicht! Einige unserer linkgerichteten Politiker könnten sonst noch auf die Idee kommen, mich wegen Mordes anzuklagen, weil ich gegen irgendein neues Gesetz verstoßen habe, mit dem unvertretbare Grausamkeiten gegenüber fernöstlichen Winzlingen geahndet werden.«

Die beiden Offiziere lachten, wenn auch mit bitterem Unterton.


0430
An Bord des chinesischen Zerstörers *Xiangtan*
Position: 21.13 N, 111.29 E. Fahrt 30. Kurs 060

Oberst Lee Peng grübelte über die Befehle, die er bekommen hatte. Vom Oberbefehlshaber persönlich erteilt, waren sie eiskalt und eindeutig: »Suchen und verfolgen Sie jedes verdächtige Schiff, das sich im Seegebiet zehn Kilometer südlich Xiachuan Dao aufhält. Hiermit werden Sie ermächtigt, das Feuer auf jedes Schiff der U.S. Navy, das sich in chinesischen Hoheitsgewässern aufhält, zu eröffnen und dieses zu versenken, selbst bei einer Verfolgung in internationale Gewässer.«

Er stand auf der Brücke und setzte die kurze Unterredung mit seinem Ersten Offizier Korvettenkapitän Shoudong Guan und seinem Waffensystemoffizier Korvettenkapitän Anwei Bao fort. Ihre Diskussion hatte inzwischen einen fatalistischen Charakter angenommen.

Die drei ranghöchsten Offiziere der Schiffsführung wussten nur zu genau, dass der Hauptärger mit der amerikanischen Navy darin bestand, dass diese, einmal angegriffen, erbarmungslos zurückschlagen würde. Selbst wenn sie es schaffen sollten, Hubschrauber in die Luft zu bekommen und die Amerikaner mit Wasserbomben, Tiefenbomben oder Torpedos anzugreifen, ein amerikanisches taktisches Atom-Unterseeboot wäre immer noch in der Lage, drei, vier Torpedos zurückzufeuern – und zwar sehr scharf und sehr genau. Sie müssten sich also fern von einem solchen halten. Insgeheim dachten alle drei chinesischen Offiziere das Gleiche. Das Feuer auf ein großes, schnelles amerikanisches Kriegsschiff gleich welcher Bauart zu eröffnen war immer ein selbstmörderisches Unterfangen.

Dennoch, Oberst Lee musste unnachgiebig sein. »Der Oberbefehlshaber hat uns keinerlei Handlungsspielraum gelassen«, sagte er. »Er hat mir gegenüber noch einmal betont, dass er wünscht, dass ich das Feuer eröffne und alles versenke.«

»Hat er denn überhaupt eine Vorstellung davon, dass wir auf diese Weise ganz schnell das beste Oberflächenschiff unserer ganzen Marine verlieren können?«

»Nein, Shoudong Guan. Darüber hat er kein Wort verloren. Er hat meinen Vorbehalten keinerlei Gehör geschenkt. Er hat nur immer und immer wieder betont, die Ehre unseres Landes stehe auf dem Spiel. Das Einzige, was sowohl ihn als auch seine Herren in Peking zu interessieren scheint, ist, dass wir ein amerikanisches Schiff oder Unterseeboot angreifen und versenken. Er war sich seiner Sache absolut sicher, dass wenigstens eins davon da draußen ist, möglicherweise sogar zwei ...«

»Na ja«, sagte Korvettenkapitän Anwei, »kann ja sein, dass er die Dinge unterbewertet. Die Amerikaner werden, so wir sie überhaupt finden, auf jeden Fall zurückschlagen. Wie tollwütige Hunde. Wahrscheinlich werden noch heute Morgen etliche Menschen da draußen den Tod finden.«

»Könnten wir nicht einfach alles ignorieren und so tun, als hätten wir dort draußen niemals etwas gefunden?«

Oberst Lee lächelte. »Mein lieber alter Freund, Shoudong Guan«, sagte er, »mal ganz ehrlich: Ja, daran habe ich schon gedacht. Vergessen Sie aber bitte nicht die damit verbundenen Konsequenzen. Irgendwann würde es doch irgendwie herauskommen. Bei einer so großen Besatzung würde sich das auf Dauer nicht geheim halten lassen. Wenn wir einfach die Augen

verschließen, werden wir früher oder später alle von der Bildfläche verschwinden, möglicherweise mit aller Schande lebenslänglich hinter Gittern ... Wir sollten also versuchen, an den Amerikanern Vergeltung zu üben, um als Helden zurückzukehren.«
»Hoffentlich nicht als Helden in einem Sarg«, sagte Fregattenkapitän Shoudong. »Vielleicht kriegen wir ja sowieso nichts vor die Optiken.«
»Beten wir ... Übrigens, wie sieht's denn aus, Navigator?«
»Nicht schlecht, Herr Oberst. Wir liegen gut in der Zeit und nähern uns gerade der Länge 111.30. Damit müssten wir in etwas weniger als zwei Stunden vor Ort eintreffen. Bei der derzeitigen Fahrt bedeutet das eine geschätzte Ankunftszeit von 0630.«

Sonntag, 16. Juli, 1630 (Ortszeit)
Oval Office

Es war das erste Mal in der Geschichte dieses Hauses, dass jemand den Flur heruntergekommen und auf direktem Weg ins Privatbüro des Präsidenten geplatzt war, ohne anzuklopfen und sich einen Teufel darum zu scheren, wer sich gerade dort drinnen befinden mochte. Selbst Präsident Clarkes Sekretärin war einigermaßen darüber verblüfft, wie Arnold Morgan hier hereingestürmt kam.

Der Oberste Befehlshaber, nicht gewohnt, derartig unterbrochen zu werden, telefonierte gerade. Verärgert blickte er auf, bis er erkannte, wer da gerade hereingeplatzt war.

Er ließ sofort den Telefonhörer fallen, der rutschte ab und baumelte schließlich unbeachtet an der Schnur über dem Boden. Mit zitternder Stimme wandte er sich an den Admiral, während er sich aus seinem Sessel hochstemmte. »Sagen Sie mir jetzt nur, dass er in Sicherheit ist, Arnold! Bitte, sagen Sie mir, dass er in Sicherheit ist.«

»Ja, er ist in Sicherheit, Sir. Befindet sich jetzt an Bord des Atomunterseeboots USS *Hartford* unter dem Kommando von Commander Jack Crosby. Sie sind bereits auf dem Weg zum Flugzeugträger USS *Ronald Reagan*. Linus steht unter Schock, ist aber unverletzt. Er hat gerade via Satellit liebe Grüße an Sie ausrichten lassen.«

Präsident Clarke brach vor Erleichterung fast zusammen. Er ließ sich wieder in den Sessel fallen, lehnte sich zurück und sagte immer wieder: »Gott sei Dank… Gott sei Dank… Gott sei Dank…« Dabei ließ er seinen Tränen ungehindert Lauf. Er war jetzt ganz einfach zu glücklich, ihnen noch weiter Einhalt zu gebieten, zu erleichtert, als dass ihm das etwas ausmachte.

»Brauchen Sie mich noch, Sir?« fragte Admiral Morgan in seiner gewohnt bärbeißigen Art. »Wir haben immer noch einen Haufen zu tun, bis die Sache endgültig ausgestanden ist. Ich war eigentlich gerade auf dem Weg hinüber zum Pentagon…«

»Nein, Arnold. Danke. Mir geht's gut. Machen Sie nur weiter. Und sagen Sie Kathy, Sie möchte doch zu mir herüberkommen, sobald es ihr möglich ist, ja?«

»Klar, Sir. Sehen wir uns später?«

»Aber sicher, Arnold. Wenn Sie nicht gewesen wären – und ihr felsenfester Glaube daran, dass wir es schaffen –, Gott, ich habe schon nicht mehr daran geglaubt, dass ich Linus in diesem Leben noch einmal wieder sehen werde…«

»Danke, Sir. Gott schütze Sie und Linus. Ich schicke Ihnen Kathy gleich rüber.«

Der Admiral verließ das Oval Office genauso abrupt, wie er es betreten hatte, marschierte den Flur hinunter und ging zu seinem Büro. Ohne den Schritt zu verlangsamen, gab er Kathy im Vorraum seine Anweisungen: »Kaffee. Wagen. Rüber zum Boss.«

Kaum an seinem Schreibtisch, rief er Admiral Mulligan an. In Washington war es jetzt nachmittags um Viertel vor fünf, auf dem Südchinesischen Meer 0445 des folgenden Morgens.

»Hallo, Joe. Wie sieht's aus?«

»Laut Frank Hart sollte gerade die zweite Welle in den acht Booten die Insel verlassen… mit den ersten Leuten von den Special Forces. Es gibt bislang keinerlei Meldungen über chinesische Aktivitäten in einem Radius von achtzig Kilometern um die Transferzone.«

»Das ist ja großartig, Joe. Wann sollen die letzten Jungs unterwegs sein?«

»Frank sagt 0555. Da setzt dann dort die Morgendämmerung ein.«

»Hm. Dann geht der letzte Transfer praktisch bei Tageslicht über die Bühne, stimmt's?«

»Leider ja. Aber wir rechnen eigentlich nicht ernsthaft mit einem Angriff durch die Chinesen.«

»Wirklich nicht? Ich würde mir, was diese kleinen Wichser angeht, da nicht allzu sicher sein. Ganz besonders nicht, wo wir denen eine Nase gedreht haben. Das haben die inzwischen bestimmt auch schon herausbekommen.«

»Mag sein. Aber im Augenblick können wir nicht viel mehr tun, als konzentriert den See- und Luftraum zu überwachen. Sobald sich irgendetwas ergibt, geb ich's durch.«

»Nicht nötig, Joe. Ich bin sowieso gerade auf dem Weg zu dir. Sieh bloß zu, dass der Kaffee fertig ist, wenn ich komme, ja? Kathy scheint mich im Augenblick nämlich einfach zu ignorieren.«

Der CNO lachte schallend und legte den Hörer auf. Fast im gleichen Augeblick klingelte Admiral Morgans Telefon für die hausinternen Gespräche.

»Außenstelle an Basis. Kaffee in einer Minute. Wagen wartet unten. Over and out.«

Sofort schlug der Admiral auf den Knopf der Gegensprechanlage und fauchte los:»Basis an Außenstelle. Storniere Anweisung bezüglich Kaffee. Treffen in unserem Lieblingsrestaurant in Georgetown für 1930 angesetzt. Willst du mich heiraten?«

»Außenstelle an Basis. Zu eins: Verstanden. Zu zwei: Bin einverstanden. Zu drei: Nein. Ich liebe dich. Over.«

Der Admiral schnappte sich seine Aktentasche und verließ den Raum, um unverzüglich zum Aufzug zu stürmen, der ihn direkt in das unterirdische Parkhaus brachte. Dort würde sein Chauffeur Charlie schon auf ihn warten, sollten ihm sein Leben, sein Job und seine Pension etwas wert sein.

In der Zwischenzeit hatte Kathy in der Südwestecke des Westflügels das Oval Office betreten.

»Hallo, Sir«, sagte sie.»Ich freue mich so für Sie! Sind das nicht mal wirklich tolle Neuigkeiten!«

»Die besten, die man sich überhaupt nur wünschen kann«, sagte der Präsident. Die künftige Mrs. Arnold Morgan bemerkte, dass ihr Gegenüber wieder rund zehn Jahre jünger aussah.

»Ich möchte, dass Sie mir zwei große Gefallen tun.«

»Selbstverständlich.«

»Als Erstes möchte ich Sie bitten, es zu arrangieren, dass die

453

Kirche auf der anderen Straßenseite des Jackson Place offen ist. Bitte informieren Sie den Secret Service, dass ich die Absicht habe, innerhalb der nächsten halben Stunde dort hinüberzugehen. Die sollen alle Vorkehrungen treffen. Zweitens würde ich mich wirklich freuen, wenn Sie mich begleiten würden – unsere gemeinsamen Gebete wurden erhört. Ich fände es schön, wenn wir jetzt auch gemeinsam zur Kirche gingen.«

»Selbstverständlich, Sir. Ich werde alles veranlassen.«

Sie verließ das Oval Office und kehrte an ihren Schreibtisch zurück. Als jemand, der schon seit langer Zeit zum Stab des Weißen Hauses gehörte, wusste sie, welche Knöpfe zu drücken waren. Zunächst rief sie den Oberpförtner vom Dienst an und bat, dass jemand bei der St. John's Episcopal Church anrufen solle, um sicherzustellen, dass die Kirche leer war und bereit, den Präsidenten der Vereinigten Staaten von Amerika zu empfangen. Diese Kirche wurde von den Präsidenten seit den Zeiten eines James Madison besucht.

Ihr nächster Anruf galt dem Secret Service. Die Aussicht, dass sich der Präsident in die Öffentlichkeit bewegen wollte, löste bei den Agenten üblicherweise eine Aufregung aus wie ein Schneesturm auf Tahiti. Etliche Sicherheitsleute mussten benachrichtigt werden, weil das Gelände des Weißen Hauses ständig von Infrarot-, Akustik-, Druck- und elektromotorischen Sensoren abgetastet wurde. Auf dem Dach und überall im übrigen Gelände waren Videokameras montiert, die ununterbrochen jede Bewegung aufzeichneten, sei sie noch so geringfügig. Tatsächlich ist sogar ständig ein komplettes SWAT-Team auf dem Dach des Weißen Hauses postiert, das seine Maschinengewehre jedes Mal entsichert, wenn der Präsident das Gebäude verlässt oder im Anmarsch ist. Grundsätzlich hatte der Präsident sich in einem kugelsicheren Fahrzeug zu bewegen.

Die bloße Vorstellung, der erste Mann im Staat könnte sich zusammen mit der Sekretärin des Nationalen Sicherheitsberaters *zu Fuß* auf den Weg zur Kirche machen, ließ beim Secret Service umgehend eine größere Sicherungsoperation anlaufen. Für einen Agenten des Secret Service waren die knapp 300 Meter zwischen der nördlichen Ecke des Westflügels und der Kirsche St. John's etwa gleichbedeutend mit dem Spaziergang des Papstes über ein Minenfeld, obwohl es lediglich galt, eine stille Nebenstraße zu überqueren, die sowieso für jeglichen Verkehr gesperrt war und in der die Polizei rund um die Uhr Streife ging.

Als Kathy O'Brien ankündigte, dass der Präsident zu Fuß zur Kirche hinübergehen wolle, wurden also sofort rund 140 Menschen in höchste Alarmbereitschaft versetzt. Aber das konnte man schließlich auch von einer Maschinerie erwarten, deren Betrieb jährlich über eine Milliarde Dollar verschlang. Wachen wurden abgestellt, die ihn jeden Meter des Wegs abschirmen sollten, der von der Eingangstür dieses irdischen Gottes bis hin zu der offenen Tür eines mächtigeren Gottes führte, der nicht von dieser Welt war.

Um Viertel vor sechs machten sich alle gemeinsam auf den Weg und begaben sich zunächst durch die Flure des Westflügels, um dann in den noch sonnendurchfluteten, sieben Hektar großen Garten zu treten, in dem sich mehr bewaffnete Männer aufhielten als bei der Evakuierungsaktion auf Xiachuan Dao.

Zu allen Seiten von Leibwachen des Präsidenten umgeben, spazierten sie über die Rasenfläche und dann über die Nebenstraße auf den Jackson Place im Westen des Lafayette Square. Von dort aus waren es dann nur noch ein paar Meter zur blassgelb gestrichenen, georgianischen Kirche mit ihren sechs hohen weißen Säulen und dem dreifachen Turm.

Das Portal zur menschenleeren Kirche stand weit offen, bereit den Präsidenten der Vereinigten Staaten von Amerika zu einem ganz privaten Besuch einzulassen. Als sie eintrafen, befahl Präsident Clarke allen anderen, draußen zu bleiben, während er zusammen mit Kathy die Kirche betrat und dann das Portal hinter sich schloss.

Im kühlen Halbdunkel der 190 Jahre alten Kirche, der »Kirche der Präsidenten«, fiel John Clarke zusammen mit Kathy O'Brien demütig vor der ersten Reihe des linken Seitenschiffs vor seinem Gott auf die Knie und drückte diesem lautlos seine unendliche Dankbarkeit für die sichere Rückkehr seines Sohnes Linus aus.

Sein Gebet sei, so sagte er in Gedanken, nicht nur ein Ausdruck seines Dankes, sondern vielmehr auch seine formelle Anerkennung, dass offensichtlich seine »kleine, leise Stimme« im Tumult der Sünden der Welt dennoch Gehör gefunden hatte. Er halte das für die Bestätigung seines Glaubens, eines Glaubens, der ihm schon vor langer Zeit durch seine baptistische Familie im fernen Oklahoma vermittelt worden war.

Zehn Minuten verweilte er kniend, drehte sich dann zu Kathy um und bat sie, ihn wieder zurück zum Weißen Haus zu begleiten.

Die beiden erhoben sich, und schritten über den dunkelroten Teppich im linken Seitenschiff zurück zum Ausgang. Als sie das Portal erreicht hatten, wandte sich John Clarke, bevor er den Flügel öffnete, noch einmal an seine Begleiterin. »Hier drinnen«, sagte er leise, »bin ich der Präsident von gar nichts, hab ich recht?«

»Richtig, Sir. Aber Sie können sicher sein, dass Sie hier immer willkommen sein werden, denn Gott empfängt weitaus weniger Dank, als er Hilfe angedeihen lässt. Es war der heilige Johannes selbst, der Worte unseres Herrn aufschrieb: ›Ich bin der Weg und die Wahrheit und das Leben.‹«

Ein Lächeln lag auf den Gesichtszügen des Obersten Befehlshabers, als er sich mit reinem Gewissen auf den Weg zurück ins Weiße Haus machte.


Montag 17. Juli, 0555
Am Strand von Xiachuan Dao


Als ranghöchster Offizier bei dieser Evakuierung hatte Captain Judd Crocker die Wahl getroffen, die Insel nicht mit der zweiten Welle zu verlassen, sondern auf das letzte Boot zu warten und zusammen mit Lt. Commander Hunter und Ray Schaeffer im kalten Schein des Morgengrauens überzusetzen. Schon jetzt streckte das Licht seine orangefarbenen Finger über dem Wasser aus, was darauf hindeutete, dass die Sonne sich anschickte, ihren Weg hinauf über den östlichen Horizont zu nehmen. Zwar konnten sie immer noch kaum erkennen, wie sich die fünf Schlauchboote quer über die Bucht bewegten, aber das entfernte Grollen ihrer Außenborder war schon früh zu vernehmen, als sich die Boote jetzt sehr schnell über das inzwischen glatte und ruhige Wasser näherten.

Kaum drei Minuten später zischten die Bootführer der SEALs auch schon mit ihren Schlauchbooten in die Bucht. Jede ihrer

Gesten wies unmissverständlich auf die gestiegene Dringlichkeit hin, unter der die Operation jetzt stand, während sie die Motoren abstellten und hochklappten. Die SEALs, die im flachen Wasser standen, griffen nach den Fangleinen und hielten die Schlauchboote fest. Es war nicht mehr nötig, die Boote in die Brandung herumzudrehen, da diese inzwischen nicht mehr stand. Der Ozean war derweil glatt wie ein Ententeich geworden.

Und da meldet sich auch schon der erste Bootsführer. *»Okay, Sir...«*, brüllte er, *»auf geht's... Alle Ausrüstungsgegenstände plus drei Mann ins zweite Boot... Je sieben Mann in alle anderen Boote... Wir müssen hier weg.«*

Das immer heller werdende Licht übte auf alle eine nervenaufreibende Wirkung aus. Inzwischen mussten die Chinesen, obwohl die SEALs jedes verfügbare Kommunikationsgerät zerstört hatten, wissen, dass ein verheerender Angriff auf ihr schwer bewachtes Gefängnis stattgefunden hatte. Während der Nacht hatte niemand ernsthaft mit einem Gegenangriff gerechnet, aber die Situation hatte sich gewandelt. Der Tarnmantel der Nacht war dahin. Jeder hier am Strand fühlte seine Verwundbarkeit in gleichem Maße steigen, wie die Intensität des Lichtes zunahm.

Das Letzte, was jetzt fehlte, war, dass die chinesische Marine ein paar Hubschrauber herüberschickte, die feststellen sollten, warum der Kontakt zum Gefängnis so vollständig abgerissen war. Es gab für niemanden den geringsten Zweifel, dass diese sofort das Feuer auf die fliehenden Amerikaner eröffnen würden.

*»Nun macht schon, Jungs – auf geht's! Los! Los!«*

Der Bootsführer des ersten Schlauchboots, der kampferprobte Petty Officer Zack Redmond, wurde von Minute zu Minute zappeliger, womit er keineswegs allein war. Olaf Davidson watete inzwischen auch schon im Wasser und schuftete mit, die schweren Maschinengewehre in die Boote zu laden. Buster Townsend und Rattlesnake Davies standen bis zur Brust im Wasser und hievten die Männer hinauf zu den Bordwänden der Schlauchboote und halfen ihnen hinüber.

Als Rick an der Reihe war, beugte er nur das linke Knie und ließ sich wie ein Reiter von den beiden SEALs anheben. Sicherlich wäre er der Welt größter und schwerster Jockey, aber er schwang sich über den Auftriebskörper wie Bill Shoemaker in seiner besten Zeit in Santa Anita aufs Pferd.

Es war genau eine Minute nach 0600, als das letzte Boot die wenigen Meter hinaus in tieferes Wasser geschoben wurde, wo der Außenborder abgesenkt werden konnte. Nachdem die Motoren wieder brüllend zum Leben erwacht waren, warfen die SEALs noch einmal einen Blick zurück zu der chinesischen Insel, auf der sie mit solch übermenschlichem Mut gekämpft hatten.

Der schwarze Rauch über dem Gefängnis hatte sich inzwischen verzogen. Alles sah wieder ganz friedlich aus, ein idyllischer Strand in den Tropen, in dem das Wasser mit jeder verstreichenden Minute eine tiefere Türkisfärbung annahm. Trotzdem gab es niemanden, der nicht aus tiefstem Herzen erleichtert war, endlich wieder von hier wegzukommen. Nur Judd Crocker machte einen trübseligen Eindruck, während er auf den Dschungel starrte. Er fragte sich, wo man die Leiche von Lt. Commander Rothstein verscharrt hatte, ob es wohl jemals jemanden geben würde, der die letzte Ruhestätte seines Kameraden kannte.

Die Schlauchboote rasten hinaus in die Bucht. Jetzt konnten die SEALs zum ersten Mal auch den Seeweg erkennen, der zwischen den beiden Inseln hindurchführte. Direkt gegenüber, an den Stränden von Shangchuan Doa, war die Küstenlinie langgezogen und flach und erst ein erhebliches Stück dahinter erhoben sich ein paar Berge von kaum nennenswerter Größe. Xiachuan Dao dagegen wirkte insgesamt wesentlich zerklüfteter. Nirgends war etwas vom Feind zu sehen. Hier draußen gab es an diesem wunderschönen Montagmorgen noch nicht einmal das geringste Anzeichen für die Anwesenheit einer Dschunke, geschweige denn für die Präsenz eines Kriegsschiffs. Die Bootsführer der Navy rissen die Drosselklappen der Außenborder bis zum Anschlag auf und zischten mit ihren Booten nur so über die ruhige See. Nach fünf Kilometer änderten sie den Kurs, um kurz darauf schnurstracks in süd-südwestlicher Richtung auf das wartende Atom-Unterseeboot *Greenville* zuzuhalten, mit dem auch die meisten der Anwesenden hier angekommen waren.

Montag, 17. Juli, 0620
An Bord des chinesischen Zerstörers *Xiangtan*
Position: 21.20 N, 112.20 E. Fahrt 30. Kurs 080

Oberst Lee hatte sein Schiff den ganzen Weg von Zhanjiang bis hierher mit äußerster Kraft laufen lassen und dabei die wesentlich kleinere Fregatte *Shantou* im Kielwasser zurückgelassen. Die Fregatte lief jetzt irgendwo in zehn Kilometer Entfernung achteraus.

Oberst Lee hatte in der Zwischenzeit zweimal Kontakt mit seinem direkten Vorgesetzten Admiral Zu Jicai, und dieser hatte ihm mitgeteilt, dass Admiral Zhang mitnichten seine Meinung geändert habe. Ganz im Gegenteil, er habe noch einmal ausdrücklich seinen Befehl unterstrichen, dass die *Xiangtan* bei der ersten sich bietenden Gelegenheit mit allen verfügbaren Waffen das Feuer auf die Amerikaner zu eröffnen habe. Je früher, desto besser, seien seine Worte gewesen.

Oberst Lee war etwas verwirrt. Das alles war so völlig untypisch. Nachdem er praktisch sein ganzes Leben in der Marine verbracht hatte, passierte es ihm jetzt zum ersten Mal, dass er den Befehl erhielt, rücksichtslos das Feuer zu eröffnen. So etwas hatte es noch nie zuvor gegeben. Nicht einmal im Rahmen der Auseinandersetzungen mit Taiwan oder Japan. Was sich jetzt hier abspielte, fiel gänzlich aus dem Rahmen. China war schließlich eine sehr alte Zivilisation und hatte schon vor Urzeiten gelernt, dass sich Zurückhaltung in den meisten Fällen auszahlte.

Hochexplosives Gefechtsmaterial auf einen derzeitigen Handelspartner zu schleudern, was zu einem allumfassenden Krieg führen konnte, würde eine unglaubliche Katastrophe für China im Gefolge haben. Das war einfach nicht mehr vernünftig, geschweige denn akzeptabel. Dadurch würde völlig grundlos der Stolz des chinesischen Volkes in Frage gestellt werden. Vielleicht mochte es stimmen, dass Chinesen betrogen, logen, stahlen, die Wahrheit verschleierten und sich hin und wieder auch einmal der einen oder anderen Unterlassungssünde bezichtigen lassen mussten – aber all das ohne ersichtlichen Grund? Nein, niemals.

Und jetzt war dieses großartige chinesische Kriegsschiff hier in Marsch gesetzt worden, und man hatte ihm einen Befehl erteilt, der darauf hinauslief, dass es sich auf direktem Weg in den

Rachen des Todes zu stürzen hatte. Mit donnernden Kanonen. Und das alles in Friedenszeiten. Kalten Blutes. Von einem Oberbefehlshaber, der sich, soweit Oberst Lee das beurteilen konnte, in einem Zustand völliger geistiger Umnachtung befand.

Er drehte sich zu seinem Ersten Offizier um und murmelte dabei zum wiederholten Male:»Ich versteh das nicht.«

Aber auch sein Erster verstand es nicht, hatte sich aber inzwischen, spätestens seit das letzte Telefonat mit dem Flottenhauptquartier stattgefunden hatte, in sein unabänderliches Schicksal gefügt. So war es nicht weiter verwunderlich, dass eine nicht zu überhörende Resignation in seiner Stimme lag, als er sagte:»Herr Oberst, wir befinden uns im Augenblick etwa fünfzehn Kilometer von der Grenze des vorgegebenen Suchgebiets entfernt. Sollen wir wirklich ohne Vorwarnung angreifen, wenn wir ein Unterseeboot sichten?«

»Genau das haben wir zu tun.«

»Wirklich keinerlei Warnungen? Nicht mal irgendeine Aufforderung, sofort aus den chinesischen Hoheitsgewässern zu verschwinden? Noch nicht einmal lediglich einen Schuss vor den Bug?«

»Nein, Shoudong Guan. Nichts dergleichen. Die Befehle lauten eindeutig, gezielt das Feuer zu eröffnen und jedwedes Boot zu versenken.«

»Oje«, sagte der Erste Offizier, »ich hoffe nur, dass wir das Boot dann nicht verfehlen, Herr Oberst. Sonst sind wir geliefert.«

»Das, mein lieber Shoudong Guan, wird auch dann passieren, wenn wir nicht danebenschießen.«

In diesem Augenblick kam Korvettenkapitän Anwei Bao, der Waffensystemoffizier, zurück auf die Brücke und bekam gerade noch das Ende der Unterhaltung mit.

»Ich habe alles wie befohlen in die Wege geleitet, Herr Oberst. Wir sind bereit, das Feuer sofort mit allem was wir haben, zu eröffnen … Äh, Herr Oberst, darf ich Sie etwas fragen …?«

»Tun Sie sich keinen Zwang an.«

»Hat irgendjemand eine Ahnung, warum das Ganze? Warum wir jetzt ganz offensichtlich einen umfassenden Konflikt mit den Vereinigten Staaten von Amerika vom Zaun brechen?«

»Tja, das hat sicherlich mit dem Unterseeboot zu tun, das vergangene Nacht in Guangzhou in die Luft geflogen ist. Ich nehme zwar an, dass nicht die Amerikaner dahinterstecken, sondern dass es unsere Herren Wissenschaftler verbockt haben, aber man kann ja nie wissen.«

»Und was suchen wir dann hier in den untiefen Gewässern um die beiden Inseln?«

»Tja, das ist mir ein Rätsel. Ich habe keine Ahnung.«

»Warum sind die im Oberkommando überhaupt der Meinung, dass wir ausgerechnet da unten im Süden von Xiachuan Dao ein amerikanisches Boot finden werden? Da ist doch wirklich nichts zu holen.«

»Darüber hat man mich nicht eingeweiht. Man hat mir nur gesagt, dass wir dort höchstwahrscheinlich ein Unterseeboot antreffen werden, das wir sofort zerstören sollen.«


Montag, 17. Juli, 0629
Südchinesisches Meer
Position: 21.31 N, 112.34 E


»Grün zwo-null, Sir. Unterseeboot an der Oberfläche.« Buster Townsend, der sich nach vorn gelehnt hatte und das Fernglas vor die Augen hielt, hatte die USS *Greenville* gesichtet. Sie stand einen Kilometer weiter südlich, als sie zunächst angenommen hatten. Noch einmal fünf Kilometer dahinter waren inzwischen auch noch zwei Fregatten aus dem Flugzeugträger-Gefechtsverband der *Ronald Reagan* eingetroffen.

Trotz dieses mächtigen Schutzes, der da aufgefahren war, lagen bei allen die Nerven blank. An Bord des taktischen Atom-Unterseeboots der Los-Angeles-Klasse konnte man es kaum mehr abwarten, endlich zu tauchen.

Die Bootsführer der SEALs hielten direkt auf die *Greenville* zu und brachten die Schlauchboote routiniert unmittelbar vor dem Turm längsseits, wo die Unterseeboot-Besatzung bereits Enternetze über die Bordwand gehängt hatte. Alle an Bord der letzten Schlauchboote waren voll ausgebildete SEALs, die wussten, wie man bei einem Unterseeboot unter allen nur denkbaren Umständen an Bord geht, bis hin zum Einstieg von unten, wenn sie mit den Knäufen ihrer Kampfmesser gegen den Druckkörper klopften, um durch die Druckschleusen eingelassen zu werden. Der

461

einzige Nicht-SEAL war Captain Judd Crocker, aber der war selbst Kommandant eines Unterseeboots. Der würde das schon hinbekommen.

Die Besatzung der *Greenville* schnappte sich das erste Schlauchboot, kaum dass der letzte Mann ausgestiegen war, hievte es an Deck, ließ die Luft aus den Auftriebskörpern entweichen und reichte es weiter unter Deck. Die schweren Ausrüstungsgegenstände einschließlich der Außenborder verschwanden kurz darauf ebenfalls wie von Zauberhand. Es vergingen kaum mehr als anderthalb Minuten, da waren die fünf Boote mit allem Drum und Dran verstaut. Als alles aufgeklart war, beschleunigte das Unterseeboot rasant und lief anschließend mit großer Fahrt, aber immer noch an der Oberfläche, in Richtung Süden ab.

Da hörte der Navigationsoffizier, der oben mit dem Kommandanten zusammen auf der Brücke stand, auch schon die Meldung: »*ESM an Brücke. Geräusche. X-Band. Militärisch. Peilung zwo-sechs-null. Nähert sich Gefahrengrenze.*«

Commander Tom Wheaton hob sein Fernglas an die Augen und suchte den dunkleren Horizont im Westen ab. Er konnte zwar noch nichts entdecken, doch aus den Angaben, die er erhalten hatte, wusste er, dass das von seinen Männern erfasste Radarsignal mit großer Wahrscheinlichkeit zu einem chinesischen Kriegsschiff gehörte, welches nicht mehr allzu lange brauchen würde, um über dem Radarhorizont zu erscheinen. Was nichts anderes hieße, als dass man ihn in flagranti erwischte, ein amerikanisches Unterseeboot, das aufgetaucht in chinesischen Hoheitsgewässern lief. Das war der Schlimmste aller seiner Albträume. Er konnte keine Gnade erwarten. Das Einzige, was er erwarten konnte, war, dass die Luft hier innerhalb der nächsten 20 Minuten mit heißem Blei gesättigt sein würde.

Nun hatte Commander Wheaton nicht die Ermächtigung, sich auf Kampfhandlungen einzulassen. Dummerweise hatte er aber auch bei weitem nicht genug Wasser unter dem Kiel, um mit seinem Unterseeboot wegzutauchen. Er hatte keine andere Wahl, als sich an der Oberfläche aus dem Staub zu machen. Das nächstliegende Seegebiet, wo er tauchen konnte, lag sechs Kilometer voraus. In 18 Minuten könnte er es schaffen, unter der Oberfläche zu verschwinden, wenn die beiden Fregatten den Chinesen irgendwie abblockten.

## An Bord des Zerstörers *Xiangtan*

»Radar an Brücke. Neuer Oberflächenkontakt. Peilspur zwo-drei-null-eins. Peilung null-acht-null. Entfernung fünfunddreißig-tausend Meter ... Zwei weitere Oberflächenkontakte. Nahe beieinander. Peilspuren zwo-drei-null-zwei und zwo-drei-null-drei. Peilung null-neun-null. Gleiche Entfernung. Daten an Feuer-leitzentrale übertragen.«

»Kommandant an Radar. Sehr gut. Geben Sie mir Kurse und Geschwindigkeiten, sobald sie Ihnen vorliegen. Navigator, plotten Sie deren Positionen. Ich möchte genau wissen, ob sich die Amerikaner außerhalb der Zwölfmeilenzone befinden oder nicht. *Alle Mann auf Gefechtsstation ... fertig machen zum Angriff auf Oberflächenziele.*

Kommandant an Ruderhaus. Neuer Kurs null-acht-drei.«

Die nächsten 17 Minuten vergingen in äußerst gespannter Atmosphäre. Dann schälten sich die Silhouetten der amerikanischen Schiffe gegen die Morgensonne aus dem Horizont. Das kleine schwarze Quadrat des Kommandoturms der *Greenville* erschien an Backbord und die wesentlich massigeren Rümpfe der beiden Fregatten an Steuerbord.

»Das Unterseeboot kann nicht tauchen«, wiederholte Oberst Lee, als spräche er zu sich selbst. »Nicht hier. Es hat kaum mehr als 30 Meter Wasser unter dem Kiel. Meine Befehle sind eindeutig. Verfolgen und dann versenken. Ich rufe trotzdem noch einmal im Flottenhauptquartier an ... vielleicht zum letzten Mal in meinem Leben.«

# KAPITEL ZWÖLF

Während seiner langen Laufbahn in der U.S. Navy, die bis zu seiner Zeit auf der Marineakademie von Annapolis zurückreichte, war Commander Tom Wheaton noch nie in einer auch nur annähernd vergleichbaren Situation gewesen wie der, in der er sich im Augenblick befand. Sein ganzes Leben schon ein Unterseebootfahrer, hatte er sich im Dienste seines Vaterlands schon in äußerst zweifelhaften Gewässern herumgetrieben, von denen einige heiß und andere kalt gewesen waren, aber noch nie zuvor hatte er einem heranrauschenden ausländischen Zerstörer ins Auge blicken zu müssen, der sein Schiff unmittelbar aufs Korn genommen hatte. Und das in Gewässern, die einfach viel zu flach waren, um darin zu tauchen, und kaum eine Gelegenheit boten, sich schnellstens und besonnen aus dem Staub zu machen. Wie um allem die Krone aufzusetzen, befand er sich auch noch in den Hoheitsgewässern einer ausländischen Macht, in denen er offiziell gar nichts zu suchen hatte. Die Mission der *Greenville* hatte im Grunde nur daraus bestehen sollen, für die amerikanischen Gefangenen, die zum Teil von den Chinesen gefoltert worden waren, eine sichere Überfahrt zum Flugzeugträger zu gewährleisten – von Kämpfen war nicht die Rede gewesen.

Für Commander Wheaton waren sämtliche Voraussetzungen für den Ausbruch eines kleinen Krieges gegeben. Er nahm auf der verschlüsselten Frequenz mit dem Captain der *Kaufman*, einer 4000-Tonnen-Lenkwaffenfregatte der Oliver-Hazard-Perry-Klasse aus dem Flugzeugträger-Gefechtsverband der *Ronald Reagan* Kontakt auf.

Auch dieser war ernstlich besorgt über den heranstürmenden chinesischen Zerstörer und sah das Dilemma, in dem sich die *Greenville* befand, weil sie in dem kaum mehr als 30 Meter tiefen Wasser nicht tauchen konnte. Aber das vordringlichste aller Ziele

464

bestand jetzt für den Kommandanten der *Kaufman* darin, dass ihm das Unterseeboot wie von allen Hunden gehetzt aus dem Weg ging, um freie Bahn zu machen.

Commander Wheatons sehnlichster Wunsch war, endlich unter die Wasseroberfläche zu verschwinden, während ihm die Fregatten den »Arsch frei hielten«. Er war sich unschlüssig, wie zuverlässig das ihm vorliegende Kartenmaterial war, und normalerweise betrachtete er die Aussicht, 7000 Tonnen amerikanischen Stahls vierkant in eine unbekannte Sandbank zu rammen, eher mit Zurückhaltung. Er brauchte sich gar nicht erst anzustrengen, um die einfache Gleichung, die hier anzuwenden war, vor seinem geistigen Auge entstehen zu lassen: »Masse multipliziert mit dem Quadrat der Geschwindigkeit ergibt eine ungeheure Aufprallwucht. 7000 Tonnen mal zehn Knoten Fahrt, da reißt es uns in Stücke.« Aber jetzt war nicht die Zeit für derartige Erwägungen.

Commander Wheaton traf also die Entscheidung zu verschwinden, wenn mit niedriger Fahrtstufe. Jedes Mal, wenn er den Blick in Richtung Westen schweifen ließ, war der chinesische Zerstörer wieder ein gutes Stück näher gerückt.

Aber der Kommandant der USS *Greenville* war nicht der Einzige, dem die Hosen flatterten. Auf der Brücke der *Xiangtan* sprach Oberst Lee auf der direkten Leitung mit Admiral Zu Jicai. Der kommandierende Admiral der Südflotte war zumindest ausreichend besorgt über das, was er zu hören bekam, um »für den Augenblick ein vorsichtiges Vorgehen« zu befehlen.

Dann machte er sich sofort auf den Weg zu Admiral Zhang. Selbst auf die Gefahr hin, den immer noch überaus mächtigen Oberbefehlshaber weiter zu verwirren, meldete er ganz sachlich: »Die *Xiangtan* befindet sich jetzt fünfzehn Kilometer westlich eines aufgetaucht laufenden amerikanischen Atom-Unterseeboots. In dessen unmittelbarer Nähe stehen zwei amerikanische Fregatten. Gilt weiterhin der Befehl, das Feuer zu eröffnen?«

»Ja, und zwar sofort«, antwortete Admiral Zhang, ohne den Blick auch nur eine Sekunde von den Papieren zu heben, die er gerade las.

Admiral Zu blickte sich hilflos um und sagte nur: »Herr Admiral, Sie sind nicht nur mein unmittelbarer Vorgesetzter, sondern uns verbindet eine lebenslange Freundschaft. Ich flehe Sie an, noch einmal alles zu überdenken, bevor ich diesen Befehl ausführen lasse.«

»Es bleibt, wie ich gesagt habe, keine Widerrede, Zu Jicai. Befehlen Sie Oberst Lee, das amerikanische Unterseeboot zu versenken, und zwar genau dort, wo es sich unerlaubterweise in chinesischen Hoheitsgewässern befindet. *Sofort!*«

Dem Kommandeur der chinesischen Südflotte blieb nichts anderes übrig, als sich bedächtigen Schritts auf den Weg zurück in sein Dienstzimmer zu machen und erneut den Telefonhörer abzuheben.

»Oberst Lee. Meine Befehle vom Oberbefehlshaber lauten, das amerikanische Unterseeboot sofort zu versenken.«

Der Kommandant der *Xiangtan* bestätigte in breitestem kantonesischem Dialekt:»Verstanden, Herr Admiral. Aber ich warne Sie. Es steht ein kompletter Flugzeugträger-Gefechtsverband der Amerikaner in unmittelbarer Nähe. Gerade in diesem Augenblick haben wir zwei seiner Lenkwaffenfregatten direkt vor Augen. Das bedeutet für uns den blanken Selbstmord.«

»Dann haben Sie möglicherweise gerade den Befehl erhalten, für Ihr Vaterland zu sterben ... Machen Sie keinen Fehler, Oberst Lee – Sie sind hiermit ermächtigt, jede sich als notwendig erweisende Maßnahme zu ergreifen, um das amerikanische Unterseeboot auf den Grund des Südchinesischen Meeres zu schicken. Dafür erwartet Sie und Ihre Besatzung die höchste Anerkennung des Vaterlands.«

Nachdem das Gespräch beendet war, trat Oberst Lee wieder zu seinem hohen Sessel im Lageraum, setzte sich hinein und befahl den Geschützführern der in Russland gebauten 157-mm-Geschütze Peilspur 2301 aufzufassen und Feuerbereitschaft zu melden.

»Feuer eröffnen nach eigenem Ermessen«, sagte er dann und fügte hinzu:»Mögen uns die Götter gnädig ein.« Sekunden später sollte die erste Salve in Richtung *Greenville* davonheulen.

Die Uhren standen auf 0641, als das mächtigste Geschütz des chinesischen Zerstörers den Beschuss aufnahm. Die erste Granate verließ das Rohr.

»Weit, vierhundert zurück. *Feuer!*«

»Eingegabelt. Zweihundert rauf. *Feuer!*«

Die *Greenville* hatte gerade mit dem Tauchmanöver begonnen.

Das obere Turmluk war erst halb geschlossen, als die dritte Granate mit ohrenbetäubendem Knall direkt in den Turm einschlug.

Die *Greenville* erzitterte und im gleichen Augenblick jaulten mit dem typischen Geräusch, wie es von Gefechtsmaterial der Marine hervorgerufen wird, sieben weitere Granaten über das Deck des Unterseeboots hinweg. Die Amerikaner hatten schieres Glück, nur einen einzigen Treffer abbekommen zu haben, denn drei der Granaten gingen nur um Haaresbreite daneben.

Von diesen Beinahtreffern hatte Commander Wheaton natürlich nichts mitbekommen, doch er wusste genau, dass etwas enorm Großes und Hochexplosives vor wenigen Sekunden unmittelbar über ihm ins Schiff eingeschlagen war. *»Jesus!«* dachte er. *»Das war eine gottverdammte Granate. Die Bastarde haben uns unter Feuer genommen. Jetzt bete ich nur zu Gott, dass der Druckkörper selbst nichts abbekommen hat.«*

»Captain an Ruder«, sagte er dann und wirkte nach außen hin völlig ruhig. *»Fortfahren mit Tauchmanöver.«*

»Oberes Turmluk geschlossen und verriegelt, Sir …«

»Vom Inneren des Turms dringt aber 'ne Menge Lärm hier herunter.«

»War das nun ein Knall oder waren es zwei?«

»Ich denke, nur einer … Soll ich mal das Sehrohr ausfahren?«

»Einverstanden …«

»Verdammt. Es bewegt sich nicht, Sir.«

»Wie sieht's denn mit dem Funkmast aus?«

»Rührt sich auch nicht. Keinen Millimeter.«

»Oberes Luk ist in Ordnung, Sir … Wir haben bislang kein Wasser überkommen.«

*»In Ordnung. Unteres Luk schließen. Umdrehungen für zehn Knoten. Kurs eins-acht-null …«*

*»Echolot weist neun Meter Wasser unter dem Kiel aus …«*

Commander Wheaton drehte sich zu seinem Ersten Offizier um. »Nicht gerade toll, das Ganze. Wir sind fast blind. Das Einzige, was wir noch haben, ist jetzt das Sonar im Bug, aber oben aus dem Inneren des Turms kommt ein höllischer Rabatz, von dem ich nicht glaube, dass er etwas Gutes verheißt. Tatsache ist also, dass wir nichts sehen können, und mit dem Hören ist es auch nicht weit her.«

Inzwischen war auch Judd Crocker in der Zentrale eingetroffen, womit er die etwas merkwürdige Situation herbeigeführt hatte, rangmäßig höher als der eigentliche Kommandant des Boots zu sein. Deshalb musste er sich jedes Wort, das er jetzt sprach, genau überlegen und jede Bemerkung äußerst höflich formulieren. Wenn er jetzt als der derzeit ranghöchste Offizier der U.S. Navy an Bord dieses Boots tatsächlich einen Befehl erteilen sollte, würde dies automatisch unzählige Gesetze des Silent Service in Kraft treten lassen. Letzten Endes würde es darauf hinauslaufen, dass er selbst de facto das Kommando übernommen und Tom Wheaton seines Kommandos entbunden hätte.

Judd kannte den Kommandanten persönlich, was die ganze Situation zumindest etwas einfacher machte. »Na ja, Tom, wenigstens atmen wir noch«, sagte er ganz beiläufig.

»Stimmt, Sir, wenigstens das.«

»Die Granate hat sämtliche Masten in Schrott verwandelt?«

»Sieht so aus. Solange wir getaucht fahren, sind wir blind. Die Funkantennen können wir auch vergessen – aber Gott sei Dank machen wir kein Wasser. Der Reaktor arbeitet einwandfrei und der Antrieb ist auch okay ...«

»Wenn wir einen Rundblick nehmen wollen, bleibt uns also nichts anderes übrig, als wieder komplett aufzutauchen?«

»Ja, Sir. Leider.«

»Also lassen wir es lieber bleiben, Tom, falls der beschissene Zerstörer uns noch eins auf den Arsch geben will.«

»Das sollten wir auf jeden Fall vermeiden.«

»Aber wenn es hart auf hart geht, werden wir den Bastard einfach versenken«, sagte Judd, dessen Umgang mit den sorglosen Kriegern vom SPECWARCOM sich offensichtlich schon auf die eigene Psyche auswirkte.

Commander Wheaton lächelte grimmig. »Nun, Sir«, sagte er, »man hat auf uns geschossen. Es wäre lediglich Selbstverteidigung gewesen, sollte uns mal jemand danach fragen.«

»Genau. Übrigens, irgendetwas ist verdammt merkwürdig an der ganzen Sache. Eigentlich hätten die beiden Fregatten doch völlig ausreichen müssen, um die Kulis abzuschrecken. Aber die haben sich einfach nicht abschrecken lassen, sondern uns mir nichts, dir nichts eine Granate in den Turm gejagt und sich dabei einen feuchten Dreck um unsere Fregatten gekümmert. Hm«, machte Captain Crocker dann nachdenklich. »Wenn wir hier auch nur den Kopf aus dem Wasser stecken, wird ihn uns dieser Bastard im gleichen Moment auch schon abschießen.«

»Sieht ganz so aus, Sir. Aber wir könnten andererseits auch nicht das Feuer auf ihn eröffnen. Wir befinden uns nach wie vor in chinesischen Hoheitsgewässern. Die haben jedes Recht, uns hier raus haben zu wollen. Außerdem wissen Sie ja, dass es immer eine verfluchte Kiste ist, Torpedos in derart flachen Gewässern zu lösen. Die verdammten Dinger sacken weg, sobald sie aus den Rohren sind, und schlagen auf dem Grund auf. Wir müssen auf jeden Fall zurück zum Flugzeugträger. Weil unser Bugsonar so gut wie nutzlos ist, brauchen wir einen Blindenhund. Dafür kommt eigentlich nur die *Kaufman* in Frage.«

Commander Wheaton trat hinüber zum Unterwassertelefon und nahm den Hörer ab.

»*Kaufman*, hier spricht die *Greenville*. Ausführung Plan Quebec fünf. Erbitte Bestätigung. Over.«

Einigermaßen überraschend, antwortete die *Kaufman* sofort, schwach zwar, aber fast ohne Verzerrung kam die Antwort: »*Greenville*, hier spricht die *Kaufman*. Roger. Bestätige Ausführung Plan Quebec fünf. Ende.«

Commander Wheaton legte den Hörer wieder auf. »Wunderbar. Die Sache läuft.«

»Hä?« machte Judd. »Was denn, wenn ich mal ganz dumm fragen darf?«

»Es geht um einen Plan, der noch in der Entwicklung ist, nicht für den allgemeinen Gebrauch freigegeben, aber zufälligerweise haben Carl Sharpe und ich die Nummer vor ein paar Wochen einmal ausprobiert. Es geht darum, ein taktisches Unterseeboot unter großem zeitlichem Druck irgendwo aus Schwierigkeiten herauszuholen, ohne dabei die Funkeinrichtungen zu benutzen.«

»Aha, ich verstehe … ähem … Wie soll das denn ablaufen?«

»Ganz simpel. Die *Kaufman* schaltet einfach ihr Aktivsonar in einer bestimmten Einstellung auf höchste Leistung, damit wir wissen, dass es eben die *Kaufman* ist – das ist Einstellung fünf –, und wir brauchen nur noch darauf einzudrehen und diesem Peilstrahl zu folgen. Auf diese Weise benutzen wir sie quasi als Unterwasserleuchtturm. Dann verkriechen wir uns unter ihrem Kiel und bleiben da. Von dort aus können wir dann durch die Fregatte auf die kompletten Kommunikationseinrichtungen zurückgreifen und verschaffen uns so unseren Blindenhund. Das Beste daran ist, dass der Blindenhund unsere Signatur überlagert.«

Zehn Minuten später hatte Tom Wheaton die *Greenville* unter die *Kaufman* gebracht. Beide Schiffe liefen anschließend mit zwölf Knoten Fahrt. Die beiden Kommandanten konnten sich währenddessen problemlos über das Unterwassertelefon unterhalten. Der neue Plan hatte funktioniert, wenngleich sich Commander Sharpe immer noch Sorgen über die Nähe des chinesischen Zerstörers machte. »Er hat bis auf eine Seemeile herangeschlossen und seitdem den Abstand beibehalten. Wie es aussieht, zeigt er keinerlei Interesse an den Fregatten… Der wartet wahrscheinlich, dass Sie wieder auf der Bildfläche erscheinen.«

»Na, dann wollen wir ihn doch mal warten lassen, bis er schwarz wird, was, Carl?«

»Und ob. Auf jeden Fall scheint die Sache zu funktionieren.«

Und so machten sie sich zusammen mit der *Reuben James*, die drei Kilometer vor der *Kaufman* lief, auf den Weg. Einen Kilometer dahinter folgte ihnen die *Xiangtan*. In dieser Reihenfolge gingen sie gemeinsam auf den Kurs zurück zum Flugzeugträger.

Die *Kaufman* hielt ihre Position unmittelbar über der *Greenville* mit deren Passagieren aus den Reihen der SEALs. Die Entfernung zur *Ronald Reagan* betrug derzeit etwa 300 Kilometer, aber Admiral Barry zog den 100 000-Tonner schon weiter in Richtung Osten zurück.

Sollte die *Xiangtan* tatsächlich den Befehl haben, weiterhin auf die Amerikaner zu feuern, musste der Träger aus der Gefahrenzone gehalten werden. Man sollte niemals den »Knackpunkt der Mission«, wie es in diesem Gewerbe hieß, aufs Spiel setzen, besonders dann nicht, wenn es sich um so etwas wie den Stützpunkt einer eigenen kleinen Air Force von 84 Kampfbombern und über drei Milliarden Liter Treibstoff handelt. Bei einem Flugzeugträger galten nun einmal besondere Spielregeln. Er repräsentierte so etwas wie das Nervensystem der amerikanischen Seemacht. Sollte es zu einem wirklichen Krieg kommen, in dem scharf geschossen wurde, würde die *Ronald Reagan* ihn gewinnen, weil sie ohne große Mühe alles Notwendige dafür bereitstellen konnte. Den »Knackpunkt der Mission« aber schon im Anfangsstadium zu verlieren, würde von der U.S. Navy als unverzeihliche Nachlässigkeit eingestuft werden. Aus diesem Grund zog sich die *Ronald Reagan* im Augenblick also zurück.

Diese Entscheidung erwies sich durchaus als angebracht. Der Kommandant auf der *Kaufman* konnte auf dem Radarbildschirm deutlich den chinesischen Zerstörer erkennen, aber weitere 15 Kilometer hinter diesem kam inzwischen ein weiterer Kontakt auf, der exakt denselben Kurs hielt. Höchstwahrscheinlich handelte es sich hier um ein zweites chinesisches Kriegsschiff, das zur Unterstützung des Einsatzes – welcher das auch immer war – vorgesehen war.

Im Inneren des Kommunikationszentrums der *Xiangtan* vollzog sich derweil ein außergewöhnlicher Wandel. Oberst Lee war ein viel zu erfahrender Zerstörerkommandant, als dass er sich der Illusion hingegeben hätte, die *Greenville* versenkt zu haben. Er hatte zwar die Aufschläge der Granaten beobachtet, aber soweit er es beurteilen konnte, hatte nur eine davon lediglich einen Treffer am Turm erzielt. Dass eines der anderen Projektile den Druckköper getroffen hatte, hielt er für unwahrscheinlich. Nichts Dergleichen hatte er beobachten können. Er wusste dagegen, dass sich die *Greenville* gerade mitten im Tauchmanöver befand, als er seinen Geschützen den Befehl zur Feuereröffnung erteilt hatte.

Seiner Meinung nach war das amerikanische Unterseeboot nach wie vor quicklebendig. Zweimal hatten sie einen Unterwasser-Sprechfunkverkehr registriert – ein sicheres Anzeichen für die Anwesenheit eines Unterseeboots. Da die *Kaufman* ihre »Rabatz-Bojen« hinter sich herschleppte, die sämtliche Akustiksignale überdeckten, war es völlig unmöglich geworden, eine Ortung der *Greenville* mit dem Passivsonar zustande zu bringen. Auch die Chancen, mit dem Aktivsonar durch das schäumende Kielwasser zu dringen, waren mehr als dürftig.

Oberst Lee befürchtete, dass das Unterseeboot hinaus in den offenen Ozean ablief und dort tagelang unter Wasser blieb. Er hoffte nur, dass das Boot irgendwann durch den erlittenen Schaden wieder an die Oberfläche gezwungen würde. Wegen der *Kaufman* konnte er keinesfalls nahe genug heranschließen, um es mit Wasserbomben zu belegen. Die *Kaufman* befand sich inzwischen außerhalb chinesischer Hoheitsgewässer, wo Oberst Lee das Gesetz nicht länger auf seiner Seite hatte.

Er stellte wieder eine Verbindung zum Hauptquartier der Südflotte her und berichtete Admiral Zu Jicai über die neue Entwicklung. Er betonte, dass er von einer weiteren Verfolgung abrate, da es nicht mehr in seiner Macht liege, unter den gegebenen Umständen irgendwelche Maßnahmen gegen die *Greenville* zu ergreifen – solange diese nicht wieder auftauche.

Admiral Zu bat ihn, in der Leitung zu bleiben, während er noch einmal mit dem Oberbefehlshaber sprechen wolle. Die nächste Stimme, die Oberst Lee dann über die Leitung kommen hörte, war nicht die ruhige, gemessene Stimme seines unmittelbaren Vorgesetzten. Es war das wutgeifernde Organ des Oberbefehlshabers selbst. Laut, zornig und ganz offensichtlich das eines Mannes, der völlig die Kontrolle über sich verloren hatte.

*»Sagen Sie mal, sind Sie verrückt geworden, Lee?«* kreischte Admiral Zhang. *»Sie müssen einfach verrückt geworden sein. Eine andere Erklärung für Ihr Verhalten kann es nicht geben. Meine Befehle waren eindeutig: Versenken Sie das amerikanische Unterseeboot! Ich habe nicht befohlen, dass Sie es nur kratzen sollen. Versenken habe ich gesagt! Sie haben zur Bewältigung dieser Aufgabe immerhin den stärksten Zerstörer unserer ganzen Marine zur Verfügung. Ich kann nur wiederholen, Lee – sind Sie verrückt geworden?«*

Oberst Lee blieb ruhig. »Herr Admiral, ich bin keineswegs der Ansicht, nicht mehr im Vollbesitz meiner geistigen Fähigkeiten zu sein. Das Unterseeboot befand sich bereits beim Tauchmanöver, als wir es zum ersten Mal gesichtet haben. Das einzige Ziel, das wir noch hatten, war sein Kommandoturm, den wir auch mit einer 157-mm-Granate getroffen haben. Außerdem wird das Boot jetzt von zwei Lenkwaffenfregatten eskortiert.«

*»Ist mir völlig egal, und wenn es von der gesamten amerikanischen Marine eskortiert würde«*, schäumte der Oberbefehlshaber. *»Ich habe befohlen, es zu versenken, aber Sie haben meine Befehle nicht ausgeführt. War das jetzt endlich auch für Sie deutlich genug formuliert?«*

»Jawohl, Herr Admiral.«

*»Dann erklären Sie mir doch mal, warum sie dann nicht ausgeführt wurden.«*

»Weil es ganz einfach nicht möglich war, Herr Admiral. Wir haben das Boot nur weniger als eine Minute zu sehen bekommen und standen zu diesem Zeitpunkt auch noch gute zwölf Kilometer vom Ziel entfernt.«

»*Und wo befindet sich das Unterseeboot jetzt?*« kreischte Admiral Zhang.

»Unter Wasser, Herr Admiral. Folgt einer der Fregatten. Ich vermute, dass sich alle auf dem Weg zurück zu einem Flugzeugträger befinden.«

»*Sie haben hier nichts zu vermuten!*« röhrte Admiral Zhang. »*Absolut nichts! Haben Sie mich verstanden?*«

»Jawohl, Herr Admiral.«

Auf einmal sprach der Oberbefehlshaber in gemessenerem Ton. »Oberst Lee. Sie sind einer der höchsten Kommandanten auf den Überwassereinheiten der chinesischen Marine. Ihre Personalakte ist makellos und Ihre Laufbahn beispielhaft. Allein deshalb bin ich bereit, über diese Insubordination hinwegzusehen. Diese Befehle bleiben aber nach wie vor in Kraft.

Oberst Lee, Sie werden auch weiterhin das amerikanische Unterseeboot verfolgen. Sobald es an die Oberfläche kommt – und irgendwann muss es das –, werden Sie das Feuer eröffnen und es wegen seines unerlaubten Eindringens in chinesische Hoheitsgewässer auf den Grund des Meeres schicken. *Ist das klar?*«

»Jawohl, Herr Admiral.«

»Oberst Lee. Und wenn Sie dieses Unterseeboot bis ans Ende der Welt verfolgen müssen: *Sie werden es versenken!*«

»Jawohl, Herr Admiral.«

»Und noch etwas, Oberst Lee. Sollten sie von den amerikanischen Fregatten angegriffen werden, weil die ihr Unterseeboot schützen wollen, so werden Sie auch auf die das Feuer eröffnen. Sie sind denen doch waffentechnisch weit überlegen. Sie verfügen über ganz ausgezeichnete Lenkwaffen und Torpedos. Nur für den Fall, dass Sie das noch nicht bemerkt haben: Das ist zufällig genau die Aufgabe, für die Ihr Zerstörer gebaut wurde.«

»Jawohl, Herr Admiral.«

»Bis ans Ende der Welt, Oberst Lee … Wegtreten.«

Also schwenkte die *Xiangtan* drei Kilometer hinter der *Kaufman* in deren Kielwasser ein und passte sich der allgemeinen Marschgeschwindigkeit von zwölf Knoten an. Dort würde sie bleiben, bis sie eine Chance sah, die Befehle des Oberbefehlshabers der chinesischen Marine auszuführen. Befehle, die sich zu einem lupenreinen Selbstmord auswachsen konnten. Befehle, die von

Captain Queeg von der USS *Caine* hätten kommen können. Irgendwelche Zweifel an deren Gültigkeit gab es für Oberst Lee allerdings keine mehr.

In der Zwischenzeit befand sich Admiral Zhang in Zhanjiang im fortgeschrittenen Stadium der Auflösung. Es waren die ersten Berichte aus Xiachuan Dao eingegangen, die seine schlimmsten Befürchtungen bestätigten.

Das Gefängnis war massiv angegriffen worden. Alle Hubschrauber waren nur noch Schrott. Das Patrouillenboot war nur noch ein Wrack und lag jetzt im flachen Wasser vor dem Anleger auf Grund. Der Kommunikationsraum war völlig zerstört, das Wachlokal dem Erdboden gleichgemacht. Das Tor zum Gefängnis war aufgesprengt worden. Die Unterkünfte hatten kein Dach mehr, doch hatte es darin unter den Zivilisten etliche Überlebende gegeben, die jedoch unter dem Einfluss eines Betäubungsgases waren. Die gesamte chinesische Wachmannschaft war praktisch ausgelöscht worden, sechsen davon hatte man die Kehlen durchgeschnitten. Und, was eigentlich nicht anders zu erwarten gewesen war – von den amerikanischen Gefangenen gab es keine Spur mehr.

Die Gruppe von Untersuchungsoffizieren der Marine, die sich inzwischen seit einer Stunde auf Xiachuan Dao aufhielt, war über die nackte Brutalität dieses Angriffs geradezu schockiert. Admiral Zhang hatte seinen Ohren nicht trauen wollen, als Admiral Zu Jicai ihm den ersten Bericht vorlas, der von der Insel eingegangen war.

»Aber wie viele, Zu Jicai?« sagte der Oberbefehlshaber wieder und immer wieder. »Wie viele waren denn da? Was für eine Truppe muss das gewesen sein, die eine komplett bewaffnete Garnison auslöschen und mehr als hundert Gefangene befreien kann? Wo sind die überhaupt hergekommen? Wie sind sie da hingekommen? Warum haben wir davon nichts gemerkt?«

In seiner langen Laufbahn in der chinesischen Marine hatte sich Zhang noch nie mit einem derartigen Wust an unbeantworteten Fragen konfrontiert gesehen. Er hatte fast das Gefühl, als wäre seine Marine von einer Phantomtruppe angegriffen worden.

»Da müssen doch wenigsten zweihundert von denen vor Ort gewesen sein, Zu Jicai. Oder nicht?«

»Das glaube ich nicht, Zhang Yushu. Dann wären es dreihundert Mann gewesen, die von dort hätten fliehen müssen. So etwas schafft niemand, ohne ein gewaltig großes Boot. Und ein solches hätten wir bestimmt erfasst.«

»Mag sein, aber wie dann?«

»Da ein Schiff ausscheidet, das bis zur Anlegestelle laufen konnte und es auch keine amerikanischen Hubschrauber gewesen sein können, würde ich sagen, in kleinen Booten oder Landungsfahrzeugen, mit denen sie bis hinein in die Untiefen gefahren sind.«

»Aber warum haben wir sie dann nicht entdeckt? Weder auf dem Radar noch mit den Aufklärungssatelliten?«

»Weil sie den langen Weg zur Küste in Unterseebooten zurückgelegt haben, Zhang Yushu. Dann sind sie mit kleinen Booten aus ihrer Deckung hervorgebrochen und mit Höchstfahrt die restlichen paar Kilometer auf die Insel zugelaufen. Da können die uns leicht entwischt sein.«

»Bleibt die Frage, wie viele es waren? Was für Männer können das gewesen sein, die so was hinkriegen? Waren es vielleicht leibhaftige Teufel?«

»Das waren bestimmt Soldaten von Sondereinheiten wie den Special Forces. Die sind wahrscheinlich sogar noch schlimmer als irgendwelche Teufel.«

»Wie kommen Sie darauf?«

»Genau durch diesen ersten Bericht. Der Angriff trägt jedes ihrer Markenzeichen. Die totale Zerstörung von allem, was auch nur die geringste Bedrohung darstellen könnte, Hubschrauber, das Patrouillenboot und das Kommunikationszentrum, alles, von wo aus man Funksprüche ans Hauptquartier hätte senden können. Und dann natürlich die Wachen, speziell diejenigen, die oben auf den Türmen standen und die draußen und drinnen an den Umfassungsmauern patrouillierten. Die typische Vorgehensweise von Special Forces.«

»Ihre Ansicht in allen Ehren, Zu Jicai, ja, Sie haben wahrscheinlich Recht. Aber wie sollen die Amerikaner herausgefunden haben, dass sich ihre Besatzung auf genau dieser Insel befand?«

»Das kann ich auch nicht beantworten. Wir hätten sie in den unendlichen Weiten unseres Vaterlands schließlich überall versteckt haben können. Aber wir wissen ja zur Genüge, wie clever die Amerikaner sein können. Sie tragen ein breites Lächeln im

Gesicht und zeigen dabei die Zähne eines Tigers. Wenn man sie zu sehr reizt, werden sie skrupellos.«

»Und nur weil wir ein Unterseeboot gekapert haben, zeigen sie dermaßen die Zähne?«

»Zhang Yushu, ich bin mir nach wie vor keineswegs sicher, ob nicht auch sie es waren, die in Guangzhou die *Seawolf* in die Luft gejagt haben. Wahrscheinlich doch. Wahrscheinlich waren sie so verärgert, dass sie nicht nur ihre Besatzung zurückgeholt, sondern auch noch verhindert haben, dass wir zu viel Zeit auf ihrem wertvollen Unterseeboot verbringen.«

»O Zu Jicai, die Ereignisse der letzten zwölf Stunden verheißen nichts Gutes. Man wird mich auffordern zurückzutreten und anschließend wegen grober Unfähigkeit vors Kriegsgericht stellen.«

»Das, mein lieber Zhang Yushu, ist nun einmal die Kehrseite der Medaille, wenn man ein so hohes Kommando bekleidet. Ja, das kann Ihnen blühen. Aber Sie verfügen immerhin über einflussreiche Freunde in hohen Ämtern, die nicht bereit sein werden, Sie ins offene Messer laufen zu lassen, zumal das meiste einfach nicht vorhersehbar gewesen ist. Es gibt wohl kaum jemanden, der nicht wüsste, dass wir jede nur erdenkliche Vorsicht und Sorgfalt haben obwalten lassen, damit die Operation zur Kopierung des Unterseeboots unter äußerster Geheimhaltung durchgezogen werden kann. Ich glaube kaum, dass jemand vor diesem Hintergrund zulassen wird, dass Sie deswegen in Ungnade fallen.

Es waren allein die Amerikaner, die alles zu verantworten haben. Niemand hätte ahnen können, dass sie derart heftig reagieren würden. Bomben, Chaos, Mord, Zerstörung… so etwas sieht ihnen eigentlich gar nicht ähnlich. Vielleicht steckt ja doch irgendetwas anderes dahinter.

Nein, ich glaube wirklich nicht, dass man Ihnen die Schuld an allem geben wird. Wir sollten die Regierung aber unverzüglich über den augenblicklichen Stand der Dinge in Kenntnis setzen. Ich fürchte, dazu bedarf es jetzt Fingerspitzengefühl.«

»Wer, meinen Sie, weiß denn inzwischen schon alles Bescheid?«

»Die beiden Katastrophen, nämlich das Unterseeboot und das Gefängnis, dürften längst kein großes Geheimnis mehr sein. Wir sollten auf jeden Fall den Admiralstabschef in Peking, Admiral Sang Ye, informieren. Am besten auch noch den Oberbefehlshaber der Volksbefreiungsarmee, Qiao Jiyung. In beiden Fällen kann ich das übernehmen. Immerhin haben sich die Katastrophen in meinem Kommandobereich ereignet. Ich würde es allerdings für klüger halten, wenn Sie sich persönlich mit dem Politkommissar in Verbindung setzen, der dann formell beim Generalsekretär der Kommunistischen Partei vorsprechen kann.«

»Der außerdem auch noch Vorsitzender der Zentralen Militärkommission ist. Vielleicht sollte ich mit dem sogar zu allererst sprechen?«

»Das halte ich nicht für klug. Der Politkommissar würde es Ihnen wahrscheinlich ziemlich übel nehmen, übergangen worden zu sein. Außerdem wird er sicherlich dankbar für einige wohlüberlegte politische Aspekte sein, die er von uns geliefert bekommt. Im Augenblick, Zhang Yushu, brauchen Sie jeden Freund, den Sie bekommen können.«

»Kann es vielleicht sein, Zu Jicai, dass es immer schon meine größte Schwäche war, einfach nicht über Ihre Besonnenheit zu verfügen?«

»Zhang Yushu, Sie haben einen schwerwiegenden Schritt getan mit der Entscheidung, einer sehr ernst zu nehmenden Auseinandersetzung mit den Vereinigten Staaten freien Lauf zu lassen. Ich weiß, dass das mit den besten Absichten geschehen ist. Und ich denke, dass jeder andere hier der gleichen Meinung sein wird. Wir alle haben die Wichtigkeit erkannt, die einer großen Unterseebootflotte innewohnt. Aber ein Abenteuer wie der Diebstahl eines amerikanischen taktischen Atom-Unterseeboots einschließlich seiner kompletten Besatzung birgt immer seine Risiken.

Sie haben sich auf dieses Abenteuer eingelassen, zum Wohle unseres Landes und zu dem ausschließlichen Zweck, uns mit Waffen zu versehen, mit denen man sich auf die bestmögliche Weise gegen seine Feinde zur Wehr setzen kann. Aber wir haben auch eine Pflicht. Wir dürfen uns keinen Gegner aussuchen, bei dem von vornherein die Chancen gegen uns stehen. Aber in diesem Fall würde sich jeder Ihrer Berater und Ihrer wenigen Vorgesetzten mit unserer Vorgehensweise einverstanden erklärt haben. Was ja auch größtenteils geschehen ist.

Kurz: Niemand konnte eine derartig heftige Reaktion der Amerikaner vorhersagen. Und ich versteh sie im Grunde immer noch nicht.«

»Auch ihre diplomatischen Noten waren unverdächtig, Zu Jicai. Es hat nicht den geringsten Hinweis darauf gegeben, dass sich die Amerikaner irgendwelche Sorgen machen. Dennoch müssen sie schon die ganze Zeit über diesen rücksichtslosen Vergeltungsakt geplant haben. Das konnte ich nun wirklich nicht wissen.«

»Nein, Zhang Yushu. Wie denn auch.«

»Jetzt heißt es, meine Karriere zu retten. Es ist schon ein komisches Gefühl…«

»Noch einmal: Wollen Sie wirklich, dass Oberst Lee dieses amerikanische Unterseeboot bis ans Ende der Welt verfolgt, um es zu versenken?«

»Zu Jicai, nur noch das kann mich retten. Wenn wir als Vergeltung ein amerikanisches Atom-Unterseeboot versenken, ist dann beweist das den Mut und die Entschlossenheit meiner Marine. Ich will mich aus dieser Sache nicht wie ein winselnder Hund zurückziehen. Wir müssen unser Gesicht wahren und gleichzeitig ein Zeichen für die ganze Welt setzen, dass wir nicht mit uns spielen lassen.«

»Ach, Zhang Yushu. ›Wahre Macht kommt aus dem Lauf eines Gewehrs.‹ Also wieder die Worte des großen Mao, was?«

»Genau.«

»Ich kann nur hoffen, dass die Amerikaner sie nicht gelesen haben. Es würde alles nur schlimmer machen, wenn sie jetzt auch noch die *Xiangtan* versenken.«

Draußen auf dem Ozean änderte der bizarre Konvoi gerade seinen Kurs in etwas mehr östliche Richtung. Die *Kaufman* hatte leicht die Fahrtstufe erhöht, um oberhalb der *Greenville* zu bleiben. Das Atom-Unterseeboot hatte die Fahrt in Zwei-Knoten-Schritten heraufgesetzt, wobei man ständig den Zustand des Turms überwachte, weil man befürchtete, dass er bei zu hoher Geschwindigkeit abreißen könnte.

Auf der Habenseite stand, dass es bislang kein Leck gab, obwohl die Geräuschkulisse von oben stark an eine Wassermühle erinnerte. Der chinesische Zerstörer machte keine Anstalten, die Verfolgung aufzugeben. Etwas seitlich versetzt machte er zweieinhalb Kilometer achteraus locker seine 16 Knoten und war damit genauso schnell wie die *Greenville*. Auch hatte die *Xiangtan* bislang keinen Versuch unternommen, Kontakt zu einer der beiden amerikanischen Fregatten aufzunehmen. Sie blieb einfach, wo sie war, beobachtete, wartete und verfolgte.

An Bord der *Greenville* gab Commander Wheaton den Befehl, die Fahrtstufe weiter zu erhöhen, da offenbar weder der Reaktor noch die Turbinen irgendwelche Schäden abbekommen hatten.

»Umdrehungen für neunzehn Knoten«, sagte er. Daraufhin rauschte das übel zugerichtete Unterseeboot gehorsam schneller voran. In der Zentrale schien es, als ob der Radau aus dem beschädigten Kommandoturm noch lauter geworden war, aber das Boot setzte dessen ungeachtet seinen Weg fort.

Über ihm, an Bord der Fregatte, war es den Funkern nicht möglich, irgendwelchen Funkverkehr des Chinesen aufzufangen. Immer, wenn sie nach achtern blickten, um zu sehen, ob die *Xiangtan* überhaupt noch da war, sahen sie den Chinesen jedoch durch das verlaufende Kielwasser der Fregatte rauschen. Die nervtötende Anwesenheit des großen chinesischen Zerstörers wurde immer lästiger, je weiter der Tag voranschritt. Sie waren jetzt stundenlang in östlicher Richtung gelaufen, aber nichts hatte sich in dieser Zeit getan. Wohin sich die *Kaufman* auch wendete, die *Xiangtan* folgte ihr wie ein Schatten. Am frühen Nachmittag fragten sich die Amerikaner schon, ob sie nicht langsam irgendetwas unternehmen sollten, was diesem merkwürdigen Fangspiel ein Ende bereiten würde. Inzwischen hatte auch die chinesische Fregatte *Shantou* aufgeschlossen und dampfte knapp 200 Meter Steuerbord querab der *Xiangtan* auf gleichem Kurs.

Mittags nahm Commander Carl Sharpe über die verschlüsselte Frequenz mit dem Stab Verbindung auf und informierte Admiral Barry über den Zerstörer aus Zhanjiang, der am Morgen kurz vor 0700 ohne Vorwarnung die *Greenville* mit seiner Artillerie beschossen hatte und bereits seit fünf Stunden das getaucht fahrende, beschädigte Unterseeboot verfolgte. Außerdem setzte er seinen Vorgesetzten darüber in Kenntnis, dass der Zerstörer in der Zwischenzeit auch noch Gesellschaft durch eine chinesische U-Jagd-Fregatte bekommen hatte.

Er könne sich keinen Reim darauf machen, was die beiden chinesischen Kommandanten vorhaben könnten, bislang hätten sie aber noch kein Feuer auf die beiden amerikanischen Fregatten eröffnet. »Irgendwie sieht es so aus, Sir«, sagte Commander Sharpe, »als ob sie ausschließlich an unserem Unterseeboot interessiert sind und ihnen die Oberflächeneinheiten völlig gleichgültig sind.«

Admiral Barry fragte den Kommandanten, ob dieser irgendwelche Empfehlungen hätte, aber dieser hatte auch nichts Konstruktives beizusteuern, außer vielleicht der *Xiangtan* ein, zwei Schüsse vor den Bug zu setzen. Das erschien beiden dann aber doch etwas übertrieben. Die beiden Offiziere beendeten ihr Gespräch, nachdem Admiral Barry den Kommandanten noch angewiesen hatte, weiterhin den Kurs auf den Gefechtsverband der *Ronald Reagan* beizubehalten und ihn stündlich genauestens darüber zu informieren, welche Bewegungen die chinesischen Kriegsschiffe ausgeführt hatten. »Vergessen Sie nicht, Commander, dass Sie nicht autorisiert sind, das Feuer zu eröffnen, es sei denn zur Selbstverteidigung. Diese Anweisung kommt direkt aus Washington. Der Zerstörer ist ein ziemlich dicker Brocken, und wir müssten ihn schon versenken, damit er wirklich unschädlich gemacht wird. Aber darauf ist man in Washington nicht besonders scharf.«

Commander Sharpe kehrte anschließend auf die Brücke zurück, wies den Rudergänger an, auf Kurs zu bleiben und mit den Umständen angepasster größtmöglicher Fahrt zum Flugzeugträger zurückzulaufen. Ihm war klar, dass es die unter ihm einherscheppernde, beschädigte und ohne wirksames Sonar fahrende *Greenville* war, die letzten Endes die Geschwindigkeit vorgab. Trotz allem konnte sich Commander Wheaton allmählich auf immerhin 27 Knoten hinauftasten. Sie polterten weiter, wobei man an Bord tunlichst versuchte, das Kreischen des gepeinigten Stahls am Turm des Unterseeboots zu überhören.

Drei Kilometer achteraus liefen derweil die *Xiangtan* und die *Shantou* mit teilnahmsloser Entschlossenheit weiter durch die stärker werdende Dünung des Ozeans und gaben sich dabei so unschuldig wie Ausflugsdampfer. Lediglich die drohenden Geschütztürme wollten nicht so recht in dieses Bild passen.

Die *Ronald Reagan* stand jetzt acht Stunden weit entfernt im Osten. Die chinesischen Kriegsschiffe hielten die ganze Zeit eine ununterbrochene Überwachung der beiden amerikanischen Fregatten und ihres unsichtbaren Kameraden *Greenville* aufrecht.

Stündlich fragte Commander Wheaton über das Unterwassertelefon nach, ob sie inzwischen nicht vielleicht doch ganz allein auf weiter Flur waren, aber die Antwort immer wieder dieselbe: »Nein, die sind immer noch da. Drei Kilometer achteraus. Gleiche Fahrt.«

Um 17 Uhr nahm Commander Sharpe erneut Kontakt zum gewaltigen Flugzeugträger auf, der mit seinem Gefechtsverband in einem Abstand von rund 100 Kilometern östlich ihrer Position daherdampfte.

Er wusste, dass sowohl die *Cheyenne* als auch die *Hartford* inzwischen ihre zahlreichen Passagiere, bestehend aus den SEALs und den ehemaligen Gefangenen von der Insel, an die *Ronald Reagan* übergeben hatten. Ihm war im Augenblick aber völlig schleierhaft, wie die *Greenville* jemals ein vergleichbares Manöver durchziehen sollte. Für ihn stand fest, dass sich der chinesische Zerstörer dazu entschlossen hatte, ihnen so lange zu folgen, bis er wieder das Feuer auf das amerikanische Unterseeboot eröffnen konnte.

Inzwischen war Commander Sharpe felsenfest davon überzeugt, dass es das Beste wäre, den verdammten chinesischen Zerstörer einfach auf den Grund des Meeres zu schicken, damit sie endlich Ruhe vor ihm hatten. Und genau diese Gedanken gab er ziemlich unverblümt an den weit entfernten Admiral Barry weiter.

Doch genau das, hatte man dem Oberbefehlshaber des Gefechtsverbands mitgeteilt, sei nichts, wozu man autorisiert sei. Auch gefühlsmäßig sei er der Ansicht, dass eine Konfrontation mit China vermieden werden sollte. Trotzdem werde er, da die *Greenville* beschädigt sei, noch einmal zum Oberbefehlshaber der amerikanischen Streitkräfte im Pazifik, dem CINCPAC in San Diego, Verbindung aufnehmen, um Meldung zu machen.

Erneut wurde vom amerikanischen Lager größte Zurückhaltung angeordnet. Der CINCPAC betonte mit allem Nachdruck, dass keinesfalls das Feuer eröffnet werden dürfe, bevor nicht der erste Schuss von der anderen Seite abgegeben worden war. Dessen ungeachtet war man aber auch dort der Ansicht, dass die schwer bewaffnete *Xiangtan* ein ungewöhnlich hartnäckiges Interesse an dem Unterseeboot zeigte, und man entwickelte auf die Schnelle einen neuen Plan. Dieser sah vor, der *Kaufman* und

*Reuben James* zwei weitere Schiffe entgegenzuschicken. Dann sollte der chinesische Zerstörer in die Zange genommen und abgehängt werden, natürlich unter strikter Einhaltung der Kollisionsverhütungsregeln.

Admiral Barry detachierte zunächst einmal die Fregatte *Simpson* und erteilte ihr den Befehl, mit großer Fahrt zu den anderen beiden zu laufen und eine Position in unmittelbarer Nähe der *Xiangtan* einzunehmen, die er für das bei weitem gefährlichere der beiden chinesischen Schiffe hielt. Dann gab er auch der *Vella Gulf*, einem mächtigen 9000-Tonnen-Lenkwaffenkreuzer der Ticonderoga-Klasse, unter dem Kommando von Captain Chuck Freeburg den Befehl, zu den anderen zu stoßen und dann vor Ort das Kommando über diese Operation zu übernehmen.

Zwei Stunden später war es dann so weit, und die amerikanischen Kriegsschiffe hatten ihre Positionen zu einem ziemlich komplizierten Manöver bezogen, in dem eine gewaltige Kollisionsgefahr steckte. Der Kommandant der *Vella Gulf* war jedoch mit allen Wassern gewaschen und wusste genau, was er tat. Zunächst befahl er der *Kaufman* und *Simpson*, einen weiten Bogen zu fahren und dann mit Brassfahrt wieder anzulaufen. Dabei sollte sich die *Simpson* der *Xiangtan* von Steuerbord querab nähern, als wollte sie diese auf die Hörner nehmen, während die *Kaufman* gleichzeitig im rechten Winkel direkt auf den Steuerbordbug des Chinesen zulief, wobei sie dann voll auf ihr Wegerecht beharren konnte.

Nach den Internationalen Regeln zur Verhütung von Zusammenstößen auf See *musste* das Schiff, welches die rote Backbord-Positionsleuchte eines anderen Schiffs auf der eigenen Steuerbordseite aufkommen sah, *Raum geben*. Dafür war sogar eigens ein Spruch geprägt worden:

> *Rot an Steuerbord ist schlecht,*
> *dann hat der andere Wegerecht.*

Bei dem Vorfall, der sich gerade auf dem Chinesischen Meer anbahnte, handelte es sich um nicht mehr als »Autoskooter« großen Maßstabs. Chuck Freeburg postierte die *Simpson* so, dass dem chinesischen Kapitän der Fluchtweg nach Steuerbord verlegt wurde, während die *Kaufman* gleichzeitig auf Kollisionskurs von Steuerbord vorn anlief.

Genau davor, also unmittelbar vor dem Bug der *Xiangtan*, lag dann in deren Querschiffsrichtung der mächtige Rumpf der *Vella Gulf*, der sie daran hindern würde, einfach abzudrehen und weiterhin ihren nach Osten gerichteten Kurs beizubehalten. Dadurch bliebe der *Xiangtan* nur mehr eine einzige Möglichkeit offen, nämlich hart nach links abzudrehen, wodurch sie dann zunächst einmal abgedrängt wäre. Für den krönenden Abschluss hielt Captain Freeburg die *Reuben James* mit vier Knoten Fahrt direkt an Steuerbord querab seines Kreuzers bereit. Sie sollte, wenn der Zeitpunkt gekommen war, hervorschießen und den chinesischen Zerstörer zwingen – da sie ihm gegenüber dann ebenfalls Wegerecht besaß – seinen Halbkreis zu vollenden.

Das Vorgehen war eine bewährte Navy-Taktik, die unter solchen Umständen gern zur Anwendung gebracht wurde. Alles hing natürlich davon ab, ob der chinesische Kommandant auch willens war, sich an die internationalen Regeln zu halten.

Dreißig Jahre zuvor hatte sich die Royal Navy einmal bei einer vergleichbaren Aktion mit einem heillosen Durcheinander konfrontiert gesehen, als sie die Isländer zwingen wollte, den britischen Trawlern zu erlauben, in der von den Isländern einseitig erklärten Schutzzone zu fischen. Diese Schutzzone bedeutete für Island die Grenze zwischen wirtschaftlichem Tod und der Chance zu überleben. Ihre Patrouillenboote, die natürlich den Fregatten der Royal Navy waffentechnisch hoffnungslos unterlegen waren, setzten ihre Rümpfe als Waffen ein und rammten diese in die Kriegsschiffe der Royal Navy. Sie weigerten sich einfach, den Kurs zu ändern und fuhren stur weiter. Letzten Endes mussten die Briten abdrehen, bevor sie sich dort draußen, weit weg von zu Hause, noch ernsthafte Schäden an ihren kostbaren Kriegsschiffen einhandelten. Damit hatte sich einmal mehr bestätigt, was jedem Kommandanten in Fleisch und Blut übergehen sollte: Wenn du ein Gefecht auf See für dich entscheiden willst, solltest du lieber deinen Gegner versenken, sonst stehst du nachher als Verlierer da.

Es war kurz nach 1900, als Captain Freeburgs ganz spezieller Verdrängungswettkampf seinen Lauf nahm. Die vier amerikanischen Schiffe befanden sich in den zugewiesenen Positionen. Die *Kaufman* begann mit ihrem Anlauf. Aus einer Entfernung von 400 Metern lief sie, von Steuerbord kommend, auf die Stelle zu, welche die *Xiangtan* in Kürze erreichen würde.

Auf der Brücke des Zerstörers versuchte sich Oberst Lee derweil ein Bild der veränderten Lage zu machen. *Wollen die uns vielleicht rammen? Die kreisen uns ja ein ... Nach Steuerbord kann ich nicht ausweichen ... Backbord ist meine einzige Chance ... Aber wenn ich erst einmal mit der Drehung begonnen habe, werden die mich zwingen, sie auch zu vollenden ... Da ist dann der Kreuzer im Weg ... Und das vierte amerikanische Schiff wird mich dann auch unter der Steuerbordregel haben ... Was nun? Die sind auf dem besten Wege, mich auf Gegenkurs zu zwingen!*

Oberst Lee traf seine Entscheidung. Es gab, wie er wusste, nur noch einen einzigen Ausweg, und der betraf im Augenblick das »heißeste« Schiff, die *Kaufman*. Es gab einen Zusatz zu den Ausweichregeln, falls eine Kollision nicht zu verhindern erschien. Er schrieb dem Inhaber des Wegerechts das sogenannte »Manöver des letzten Augenblicks« vor, nach dem dieser seinerseits auf die Vorfahrt verzichten und den Kurs ändern musste.

Das bedeutete natürlich, dass das ganze Manöver, welches die Amerikaner jetzt eingeleitet hatten, nicht funktionieren konnte, wenn ein bestimmter Kommandant sich einfach nicht abdrängen lassen wollte. Oberst Lee, der heute bereits einen Rüffel vom Oberbefehlshaber höchstpersönlich einstecken musste, hatte dann doch etwas größere Angst vor Admiral Zhang, dem es offensichtlich völlig gleichgültig war, ob Lee samt Schiff und Besatzung zum Teufel ging, als er jemals vor der USS *Kaufman* haben konnte.

Deshalb befahl er jetzt, Kurs und Fahrt beizubehalten.

Nun war Commander Sharpe, der seine Fregatte vierkant auf Oberst Lees wesentlich größeren Zerstörer zusteuerte, in Schwulitäten.

»Die geben keinen Raum, Sir!«

»Der hält stur Kurs ...«

»Jesses, wir knallen direkt in den rein! Sir, wir müssen ausweichen – das geht nur noch nach Steuerbord ...«

*»Hart Steuerbord. Kurs null-neun-null!«*

Auf der Brücke der *Xiangtan* konnten alle Anwesenden beobachten, wie der messerscharfe Bug der amerikanischen Fregatte dem eigenen immer näher rückte ... um dann im allerletzten Augenblick abzudrehen. Die *Kaufman* schwang herum, ging von einem zunächst südlichen auf einen immer weiter in Richtung

Osten weisenden Kurs und driftete dabei längsseits auf die *Xiangtan* zu, bis sich die Rümpfe unter gequält aufkreischendem Stahl kurz miteinander verhakten.

Die Matrosen, die auf den Decks der beiden Schiffe standen, konnten sich problemlos in die Augen blicken. Zwei Gruppen von Männern, die der gemeinsam gehegte Wunsch verband, die ihnen gestellte Aufgabe so gut wie möglich zu erfüllen. Es waren gleichzeitig auch zwei Gruppen von Männern, die völlig verschiedenen Welten angehörten.

Auf der Brücke der *Kaufman* konnte Commander Sharpe immer noch nicht fassen, was da gerade passiert war. Der chinesische Kommandant hatte ganz einfach unbeirrt den Kurs beibehalten. Und jetzt zog die *Xiangtan* auch schon wieder davon, passierte die *Vella Gulf* und fuhr genau auf die gegenwärtige Position des Unterseeboots zu, nach dem sie so verzweifelt suchte.

Captain Freeburg befahl mit äußerster Kraft voraus hart Backbord zu gehen, worauf die 87000 PS des Gasturbinenantriebs seinen Kreuzer binnen kürzester Zeit in eine Position etwas Steuerbord voraus fast auf gleiche Höhe mit dem chinesischen Zerstörer brachten. Die anderen amerikanischen Fregatten schlossen sofort heran, wobei sie die *Shantou* mehr oder weniger ignorierten.

Die ganze Aktion hatte zumindest eine Tatsache klar ans Licht gebracht: Die *Xiangtan* würde sich durch nichts – außer einer Versenkung – von ihrem Vorhaben abbringen lassen. Captain Freeburg verspürte jedoch nicht die geringste Lust, dem Chinesen diesen Ausbruch zu gestatten, ohne ihm noch einmal in aller Deutlichkeit klargemacht zu haben, dass die U.S. Navy es verdammt ernst meinte, und befahl dem großen 5-Zoll-Geschütz im vorderen Turm Feuerbereitschaft.

*»Zwei Schuss über den Bug – Feuer frei.«*

Die Mk-45-Granaten, die eigentlich auf wesentlich größere Entfernungen ausgelegt waren, krachten aus ihren Rohren, die nur grob über den Daumen in den Luftraum vor der *Xiangtan* gerichtet worden waren, und jaulten in zwölf Metern Höhe über das Vorschiff des Chinesen hinweg. Captain Freeburg hatte kurzfristig den Eindruck, als wollte der Chinese das Feuer erwidern, und befahl seinem Ersten Offizier: »Wenn sie zurückschießt – versenkt sie.«

Oberst Lee hatte nicht die Absicht, sich von der ihm zugewiesenen Aufgabe, das Unterseeboot zu versenken, abbringen zu lassen. *Bis ans Ende der Welt.* Die Worte von Admiral Zhang wollten ihm einfach nicht aus dem Kopf. Er ignorierte die offensichtlich als Warnung zu verstehenden Schüsse über den Bug seines Schiffs und lief mit jetzt größerer Fahrt auf das Seegebiet zu, von dem er annahm, dass die beschädigte *Greenville* sich dort irgendwo knapp unter der Oberfläche herumtreiben musste. Wahrscheinlich, dachte Lee, war deren Sonar nicht zu gebrauchen, aber das Unterwassertelefon tat es bestimmt noch. Der Chinese wusste, was er zu tun hatte.

Captain Freeburg nahm sofort Verbindung mit dem Stab auf und sprach mit Admiral Barry persönlich. »Hier draußen hat sich gerade eine Pattsituation ergeben, Sir. Wir haben versucht, den Chinesen abzudrängen. Dabei ist die *Kaufman* sogar mit der *Xiangtan* kollidiert. Ist aber nur ein Wischer längsseits gewesen, bei dem zwar ein Haufen Blech verbogen wurde, aber keine ernsthaften Schäden aufgetreten sind. Das chinesische Schiff hat sich einfach nicht einschüchtern lassen. Es ist keinen Deut vom eingeschlagenen Kurs abgewichen und läuft jetzt weiter auf dem bisherigen östlichen Kurs mitten durch unseren kleinen Verband.

Ich hab dem Chinesen zwei Warnschüsse übers Vorschiff gejagt, aber der Kerl hat noch nicht einmal mit der Wimper gezuckt. Jetzt versucht er möglicherweise, die *Greenville* über deren Unterwassertelefon aufzuspüren. Sir, dieser Zerstörer steht entweder unter dem Kommando eines totalen Fanatikers, oder der Kommmandant der *Xiangtan* erhält seinerseits Befehle von einem totalen Fanatiker. Beides gefällt mir nicht die Bohne. Sir, Sie sollten mir die Erlaubnis erteilen, diesen Hurensohn zu versenken, bevor der noch uns versenkt. Wir würden es ihm im Grunde nur mit gleicher Münze heimzahlen, denn schließlich hat er der *Greenville* auch schon eine Granate verpasst ...«

Admiral Barry war durchaus geneigt, dem zuzustimmen, denn er wollte auch nicht, dass dieser vernagelte Chinese plötzlich das Feuer auf eines der Schiffe seines Gefechtsverbandes eröffnete und dabei ernsthafte Schäden verursachte. Seines Wissens war die *Xiangtan* dazu durchaus in der Lage. Natürlich war er nicht dazu ermächtigt worden, von sich aus mit der Versenkung schwerer chinesischer Kriegsschiffe zu beginnen. Also befahl er Captain Freeburg, zunächst einmal eine bedrohliche »Eskorte« um die beiden chinesischen Eindringlinge zu formieren, während er sich noch einmal mit dem CINCPAC kurzschloss.

Dort war man allmählich mit seinem Latein am Ende. Dem CINCPAC blieb nichts anderes übrig, als mit Admiral Mulligan zu sprechen, der allerdings nicht die geringste Lust hatte, sich in echte Kampfhandlungen mit China hineinziehen zu lassen.

Er bestätigte nur noch einmal seine diesbezüglichen Befehle, dass weder der chinesische Zerstörer noch die chinesische Fregatte versenkt werden durften, bevor diese nicht ihrerseits gezieltes Feuer eröffneten, nachdem sich jetzt alle Schiffe in internationalen Gewässern befanden.

Die Lösung, zu der er schließlich kam, war ziemlich einfach. Die *Greenville* solle zunächst einmal weiterhin in getauchtem Zustand auf Heimatkurs durch den Pazifik fahren. »Die beiden Chinesen können keinen Treibstoff nachbunkern«, sagte Joe Mulligan, »und eher früher als später wird ihnen der Sprit ausgehen. Wir dagegen können, wenn es darauf ankommt, auch den ganzen Weg nach San Diego zurücklegen.«

Admiral Barry griff diesen Vorschlag sofort auf, und kündigte an, mit dem Flugzeugträger sofort weitere 1000 Kilometer in Richtung Osten abzulaufen. Spätestens dort werde zumindest eines der beiden chinesischen Schiffe umkehren müssen. Die Reichweite der Fregatte *Shantou* lag bei einer Durchschnittsgeschwindigkeit von 18 Knoten bei etwa 4 300 Kilometern, aber alle Beteiligten waren in den letzten Stunden mit erheblich höherer Fahrt gelaufen.

In diesem Moment, während langsam die Abenddämmerung heraufzog, standen sie bereits über 300 Kilometer vor der Küste auf hoher See, und die beiden chinesischen Schiffe hatten schon zuvor gut 200 Kilometer zurücklegen müssen, um überhaupt den Ort des Geschehens zu erreichen. Die Reichweite der *Shantou* dürfte bei voller Kraft voraus eher bei 3000 Kilometer, wenn nicht sogar weniger, liegen, also etwa 1500 Kilometer für eine Strecke. Da sie im Augenblick schon 500 Kilometer zurückgelegt hatte, dürfte sich also noch Treibstoff für 1000 Kilometer in ihren Bunkern befinden, bevor sie umkehren musste, um mit den letzten Tropfen in den Leitungen wieder den Ausgangspunkt ihrer Reise zu erreichen.

Admiral Barry befahl dem gesamten Gefechtsverband, auch die kommenden 27 Stunden weiter in Richtung Osten zu laufen und dabei eine Marschgeschwindigkeit von 20 Knoten beizubehalten. Das waren dann 1000 Kilometer, von denen jeder einzelne den Treibstoffvorrat der chinesischen Fregatte schmälern würde. Der Admiral dagegen hatte klugerweise, einen Flottenbeöler ein gutes Stück weit im Osten stationiert.

Auch der große Zerstörer würde bei diesen Geschwindigkeiten kaum auf eine Reichweite von über 4800 Kilometern kommen, selbst wenn er die Operation mit randvollen Bunkern begonnen hatte. Die Frage war nur, ob das chinesische Oberkommando das Risiko eingehen wollte, ihren modernsten Zerstörer aufs Spiel zu setzen, indem es ihn ganz allein weit draußen auf dem Pazifik – innerhalb der Angriffsreichweite eines ziemlich verärgerten amerikanischen Flugzeugträger-Gefechtsverbands – operieren ließ.

»Eher nicht, wenn man das derzeitige politische Klima zwischen China und den USA bedenkt«, sagte sich der Admiral, nachdem er alles durchdacht hatte. Captain Freeburg und Commander Sharpe stimmten voll und ganz mit ihm überein.

Also liefen alle die nächsten anderthalb Tage weiter mit großer Fahrt in Richtung Osten und saugten damit praktisch den chinesischen Schiffen den Treibstoff aus den Bunkern. Stunde um Stunde jagten die Amerikaner über den Pazifik und trieben ihre Schiffe unerbittlich voran, wobei sie sich stets darauf verlassen konnten, dass sich ihr Flugzeugträger und dessen Eskorte immer in geringer Entfernung vor ihnen befand.

Irgendwie brachte es auch die *Greenville* fertig, immer noch beängstigend ratternd, unter dem Kiel der *Kaufman* getaucht gleichauf zu bleiben. Ihre Turbinen hatten nicht den kleinsten Aussetzer. Sie schaffte locker ihre 27 Knoten, während auch der Reaktor äußerst zufriedenstellend seiner Aufgabe nachkam. Der Himmel wusste, wie sie sich im Sonarraum des verfolgenden chinesischen Zerstörers anhören musste, aber die Fähigkeit des 7000-Tonners, weiter diesen Belastungen standzuhalten, nachdem er einen Treffer abbekommen hatte, war beredtes Zeugnis der Schiffsbaukunst auf den Werften von Newport News Shipbuilding in Virginia.

Unten in den Mannschaftsunterkünften hatten die SEALs inzwischen alles getan, wieder zur menschlichen Rasse zurückzukehren, indem sie sich die Tarnfarbe aus den Gesichtern gewaschen und sich unter den Duschen des Rußes, Bluts und Schweißes entledigt hatten. Nun sahen sie wieder wie Soldaten der U.S. Navy und nicht wie bestellte Killer oder Mitarbeiter eines Abbruchunternehmens aus.

Vor allem die jüngeren Mannschaftsmitglieder der *Greenville* hielten sich zurück, die Männer von der Kommandotruppe, die ihre Unterseebootkameraden befreit hatte, anzusprechen. Aber in den Stunden nach einer Mission voller Anspannung und Gefahren hat sowieso kaum jemand der Beteiligten große Lust auf Unterhaltungen – es sei denn untereinander. Männer, die im Dienste ihres Vaterlandes gezwungen waren, rücksichtslos zu töten, brauchen ihre Zeit, wieder zu sich zu kommen, den inneren Frieden zu finden und alles zu rekapitulieren. In erster Linie wenden sie sich einander zu, suchen den Kontakt mit anderen Teilnehmern, die als Einzige wirklich in der Lage sind, den Druck zu verstehen, unter dem sie gestanden hatten.

Am leichtesten ließ sich das unbarmherzige Vorgehen damit rechtfertigen, dass die Chinesen sie mit großer Wahrscheinlichkeit bis zum letzten Mann getötet hätten, wenn sie nicht selbst zuerst zugeschlagen hätten. Alle SEALs, die an der Operation *Nighthawk* teilgenommen hatten, waren jetzt in sich gekehrt, während die Männer der *Greenville* sie das letzte Stück des Wegs nach Hause brachten.

Die meisten SEALs waren insgeheim zu Tode erschrocken, als die Granate in das Unterseeboot einschlug. Die ungewohnte Umgebung tat schon das Ihre, die Heimfahrt für sie zu etwas Unheimlichem zu machen. Sie waren hier in einem beschädigten Unterwasserschiff eingeschlossen und liefen durch die dunklen, fremden Gewässer und endlosen Tiefen des Chinesischen Meeres, das sich seinerseits bald mit dem noch gewaltigeren Pazifik vereinigte. Keiner von ihnen kannte sich besonders gut mit Unterseebooten aus, und für einige war es eine äußerst befremdliche Situation, sich so tief unter Wasser zu befinden. Ein größeres Leck, von einem Torpedo einmal ganz zu schweigen, würde das gesamte Boot auslöschen und sie ins endlos schwarze Schweigen auf den Grund des Ozeans verdammen. All die eiserne Disziplin und alle noch so beeindruckenden Fähigkeiten der SEALs würden sie dabei dann nicht vor einem solchen Schicksal bewahren.

Die Tatsache, dass die *Greenville* ganz offensichtlich getroffen und beschädigt worden war, machte also die ganze Angelegenheit für sie nur noch belastender. Die meisten fanden kaum Schlaf, obwohl sie zum Umfallen müde waren. Lt. Commander Rick Hunter hatte sich lange mit Judd Crocker unterhalten und begriff mittlerweile die Sicherheitsvorkehrungen des Atom-Unterseeboots. Die *Xiangtan* würde wahrscheinlich sofort wieder das Feuer eröffnen, sobald die *Greenville* auftauchte, weshalb man vorzog, das Boot weiterhin getaucht zu fahren. Der Kernreaktor des Boots würde sie derweil mit Wärme, Luft und Elektrizität versorgen.

Buster Townsend hatte jetzt die erste Mission hinter sich, genau genommen sogar die zweite, seit er sich im aktiven Dienst befand. Er würde die Welt von jetzt an nie wieder mit denselben Augen sehen können wie zuvor. Bei diesem Einsatz hatte er, seit er vier Tage zuvor Schulter an Schulter mit Lt. Commander Bennett ins Wasser hinausgeglitten war, wiederholt dem Tod in den Rachen geblickt.

Jetzt saß er nur da und trank in kameradschaftlichem Schweigen mit den anderen seinen Kaffee. Der junge SEAL aus den Bayous – der gleich zweimal die Reise nach Xiachuan Dao unternommen hatte, dort quer über die Insel marschiert war, die schwere Ausrüstung geschleppt und die Bewegungen der Wachen im Gefängnis aufgezeichnet hatte, dem Beschuss aus einem Maschinengewehr so gerade eben noch hatte ausweichen können, als er die Tür des Hauptzellentrakts aufsprengte – war auf einmal nicht mehr in der Lage, sich mit den anderen zu unterhalten.

Neben ihm saß sein Busenfreund, Rattlesnake Davies, der kaltblütig eine der chinesischen Wachen erstochen hatte, als diese auf dem besten Wege war, die gesamte Mission zu gefährden. Auch Rattlesnake nippte an seinem Kaffee und hüllte sich in Schweigen.

Petty Officer Steve Whipple dagegen – der stählerne Mann, der 40 Kilogramm hochexplosiven Sprengstoff durch den Dschungel geschleppt hatte, die chinesischen Wachen auf der Anhöhe niedergeschossen und schließlich das Kommunikationszentrum in die Luft gejagt hatte – unterhielt sich. Allerdings ausschließlich mit seinem alten Kumpel Catfish Jones.

Petty Officer Jones war auch so ein stählerner Mann. Er hatte das schwere Maschinengewehr getragen, und dazu noch all die anderen notwendigen Dinge. Er war es gewesen, der das Hauptquartier des Gefängniskommandanten gesprengt hatte. Sie redeten jedoch über Baseball und stritten sich darüber, wie Steve nur so beschränkt sein könne, sich einem Team wie den Chicago White Sox zu verschreiben.

»Himmel noch mal«, brummelte Steve. »Werdet nur nicht überheblich, ihr Typen von Atlanta. Wir kommen wieder, vielleicht nicht mehr in dieser Saison, aber bestimmt in der nächsten ...«

»Da träumst du doch bloß von.«

Es war der von ihrem Unterbewusstsein bestimmte Versuch, nach all dem Tod, dem Chaos, den Bomben, Gewehren und Messern zu etwas zurückzukehren, das als Bindeglied zum normalen Leben dienen konnte. Auch wenn alles nach Routine ausgesehen hatte, so war es das beileibe nicht.

Über ihnen in der Offiziersmesse unternahm auch Lieutenant Paul Merloni gerade den kühnen Versuch, sich wieder ganz normal zu verhalten, indem er sich seines vertrauten schwarzen Humors bediente. Aber irgendwie wollte es dem New Yorker, der die drei zur Außenstreife gehörenden Chinesen niedergeschossen, kurz danach die Wache im Verhörraum erstochen und durch diese Tat wahrscheinlich Linus Clarke das Leben gerettet hatte, nicht so recht gelingen.

Paul unterhielt sich mit Lieutenant Dan Conway, der sonst nie zu starken Gefühlsregungen neigte. Aber jetzt und hier, tief unter der Oberfläche des Pazifiks, stellten sich auch bei ihm die ersten Nachwirkungen des Grauens dieser Mission ein. Er wurde nur noch von dem einen Gedanken beherrscht, möglichst bald hier herauszukommen. Auch Dan hatte im Wirrwarr der Kämpfe im Gefängnis dem Tod ins Auge gesehen, vor allem, als er zur Eingangstür der Unterkünfte gerannt war, um den bewaffneten Wachen seine Handgranaten entgegenzuschleudern.

In einer anderen Ecke saß Lt. Commander Rusty Bennett und sah verblüffend vorzeigbar aus. Er hatte sich eine frische Hose und ein Reservehemd organisiert, weil er nicht länger blutbesudelt herumlaufen wollte. Die jüngeren Offiziere des Unterseeboots hatten ihn schon fast wie den Leinwandhelden aus einem

Actionfilm behandelt. Er hatte um die Sondererlaubnis gebeten, Chief McCarthy mit in die Offiziersmesse bringen zu dürfen, und jetzt saßen die beiden Männer hier zusammen, die gemeinsam die Wachtürme erklommen und damit erst die ganze Mission möglich gemacht hatten. Sie vertilgten Unmengen von Hühnchen-Sandwiches und verdrängten jeden Gedanken, was alles hätte passieren können, wenn sie dort oben, hoch über dem Gefängniskomplex, das Glück verlassen hätte.

Dem einen wie anderen war jedoch klar, dass die Mission noch nicht ihr endgültiges Ende gefunden hatte. Ihnen war nicht entgangen, dass sie sich zur Zeit an Bord eines Unterseeboots befanden, das aus bestimmten Gründen nicht auftauchen durfte. Sie wussten, dass dieses Boot einen Treffer von einem chinesischen Zerstörer abbekommen hatte, der sich immer noch da oben herumtrieb und der nach wie vor versuchte, ihrer habhaft zu werden. Alle spitzten die Ohren, ob irgendetwas über die derzeitige Situation bekannt wurde.

Es war durchgesickert, dass sie sich zur Zeit auf einer 1000 Kilometer weiten Fahrt hinaus auf den offenen Pazifik befanden und die Offiziere des Unterseeboots inständig hofften, dass die *Xiangtan* schließlich doch noch aufgeben und abdrehen würde. Die SEALs waren der Meinung, für dieses Wochenende schon genug gekämpft zu haben, und wollten nichts sehnlicher als zurück an Bord des Flugzeugträgers, ohne zuvor gleich ins nächste Gefecht zu schlittern.

»Irgendwann muss doch auch mal Schluss sein«, sagte Paul Merloni.

Oberst Lee, der auf der Brücke der *Xiangtan* stand, war da anderer Meinung. Der Druck auf ihn wuchs von Stunde zu Stunde. Im Augenblick lag ihre Position schon 650 Kilometer östlich ihrer eigentlichen Jagdgründe um die Insel Xiachuan Dao, aber sie fuhren immer weiter durch die pechschwarze, regnerische Nacht der frühen Morgenstunden des 18. Juli, eines Dienstags.

Sie befanden sich derzeit in den 300 Kilometer breiten Gewässern der Luzonstraße, die zwischen der Südostküste Taiwans und den Philippinen verläuft. In diesem Seegebiet, in dem es von Sandbänken und winzigen Inseln wimmelt, fällt der Meeresboden immer wieder enorm steil auf Tiefen von 1200, manchmal sogar auf über 1800 Meter ab. Gerade in diesem Augenblick lief die führende amerikanische Fregatte, von der er inzwischen wusste, dass es die *Kaufman* war, auf die Zufahrt zum Bashi-Kanal zu, der geradewegs durch die Sandbänke führte und schließlich in ein Seegebiet führte, in dem das Wasser dann wirklich bodenlose Tiefen von weit über fünf Kilometern erreichte.

Die *Shantou* hatte bereits ihre Bedenken wegen der schwindenden Treibstoffreserven angemeldet, und Oberst Lee war bewusst, dass selbst die enorm großen Kraftstoffbunker der *Xiangtan* nicht für ewige Zeiten reichen würden. Er befürchtete, dass er sein Schiff in etwa 600 Kilometern würde auf Gegenkurs gehen lassen müssen. Selbst ein Admiral Zhang musste trotz seiner derzeitigen Geistesverfassung einsehen, dass Lee es unmöglich schaffen konnte, bei einer solchen Geschwindigkeit mehr als drei, vier Tage auf See zu verweilen.

Wenn die *Shantou* abdrehte und zurücklief, war er zudem hier draußen in enorm tiefen Gewässern ziemlich allein auf weiter Flur. Sollten die Amerikaner sich dazu entschließen, ihn und sein Schiff hier draußen auf dem verlassenen Pazifik versenken, würde niemand jemals erfahren, was tatsächlich passiert war. Er und die Besatzung seines Schiffs würden sich auf dem Boden des Ozeans wiederfinden, der hier anderthalb Kilometer tiefer war als dort, wo die *Titanic* gesunken war – und um die zu finden, hatte man mehr als ein halbes Jahrhundert gebraucht.

Für Oberst Lee war es nahe liegend, dass er lieber bald als später seinen ersten Zug machen sollte. Je weiter sie liefen, desto mehr verlagerten sich die Vorteile auf die Seite der Amerikaner. Das Problem bestand nur darin, dass er nicht die geringste Vorstellung davon hatte, was er jetzt am besten unternehmen sollte. Den Offizieren, die mit ihm an Bord waren, ging es da keinen Deut anders. Die Aufgabe, die ihnen ein bis aufs Blut gereizter Admiral Zhang übertragen hatte, war und blieb der Befehl eines Geisteskranken. Und jetzt stand Lee da, Hunderte von Meilen vom nächstgelegenen chinesischen Stützpunkt entfernt, umzingelt von nicht weniger als drei amerikanischen Lenkwaffenfregatten und einem monströsen Kreuzer. Und unter diesen Vorgaben wurde von ihm erwartet, das beschädigte amerikanische Unterseeboot zu finden, das diese Schiffe ganz offensichtlich schützten, und es auch noch anzugreifen! Und alles unter den

Augen der bis an die Zähne bewaffneten Eskorte einer Supermacht! Wenn das nicht verrückt war, was war es dann?

Und wie sollte er überhaupt einen solchen Angriff durchführen? Wasserbomben kamen wohl kaum in Frage, da sich das Unterseeboot unmittelbar unter dem Kiel der Fregatte *Kaufman* befand. Mörsergranaten einzusetzen wäre völlig idiotisch, denn die Mörser, mit denen die *Xiangtan* bestückt war, entsprachen noch dem veralteten Typ FQF 2500 und hatten gerade einmal eine Reichweite von 1200 Metern. Aus seiner derzeitigen Position achteraus der mit 27 Knoten laufenden *Kaufman* würde dies bedeuten, rund anderthalb Kilometer weiter aufzuschließen, um die Mörsergranaten dann recht voraus über die amerikanische Fregatte hinwegfliegen zu lassen, die diese dann direkt vor sich ins Wasser plumpsen sehen würde.

Vom Aufschlag der ersten Granate an gerechnet, würden Lee und seine chinesische Mannschaft noch etwa eine Minute lang zu leben haben. Das war die Zeit, die eine von der *Vella Gulf* als Antwort gestartete *Harpoon*-Oberflächen-Lenkwaffe brauchen würde, um mit alles erschütternder Gewalt in die *Xiangtan* einzuschlagen und das Schiff in Stücke zu reißen. Außerdem lagen die Chancen, dass auch nur eine der Mörsergranaten die *Greenville* überhaupt treffen würde und diese zur Explosion brächte, nach Oberst Lees Ansicht kaum mehr im Bereich des Wahrscheinlichen.

Die Kanonen einzusetzen konnte er auch vergessen, weil sich das Unterseeboot unter der Wasseroberfläche befand. Auch der Einsatz der Hubschrauber verbot sich von vornherein, weil die Amerikaner weniger als zwei Minuten brauchen würden, diese vom Himmel zu holen. Damit blieben nur noch die Torpedos. Wenn Oberst Lee es irgendwie schaffen wollte, die *Greenville* tatsächlich auf den Grund des Ozeans zu befördern, musste er zwei seiner aktiv/passiv suchenden Waffen Yu-2 starten, aber selbst hier waren die Erfolgsaussichten fifty-fifty. Die Torpedos konnten nämlich wegen der Rabatz-Bojen, welche die *Kaufman* hinter sich herschleppte, nicht im Passivmodus operieren. Also mussten sie auf aktive Suche programmiert werden, womit sie dann vielleicht nicht schnell genug wären. Immerhin konnte er sie so programmieren, dass sie nichts angriffen, was sich nicht wenigstens 15 Meter unter der Wasseroberfläche befand, ziemlich genau dort, wo sich die USS *Greenville* wahrscheinlich derzeit befand.

Und wie standen die Chancen, dass die Amerikaner *nicht* mitbekamen, dass die Torpedos unterwegs waren? Gleich null, sagte sich Oberst Lee.

So rauschten vorerst alle weiterhin in Richtung Osten, während der *Shantou* langsam, aber sicher der Sprit ausging. Am Nachmittag nahm deren Kommandant dann schließlich Kontakt zur *Xiangtan* auf und setzte Oberst Lee davon in Kenntnis, dass er jetzt abdrehen müsse. »Ich nähere mich dem Punkt, von wo aus es für mich kein Zurück nach Hause mehr gibt, Herr Oberst«, sagte er. »Wenn ich auch nur eine Stunde mit dieser Fahrt weiterlaufe, schaffe ich es nicht mehr in die Nähe eines Stützpunkts.«

Oberst Lee, der sich mit seinem Schiff inzwischen über 1100 Kilometer vom Heimathafen befand, musste langsam zum Zug kommen. Er informierte die *Shantou* darüber, dass er noch 150 Kilometer weiterlaufen wolle, bevor er ebenfalls abdrehe. Vorher habe er aber noch eine Aufgabe für Admiral Zhang zu erledigen. Er sah keinen Grund, die *Shantou* weiterhin auf Station zu halten, nur damit sie vielleicht das gleiche Schicksal ereilte wie ihn.

Um 1630 sahen die Amerikaner, dass die chinesische Fregatte abdrehte und in Richtung Westen auf Heimatkurs ging. Die *Xiangtan* lief weiter und war sogar mit der Fahrt heraufgegangen. Allem Anschein nach wollte sie zu ihnen aufschließen. Unter den vier amerikanischen Kommandanten der Oberflächeneinheiten gab es niemanden, der die *Xiangtan* nicht zum Teufel wünschte. Wenn dieser Muskelprotz doch einfach der verdammten Fregatte folgen würde!

Im Sonarraum der *Kaufman* informierte man via Unterwassertelefon Commander Wheaton darüber, dass eines der chinesischen Kriegsschiffe abgedreht habe und auf Heimatkurs gegangen sei.

»Lasst mich raten. Es war das kleinere der beiden, was?«

»Aye, Sir. Der Zerstörer ist immer noch da. Zwei Kilometer achteraus.«

Die Unterhaltung war kurz gewesen, wurde aber dennoch von Oberst Lees Männern registriert. Man zeigte sich glücklich, dass sich die Beute nach wie vor in Angriffsreichweite befand.

Oberst Lee befahl, auf 30 Knoten zu gehen. Captain Freeburg reagierte darauf mit einem weitgezogenen Bogen hinaus zur

Backbordseite des Zerstörers, der sein Schiff in eine Position rund zwölf Kilometer vor den Bug des Chinesen bringen würde. Diese Entfernung brauchte er für einen akkuraten Start seiner McDonnell Douglas *Harpoon* Oberflächen-Lenkwaffen mit ihren Schiffe mordenden 227-kg-Gefechtsköpfen. Solch ein Flugkörper hebt aus den Vierfach-Startrampen am Heck ab, um zunächst steil in die Höhe zu steigen, bevor er abkippt und bis knapp über die Wellenkämme herunterkommt, wo er mit aktiviertem Radarsucher in Überschallgeschwindigkeit seinem Ziel entgegenkreischt. Dann hilft nur noch eine gute Schwimmweste und ein Gebetbuch. Chuck Freeburg würde aufgrund seiner Befehle zwar nicht den ersten Schritt tun, aber ein falscher Zug – und der Chinese gehörte der Vergangenheit an.

Alle Augen auf der *Kaufman* klebten am chinesischen Zerstörer, und so war es niemandem entgangen, dass dieser mit der Fahrt heraufgegangen war. Man hatte eine Direktverbindung zur *Vella Gulf* hergestellt, wo Chuck Freeburg unverzüglich darangegangen war, alles für einen Start der *Harpoons* vorzubereiten.

Um 1645 entschied der chinesische Kommandant, dass er jetzt nahe genug für sein Vorhaben war. Nicht dass er auch nur annähernd gewusst hätte, wo sich die *Greenville* genau befand. Er vermutete sie unter der *Kaufman*, konnte aber auch danebenliegen. Ein Schuss ins Blaue wiederum war gleichbedeutend mit der Unterzeichnung des eigenen Todesurteils.

Ihm blieb also nichts anderes, als die Torpedos von außen in den Bereich hineinzufeuern, in dem sich das Boot vermutlich befand, und dabei zu hoffen, dass sie die *Greenville* von sich aus finden würden.

»Ruder nach Backbord … neuer Kurs null-acht-null. Rohre eins und zwei klarmachen.«

»Kurs null-acht-null liegt an.«

Oberst Lee zögerte kurz, um sich darauf vorzubereiten, gleich das Zeitliche zu segnen. Dann fauchte er – Tod oder Ruhm – den Befehl hinaus: »*Rohr eins. Los!*«

»Torpedo aus Rohr eins ist los.«

»*Zwei los!*«

»Torpedo aus Rohr zwei ist los.«

Lediglich kleine Wölkchen verrieten, dass die beiden Torpedos aus ihren Rohren schossen. Sie flogen 50 Meter weit durch die

Luft, tauchten mit mächtigem Platschen ins Wasser ein und begannen schon mit der Suche nach der USS *Greenville*.

Auf der *Kaufman* hatte man den Rauch sehr wohl entdeckt. Sofort wurde die Sichtung vom Lageraum an den Kreuzer weitergeleitet: »Chinesischer Zerstörer hat von seiner Steuerbordseite aus zwei Torpedos gelöst ...«

Gleichzeitig wurde über Unterwassertelefon zur *Greenville*, die sich nach wie vor unter dem Kiel der Fregatte aufhielt, Kontakt aufgenommen, nur um festzustellen, dass man dort bereits Bescheid wusste. Im Sonarraum des Unterseeboots hatte man schon Bruchteile von Sekunden vorher mitbekommen, was an der Oberfläche passiert war.

»Wir haben sie schon. Aktive Sucher ... Ping-Intervall auf fünfzehnhundert Meter ... Erhöhe Fahrtstufe auf dreißig Knoten. Alle Abwehrsysteme aktive und passive Düppel ausgestoßen.«

Judd Crocker stand zusammen mit Tom Wheaton in der Zentrale der *Greenville*. »Moment mal, Tom. Wie war das?« sagte er. »Die Aale laufen fünfunddreißig Knoten. Das macht fünf Knoten Differenz zu unserer Fahrt. Also brauchen die Aale etwa neun Minuten, bis sie hier sind, richtig?«

»Exakt, Sir. Aber wir haben schon Störmittel vom Typ Emerson Mark zwo da draußen. Die Dinger dürften diesen alten chinesischen Torpedos technisch um Lichtjahre voraus sein. Wenn wir sie auch nicht abhängen, austricksen können wir sie.«

Die *Greenville* zischte weiter durchs Wasser, verfolgt von Oberst Lees vergleichsweise primitiven Waffen, die inzwischen längst von den Düppeln völlig verwirrt wurden. Jedes Mal, wenn das Suchsonar der chinesischen Torpedos ein »Ping« von sich gab, pingten die Emerson-Störmittel sofort zurück und teilten den stählernen Gehirnen in den chinesischen Torpedos mit: *Huhu, hier bin ich. Ich bin ein richtig schön großes amerikanisches Unterseeboot ... Komm doch und fang mich ... Hierher ... Heiß, ganz heiß!*

Die *Greenville* hatte vier Düppel ins Wasser ausgestoßen, was die Verwirrung für die heranzischenden Torpedos natürlich vervierfachte.

Drüben auf der *Vella Gulf* hatte Captain Freeburg die *Xiangtan* schon längst aufs Korn genommen. Endlich durfte er aktiv werden: »*Harpoons* eins und zwei startklar machen ...«

»Rampen eins und zwei fertig.«

»*Start eins und zwei!*«

Das Röhren der Startraketen der beiden feuerspuckenden Flugkörper war ohrenbetäubend. Jeder Mann der Besatzung, der gerade nichts zu tun hatte, konnte beobachteten, wie die Lenkwaffen in den Himmel kreischten, immer höher und höher, bevor sie sich schließlich wieder nach unten neigten und scheinbar dem Meer entgegenstürzten, sich dann aber in 250 Meter Höhe abfingen und auf den Weg machten, ihre tödliche Aufgabe zu erledigen.

Captain Freeburg, der sein Schiff immer noch direkt Steuerbord voraus der *Xiangtan* postiert hatte, befahl den beiden 5-Zoll-Geschützen vorn und achtern das Feuer auf den Zerstörer zu eröffnen, um diesen endgültig zu versenken. Die Granaten erreichten das chinesische Kriegsschiff noch vor den Flugkörpern und schlugen in dessen Aufbauten ein, wo sie sofort den Lageraum, den Funkraum, die Brücke und das Hubschrauberdeck verwüsteten.

Oberst Lee befahl den sofortigen Vergeltungsbeschuss, doch dafür war es bereits zu spät. Im selben Moment schlugen die beiden *Harpoon*-Lenkwaffen mit verheerender Gewalt in die Backbordwand des chinesischen Zerstörers ein. Mit einem Kawumm zerplatzte die *Xiangtan* in einem gewaltigen Feuerball. Ein schwarzer Rauchpilz stieg 50 Meter hoch in den regnerischen Himmel. Binnen weniger Augenblicke war das Schiff verschwunden. Es hinterließ nur wenige Spuren, die auf seinen plötzlichen Tod hindeuteten: einen Ölfleck, der sich immer weiter über den Pazifik ausbreitete.

Captain Freeburg und seine Männer standen noch eine Weile da und beobachteten gebannt die rauchverschleierten Folgen der gigantischen Zerstörung, die sie angerichtet hatten. Zweifel an der Richtigkeit ihres Tuns oder gar Gewissensbisse plagten sie nicht, obwohl hier gerade ein paar Hundert Menschen ihr Leben gelassen hatten.

»Die hätten dasselbe mit uns gemacht, oder, Sir?« sagte ein blutjunger Lieutenant verdruckst.

»Darauf können Sie Gift nehmen, Jack. Es wäre besser für die Chinesen gewesen, wenn sie es sich noch einmal überlegt hätten, bevor sie ein flügellahmes amerikanisches Unterseeboot auf hoher See angreifen. Wir sind hier in internationalen Gewässern.

Die haben so ziemlich gegen jedes Gesetz der Seefahrt verstoßen. Nicht gerade clever, was die da abgezogen haben.«

In der Zwischenzeit verfolgten Judd Crocker und Tom Wheaton unten in der *Greenville* mit fachlichem Interesse die Arbeit der Störkörper. Auf den kleinen Computermonitoren konnten sie beobachten, wie der eine Torpedo völlig harmlos rund 100 Meter an Backbord und der andere sogar noch weiter entfernt an Steuerbord an ihnen vorbeilief. Keiner fand ein Ziel, keiner explodierte.

Commander Wheaton griff zum Unterwassertelefon, hörte, was sich oben zugetragen hatte, und kündigte daraufhin an, gleich an die Oberfläche zu tauchen. Er wolle den Schaden am Turm zumindest notdürftig reparieren. »Der Eimer veranstaltet einen Radau, mit dem er mir ziemlich unmissverständlich mitteilt, dass er sich alles andere als wohl fühlt.«

Innerhalb der nächsten zehn Minuten hatte Admiral Barry auch schon die *Reuben James* detachiert, nach eventuellen Überlebenden zu suchen, und außerdem einen Treffpunkt festgelegt, wo das Unterseeboot seine Passagiere auf den Flugzeugträger transferieren konnte. Sobald dies geschehen sei, wolle er mit dem Gefechtsverband sofort Kurs auf Pearl Harbor nehmen. Es heiße, dass aus irgendeinem Grund der Präsident persönlich U. S. Navy SEALs und die gerettete Mannschaft der USS *Seawolf* in Empfang nehmen wolle.

# KAPITEL DREIZEHN

Freitag, 21. Juli, Mittagszeit
Oval Office

Präsident Clarke war zum ersten Mal in der jetzt sechs Jahre dauernden Zusammenarbeit mit Admiral Morgan zutiefst verwirrt, was diesen anging. Er kam mehr und mehr zu dem Schluss, dass dieser Feuer fressende Admiral langsam nicht mehr wusste, wo seine Grenzen lagen.

Vor zwei Stunden hatte der Präsident eine Mitteilung herausgegeben, in der er ankündigte, Anfang nächster Woche nach Hawaii zu fliegen, um dort an Bord des Flugzeugträgers *Ronald Reagan* zu gehen, der seinen Sohn nach Hause brachte. Im Handumdrehen hatte er auch schon eine Rückmeldung von Admiral Morgan auf dem Tisch, die sinngemäß lautete: »Sie sind wohl bescheuert!« Natürlich war die tatsächliche Formulierung eine andere gewesen: »Nicht grade eine berauschende Idee, Sir. Bei näherer Betrachtung könnte man durchaus sagen, dass es eine ausgesprochen schlechte Idee ist. Wenn ich heute bei Ihnen bin, werden wir alles Weitere besprechen.«

Der Präsident war es nicht gewohnt, auf solche Weise bevormundet zu werden. Andererseits wusste er, dass er in einer Diskussion mit dem Sicherheitsberater keinen Stich haben würde. Morgan gab keine Mitteilungen wie diese Antwort heraus, wenn er nicht hieb- und stichfeste Gründe hatte. Einerlei, der Präsident wünschte sich nichts mehr, als so schnell wie möglich seinen Sohn Linus in die Arme schließen zu können. Er sollte verdammt sein, wenn er sich von diesem polternden Admiral davon abbringen ließe.

Während er in übler und bockiger Laune wartete, kam ihm nicht in den Sinn, dass sein Sohn sich nur deshalb im Schutz eines gigantischen amerikanischen Flugzeugträgers befand und nicht mehr in einem chinesischen Gefängnis, weil jemand entschlossen, aggressiv und intelligent gehandelt hatte: Arnold Morgan.

Präsident Clarke war völlig verblendet. Er dachte nur daran, wie ungerecht es war, ausgerechnet jetzt – er war immerhin der mächtigste Mann der freien Welt – von einem bescheuerten Militär daran gehindert zu werden, seinen einzigen Sohn zu sehen. Das musste er sich doch nun wirklich nicht bieten lassen. Nein, wirklich nicht. Arnold Morgan konnte hingehen, wo der Pfeffer wächst. Er, Präsident Clarke, würde seinen Sohn demnächst in Hawaii treffen – und damit basta.

Die Tür wurde geöffnet und der Admiral trat ein. »Hallo, Sir«, sagte er leutselig, »Sie wirken irgendwie bedrückt. Was ist los?«

»Arnold. Ich finde, Sie sind mit Ihrer kleinen Notiz übers Ziel hinausgeschossen. Dabei war ich bislang der Ansicht, dass Sie vor allen anderen Menschen verstünden, wie die Gefangennahme und die möglichen Folterungen meines Sohnes in den vergangenen Wochen auf mich gewirkt haben.«

»Notiz, Sir? Was meinen Sie damit?«

»Hawaii, Arnold. Dass ich nach Hawaii reisen werde.«

»Ach das, Sir. Richtig. Das können Sie vergessen. Sie können so ziemlich alles tun, wonach Ihnen der Sinn steht, aber keinesfalls können Sie nach Hawaii.«

»Darf ich Sie denn wenigstens fragen, warum nicht? Wer sollte mich daran hindern?«

»Sir, mein einziges Bestreben ist, Sie am Selbstmord zu hindern. Politisch gesehen natürlich.«

»Dann sollten Sie sich vielleicht etwas präziser ausdrücken.«

»Also, der Knackpunkt ist die *Seawolf*. Wie Sie wissen, haben wir das Boot unter äußerst mysteriösen, wenn nicht sogar unter Umständen verloren, die man als finster bezeichnen kann. Ein atomarer Zwischenfall im Reaktor nach einer Havarie im Südchinesischen Meer, okay? Nun, zumindest bis jetzt haben die Medien nur geringes Interesse gezeigt, da keine enormen Opfer zu beklagen sind und Unfälle nun einmal passieren können. Die können derzeit auch nicht allzu viel ausgraben, weil wir sie auf den Abschlussbericht dieser chinesischen Wichser vertrösten. Und aus Kanton und Peking erfahren die sowieso nichts.

Im Augenblick ist also alles wunderbar ruhig. Es ist nichts über die Crew an die Medien gegangen, auch nichts über die Umstände ihrer Rückkehr. Die Meute wartet jetzt auf eine Stellungnahme der Navy, sobald die Jungs in San Diego eintreffen. In der Zwischenzeit spielen wir das Ganze einfach herunter, nach dem Motto: Alles nur ein Unglücksfall. Die Chinesen haben nur zu helfen versucht. Es hat aber eine Fehlfunktion im Reaktorkern gegeben. Nur ein Ventil. Und ganz hinter vorgehaltener Hand sagen wir, man könne doch froh darüber sein, dass das alles nicht hier passiert ist. Und die Chinesen hätten sich auch schon ganz tapfer dafür entschuldigt, dass sie versehentlich an Sachen herumgespielt haben, von denen sie keine Ahnung haben. Es ist also nicht viel Schlimmes passiert.

Also, Sir. Wir wissen natürlich, dass die Tatsachen ganz erheblich von dieser Darstellung abweichen. Wir waren es schließlich selbst, die eine enorme Atomkatastrophe in Kanton ausgelöst haben. Und dann sind wir Ihres Sohnes wegen verdammt nahe an einem Krieg mit China vorbeigeschlittert. Hand aufs Herz, Sir: Hätte er sich nicht an Bord der *Seawolf* befunden, wären wir ganz sicher nicht so weit gegangen ... Wir haben ein Gefängnis auf einer chinesischen Insel in die Luft gejagt, rund hundert chinesische Soldaten getötet und zwei chinesische Kriegsschiffe versenkt, wovon eins sogar der derzeit größte Zerstörer der ganze Marine Chinas war. Außerdem haben wir bei der Gelegenheit zwei Hubschrauber gesprengt und unser Land bis an den Rand eines Seekriegs im Südchinesischen Meer getrieben. Ich rede hier von Vorfällen, bei denen wirklich schon scharf geschossen und Lenkwaffen gestartet worden sind. Dabei waren wir es, die mit allem angefangen haben, indem wir ein großes amerikanisches Atom-Unterseeboot mit dem Auftrag, Spionage zu betreiben, bis tief in chinesische Hoheitsgewässer hineingeschickt haben.

Das Ganze ist zweifellos die dickste militärische Einzelaktion gewesen, seit Schwarzkopf am Golf die Kameltreiber zusammengeschlagen hat, Sir.«

»Ich kann aber immer noch nicht erkennen, was das alles mit dem Wunsch zu tun haben soll, meinen Sohn zu treffen?«

»Weil gerade Sie, Sir, wenn Sie sich irgendwohin auf den Weg machen, automatisch so um die zweihundert Personen im Schlepptau haben werden, die Angehörige der amerikanischen Medien sind. Und die werden dann sehr schnell darauf kommen, dass sich Linus entweder an Bord der *Seawolf* befunden haben könnte oder definitiv dort befunden hat. Dann wollen sie Stellungnahmen, Gelegenheiten zum Fotografieren und Gott allein weiß was sonst noch alles. Sie selbst, Mr. President, werden die Meute genau ins Zentrum der größten Story führen, die man sich nur vorstellen kann. Sie bringen die Typen dann auch gleich in Kontakt mit sechzig zurückkehrenden Navy SEALs und mehr als hundert ehemaligen Gefangenen der Chinesen. Und die wiederum haben schließlich hautnah mitbekommen, dass da draußen eine Vollblut-Kampfhandlung zwischen den USA und China stattgefunden hat, bei der es jede Menge Tote gab. Machen Sie jetzt keinen Fehler. Das war ein kleiner, heimlicher und höchster Geheimhaltung unterliegender Krieg.«

»Da können wir doch sowieso nicht für immer den Deckel draufhalten.«

»O doch, Sir, das können wir. Den Chinesen ist genauso wenig wie uns daran gelegen, die Sache ans Licht zu bringen. Die wollen vor der Weltöffentlichkeit nicht ihr Gesicht verlieren. Für uns dagegen würde die ganze Sache als absolut rücksichtsloses militärisches Abenteuer dastehen, quasi als Zeichen von Tyrannei globaler Dimension. Aber es gibt etwas, Sir, was im Grunde noch wichtiger ist ... und das betrifft Sie als obersten Befehlshaber persönlich. Sie müssten dann nämlich den Verlust eines Milliarden Dollar teuren Unterseeboots erklären – eines Boots, dessen Entwicklung und Bau Milliarden verschlungen haben. Geld der Steuerzahler. Stehen wir dann nicht automatisch als die inkompetenteste Marine und die dubioseste Regierung in der gesamten Geschichte dieses Landes da? Für die Medienvertreter wäre das ein gefundenes Fressen.

Und Sie, Sir, sind jetzt auf dem besten Wege, zweihundert handverlesene Journalisten der Spitzenklasse ausgerechnet an den einzigen Ort auf dieser Erde zu führen, an dem sie die ganze Story direkt frei Haus geliefert bekommen und nur noch zu diktieren brauchen. Seeleute reden viel, wenn der Tag lang ist. Natürlich können Sie versuchen, alle Männer zur Geheimhaltung zu vergattern. Aber es braucht nur einen Einzigen, der nach ein paar Bierchen dann doch nicht dichthält, und schon haben Sie es mit etwas zu tun, gegen das ein Präriebrand ein harmloses kleines Grillfeuer ist.

Reisen Sie nicht nach Hawaii, wird auch keiner von denen dorthin reisen, weil die dann noch nicht einmal wissen werden, dass der Flugzeugträger sich überhaupt auf dem Weg nach Pearl Harbor befindet. Reisen Sie dagegen, werden Sie sich schneller, als Ihnen lieb ist, mit einem wahren Sturm der Kontroversen wiederfinden. Die linksgerichtete Presse wird Sie ans Kreuz schlagen – ganz besonders dann, wenn die herausbekommt, dass es Opfer unter den Amerikanern gegeben hat.«

»Aber, Arnold. Nach allem, was Linus durchgemacht hat… können Sie sich denn gar nicht vorstellen, wie schlimm sich der Junge fühlen muss, wenn ich nicht komme?«

»Bestimmt nicht so schlimm, wie er sich fühlen würde, wenn er immer noch im Knast auf Xiachuan Dao sitzen würde.«

»Arnold, bei allem schuldigen Respekt. Ich glaube, Sie wollen mich nicht verstehen.«

»Sir, wenn Sie auf Ihrem Standpunkt beharren, sind *Sie* es, der nicht versteht. Vielleicht habe ich mich noch nicht deutlich genug ausgedrückt. Mr. President, wenn irgendetwas von diesem Kram in die Medien gelangt, kann es das endgültige Aus für Ihre Regierung bedeuten. Es wäre nur noch eine Frage der Zeit, bis sich jemand die Frage stellt, ob dieser Präsident tatsächlich bereit gewesen wäre, in aller Heimlichkeit einen Krieg mit der Volksrepublik China vom Zaun zu brechen, nur um seinem Sohn den Arsch zu retten.

Sir, ich kann es einfach nicht zulassen, dass Sie das tun. Sie können nicht nach Pearl Harbor reisen, um dort an Bord des Trägers zu gehen. Ist Ihnen denn wirklich so viel daran gelegen, im gottverdammten Fernsehen aufzutreten und allen erklären zu müssen, wie Sie es geschafft haben, ein 9000-Tonnen-Atom-Unterseeboot zu verlieren…? Bitte, Sir… ich habe Ihnen versprochen, dass ich ihn zurückhole. Und nun möchte ich von Ihnen das Versprechen, dass sie uns die Sache auf unsere Weise erledigen lassen. Vergessen Sie bitte nie, Sir, das alles habe ich ausschließlich für Sie persönlich getan.«

Der Präsident hatte sich inzwischen erhoben. Jetzt nickte er schweren Herzens. »Ich sehe es ein, Arnold. Wirklich. Und ich bin Ihnen auch unendlich dankbar. Aber ich möchte Sie um einen Gefallen bitten.«

»Sicher.«

»Können Sie sich nicht in den nächsten zwanzig Minuten etwas einfallen lassen, wie ich meinen Jungen trotzdem sehen kann? Wo wir dann nicht die geschilderten Schwierigkeiten bekommen?«

Der Nationale Sicherheitsberater lächelte. »Geht in Ordnung, Sir. Lassen Sie mir ein bisschen Zeit. Ich bin in einer halben Stunde zurück. Halten Sie die Ohren steif, mir wird schon etwas einfallen.«

»Danke, Arnold. Ich weiß das zu schätzen.«

Admiral Morgan ging langsam in sein Büro zurück, was für ihn äußerst ungewöhnlich war, da er normalerweise mit einer Wucht daherdampfte, die einem Flugzeugträger alle Ehre machte. Sonst hatte man stets den Eindruck, er würde glatt durch jede Tür hindurchrennen, der er sich gerade näherte, und dabei eine Wolke aus Holzsplittern und verbogene Scharniere im Rahmen hinter sich zurücklassen. Diesmal ging er jedoch langsam, mit gesenktem Kopf und tief in Gedanken versunken.

»Fange ich jetzt auch schon an, mir Sachen einzubilden«, murmelte er, »oder ist dieser Präsident auf dem besten Wege, sich die Dinge aus den Händen gleiten zu lassen? Herr in Himmel, ich habe ihm doch wirklich alles haarklein dargelegt, aber der schien die Ohren auf Durchzug gestellt zu haben. Das ist völlig untypisch für ihn. Der ganze Scheiß mit Linus hat ihn stark belastet, das steht außer Frage. Aber wir haben den doch da rausgeholt, jetzt sollte er doch endlich in der Lage sein, wieder etwas Abstand zu allem zu gewinnen. Zumindest wenn er auch weiterhin im Amt bleiben will.

Und gerade jetzt beschäftigt er sich mehr mit diesem Jungen, als für irgendjemanden gut sein kann ... Gütiger Gott, er muss doch einfach sehen, was passiert, wenn er das ganze Washingtoner Pressecorps mit nach Pearl Harbor nimmt.«

Er bog um die Ecke zu seinem Büro und betrat das Vorzimmer, in dem Kathy gerade telefonierte. »Komm bitte mal rein, sobald du damit fertig bist«, sagte er nur, während er, immer noch gemächlichen Schritts, zu seinem Schreitisch hinüberging.

Drei Minuten später kam Kathy herein und schloss die Tür hinter sich. »Du brauchst mir nichts zu erzählen«, sagte sie. »Er will mit dir nach Hawaii reisen, während ich hier bleiben soll, um die Stellung zu halten.«

»Falsch. In beiden Punkten. Er wird sich zu keinem Ort begeben, der auch nur in der Nähe von Hawaii liegt. Und wir auch nicht. Und damit wird ein kleiner Mann aus Oklahoma ganz allein in seinem Oval Office sitzen bleiben.«

»Du hast ihm doch wohl nicht gesagt, dass er nicht reisen darf, oder? Er ist schließlich der Präsident.«

»Doch, hab ich. Und außerdem habe ich ihm bei der Gelegenheit auch gleich gesteckt, dass er sich sein Amt in den Hintern schieben kann, wenn er weiterhin auf dieser Reise beharrt.«

»O Mann. Ich hab dir doch gesagt, du sollst dich zurückhalten. Er ist auf dem besten Wege, Zwangsvorstellungen zu entwickeln, was diesen Jungen angeht. Es würde mich inzwischen nicht mal mehr wundern, wenn er zum Katholizismus konvertiert, nur weil Linus vor dem sicheren Tod bewahrt wurde.«

»Tja, selbst als ich ihm in aller Deutlichkeit dargelegt habe, welche Konsequenzen eine Reise nach Pearl Harbor hat, wollte er, dass ich irgendeinen Weg finde, wie er doch noch mit Linus zusammentreffen kann. Nicht etwa erst später, sondern möglichst im gleichen Augenblick, da der Flugzeugträger in Hawaii festmacht… Ich fürchte, das ist etwas, was ich nun wirklich nicht zuwege bringen kann… Das wird ihn mit Sicherheit schwer enttäuschen.«

Morgan und Kathy aßen zusammen zu Mittag, wobei sie sich ein mittelgroßes Thunfisch-Sandwich teilten. Er würgte die Bissen irgendwie hinunter, spülte mit einem Glas Mineralwasser nach und bereitete sich darauf vor, wieder beim Präsidenten vorzusprechen.

»Im Augenblick gibt an diesem unsicheren Ort nur zwei Dinge, die absolut sicher sind«, knurrte er. »Eins davon ist, dass der Häuptling das, was ich ihm zu sagen habe, ganz sicher nicht besonders gern hören wird, und das andere, dass wir für heute Abend irgendetwas Gescheites zu essen finden müssen. Steaks mit Pommes frites… dazu einen Bordeaux oder zwei.«

Eigentlich hatte Kathy vorgehabt, ihn darauf hinzuweisen, dass heute Freitag war und ihr streng genommen mehr der Sinn nach Fisch stand, so wie sie es seit ihrer Kinderzeit gewohnt war, doch jetzt musste sie einfach zu herzhaft lachen, um einen zusammenhängenden Satz herauszubringen. Sie schüttelte nur den Kopf, als sich ihr Arnold, der Nationale Sicherheitsberater des Präsidenten, zielstrebig auf den Weg zurück ins Oval Office machte.

»Sir«, sagte er, »Sie können nicht reisen. Es ist zu öffentlich, zu gefährlich. Am Ende riskieren Sie noch ein Amtsenthebungsverfahren, wodurch mit Sicherheit die Demokraten wieder ans Ruder kommen. Das Äußerste, was ich Ihnen anbieten kann, ist, unter irgendeinem Vorwand eine Handvoll Offiziere aus der Crew der *Seawolf* direkt von Hawaii nach San Diego einfliegen zu lassen, zusammen mit der Führungsmannschaft der SEALs. Danach erst können wir Linus und ein, zwei andere aus dieser Gruppe weiter nach Washington fliegen lassen, um ihn dann in aller Heimlichkeit hierher zu schaffen. Das ist aber wirklich das Äußerste. Hawaii läuft nicht. Keinesfalls. Ausgeschlossen. Sie bleiben hier, Mr. President. Hier und nirgendwo sonst. Genau hier.«

Der Präsident konnte sich ein Schmunzeln nicht verkneifen. »Sind Sie ganz sicher, Arnold, dass Sie jetzt nicht ein bisschen überreagieren? Ich will doch nur dieses Schiff besuchen, wie es jeder andere Angehörige auch tun wird.«

»Sie sind aber nicht jeder andere. Amerika hat in dieser Angelegenheit massive Fehler begangen. Wollen Sie denn wirklich, dass das alles ans Tageslicht gezerrt wird? Nein, antworten Sie mir nicht. Ich weiß, dass Sie das nicht wollen. Vertrauen Sie mir. Denken Sie darüber nach. Für heute Nachmittag habe ich den chinesischen Botschafter zu einem kleinen Plausch einbestellt. Ab heute 1700 werden dann die kürzlich auf dem Chinesischen Meer stattgefundenen Ereignisse niemals passiert sein. Beide Regierungen werden aus zwar unterschiedlichen, aber gleichermaßen subversiven Gründen, die alle mit einer totalen Peinlichkeit zu tun haben, sicherlich damit einverstanden sein.«

Dann stand er auf und fragte ganz schlicht: »Möchten Sie jetzt, dass ich Linus auf dem Luftweg nach Hause hole, und zwar so schnell und heimlich, wie möglich oder nicht?«

»Arnold, ich danke Ihnen. Ich bin Ihnen dankbarer, als Sie jemals ahnen werden.«

Freitag, 21. Juli, 1530
Büro des CNO im Pentagon

»Joe, pass auf, wir haben hier ein echtes Problem. Der Präsident fängt an, aus dem Ruder zu laufen.«

»Was meinst du damit: aus dem Ruder laufen? Mensch, Arnie, wir reden hier schließlich vom besten Präsidenten, den das Militär je hatte.«

»Das mag stimmen. Aber jetzt ist er auf dem besten Weg, sich zu einer verdammten Zeitbombe zu entwickeln. Das Einzige, was er derzeit im Kopf hat, ist sein Sohn Linus. Er hat doch tatsächlich vorgehabt, nach Hawaii zu reisen, um den Jungen dort zu treffen, und zwar in Begleitung des allmächtigen Washingtoner Pressecorps. Zweihundert Pressefuzzis, die dann jeden Seemann, dessen sie in Pearl Harbor habhaft werden, über die Vorgänge im Südchinesischen Meer in die Mangel nehmen.«

Admiral Mulligan sog scharf die Luft ein. »Um Himmels willen, Arnie, du machst Scherze?«

»Scherze! Yeah, richtig. Ein kleiner Witz meinerseits, um unser beider Chancen auf einen Herzinfarkt etwas zu verbessern. Joe, wenn die ganzen Hintergründe jemals herauskommen sollten, wird es einen Regierungswechsel geben. Man wird uns alle mit Schimpf und Schande rausschmeißen. Den Präsidenten nicht ausgeschlossen.«

»Hat er das kapiert?«

»Kaum. Ich hab versucht, ihm klarzumachen, dass seine einzige Chance in einer völligen Geheimhaltung liegt. Aber das kümmert ihn offensichtlich nicht die Bohne. Ihn interessiert einzig und allein, dass er schnellstens seinen Sohn wieder sieht.«

»Glaubst du denn, dass eine völlige Geheimhaltung überhaupt möglich ist?«

»Na ja, keine völlige. Im Grunde wollen wir das ja auch gar nicht. Wir müssen nur irgendwie die Angelegenheit mit dem Verlust des Unterseeboots auf die Reihe bekommen. Eine Erklärung dafür finden, wie alles dazu gekommen ist. Wer für den ganzen Schlamassel verantwortlich ist. Das wird zwar eine harte Nummer, geht aber in erster Linie nur die U.S. Navy was an. Über die Befreiungsmission selbst darf aber nichts durchsickern. Das Gleiche gilt selbstverständlich für die Hintergründe, die mit dem Untergang des Boots zu tun haben.«

»Wie passen denn da die SEALs und die freigelassenen Gefangenen ins Bild?«

»Gar nicht. Wir dürfen einfach nicht eingestehen, dass es jemals irgendwelche Gefangenen gegeben hat. Und auf gar keinen Fall dürfen wir was darüber verlauten lassen, dass wir es deretwegen zu echten Kampfhandlungen haben kommen lassen, ohne den Kongress zu informieren. Alles wegen diesem Linus. Ohne den hätten wir versucht, die Gefangenen und das Boot über Verhandlungen freizubekommen. Die hätten zwar wahrscheinlich zu keinem Ergebnis geführt, aber als nächster Schritt wäre dann die Drohung mit massivem wirtschaftlichem Druck gefolgt. Das hätte irgendwann funktioniert, wenn auch nicht gleich.«

»Und du glaubst allen Ernstes, dass wir die ganzen Hintergründe geheim halten können?«

»Ja. Weil die Chinesen nämlich genauso sehr daran interessiert sind, dass nichts davon herauskommt.«

»Woher willst du das wissen?«

»Ich weiß es, weil ich vor einer Stunde mit dem chinesischen Botschafter gesprochen habe. Zumindest dieses Mal standen wir ganz und gar auf derselben Seite. Er wusste ganz genau, welche Katastrophe unvermeidlich eintreten wird, wenn das alles ans Tageslicht kommt. Wenn überhaupt möglich, macht sich seine Regierung noch weit größere Sorgen als wir uns. In Peking und Kanton herrscht absolute Nachrichtensperre.«

»Was bereitet denen denn ein solches Kopfzerbrechen?«

»Also, keinesfalls die Tatsache, dass sie das Unterseeboot und seine Besatzung in internationalen Gewässern gekapert haben. Die dazu passenden Lügen zu erfinden war für sie nicht mehr als eine kleine Fingerübung, die hätten sie endlos fortführen können. Sie beunruhigt weit mehr, dass sie nicht in der Lage gewesen sind, unsere Leute in Gefangenschaft zu halten, dass ihr Gefängnis gestürmt und überrannt wurde, dass sie ein Patrouillenboot und zwei immens teure Hubschrauber verloren haben. Mal ganz zu schweigen von einem Zerstörer und dreihundert Mann Besatzung. Der Oberbefehlshaber der chinesischen Marine wird das Desaster nach Aussage des Botschafters nicht überleben. Für die Chinesen stellt das alles in allem einen geradezu unglaublichen

Gesichtsverlust dar, einen Beweis unglaublicher Inkompetenz. Die halten sich für harte und fähige Militärs, aber wir haben sie wie kleine Kinder aussehen lassen.«

»Tja, Arnie, das heißt also, beide Seiten tun so, als ob das Unterseeboot bei einem Unfall verloren ging und die Mannschaft im besten Einverständnis sicher nach Hause zurückkehren konnte.«

»Du hast's erfasst, Joe. Damit kann ich auch ausgezeichnet leben, solange die kleinen Wichser verstanden haben, dass *niemand* unsere Navy verarschen darf. *Niemand.* Und wenn es irgendjemand doch versucht, dass er das dann sein Leben lang bedauern wird.«

»Kann es sein, dass unser alter Freund Admiral Zhang es ein bisschen bedauert, was er da angerichtet hat?«

»Hoffe ich doch stark für diese Grinsebacke.«

»Womit wir auch gleich beim nächsten Problem wären, Arnie. Wie sollen wir als Navy mit dem Totalverlust eines unserer Spitzen-Unterseeboote umgehen?«

»Auf ganz offizielle Art und Weise. Es hat eben im Südchinesischen Meer einen Unfall gegeben. Irgendetwas mit dem Reaktor. Die damit verbundene Energieeinbuße hat zu einer Kollision mit einem in unmittelbarer Nähe stehenden Zerstörer geführt. So viel ist ohnehin schon bekannt. Die Chinesen haben daraufhin auf einen Hilferuf des Kommandanten reagiert und die *Seawolf* nach Kanton eingeschleppt. Dort haben sie sich dann bei dem Versuch, das Unterseeboot wieder instand zu setzen, urplötzlich mit einem weiteren Reaktorproblem konfrontiert gesehen, das schließlich zu dessen völligem Versagen geführt hat. Die Chinesen bedauern ganz außerordentlich ihre Beteiligung an der völligen Zerstörung des Boots, und wir übermitteln ihnen unsere Dankbarkeit für die Anstrengungen, uns bei der Havarie geholfen zu haben. Mehr kriegt die Presse nicht zu hören. Von keiner Seite.«

»Aber was ist, wenn unsere Jungs nicht dichthalten?«

»Wenn jemand quatscht, wird er entlassen, weil er geistesgestört ist.«

»Und was ist mit dem Präsidenten selbst? Zieht der denn mit am gleichen Strang?«

»Der Präsident steht im Augenblick außen vor. Der will nur noch die beiden letzten Jahre seiner zweiten Amtszeit absitzen und seinen über alles geliebten Sohn so schnell wie möglich in die Arme schließen.«

»Das heißt also, wir müssen jetzt erst mal einen Navy-Untersuchungsausschuss organisieren, was?«

»Genau, Joe. Die ganze Angelegenheit wird in San Diego unter der Schirmherrschaft des CINCPAC stattfinden. Macht ja auch Sinn, schließlich ist der Captain Crockers höchster Vorgesetzter. Damit ist er auch gleichzeitig der Mann, der die Entscheidung darüber treffen muss, wie es im Anschluss an die Untersuchung weiterzugehen hat.«

»Ich kann nur hoffen, dass dabei nicht allzu viel schmutzige Wäsche gewaschen wird ... obwohl ich irgendwie glaube, dass es unvermeidlich sein wird.«

»Das kannst du laut sagen. Auch die U.S. Navy darf es sich nicht erlauben, ein Milliarden Dollar teures taktisches Atom-Unterseeboot zu verlieren, ohne eine offizielle Erklärung abzugeben, und zwar sowohl gegenüber der Regierung als auch dem Steuerzahler.«

»Du willst doch damit hoffentlich nicht andeuten, dass die Anhörungen öffentlich über die Bühne gehen sollen?«

»Ach was. Sie werden selbstverständlich unter Ausschluss der Öffentlichkeit durchgezogen, wenn auch mit jeder Menge Zeugen. Die Resultate selbst werden allerdings publik gemacht. Das heißt, der Untersuchungsbericht wird veröffentlicht, mit allen darin enthaltenen Empfehlungen.«

»Das könnte ganz schön hart werden ... wenn die nämlich zu dem Schluss kommen, dass den Offizieren der Schiffsführung strenge Verweise zu erteilen oder sogar Tadel auszusprechen sind.«

»Und das könnte möglicherweise noch nicht einmal das Ende der Fahnenstange sein«, sagte Admiral Morgan.

»Wie bitte?«

»In einem Fall wie diesem könnte sogar die Empfehlung ausgesprochen werden, den Kommandanten oder seinen Ersten Offizier – oder sogar beide – vor ein Militärgericht zu stellen.«

»Ein Kriegsgerichtsverfahren? Mensch, Arnie, das glaubst du doch selbst nicht! Seit wann stellen wir denn unsere Leute wegen einer Nachlässigkeit vors Kriegsgericht? So was gibt es nur bei den Briten und endet dann meistens doch mit einem Freispruch des Kommandanten. Es liegt schon Jahre zurück, dass das Militärgericht der Navy jemanden verurteilt hätte, der sich nicht gerade etwas ausgesprochen Kriminelles hat zuschulden kommen lassen.«

»Kann sein, Joe. Kann sein. Aber in diesem speziellen Fall ist nichts mehr normal. Ich bin mal gespannt, ob es irgendjemanden gibt, der eine saubere Trennlinie zwischen einem echten, aber unentschuldbaren Fehler und grober Fahrlässigkeit ziehen kann… Wir haben es hier mit einem sehr, sehr kostspieligen Verlust zu tun… Was soll man von einem Kommandanten halten, der den eindeutigen Befehl hatte, unentdeckt zu operieren, sich aber zwei- oder sogar dreimal erwischen lässt und anschließend auch noch einen chinesischen Zerstörer auf die Hörner nimmt? Das hört sich doch an, als hätte das Boot unter dem Kommando eines total Bescheuerten gestanden. Joe, ich für meinen Teil wäre wirklich nicht besonders überrascht, wenn in dem Abschlussbericht die Empfehlung zu finden wäre, ein Sonder-Kriegsgericht einzuberufen. Es sei denn, man findet ein wirklich erstklassiges Alibi.«

»Na, dann wollen wir mal hoffen, dass man sich nicht gezwungen sieht, so weit zu gehen… denn das könnte jede Menge Staub aufwirbeln. Am besten weist man den Untersuchungsausschuss an, dass er seine Tätigkeit ausschließlich auf die Vorgänge zu beschränken hat, die zu dem Antriebsverlust des Unterseeboots im Südchinesischen Meer geführt haben. Ihm muss untersagt sein, irgendwelche Fragen zu stellen, die sich auf das beziehen, was *nach* dem Hilfeerbieten der Chinesen passiert ist. Andernfalls endet die Sache noch damit, dass sämtliche Details dieser grauenvollen Geschichte öffentlich werden. Damit wäre niemandem gedient.«

»Du sagst es. Das müssen wir unter allen Umständen verhindern, Joe. Bei der Untersuchung sollte deshalb von Anfang bis Ende ein Marinejurist vom Pentagon dabeisitzen, damit die Richtlinien auch strikt befolgt werden.«

»Das wird sich nicht vermeiden lassen, Arnie. Natürlich könnten auch einige Offiziere des Unterseeboots einen Rechtsbeistand brauchen. Vielleicht sollten wir das dem Captain sogar empfehlen.«

»Nun, da wird er schon von allein draufkommen, Joe. Und der Präsident wird wahrscheinlich einen Staranwalt für Linus bestallen. Ich persönlich habe kein Problem damit. Wir sollten den Präsidenten vielleicht sogar darin bestärken.«

»Allerdings wissen wir noch nicht, ob Linus überhaupt eine Rolle in dem ganzen Debakel gespielt hat.«

»Nein. Das nicht. Aber irgendwie habe ich da so meine Zweifel, dass Judd Crocker den ganzen Bockmist allein veranstaltet haben soll.«


Donnerstag, 27. Juli, 0900
Oval Office

»Arnold, kann ich das Ganze nicht stoppen?«

»Doch, Sir. Aber Sie können das unmöglich in aller Öffentlichkeit durchziehen. Dann bliebe Ihnen nämlich nichts anderes übrig, als zu sagen: ›Seht mal, Jungs, ich bin der gottverdammte oberste Befehlshaber sämtlicher Streitkräfte der Vereinigten Staaten von Amerika, und kraft dieses Amtes befehle ich euch, keine formelle Untersuchung über den Verlust der USS *Seawolf* anzustellen. Also, bleibt mir vom Leibe mit irgendwelchen Erkenntnissen und Empfehlungen. Vergesst die ganze Sache einfach.‹«

»So was geht natürlich nicht.«

»Zumindest nicht, wenn Sie noch länger hier arbeiten wollen.«

»Sehen Sie denn keine Möglichkeit, dass ich meine grundsätzliche Ablehnung zum Ausdruck bringe, dass man jetzt diese tapferen Männer vor Gericht zerrt? Wäre eine Missbilligungsäußerung meinerseits nicht schon völlig ausreichend?«

»Nein, Sir. Keinesfalls. Die Navy ist verpflichtet, jeden Verlust eines Kriegsschiffs der Flotte zu untersuchen. Daran kann niemand etwas ändern. Wir können nicht kurzerhand hingehen, die Sache als Pech abtun und das Schiff einfach abschreiben. Das lässt sich niemand bieten, schon gar nicht der Senatsausschuss für Militärangelegenheiten. Wir müssen für unsere Aktionen Rechenschaft ablegen. Sonst haben wir auf ewige Zeiten Schwierigkeiten bei der Mittelbewilligung.«

»Arnold, ich will doch nur jede Form von Kritik oder Schande von denjenigen fernhalten, die an der Sache beteiligt waren.«

»Sir, Sie können Ihren Standpunkt bekannt machen. Nach dem Falkland-Krieg hat es bei den Briten auch funktioniert. Sie fanden es damals durchaus vertretbar, auf sämtliche Kriegsgerichtsverhandlungen zu verzichten, die eigentlich obligatorisch gewesen wären. Die haben sieben Schiffe verloren, aber es gab nichts, was über eine normale Untersuchung hinausgeführt hätte. Allerdings glaube ich nicht, dass die Admiräle sehr erbaut darüber sein werden, wenn Sie deren Handlungsspielraum bei der Aufklärung eines wirklich ernst zu nehmenden Desasters beschneiden, das die Navy immerhin zwei Milliarden Dollar gekostet hat.«

»Und wenn wir es anders versuchen, Admiral? Ich könnte doch einfach damit drohen, dass ich die Steigerungen im Schiffsbaubudget nicht abzeichnen werde, wenn sie bei dieser Untersuchung nicht berücksichtigen, was ich ihnen sage?«

»Sir, wenn Sie irgendjemand anderem als mir, der ich loyal hinter Ihnen stehe, diese Frage gestellt hätten, würde man sofort alles daransetzen, Sie aus diesem Büro zu entfernen. Bitte bedenken Sie, Sir, dass Linus mit drinsteckt. Das macht Sie befangen … Sie haben ein Interesse, den eigenen Sohn jeglicher Schande, die ruchbar werden könnte, zu entlasten.«

»Arnold, natürlich bin ich voreingenommen. Ich will nicht, dass Schande auf Linus fällt. Das werde ich nicht zulassen. Sie haben meine Drohung vernommen. Machen Sie nicht den Fehler, meine Worte zu ignorieren, selbst wenn ich jederzeit dementieren werde, sie jemals ausgesprochen zu haben.«

»Sir, ich gehe sogar so weit, keinen einzigen der letzten Sätze aus Ihrem Munde jemals gehört zu haben.«

»Das mag eine weise Entscheidung sein oder auch nicht. Es kann Ihre geliebte Navy einige Flugzeugträger kosten.«

»Daran kann ich nichts ändern, Sir. Das Vetorecht zum Haushaltsplan ist Ihr Privileg, aber ich kann Ihnen nur empfehlen, dieses Recht nicht als erpresserische Waffe zu gebrauchen, nur um den Ruf Ihres Sohnes Linus zu schützen.«

Der Präsident erhob sich, schritt zum gegenüberliegenden Ende des Oval Office und kam dann wieder zurück. Dann stellte er die Frage, die ihm ganz offensichtlich schon seit einiger Zeit im Kopf herumspukte: »Haben Sie schon die Vorabberichte der *Seawolf* gelesen?«

»Nein, Sir.«

»Sind die denn überhaupt schon da? Haben die Admiräle sie vielleicht schon vorliegen?«

»Wahrscheinlich, Sir.«

»Haben Sie irgendeine Vorstellung davon, was sie enthalten?«

»Nein, Sir. Ich weiß lediglich von einem mächtigen Problem, das sie unmittelbar vor der Havarie im Südchinesischen Meer an Bord unseres Unterseeboots gehabt haben müssen.«

»Verfügen Sie da schon über Einzelheiten?«

»Nein, Sir.«

»Können Sie diese Berichte anfordern?«

»Jawohl, Sir.«

»Würden die Admiräle auf meine Vorstellungen eingehen?«

»Einem Elternteil eines ihrer Offiziere gegenüber? Möchte ich stark bezweifeln.«

»Nein, Arnold. Ihrem obersten Befehlshaber gegenüber.«

»Schon möglich, Sir. Die haben aber eine Waffe, der Sie nichts entgegensetzen können. Jemand könnte Sie des Korruptionsversuchs bezichtigen, vom Ausschuss zurücktreten und alles öffentlich machen. Dann stehen Sie als krummer Hund da.

So wie ich die Admiräle kenne, Sir, sind die sogar fähig, geschlossen zurückzutreten. Sie bewegen sich hier auf verdammt gefährlichem Boden. Im Augenblick sieht es nicht danach aus, dass Linus irgendwie in Gefahr schwebt. Nehmen wir doch einmal den schlechtesten Fall an – sagen wir mal, er hat irgendeinen Fehler begangen, vielleicht irgendeinen anderen verschlimmert. Das ist nichts Lebensgefährliches. Alles, was ihm blühen kann, wäre eine Rüge oder ein schriftlicher Verweis. Vielleicht aber auch gar nichts. Oder auch nur eine Ermahnung. So was gehört nun einmal zum Leben in der Navy, wenn man einen gewissen Rang erreicht hat …«

»Arnold, ich werde nicht zulassen, dass mein Sohn in aller Öffentlichkeit gerügt wird. Haben wir uns da verstanden?«

»Jawohl, Sir.«

»Können Sie und ich es denn nicht schaffen, ihn davor zu schützen? Mit unserer geballten Überzeugungskraft?«

»Nein, Sir. Die Navy wird sich jedwede Einmischungen in einen solch gravierenden Fall wie diesem verbieten. Die werden sich noch vor dem Kongress verantworten müssen, wenn Sie schon längst nicht mehr im Amt sind.«

»Wir werden sehen, Herr Sicherheitsberater. Danke, das wäre alles.«

Montag, 11. September, 0930
Stützpunkt der United States Navy
San Diego, Kalifornien

Der Untersuchungsausschuss war mit der Aufgabe betraut worden, »die Umstände zu klären, welche zur Havarie der USS *Seawolf* geführt haben, die am Mittwoch, dem 5. Juli 2006, kurz vor 0600 (Ortszeit) im Südchinesischen Meer stattfand«. Die Kommission tagte im Hauptkonferenzraum unter Vorsitz von Admiral Archie Cameron, dem Oberbefehlshaber der amerikanischen Pazifikflotte.

Der Admiral war ein hoch gewachsener Mann von 55 Jahren, dessen Haar langsam ergraute. Zuvor hatte er das Kommando über die 5. Flotte gehabt. In den 90er Jahren war er einige Jahre als Kommandant auf dem damals hochmodernen Lenkwaffenkreuzer USS *Ticonderoga* gefahren und galt heute als der potentielle Nachfolger Joe Mulligans als Chief of Naval Operations, wenn dieser in den Ruhestand treten würde.

Gleich zu seiner Rechten saß der Kommandeur der 7. Flotte, Vice Admiral Albie Peterson, und zu seiner Linken Rear Admiral Freddie Curran, der Commander Submarine Force Pacific (COMSUBPAC). Aus New London hatte man den erst kürzlich zum Kommandanten eines Unterseeboots der Trident-Klasse beförderten Captain Mike Krause eingeflogen. Das fünfte Mitglied des Untersuchungsausschusses war Captain Henry Bonilla, Kommandant der USS *Jimmy Carter*, des Schwesterschiffs der *Seawolf*.

Am einen Ende des langen Mahagonitischs hatte Lt. Commander Edward Kirk, der Marinejurist des Pentagons, Platz genommen, dessen Aufgabe darin bestand, den Untersuchungsausschuss daran zu hindern, auf Aspekte einzugehen, die nicht direkt mit der Kaperung des amerikanischen Unterseeboots durch die Chinesen zu tun hatten. Dazu gehörte selbstverständlich das damit verbundene Nachspiel. Jedem hier am Tisch war unmissverständlich klargemacht worden, dass etwaigen Einwänden Lt. Commander Kirks unbedingte Beachtung zu schenken war. Die Anordnung kam von Admiral Mulligan persönlich.

Der CNO hatte ernst zu nehmende Gründe, dafür zu sorgen, dass der Untersuchungsausschuss nicht außer Kontrolle geriet. In den Monaten vor der Eröffnung der Untersuchung hatten er und

Admiral Morgan endlose Stunden in Besprechungen mit den persönlichen Beratern des Präsidenten verbracht, die alle an nichts anderem interessiert waren, als die fairstmögliche Behandlung des Lt. Commander Linus Clarke zu gewährleisten. Der CNO hatte vehement die Meinung vertreten, dass die vorbereitenden Untersuchungsberichte ausschließlich in den Händen der U.S. Navy zu verbleiben hätten und dass niemand über den CINC-PAC hinaus Zugriff auf deren Inhalte haben sollte. Schon gar nicht Angehörige der beteiligten Offiziere. Keinesfalls aber der Vater des Mannes, der an diesem schicksalhaften Morgen das Kommando gehabt haben konnte.

Die Leute des Präsidenten hatten jedoch den Kampf angesagt. Ihre Argumentation lief darauf hinaus, dass der oberste Befehlshaber der gesamten Streitkräfte der Vereinigten Staaten von Amerika auf jeden Fall das Recht besitze, Einsicht in jedwedes Dokument zu nehmen, in das er Einsicht nehmen wolle. Fünf Tage hatte die Debatte um das Für und Wider gedauert, bis man schließlich darin übereingekommen war, einen Schlichter einzuberufen. Von beiden Seiten war dann die Bereitschaft bekundet worden, sich dem Spruch des Vorsitzenden der Vereinigten Stabschefs, General Tim Scannell, zu beugen.

General Scannell brauchte keine halbe Stunde, um sein Urteil gegen den Präsidenten zu fällen. Dieser werde sich in unverzeihlicher Weise kompromittieren. Es sei unvorstellbar, dass der Präsident irgendwelche Vorteile zu Gunsten des Lt. Commander Clarke herausschlage. Es könne nicht angehen, dass der Präsident vorab Einblick in die Akten erhalte, um dann gegen die Interessen der anderen beteiligten Offiziere zu agieren.

Nun, einen Vorteil konnte der Präsident für seinen Sohn herausschlagen, etwas, was bei Untersuchungen der U.S. Navy durchaus ungewöhnlich war. Er hatte erwirkt, dass seinem Sohn bereits während der gesamten Beweisaufnahme einer der besten Strafverteidiger des Landes zur Seite stehen durfte, der weltmännische und gebildete Rechtsanwalt Philip Myerscough. Ihm war es nicht gestattet, während der Verhandlung irgendwelche Vorbringen einzureichen, aber er durfte die aufgerufenen Zeugen seinerseits befragen. Admiral Mulligan ließ jedoch keinerlei Zweifel daran aufkommen, dass er Kreuzverhöre – wie vor zivilen Gerichten üblich – keinesfalls tolerieren werde. Mr. Myers-

cough werde nur zugebilligt, bestimmte Punkte der Beweisaufnahme »eingehender zu untersuchen und klarzustellen«. Er habe
seine Einwände aber ausschließlich an Admiral Cameron und
gegebenenfalls an Lt. Commander Kirk zu richten.

Judd Crockers Vater, der inzwischen 66-jährige Admiral Nathaniel Crocker, der früher selbst einmal Zerstörer-Kommandant
gewesen war, hatte sich sofort in ein Flugzeug gesetzt, um an die
Westküste zu fliegen, wo er seinen Sohn und seine Schwieger-
tochter treffen wollte. In den vergangenen Wochen hatte er ein
geradezu leidenschaftliches Interesse an der bevorstehenden
Untersuchung entwickelt. Im gleichen Augenblick, da es Lt.
Commander Clarke gestattet worden war, einen Rechtsbeistand
beizuziehen, hatte er auch schon insistiert, dass dem Kommandanten der *Seawolf* das gleiche Recht zustehe.

Kurz darauf hatte er auch schon Art Mangone benannt, einen
alten Freund, mit dem er damals im Jahre 1960 gemeinsam die
Marineakademie in Annapolis besuchte. Mangone hatte lediglich
sechs Jahre lang die dunkelblaue Uniform der Navy getragen, um
dann etwas verspätet sein Staatsexamen als Jurist abzulegen. Er
liebte das Gesetz nun einmal mehr als Unterseeboote. Anschließend hatte er sich in La Jolla, dem an der Küste gelegenen Vorort
von San Diego, niedergelassen, wo er jetzt seit 1976 praktizierte.
Die Untersuchung im Zusammenhang mit der USS *Seawolf*
würde ihm die Gelegenheit schlechthin verschaffen, seine Kenntnisse aus beiden Laufbahnen miteinander zu verquicken.

»Das Einzige, was ich über Mangone als Anwalt weiß«, hatte
Admiral Crocker gesagt, »ist, dass er beim Golf mit einem Handi-
cap von fünf spielt. Aber ich vertraue ihm. Er ist ein Gentleman
und er ist unabhängig.«

»Aus dir spricht mal wieder der echte Yankee aus Boston«,
hatte Judd dazu nur bemerkt.

Jetzt war es so weit. Sowohl Captain Crocker und dessen
Anwalt als auch Lt. Commander Clarke mit dem seinen würden
während der ganzen Beweisaufnahme im Gerichtssaal anwesend
sein.

Admiral Cameron rief den Untersuchungsausschuss zur Ordnung und verlas dann die Formalitäten. Gleich danach rief er den
ersten Zeugen auf und vereidigte diesen.

Die Routinebefragung der einzelnen Zeugen sollte durch den

in solchen Dingen äußerst erfahrenen Rear Admiral Curran, den ehemaligen Kommandanten eines Polaris-Unterseeboots, erfolgen. Nachdem er seine Fragen gestellt hatte, sollten die anderen Mitglieder des Ausschusses mit ihrer Vernehmung beginnen. Erst danach würden die beiden Anwälte auf bestimmte Punkte näher eingehen dürfen, sollte Admiral Cameron das für relevant erachten.

Nach der üblichen Feststellung der Personalien und der Schilderung der bisherigen Laufbahn, drehte sich Lieutenant Andy Warren, der Offizier der Wache der *Seawolf*, zu Admiral Curran um und sah diesen direkt an.

»Lieutenant Warren«, sagte dieser. »Würden Sie uns bitte erklären, wo Sie sich am Morgen des 5. Juli dieses Jahres zwischen 0400 und 0800 befanden?«

»Jawohl, Sir. Ich hatte auf dem Unterseeboot *Seawolf*, das sich zu diesem Zeitpunkt im Südchinesischen Meer befand, Dienst als Erster Wachoffizier.«

»Waren Ihre Pflichten dergestalt, dass Sie sich an verschiedenen Stationen im Unterseeboot aufhielten?«

»Jawohl, Sir.«

»Auch in der Zentrale?«

»Jawohl, Sir.«

»Waren Sie in der Lage, jeweils zu sehen, wer dort das Kommando hatte?«

»Jawohl, Sir. Wann immer ich in der Zentrale war.«

»Würden Sie dem Ausschuss bitte mitteilen, wer während Ihrer Wache das Kommando hatte?«

»Jawohl, Sir. Für einen kurzen Zeitraum zu Beginn meiner Wache, den ich auf etwa eine halbe Stunde festlegen möchte, hatte Captain Crocker die Schiffsführung. Dann zog er sich in seine Koje zurück und Lieutenant Commander Clarke übernahm. Ich befand mich gerade in der Zentrale, als sie einander ablösten.«

»Wie würden Sie den Zeitabschnitt beschreiben, in dem Lieutenant Commander Clarke das Kommando hatte?«

»Als gut, zumindest zu Beginn, wie üblich. Aber dann geschah etwas Furchtbares.«

»Könnten Sie bitte näher darlegen, was Sie darunter verstehen?«

»Jawohl, Sir. So gegen 0530 erfasste unser Sonar einen chinesischen Zerstörer, der sich, mit äußerster Kraft laufend, unserer Position näherte.«

»Zu diesem Zeitpunkt hatte Lieutenant Commander Clarke das Kommando, richtig?«

»Jawohl, Sir. Dann ging der Zerstörer mit der Fahrt herunter. Wir befanden uns, von ihm aus gesehen, etwa zweitausend Meter Steuerbord voraus. Ich übernahm die Schiffsführung, während Lieutenant Commander Clarke am Sehrohr stand. Er befahl mir, Kurs und Tiefe beizubehalten, was ich auch tat.«

»Und was geschah dann?«

»Lieutenant Commander Clarke wollte näher an den Zerstörer heranschließen. Er war daran interessiert, einige Nahaufnahmen von dem besonders großen Aufbau für die Schleppantenne zu schießen, den man am Heck des chinesischen Schiffs erkennen konnte.«

»Hat er gesagt, dass er näher herangehen wolle?«

»Jawohl, Sir.«

»Und haben Sie darauf geantwortet?«

»Jawohl, Sir. Ich sagte: ›Mit allem schuldigen Respekt, Sir, wir haben schließlich keine Ahnung, wie lang die Schleppe tatsächlich ist.‹«

»Ist es nicht etwas ungewöhnlich, dass Sie auf diese Weise Befehle Ihres Ersten Offiziers kommentieren, oder machen Sie das immer so?«

»Nein, Sir. Doch in diesem Fall wollte ich ihm eine Art Warnung zukommen lassen. In bester Absicht, Sir.«

»Und hat Lieutenant Commander Clarke darauf reagiert?«

»Jawohl, Sir.«

»Was hat er denn gesagt?«

»›Keine Sorge, Andy‹, hat er gesagt. Dann hat er noch hinzugefügt, dass er nicht die Absicht habe, näher als eine Meile an den Zerstörer heranzuschließen. Ich kann mich noch erinnern, wie er gesagt hat: ›So lang wird das Ding doch nicht sein, oder?‹ Und dann hat er noch erwähnt, dass die Antenne wahrscheinlich im Wasser herunterhängen würde und nicht in gerader Linie wie bei einem Unterseeboot vom Heck weg verlaufen.«

»Was passierte dann?«

»Nun inzwischen war Master Chief Brad Stockton in der Zentrale aufgetaucht und meldete sich plötzlich zu Wort. Er sagte, dass wir seiner Ansicht nach den Kommandanten darüber informieren sollten, dass wir dabei seien, einem 6000-Tonnen-Zerstörer um den Arsch zu streichen. An diese Worte kann ich mich noch sehr gut erinnern.«

»Hat er diese Worte an Lieutenant Commander Clarke auf eine Weise gerichtet, die erkennen ließ, ob er der Meinung war, dass der Erste Offizier nicht wisse, was er da gerade tue?«

»O nein, Sir. Er forderte den Ersten Offizier nur auf, den Kommandanten von unserem Vorhaben in Kenntnis zu setzen.«

»Und beherzigte der Lieutenant Commander das?«

»Nein, Sir. Er sagte, es bestehe keine Notwendigkeit, den Kommandanten deswegen zu alarmieren. Er habe lediglich die Absicht, in einer Meile Abstand den Zerstörer an dessen Heck zu passieren und dabei ein paar Fotos zu machen.«

»Hat der Master Chief darauf reagiert?«

»Jawohl, Sir. Er wiederholte noch einmal, dass seiner Meinung nach der Kommandant auf jeden Fall zu informieren sei, da dies ein besonders gefährlicher Teil unserer Mission sei.«

»Und hat Lieutenant Commander Clarke dann diese zweite Warnung beherzigt?«

»Nein, Sir. Er befahl mir Ruder nach Steuerbord und mit acht Knoten auf Kurs null-neun-null zu gehen.«

»Und diesen Befehl haben Sie dann auch ausgeführt?«

»Jawohl, Sir.«

»Was passierte dann?«

»Ich hatte schon gedacht, dass wir es geschafft hätten, Sir, als wir plötzlich Fahrt verloren. Wir befanden uns immer noch auf Sehrohrtiefe. Ich spürte sofort eine leichte Veränderung des Trimms. Das Boot war auf einmal ganz leicht achterlastig geworden. Auch der Klang des Antriebsgeräusches hatte sich verändert. Wir verloren an Fahrt und hatten es definitiv nicht geschafft, am Heck des Zerstörers vorbeizukommen.«

»Konnten Sie Vermutungen dahingehend anstellen, was passiert war, Lieutenant?«

»Nein, Sir. Ich *wusste*, was passiert war. Wir hatten uns schließlich schon vorher oft genug über die Länge des chinesischen Schleppsonars unterhalten.«

»Und was geschah dann?«

»Captain Crocker kam in die Zentrale geschossen.«

»Also schlief er offensichtlich nicht mehr?«

»Nein, Sir. Er war hellwach und nicht besonders erfreut über das, was Lieutenant Commander Clarke da veranstaltet hatte.«

»Hat er erkannt, was passiert war?«

»Nein, Sir. Zumindest nicht sofort. Er fauchte irgendwas von: ›Was geht hier vor, Erster?‹ Dann schnappte er sich das Sehrohr und nahm noch einen schnellen Rundblick, bevor es wegen unseres achterlastigen Trimms unterschnitt.«

»Wie lange hatte er denn Gelegenheit, tatsächlich noch etwas sehen zu können?«

»Drei Sekunden würde ich sagen. Keinesfalls länger.«

»Und das war lang genug?«

»Für den Kommandanten allemal, Sir.«

»Wie wollen Sie das beurteilen können?«

»Weil er sofort das Problem erkannt hatte und nach einer Lösung zu suchen begann. Er sagte, dass der Zerstörer keine fünfhundert Meter weit entfernt war und keineswegs eine Meile, wie Lieutenant Commander Clarke behauptet hatte. Er sagte, der Erste Offizier habe den Hebel am Periskop in die falsche Richtung gelegt, und zwar auf anderthalbfache Vergrößerung, wodurch alles viermal weiter entfernt erschien, was tatsächlich aber wesentlich näher war.«

»Hat der Erste Offizier etwas dazu gesagt?«

»Jawohl, Sir, das hat er. Er sagte: ›O mein Gott.‹ Dann hat er noch hinzugefügt, dass es ihm unendlich Leid tue.«

Rechtsanwalt Myerscough sprang auf und erhob Einspruch. Einiges an der Aussagen gegen seinen Mandanten beruhe lediglich auf Hörensagen.

Admiral Archie Cameron reagierte ausgesprochen verärgert. »*Ruhe!*« befahl er sofort, um dann etwas ruhiger fortzufahren: »Mr. Myerscough, sollten Sie auch nur noch ein einziges Mal die Stirn haben, diese militärische Untersuchung zu unterbrechen, werde ich Sie aus diesem Raum bringen und von diesem Stützpunkt werfen lassen. Sie dürfen reden, wenn ich Ihnen das erlaube und zu keinem anderen Zeitpunkt. Haben Sie mich verstanden?«

Es war schon eine ganze Weile her, dass man in einem solchen Ton zu Mr. Myerscough gesprochen hatte. Aber er hatte nicht die geringste Lust, sich mit diesem Admiral anzulegen, und er glaubte auch nicht, dass es ihm der Präsident besonders danken würde, wenn er hier bereits in der ersten Stunde der Verhandlung rausgeschmissen wurde. Er nickte, entschuldigte sich und setzte sich wieder.

»Außerdem bin ich nicht der Ansicht«, fügte der Admiral hinzu, »dass ein unter Eid stehender Lieutenant der United States Navy, der zum fraglichen Zeitpunkt Erster Wachoffizier war, vom Hörensagen berichtet, wenn er einen Dialog wiedergibt, der sich direkt unter seinen Augen abgespielt hat… Bitte fahren Sie fort, Admiral Curran.«

»Hatten Sie den Eindruck, Lieutenant, dass Lieutenant Commander Clarke mit der Einschätzung seines Irrtums durch den Kommandanten einverstanden war?«

»Jawohl, Sir. Auf jeden Fall. Er war völlig aus dem Häuschen deswegen und sehr kleinlaut.«

»Teilten Sie, als ebenfalls wachhabender Offizier, die Einschätzung der Situation durch Ihren Kommandanten?«

»Vollauf, Sir. Ich hatte nicht den geringsten Zweifel. Der Unterschied zwischen noch nicht einmal fünfhundert Metern und einer Meile, durch ein Sehrohr betrachtet, ist einfach zu deutlich.«

»Allerdings«, sagte Admiral Curran, der schon sein ganzes Leben lang der Unterseebootwaffe angehörte. Er hatte aus diesem Grund auch keine weiteren Fragen an den ehemaligen Ersten Wachoffizier der *Seawolf*, was sicher nicht für alle seine Kollegen im Ausschuss galt.

Admiral Cameron besprach sich ganz kurz mit seinen Kameraden. Sie kamen ziemlich schnell überein, dass jetzt der Punkt erreicht war, an der die Befragung nicht weiter fortgeführt werden sollte – der Zeitpunkt, an welchem das Unterseeboot bereits außer Gefecht gesetzt war. Bis hierhin und nicht weiter. Das war die Vorgabe.

»Also gut«, sagte Admiral Cameron dann. »Die anwesenden Rechtsanwälte können jetzt ihre Fragen an den Zeugen richten. Ich möchte zuvor noch einmal ausdrücklich betonen, dass wir es hier nicht mit einem Femegericht ziviler Prägung zu tun haben. Sie stehen hier vor einem Untersuchungsausschuss der Navy. Ebenso wenig werde ich theatralische oder aggressive Auftritte Ihrerseits tolerieren, die sich gegen meine Offiziere richten.«

»Keine Fragen, Sir«, sagte Art Mangone nur.

»Ich hätte aber einige«, sagte Philip Myerscough und erhob sich. »Als Erstes würde ich gern wissen, wieso drei Sekunden angeblich eine ausreichend lange Zeit sind, um eine zutreffende Einschätzung zu einer Situation derartiger Tragweite abzugeben.«

»Das ist mehr als genug Zeit, Sir. Wir werden alle dahin ausgebildet, Beobachtungen durch das Periskop in schnellstmöglicher Zeit zu machen. Das Maximum für eine Routinebeobachtung in feindlichen Gewässern liegt bei sieben Sekunden. Captain Crocker ist bekannt für die unglaubliche Geschwindigkeit mit der er Oberflächenbilder erfassen kann. Er ist der Beste, Sir. Der Beste, den ich je gesehen habe.«

»Das war eigentlich schon weit mehr als das, wonach ich gefragt habe, Lieutenant«, sagte Mr. Myerscough. »Vielleicht ist es Ihnen möglich, sich bei den Antworten ausschließlich darauf zu beschränken, wonach ich gefragt habe, statt von sich aus auch gleich noch ein Charakterbild Ihres Kommandanten zu liefern.«

»Selbstverständlich, Sir. Damit habe ich keinerlei Probleme. Ich habe einfach nur angenommen, Sir, dass es Sie interessiert – dass er der Beste ist.«

Philip Myerscough zuckte sichtlich zusammen. Er jedoch hatte sich schnell wieder gefangen und fragte dann wie ein typischer Zivilist, der in der Materie nicht bewandert ist: »Sie glauben also, dass ein solch kurzer Zeitraum ausreicht, um eine derartige Beurteilung abzugeben?«

»Aber ganz sicher, Sir. Drei Sekunden Konzentration sind für einen Mann vom Ausbildungsstand eines Captain Crocker absolut kein Problem. Wahrscheinlich wäre er auch nach einer Sekunde zum gleichen Ergebnis gekommen.«

Die Admiräle Cameron und Curran mussten sich ein Lächeln verkneifen, als sie sahen, wie unbehaglich sich dieser Stadtanwalt offensichtlich fühlte, mit Belangen der Navy klarzukommen.

»Lieutenant«, fuhr Mr. Myerscough fort, »Sie haben ausgesagt, dass Lieutenant Commander Clarke Ihrer Ansicht nach nicht nur völlig aus der Fassung war, sondern sich auch unentwegt entschuldigt habe. Könnte es eventuell sein, dass Sie sich da getäuscht haben?«

»Nein, Sir.«

»Wie kommen Sie eigentlich auf die von Ihnen geäußerte Annahme?«

»Es handelt sich dabei nicht um eine Annahme, Sir. Es ist eine Tatsache. Er hatte die Fassung verloren und entschuldigte sich unentwegt. Ich habe mit eigenen Ohren gehört, wie er: ›O mein Gott!‹ gesagt hat, und ebenso habe ich sein: ›Es tut mir unendlich Leid!‹ gehört.«

»Sind Sie sich Ihrer Sache tatsächlich so sicher? Ich frage nur, weil Lieutenant Commander Clarke die Sache nämlich völlig anders in Erinnerung hat.«

»Dann war er wahrscheinlich viel zu sehr aus der Fassung geraten, um überhaupt noch einen klaren Gedanken fassen zu können, Sir. Das wäre jedem von uns nicht anders gegangen. Fehler dieser Art können nun einmal passieren, Sir. Ich kann mich sogar daran erinnern, dass Captain Crocker etwas in dieser Art von sich gegeben hat, als er den Ersten Offizier sagen hörte, wie Leid es ihm tue.«

»Das haben Sie vorhin aber nicht gesagt.«

»Nein, Sir, das habe ich nicht. Aber ich kann sogar wörtlich wiedergeben, was er gesagt hat: ›Mir tut's auch Leid, Linus. Mir auch.‹«

»Keine weiteren Fragen.« Mr. Myerscough schüttelte irgendwie verzweifelt den Kopf, als wäre es ihm nicht möglich, mit der naiven Keine-Lügen-, Kein-Scheiß-Geisteshaltung eines Offiziers der Navy klarzukommen, der gewohnt war, im Angesicht seiner Vorgesetzten ausschließlich die reine Wahrheit zu sagen. Diese Geisteshaltung hatte sich Lieutenant Warren wie alle anderen auf der Marineakademie in Annapolis zu Eigen gemacht, wo man ihm gleich als Erstes unmissverständlich eingebläut hatte: »Du fliegst hier sofort raus, wenn du Lügen erzählst, also vergiss es lieber. Man wird dir hier so ziemlich alles vergeben, nur eine Lüge nicht. Das wäre dein Tod auf der Naval Academy.«

»Rufen Sie bitte Master Chief Brad Stockton herein …«

Inzwischen von den auf Xiachuan Dao erlittenen Blessuren genesen, betrat die seemännische Nummer eins der *Seawolf* den Raum und begab sich zum Zeugenstand. Dort salutierte Brad Stockton vor den Admirälen und legte den Eid ab.

Admiral Curran ging mit ihm die Präliminarien durch und konzentrierte sich dann auf die signifikanten Punkte.

»Wann haben Sie erstmals bemerkt, dass Lieutenant Commander Clarke auf dem besten Wege war, ein Manöver einzuleiten, bei dem Sie sich persönlich denkbar unwohl fühlten?«

»Genau in dem Augenblick, da er ankündigte, dass er vorhabe, hinter dem Heck des chinesischen Zerstörers durchzulaufen, Sir.«

»Wie sah Ihre Beurteilung der Lage aus?«

»Sir, ich wusste, dass wir uns wegen der Länge der Schleppantenne alles andere als sicher sein konnten. Und genau das habe ich ihm auch gesagt, nur so als Warnung.«

»Und was hat er darauf geantwortet?«

»Er sagte, dass es nicht in seiner Absicht liege, sich dem Zerstörer auf weniger als eine Meile zu nähern, was mehr als ausreichen werde, sich gut von diesem freizuhalten.«

»Wussten Sie denn, dass er den Zerstörer in einer Meile Abstand hatte stehen sehen?«

»Nein, Sir. Ich habe nicht durch das Sehrohr geblickt. Ich habe angenommen, dass er sich wenigstens dieser Sache sicher war – dass wir gut eine Meile klar von diesem chinesischen Kriegsschiff waren.«

»Und war dieser Sicherheitsabstand alles, worüber Sie sich Gedanken gemacht haben?«

»Nein, Sir. Ganz sicher nicht.«

»Und was wäre es dann gewesen?«

»Dass wir den Kommandanten nicht von unserer Aktion informiert haben. Ich dachte, dass das wirklich ein großer Fehler sei.«

»Haben Sie Lieutenant Commander Clarke von Ihren Vorbehalten in Kenntnis gesetzt?«

»Jawohl, Sir. Zweimal. Ich habe ihm gesagt, dass wir den Captain auf jeden Fall darüber informieren sollten, wenn wir in chinesischen Gewässern am Heck eines Sechstausend-Tonnen-Zerstörers herumtappen.«

»Hat er diese Warnung der seemännischen Nummer eins denn beherzigt?«

»Nein, Sir. Das hat er nicht. Im Gegenteil, er hat gesagt, dass keinerlei Anlass dazu bestehe. Der Zerstörer strahle keinerlei Signale ab. Er wolle lediglich etwas näher herangehen, um ein paar Fotos zu machen.«

»Und was geschah dann?«

»Nun, Sir, ich habe schließlich dem Ersten Offizier Gehorsam

Erfassung eines Oberflächenbilds hat, eine ausreichend lange Zeit. Sie entspricht etwa dem Zeitraum von drei Stunden für eine nicht entsprechend ausgebildete Person.«

Philip Myerscough lachte sardonisch. »Aber, Mr. Stockton«, sagte er dann, »niemand sonst hat den Zerstörer gesehen, oder? Weil das Unterseeboot nämlich bereits nach hinten runterhing und das Sehrohr untergetaucht war, richtig?«

»Nein, Sir, zu diesem Zeitpunkt hat ihn tatsächlich niemand sonst gesehen, aber als wir ein paar Minuten später wieder an die Oberfläche kamen, war der Zerstörer immer noch fünfhundert Meter weit von uns entfernt.«

»Wer stand denn da am Periskop?«

»Der Kommandant, Sir.«

»Sonst noch jemand?«

»Ja, Sir.«

Jetzt machte Philip Myerscough vorübergehend einen etwas peinlich berührten Eindruck. »Und wer war das?« fragte er dann.

»Ich, Sir. Der Kommandant übergab mir das Sehrohr, damit ich einen Blick auf das lange Kabel werfen konnte, das sich um unsere Schraube gewickelt hatte. Man konnte es gut erkennen. Ungefähr viereinhalb Meter im Durchmesser. Ein enormes Knäuel.«

In diesem Augenblick erhob sich Mr. Mangone, und bat um die Erlaubnis, an diesem speziellen Punkt einhaken und eine Frage stellen zu dürfen.

»Gestattet«, sagte Admiral Cameron, worauf sich Mr. Myerscough etwas verärgert wieder setzte.

»Master Chief«, sagte Mangone. »Sie haben also durch das Sehrohr geschaut, als das Boot wenige Minuten nach dem Zwischenfall wieder an die Oberfläche kam. Wie weit war da der Zerstörer von der *Seawolf* entfernt?«

»Ungefähr fünfhundert Meter, Sir.«

»Danke, Master Chief. Ich wollte mich nur noch einmal vergewissern, ob ich es richtig verstanden hatte. Keine weiteren Fragen meinerseits.«

Philip Myerscough war schon wieder auf den Beinen. »Mr. Stockton, wie lange dienen Sie jetzt schon unter Captain Crocker?«

»Oh, ich glaube, wir haben jetzt so um die sechs Dienstzeiten miteinander verbracht.«

»Könnte man sagen, dass Sie ihm große Bewunderung entgegenbringen?«

»Ja, Sir. Er ist der Beste, unter dem ich je gefahren bin.«

»Und würde Sie auch sagen, dass Sie ihm gegenüber absolut loyal sind? Als Ihr Kommandant, versteht sich.«

»Jawohl, Sir. Das bin ich.«

»Vielleicht etwas zu loyal?«

»Nein, Sir.«

»Kann es sein, dass Ihre Loyalität Captain Crocker gegenüber größer ist als gegenüber der Wahrheit?«

*»Das reicht!«* brüllte Admiral Cameron und sprang auf. »Ich habe Ihnen bereits erklärt, Mr. Myerscough, dass ich es mir verbitte, meine Männer hier zu verhören, wie Sie es von einem zivilen Gerichtshof her gewohnt sind. Vielleicht sollte ich es noch einmal Buchstabe für Buchstabe erklären. Männer wie Brad Stockton sind der Stoff, der diese Navy zusammenhält. Er ist alles andere als ein x-beliebiger Mann. Er ist ein Mann von höchster Integrität und hat eine Position inne, in der er eine unglaubliche Verantwortung trägt. Nicht des Geldes wegen oder um irgendwelchen billigen Ruhm einzuheimsen, sondern einzig und allein, um eine Aufgabe gewaltigen Ausmaßes zu übernehmen. Und dieser Aufgabe stellt er sich Tag für Tag aufs Neue. Jeglicher Gefahr zum Trotze. *Ich verbitte mir noch einmal in aller Schärfe, dass Sie ihn behandeln, als wäre er einer Ihrer Kriminellen, mit denen Sie tagtäglich zu tun haben.«*

Dann senkte er die Stimme wieder, allerdings nur geringfügig. »Mr. Myerscough, Sie werden meine Männer mit höchstem Respekt behandeln, oder ich zögere keine Sekunde, Sie aus dem diesem Raum begleiten zu lassen und Ihre weitere Teilnahme an der Untersuchung zu unterbinden. *Ist das jetzt endlich klar?«*

Doch wie auch immer, Admiral Camerons Ausbruch war zu spät gekommen. Die Frage war gestellt worden, obwohl sie unbeantwortet in der Luft hängen geblieben war. Und damit stand sie auch im Protokoll. Der Same des Zweifels war jedenfalls gelegt: dass Brad Stockton scheinbar alles unterstützen würde, was Judd Crocker auch aussagen mochte.

Und Philip Myerscough wusste das natürlich auch. Er sagte nur: »Ich werde es zu beachten wissen, Sir« und setzte sich wieder.

Der nächste Zeuge, der aufgerufen werden sollte, war Lt. Commander Linus Clarke selbst. Er verließ den Platz neben seinem Anwalt und stellte sich vor die Admiräle. Die Formalitäten waren schnell erledigt.

Es gab bei seiner Aussage auch keinerlei Diskrepanzen zu den grundlegenden Punkten. Die genannten Zeiten und Umstände wurden seinerseits nicht in Frage gestellt – was er allerdings bestritt, waren die Angaben über die Entfernung zwischen dem chinesischen Zerstörer und dem Unterseeboot.

Mochte Linus Clarke an jenem Morgen des 5. Juli in der Zentrale des Unterseeboots seinen Fehler auch bedauert und sich wortreich dafür entschuldigt haben, jetzt war davon nichts mehr zu spüren. Er behauptete steif und fest, dass er im Recht gewesen sei, dass eine Meile Abstand zwischen den Schiffen gelegen habe. Es habe sich keinen Fehler vorzuwerfen. Ihm würde niemals ein derart elementarer Irrtum unterlaufen wie der im Zusammenhang mit dem Sehrohr genannte. Seiner Meinung nach müsse das Schleppsonar des Chinesen doch länger als eine Meile gewesen sein. Es gebe einfach keine andere Erklärung.

Soweit es Linus Clarke betraf, stand also sein Wort gegen das Wort von Captain Crocker, und das war's dann auch schon.

Die Ausschussmitglieder hörten aufmerksam zu. Schließlich bot man Art Mangone an, Fragen zu stellen, wenn er wolle.

Der Rechtsanwalt aus Kalifornien verschwendete keine Zeit und kam direkt zur Sache. »Zwei wichtige Mitglieder der Besatzung des Unterseeboots, der Erste Wachoffizier und die seemännische Nummer eins, haben beide unter Eid ausgesagt, dass Sie sich beim Kommandanten dafür entschuldigt haben, einen derart fundamentalen Fehler begangen zu haben, indem sie das Periskop in den Stromsparmodus schalteten. Stellen Sie jetzt in Abrede, dass dem so war?«

»Nein, Sir. Natürlich habe ich mich entschuldigt. Schließlich war ich völlig von Captain Crocker eingeschüchtert. Sir. Er machte den Eindruck, als wollte er mich gleich zusammenschlagen. Er hatte sich nicht mehr in der Gewalt.«

»War es für Sie ein normaler Zustand, Angst vor Judd Crocker haben zu müssen?«

»Etwas schon, ja. Er ist ein körperlich außerordentlich starker Mann. Er kann auch äußerst bedrohlich auftreten.«

»Mr. Clarke, ich habe schon damit gerechnet, dass Sie diese Richtung einschlagen würden, und habe deshalb einmal den Laufbahnbericht und die Personalakte Ihres Kommandanten durchgearbeitet. Wären Sie überrascht zu erfahren, dass es in seiner gesamten Karriere nicht einen einzigen Menschen außer Ihnen gegeben hat, der auch nur annähernd behauptet hätte, Judd Crocker habe jemals irgendjemanden bedroht oder gar niedergeschlagen? Überrascht es Sie nicht, das zu hören?«

»Doch, Sir. Denn er hat mich fast zu Boden gestoßen, als er auf dem Weg zum Sehrohr war.«

»Nachdem Sie ihm gerade das Schiff zu Klump gefahren hatten, denke ich doch, dass seine Hast entschuldbar war, oder meinen Sie nicht?«

»Nicht in dieser Heftigkeit, Sir.«

»Lieutenant Commander Clarke, wissen Sie, was er in sein persönliches Logbuch geschrieben hat, als Sie sich alle noch auf dem Flugzeugträger und unterwegs in Richtung Heimat befanden?«

»Nein, Sir.«

»Dann will ich es Ihnen einmal vorlesen: ›*Armer Linus Clarke. Nie hat es mir jemals so Leid um einen jungen Offizier getan. Es muss ihn bis in die Grundfesten erschüttert haben, dass ihm ein solcher Fehler unterlaufen ist. Er wird noch viele Jahre brauchen, um das zu verdauen. Als es passierte, war ich stocksauer, doch heute bin ich froh darüber, dass ich mich in der Gewalt hatte. Ich habe noch nicht einmal meine Stimme erhoben, weil damit niemandem gedient gewesen wäre. Linus Clarke war auch so schon ausreichend verstört, da hätte eine weitere Verschärfung meinerseits alles nur verschlimmert. Schließlich hatte es auch immer wieder Zeiten gegeben, in denen ich gern zusammen mit ihm gedient habe.*‹«

Art Mangone hob den Blick von den Unterlagen. »Hört sich eigentlich nicht sehr nach dem wütenden Stier an, den Sie hier beschrieben haben, oder?«

»Nun, Sir, eigentlich nicht. Aber immerhin hatte er auch genug Zeit, um über sein Image nachzudenken.«

»Das kann man natürlich nicht ausschließen. Aber trotzdem hört sich das für mich nicht sehr nach einem Stier an, der auf ein rotes Tuch losgeht. Keine weiteren Fragen.«

Der letzte Zeuge des Tages war Captain Judd Crocker. Sein Auftritt vor den Admirälen würde kurz sein, da er von den vier wichtigsten Besatzungsmitglieder, die sich zum Zeitpunkt des Desasters in der Zentrale befunden hatten, derjenige war, der erst auftauchte, nachdem das Unglück schon passiert war.

Der einzige Punkt zu dem man ihn befragte, war der Abstand zwischen den beiden Schiffen, als er durchs Sehrohr geblickt hatte. Wie nicht anders zu erwarten, bestätigte Judd auf die Frage Admiral Freddie Currans dann auch, dass dieser 500 Meter betrug. Jeder Zweifel ausgeschlossen. »Und«, setzt er noch hinzu, »es waren immer noch fünfhundert Meter, als wir ein paar Minuten später auftauchten, um erneut die Entfernung zum chinesischen Zerstörer zu überprüfen.«

Admiral Curran schloss seine Befragung ab. »Tja, Captain Crocker. Ich denke, das sollte wohl alles gewesen sein, was für den Ausschuss im Augenblick von Interesse ist.«

Damit war die Küste frei für Philip Myerscoughs abschließenden Angriff. Er erhob sich und sagte: »Captain Crocker, die ganze Mission schien ja schon von Anfang an nicht gerade unter einem glücklichen Stern gestanden zu haben, oder?«

Judd sah ihn nur etwas befremdet an, sagte aber nichts.

»Folgendes, Captain: Sie hatten doch den strikten Befehl erhalten, sich unter keinen Umständen orten zu lassen. Stimmt das etwa nicht?«

»Ich bin nicht befugt, irgendwelche Aussagen über Missionen zu machen, die unter höchster Geheimhaltung in fernöstlichen Gewässern durchgeführt wurden.«

»Aber, Captain Crocker, ich glaube doch, dass es inzwischen allgemein bekannt sein dürfte, dass Ihr Unterseeboot insgesamt sogar dreimal von den Chinesen geortet wurde, oder etwa nicht?«

»Sir, derartige Hirngespinste können Sie eigentlich nur von Lieutenant Commander Clarke haben, der aber genauso wenig ermächtigt ist wie ich, über diese Dinge zu sprechen.«

»Sind das denn tatsächlich alles nur Hirngespinste, Captain?«

»Ich habe nichts weiter dazu zu sagen, Herr Anwalt. Unser Einsatz unterlag der höchsten Geheimhaltungsstufe.«

»Na schön. Vielleicht sollte ich tatsächlich die ganze Angelegenheit mit der Bemerkung zum Abschluss bringen, dass während des gesamten Törns dauernd Fehler seitens des Kommandanten gemacht worden sind. Und mit einiger Wahrscheinlichkeit hat er einen weiteren begangen, als er die Entfernung zwischen dem Zerstörer und seinem Unterseeboot schätzte.«

Philip Myerscough wusste nur zu gut, dass er damit einen Punkt erreicht hatte, an dem er Admiral Camerons Zorn erneut auf sich zu laden begann, und zog es daher vor, sich schnellstens wieder zu setzen.

Der höchste der anwesenden Admiräle gab sich jedoch erstaunlich maßvoll. »Im Grunde bin ich nicht sonderlich überrascht, dass Sie offenbar über Dinge informiert worden sind, die besser nicht ausgesprochen worden wären. Aber so etwas passiert nun einmal bei Gelegenheiten wie dieser, wenn Leben und Karrieren auf dem Spiel stehen. Fürs Protokoll möchte ich festgehalten haben, dass der United States Navy keinerlei Beweise dafür vorliegen, dass die *Seawolf* jemals geortet wurde, bevor sie sich in der Schleppantenne verfangen hat. Wir können nur bestätigen, dass sie sich auf einem außerordentlich schwierigen Einsatz unter dem Kommando von Captain Crocker befand, der zum eigentlich Zeitpunkt der Havarie allerdings nicht in der Zentrale anwesend war.«

Dann dankte der Ausschussvorsitzende den Anwesenden für die offene und ehrenvolle Art, in der die Beweisaufnahme abgelaufen war, und verfügte, dass sich der Ausschuss für den Rest der Woche weiterhin damit befassen würde, was letztlich zum Verlust der USS *Seawolf* geführt habe. Die Untersuchungsergebnisse sollten dann wie vorgesehen, am 9. Oktober veröffentlicht werden.


Dienstag, 26. September, 1130
Im Oval Office


Nie zuvor war Präsident Clarke derart sauer auf die United States Navy gewesen. Grund dafür war der Bericht des Untersuchungsausschusses, der mit der Klärung der Hintergründe, die zum Verlust der *Seawolf* geführt hatten, beauftragt worden war. Diesen Bericht hielt er nun in Händen, aber dessen Inhalt war seiner Ansicht nach alles andere als positiv zu bewerten.

Die Admiräle waren darin – sich sehr wohl der wachsenden Unruhe bei den Medien und in der Öffentlichkeit bewusst –, was die Begleitumstände anging, die zum Verlust des Unterseeboots geführt hatten, zu dem Schluss gelangt, dass eine spezielle Kriegsgerichtsverhandlung erforderlich sei, bei der sich sowohl der Kommandant als auch sein Erster Offizier dem Vorwurf grober Fahrlässigkeit zu stellen hätten.

In den vergangenen vier Tagen waren nacheinander etliche Geschichten durchgesickert, die alle den Verlust der *Seawolf* zum Thema hatten, und so langsam erwärmten sich die Medien immer mehr für diese Sache. Die Admiräle waren sich einig, dass hier eine Kriegsgerichtsverhandlung der beste Weg sei, die Luft wieder zu klären. Sie wollten jeden, der irgendetwas über das wusste, was sich wirklich im Südchinesischen Meer abgespielt hatte, dazu hören. Ganz besonders deshalb, weil auch der Sohn des Präsidenten in die ganze Angelegenheit verstrickt war. Und absolut nichts – das stand zweifelsfrei fest – konnte schlimmer sein als das.

Folglich hatten sich die Admiräle Mulligan und Cameron übereinstimmend zu dieser Vorgehensweise entschlossen. Diese Kriegsgerichtsverhandlung würde aber höchstwahrscheinlich beide Männer für schuldig befinden. Eine solche Verhandlung anzusetzen, bei der zwei aus ihren eigenen Reihen an den Pranger gestellt wurden, würde der Navy hoffentlich weitere Schande ersparen.

Das eigentliche Problem bestand inzwischen darin, dass der Präsident ganz und gar nicht mit dieser Marschroute einverstanden war. Er hatte sich vor Admiral Morgan aufgepflanzt und kategorisch verkündet: »Keiner wird meinen Sohn vor ein Kriegsgericht zerren. Zumindest so lange nicht, wie ich hier in diesem Sessel sitze und oberster Befehlshaber aller amerikanischen Streitkräfte bin.«

»Sir, ich glaube nicht, dass wir da große Möglichkeiten haben, wenn wir verhindern wollen, dass die Medien hinter die wirklichen Umstände kommen. Das wäre das Aus für diese Regierung. Sie würden sich gewaltigen Anwürfen aussetzen, weil Sie bereit gewesen waren, einen Krieg mit China anzuzetteln, nur um Ihren Sohn zu retten. Selbst Sie, Sir, können unmöglich mit so etwas durchkommen.«

»Okay. Ich weiß das. Aber passen Sie mal auf, Arnold, in diesem Bericht hier sieht dieser Crocker-Typ ziemlich schlecht aus.

Himmel noch mal, ich bin selbst Anwalt. Es gibt nicht den geringsten Anhaltspunkt, der seine Behauptung stützen würde, dass Linus einen Fehler gemacht hat. Absolut nichts, nur der ganze Kram, der sich nach dem Ereignis zutrug. Überlegen Sie doch mal. Der Kerl hat lediglich drei Sekunden am Sehrohr gestanden. Und Ihr Typen wollt meinen Sohn an diesen drei Sekunden aufhängen? Das kommt überhaupt nicht in Frage!«

»Mr. President, die Navy hat nur vor, Linus oder alle beide, also auch Judd, für den Verlust des Schiffs vors Kriegsgericht zu stellen. Letzten Ende war es nun einmal unzweifelhaft Ihr Sohn, der damals das Kommando über das verdammte Ding hatte.«

»Das mag schon sein. Aber dieser Crocker-Typ hätte anwesend sein sollen. Er war schließlich der Kommandant. Und seine Aussagen belasten meinen Jungen aufs schwerste. Linus war immer schon sehr vertrauenswürdig, schon als kleiner Junge, immer hat man sich auf ihn verlassen können. Aber jetzt versucht dieser Kerl von einem Crocker, meinen Jungen wie einen Lügner dastehen zu lassen. Das werde ich keinesfalls zulassen.

Admiral Morgan. Ich möchte, dass dieser Captain vors Kriegsgericht gestellt wird. Aber ich wünsche, dass dies nicht für Linus gilt. Er war nicht der Kommandant. Das war Crocker. Soll der doch die Schande auf sich nehmen. Schließlich steht dessen Wort gegen das meines wahrheitsliebenden Sohnes. Meinetwegen kann Linus als Zeuge benannt werden. Aber es kommt überhaupt nicht in Frage, dass mein Junge als Angeklagter vor einem Kriegsgericht der Navy steht. Man würde ihn in der Luft zerreißen, nur weil er der Sohn des Präsidenten ist.«

»Ich werde Ihre Wünsche an die entsprechenden Admiräle weiterleiten, Sir. Dann müssen wir abwarten, wie die Würfel fallen. Ich kann nur wiederholen, dass das für die Presse ein gefundenes Fressen sein wird.«

»Wie auch immer. Kommen Sie mir aber ja nicht mit einem Haufen Scheiß zurück. Ich möchte nur zu hören bekommen, dass Linus keinesfalls vor irgendein Militärgericht der U.S. Navy gestellt wird. Nicht nach allem, was der Junge hat durchmachen müssen.«

Mittwoch, 27. September, 0900
Im Oval Office.

»Es wird Ihnen nicht gefallen, Sir, was ich Ihnen jetzt mitzuteilen habe. Die U.S. Navy wird ein Sonder-Kriegsgericht zusammentreten lassen, vor das sowohl Captain Judd Crocker als auch Lieutenant Commander Linus Clarke zu treten haben, um sich dort wegen grober Fahrlässigkeit im Zusammenhang mit dem Verlust des Unterseeboots *Seawolf* zu verantworten. Beim derzeit herrschenden Klima in der Öffentlichkeit habe man keine andere Wahl. Ich persönlich stimme voll und ganz mit den Verantwortlichen überein.«

»*Verdammte Scheiße, Arnold!* Kann ich das außer Kraft setzen, um Linus da rauszuhalten?«

»Jawohl, Sir. Als oberster Befehlshaber können Sie tun, was immer Sie wollen. Man hat mich aber schon wissen lassen, dass Sie für diesen Fall umgehend die Rücktrittsgesuche des Marinechefs Admiral Joe Mulligan und des Oberbefehlshabers der Pazifikflotte Admiral Archie Cameron auf dem Tisch liegen haben.«

»*Dann teilen Sie denen mit, dass sie sich zum Teufel scheren sollen und ich sofort zwei Nachfolger bestimme, die auf meiner Seite stehen – die vielleicht wirklich noch zu schätzen wissen, was ich alles für die Navy getan habe!*«

»Ist das Ihr definitiv letztes Wort, Sir?«

»So sicher wie es eine Hölle gibt. Ich brauche jetzt einen neuen Marinechef und einen neuen Flottenbefehlshaber, richtig? Sehen Sie bitte zu, dass die dazu notwendigen Dinge angeleiert werden, aber lassen Sie dabei kein Wort über das Kriegsgericht fallen.«

»Wenn Sie es so wollen, Sir. Dann müssen wir uns allerdings ziemlich beeilen. Man hat nämlich vor, die erste Sitzung des Kriegsgerichts bereits auf Freitagmorgen anzusetzen, weil die Sache abgehandelt werden soll, so lange die Erinnerung an alles noch frisch ist.«

»Die können, zu Teufel noch mal, ihre Sitzungen abhalten, wann immer sie wollen, aber der einzige Mann über den sie urteilen werden, hat Captain Judd Crocker zu heißen. Ich will, dass er verurteilt wird, weil er im Angesicht des Feindes nicht auf seinem Platz war. Wir reden hier von China, oder? Das ist doch ein Feind!«

Arnold Morgan verließ den Raum, ohne ein weiteres Wort zu verlieren. Innerhalb der nächsten halben Stunde lagen die angekündigten Rücktrittserklärungen vor. Anschließend vergingen nur fünf Stunden, bis die neuen Ernennungen herausgegangen waren. Man hatte den neuen Männern unmissverständlich zu verstehen gegeben, sich gefälligst den Wünschen des Präsidenten hinsichtlich der Kriegsgerichtsverhandlung gegen Judd Crocker zu beugen – sonst könne die Navy für die nächsten zwei Jahre ihr Budget vergessen.

Admiral Dick Greening wurde eigens von Pearl Harbor eingeflogen, um Archie Cameron zu ersetzen, und hatte keine Vorbehalte, was die Gerichtsverhandlung anging. Er war der Meinung, dass ein möglicher schriftlicher Verweis an einen Kommandanten, der sein Unterseeboot verloren hatte, kein ausreichend schwerwiegender Grund war, es deswegen zu einem nachhaltigen Zerwürfnis mit der Regierung kommen zu lassen.

Die Ernennung eines neuen Marinechefs war da schon weit schwieriger. Schließlich wurde Admiral Alan Dickson ernannt, bislang Oberbefehlshaber der Atlantikflotte. Seine Ansichten zur Kriegsgerichtsverhandlung gegen Judd Crocker waren eher ambivalent. Er war nicht sehr erbaut über den Wunsch des Präsidenten, den Captain als Schuldigen hinzustellen.

Admiral Morgan empfahl vor dem Hintergrund der personellen Wechsel eine Vertagung der Gerichtsverhandlung auf den Montagmorgen, und so geschah es dann auch. Den größten Teil des Wochenendes versuchte er immer wieder, den Präsidenten vielleicht doch noch zur Vernunft zu bringen. Er rannte gegen Mauern an. Der Präsident versteifte sich inzwischen sogar darauf, dass Linus Clarke noch nicht einmal als Zeuge vorgeladen wurde. Um dies zu unterstreichen, schickte er seinen Sohn kurzerhand auf die heimatliche Ranch in Oklahoma.

Am Montagmorgen stand also Captain Judd Crocker im gleichen Raum, in dem auch der Untersuchungsausschuss getagt hatte, ganz allein dem Kriegsgericht gegenüber. Nur sein Vater war gekommen, der draußen vor verschlossener Tür auf den Urteilsspruch wartete. Drei Stunden lang vertrat der ehemalige Kommandant seine Sache. Er erläuterte alle Begleitumstände, die zum Fehler seines Ersten Offiziers geführt haben mochten.

Er konnte sich nicht entlasten. Die Navy wollte eine Verurteilung, damit alle aus dem Schneider waren. Der Präsident wollte eine Verurteilung, damit sein Sohn aus dem Schneider war. Es war eine Gerichtsverhandlung, die für Judd Crocker schon verloren war, bevor sie überhaupt begonnen hatte.

Um genau 1625 dieses Montags, dem 2. Oktober, wurde Captain Judd Crocker der groben Fahrlässigkeit für schuldig befunden. Der Schuldspruch wurde damit begründet, »dass er im Angesicht des Feindes nicht an seinem Platz war, wie es seine Pflicht gewesen wäre«. Er wurde aller Kommandos enthoben und erhielt zusammen mit dem schärfsten schriftlichen Verweis auch gleich die Empfehlung, unverzüglich aus dem aktiven Dienst auszuscheiden.

Dienstag, 3. Oktober, 1400
Büro des Nationalen Sicherheitsberaters

Admiral Morgan war gerade dabei, Kathy O'Brien erneut einen Heiratsantrag zu machen. »Dachte, es wäre nicht schlecht, diese Formalität ein für alle Mal zu erledigen, bevor ich hinübergehe und dem Chef mitteile, dass ich meinen Abschied nehme«, sagte er.

»Also gut. Ja. Ich werde dich heiraten. Aber das kommt jetzt doch alles ein bisschen plötzlich. Hat das mit dem Kriegsgerichtsverfahren gegen Judd Crocker zu tun?«

»Das ist es nicht allein. Ich fühle mich nicht mehr in der Lage, meine Loyalität weiterhin einem Mann wie Präsident Clarke zu schenken. Diese ganze Angelegenheit strotzt vor Unehrenhaftigkeit und Korruption. Nichts, aber auch gar nichts ist auf dem rechten Weg gelaufen, und zwar von Anfang an nicht. Damit will ich nicht leben. Ich bin draußen, auch wenn er daran zu knabbern hat.

Ich war fast mein ganzes Leben bei der United States Navy, aber in all den Jahren ist mir kein einziges Mal eine derartige Folge erschütternder Ereignisse untergekommen. Joe Mulligan einfach gehen gelassen? Archie Cameron gefeuert? Unseren besten Unterseeboot-Kommandanten in Schimpf und Schande davongejagt? Und das alles für diesen beschissenen kleinen Linus Clarke? Nein, Kathy, das muss ich mir nicht länger mit ansehen. Ich bin draußen.«

Der Admiral ging unverzüglich hinüber zum Oval Office und hielt dabei seine Rücktrittserklärung in Händen, die ab Freitag wirksam werden würde.

Der Präsident zeigte sich bass erstaunt darüber, dass sein Sicherheitsberater ihn verlassen wollte.

Die beiden Männer unterhielten sich dann noch eine halbe Stunde lang, während der John Clarke den Admiral zu überzeugen versuchte, das Schiff nicht zu verlassen, aber er biss bei dem Nationalen Sicherheitsberater auf Granit. Dieser blieb bei seiner Meinung, dem Präsidenten nicht mehr die Loyalität entgegenbringen zu können, die einem Präsidenten gebührte.

Sie tranken noch eine Tasse Kaffee zusammen und waren gerade beim Abschied, als an die Tür geklopft wurde. Eine völlig aufgelöste Kathy O'Brien betrat den Raum. Sie hielt ein Taschentuch vor die Augen gepresst.

»Sir«, platzte sie heraus. »Captain Crocker hat sich erschossen. Er ist tot.«

Präsident Clarke wurde weiß wie die Wand. Er schlug eine Hand vor den Mund, als müsste er einen Schrei zurückhalten.

Admiral Morgan drehte sich grußlos um und legte den Arm um Kathys Schultern, während er sie aus dem Raum geleitete. Im Türrahmen blieb er noch einmal stehen, drehte sich zum Präsidenten um und sagte: »Unredlichkeit, Sir, kann manches Mal einen sehr hohen Preis fordern, wenn man es mit Männern von Ehre zu tun hat.«

# EPILOG

Judd Crockers sterbliche Überreste wurden mit einer Militärmaschine überführt, die auf der ausgedehnten Otis Air Base bei Cape Cod landete. In tiefer Trauer hatte seine Familie eine kleine Beisetzung im engsten Kreise arrangiert, an der lediglich die direkten Angehörigen und eine kleine Abordnung aus Washington teilnehmen sollte – der Präsident, Admiral Morgan und Kathy sowie Admiral Joe Mulligan. Lt. Commander Rick Hunter und Brad Stockton ließen es sich jedoch nicht nehmen, dem Captain die letzte Ehre zu erweisen, und flogen mit einem Militärjet von San Diego herüber. Während der gesamten Feierlichkeit standen sie dann an der Seite von Nicole Crocker und ihren beiden kleinen Mädchen.

Die Messe wurde von einem einheimischen Pastor gelesen. Anschließend bettete man Judd Crocker in der Nähe des Grabes seines Großvaters auf dem Hügel des Friedhofs zur letzten Ruhe. Der Präsident machte den Eindruck, als wäre an diesem Tag jeder einzelne seiner schlimmsten Träume grausame Wirklichkeit geworden.

Hier in dieser Kleinstadt am Nantucket Sound wurde er zum ersten Mal mit der vollen Tragweite seines Tuns konfrontiert. Der ganze Ort trauerte um seinen eingeborenen Sohn, der von eigener Hand den Tod gefunden hatte. Unten am Wianno-Jachtclub, wo Captain Crocker als kleiner Junge das Segeln gelernt hatte, wehte die Nationalflagge auf halbmast. Das gleiche Bild bot sich auch vor dem Bürgerhaus im Stadtzentrum. Sämtliche Geschäfte entlang der Hauptstraße hatten wegen der Beerdigung geschlossen, und eine große Menschenmenge säumte den gesamten Weg hinauf zum Friedhof.

Die Zeitungen hatten schon einiges geschrieben und auch im Fernsehen waren Berichte ausgestrahlt worden, die darauf hindeuteten, dass bei der Kriegsgerichtsverhandlung offenbar etliches nicht mit rechten Dingen zugegangen war. Hier in der Gegend glaubte sowieso niemand, dass Judd Crocker ganz allein die Verantwortung für den Verlust der *Seawolf* trug.

Der Präsident schien zutiefst erschüttert angesichts der allgemeinen Trauer zu sein, die ihm hier in Captain Crockers Heimatstadt entgegenschlug. Er hatte auch mit Entsetzen gehört, dass Admiral Nathaniel Crocker der *Cape Cod Times* in einem offenen Brief mitgeteilt habe, die nächsten fünf Jahre seines Lebens der Aufgabe zu widmen, ein Buch über den Verlust des Unterseeboots USS *Seawolf* zu schreiben und die Rolle, die sein Sohn dabei gespielt habe. Die rückhaltlose Unterstützung vieler Mitglieder aus Judds Mannschaft sei ihm schon zugesichert worden.

Das vielleicht letzte Wort in dieser Sache hatte jedenfalls Admiral Crocker, der nach der Messe den Präsidenten abfing.

Judds Vater trat auf John Clarke zu und sprach ihn an, ohne ihm dabei jedoch die Hand zu reichen. »Ich frage mich«, sagte er mit leiser Stimme, »wessen Sohn nun wohl der ehrenhaftere ist. Der Ihre oder der meine?«

entgegenzubringen. Ich habe also seinem Befehl Folge geleistet. Trotzdem habe ich es noch einmal zur Sprache gebracht, dass wir meiner Meinung nach den Kommandanten darüber informieren sollten, was wir da gerade machten.«

»Wurde denn diese zweite Ermahnung beherzigt?«

»Nein, Sir, das wurde sie nicht. Lieutenant Commander Clarke fuhr fort, das Boot eine Meile hinter dem Heck des Zerstörers vorbeilaufen zu lassen, und gab die dazu notwendigen Befehle. Zumindest glaubte er wohl, dass es sich um eine Meile Abstand zum Chinesen handeln würde.«

»Und Sie glaubten ihm diese Entfernungsangabe?«

»Jawohl, Sir. Man darf ja schließlich erwarten, dass der einem vorgesetzte Erste Offizier weiß, wie man richtig mit einem Sehrohr umgeht.«

»Aber im Nachhinein stellte sich das als ein Irrtum heraus?«

»Ja, Sir. Als der Kommandant schließlich eintraf, wurde die Sache sogar ganz offensichtlich.«

»Wollen Sie damit zum Ausdruck bringen, dass Sie Captain Crockers Version über das akzeptierten, was da schief gelaufen war – nämlich dass das Sehrohr auf niedrige Auflösung geschaltet war, was den Zerstörer wesentlich weiter entfernt erscheinen ließ, als er dann tatsächlich war?«

»Das stand für mich außer Frage, Sir. Ich habe selbst gehört, wie sich der Lieutenant Commander anschließend wortreich entschuldigt hat.«

»Dass wäre alles, Master Chief«, sagte Admiral Curran. »Vielleicht möchte Admiral Cameron noch etwas dazu sagen.«

»Nicht nötig«, sagte der Ausschussvorsitzende. »Die Aussagen des Ersten Wachoffiziers und der seemännischen Nummer eins sind identisch ... Mr. Mangone? Mr. Myerscough?«

»Keine weiteren Fragen von meiner Seite«, sagte Art Mangone.

Philip Myerscough erhob sich, um alles daranzusetzen, Linus Clarke in etwas besserem Licht dastehen zu lassen, als die scheinbar zu Irrtümern neigende Gestalt der Nummer eins des Atom-Unterseeboots.

»Mr. Stockton«, sagte er, als wollte er sich mit dieser Anrede ein für allemal vom Militär distanzieren, »Sie haben ausgesagt, dass Lieutenant Commander Clarke versehentlich das Periskop umgeschaltet hatte, was demzufolge die Entfernung zwischen der

*Seawolf* und dem chinesischen Zerstörer größer erscheinen ließ, als diese tatsächlich war.«

»Ja, Sir. Das habe ich gesagt. Dessen bin ich mir auch heute noch sicher.«

»Aber haben Sie auch Beweise, dass es tatsächlich so war? Handelt es sich dabei nicht vielmehr um eine reine Spekulation?«

»Nun, Sir, unser Kommandant hat wenige Augenblicke nach dem Irrtum genau durch dieses Sehrohr geblickt und sofort festgestellt, dass die *Xiangtan* nur noch weniger als fünfhundert Meter entfernt war.«

»Aber welchen Beweis gibt es denn dafür, dass es nicht Mr. Crocker war, der hier einem Irrtum unterlag? Könnte nicht Linus Clarke auf der ganzen Linie Recht gehabt haben?«

»Tja, der Beweis war bereits in dem Augeblick erbracht, als wir uns mit der Schiffsschraube die Schlappantenne eingefangen haben, die ja viel näher war, als sie nach Lieutenant Commander Clarkes Ansicht hätte sein dürfen.«

»Aber woher wollen Sie wissen, dass die Antenne nicht tatsächlich eine Meile und länger war – und es eben nicht Lieutenant Commander Clarke war, der hier den Fehler begangen hat?«

»Nun, das kann ich nicht mit Sicherheit sagen, Sir, aber mir ist zumindest noch nie etwas von einem über eine Meile langen Schleppsonar der Chinesen zu Ohren gekommen. Es gibt niemanden in der United States Navy, der jemals Vermutungen über die Existenz eines derartigen Dings geäußert hätte. Die längste Schleppantenne, von der ich jemals gehört habe, war gerade einmal einen Kilometer lang.«

»Aber, bei allem schuldigen Respekt, Mr. Stockton, allein die Tatsache, dass Sie bislang noch nie etwas von einem solchen ›Ding‹ gehört haben, muss doch nicht zwangsläufig bedeuten, dass es nicht existiert, oder?«

»Nein, Sir. Das wohl nicht.«

»Dann wäre es also dumm, wenn man eine solche Möglichkeit ausschließen wollte?«

»Nein, Sir. Es wäre vielmehr lächerlich, wenn man von der Existenz ausgehen würde. Captain Crocker sah den Zerstörer mit eigenen Augen keine fünfhundert Meter Backbord voraus liegen.«

»Ja, drei Sekunden lang. Nicht gerade eine lange Zeitspanne.«

»Sir, in unserem Geschäft sind drei Sekunden, die man zur

# DANKSAGUNG

Auch bei diesem, meinem vierten in der Welt des Militärs spielenden Roman war einmal mehr Admiral Sir John »Sandy« Woodward mein wichtigster Berater. Er war es, der den Kurs vorgab, den ich in den gefährlichen Gewässern des Chinesischen Meeres mit einem mächtigen Atom-Unterseeboot zu steuern hatte.

Dabei geschah es nicht eben selten, dass ich irgendwo hinwollte, was jedoch technisch gesehen ein Ding der Unmöglichkeit gewesen wäre: »Tiefe, Mensch, behalt doch um Gottes willen die Wassertiefe im Auge!« hieß es dann sofort. Wie könnte ich jemals seine ständigen Ermahnungen und Tadel vergessen, die er von sich gab, während er ständig mit einem Auge auf den hell erleuchteten Karten durchs Büro tigerte? Während ich mich mit den Feinheiten englischer Prosa herumschlug, ging er mit mir um, als wäre ich ein drittklassiger Maat, der es kaum schafft, sich in der Zentrale eines Unterseeboots zurechtzufinden.

Aber der Admiral und ich hatten schon zuvor einige gefährliche literarische Gewässer befahren, und so schafften wir es auch dieses Mal, irgendwie den Kurs bis zum Erreichen des Ziels nicht zu verlieren. Auf jeden Fall stehe ich jetzt für all die Einblicke, die er mir in seine unvergleichlichen Kenntnisse über Operationen mit Unterseebooten gewährte, zu denen in diesem Fall auch noch sein Wissen im Bereich der Atomphysik gerechnet werden muss, nur noch tiefer in seiner Schuld. Außerdem ist er auch noch ziemlich gut, wenn es darum geht, eine Handlung zu strukturieren, mit Radaraugen Schwachstellen aufzuspüren, Unglaubwürdigkeiten anzuprangern und, um mit seinen eigenen Worte zu sprechen, »... das schon ans Groteske grenzende Unmögliche ...« aufzuzeigen.

Beim Schreiben eines solchen Romans ist für mich immer dann

der schönste Augenblick gekommen, wenn der Admiral nach monatelangen Winkelzügen, Kritiken und Überprüfungen, die Sache schließlich mit einem kurzen Kopfnicken und den Worten »Mehr kann ich nicht tun!« billigt. Ich bin felsenfest davon überzeugt, dass sich die Kommandanten, die ihm damals im Jahre 1982 während des Falkland-Krieges unterstanden, noch allzu gut an mehr als eine Situation erinnern können, die er mit ebensolcher nachdrücklicher Endgültigkeit abschloss.

Zweifellos verschafft es einem ein gutes Gefühl der Sicherheit, wenn man den ehemaligen Kommandeur eines Gefechtsverbandes und inzwischen im Ruhestand lebenden Befehlshaber der britischen Unterseebootstreitkräfte auf seiner Seite weiß, doch niemand sollte behaupten, dass dies zwangsläufig auch bedeutet, eine solche Situation sei einfach.

Für dieses Buch brauchte ich außerdem natürlich auch noch fachkundige Hilfe durch Offiziere, die schon einmal Spezial-, also Kommandoeinheiten befehligt hatten. Aus verständlichen Gründen kann ich hier natürlich keinen von ihnen namentlich nennen. Nichtsdestotrotz bin ich ihnen selbstverständlich überaus dankbar für all die Hinweise und Einblicke, die sie mir in die taktischen Vorgehensweisen gewährten, die von Truppen dieser Art bei Angriffen im großen Stil gewählt werden.

Außerdem gilt mein Dank Miss Anne Riley für die scharfäugige Überwachung, mit der sie sicherstellte, dass alle »Landmarken« in und um Washington korrekt wiedergegeben wurden. Gleiche Dankbarkeit gilt meinem Freund Ray McDwyer aus Cavan in Irland, der mir im Süden der Stadt Dublin einen Himmel auf Erden zur Verfügung stellte, in dem ich Jahr für Jahr die einsame Aufgabe bewältigen darf, einen 500 Seiten starken Roman zu schreiben.